滋賀近代文学事典

■日本近代文学会関西支部■
滋賀近代文学事典編集委員会

和泉書院

はしがき

わが日本近代文学会関西支部は、一九九九年十一月に、支部創設二十周年を迎えた記念に、われわれが住んでいる地域風土と文学とのかかわりを研究テーマとして取り組んだ。その時、日本近代文学会関西支部の活動として、地域の文学事典の編纂が企画され、二〇〇五年五月には『大阪近代文学事典』を上梓することが出来た。この『滋賀近代文学事典』は、それに次ぐものである。また、現在、日本近代文学会関西支部では、『大阪近代文学事典』『滋賀近代文学事典』のほかに、『京都近代文学事典』『兵庫近代文学事典』の刊行に向けて鋭意努力を重ねている。

この『滋賀近代文学事典』の特色は、滋賀にゆかりのある文学者に多くの紙面をあてていること、滋賀を描いた文学作品を可能な限り多く採り上げていることにある。一般の文学事典では必ずしも独立の事典項目として採り上げられたことが今までにはなかった、目立たぬマイナーな文学者たちを努めて数限り無く採り上げたことである。これは、また、文学研究の基盤を築いていくことになるであろう。

和泉書院の深いご理解を得て刊行されるこの『滋賀近代文学事典』が、おおいに活用され、滋賀の文学・文化の向上に限りなく役立つことを心から願う。

二〇〇八年五月吉日

日本近代文学会関西支部
滋賀近代文学事典編集委員会

●滋賀近代文学事典編集委員

浅田　隆　出原　隆俊　内田　満　浦西　和彦　北川　秋雄　北野　昭彦　外村　彰
西尾　宣明　山本　洋

●執筆者一覧

青木　京子　青木　稔弥　青田　寿美　明里　千章　荒井真理亜　荒瀬　康成　池川　敬司
石橋　紀俊　一條　孝夫　出原　隆俊　岩見　幸恵　内田　晶　内田　満　梅本　宣之
浦西　和彦　越前谷　宏　太田　登　大田　正紀　大西　仁　小川　直美　荻原　桂子
奥野久美子　尾西　康充　笠井　秋生　鎌田　廣己　唐井　清六　川端　俊英　北川　秋雄
北川扶生子　木田　隆文　木谷真紀子　木村　功　木村　一信　木村　小夜　楠井　清文
國末　泰平　國中　治　久保田暁一　黒田　大河　小出　一成　小谷口　綾　齋藤　勝
佐藤　和夫　佐藤　良太　澤田由紀子　重松　恵美　島村　健司　真銅　正宏　杉田　智美
鈴木　昭一　須田　千里　関　肇　杣谷　英紀　高阪　薫　高橋　和幸　髙場　秀樹
瀧本　和成　竹松　良明　田中　励儀　谷口　慎次　田村　修一　槌賀　七代　東口　昌央
戸田　民子　外村　彰　鳥居真知子　永井　敦子　中尾　務　中谷　克己　中谷　元宣
仲　秀和　永渕　朋枝　中村　研示　奈良崎英穂　二木　晴美　西尾　宣明　西本　匡克
野口　裕子　野田　直恵　信時　哲郎　橋本　寛之　橋本　正志　半田　美永　日高　佳紀
杲　由美　平野　榮久　平林　一　藤本　寿彦　古田　嘉雄　細江　光　堀部　功夫
前田　貞昭　槙山　朋子　増田　周子　三品　理絵　水川　景三　宮内　淳子　宮川　康
宮薗　美佳　村田　好哉　元木　直子　森﨑　光子　諸岡　知徳　屋木　瑞穂　安福　智行
安森　敏隆　山口　直孝　山﨑　正純　山﨑　義光　山内　祥史　山本　欣司　山本　洋
矢本　浩司　吉岡由紀彦　吉田　永宏　林原　純生　渡辺　順子　渡邊　浩史　渡邊　ルリ

目次

凡例

＊本事典は、滋賀県に関わる文学的事項を対象とする事典である。
＊人名項目には、滋賀県出身者、及び居住、滞在者、訪問者、あるいは滋賀県に関わる作品を描いたことのある文学者を五十音順に収録した。
＊枝項目（作品名）は、その文学者の代表作を紹介するのではなく、滋賀県を題材、もしくは舞台とした作品に限り、小説・戯曲・評論・随筆・児童文学・詩・短歌・俳句などのジャンルを対象とした。
＊人名項目は、人名の読み方、生歿年月日、活動分野、出身地、本名、筆名、雅号、略歴などで構成した。生歿年月日などが未詳の場合、「未詳」とした。
＊枝項目は、作品名、読み方、ジャンル、〔初出〕雑誌・新聞名、発表年月日（単行本の場合は、書名、刊行年月、出版社名）、内容などを記述した。作品名の配列は原則として発表順とした。
＊解説文は、原則として新漢字、現代仮名遣いとし、引用文は原文の仮名遣い、送り仮名に従った。
＊雑誌名・新聞名・作品名は「　」で、単行本名は『　』で記した。
＊引用の詩などの改行は行なわず、「／」（斜線）で示し、聯が変わるばあいは「／／」で示した。
＊引用の短歌・俳句・川柳などは〈　〉でくくった。
＊文藝の「藝」は「芸」でなく、正字の「藝」を採用した。「藝」と「芸」とは、周知のように、意味がちがうばかりでなく、音もちがう。「藝」はゲイで「わざ」の意。それに対して「芸」の音はウンである。香草、香りのよい草の意である。戦後略字で二つの字をあわせて一つにした字である。本書が文藝事典であるという性質上、「藝」を基本的に使用した。
＊各項目については、執筆者の記述に従ったが、事典の性格上、最小限の表現の統一をはかった。
＊本事典は使用上の便宜のため、付録として、枝項目（作品名）索引（五十音順）、滋賀県出身文学者名簿（五十音順）、外村彰作成の「滋賀県市町村合併等一覧」「滋賀県内文学館・記念館一覧」「滋賀県内主要文学碑一覧」「滋賀県ゆかりの主な文学者の墓所一覧」「主要参考文献」を付載した。

滋賀近代文学事典

【あ】

饗庭篁村 あえば・こうそん

1855（安政2）・8・15〜1922・6・20。小説家、劇評家。江戸下谷生まれ。本名与三郎。竜泉居士、太阿居士、竹の屋主人等の号がある。1884年に読売新聞社に入社、1889年より「東京朝日新聞」に活躍の場を移した。「当世商人気質」（1886年）、「蓮葉娘」（1887年）、「掘出しもの」（1889年）、「勝鬨」（1890年）などの小説、「黒猫」（1887年）、「ルーモルグの人殺し」（1887年）などの翻案、「塩原入洛の記」（1891年）などの紀行文、「式亭三馬の日記」（1890年）、「巣林子撰註」（1902年）、「馬琴日記鈔」（11年）などの近世文学関係の評論や紹介があり、作品集には『むら竹』全20巻（1889〜1890年）、『雀躍』（1909年）、『竹の屋劇評集』（27年）、『饗庭篁村集』（28年、奥付には『饗庭篁村全集』とある）などがある。「根岸の篁村か篁村の根岸かと一時はむら竹に宿る小雀をさへ落せしほどの勢力《いきほひ》ありし竹の舎の主人篁村君はどうした表裏の瓢箪やら近来軽妙の筆を断て真の隠居と澄されたり」（吉田香雨『当世作者評判記』1891年）と評される通り、小説家としての全盛は短く、「戯作者系統の作家たることを免れなかった」（坪内逍遙「饗庭篁村君の追憶」1922年）。むしろ、幸田露伴や尾崎紅葉らと共に元禄文学復興に関与するなど、近世文学研究への功績が大きいが、「かねて江戸文学史の述作を思ひ立たれしが、お年の加減もあり、一杯々々に忙しくもあり、後は病気勝ちにもなり、且は後進晩生の功名手柄を奪ふに忍びずやありけん、忘れたやうになつてしまひぬ」（鳶魚生「叙辞」『饗庭篁村集』）。その意味では30年余にわたる劇評が最も評価されるべきものと言えるかもしれない。「江戸生れ、しかも根負ひすれど、祖先は近江にて、琵琶湖の西に旧里あり、巣林子の同胞なる岡本一抱の師事せし饗庭東庵は、実に先生の先人なり」「大阪朝日新聞のために近松論を執筆中に逝去されしも深き因縁なるべし」（鳶魚生「叙辞」）という生涯であった。娘婿山田清作の篁村からの直話によれば、「饗庭家の祖先は、系図によると世々近江国木津庄（高島郡）に住み、天台宗の高僧慈恵大師は此の一族から出」、「後裔は故郷に帰つて医を業とし、宗家は代々饗庭栄庵と称へ、明治十五六年頃まで続」き、「父は与之吉と言つて、文化年間に江州から江戸へ出て」、「三木屋と称へ、日本橋本町で呉服商を開業した」（山田清作「竹のや主人」37年）。孫の饗庭安彦に『吾が家系 元三大師饗庭篁村』（85年、私家版）がある。（青木稔弥）

饗庭孝男 あえば・たかお

1930・1・27〜。文芸評論家、フランス文学者。滋賀郡膳所町（現大津市膳所）生まれ。横浜市港北区在住。滋賀県視学をつとめた饗庭圭三の三男。滋賀師範学校男子部附属小学校に5年生まで在学、のち名古屋市に転居。1945年、本籍のある饗庭村（現高島市新旭町）大字饗庭《あいば》字日爪《ひづめ》に帰り、県立今津中学校（のち高島高等学校）に転入。49年高島高等学校卒業、南山大学文学部フランス文学科に入学。53年南山大学を卒業、初期にはマルセル・プルーストを研究、文学部助手をつとめる。59年4月青山学院大学文学部専任講師となり、助教授をへて教授。この間「ロマン・ロランの社会主義」（61年1月）、「フランソワ・モーリヤック論」（63年9月）、「アルベェル・カミュにおける『芸術』の理念」（65年9

月)、「フリードリッヒ・ヘルダーリン論」(72年5月) その他の論文を発表、のち『絶対の渇望—外国文学・思想論集—』(72年11月、勁草書房) に所収。訳書としてバシュラール著『大地と休息の夢想』(70年3月、思潮社) を刊行。84年神戸市の甲南女子大学文学部教授に転じる。95年3月同大学を退職。

青山学院大学在任中、67年より1年半フランス政府招聘教授として、パリ大学文学部、フランス国立高等研究院に留学。また早稲田大学文学部、京都大学経済学部・同大学院、慶応義塾大学文学部の兼任講師をつとめた。83年国際交流基金の要請により、パリ第三大学、ボン大学、コペンハーゲン大学などで近代日本文学について、またその後86年に国立ポンピドー文化芸術センターで「日本の近代化と文学」について講演し、89年にはふたたび国際交流基金の要請でユーロパリア89芸術祭(於ベルギー・ブリュッセル) において「近代日本文学と古典」と題して、さらに90年にはウィーン大学の招聘により「三島由紀夫と日本ロマン派」の講演をするなど、文学・思想の研究と発表との場は国際舞台に大きく広がった。

饗庭は、59年6月同人雑誌「近代批評」に「三島由紀夫論」、つづいて「太宰治論」(60年6月) を発表し、それらをふくむ9本の評論および書評を収めた『戦後文学論』(66年11月、審美社) で文芸評論家としてデビュー、作家個人の実存的(存在論的)な精神内部を深く精察する立場から、時代を主導していた佐々木基一、荒正人、平野謙、本多秋五らの「近代文学」派を鋭く批判した。それ以降も、歴史的進歩主義、合理的近代主義が見のがしてきた立脚点から、『石と光の思想—ヨーロッパで考えたこと—』(71年4月、勁草書房)、『近代の解体—知識人の文学—』(76年4月、河出書房新社)、『太宰治論』(76年12月、講談社)、『批評と表現—近代日本文学の「私」—』(79年6月、文藝春秋)、『自然・制度・想像力』(80年11月、小沢書店)、『中世の光—ロマネスクの建築と精神—』(84年2月、青土社)、『喚起する織物—私小説と日本の心性—』(85年9月、小沢書店)、『経験と超越—日本近代の思考—』(85年10月、小沢書店)、『小林秀雄とその時代』(86年5月、文藝春秋)、『幻想の伝統—世紀末象徴主義—』(88年2月、筑摩書房)、『日本近代の世紀末』(90年10月、文藝春秋)、『ヨーロッパとは何か』(91年7月、小沢書店) など代表的な著書を次つぎと公刊した。評論家としての饗庭は、自分が実際に西欧の土地をふみ、素肌肉眼でその風土、文化、芸術に接したことで、西欧文学、思想への認識と思索とをいっそう透徹させたと思われる。またその西欧体験でさらに開かれた批評の心によって、日本の近現代文学や古典作品を逆照射する観点を深め、先人たちとは大きく異なった国際的な文芸評論家としての活動域を広げた。ほかにも『昭和文学私論』(76年10月、小沢書店)、『中世を歩く 京都の古寺』(78年3月、小沢書店)、『文学としての俳句』(93年2月、小沢書店)、『西行』(93年3月、小沢書店)、『ヨーロッパ古寺巡礼』(95年5月、新潮社)、『知の歴史学』(97年10月、新潮社)、『日本の隠遁者たち〈筑摩新書〉』(2000年1月、筑摩書房)、『芭蕉〈集英社新書〉』(2001年5月、集英社) など、計60冊余の著作がある。

＊中世を歩く《ちゅうせいをあるく》 京都の古寺《きょうとのこじ》 エッセイ。〔初出〕「淡交」77年1月〜12月。〔初版〕『中世を歩く 京都の古寺』78年3月、小沢書店。◇関西人には特になじみ深い京都の古社寺(神護寺、北野神社、龍安

寺、仁和寺、三千院その他）を再訪し、中世という時代の宗教精神を「自己を低めて」（まえがき）つかみ出そうとした思念の一書。学殖ゆたかなフランス文学者饗庭孝男の、中世日本の社寺建造物や高僧文人たちや修行のきびしさや美や信仰にむける静穏で清新なまなざしが快い。故郷や大津での少年時代の思い出も語られる。「少年時代から、父母がお盆になると精進の日々の間、祖霊を前に、西国三十三番の御詠歌をとなえるのをいつも後にすわってきいたものであった。（中略）それをきくと、故郷の菩提寺にある地獄図と、夏のおわりの夕ぐれの物さびしい山村の風景が重なってうかんでくる」（「観音の寺」）。「昔、小学校の三年生の頃、父と私たち兄弟三人とで、当時住んでいた大津から石山寺へゆき、そこから山に入って岩間寺へ参り、さらに上醍醐寺へ抜け、この下醍醐寺へ降りてきたことがあった。（中略）それは密教修験者のとおる道であった。（中略）私は心のなかに、岩間寺から上醍醐寺までの鬱蒼とした深い、昼なお暗かった風景をはっきりと思い出すことができる」（「醍醐寺と法界寺」）。最後の章「比叡山」では、この山が日本仏教の母胎の地として、源信をはじめとして多くの名僧を輩出したゆえんを述べつつ、いっぽう広大な山の樹間、草木の陰、苔の墓塔に埋もれた、名僧よりもはるかに多数の無名の僧たちのひっそりとした信仰に思いをはせる。そしていう「幼少の頃から何度私はこのケーブルで山へ来たことであろう。バスや自動車のためにすっかりさびれた古い戦前からの乗り場に立ち、遠く白く光る湖と大津を眺めて私は回想にふける。あの町に私は生れた。この風景は少しも変っていない。すぎ去った四十数年が夢のようにさえ感じられる」と。

（山本洋）

青木鶴之丞　あおき・つるのじょう

1929・8・18〜。俳人。滋賀県生まれ。愛知郡愛知川町（現愛荘町）大字市《いち》在住。1966年「雪解《ゆきげ》」入会、皆吉爽雨に師事。79年「雪解」同人。83年爽雨逝去により井沢正江に師事。〈獅子舞の先ぶれの笛まづ高音〉

（山本洋）

青山光二　あおやま・こうじ

1913・2・23〜。小説家。神戸市生まれ。東京帝国大学文学部卒業。『夜の訪問者』（1949年）、『青春の賭け 小説織田作之助』（55年）、『法の外へ』（56年、第35回直木賞候補）、『修羅の人』（65年、第13回小説新潮賞と第54回直木賞候補）、『闘いの構図』（79年、第8回平林たい子文学賞）、『純血無頼派の生きた時代―織田作之助・太宰治を中心に』（2001年）、「吾妹子哀し」（2002年、第29回川端康成文学賞）など。1998年に勲四等旭日小綬章。第77回直木賞候補になった「竹生島心中」（「別冊文藝春秋」76年12月）は、「軍国美談」として紹介された「日露戦争で負傷して大阪衛戍病院へ後送された陸軍歩兵伍長と慰問団の良家の令嬢との恋物語」を、「反戦小説」風に「新たな視野から構想」（双葉社版『竹生島心中』「あとがき」98年）して「日露の勇士の名誉を傷つける」結末にしたもの。近江八幡駅で乗りかえて30分ほどの湖南鉄道の八日市中野駅周辺や竹生島へ便船の出る早崎港等が舞台である。

（青木稔弥）

赤尾兜子　あかお・とうし

1925・2・28〜1981・3・17。俳人。姫路市生まれ。本名は俊郎《としろう》。京都大学文学部卒業。句集に『蛇』（1959年）、『虚像』（65年）、『歳華集』（75年）、『稚年記』（77年）があり、『赤尾兜子全句集』

（82年）には未刊句集「玄玄」を収める。師を持たず、「俳句の凝縮表現方法として」の「第三イメージ」（『虚像』「あとがき」）を持論とした。61年に第9回現代俳句協会賞、78年に神戸市文化賞を受賞。「関西の俳句」の一番の特徴は「バイタリティー」（「〈座談会〉関西の俳句 現状と将来」「俳句研究」65年4月）だとし、「玄玄」（76年）の「海鳴り」には、竜華、花折峠、葛川、余呉、比良山、鵜川、堅田の浮御堂を詠じた句（初出は「俳句」11月号の「ささなみの（30句）」等）がある。主宰する俳誌「渦」の77年の年次大会を近江八幡で開催した。自宅付近の神戸市東灘区御影町の阪急電車踏切にて自殺。（青木稔弥）

赤座憲久 あかざ・のりひさ

1927・3・21〜。児童文学者、詩人。岐阜県各務原市生まれ。1944年12月から翌年3月まで学徒勤労動員で米原の入江湖干拓の土木作業を体験。47年岐阜師範学校卒業。同年岐阜市立加納小学校教諭。54年岐阜県立盲学校に赴任。この頃児童文学を志し、岐阜児童文学研究会の結成に参加。70年には児童誌「コボたち」を発刊。71年大垣女子短期大学教授。『目の見えぬ子ら』（61年12月、岩波書店）により第16回毎日出版文化賞を受賞。以後反戦平和への願いや盲児教育実践を通した人間観を主なモチーフとした文筆活動を精力的に展開する。主要作に『白ステッキの歌』（65年2月、講談社）、『空がわれた日』（92年1月、文渓堂）等。絵本に『雨のにおい 星の声』（87年12月、小峰書店）他がある。岐阜を舞台とする作品が多いが、『かかみ野の土―壬申の乱―』（88年12月、小峰書店）は壬申の乱における瀬田川の戦、近江朝廷の敗北が描かれ、『かかみ野の風―長屋王の変―』（93年10月、小峰書店）には「信楽の宮」の大仏造営も描出されている。

＊雪と泥沼《ゆきとどろぬま》 児童長編小説。〔初版〕『雪と泥沼』79年11月、小峰書店、文学のひろば・9。◇全26章。挿絵は北島新平。太平洋戦争末期の1944（昭19）12月、岐阜市の華峰中学生92名が米原町へ学徒動員に駆り出された。彼ら「華峰学徒隊」は磯村の光東寺を宿舎に、国策となった琵琶湖の入江湖の干拓作業に従事し、中森教官や軍事教練助手の池上に厳しく監督されていた。隊員は毎日空腹に耐えながら泥沼化している入江湖の周囲に「承水溝《しょうすいこう》」を掘り下げ、モッコで雪まじりの泥を積んでは二重の堤を作り続けた。池上や小隊長の川辺は軍国少年だが、歌誌への投稿を始めていた主人公の今井久夫は、貝に詳しい宮下と共に時局に懐疑的な眼を向けている。朝の点呼に遅れた彼らは罰として便所の落書き掃除をするが、元通りには消せないと報告したため池上に殴られる。また凍傷予防のため岐阜へゴム長靴を取りに戻る許可を得た時は指示に反して連泊し、先に帰った病弱な土本を除く14人が無断遅刻の処分を受けた。翌年、新しい教官の村松は「万葉集」の恋歌の良さを今井に説き、湖岸にある万葉歌碑の高市黒人《たけちのくろひと》の歌を皆に唱和させ、戦時でも学徒らしく生きるよう諭したが、応召で日本を去る。炊事当番を機に今井は分隊長の石木らと米を盗み食べたが、戦局の悪化と共に食料は減り続けた。真冬の労働の疲れから土本は肺結核と黄疸を併発。証明書がないため汽車に乗れないところを今井はどうにか切りぬけ、土本を岐阜に連れ帰る。のち今井宛に長い手紙を寄越して土本は死ぬ。休日に宮下と彦根に出た今井は高村光太郎の詩集を買い、本気でなくとも戦争詩が書ける詩人は職人なのか、と城跡で宮下に問われる。3月末に作業をほぼ終えた隊員は飛行機工場への動員が決まり、

土本の家を訪ねられるようになった。敗戦後にようやく干拓は完成し、水田は人々の飢えを満たすに至る。30年後、今井は新幹線で米原を通過していた。かつての学友達は各々の道を進み、今井は自己の理想を抱きながら養護施設に勤め、今も短歌を作り続けている。第13回新美南吉児童文学賞を受賞。（外村彰）

明石順三 あかし・じゅんぞう

1889・7・1〜1965・11・14。宗教家。坂田郡息長《おきなが》村（現米原市）岩脇に生まれる。父の道貞は漢方医。滋賀県立第一中学校（旧制）を2年で中退し、1908年18歳で渡米。日雇いの仕事や農園などで働きながら、町の図書館に通い独学で勉強した。渡米前、神田教会の牧師島貫兵太夫の主宰した力行会に入り、島貫牧師によりプロテスタントの洗礼を受けた。14年ロスアンゼルスの日本語新聞「羅府新報」のサンディエゴ支社の記者になったが、その後サンフランシスコの「日米新聞」に移った。22年ふたたびロスアンゼルスの日本語新聞に戻る。サンフランシスコ時代に山口県岩国出身の牧師の娘と結婚した。夫人がワッチタワーの信仰にひかれるクリスチャンであったことから、ワッチタワーの宗教活動に近づく。24年新聞記者を辞め、ワッチタワーの伝道者「エホバの証者」として活動する。26年9月ワッチタワー総本部から派遣され、日本に帰国。神戸一の谷の須磨ノ浦聖書講堂に、万国聖書協会ワッチタワー日本支部を設立し、灯台社と名づけた。1年後に東京に本拠を移す。30年和歌山県新宮出身の静栄夫人と再婚。荻窪へ灯台社を移し、アメリカから3人の子供、真人・力・光男を呼び寄せて暮らす。機関誌「黄金時代」を通じて、反戦思想と生産と分配の公平を主張し続ける。33年伝導先の信徒、長男真人ら数名が検挙され、刊行物の発売頒布禁止処分が行われた。39年1月10日東京世田谷三宿の野砲第1連隊に20歳で入隊した真人は、入隊後1週間目に銃を返すことを上官に申し出た。つづいて、1月23日に信徒の村本一生が兵営を脱走した。真人らの軍法会議の判決があった7日後、39年6月21日武装警察50人が荻窪の灯台社を襲い、明石夫妻、次男力、三男光男をふくむ26名が検挙された。不敬罪容疑に治安維持法が加えられ、全国で91名、朝鮮で30名、台湾で9名が検挙される。非転向を貫き、順三は日本のキリスト者中、最高の刑である懲役10年に処せられた。静栄夫人と朝鮮人信徒の崔容源は獄死。敗戦から2カ月後に仙台の宮城刑務所から釈放された。47年、アメリカのワッチタワー本部から送られてきた機関紙に載っている米国旗を掲げた大会風景の写真を見て、会長宛てに公開質問状を出したところ、ただちに除名された。ワッチタワー本部から離れ、栃木県鹿沼で戦争中信仰をともにした人々と住む。「浄土真宗門」「四百年の謎」などを執筆した。稲垣真美『兵役を拒否した日本人』（岩波新書）は、明石順三の灯台社の創設や明石真人らの軍隊内兵役拒否を描く。（浦西和彦）

秋田実 あきた・みのる

1905・7・15〜1977・10・27。漫才作者、小説家。大阪市生まれ。本名林広《ひろ》次《つぐ》。東京帝国大学文学部在学中「戦旗」編集に携わる。転向後の1934年吉本興業に入り漫才台本を書く。戦後も松竹藝能等を創設し、上方演藝界に貢献。芦乃家雁玉、林田十郎が演じた「琵琶湖めぐり」は、琵琶湖の名所をめぐるとぼけた喋りに味わいがある昭和初期の漫才台本。ほかに『私は漫才作者』（75年4月、文藝春秋）や『秋田実名作漫才選集』全2巻（73年2、6月、

日本実業出版社）などがある。　（外村彰）

秋山駿《あきやま・しゅん》　1930・4・23～。文藝評論家。東京都池袋生まれ。1979年10月より東京農工大学教授、97年4月より武蔵野女子大学教授。中学生時代に体験した敗戦の光景がその人間認識を決定する。敗戦後、中原中也、小林秀雄、ランボオ、ドストエフスキーを知る。53年3月早稲田大学文学部仏文科を卒業、3年に及ぶ徒食生活を経て、56年6月報知新聞社に入社（70年に退社）。60年5月、評論「小林秀雄」で第3回群像新人文学賞を受賞し注目される。63年小松川女高生殺し事件の少年について考察した「想像する自由」（「文学者」63年11月）を発表。現代人の孤独な生を追求するその批評眼には卓越したものがある。以後、「内向の世代」を代表する批評家として、「私」「犯罪」「日常」などに視点を定めた評論を意欲的に発表。98年には日本藝術院会員となる。著書に、『内部の人間』（67年1月、南北社）、『無用の告発』（69年6月、河出書房新社）、『抽象的な逃走』（70年3月、冬樹社）、『内的な理由』（79年1月、構想社）、『舗石の思想』（80年11月、講談社）他がある。

＊信長《のぶなが》　評論。〔初出〕「新潮」92年5月～95年10月に断続連載。〔初版〕『信長』96年3月、新潮社。◇生における「もっとも普通にしてもっとも平凡なもの」を追求してきた秋山が、初めて「人間の天才性」をテーマに考察した評論である。『プルターク英雄伝』やスタンダール『ナポレオン』をはじめ多くの古典の言説を引用し、またカエサルやナポレオンなどの英雄と対比しつつ、桶狭間から本能寺の変までの信長の行動を解釈した、独創的な歴史評論である。浅井長政との関係、姉川の合戦、安土城について記された箇所が滋賀と関わりをもっている。しかし、風土や土地についての言及はなく、この評論は、一貫して信長の内面の独自性に焦点があてられている。なお、秋山は、この評論で野間文藝賞と毎日出版文化賞を受賞した。　（西尾宣明）

芥川比呂志《あくたがわ・ひろし》　1920・3・30～1981・10・28。俳優、演出家。東京都滝野川区（現北区）田端町に生まれる。芥川龍之介の長男。1942年慶応義塾大学卒業。10月に東部第六部隊麻布3連隊に入隊。45年8月15日、滋賀県御園村神崎部隊師第三四二一三部隊三谷隊にて敗戦を迎える。『芥川比呂志書簡集』（82年10月、作品社）には、滋賀県愛知豊椋村小倉方の芥川瑠璃子宛の書簡が収録されている。48年加藤道夫らと「麦の会」を結成。49年1月文学座に加わる。「挿話」「わが町」「キティ颱風」「出来ごころ」等に出演。「竜を撫でた男」などの演技で認められた。63年文学座を脱退し、福田恆存らと劇団「雲」を結成。安岡章太郎作「プリストヴィルの午後」、遠藤周作作「薔薇の館」等を演出。75年8月「雲」を退いて、演劇集団「円」を設立した。　（浦西和彦）

芥川龍之介《あくたがわ・りゅうのすけ》　1892・3・1～1927・7・24。小説家。東京市京橋（現東京都千代田区）生まれ。別号柳川隆之介、澄江堂、我鬼。父新原敏三は牛乳販売業耕牧舎を経営していた。生後8ケ月で実母ふくが発狂、母の実家芥川家で養育される。東京帝国大学在学中「新思潮」（第3次・1914年2月～9月、第4次・16年2月～17年3月）を創刊、第4次「新思潮」創刊号（16年2月）に「鼻」を発表、「芋粥」（「新小説」16年9月）とともに夏目漱石の評価を得、「手巾」（「中央公論」16年10月）によって文壇に登場。17年5月処女短編集『羅生門』を出版、作家としての地位を確実にする。以後１４０編あまりの小説の他、評論、随筆にも健筆をふるう。芥川の初期歴史小説の舞台の多くは江戸、京都、大阪である。近江は「芋粥」に描かれ、三井寺から高島にいたる琵琶湖西岸が五位一行の敦賀への道行きの場として設定されている。『芥川龍之介全集』全24冊（95年11月〜98年3月、岩波書店）がある。

＊芋粥《いもがゆ》　短編小説。〔初出〕「新小説」16年9月。〔初収〕『羅生門』17年5月、阿蘭陀書房。◇平安朝の遠い昔。主人公は五位という風采のあがらぬ侍。意気地のない臆病な五位、上役から同僚、下役まで彼を愚弄する。五位の唯一の支えは「芋粥をあきる程飲んで見たい」という欲望であった。五位の欲望を満たすべく登場するのが野人、藤原利仁である。利仁は五位を敦賀へ連れだす。一行の道行きの場面、高島のあたりの琵琶湖は「岸に生えた松の樹の間には、灰色の漣漪をよせる湖の水面が、磨くのを忘れた鏡のやうに、さむざむと開けてゐる」と描かれる。敦賀で五位は利仁一族から芋粥の饗応をうける。巨大な五斛納釜の芋粥を前にした五位は芋粥に口をつけないうちからすでに満腹を感じる。五位は、愚弄されつつも芋粥への欲望を大切に守っていた京の日常を回想し確認する。（國末泰平）

浅野晃《あさの・あきら》　１９０１・８・15〜１９８８・１・29。評論家、詩人。大津市に生まれる。小学生の頃に詩作を開始し「秀才文壇」「文章世界」に投稿。東京府立第一中学校で、飯島正や蔵原惟人らと「リラの花」を創刊。第三高等学校在学中、三高詩会を創設し、詩歌集『三月』を刊行。１９２２年４月東京帝国大学法学部仏蘭西法科に入学、翌年1月新人会に入会。24年第7次「新思潮」を創刊。26年日本共産党に入党し、4月に弘文堂書房よりマルキシズム叢書第2冊としてマルクス『哲学の貧困』を訳述し刊行。32年の秋、ショーペンハウエルの『意志と現識としての世界』を読むことで、マルクス主義の影響から脱した。36年新日本文化の会に入会し、「新日本」の編集に携わる。この年、北川冬彦が創刊した「麺麭」に加わり、刀田八九郎のペンネームで詩や評論を発表。岡倉天心の『東洋の理想』を読み、天心の遺志を継ぐことを決心する。38年保田与重郎らの「日本浪曼派」に参加。明治維新の読み替えやナショナルなものの考察を知識人の使命と位置付け、『岡倉天心論攷』（39年10月、思潮社）、『歴史の精神』（40年11月、黄河書院）、『青春の再建』（41年8月、実業之日本社）などを刊行。55年、立正大学文学部教授となる。小高根二郎が発行する詩誌「果樹園」に寄稿し、詩集『寒色』（63年8月、果樹園社）を刊行、第15回読売文学賞を受賞。詩業として、『観自在讃』（70年10月、翼書院）がある。（藤本寿彦）

足利健亮《あしかが・けんりょう》　１９３６・12・21〜１９９９・８・６。地理学者。北海道に生まれる。１９５９年京都大学卒業。62年同大学院博士課程退学。74年京都大学助教授、86年同教授。文学博士。滋賀県文化財保護審議会委員など歴任。99年急性循環不全のため、滋賀県草津市にて逝去。著書に『中近世都市の歴史地理』（79年6月、地人書房）など。年譜・著作目録は、足利健亮先生追悼論文集編纂委員会編『地図と歴史空間』（２０００年８月10日、大明堂）に詳しい。

＊景観から歴史を読む《けいかんかられきしをよむ》　地理学論集。〔初版〕『景観から歴史を読む』１９９８年10月30日、日本放送出版協会。◇ＮＨＫ教

育テレビ人間大学テキスト（97年7月1日、日本放送出版協会）を増補したもの。地図から過去の景観を復元し、先人の意図を推測する。斬新なアイデアの提示で評判を呼んだ。例えば、近江八幡鶴翼山の名称由来について、城下町側から見ての既往の説に納得できず、湖側からならば鶴の翼に当たる山と見えるので「名付け親は船頭であろう」と結論。このテキスト版に対して、高島俊男「お言葉ですが…」（「週刊文春」97年10月2日）は、「船頭さんが『カクヨク』なんて言うだろうか」とツッコミを入れ、「鶴翼」を陣形の意と解し、学者の命名を想定する。足利は単行本で「職業で語彙の多寡は決まりません。船乗りは板一枚に命をかけた知識人だったのです」と反論、勇み足を認めなかった。湖上水路の重要性に眼を向けようとした発想は検討に値しよう。（堀部功夫）

芦原英了 あしはら・えいりょう

1907・1・9～1981・3・2。舞踊評論家、音楽評論家。大津市に生まれる。本名敏信。祖父藤田嗣章は、森鷗外より4歳年上で、1877年には軍医補になった。英了は自伝で「私の母は藤田嗣治の姉であり、小山内薫の従姉である。ということは小山内薫と藤田嗣治が従兄弟であるということになる」と記している。母のいとこが小山内薫と、その妹の小説家岡田八千代である。英了の弟義信は建築家である。父の任地の岡山に移り、ついで東京大久保に住む。番町小学校、開成中学校を経て、1931年に慶応義塾大学仏文科を卒業。翌年、叔父藤田嗣治をたよってパリへ行く。2年後に帰国、中央公論社に入社、多彩な評論活動を展開する。35年に『現代舞踊評話』を西東書林より刊行。日本コロムビア社のシャンソンのレコードに解説書をつけさせた。42年スヴエトロフ「近代舞踊に就ての考察」、リファル「振付師の宣言」、レヴインソン「舞踊の観念」を編訳した『舞踊美論』を小山書店から刊行。太平洋戦争中、軍の要請により仏領インドシナに渡り、ハノイ大使館府の嘱託として現地で日本語教育にたずさわった。戦後、46年に日本人だけでバレエ「白鳥の湖」全幕を、帝国劇場で東勇作らと上演する。47年「婦人公論」編集長になる。50年『バレエの基礎知識』を創元社から刊行。同年、中央公論社企画調査部長となり、53年に中央公論社を退社した。56年『巴里のシャンソン』を白水社から刊行し、翌年に第11回毎日出版文化賞を受賞。63年シャンソンを日本にひろめた功績により、フランス政府から藝文勲章オフィシエを、パリ舞踊大学から舞踊批評家に与えられる名誉博士号を授与された。64年『The Japanese dance』を日本交通公社から刊行。68年から76年までNHKラジオ「午後のシャンソン」の解説を担当した。74年、多年の舞踊や大衆藝能評論の活躍に対して紫綬褒章が授与された。歿後、バレエを主とする舞踊、シャンソン、ミュージックホール、サーカスに関する厖大なコレクションが国立国会図書館に寄贈された。著書に『バレエの歴史と技法』（81年9月、東出版）、『私の半自叙伝』（83年3月、新宿書房）、『サーカス研究』（84年3月、新宿書房）、『シャンソンの手帖』（85年3月、新宿書房）などがある。宮坂逸郎「芦原英了コレクション紹介1～8」（「国立国会図書館月報」253～262号、82年4月～83年1月）にコレクションの全容が紹介されている。（浦西和彦）

飛鳥井明実 あすかい・みょうじつ

1932・10・8～。郷土史家。大津市比叡辻の聖衆来迎寺山内理境坊に生まれる。1955年早稲田大学第一文学部卒業。59

年聖衆来迎寺住職となる。滋賀県立図書館にも勤務。80年5月15日、井上靖との共著『古寺巡礼近江①聖衆来迎寺』を淡交社より刊行。88年、編著『往生要集六道絵』を聖衆来迎寺より出版。（浦西和彦）

安住敦 あずみ・あつし

1907・7・1～1988・7・8。俳人、随筆家。東京府芝区（現東京都港区）生まれ。1928年逓信官吏練習所卒業後、短歌を「覇王樹」、俳句を富安風生選の「若葉」に投稿。戦前は逓信省に勤務し、35年日野草城主宰「旗艦」に参加。37年安土町の井上多喜三郎主宰「月曜」にも寄稿。第2句集『木馬集』（41年5月、月曜発行所）は安土から発行。44年「多麻」創刊。46年久保田万太郎を主宰として「春燈」創刊、63年万太郎歿後、同誌を主宰。82年俳人協会会長。近江を詠んだ句集に、68年作「彦根」4句を収める『午前午後』（72年3月、角川書店）〈春昼や彦根屏風の盲瞽女《ごぜ》〉、78年「大津にて」11句、79年「近江八幡にて」8句を含む『柿の木坂雑唱』（80年6月、永田書房）〈大津絵や鬼も背に負ふ梅雨の傘〉、82年「己《こ》高《こう》閣」3句など湖北での連作、翌年の堅田での数句を載せた『柿の木坂雑唱以後』（90年7月、平凡社）などがある。随筆集に『東京歳時記』（69年6月、読売新聞社）、『春夏秋冬帖』（75年8月、牧羊社）等。『安住敦全句集』（2000年7月、春燈俳句会）がある。（外村彰）

麻生磯次 あそう・いそじ

1896・7・21～1979・9・9。国文学者。千葉県生まれ。旧制第一高等学校、東京帝国大学文学部国文科卒業。京城帝国大学教授、旧制第一高等学校校長、東京大学教授を経て、学習院大学学長（後に院長）などを歴任。専門は近世文学。中国文学との関連性を深く追求した『江戸文学と支那文学』（1946年5月、三省堂。72年『江戸文学と中国文学』に改題）や、近世文学における滑稽性を論じた『笑の研究』（47年9月、東京堂）を刊行。業績の多くが『江戸小説概論』（56年10月、山田書院）に代表される近世小説の研究であるが、『俳趣味の発達』（43年11月、八木書店）は、松尾芭蕉研究の基礎文献となっている。また、『対訳西鶴全集』全16巻（決定版、92年4月～93年7月、明治書院）等の訳注をはじめ、『芭蕉物語』や『若き芭蕉』（76年9月、新潮社）などにより、古典の普及にも努めた。66年日本学士院会員に選ばれ、70年には文化功労者となり、翌年宮中での講書始めで進講者となる。

＊芭蕉物語《ばしょうものがたり》 伝記。〔初版〕『芭蕉物語』75年4月、新潮社。◇「奥の細道」精読の講義を通して構想された1600枚にも及ぶ物語。蕉風が確立し始めたとされる「野ざらし紀行」以降から、逝去までの10年間の芭蕉の足跡を描く。研究書等によって明らかになった事実を踏まえ、藝術即生活、生活即藝術の域に立った希有な藝術家として芭蕉をとらえ、旅を主軸とした日々の営みのなかで「成長」する芭蕉に迫った名著。40歳で郷里伊賀への旅（「野ざらし紀行」の旅）に赴いた芭蕉は、「侘び人」としての人生観を体得し、閑寂、幽玄の藝術を深めようとしながら、望郷の念、恩愛の情を棄てられない。その一方で、「野ざらし」という言葉通り、自身の漂泊の人生がいつとも知れぬ「死」と連続したものだという思いに囚れてもいた。こうした断ちきれぬ思いを抱きながらの漂泊が、蕉風俳諧の確立を促した。江戸に戻った芭蕉は、西行や在原行平を偲び、風流人としての生き様に思いをはせ、観月のため鹿島に向かい（「鹿島紀行」の旅）、俳諧を生涯のものとする。

そして風雅に対する「確乎不動の信念」を以て「無用の用」に遊ぶ境地に至り、「笈の小文」を記した。

続く紀行文「奥の細道」の旅では、「未知未見の風物」に接し地方の「素朴な人情」を味わう。そこで、旅を栖とする芭蕉が、「不易流行」の思想を育み、「軽み」への道筋を示す。「奥の細道」紀行の後、近畿を遍歴した芭蕉は近江石山や京都落柿舎に仮寓し、「軽み」の導入を考え始める。そして、旅によってこそ精神の新鮮さを維持できると考え「猿蓑」の旅へと赴き、「風雅の誠の上に立ち、是非善悪に心をまどわされず」、定家、西行、白楽天、杜甫といった先達を「風雅人」として尊崇し、湧き起こる詩情を「猿蓑」にまとめ、高遠な境地を俳諧に見出した。

その後江戸に戻った芭蕉は、「卑俗を描きながら卑俗にならない」を完成する。しかし、蕉風が技巧的に洗練されたものを確立していたために「軽み」は古くからの門人達には軽視され、自己の藝術が理解されず、「俳諧における寂しさ」が即「人生における寂しさ」となって表れる。そして芭蕉は、俳諧にこだわることを老醜と自覚しながらも、抑えがたい詩情を断ち切れず、この「寂しさ」を抱いたまま九州へ向かう。その道中、芭蕉は大坂で親しい者に惜しまれながら「凋れはてて」死んでいった。

（東口昌央）

阿刀田高　あとうだ・たかし

1935・1・13〜。小説家。東京都生まれ。幼少期を新潟県長岡市で過ごす。1960年早稲田大学第一文学部フランス文学専修卒業。国立国会図書館勤務（61〜72年）を経て「冷蔵庫より愛をこめて」（「小説新潮」78年7月）で文壇に登場、『ナポレオン狂』（79年4月、講談社）により第81回直木賞を受賞した。その後も『新トロイア物語』（94年11月、講談社）など知的な謎ときにブラック・ユーモアを潜ませる味わいの作風を展開。『安土城幻記』（95年11月、角川書店）は、狩野永徳の描いた安土城の屏風絵の行方に興味を抱いた人々の生に、死の予兆となる舟の幻影が介在してゆく長編小説で、語り手の白井は安土城と近江八幡市を2度訪れている。短編「ゆらめく湖《うみ》」（「野性時代」81年7月）は湖北が舞台。また「ものがたり風土《ふうど》記①〜④」（「小説すばる」99年1〜4月）は湖北、湖南から湖東地域の伝説や歴史をめぐって古跡を踏査した、筆者一流のすぐれた紀行である。

（外村彰）

我孫子元治　あびこ・もとはる

1916・2・4〜1994・6・5。詩人。草津市生まれ。立命館大学中退。西条八十に師事。戦前は近江新詩人クラブや「麦笛」等、戦後は「朱扇」、近江詩人会に参加。質朴な歌謡調の抒情詩を作った。産経新聞社に入社し金沢、奈良支局長を転任後、論説委員となる。1975年季刊「草津の文藝と美術」主宰。詩集に『麦笛』（36年）や『郷愁』（43年12月、東京プリント社出版部）等がある。作詞活動にも熱心であった。69年8月彦根市の滋賀県護国神社に詩碑「父の像に捧ぐ」建立。

（外村彰）

安倍能成　あべ・よししげ

1883・12・23〜1966・6・7。評論家、哲学者、教育者。愛媛県温泉郡小唐人町に生まれる。県立松山中学校時代、雑誌「太陽」で高山樗牛の文藝時評を愛読。1901年卒業と同時に母校で教鞭をとり、02年第一高等学校入学。魚住折蘆《せつろ》、中勘助、阿部次郎、岩波茂雄、茅野蕭々らと親交を結ぶ。03年友人藤村操の投瀑により人生に煩悶。憂苦と懊悩は06年東京帝国大学文科大学哲学科入学後まで続く。同郷の高浜虚子を介し宝生新に謡を習ったのが縁となり、07年漱石山房を訪れ、「ホトトギス」や「東京朝日新聞」文藝欄にも寄稿することになる。09年卒業後は、私学講師のかたわら文藝時評、随筆を盛んに発表。滞欧1年半を経て26年から14年間、京城帝国大学に奉職。40年第一高等学校校長、46年1月〜5月幣原内閣の文部大臣、8月帝室博物館総長（〜48年）、10月学習院長を兼任。翌年の同校財団法人化とその後の経営に尽力。「人間を人間として尊重する所に、民主主義の根本がある」との信条を戦中も貫き通し、戦後日本の精神的支柱となる。専門の哲学以外にも随筆集を多数出版、雑誌「あまカラ」掲載の食にまつわるエッセイは白眉。晩年には、「〜もとうとう死んだ」を文頭においた、友人、学兄への弔詞を多く書いた。享年87歳。

＊山中雑記《さんちゅうざっき》 随筆。〔初収〕『山中雑記』24年8月、岩波書店。◇51編を収めた随筆集の表題作。4度目（18年8月）の比叡山逗留の記。「主我的な争気」に満ちた俗世、混雑した電車に揺られ学校に通う教員生活に比べ、「雄俊な山」に囲まれた晏然たる生活を、〈東《とう》は修羅西《さい》は都に近ければ横川の奥ぞ住みよかりける〉と譬えている。なお「叡山恵心堂」（『我が生ひ立ち』66年11月、岩波書店）によれば、3度目（14年8月）の叡山行で中勘助と共に恵心堂に宿り、後の天台宗管長渋谷慈鎧、片山潜の異父弟でもある水尾寂暁と相知ることになったという。

（青田寿美）

安部良典 あべ・よしのり

1942・9・13〜。小説家。蒲生郡日野町村井生まれ。蒲生郡日野町在住。1961年県立日野高等学校卒業。69年鹿児島大学法文学部国文学科卒業。県立膳所《ぜぜ》高等学校（通信制）、県立甲賀《こうか》（現水口《みなくち》）高等学校、県立愛知《えち》高等学校に勤務。滋賀作家クラブ会員。滋賀県文学祭に積極的に応募。「きょうを限りの」（75年、芸術祭賞）、「赤鯥《むつ》」（76年、特選第1席）、「石子山」（80年、特選第1席）、「石塔寺《いしとうじ》」（81年、芸術祭賞）など、人生への愛惜感ただよう佳作を次つぎと投稿、連続して高位の受賞を果たした。

（山本洋）

安部龍太郎 あべ・りゅうたろう

1955・6・20〜。小説家。福岡県八女郡生まれ。本名は良法。1977年久留米工業専門学校機械科卒業。学生時代から太宰治、坂口安吾などの作品を読み、作家を志して上京。77年東京都大田区役所に就職。大田区立図書館司書をしながら、同人誌に作品を書き続ける。85年退職し、各誌の新人賞への応募を重ねる。「師直の恋」（臨時増刊「小説新潮」88年12月25日）でデビュー。89年4月27日から翌年の3月15日まで「週刊新潮」に「日本史　血の年表」を連載。これをもとに『血の日本史』（91年12月、新潮社）を出版し、第4回山本周五郎賞候補となる。他に『黄金海流』（91年11月、新潮社）、『彷徨《さまよ》える帝』（94年3月、新潮社）、『室町花伝』（95年5月、文藝春秋）、『風の如く　水の如く』（96年3月　集英社）、『難風』（98年6月、講談社）、『海神　孫太郎漂流記』（99年9月、集英社）、『お吉写真帖―明治維新新技術事始め』（2000年7月、文藝春秋）などがある。

＊山門炎上《さんもんえんじょう》 小説。〔初出〕「週刊新潮」1989年8月10日。「日本史　血の年表」第26回として掲載。〔初収〕『血の日本史』91年12月、新潮社。◇1435（永享7）年2月、延暦寺の衆徒が根本中堂に放火し、多数の自殺者が出る事件を基にし

ている。洛中で土倉《どそう》を営む大黒屋五平は、納銭方御倉として、御所の出入りを許されるようになったが、2年前から続く幕府と山門の争いの中で、山門の抗戦派から幕府や御所の内偵を頼まれる。しかし、山門の内部に裏切りがあって、根本中堂に立て籠った抗戦派は自害、放火、幕府の兵によって殺戮される。その場面を見ながら、「俺には狂えねえ」「狂うには多くのことを知り過ぎた」「なら、狂えないまま生きりゃあいいのさ」と雲母坂を下って、愛人の白菊のもとに駆けつける五平の姿を描いている。

＊余が神である《よがかみである》 小説。〔初出〕「週刊新潮」１９８９年９月21日。「日本史 血の年表」第31回として掲載。〔初収〕『血の日本史』91年12月、新潮社。◇１５８１（天正９）年８月、織田信長が高野聖１０００人余りを惨殺した出来事を基にしている。信長が荒木村重の残党探索のため、高野山に派遣した歩卒32人が高野山側に討ち取られたのをきっかけに、信長は13万の軍勢で高野山攻めを決意する。高野山との争いはすでに４年が経過していた。高野山は和睦を求めて来たが、信長は荒木の残党を引き渡すこと、僧兵をすべて下山させるか、高野山を引き払って他所へ移るか、の２点の条件を提示、３日後に残党を引き渡さないなら、高野聖を処刑すると言う。３日後、信長は安土の町はずれに柵を設け、無抵抗の老若男女８００人を閉じ込め、火を点けて殺戮する。「わしは神じゃ。怖いものなどあるか」という一方で、「『天の声だな』ぽつりとつぶやいた。そうとしか思えない瞬間が、時々おとずれる。緊張感や危機感に頭が白熱すると、意識がふっと飛んで、何者かに操られるように動くことがあるのだ」という信長を描いている。

＊信長燃ゆ《のぶながもゆ》 長編小説。〔初出〕「日本経済新聞」夕刊、１９９９年７月26日～２００１年５月２日。〔初収〕『信長燃ゆ上下』２００１年６月、日本経済新聞社。◇本能寺の変を、公武の相克という視点から描く。小説時間は１５８１（天正９）年の年明けから、本能寺の変までの１年半。天下布武をめざす信長と、朝廷の威光を死守しようとする近衛前久の対立を通して、朝廷とは何かを浮き彫りにしようとしている。近衛家の門流で、しばらく信長にも仕えた「たわけの清麿」という報告者を設定して、三人称小説とルポルタージュを組み合わせた手法を使っている。さらに信長と二条御所の上臈勧修寺晴子との恋愛を盛り込み、政治のみならず文化の面から朝廷を考える視点も備えている。清麿は「信長公が葬られた理由は、朝廷の上に立とうとなされたからだ。そのような僭上の沙汰を、朝廷の守護者であった前久公がお許しにならなかったのである」と述べる。ここには、本能寺の変について、明智光秀が前久を中心とする足利幕府再興計画に巻き込まれた、という作者の見解が重ねられている。

（北川秋雄）

天田愚庵 あまた・ぐあん

１８５４（嘉永７）・７・20～１９０４・１・17。歌人、僧侶。磐城国（現福島県いわき市）生まれ。旧姓甘田。本名五郎。別名鉄眼《てつげん》。戊辰戦争時に父母妹が消息を絶ち、生涯兄と捜索を続けた。１８７２年ニコライ神学校中退。同年山岡鉄舟門下となり参禅。国学を落合直亮に学ぶ。１８７６年から詩作。また放浪生活のなか１８７８年清水次郎長に寄食、１８８１年その養子となり山本鉄眉の名で伝記『東海遊侠伝』（１８８４年４月、与論社）を出版。１８８５年から内外新報社勤務の後、１８８７年京都の林丘寺（臨済宗）で剃髪得度。正岡子規らと交流があり、明治期の万葉調短歌の先駆者でもあった。『順礼日記』（１８９４年5月、私家版）には、１８９３年９月京都からの西国巡礼が記され、同月延暦寺や大津膳所の諸名所、11月に三井寺、翌月竹生島、長命寺や湖東の寺社に参拝している〈大比叡や高嶺の道は荒れてけり雲に鎖《とざ》せる法の大庭〉。１８９５、１９０２年にも竹生島で中秋の名月を観て歌作。『愚庵全集』全1巻（28年1月、政教社出版部）がある。（外村彰）

天野忠 あまの・ただし

１９０９・6・18〜１９９３・10・28。詩人、随筆家。京都市生まれ。母は坂田郡国友村（現長浜市国友町）出身。京都市立第一商業学校卒業。在学中、校友会誌に小説や散文詩を書く。ゴーリキイ、ゴーゴリらのロシア文学に没頭、特にドストエフスキーに感動。１９３０年野殿啓介、大沢孝らと同人詩誌「白鮑魚」を発行し、共著で詩集『聖書の空間』（白鮑魚社）刊行。徴兵検査丙種。32年5月第1詩集『石と豹の傍にて』（白鮑魚社）を刊行。34年5月文藝誌「リアル」に同人として参加。49年5月天野隆一、田中克己らと共にコルボウ詩話会を創立。詩集『重たい手』（54年6月、第一芸文社）、『単純な生活』（58年9月、コルボウ詩話会）で「私」の消極をえぐる独特の現実認識で注目され、『クラスト氏のいんきな唄』（61年10月、自費出版）で奇才を騒がれた（大野新）。62年滋賀の武田豊編集の詩誌「鬼」や井上多喜三郎らの雑誌「骨」に参加。存在論的思考を内に秘めた感覚的抒情に冴えを見せる。他に詩画集、随筆集など多数。尚『天野忠詩集』（74年10月、永井出版企画）で無限賞、『私有地』（81年6月、編集工房ノア）で読売文学賞、『続天野忠詩集』（86年6月、編集工房ノア）で毎日出版文化賞、京都新聞文化賞等を受賞。歿後、編集工房ノアより遺稿随筆集『耳たぶに吹く風』（94年10月）、『草のそよぎ』（96年10月）刊行。（二木晴美）

飴山實 あめやま・みのる

１９２６・12・29〜２０００・3・16。俳人。石川県小松市生まれ。京都帝国大学農学部卒業後、静岡大学を経て山口大学教授。１９４６年「風」、48年「楕円律」に参加。芝不器男に傾倒し叙情的かつ澄明の句風。句集に『おりいぶ』（59年6月、風発行所）、『少長集』（71年1月、自然社）の他、近江吟行句の散見される『辛酉小雪《しんゆうしょうせつ》』（81年11月、卯辰山文庫）〈比良ばかり雪をのせたり初諸子〉、『次の花』（89年6月、角川書店）、『花浴び』（95年10月、角川書店）〈淡海から風来て仔猫生れたる〉など。『飴山實全句集』（２００３年6月、花神社）がある。（外村彰）

荒巻義雄 あらまき・よしお

１９３３・4・12〜。小説家。北海道小樽市生まれ。本名義雅。道立札幌第一高等学校（現札幌南高等学校）を経て、北海道大学文学部卒業。家業の建築業を継ぐために、北海学園大学建築科も出る。１９７０年に「術（クンスト）の小説論」、短編小説「大いなる正午」（「SFマガジン」8月）などで執筆活動を展開。71年「白き日旅立てば不死」（「SFマガジン」2月）などSF物を執筆、72年『白壁の文字は夕日に映える』で第4回星雲賞受賞。長編伝奇推理小説『空白のムー大陸』などの「空白」物。「ビッグウォーズ」シリーズ（78〜86年）。『紺碧の艦隊』が90年代の架空戦記ブームの契機となる。「暗号小説」ともされる『シルクロードの秘宝』（85年7月、徳間書店）などの謎解きを中心としたもの、『義経伝説推理行』（93年7月）などもある。要塞物として、「ニセコ要塞」（86～88年）『十和田要塞』（89年）、「阿蘇要塞」（90～91年）、『オーロラ要塞』（94年）、「富嶽要塞」（2000～2001年）などがある。札幌時計台ギャラリーオーナー。

＊琵琶湖要塞1997《びわこようさい1997》　長編小説。〔初版〕『琵琶湖要塞1997』91年7月、中央公論社。◇「不在の主語」、あるいは本世界を支配する唯一絶対神である「グロブロー」という存在によって「1997世界大戦」がプログラムされた。その初期設定は電脳琵琶湖要塞の覚醒とともに提示された。この水中要塞は敵の偵察と気化爆弾への防御対策として作られた。「コード1941」で戦った相手、2発の原爆を使ったIBMが新たな相手国として登場しようとする。「この狂える電脳世界の中で、少なくともわが列島軍だけは、最後まで正気でありつづけよう」とやむない戦いに備えようとする。「外交情報機構本部の建物は、琵琶湖の辺、彦根にある。目の前には琵琶湖が広がり、…風光明媚である。…あと数日で、全世界が、おそらく史上最大の戦争を始めるとは、信じられないくらいである。」と記される。大型亜宇宙空母日章を旗艦とする亜宇宙艦隊が結成される。戦いは水中要塞内の正面大ディスプレーに表示されたスコアを睨みながら、展開されていく。「IBMは二重国家です。善良なIBMと世界統一を狙う帝国主義的IBMの二つの貌を有するヤヌスなのです。」と捉えられる。作者の言によれば、「国際問題シュミレーション小説」であり、テクノ・サスペンスとも規定する。「水中要塞覚醒篇」「国後・択捉強襲篇」「超飛行艇海煌出撃篇」「天山回廊長征篇」「北極氷原血戦篇」「二千年紀末平和創造篇」からなる。

（出原隆俊）

有島武郎　ありしま・たけお

1878・3・4～1923・6・9。小説家、評論家。東京小石川に生まれる。学習院中等科卒業後、札幌農学校（現北海道大学）に進む。アメリカ留学、ヨーロッパ歴訪の後、英語教員として母校に赴任。1914年秋、妻安子が肺結核を発病したため同地を離れ、東京に居を移す。17年「カインの末裔」「平凡人の手紙」（7月）、「実験室」「クラ、の出家」（9月）などを発表して文名にわかに上がる。翌18年秋から毎年春秋2回にわたって同志社大学に出講、ホイットマンやイプセンを講じた。20年5月11日同志社大学での講義を終えた後、秋田雨雀らを伴って石山寺を訪ねた。翌日インクラインで疏水を下って帰洛した折、蹴上の出口に近づいてほのかな明かりを見た有島は、「あれは慈悲光だ！」と叫んだという。『生れ出づる悩み』（18年9月、叢文閣）や代表作『或る女』（19年6月、叢文閣）などによって広汎な読者を得たが、「宣言一つ」（「改造」22年1月）では、みずからは第四階級の前に滅びて行くブルジョアジーに他ならぬと自己限定し、北海道狩太（現ニセコ町）の農場を放棄した。翌23年軽井沢の浄月庵で波多野秋子と共に縊死した。

（内田満）

有馬朗人　ありま・あきと

1930・9・13～。俳人、物理学者。大阪市生まれ。1953年東京大学理学部卒業。50年山口青邨に入門。75年東京大学教授。93年まで東京大学総長。第3句集『天為』（87年8月、富士見書房）には巻頭句〈あかねさす近江の国の飾臼〉等、近江での句が収載される。句集に『母国』（72年3月、春日書房）、『知命』（82年8月、牧羊社）、『耳《じ》順《じゅん》』（93年6月、角川書店）、『立志』（98年8月、角川書店）等。他に『大学貧乏物語』（96年3月、東京大学出版

会）。（外村彰）

阿波野青畝　あわの・せいほ

1899・2・10〜1992・12・22。俳人。奈良県高市郡生まれ。本名敏雄。旧姓橋本。1917年高浜虚子に接し「ホトトギス」に傾倒。翌年畝傍中学校卒業後、八木銀行に就職。23年結婚し阿波野姓。29年4月「かつらぎ」主宰創刊。同年12月「ホトトギス」同人。45年空襲により大阪の家が被災し西宮に転居。戦後カトリックに入信。いわゆる四S（秋桜子、誓子、素十）の1人。悠然として市井にあり、写生を極めた客観と主観的抒情が併存した句風を示した。〈行春や近江いざよふ湖の雲〉、句碑となった〈さみだれのあまだればかり浮御堂〉などの秀句を収める第1句集『万両』（31年4月、青畝句集刊行会）のほか、『春の鳶』（52年12月、書林新甲鳥）、『紅葉の賀』（62年1月、かつらぎ発行所）〈比叡／夏籠や坂本の魞《えり》見おろされ〉、『甲子園』（72年12月、角川書店、第7回蛇笏賞）、『旅塵を払ふ』（77年10月、東京美術）、『不勝簪』（80年2月、角川書店）等に、近江で作られた数句がみられる。（外村彰）

安西冬衛　あんざい・ふゆえ

1898・3・9〜1965・8・24。詩人。奈良市生まれ。本名勝。1916年堺中学校（旧制）卒業。20年中国に渡る。24年11月北川冬彦らと「亜」創刊。26年5月「亜」に〈行春の多賀より参る杓子《しゃもじ》かな〉。のち「詩と詩論」「文学」同人。短詩、散文詩の新たなフォルムを開拓した。詩集に『軍艦茉莉』（29年4月、厚生閣書店）、『韃靼海峡と蝶』（47年8月、文化人書房）等。随筆「志賀小品」（『桜の実』46年11月、新史書房）は、大津京跡周辺の散策記。52年10月26〜27日、近江詩人会の招きで彦根市を訪れ、商工会議所内のレストラン「エスカルゴ」での喫茶から詩興を得る。64年3月4〜5日、八日市市民公民館において「母」の題で講演、安土に遊び近江八幡市泊、彦根で近江詩人会と交歓。65年2月には県立守山高等学校の校歌を作詞。宇治から瀬田川を経て石山に至る土地の風光を好んだ。『安西冬衛全集』全11巻（77年12月〜86年8月、宝文館出版）がある。（外村彰）

【い】

飯住泉花　いいずみ・せんか

1908・1〜1997・10・18。歌人。高島郡今津村大字弘川（現高島市今津町）生まれ。本名は作英。1926年今津中学校（旧制）卒業。27年滋賀県師範学校卒業。本庄尋常高等小学校訓導をはじめとして、42年県立今津中学校舎監教員、47年川上村立川上中学校校長など、66年まで公立の小学校、中学校の校長を勤めて退職。68年私立今津女子専門学校校長。76年今津町教育委員長。80年自叙伝『星流る』刊行。

＊星流る　ほしながる　自叙伝。〔初版〕『星流る』80年11月、彦根サンライズ印刷。◇中学校教員であった次男が64年に交通事故死したことを契機に「人生のはかなさ」を痛感し、歌作に没頭する。人生は天地悠久に比べると、流星の一瞬にも比すべき、寸秒の間の出来事である、ということから、「星流る」と題して、ガリ版印刷の私家版歌集を知人に配布した。77年に小学校教員の長男も病死する。3人の子をなしたが、長女は満1歳で夭折しているので、3人の子全てを逆縁という形で失うことになった。不

幸を知り、励ましてくれる教え子達との交流に、教職の喜びを痛感し、50年間の教職生活を回顧して、思い出の記を再び『星流る』と題して刊行する。前半は今津女子専門学校での講話や校内紙「女専だより」の原稿、卒業生からの便りを収録。後半は自らの略歴や随想や折々の回想、さらに自作の俳句、短歌、漢詩、両親・次男・長男の追想という構成になっている。長男の死を悼んだ歌に〈うら盆の施餓鬼すみたる夜半すぎ吾子逝きたりと電話かかれり〉〈藪を売り田畑売りても吾子が病いやさん望み今はたえたり〉がある。（北川秋雄）

飯田蛇笏 いいだ・だこつ

1885・4・26〜1962・10・3。俳人。山梨県境川村（現笛吹市）生まれ。本名武治、別号山廬《さんろ》。四男龍太は俳人。1905年に早稲田大学英文学科に入学、早稲田吟社で活動しながら高浜虚子の指導を受ける。09年に大学を中退して郷里に戻り、田園生活を続けた。大正初期の「ホトトギス」で活躍した後、17年「雲母」を主宰。主観的写生によって自然の生気をとらえた高い品格をもつ句風で知られ、俳壇で重きをなした。芥川龍之介とも句作を通して親交。第1句集『山廬集』（32年12月、雲母社）〈琵琶湖畔紅葉屋／湖霧も山霧も罩《こ》むはたごかな〉、紀行文集『旅ゆく諷詠』（41年4月、人文書院）、遺句集『椿花《ちんか》集』（66年5月、角川書店）には近江での作も収められ、第7句集『雪峡《せっきょう》』（51年12月、創元社）では「琵琶湖畔」「近江の旅」連作のほか石山寺、幻住庵で詠まれた数句が収載された。多数の随筆、評論集も刊行。『飯田蛇笏集成』全7巻（94年5月〜95年5月、角川書店）がある。〈驟雨やむ屋形にはやき琵琶の浪〉（外村彰）

飯田棹水 いいだ・とうすい

1907・8・12〜。歌人。栗太郡葉山村（現栗東市）に生まれる。本名菅治郎。旧姓里内。膳所中学校時代から棹水の号で短歌を作る。神戸高等商業学校卒業。糸物商の飯田家の婿養子となり、継承した繊維会社の経営に永年勤しむ。1956年渡辺朝次に師事し本格的に作歌を始め、「覇王樹」に入社。準同人を経て60年同人となる。70年関西覇王樹社を結成、編集同人となる。74年大阪歌人クラブを結成、常任理事、事務局長を務めた。84年大阪府文化藝術功労者表彰を受賞。還暦を記念して出版した第1歌集『華』（67年）、古希記念の第2歌集『清泉』（78年）、第3歌集『和光』（90年）がある。また「月刊大阪身辺細貨商報」に小説「暖簾」（78年）を連載した。大津市の膳所公園と生家に近い栗東市の円徳寺に歌碑がある。（内田晶）

井伊直忠 いい・なおただ

1881・5・29〜1947・4・1。井伊直弼の二男直憲の二男として東京に生まれ、1902年井伊家を継ぐ。井伊伯爵家第十五代当主。初代梅若万三郎を師として生涯能楽に打ち込み、東京麴町の自邸内の能舞台で演能を重ねた。関東大震災以後は、新宿の別邸内の舞台で稽古を続け、能面や能装束の収集の他、新たに制作も行った。蔵書は琴堂文庫として彦根城博物館に収められる。野上弥生子作「迷路」に登場する、歴史の動向を見据えつつ能楽に身を打ち塡めて生きる江島宗通のモデルである。（渡邊ルリ）

井伊文子 いい・ふみこ

1917・5・20〜2004・11・22。歌人。東京市麴町区（現東京都千代田区）九段坂上に、旧琉球王家、侯爵の父尚昌・母百子

の長女として生まれる。弟と妹が各1人ずついる。1923年4月女子学習院幼稚園から女子学習院本科に入学。同級には山県有朋や東郷平八郎の孫などがいた。この年の6月19日父尚昌が盲腸炎のため死去（35歳）。30年母方の伯母津軽照子のすすめにより佐佐木信綱に師事し、東京本郷西片町の信綱宅で短歌の指導を受ける。川田順、鶴見和子、吉田茂夫人雪子なども一緒であった。33年9月父の故郷沖縄へ帰省し短歌を作る。この時、佐佐木信綱に添削指導を受けた。34年3月女子学習院本科卒業。36年7月歌文集『中城さうし』（表現社）を刊行する。37年4月22日、伯爵井伊直忠の長男直愛《なおより》（1910・7・29～1993・12・2）と結婚し、1ケ月後に彦根で結婚披露、京都、奈良へ新婚旅行に出かける。53年5月より9期36年にわたって彦根市長を務めた夫直愛は、結婚当時は、ミシスの分類学を専攻する東京大学農学部水産学科の大学院生であった。文子は、結婚後も佐佐木信綱結社竹柏会の会員として歌誌「心の花」に短歌を投稿し作歌活動を続ける。3人の子に恵まれ結婚生活は順調であったが、43年結核となり、翌44年2月には腎臓結核のため右腎摘出手術を受け、以後55年頃まで療養生活を余儀なくされる。44年8月千葉市長者町の母の実家に疎開し、45年3月9日東京大空襲の前日に彦根市松原町に疎開、以後彦根市に居住。48年開放性結核となり手術を受け、横隔膜神経捻除術をする。この病床で「短歌覚書」と名付けたノートに様々な思いを記す。この頃、山縣正秋『療病求道録』の「癒えしよろこび人にもわかて」という言葉に感銘を受けた。49年東京成蹊女学校校長奥田正造の教えを受け、仏法に帰依する。奥田のすすめにより道元の『正法眼蔵随聞記』『典座教訓』が座右の書となり、後に社会奉仕活動を実践する上で、療養中に親しんだこうした書が文子に大きな影響を与えた。50年2月、「日本歌壇」（全日本歌人協会）の特別会員となり、同年12月には滋賀文学会にも入会する。52年から伯母津軽照子のすすめもあり口語自由律の新短歌を作り始め、「文藝心」に作品を投稿する。53年11月には宮崎信義主催の新短歌社に入会。この後も仏法に帰依（65年4月、彦根市清涼寺で受戒）しつつ、作歌活動を続ける。

歌集に、『浄命』（51年7月、表現社）、『鷺ゆく空』（54年8月、表現社）、『春の吹雪』（59年11月、表現社）、『冬草』（68年8月、表現社）、『環礁』（74年3月、新短歌社）、『龍舌蘭』（80年3月、新短歌社）、『夕べ澄む』（83年9月、新短歌社）、『諦観』（92年4月、新短歌社）などがある。68年に滋賀文学会特別賞を、76年9月には新短歌人連盟賞を受賞。歌集以外の著書も数多い。沖縄本土返還の年に刊行した、歌文集『仏桑花燃ゆ』（72年4月、燈影社）は、沖縄の困難を思い沖縄訪問時の随筆などをまとめた書である。『井伊直弼茶湯一會集』（75年3月、井伊家史料保存会）の復刻にも携わっている。これは、井伊直弼と茶湯との関係を知るための貴重な歴史的資料である。また、『私の会った人』（77年7月、仏桑花の会）、『仏桑華の花ひらく』（78年11月、柏樹社）など、随筆集も多数。最近のものでは『美しく老いる』（96年4月、春秋社）、『井伊家の猫たち』（2001年2月、春秋社）他がある。一方で、再手術を受けて10年に及んだ病気がようやく癒えた1954年から点訳奉仕を始め、また60年4月には結核回復者の施設として自家の敷地内に「憩の家」を開所し、さらに72年11月には社会奉仕団体仏桑華の会を発足させている。その点訳奉仕活動などに対して、78年3月には京都新聞社の社会福祉事業団から、同年11月には滋賀県社会福祉事業団から表彰される。仏桑華の会会長、滋賀県肢体不自由児福祉協会理事長も長年務める。文子の短歌は、彦根での生活を素材とするものと、沖縄を素材とするものとに大別できる。前者には〈われ病めば夫を厨にたたしめて心切なき一日が暮るる〉〈時に子がたづねる病の癒ゆる日を春とも秋ともいひてすぎしか〉〈小さい波の秀黒く　かいつぶりも黒く　雨もよいの　湖ひろびろ。〉〈入り陽にふちどられた黒雲　また一日が湖のほとりに　消されてゆく。〉等があり、琵琶湖の四季の光景を詠じた歌も多い。後者には〈南のあさの光は仏桑の花にあかるし首里へといそぐ〉〈やりばない想いに朱書きする〈外国年賀〉わがふるさとのはるけくて。〉〈基地への抵抗はぐらかす様、芝生に　変葉木の葉がつやつやと美しい。〉〈かっての激戦地を覆う野菜畠　苦瓜は点々と黄の花咲かす。〉等がある。また、沖縄ひめゆりの塔の側にある歌碑〈ひめゆりの石ぶみに深うぬかづけばたひらぎをこひのむ乙女らの声す〉（59年7月）を始め、多くの歌碑も建てられている。井伊直弼の師、仙英禅師顕彰の歌の〈妙修の禅師が説法直弼の心眼ひらき国をすくへり〉〈直弼を悟境へみちびき給ひたる禅師が行履したひてやまず〉（74年9月、倉吉市西岩倉吉祥院）、井伊掃部守直孝が再建した若宮八幡宮の〈歴史きざむ棟札のこりなかざとのわかみやの社にわが祖をしのぶ〉（78年10月、焼津市中里）など。滋賀県内の歌碑には、安土桃山時代に犬上川の水害の際、人身御供として島田堤に生け埋めとなったお丸への鎮魂のための〈川浪のうづの底ひに身を沈め祈りはとはのやすらけき村〉（59年7月、彦根市甘呂町）、〈神饌のそなへらるる間をつつしみて黙しをればあまたの牛たちが親し〉（64年12月、犬上郡甲良町小川原神社）、〈阿羅漢果得て哄笑し　または思惟ふかくそれぞれの面持に　目をこらす〉（83年10月、彦根市里根町天寧寺）、1755（宝暦5）年の巡礼船転覆事故の慰霊碑〈望郷のおもひ鎮めてとことはに福堂の地にやすらひたまへよ〉（1984年、能登川町福堂）などがある。

＊茶湯一会　井伊直弼を慕って《ちゃとういちえ　いいなおすけをしたって》　随筆。〔初版〕『茶湯一会　井伊直弼を慕って』98年9月、春秋社。◇第1章「井伊家とその由縁の寺々」、第2章「彦根住居」、第3章「茶湯一会」の3部構成で、井伊家の歴史や筆者と井伊家との関わりなどを記した随筆。第1章では、静岡県引佐郡井伊谷の神社と徳川家康に仕えた井伊直政との関係、井伊家の彦根の墓所である清凉寺、彦根市里根町天寧寺の五百羅漢にまつわるエピソードなどが記されている。第2章では、東京大空襲の前日（45年3月9日）に彦根に疎開してきた自身のことや、彦根で住居としたお浜御殿の歴史について語られる。第3章の内容は、埋木舎での井伊直弼のエピソードや直弼と筆者との「空想茶会」など、茶湯を中心とする。筆者の井伊家への思いが感受できると同時に、彦根の様々な歴史を知ることができる。

（西尾宣明）

飯村天祐　いいむら・てんゆう

1911・月日未詳〜1945・6・18。歌人。坂田郡法性村の真宗大谷派寺院の長男として生まれた。中学校（旧制）時代に父が死去したため住職を継ぐ。1932年前田夕暮主宰の「詩歌」に加わり、口語自由律短歌を始める。42年召集され、45年6月18日沖縄の摩文仁において戦死した。94年50回忌に遺稿歌集『飯村天祐全歌集』が刊行された。

（浦西和彦）

五十嵐播水　いがらし・ばんすい

1899・1・10〜2000・4・23。俳人。兵庫県姫路市生まれ。本名久雄。1920年高浜虚子に師事し「ホトトギス」に参加。23年京都帝国大学医学部卒業。神戸市立中央市民病院に勤務、のち院長。関西ホトトギス同人会会長。30年「九年母」主宰。句集に『播水句集』（31年2月、京鹿子発行所）、『埠頭』（42年8月、七丈書院）、『石蕗《つわ》の花』（53年12月、創元社）、『老鶯』（71年2月、新樹社）等。近江もよく訪れ、82年長浜市の豊公園に句碑〈猫柳湖畔の春はととのはず〉が建立された。（外村彰）

井口秀二 いぐち・しゅうじ

1926・6・10〜。俳人。滋賀県生まれ。近江八幡市南津田町在住。1951年より俳句を始め山中三木に師事。52年「霜林」と「馬酔木」に入会。64年「霜林」同人。98年「馬酔木」同人。滋賀俳句連盟幹事。滋賀俳文学研究会会員。〈釣り捨てし琵琶湖のぎぎに鳴かれけり〉（山本洋）

池内昭一 いけうち・しょういち

1921・1・30〜。小説家。蒲生郡日野町に生まれる。別名池内規雄。1943年3月慶応義塾大学経済学部卒業。滋賀県教育委員会で社会教育主事をつとめた後、上京。85年まで文藝通信社秀文社代表取締役となる。その後、郷里に帰り歴史小説を書き、著作生活に入る。著書に『新しい婦人学級の手引』（57年、関書院出版）、『蒲生氏郷』（86年5月、新人物往来社）、『竹中半兵衛』（88年4月、新人物往来社）、『智将大谷刑部』（90年2月、新人物往来社）、『ラストエンペラー婦人婉容』（90年8月、毎日新聞社）、『野曠しく戦声なし』（91年10月、村田書店）、『天下取りの智恵袋井伊直政』（95年11月、叢文社）、『竹中半兵衛のすべて』（96年2月、新人物往来社）がある。（浦西和彦）

池田浩士 いけだ・ひろし

1940・6・20〜。ドイツ文学者。大津市北別所町（現尾花川）生まれ。1959年慶応義塾高等学校卒業。68年慶応義塾大学大学院文学研究科ドイツ文学専攻博士課程修了。同年4月京都大学教養部助教授、90年教授。2004年京都精華大学教授。海外進出とかかわる文学表現の研究、満蒙開拓団に関する調査研究など。1967年9月エルンスト・フィッシャー『時代精神と文学』（合同出版）の翻訳を刊行。68年2月ルカーチ『ルカーチとの対話』（合同出版）、同年ドイツ文学振興会奨励賞を受賞。75年10月から76年10月にかけて、『ルカーチ初期著作集』全4巻の編訳を三一書房から刊行し、ルカーチの本格的な研究を始める。『ファシズムと文学—ヒトラーを支えた作家たち』（78年4月、白水社）、『抵抗者たち—反ナチス運動の記録』（80年9月、TBSブリタニカ）、『表現主義論争』（88年2月、れんが書房新社）などファシズム下のドイツ文学に関心を寄せるほか、ブロッホ、カフカに関する著作、さらに日本の大衆小説と読者の関係を本格的に論じた『大衆小説の世界と反世界』（83年10月、現代書館）がある。その他『文化の顔をした天皇制』（86年11月、社会評論社）、『死刑の「昭和史」』（92年3月、インパクト出版会）など、反権力の立場から天皇制、左翼運動、死刑制度、転向、など多岐にわたる著作がある。近年は、戦後責任、海外進出文学という新しい切り口で、『コメンタール戦後50年　第3巻戦争責任と戦後責任』（95年6月、社会評論社）、『「海外進出文学」論・序説』（97年3月、インパクト出版会）、『火野葦平論—海外進出文学論第1部』（2000年12月、インパクト出版会）など、第二次大戦下のファシズムと日本の文学、戦争責任問題について精力的な仕事を展開している。

＊隣接市町村音頭《りんせつしちょうそんおんど》　短編小説。〔初版〕『隣接市町村音頭』１９８４年11月、青弓社。◇79年から84年まで野村修、小岸昭、森毅らと刊行した同人誌「匙」に発表した「隣接市町村」シリーズと、「インパクト」誌に発表した作品を収録した短編集。隣接市町村とはＰ県Ｗ郡Ｑ町というＢ湖畔にある架空の町で、美浜、若狭の「原発銀座」まで20～30㎞の地点にある市町村を指している。作者が当時居住していた高島郡今津町がモデルであろう。Ｇ君という「わたし」の甥と称する2、3歳年上の男が、ある日ふらりと訪れて、自分の住んでいるＱ町の話をして、自分の代わりに小説に書けと勧める。Ｇ君は「某一流ミニコミ雑誌の通信局」を勝手に自称して、Ｑ町の田園地帯を埋め立てた安住宅に1人で住んでいる。「わたし」はＧ君の代行でいやいや小説を書くという設定。「隣接市町村物語」（「匙」79年7月）は、湖岸の松林で下半身のない女性の死体が発見されるが、それは付近の墓地から発掘されたものらしいという事件を扱っている。「隣接市町村音頭」（「匙」80年4月）はＷ郡内にある中農の跡取息子の高校生Ａが、交際中の被差別部落の同級生を同乗させ、暴走行為の途中パトカーに追われてダムに転落、行方不明になった事件を描いている。「隣接市町村曼荼羅」（「匙」80年10月）は、Ｇ君達4軒が住む住宅地の残りを、格安の別荘地として売ったため起きた別荘の住人とＧ君らの摩擦を描いている。「隣接市町村仁輪加」（「匙」82年1月）は、Ｐ県開催の国体に参加する天皇夫妻の警備で、変質者等の情報を収集する警察官の姿と、赤潮が発生したＢ湖の水を天皇夫妻の茶会に使用したため、不興を買うという事件を扱っている。「オールナイト隣接市町村」（書き下ろし）はＱ町の町議会議員の無投票選挙をめぐる騒動を扱っている。Ｇ君は、Ｑ町の部落解放同盟支部長で半漁半農のＭ氏と、酒を飲んだり漁に同行したりして、Ｂ湖総合開発下の農村や漁村、差別問題、マルクス主義、天皇制に関する議論を交わすという設定をとることで、社会小説になっている。

＊進歩と向上《しんぽとこうじょう》　随筆。〔初出〕「湖国と文化」86年4月。◇筆者が小学生の頃、遠足の時に競い合って乗った「四等車」（車両不足を補うため、荷物車に座席をつけて客車に転用したもの）、学校の帰り、級友とともに国道1号線の橋の上から、逢坂山トンネルから出て来る汽車を見に行った思い出から語り出し、現在「乗客は煤煙に悩まされる必要もなく、運転士が気絶する必要もなくなった。これは、疑いもなくひとつの進歩だろう。だが、ではこれは向上なのだろうか」と問う。琵琶湖についても「なぎさをつぶし、合成洗剤で汚染された太湖は、なるほど、科学技術の力で水質だけは人工的にきれいにできるかもしれない。しかし、そのとき、そのきれいな水は、ふたたび魚や虫や鳥たちのものとなるだろうか」「四等車や煤煙を想い起こすとき、それらとともにうしなわれたものをこれからは決して失わない道を、わたしはさぐりたいと思う」と述べる。　（北川秋雄）

池波正太郎《いけなみ・しょうたろう》

１９２３・１・25～１９９０・５・３。小説家、戯曲家。東京浅草聖天町に、父富治郎・母鈴の長男（姉2人、妹1人）として出生。１９２３年関東大震災により、埼玉県浦和に移住。29年下谷根岸小学校に入学。同年両親離婚の為、浅草水住町の母の実家に転居し、下谷西町小学校に転入。35年同校を卒業し、茅場町の現物取引所田崎商店に勤務。41年太平洋戦争開戦、44年横須賀海兵団に入団。戦後複数の職業に就きながら創作。50年片岡豊子と結婚。55年から執筆に専念する。77年夏初の欧州旅行（生涯4回）。90年急性白血病で三井記念病院で死去。墓所は西浅草西光寺。「錯乱」で第43回直木賞（60年）、ヒーローを時代小説の中に活写したとして第36回菊池寛賞（88年）を受賞。紫綬褒章（86年）受章。

＊戦国幻想曲《せんごくげんそうきょく》　長編小説。〔初出〕「サンデー毎日」44年5月4日〜45年3月1日。〔初版〕『戦国幻想曲』77年11月、東京文藝社。◇渡辺勘太夫盛は、北近江、朝日山（別名浅井山）の頂にある山本城の城主で、織田信長の麾下である阿閉淡路守の家来であった。その子渡辺勘兵衛は「天下にきこえた大名につかえよ」という病死した父の遺言を胸に渡辺家の当主となる。そして、余呉川の河原で猛特訓を受け「槍の勘兵衛」となった。勘兵衛の初陣は信長の甲州攻略の一環、高遠攻めであった。そこで勘兵衛は織田信忠の危急を救った上、大活躍をする。信忠に理想の主君像「豪傑」を見いだすが、家来にする約束をしておきながら、信忠は本能寺の変で信長と共に世を去ってしまう。その後、山崎の戦での阿閉淡路守の「日和見主義」の態度を見て、全く頼りにならないと山本城を脱走。豊臣秀吉の時代になり、関東に行き小田原の北条に一時期仕える。次に信州上田の城主、真田昌幸に奉公し名将と評価するが、そこで下女のすげとの間に長兵衛という子を儲け、真田家を飛び出すことになる。京都の四条で親友庄九郎に出会い、長兵衛を預ける。庄九郎の口添えで近江水口の城主、中村一氏に仕え、小田原攻めで活躍するが、その「官僚肌」が合わず出て行くことになる。その後、勘兵衛は庄九郎に再会し、金子閣蔵を紹介される。勘兵衛は閣蔵を通して、一氏に代わり水口城主となった増田長盛の家来となるのだった。そこで勘兵衛は於寿免という閣蔵の娘と再婚する。朝鮮戦役を挟んで、勘兵衛は長盛に従い大和国郡山へ移る。秀吉が亡くなり、やがて徳川家康の東軍と石田三成の西軍が関ケ原で戦うことになる。長盛は西軍に加わるが、西軍は大敗。長盛は一氏と同じ「官僚肌」だが、豪胆な精神の持ち主で勘兵衛にとっては「好きな殿様」であった。ところで、関ケ原で西軍に大勝した家康は藤堂高虎に郡山城を接収させようとした。長盛の命を受けた勘兵衛は籠城作戦をとり、郡山城を死守しようとしたが、結局開城することになる。その戦いぶりを評価された勘兵衛は閣蔵を通して、高虎の家来となる。勘兵衛は高虎を「生えぬきの戦国大名」と評し、理想の主君像を見いだす。しかし、勘兵衛がかつて仕えていた豊臣家を滅ぼす戦争、すなわち大坂の陣で高虎の命に背いて放逐され、浪々の身となって物語は終わる。

＊卜伝最後の旅《ぼくでんさいごのたび》　短編小説。〔初出〕「別冊小説新潮」61年1月。〔初収〕『卜伝最後の旅』67年3月、人物往来社。◇祖先から伝わる「鹿島の秘太刀」の真髄を天下に発揚することに成功した塚原卜伝が、知己を得た数多くの名流の中で、特に人間的に心をひかれていたのは、清らかで情け深い武田信玄と、剛毅さと闊達さを合わせ持った足利将軍義輝の2人であった。老年の塚原卜伝は、1561（永禄4）年僧籍に入った武田信玄に再び故郷常陸から甲斐国古府中（甲府）へ招かれた。信玄が今回卜伝を招聘したのは、永年にわたる上杉家との戦いに決着をつけ、応仁の乱以後諸方に割拠する大名達の頂点に立ち、さらには京へ上り朝廷と足利将軍を結び、天下に和平を号令するという悲願達成の為である。

この上杉謙信と武田信玄の戦い、すなわち川中島合戦で、卜伝は謙信に殺されかけた信玄の危急を救うのであった。川中島の戦場から古府中へ軍をまとめて帰る信玄に別れをつげ、卜伝は愛する義輝に会うため、木曽路から美濃へ出て京へ上り、三好長慶の別邸を訪れた。応仁の乱以後の足利将軍は、その命脈を保ってはいても、実態は戦国大名の傀儡に過ぎず、義輝が将軍の位に就いた頃は、京都地方は三好氏や松永氏が実権を握っていた。そうした中でも義輝はその剛毅な性格故、「将軍としての将軍」になる願望を抱いていた。卜伝は、少年の頃の義輝に身を守る為の剣を教えたが、将軍となった義輝はそれを基にして、流寓しつつも鍛錬を重ね、「他人と争う為」の剣とした。1562（永禄5）年卜伝は門弟達と共に京を発し、中国、山陰をまわり、北陸を越後へ、越後から信濃、甲斐を経て関東に出て、故郷へ帰ったのは翌1563（永禄6）年の夏であった。甲斐へ入った時、卜伝は古府中をまたも訪れ、武田信玄に義輝のことをひそかに依頼した。しかし、2年後の1565（永禄8）年に悲報がやって来た。剛毅な義輝では意のままにならぬ為に、松永久秀は三好正康と謀り、義輝を廃して義輝の従弟に当たる義栄を傀儡将軍とすべく、ようやく新築成った二条の義輝居館を襲撃した。義輝は奮戦したが、遂にたおれた。卜伝はそれから6年後に亡くなり、信玄も卜伝の死後2年目に、上洛の望みを果たせず陣中に歿したのであった。

滋賀に関しては「四」に以下の記述がある。「義輝の父義晴なども若いときから流寓の生活を送りつづけ近衛家からの義輝の母との婚儀を挙げたのは、江州の山寺に潜み隠れていたときのことだったという」。

＊真田太平記4巻《さなだたいへいきよんかん》　長編小説。〔初出〕「週刊朝日」1975年10月24日〜76年5月14日。〔初版〕『真田太平記4巻』76年8月、朝日新聞社。◇『真田太平記4巻』のうち、特に滋賀の甲賀を舞台にした「甲賀問答」に絞って解説する。1591（天正19）年の年の瀬も押しつまった夜、ある男が京都の秀吉のいる聚楽第から凄まじい速足で水口の手前の柏木郷宇田の村里にある山中俊房の屋敷に入って行った。山中俊房は甲賀の忍びの頭領として徳川家康に仕えている。男は俊房の従弟で、秀吉の御伽衆の一人、山中長俊である。その前日、俊房は大坂から京都の秀吉のもとへ向かっている長俊に密使の杉坂重五郎を送り、自分に会いに来るよう伝えた。朝鮮出兵以後の秀吉の異変に気付いた俊房は、長俊に豊臣政権の限界と、徳川方への荷担を説いた。一方、真田昌幸に仕え、俊房とは敵対関係にある4人の忍びの者、お江、五瀬の太郎次、姉山甚ぱち、奥村弥五兵衛は、重五郎が長俊に俊房の意を伝えている所を目撃した。そして、不穏を嗅ぎとったお江は長俊を尾行し、山中屋敷に近い若宮八幡宮境内の椎の大樹に身を隠したのである。しかし、お江は俊房に仕えている宿敵、猫田与助に気付かれ、山中屋敷西側の飯道山の山裾に追い込められた。お江は森にある草津近くまで通じる隠し径を突破し、飯道山の山腹を駆け抜けて、瀬田の辺りへ出るより他に道はない、と思うのであった。なお、冒頭の山中長俊が京から山中俊房の屋敷へと辿るルートに滋賀の地名、すなわち、野洲川、三雲、横田川、杣川が出てくる。（高場秀樹）

伊香蒼水　いこう・そうすい

1921・9・26〜。俳人。滋賀県生まれ。高島市安曇川町北舟木在住。本名善一《ぜんいち》。1968年「馬酔木」入会、水原秋桜子に師事。78年「霜林」入会、桂樟蹊子に師事。93年「霜林」同人。94年「燕巣」入会、羽

田岳水に師事。93年句集『若鮎』刊。〈残雪の比良を間近かに神楽笛〉 （山本洋）

生駒あざ美 いこま・あざみ

1890・2・27〜1972・9・11。歌人。奈良県生駒郡生まれ。本名キミヱ、旧姓中村。兄は漱石門下の中村古峡。1916年「詩歌」入社。米田雄郎と結婚し、蒲生町（現東近江市）に移住。28年「詩歌」復刊と共に本格的に作歌。以後自由律、定型復帰の短歌を多作。52年「好日」創刊同人、のち編集委員。歌集に『いこま』（57年6月、好日社）〈しづかなしづかな深いねむりにおちた。そのあくる朝の春の大雪〉、『喜寿』（66年10月、好日社）、『残照』（73年9月、初音書房）がある。 （外村彰）

井沢元彦 いざわ・もとひこ

1954・2・1〜。小説家、評論家。名古屋市生まれ。早稲田大学法学部在学中に発表した「倒錯の報復」が、第21回江戸川乱歩賞候補となり注目される。卒業後TBSに入社し、政治部報道局記者時代に、折口信夫を主人公にした『猿丸幻視行』（1980年9月、講談社）で第26回江戸川乱歩賞を受賞。85年に退社後、執筆活動に専念する。歴史上の人物を主人公にしたミステリー作品を数多く発表、その中の1つ、織田信長が様々な事件を解決していく「織田信長推理帳」シリーズ（「小説現代」81〜84年）においては、安土を舞台とする作品「修道士の首」「六点鐘は二度鳴る」「王者の罪業」を発表している。また、『逆説の日本史』（98年1月〜、小学館）、『言霊』（91年2月〜、祥伝社ほか）の両シリーズをはじめ、フィクション、ノンフィクションを問わず、多方面にわたって、多数の著作がある。 （安福智行）

石内秀典 いしうち・ひでのり

1940・7・13〜。詩人。長浜市生まれ。大津市大平在住。1963年滋賀大学経済学部卒業後、大阪の藤沢薬品に定年まで勤務。杉本長夫に師事し、大学在学中の60年に近江詩人会に入会、のち「RAVINE」「ふ〜が」同人。市井の勤め人として生きる時間を凝視し、故郷湖北の風光など自然の事象、また折々の存在の不安に抗す身体的感覚から幻視される自己の孤影を、象徴的に表現する詩風を深化させている。詩集に「椅子」連作所収の『ゆれる椅子』（70年10月、天幕書房）、湖畔の郷里の記憶をたどる「樹について」、「向かう街―余呉村まで」等を収める『転勤』（93年6月、編集工房ノア）があり、第3詩集『河へ』（2001年6月、編集工房ノア）には少年期への回帰を抒情的に述べる「行きはぐれる日」、早世した大学時代の友人と過ごした伊吹山での一夏の回顧が惻々とした愁いをにじませる「伊吹山鎮魂―若くして逝った友へ」といった秀作を収載。 （外村彰）

石川淳 いしかわ・じゅん

1899・3・7〜1987・12・29。小説家。東京市生まれ。号は夷斎《いさい》。東京外国語学校仏語科卒業。ジイド『背徳者』（1924年10月、新潮社）などを翻訳。「普賢」（「作品」36年6〜9月）で第4回芥川賞受賞。日中戦争を背景とする「マルスの歌」（「文学界」38年1月）により、掲載誌発禁。戦時下の主な著作に評論『文学大概』（42年8月、小学館）がある。戦後世相を描く「焼跡のイエス」（「新潮」46年10月）などで流行作家となり、随筆『夷斎筆談』（52年4月、新潮社）、短編「鷹」（「群像」53年3月）など時事的政治的な作品を発表。「紫苑物語」（「中央公論」56年7月）で藝術選奨文部大臣賞受賞の後、「修羅」（「中央公論」58年7月）では応仁の乱、『白頭吟』（57年11月、中央公論社）では大正アナーキズム、『至福千年』（67年2月、岩波書店）では幕末の隠れキリシタン等々、時代を選ばぬ筆致の集大成となるのが長編『狂風記上下』（80年10月、集英社）である。随筆『江戸文学掌記』（80年6月、新潮社）で読売文学賞受賞。『石川淳全集』全19巻（89年5月〜92年12月、筑摩書房）がある。

＊ゆう女始末《ゆうじょしまつ》　中編小説。〔初出〕「世界」63年9月。〔初収〕『喜寿童女』63年11月、筑摩書房。◇1890（明治23）年、東京日本橋の魚問屋白鳥武兵衛の家に雇われた安房出身の女中、畠山ゆう26歳。農家の娘だが、女学校で法律を学びたかったと言い、政治小説や新聞の政治欄を好んで読む。法律（文明開化思想）という西洋文明への傾倒から転じて、ゆうはロシヤ帝国皇太子ニコラスに信仰のごとき思慕を寄せるようになる。1891年に来日したニコラスは、琵琶湖観光の帰途、巡査津田三蔵に斬りつけられて負傷。薩長政府は強国ロシヤの報復を恐れ、東京から天皇が見舞いに駆けつけるが、旅行を中止して帰国するというニコラスをなだめることは出来なかった。ゆうは1人決意して、ニコラスを引き止めるべく京都へ向かうが間に合わず、ロシヤ艦隊は出港してしまう。ゆうは、〈凶人〉（津田）に代わって罪を謝し、日本人の身の証をたてるために、京都府庁門前にて自害する。語り手は、ゆうの死をカトリックの聖女に重ねて考察し、「考え方に依っては、ひとは血をながさないところに出てしまうかもしれない」として〈烈女〉の死に疑念を提出。三蔵こそが〈当時の類型的なロシヤ観〉を示しているのだと指摘している。大津事件に取材した作品。畠山ゆう（勇子）に関する典拠として『安房先賢偉人伝』などが指摘されている。

＊狂風記《きょうふうき》　長編小説。〔初出〕「すばる（昴）」1971年2月〜80年4月〔初版〕『狂風記上下』80年10月、集英社。◇廃品の山の裾野で偶然出会ったと見えた男女の因縁が次第に解き明かされていく。男の名はマゴ、死者の骨を探すため裾野を掘り返していた。女はリグナイト葬儀社の社長で、ヒメと名乗った。マゴは近江国神崎郡妙法寺村の生まれ。村にはイチノベノオシハノミコをまつる陵があり、マゴの先祖がその墓を守ったという。ヒメは幕末に処刑された長野義言（主膳）と村山たか女の血を引く者で、彦根で井伊直弼に仕えたという主膳は実はオシハノミコの末裔。大長谷若建（後の雄略天皇）に近江国蚊屋野で殺されたオシハノミコの怨霊は因縁深いマゴに乗り憑り、現代に人の姿をとるのだとヒメは説く。マゴは現代の裾野が古代の蚊屋野につながると信じて、散逸したミコの骨を求めて裾野を掘り続ける。一方、裾野に死体を捨てにきた3人組の男。怨霊の国（裾野）を荒らした死体と3人組の身元調査に、リグナイト社の支配人シマとその舎弟たちが動き出す。死体は柳商事社長柳鉄三と知れる。次期社長候補の桃屋義一専務（鉄三の義弟）とその秘書新川眉子を相手に、ヒメの交渉が始まる。3人組の1人は前社長（鉄三の兄）の息子柳安樹。ヒメの配下さち子が安樹と接触する。腹上死した鉄三を安樹と仲間が死体遺棄したという事件の真相を義一らは知らない。義一の社長就任を助けると見せて、逆に柳商事乗っ取りを企むのが、財界に一大勢力を築いた鶴巻大吉老人。大吉の甥鶴巻小吉は前社長の娘婿（安樹の義兄）で、参議院立候補の際に柳家の跡目として柳小吉を名乗る。憲法改正をとなえる小吉と手を組みクーデターを計画するのが、鶴巻グループと関わりの深い右翼の森山石城。大吉老人の別邸紅葉御殿に

は、閨房の秘戯につとめる女奴隷として金に糸目をつけず集められた若い娘たちがおり、クーデターに備えて石城から剣術を仕込まれている。かつて紅葉御殿入りを母の情夫から持ちかけられたことのあるヒメは、大吉を裾野の敵とみなし、その陰謀を阻止するため忍歯組を結成。大吉と対決して、これを滅ぼす。地底の国でのマゴの戦いも人知れず続いており、双頭のオロチとなって戦ったヒメとマゴは、10年後の裾野に舞い戻る。光と闇、生者（柳商事と鶴巻グループ）と死者（ヒメとマゴ、リグナイト葬儀社）の戦いの物語。2004年、塩見哲の脚色、演出で舞台化された。なお、『古事記』下巻によれば、イチノベノオシハノミコ（市辺忍歯王）の死亡地は淡海之久多綿之蚊屋野、墓所は蚊屋野近くの山。東近江市市辺町にある宮内庁管理下の陵墓には疑問点が多く、現在の日野町もしくは愛荘町あたりと推測されている。（重松恵美）

石川多歌司　いしかわ・たかし

1937・1・24〜。俳人。滋賀郡堅田町（現大津市本堅田）生まれ。大津市本堅田在住。本名孝《たかし》。1955年県立大津東（現膳所）高等学校卒業。60年京都大学農学部農業工学科卒業。63年父の経営する駒音建設株式会社専務取締役、81年代表取締役社長に就任、98年退任。79年より堅田在住の堺井浮堂に師事して句作を始める。その後、粟津松彩子《しょうさいし》、吉《よ》年虹二《どしこうじ》、稲畑汀子《ていこ》に師事。「ホトトギス」同人。汀子主宰「ホトトギス」、虹二主宰「未《び》央《おう》」に属して活動。90年日本伝統俳句協会第1回全国俳句大会において、〈その日より露の枝折戸閉ぢしまま〉の句により大会賞文部大臣奨励賞受賞、堅田のホトトギス同人2人の交通事故死を悼んだ作である。関西ホトトギス同人会幹事、県ホトトギス会副会長、日本伝統俳句協会参事。その他市内の句会をいくつか主宰。〈来し鴨の一夜に増えて朝の来し〉〈図《ず》画亭《えてい》の借景はるか魞《えり》を挿す〉〈秋風も日本海も眼下かな〉。句集『露の枝折戸』（文学の森社、2004年11月）（山本洋）

石川達三　いしかわ・たつぞう

1905・7・2〜1985・1・31。小説家。秋田県横手市生まれ。1928年早稲田大学英文科中退。ブラジル移民体験が素材の「蒼氓」（「星座」35年4月）で第1回芥川賞を受賞。日中戦争に取材した「生きてゐる兵隊」（「中央公論」38年3月）は戦線の兵士の人間性摩滅の様相を暴き、筆禍事件を起こす。戦後は『風にそよぐ葦』（前編55年2月、後編4月、新潮社）や『人間の壁』前中後（58年5月〜59年7月、新潮社）、また『青春の蹉跌』（68年9月、新潮社）等、ヒューマニズムを追究する社会派作家として活躍。64年1月〜10月に「婦人公論」連載の長編『稚くて愛を知らず』（64年12月、中央公論社）には彦根市の裕福な医師の家庭で過保護に育てられて、精神的には少女のまま成人した花村友紀子の愛情の欠如した結婚生活とその破綻が描かれる。日本文藝家協会理事長、日本ペンクラブ会長等を歴任。『石川達三作品集』全25巻（72年2月〜74年2月、新潮社）がある。（外村彰）

石川治子　いしかわ・はるこ

1941・9・19〜。俳人。滋賀県生まれ。石川多歌司の妻。1985年より作句。稲畑汀子、粟津松彩子に師事。「ホトトギス」「未央」に所属。〈一舟の細く出てゆく夏の湖〉（山本洋）

泉鏡花　いずみ・きょうか

1873・11・4〜1939・9・7。小

説家。石川県金沢市生まれ。本名鏡太郎。父は彫金師、母は葛野《かどの》流大鼓師の娘で鏡花9歳の時死去。真愛学校（のち北陸英和学校と改名）中退後上京、尾崎紅葉門下に入る。「夜行巡査」（「文藝倶楽部」1895年4月）等で認められ、次第に独自の作風を展開。昭和初期に至るまで、亡母憧憬を基調に持つ情緒豊かな幻想的作品を多く執筆。花柳小説にも名作がある。能楽や江戸文学を素養とした絢爛たる文章には近江の光景が織り込まれることも多い。また金沢、東京の移動で滋賀県を通る機会が多く、敦賀や米原、長浜の光景は代表作「高野聖」をはじめ、紀行「左の窓」「玉造日記」の一部にも描かれている。地域別編纂『新編泉鏡花集第6巻（京阪編）』解説（2003年11月、岩波書店）がその事情に詳しい。また、初期には「近江新報」に、時代小説「乱菊」（1894年11月）、「秘妾伝」（1895年3月28日～4月10日、筆名兼六園主人）を掲載している。

＊瓔珞品《ようらくぼん》　中編小説。〔初出〕「新小説」1905年6月。〔初収〕『鏡花集第2巻』10年5月、春陽堂。◇琵琶湖畔を周遊する芦沢辰起は、名物の鮒鮨を購い、名所天人石の傍らで悪夢に魘《うな》されたところを苺の籠を携えた美女に起こされ、身の上を語る。10年前、耶蘇教の慈善孤児院を営む伯爵の姫春日井都城子を憎み、自分を慕う少年玄吉が孤児院から苺を盗むのを愉快がっていた。ある日、都城子の遣いで、目前の美女と瓜二つの美しい令嬢が苺を届けにきたが、やがて孤児院は火事となり、彼女たちも行方不明になった。その後、辰起は釈門の僧となるが、経営管理していた学校の存続が困難になり、玄吉は学校存続を願い本山門前で割腹、その前夜、孤児院の火事が己の放火によることを辰起に告白した。令嬢たちに改めて罪の意識を抱いて天人石へ来た辰起は、夢うつつのうちに魚となり、2人の婦人の乗る船に飛び込む。次の瞬間には鮒鮨と変じて、もうひとりの自分に購われ、包丁を入れられようとする。喚こうにも声も出ず、その苦しさに魘されたのだった。美女は、学校以外にも苦しむ衆生を救うためにできることはあると教えて消える。と、傍らに白髪の翁が座していて、辰起に仏弟子として勉めるように諭すのだった。月の琵琶湖を描く文章が美しい。上田秋成「夢応の鯉魚」に基づく変身譚の導因として近江名物鮒鮨が巧みに持ち込まれている。最後に現れる老人と、苺を持った女が名代をつとめる姫君との組み合わせは、謡曲「竹生島」との繋がりも髣髴とさせる。

（三品理絵）

礒崎啓　いそざき・けい

1928・1・1～。歌人。愛知県葉栗郡木曽川町（現一宮市）生まれ。1950年愛知学芸大学（現愛知教育大学）国語科卒業。54年より滋賀県坂田郡米原《まいはら》町（現米原市）大字磯に居住。彦根市立の各中学校教諭をへて、同市教育委員会社会教育課課長、同市立中学校校長を歴任。少年時代から俳句を作って投稿していたが、戦後、詩人の佐藤一英《いちえい》に師事。滋賀県に居住後、彦根市の河村純一のすすめで近江詩人会に入会。また同氏が井伊文子や太田守松らと起こした湖国短歌会にも参加。70年橋本徳寿《とくじゅ》主宰（古泉千樫創刊）の「青垣」に入会。92年選者となる。87年湖国短歌会会誌「みづき」の編集発行人。92年～94年県歌人協会代表幹事。「青垣」選者として後進の指導に専心、また県内各地で作歌指導にあたる。〈みづうみはあした蒼しも泣きながらわれを追ひくるをさな女の背に〉〈貝住まず魚の影見ずもの洗ふをみなも見えず波返す湖〉

（山本洋）

磯野徳三郎　いその・とくさぶろう

1857（安政4）・2・24〜1904・8・11。評論家、翻訳家。筑後国（現福岡県）生まれ。号は依緑軒主人、無腸道人。東京帝国大学理学部を卒業して、文部省に勤めた後、新聞「日本」の記者となり、森田思軒のユゴーの紹介・翻訳の仕事を継いで、ユゴーの人道主義を日本の社会に取り入れようとした。『依緑軒漫録』（1893年9月、日本新聞社）はリットン、ユゴー、ディケンズの伝記、解題を挙げ、代表作の本文を抄訳で紹介したもの。翻訳『社会主義新小説　文明の大破壊』（1903年6月、博文館）は社会主義未来小説で、階級闘争、思想闘争の未来予測を試みている。彦根東高等学校史料館蔵「滋賀県第一尋常中学校第12年報」によれば、1898年度に嘱託教員として英語、化学を教えている。

（北川秋雄）

板倉秀　いたくら・しゅう

1920・6・23〜1996・7・5。歌人。広島で父早速整爾・母さだの長男として生まれる。父母の離婚により、1925年8月、母内海さだに引き取られ、蒲生郡近江八幡町間之町に居住。近江八幡町立幼稚園、近江八幡小学校、県立膳所中学校、広島高等学校を経て、42年10月に東京帝国大学文学部哲学科に入学。43年12月大竹海兵団に入営。44年12月特攻隊（震洋隊）を志願し、長崎県川棚の特攻基地附となり訓練を重ねた。45年8月20日大津市四宮町の自宅へ帰宅。46年9月東京帝国大学へ復学し、翌年卒業。48年4月板倉照枝と結婚。板倉静登と養子縁組。広島県立西条高等学校教諭となるが、51年に退職。家業の林産業に従事する。57年よみうり歌壇賞を受賞、「くれなゐ」に入社。62年6月、『幸うすかりし人・K君への手紙』を出版。79年、「地中海」に入社。86年9月、歌集『八月六日の雲』（九藝出版）を出版。歿後、『板倉秀―短歌とその生涯―〈地中海叢書第666編〉』（99年10月30日、板倉昭子）が出された。〈夏越えて牡丹の園も末枯《うら》れぬふたたび君はここに立つなく〉〈茫々とめぐる月日や在りし日の君と買ひたる毬藻の水替ふ〉

（浦西和彦）

伊丹三樹彦　いたみ・みきひこ

1920・2・3〜。俳人。兵庫県川辺郡伊丹町（現伊丹市）に生まれ、増井家養子として美嚢郡三木町（現三木市）に育つ。本名岩田秀雄。妻は俳人の伊丹公子。1941年「旗艦」に参加し日野草城に師事。「琥珀」「まるめろ」同人となって新興俳句運動に従事し「青玄」を再建、草城の死後主幹となる。69年の欧州旅行を機に写俳運動を創始、「先写後俳」を唱える。53年比叡行〈合歓眠る山へケーブル男女乗せ〉。54年永源寺にて〈星月夜廻廊辿るには暗し〉。57年彦根にて〈世襲の子容れて城下を乳母車〉。82年〈遠比叡は吹雪か　日当る橋半ば〉。84年浜大津にて〈雨ひねもす　湖面に　鳰の加減算〉〈蕉門の徒を呼び寄せよ雨の鳰〉〈それなりの浮沈つづける　離れ鳰〉。

（渡邊ルリ）

市川森一　いちかわ・しんいち

1941・4・17〜。脚本家、劇作家。長崎県諫早市生まれ。日本大学藝術学部映画学科シナリオコース卒業。1966年の「怪獣ブースカ」以来、「ウルトラセブン」（67年）などのウルトラマンシリーズ、「コメットさん」（68年）、「刑事くん」（71〜75年）、「太陽にほえろ！」（72〜86年）等、テレビドラマの脚本を中心に活躍する。80年の「港町純情シネマ」他により第31回藝術選奨文部大臣新人賞、「淋しいのはお前だけじゃない」（82年）で第1回向田邦子賞、88年の「明日・1945年8月8日・長崎」「もどり橋」他で第39回藝術選奨文部大臣賞等、数多く受賞。戯曲には「黄金の日日」（79年、歌舞伎座）、「楽劇ANZUCHI」（87年、銀座セゾン劇場）、映画シナリオは、88年「異人たちとの夏」（第12回日本アカデミー賞最優秀脚本賞受賞）、2000年「長崎ぶらぶら節」等がある。『市川森一センチメンタルドラマ集』（1983年）他、ドラマ集が映人社より刊行されている。

＊楽劇ANZUCHI《がくげきあづち》 戯曲。〔初版〕『楽劇ANZUCHI―麗しき魔王の国』87年10月、白水社。◇87年10月3日〜29日、銀座セゾン劇場にて上演。1幕―修道士のトマスとセバスチャンは安土に開校するセミナリオに行くため日本へ向かう海賊たちのジャンク船に乗っているが、船長の竜王が守護神「媽姐」の御告げに従い行先を日本からシナに変更しようとする。熱病のため瀕死のセバスチャンはせめて魂だけでも安土へと、異端とされるパウロ黙示録によって霊操を試み、彼の幻想の世界で次のような物語が展開する。大天使ミカエルに導かれて乗り込んだ琵琶湖上の猿楽船でトマスが出会った天狗大夫の正体は、織田信長の二男信雄であった。やがて教会の鐘が聞こえ、黄金に輝く安土城が現れる。安土セミナリオでは、トマスが神父たちの出迎えを受けている所へ三男の織田信孝がやって来て、遣欧使節としてローマへ行きたいと語る。翌年の春、安土城の落成祝いに招かれた神父と修道士たちは、織田家の面々が勢揃いする中、信長の命により信雄の化けた日乗上人と宗論を戦わせ、敗れた信雄は神父たちの演じる聖史劇に紛れ込んで、その場は魔の祝祭の光景さながらとなる。2幕―霊操を続けるセバスチャンは、信雄の6人の侍女の1人イブキの心を動かしセミナリオへ向かわせた。そこでトマス、信孝、イブキに5人の侍女も加わって、共に歌い「愛」について語り合う。程なく甲斐国武田氏との戦を告げる陣ぶれの音が轟き、不吉な彗星が現れる。神父たちは凶事の前兆とおののくが、幾月かの後に織田軍は凱旋し、宴の席では盲天狗に扮した信雄が自ら偽りの洗礼を授けた侍女たちと舞い踊る。間もなく本能寺の変が勃発。四国平定のため阿波へ向かう途中知らせを受けた信孝は信雄の甘言に惑わされ、叔父信澄を討ち天下を取るべきか南蛮船でローマへ渡るべきか思い悩む。一方、信雄は安土城に火を放ち天守閣が焼け落ちる猛火の中、侍女の化身の魔女たちと天空に舞い上がって行く。場面は日本へ再び向かうことになったジャンク船に戻り、セバスチャンは息絶える。そしてトマスは湖上の猿楽船に乗り込み、セバスチャンの見た幻想と同じ物語が始まるのだった。

（槙山朋子）

一橋文哉 いちはし・ふみや

生年月日未詳。ノンフィクション作家。1995年「ドキュメント『かい人21面相』の正体」（「新潮45」3月、4月）でデビュー。同年、雑誌ジャーナリズム賞受賞。著書に『三億円事件』（99年7月、新潮社）、『オウム帝国の正体』（2000年7月、新潮社）、『宮崎勤事件―塗り潰されたシナリオ』（2001年6月、新潮社）などがある。『闇に消えた怪人―グリコ・森永事件の真相―』（1996年7月、新潮社）には、一連の犯行の舞台として滋賀県の各地が登場する。

（奈良崎英穂）

一円黒石 いちまる・こくせき

1926・1・3〜1985・10・10。俳人。犬上郡多賀町一円に生まれる。本名外司三。彦根第一中学校を経て関西大学経済学部を卒業。一円商店を経営。1953年より新田汀花に師事し、俳句を始める。「葦牙」「河」に投句。のち同人となる。66年5月「麗峰」を創刊。70年5月まで「麗峰」を主宰した。北海道の倶知安町俳句協会長。84年度倶知安町文化賞を受賞。

（浦西和彦）

五木寛之　いつき・ひろゆき

1932・9・30〜。小説家。福岡県八女市に生まれる。朝鮮半島に渡り（父は教職）、1947年引き揚げる。早稲田大学露文科中退。「さらばモスクワ愚連隊」（「小説現代」66年6月）で第6回小説現代新人賞、「蒼ざめた馬を見よ」（「別冊文藝春秋」66年12月）で第56回直木賞受賞。『青春の門』で第10回吉川英治文学賞受賞。81年から一時休筆して、龍谷大学で仏教史を学ぶ。『蓮如—聖俗具有の人間像—』（94年7月20日、岩波書店）で、1465（寛正6）年に比叡山延暦寺の攻撃により京都を追われた蓮如が、数年間、堅田の本福寺や顕証寺など近江地方を布教活動の拠点としていたことを述べている。戯曲『蓮如—われ深き淵より—』（1995年4月25日、中央公論社）の第3幕は、1464（寛正5）年の琵琶湖畔、蓮如を支える堅田の法住や金森の道西らが集結した、眼下に浮御堂が見える堅田の場から始まっている。（明里千章）

伊藤香舟女　いとう・かしゅうじょ

1911・5・20〜歿年月日未詳。俳人。愛知県に生まれる。本名てる子。大津市坂本本町藤の木に居住。私立家庭専門学校卒業。1943年俳誌「宿雲」に入会。47年「焚火」、53年「花藻」に所属。61年地元公民館俳句講座を担当。合同句集『柊』（76年4月、『柊』句会）に「無垢の風」18首を収める。〈抜けて行く春なき風や猫の恋〉〈菊に映ゆ喝采湖の紺に酔ふ〉（浦西和彦）

伊藤桂一　いとう・けいいち

1917・8・23〜。詩人、小説家。三重県四日市市生まれ。1936年世田谷中学校（旧制）中退。37年甲西町の鈴木寅蔵編集「詩徒圏」に詩を寄稿。38年陸軍入隊、翌年から終戦まで一兵卒として中国大陸を転戦。51〜61年詩誌「山河」主宰。62年「蛍の河」（「近代説話」61年10月）で第46回直木賞受賞。以後『静かなノモンハン』（83年2月、講談社）など戦記小説や時代小説を多数発表。随筆に、晩秋の湖北から湖西の旅の記「ヒガイ釣り」（「中央公論」76年1月）、友人の多い滋賀へ「数えきれないほど」通ったと書く「近江のこと・さまざま」（「湖国と文化」78年10月）や「湖畔の人びと」（「東京新聞」98年12月26日）等。詩人仲間の鈴木寅蔵や大津の田井中弘とはとくに親しく、県内の古社寺も多く観光。草津市の志那など琵琶湖周辺へも頻繁に釣りに出かけた。『伊藤桂一詩集』（75年4月、五月書房）には琵琶湖畔の菜の花をモチーフとする「菜種抄」も収録。85年日本現代詩人会会長。95年11月から大津市義仲寺の無名《むみょう》庵22世庵主を務める。2001年日本藝術院会員。

＊一尾の《いっぴの》鮒《はす》　短編小説。〔初出〕「中央公論」77年2月。〔初収〕『釣りの風景』79年12月、六興出版社。◇7月下旬に近江詩人会主催で、大津に住むT君の詩集の出版記念会があり、「ぼく」は水戸の「釣友」M君とやって来た。翌日は釣好きである同会のS君を含め親しい4人で安曇川尻へ初めてのハス釣りに出掛けた。その日は釣れずに北舟木の清水楼に宿泊し、釣期の過ぎたことを知った「ぼく」達は、深更まで近江の話題を語って過ごす。次の朝早くM君がハスを釣って来たため「ぼく」は橋の上

手に向かうが、投網師がハスを捕まえるのをみただけで宿に戻った。朝食でのハスの美味に驚いた「ぼく」は皆とあらためて準備をしなおしたものの炎天下ではアユしか釣れず、結局T君からシャクナゲの鉢を土産に貰って帰途につく。1ケ月後、今度は湖東の天《あま》の川までハス釣りに来た「ぼく」は釣り場をみつけて根気よく毛鉤を流し、夕暮れにようやく一尾の釣果を得ることができた。昂奮の底に安堵を感じ、持ち帰った「痩せた残りハス」を供された老母は心から「おいしい」と言い、「ぼく」も満足する。なお「S」は鈴木寅蔵、「T」は田井中弘、「M」は森田勝寿である。（外村彰）

伊藤茂次 いとう・しげじ

1925・10・1〜1989・3・12。詩人。出生地未詳。小学校卒業後、札幌市で暮らす。戦後に旅役者を経て松竹の大部屋俳優となり、京都市に住む。のち印刷業に就き、同僚の大野新の影響により詩作を始め、1964年近江詩人会に入会。後半生はアルコール依存症のため生活が破綻、市内のアパート等を転々としたが孤独死した。向日性のなかにペーソスをたたえた私小説的な作風。大津市の琵琶湖霊園に墓所がある。歿後『伊藤茂次詩集』（2007年3月、亀鳴屋）が刊行された。（外村彰）

伊藤整 いとう・せい

1905・1・16〜1969・11・15。小説家、詩人、評論家。北海道松前郡炭焼沢村（現松前町）に生まれる。本名整《ひとし》。小樽高等商業学校卒業。1931年東京商科大学（現一橋大学）中退。詩集『雪明りの路』（26年）、『冬夜』を刊行し、詩人として出発した。29年3月川崎昇らと「文藝レビュー」を創刊し、6月に小説「飛躍の型」を、30年5月に「感情細胞の断面」を同誌に発表。32年4月に第1評論集『新心理主義文学』（厚生閣書店）を、10月20日に第1小説集『生物祭』（金星堂）を刊行。「ユリシーズ」「チャタレイ夫人の恋人」の翻訳などでも活躍した。その後、「馬喰の果」（「新潮」35年10月）、「幽鬼の街」（「文藝」37年8月）、「得能五郎の生活と意見」（「知性」40年8月〜41年2月）を発表。戦後、小説『鳴海仙吉』（50年3月、細川書店）と評論『小説の方法』（48年12月、河出書房）で独自の理論を主張、チャタレイ裁判の記録小説『裁判』（52年）や『火の鳥』（53年11月、光文社）、『若い詩人の肖像』（56年8月、新潮社）、『氾濫』（58年10月、新潮社）等を書く。63年『日本文壇史』で第11回菊池寛賞を、70年『変容』で日本文学大賞を受賞。『伊藤整全集』全24巻（72年6月15日〜74年6月15日、新潮社）。

＊**花と匂い**《はなとにおい》　長編小説。〔初出〕「サンケイ新聞」67年1月27日〜68年2月15日。324回連載。〔初版〕『花と匂い』70年5月、新潮社。〔全集〕『伊藤整全集第9巻』73年8月、新潮社。◇元スキー選手の花山隆之助が滋賀郡志賀町の比良山でスキー学校を開いている。城北大学時代の友人である小牧巻吉は、スキー教師を依頼されて、東京からやってきた。花山の妻君子は、夫の花山が妹の梅本たま子に気があるのを知り、東京に帰る小牧にたま子を同行させる。小牧の古い女友だちの桜子は、商社の海外駐在員の夫と別居中である。小牧をめぐる男女関係の微妙な交遊過程や心理を描く。（浦西和彦）

伊藤疇坪 いとう・ちゅうへい

1886〜1973（生歿ともに、月日未詳）。俳人。滋賀県に生まれる。本名忠兵衛。県立八幡商業学校を卒業。伊藤忠商事社長、会長。俳句は青木月斗に就いたが、

1921年に原石鼎に師事し、「鹿火屋」に参加、のち同人となる。句集に『芦の芽』(62年5月、著者)、『熱海好日』(75年5月、伊藤恭一)がある。 (浦西和彦)

伊藤雪雄 いとう・ゆきお

1915・2・28～1999・1・30。歌人。滋賀郡膳所村大字中ノ庄(現大津市中庄)生まれ。大津市神宮町居住。本名行雄。駐在所勤務の警察官の二男。幼児期は父の転勤のため甲賀《こうか》郡大原村(現甲賀市甲賀町)大原市場《いちば》、寺庄村(現甲賀市甲南町)深川市場などに居住。栗太郡葉山村(現栗東市)の葉山尋常高等小学校に入学するが、父が警察を退職し実家にもどったため膳所尋常高等小学校に転校、高等科をへて1930年滋賀師範学校に入学。野球部にはいったが、文芸創作にも関心が生まれ、「毎日新聞」の滋賀歌壇に投稿を始める。31年末、同歌壇の選者亀山美明の編集する月刊誌「伊吹」に入会。米田雄郎選で同誌に掲載されていた口語自由律短歌に興味をいだき、32年4月自由律短歌の主唱者であった前田夕暮主宰の「詩歌」に加わり、夕暮と県内蒲生郡(現東近江市)桜川在住の雄郎とに師事、口語自由律の短歌を作り始めた。35年滋賀師範学校を卒業。ただちに京都第十六師団歩兵第9連隊に短期現役兵として入営し、除隊後の9月犬上郡(現彦根市)の高宮尋常高等小学校に赴任。綴り方教育に力を入れ、北原白秋に童詩の指導をうけた。36年から41年まで「詩歌」関西支社が刊行していた新人叢書に〈秋といふから歩いてゐよう　雑務に追はれて今日もすんだよ若い日が〉(叢書題名「沼のある風景」36年)というような作品を寄せた。軍国体制の強まった43年1月前田夕暮が定型短歌に復帰、それに米田雄郎も追随したのに伴い、伊藤も定型短歌にもどった。同年10月全国の趨勢に応じて滋賀県でも文学報国会(短歌部)が発足、歌人の川田順と前田夕暮、探偵小説家で滋賀県出身の甲賀三郎が県立大津高等女学校の会場で発会の講演を行ない、そのあと伊藤は3人を石山の柳屋旅館に案内した。敗戦後の48年、文学報国会短歌部はあらためて大津短歌会として再出発。伊藤も大津市立第四中学校(現粟津中学校)に転勤(62年まで)、国語教育に打ちこんだ。大津に帰ったことを師の米田雄郎がことのほか喜び、さっそく県歌人会の歌集の編集、大津短歌会の仕事、辻亮一の芥川賞受賞祝賀会への出席などいっきょに多忙になった。51年第1歌集『微笑』を上梓したが、その発行日4月20日と大恩師前田夕暮の逝去の日が偶然にも重なり、伊藤は愕然として落涙。〈天窓の雨をかなしみ住みゐしころたより賜びし先生を恋ふ〉。52年1月米田雄郎主宰で「好日」を創刊、伊藤も同人となった。創刊号から第5号まではプリント印刷、第6号から活版印刷となる。52年大津短歌結社連盟(73年大津短歌連盟と改称)設立にあたる。日本歌人クラブ会員。56年滋賀文学会短歌部門選者、「好日」選者。59年3月5日、蒲生郡桜川(現東近江市石塔《いしどう》町)極楽寺において師である住職米田雄郎が死去、伊藤は葬儀委員長をつとめた。歌誌「好日」は雄郎子息の米田登が発行者となったが、主宰制をやめ編集委員制に移行。62年大津市立打出中学校に転任。極楽寺において雄郎の3回忌法要をいとなむとともに、「好日」10周年記念会を開催。66年第2歌集『草原の道』刊行、出版記念会には菊地尚、梅原黄鶴子、中本紫公、山田平一郎、三品千鶴、山村金三郎らが出席。

70年3月(55歳)大津市立志賀小学校教頭を最後に35年間身をおいてきた教育界を去る。66年に下阪本小学校教頭昇進の辞令を受けたとき、児童への愛情や教育への熱意は人一倍あるが、教頭には「致し方なくなってしまった」と感じていた伊藤にはなんの未練もなかった。第2の人生、短歌文芸ひと筋の大きく明るい道があった。〈あすのため退きたるからにすがすがと緑の日向に文字を書きつげ〉〈自由をば勝ちとれたれど現世はそれにも銭がいるやも知れぬ〉。同70年「朝日新聞」滋賀歌壇選者、東洋レーヨン滋賀工場の短歌部指導。73年滋賀刑務所で作歌指導。大津短歌連盟の初代会長。77年歌誌「地中海」代表の香川進が来津、大津京趾等を案内。滋賀県老人大学校文芸学科講師。80年、桜川の極楽寺に米田雄郎の第4歌碑建立、東京から香川進、富永貢が除幕式に参列した。81年滋賀県歌人協会の初代代表幹事。副代表幹事は山田平一郎、柳田暹暎、事務局は山村金三郎。現代歌人協会会員に推薦される。第1回大津市民文化賞受賞。82年大津市教育功労賞受賞。83年11月、伊藤の歌碑〈少年の日の還りくる石鹿《せきろく》の渚辺ぬくし鮎も寄りくる〉が膳所城趾公園の一角に建立される。県や市の全面的後援のもと、滋賀文学会会長徳永真一郎、大津市文化連盟会長川越進、他に竹内将人らが発起人となった。86年から「昭和の湖国歌壇」を、県体育文化振興事業団発行「湖国と文化」（季刊）の37号（86年10月）、38号（87年1月）、39号（87年4月）に連載発表。87年6月、15年間にわたる「朝日新聞」滋賀歌壇で選した作品1150首と短評とを『近江のうた』として編集、発行した（88年5月、251首を追加して再版）。87年滋賀県文化賞受賞。93年4月から徳永真一郎のあとを継いで第6代目滋賀文学会会長となる（96年3月まで）。歌集は、米田雄郎序文の第1歌集『微笑』（51年4月、白日社関西支部）、粟津中学校教諭時代の第2歌集『草原の道』（65年3月、好日社）、名古屋芸術大学八木茂雄教授の装幀による第3歌集『雪後青天』（72年10月、好日社）、退職後に出した第4歌集『湖のほとり』（76年2月、好日社）、「好日」顧問の国文学者斎藤清衛の題字になる第5歌集『麓』（81年2月、好日社）、諸種の社会活動のなかで生まれた第6歌集『宇佐山の風』（85年9月、好日社）、表紙カバーに孫の絵を用いた第7歌集『梢』（90年7月、好日社）、傘寿記念の第8歌集『相生の道』（95年5月、好日社）、そして遺族によって刊行された第9歌集『向日葵』（99年11月、好日社）がある。他に『昭和の湖国歌壇』（97年9月、私家版）、『風』（98年10月、私家版）がある。「好日」の後輩選者小西久二郎によれば「技巧をろうせず、日常生活に根ざした感動を淡々と歌い上げる歌風」であった。

＊**梢**《こずえ》　歌集。〔初版〕『梢』90年7月、好日社。◇第7歌集で、作者75歳。85年から89年までの作品中から選んだ439首を収める。各年度ごとに章立てされ、たとえば「雨　昭和六十年」という章は、〈生〉〈兵〉〈雨〉〈山〉〈幼〉〈雲〉という1文字の6節に分けられている。他の章題は「雪」「風」「霧」「凪」である。あとがきに「誰もの人生のどこかにあるもの」「その時その刻のことをひたすらに詠んできた」「作歌六十年のしるし」とある。〈湖わずか動きてくろし寂静の雪の近江は昏るるともなし〉（「雪」）、〈近江路の菜の花好みし師も亡くてわずかに残る菜の花のみち〉（「風」）

＊**相生の道**《そうしょうのみち》　歌集。〔初版〕『相生の道』95年5月、好日社。◇第8歌集。作者満80歳の記念として出版。五行運行の「水木火土金」を章題とする。また作者だけが所有していた前田夕暮の「最後の筆蹟の色紙」（50年8月21日のもの）を写真版で挿入。本集における作者の歌力はいささかも衰えを見せていない。〈ともかくも春なれば

春　さくらちるうすもいろに濡れてゆこうか〉（「水《すい》」）、〈黄に朱《あけ》にもゆる小比叡の朝冷えて大比叡にいま初雪がちる〉（「木《もく》」）、〈たたかいに兵はちりたり《ちるさくらのこるさくらもちるさくら》〉（「火《か》」）、〈唐崎の松風も入れ酢漬けの琵琶のモロコの弁当を食《お》す〉（「土《ど》」）

＊風《かぜ》　自伝的随筆。〔初版〕『風』98年10月、私家版。◇表紙カバーには「八十三歳の回想」と「あの日あの時の綴《つづれ》」という2行分けの副題がある。著者のほぼ一生の記録が、幼少年期、青年期、壮年前期、壮年後期、老年期の5章にまとめられている。前半部は鮮明な記憶による回想が生彩を放って述べられ、後半部は短歌にとり組む生活が略歴的に記されている。短歌を軸とした著者の文芸人生誌といえようが、前半部では往時の各地域の住居、食べ物、遊び、学校教育、風物、旅行、友人関係、教員生活の実情など、後半部では家族のこと、暮らしぶり、作歌活動はむろんのこと、短歌の先師たち、出版記念会、諸歌人らとの交友、県の文芸活動の動向など、楽しい逸話もふくめて語られている。特に現役入隊した内務班の実態、教育界の内情やその出世コースへの批判、湖国歌壇のありようなど、貴重な記録、証言の数かずが綴られている。（山本洋）

糸賀一雄　いとが・かずお

1914・3・29〜1968・9・18。社会福祉家、教育運動家。鳥取市生まれ。別号因幡一碧。1938年京都帝国大学文学部哲学科卒業。40年から滋賀県庁勤務。46年11月、大津市石山南郷町に池田太郎、田村一二と知的障害児の福祉施設、県立近江学園を設立し園長となる。戦災孤児、生活困窮児、精神薄弱児の教育にあたり「四六時中勤務・耐乏生活・不断の研究」を学園の3条件に据えた。発達福祉論の提唱、地域福祉活動の強調は人々の共感を得、全国の施設に大きな影響を与えた。63年に重度の心身障害児施設「びわ湖学園」を設立するなど、6つの施設も創設。68年県下の児童福祉施設等新任職員研修会での講義中「この子らに」ではなく「この子らを世の光に」と訴えながら倒れた。著書に『この子らを世の光に』（65年11月、柏樹社）、『福祉の思想』（68年2月、日本放送出版協会）など。『糸賀一雄著作集』全3巻（82年4月〜83年6月、日本放送出版協会）がある。（外村彰）

稲垣達郎　いながき・たつろう

1901・10・21〜1986・8・13。国文学者。福井県敦賀市生まれ。1914年4月県立膳所中学校（現膳所高等学校）入学。5年間同校の寄宿舎で暮らした。野球部に属し、のち入部した一級下の外村茂（繁）と交友。この時代の近江の風光を懐かしむ随筆には「湖南の春」（「滋賀日日新聞」61年3月12日）や外村を回顧する「きれぎれの思ひ出」（のち「外村繁」。「春の日」61年11月）がある。19年3月同校を卒業。早稲田高等学院を経て24年4月早稲田大学文学部国文学専攻に入学。翌25年膳所中学校の同窓であった森正蔵、外村繁らと同人誌「行路」（のち「黒生《くろふ》」）を発刊。26年「槻の木」創刊に参加。翌年早稲田大学卒業後も大学院に在籍。29年「演劇」創刊に参加し劇評を執筆。30年から第一早稲田高等学院の教壇に立ち、36年教授となる。この間「明治文学」の編集に携わり、「早稲田文学」等に日本近代文学をめぐる論文類を発表する。49年早稲田大学文学部教授。46年の日本文学協会、51年の近代日本（現日本近代）文学会の結成に参画し、以後も各学会の中心として活躍を続けた。62年には日本近代文学館設立の発起者となり、財団法人となってからは常務理事を務め、初版本の復刻刊行など文学館運動の普及に尽力した。永井荷風や斎藤緑雨、また筑摩書房刊『明治文学全集』等、各種の文学全集も編集。77～78年に講談社から刊行された『日本近代文学大事典』全6巻の編集委員長も務める。研究書に『近代日本文学の風貌』（57年9月、未来社）、『森鷗外の歴史小説』（89年4月、岩波書店）など。随筆集に『角鹿《つぬが》の蟹』（72年1月、私家版）、『松前の風』（88年9月、講談社）がある。ほかに滋賀関連の随筆では、外村繁らと発行した同人誌をめぐる回想を記す「古匣から」（「群像」79年1月）、五個荘から彦根を経て渡岸寺と余呉湖を旅した「湖北早春」（「湖国と文化」81年4月）や「『新近江八景というもの』」（「滋賀日日新聞」62年8月12日）も執筆している。『稲垣達郎学藝文集』全3巻（82年1月～7月、筑摩書房）がある。（外村彰）

稲垣足穂 いながき・たるほ

１９００・12・26～１９７７・10・25。小説家、詩人。大阪市北区生まれ。１９１９年関西学院普通部卒業後、複葉機の製作を試みる。上京後佐藤春夫の知遇を得た。『一千一秒物語』（23年1月、金星堂）で注目され、戦後は『弥勒』（46年8月、小山書店）、『キタ・マキニカリス』（48年5月、書肆ユリイカ）等を刊行。50年京都に移住。晩年はエッセイ集『少年愛の美学』（68年5月、徳間書店）、『僕の〝ユリーカ〟』（68年6月、南北社）などを執筆した。光学機械、航空機、天体、絵画、少年愛等をモチーフとする作品群により独特の文学世界を形成。『空の日本 飛行機物語』（43年1月、三省堂）や随筆「ヒコーキ野郎たち」（「文学界」69年6月）等には、15年10月に愛機〝翦風号〟で神崎郡（現東近江市）にあった沖野原の飛行場を離陸飛行し、翌年墜落死した、秦荘（現愛荘）町生まれの飛行家荻田常三郎への言及もある。『稲垣足穂全集』全13巻（２０００年10月～２００１年10月、筑摩書房）がある。（外村彰）

稲畑汀子 いなはた・ていこ

１９３１・１・８～。俳人。横浜市生まれ。芦屋市在住。祖父の高浜虚子、父の高浜年尾に幼時から薫陶を受ける。小林聖心女子学院英語専攻科中退。１９７７年「ホトトギス」雑詠選を担当、80～２００５年同誌を主宰。１９８７年日本伝統俳句協会を設立。２０００年芦屋に虚子記念文学館を開館。花鳥諷詠、客観写生を基調にした豊かな語感を持つ句風。句集に『汀子句集』（１９７６年１月、新樹社）、『汀子第二句集』（85年4月、永田書房）、『汀子第三句集』（89年3月、永田書房）〈露の鞭たまはれかしと来し横川《よかわ》〉、『障子明り』（96年10月、角川書店）〈京時雨虹滋賀時雨虹湖畔〉、『さゆらぎ』（２００１年９月、朝日新聞社）〈はや露になじむ横川の句碑となる〉等。虚子の墓のある比叡山横川での作詠も多い。句文集に『旅立』（１９７９年10月、五月書房）、『風の去来』（85年6月、創元社）等。随筆集に、親しかった大津の俳友と僧侶の死を悼む「コスモス」「春の雪」所収の『花鳥存問《そんもん》』（２０００年７月、角川書店）などがある。（外村彰）

乾憲雄 いぬい・のりお

１９２４・月日未詳～。僧侶、芭蕉研究家。甲賀郡甲西町（現湖南市）に生まれる。１９４９年３月大谷大学文学部国文学専攻を卒業。正念寺住職。84年3月まで滋賀県立甲南高等学校などの教職に就く。教師生活のかたわら全国各地を歩き、芭蕉関係の資料を収集。２０００点以上の資料を夢望庵文庫と名付けて保存したが、74年に落雷で焼失した。著書に『芭蕉翁の肖像百影』（84年3月、光琳社出版）、『俳画賛句幅―近代編』（92年8月、乾憲雄）、『淡海の芭蕉句碑上下』（94年、上4月、下9月、サンライズ印刷出版部）、『芭蕉さんの顔いろいろ』（96年3月、サンライズ印刷出版部）、『近代の俳画と俳句』（97年8月、京都書院）がある。89年には滋賀県立水口文化藝術会館で芭蕉翁肖像展を開催した。滋賀県俳文学研究会会長。甲賀郡文学を楽しむ会を主宰する。（浦西和彦）

乾由明 いぬい・よしあき

1927・8・26～。西洋美術史家、美術評論家。大阪市生まれ。京都大学大学院美術史研究科修了。京都大学名誉教授。滋賀県美術展覧会審査員。西洋美術や西洋の近、現代陶藝に造詣が深く、優れた美術評論を様々な美術書に掲載する。それらを『現代陶芸の系譜』（1991年4月、用美社）としてまとめる。また、『日本の陶磁』（中央公論社）、『現代日本の陶芸』（講談社）の編集委員でもある。（渡邊浩史）

犬飼志げの いぬかい・しげの

1926・5・7～1977・6・25。歌人。蒲生郡苗村（現竜王町）山之上生まれ。甲賀郡（現甲賀市）水口町居住。本姓竹山。兄は滋賀文学会冠句部門選者の竹山吟月。生後40日にして同村永正寺住職犬飼性真・みつの養女となる。1928年大阪府泉南郡南《みなみ》掃守《かもり》村（現岸和田市）の浄福寺に転居。44年大阪府立岸和田高等女学校卒業。同年9月岸和田臨時国民学校教員養成所修了、国民学校初等科訓導の資格取得。45年1月南掃守国民学校訓導となるが9月退職、父の生家甲賀郡三雲村（現湖南市）に転居。47年柏木村（現甲賀市水口《みなくち》町）の西蓮寺《せいれんじ》に移る。48年4月水口町立水口西（のち柏木）小学校をはじめとして、水口、土山、岩根の各小学校に勤務。50年12月、前田夕暮の高弟で近隣の蒲生町極楽寺住職だった米田雄郎につき、一時休止していた作歌を再開。52年米田主宰の好日社に入会。60年日本歌人クラブ入会。62年第1歌集『青き木の沓』（10月、初音書房）刊行。この歌集が翌63年12月新歌人会歌集賞を受賞。64年夕暮の長男前田透主宰「水源地」に参加。67年第3期「詩歌」に参加。70年現代歌人集会会員。72年短歌雑誌「好日」編集委員となる。73年第2歌集『鎮花祭』（1月、白玉書房）刊行。76年現代歌人協会会員。東京の短歌専門誌への進出もそれなりに順調で、角川書店「短歌」には、64年3月号に7首、73年8月号に随筆、9月号に15首、74年8月特集号に10首、9月号に随筆、75年4月号に10首、76年2月特集号に2首と感想、12月号に9首、77年3月号に11首、6月号に15首が掲載。「短歌研究」には、64年2月号に6首、74年3月号に10首、75年3月号に10首、76年6月号に10首、77年3月号に10首が掲載。その他「短歌公論」に計25首が掲載。没後に第3歌集『天涯の雪』（78年4月、好日社）が遺歌集として上梓された。犬飼の3冊の歌集全約1400首の基調には、第1歌集の冒頭の歌〈眠られぬ夜ふけおもへば幻想のわが墓標にも雪散りてをり〉に見られるように、人間の生死《しょうじ》を清艶に幻視するといったモチーフが貫かれている。生と死とのどちらかでもって、他方を照射もしくは幻視し、それによってわが現世をしずやかに純化しようとしている。〈生者よりなほおびただしき死者あるを雪明りしてまろき丘みゆ〉（第2歌集）、〈遠世よりとどけるひかり流木は白骨のごとそこに散らばふ〉（第3歌集）

＊青き木の沓《あおききのくつ》 歌集。〔初版〕『青き

木の沓』62年10月、初音書房。◇429首所収。

＊鎮花祭《ちんかさい》　歌集。〔初版〕『鎮花祭』73年1月、白玉書房。◇481首所収。

＊天涯の雪《てんがいのゆき》　歌集。〔初版〕『天涯の雪』78年4月、好日社。◇489首所収。

第1、第2、第3歌集を通観すると、作歌時期のちがいによって浪漫化傾向の強いもの、リアリズム傾向の濃いもの、また特に第2歌集には王朝趣味や中世渇仰意識もうかがわれようが、〝犬飼短歌〟の本質はほとんど変わらない。とはいえ、各歌のモチーフや内容には多少の色合いや表情の差異が見られる。それは、作者の痩身に秘められた内暗の病苦とでもいうべきものの種類でもあろう。それらはおおよそ3つないし4つに分けられよう。(以下、歌集は第1、第2、第3と略記)（1）は清冽で異様な戦慄美を詠んだもの。第1〈氷塊も今日の傷みも清冽に音立ててゐむ夜の冷蔵庫〉〈愛するほど多く失ふわがめぐり致死量のごとき雪はこぼれて〉、第2〈錯乱をすすむるこゑもききゐるに背《せな》ひしひしと石質の冷え〉〈首はそきわれを扼する手梅林のいづくより伸びむ月の明かるし〉、第3〈死ぬることに思ひ及びてゐる愛と知らざる母よ粉を挽きゐる〉〈わが耳にかへるひとりの言葉あり終の日のわれは母を捨てむか〉。（2）は生母を恋い慕い養母をいとおしむ心情の流露したもの。第1〈われを置きて母の去りしは春の海か幽かに耳に残る汐さゐ〉〈生みの母恋ほしむ心も知らず生くわが胸に海盈つることなし〉、第2〈うつくしき雪といひつつ大根をおろしゐるははまぼろしの母〉〈いまひとりの母なる人にまみゆるとみちびかれ越ゆる夜の雪の山〉、第3〈血の繋がらぬわが名をよびて逝き給ふ母よまなかひは白く吹雪けり〉〈赤き被布きたるわが手をひき給ふうら若き母と雪野ゆくべし〉。（3）は生涯独り身の孤独と幸うすき定めを詠んだもの。第1〈温くまぶたに沁むる冬の陽よ不幸などとは思ふてはならぬ〉〈幼子と硝子いつしんに磨くわが明日も不幸なる恋を選ばむ〉、第2〈さくらさくらさくらの下に預けたる寂しきわが手わすれ睡らむ〉〈すみやかに裡なる人も滅びゆくたまゆらの死よわれにあらぬか〉、第3〈石垣に陽の射すところ山茶花の咲き鎮むるところ過ぎてわがゆく〉〈心急《せ》き待たるる夕べの妻ならず水燃ゆる水に石をわが投ぐ〉。（4）第3歌集だけに顕著なのは、年老いた養父への心づかいと迫りくるわが終焉との交錯する心情のモチーフである。老父〈鉄線の花さきやがて花終るこれよりいくばく父と生き得む〉〈むらさきの薄きブラウス着て出づる天涯に一人となる日も近し〉、終焉〈癒え難きわが咳《しはぶき》を気遣ひゐし父に今日わがいたつきを告ぐ〉〈わが頬に手をあてひと夜眠らざりし父あり父を忘れ眠らむ〉〈軽やかに眼を閉ぢをれば昼となく夜となく病巣に雪は降りをり〉。

　生母をひたぶるに恋い慕い、幸うすきわが生のめぐりをしずやかに見つめ、養母をいたわり老父の寺務を助けつつ、犬飼志げのはいつも雪降る近江湖東の僧房に早すぎる晩年への独り道を歩んだのである。〈雪ふかき近江の寺に冬越ゆるわがひた思ひ雁とならむか〉(第3歌集)

（山本洋）

犬塚稔　いぬづか・みのる

1901・2・15～2007・9・17。シナリオライター、映画監督。東京府生まれ。高島市安曇川町下小川に在住した。台北中学校卒業。1914年松竹下加茂脚本部に入社、脚本の執筆に携わる。27年「稚児の剣法」の脚本を書き、監督としてもデビュー。戦前は阪東妻三郎、長谷川一夫らの時代劇を中心に脚本執筆、監督を行った。戦後は「不知火検校」「座頭市」シリーズ等の脚本

を手がけた。著書に『映画は陽炎の如く』（2002年1月、草思社）等がある。（森﨑光子）

井上謹三 いのうえ・きんぞう

1924・11・7〜。川柳作家。甲賀郡甲賀町相模生まれ。甲賀市甲賀町在住。本名は「きょうぞう」。1941年県立大津商業学校（現高等学校）卒業。65年ごろびわこ番傘川柳会初代会長の畑中大三の指導をうけ同会同人に、70年「番傘」川柳本社同人となる。「毎日新聞」の「滋賀文芸」、県ゲートボール連盟機関誌などの選者をつとめる。自己の余命を見つめ、湧いてくるイメージを大切に、と句作を続ける。甲賀町文化功労賞受賞。〈肩書に背伸びしている俺が見え〉〈生きている　お色気のある句が浮かぶ〉（山本洋）

井上敬之助 いのうえ・けいのすけ

1865・3・18〜1927・8・10。政治家、新聞人。甲賀郡石部村（現湖南市）生まれ。旧姓小島、井上敬祐の養子となる。自由党に入党、憲政党を経て立憲政友会に所属した。1892年県議会議員に当選。1902年衆議院議員に当選したが、再び県議会議員に戻り、第17代議長となった。15年再び衆議院議員となり、本部総務や代議士会長等を務め、滋賀県政にも大きな影響力を持った。また、21年江州日日新聞社を創設、初代社長となる。（森﨑光子）

井上多喜三郎 いのうえ・たきさぶろう

1902・3・23〜1966・4・1。詩人。蒲生郡老蘇《おいそ》村（現安土町）大字西老蘇862番地の老多《おいた》呉服店の、井上九蔵《くぞう》の長男として生まれる。小学校入学前に百人一首を暗誦。老蘇村立尋常高等小学校在学中から絵画と文学に関心を示し、1914年に初めて詩を作る。16年3月同校高等科卒業。以後は家業に従事、戦時中を除き生涯家郷に住した。21年5月日本美術学院、翌年9月早稲田大学文学科の講義録を修了。22年「秀才文壇」等に自由律俳句等を投稿。25年7月「東邦詩人」（全3冊）、26年「井上多喜三郎パンフレット」（全3冊）を編集発行し詩歌を発表。この頃井上康文編集「新詩人」や名古屋の詩誌「青騎士」に寄稿し、書きためたノートをもとに、民衆詩派の影響下にある第1詩集『華笛』（23年2月、安田新吉）を発行。23年から1年間、陸軍第十六師団大津歩兵第9連隊に入営。24年、連隊通信に掲載した詩をもとに『花束』（聖火詩社）を発行。27年内藤鋠策主宰「抒情詩」、28年前田夕暮主宰「詩歌」、33年北園克衛主宰の「マダム・ブランシュ」に同人参加。28年日本詩人協会会員。同郷の歌友樋口百日紅、田村松之丞と共著『歌集　三人』（29年5月、聖火詩社）も編集発行。この前後に旧知の岩佐東一郎を介して堀口大学に師事。また27〜29年「詩人」（全3冊）、32〜34年第1次「月曜」（全9冊）と、単独で編集を行った詩誌を老蘇村から発行し続ける。33年桂巻《かつらまき》ちかと結婚、二男一女を授かる。36〜37年「春聯」（全6冊）、37〜40年第2次「月曜」（全10冊）といったアート紙の瀟洒な詩誌も引き続き編集発行。これらには田中冬二、高祖保、北園克衛、安住敦などの詩人俳人が多数寄稿し、井上は「月曜詩人」とも称された。詩誌「詩と詩論」、第3次「椎の木」「苑」「文藝汎論」、句誌「風流陣」等にも執筆。この時期の井上はモダニズム調の軽妙な短詩や俳句を創作するようになり、それらを『女竹《めだけ》吹く風』（26年5月、聖火詩社）、『井上多喜三郎詩抄』（29年1月、聖火詩社）、『井上多喜三郎詩抄』（34年11月、私家版）、『若い雲』（40年7月、月曜発行所）、句集

『花のTORSO』(40年7月、月曜発行所)にまとめた。各詩はハイカラな感覚をちりばめた象徴美を内包するが、生活感からの遊離と風土性の希薄さがみられた。戦前の代表詩集『花粉』(41年11月、青園荘私家版、30部限定)の巻頭詩「春」は「天使がとび越える小川//モロコが一匹うまれます」というファンタジックな清涼感のある短詩で、当時の詩風をよく示すが、もとは「月曜」4号(38年6月)の「白い天使」第2連である。初出形の詩集掲載時における改稿、削除はしばしばで、自己批判の強さもこの詩人の特徴といえる。また井上は律儀で世話好きな好人物であり、生活に追われながらも何かと知己のために尽くし、多くの詩人から親しまれた。多趣味で、こけし等郷土玩具の収集家としても知られた。45年4月に召集、旧朝鮮北部の羅津《らしん》陸軍輸送統制部に配属される。敗戦後同地と当時のソビエト連邦ウラジオストックの収容所に抑留され46年末に帰国。半年間のウラジオでの厳しい労働生活の折々に、下着に忍ばせた手製メモに当時の真情を詩で書く。「待ツテイル」の冒頭「待ツテイル/僕ノカエリヲマッテイル//キヌガサ ミヅクリノ山々/アヲイ麦田」にみられるように、望郷の想いを抑留中の心の支えとした。のちそれらを『浦塩詩集』(48年3月、月曜発行所)として発行。この種の詩集は類例が少なく、極限状況のなかでなお保たれた清廉な姿勢は特記される。この抑留体験から詩風は変転。俳味に通ずる機智は一貫しているが、モダニズム調が影をひそめ、生活者の息遣いを内存させた詩法が涵養されてゆく。

帰国後は多忙な稼業のかたわら精力的に詩作活動を行った。仕入れのため頻繁に京都大阪と安土を鉄道で往復し、その間も詩作に集中した。47年7月滋賀の詩誌「朱扇《しゅせん》」同人。50年1月京都のコルボウ詩話会に参加し作品を発表。共編著『コルボウ詩集』(51年9月、コルボウ詩話会)に掲載された4編の詩には、生活苦のリアリティが諧謔と共に表現されている。50年8月井上は、田中克己、小林英俊、武田豊らと滋賀在住の詩人を主とする近江詩人会を結成、のち加入した杉本長夫と共に後輩詩人たちを牽引した。会誌「POETS' SCHOOL(詩人学校)」を共宰し、共編著『滋賀詩集』(57年8月、近江詩人会)、『詩集 詩人学校』(65年11月、近江詩人会)も発行。同会は以後も活発に運営され、多くの俊英が育っている。この点でも滋賀県詩壇に残した足跡は大きい。53年コルボウ詩話会を脱退し8月、依田義賢《よしたか》、山前実治《やまさきさねはる》等と「骨」の会結成。会誌「骨」の編集にあたりながら代表詩や「繖南《さんなん》雑記」等の随筆を毎号発表。また日本郷土玩具の会に所属し、会誌「竹とんぼ」に随筆も書いた。句誌「アカシヤ」「青芝」等にも執筆。豆本『浦塩詩集』(57年2月、風流豆本の会)、『抒情詩集』(57年9月、文童社)も刊行。湖東地方が舞台の狂言「鳥羽絵草紙、屁合戦の巻」(59年1月14日、NHK第2ラジオ放送)の原作も創作。58年には京都で日本画の個展もひらいた。61年安土町教育委員。詩集『栖《すみか》』(62年5月、「骨」編集室)にみられる郷土の風物との交感、それらへの慈愛の即物的表現は、戦後の井上詩の到達点とみなされる完成度を示した。62年5月近江詩人会の発起により老蘇小学校前庭に「私は話したい」の詩碑建立。63年日本現代詩人会会員。齢を経るとともに滋味深い詩風は味わいを増したが、安土町内で駅へ向かう途中突然輪禍に遭い64歳で死去。法名「法誉繖南詩道居士」。追悼号を「詩人学校」「青芝」「骨」が発行した。歿後1年目に遺稿詩集『曜』(67年4月、文童社)が有志により刊行される。豆本『浦塩詩集／栖』（97年4月、未来工房）もある。

　井上は近江で生まれ育ち成熟した生粋の近江詩人であった。商人との二足の草鞋をこなし、青年期にモダニズム詩の感化を受けながら抑留体験後は自己の生活に密着した詩を産み出すようになった。思想詩や詩論を繰り広げることもなく、中央詩壇の傍流にありながら泰然と自己の詩道を歩んだ。丹念な推敲を経た平易簡潔な表現の詩には悲嘆や怒り、また当地の方言は抑制され、晩年は飄々とした温かな独特の風格を示すスタイルが具現するに至った。田中冬二、山村暮鳥を愛したゆえか、郷愁、純朴さの味わいも色濃い。親友田中冬二は「繖山《きぬがさ》の麓に眠る詩人井上多喜三郎」（「詩学」66年5月）で井上の人柄を「天衣無縫」とし「童心を失わぬ純粋にして清新なエスプリ」が作品にも投影していると観じた。井上は聖火詩社版『井上多喜三郎詩抄』の序で「私の詩は私の宗教です」「詩心は私の善良なるもの真実なるものの全部」と書いている。そして絶筆「こどもの詩について」（「骨」66年6月）にも「私の信条」すなわち「詩は私の宗教である」と述べ「きびしい詩精神を、生活にとけこませてこそ意義ある人生がある」と書いた。このように井上にとって詩作は生活の中で感覚する純粋な詩情を、日常的な詩語に置換しながら永遠に清新なものにしようとする宗教的な行いなのであった。滋味掬すべき小世界をもつ個性的詩人であり、文学史的により高い評価が望まれる。２００４年10月、『井上多喜三郎全集』全1巻（井上多喜三郎全集刊行会）が出版された。

＊栖《すみか》　詩集。〔初版〕『栖』１９６２年5月、「骨」編集室。◇53～62年に「骨」発表の詩から精選した25編を収載。日々身近に接する事物への折々の感懐や、様々な生き物への共感を示す詩を主とする。「暮しの歌」は、「仕入の帰りはいつも夜」ながら「どれだけ遅くなっても／風呂敷包の結びめだけは解《ほど》いておく／――終日《いちんち》大へんご苦労さま」と風呂敷へのいたわりを述べる。詩碑にもなった「私は話したい」では、「目白やきつつき」から「ゆすらうめやあんず」など動植物たちと「きき耳ずきん」を用いずとも、風と陽光の中で言葉を通わせ「私のおもいをかよわせたい」とうたう。「魚の町」「初戎」のような人界の喧騒を表そうとした実験作や、牛とその糞の哀感を二行詩に凝縮した「霜の朝」、また犬や山羊、げじげじ、なめくじ、みみずといった虫との交感も諧謔的に記述される。総じておおらかな農村の情景が鋭い観察眼により独特の詩情に昇華されている。

＊曜《よう》　詩集。〔初版〕『曜』67年4月、文童社。◇『栖』刊行後の63～66年「骨」「詩人学校」等に発表した17編を収める。題は全て漢字1字。跋文は田中冬二、岩佐東一郎、天野隆一。郷土の生活の中から抽き出された感慨を、難解さや饒舌とは遠い温もった詩の世界に再構築させている。安土の龍石山古墳や井上洞光《いがみどうこう》邸跡、そして習慣化した生活での雪隠《せっちん》や釜、土間、風呂等を題材にする。「勤《つとめ》」は、夜なべをして懸命に縄をなう幼い兄妹を「お月さんがやさしく見守っている」なか、月影の縄が「うしろからたぐりだす／お月さんのしっぽ」へとたとえられる味わいに、暖かな余韻が残る名詩。「調《しらべ》」は若者に「この湖国《くに》のすぐれた風物に／愛をかたむけたことがあるか」と問いかけ、出土した「古い銅鐸」を「新しく打ち鳴らす術《すべ》」が「君たちの双肩《かた》にかかっている」とし「美しいその音色を湖《うみ》に描け」と結ぶ。郷土愛の込められた遺作である。

（外村彰）

い

井上友一郎 いのうえ・ともいちろう

1909・3・15〜1997・7・1。小説家。大阪府生まれ。本名友一。はじめ劇作家を志し、長田秀雄に師事。1933年坂口安吾らと「桜」創刊。36年早稲田大学仏文科卒業。以後「早稲田文学」等に多くの小説を発表した。36年武田麟太郎主宰「人民文庫」同人。39年まで都新聞社文化部記者。戦時中は中国戦線に特派員記者として従軍する。40年「新風」、47年発刊の「風雪」同人としても活躍。第1創作集『波の上』(39年3月、砂子屋書房)のほか、「残夢」(「文学者」39年7月)、『竹夫人』(46年5月、文明社)、「絶壁」(「改造」49年5月)、『断腸花』(49年8月、改造社)等、巧みな構成で庶民の風俗を描き出す幅広い作風。とりわけ人生の機微に触れる短編を本領とした。幕末や戦後風俗、野球を題材とした長編小説も多い。70年にはゴルフ場も経営。46年9月「女性ライフ」に発表の「湖南少女」は会ったことのない大津の親戚の娘達が戦前戦後を通して話題となる短編。

＊千鳥《ちどり》　短編小説。〔初出〕「文学季刊」46年12月。〔初収〕『湖南少女』47年5月、風雪社。◇江若鉄道沿線のK駅近くの、大津行きの汽船が発着するS村を訪れた画家の小笠原(「僕」)が、「私」に湖畔の悲恋の顛末を物語る。「僕」は7月初め、Sの地を画題にしようと旅館に滞在するが、盲腸炎にかかって近所の高瀬という医者の離れ座敷で養生する。医師の助手役を務める「お露さん」が実子ではないと旅館の老婆から聞いた「僕」は、この医学校を中退した寡黙な娘に興味を抱く。妙齢の「お露さん」が未だ独身でいるのも、同じ年頃で養子の次郎が義父と意見が合わずに義絶され、大津で医者をしている事情と関係がありそうだと老婆に説明された「僕」は「古風な人情の世界」を想起する。1ケ月が過ぎ回復に近付いた「僕」に次第にうちとけた「お露さん」は千鳥の実在とその飛ぶ音や足跡を教え、「僕」に次郎を訪ねてある品物を渡すように頼む。S村を後にした「僕」は、次郎がすでに妻帯者だと知り手紙でそのことを報せるが、半年ほど経って「お露さん」は他家に嫁ぎ、次郎は高瀬家に戻っていた。なお作者は「全部空想で書いた作」と自解している。　(外村彰)

井上靖 いのうえ・やすし

1907・5・6〜1991・1・29。詩人、小説家。北海道旭川市生まれ。静岡県で幼少期を過ごす。1927年第四高等学校に入学。29年頃から詩作を始める。1936年3月京都帝国大学文学部哲学科卒業。在学中たびたび大津市近郊を散策した。大阪毎日新聞社に勤務し、詩「比良のシャクナゲ」(「火の鳥」46年11月)等を発表後、「闘牛」(「文学界」49年12月)で第22回芥川賞受賞。代表作は『氷壁』(57年10月、新潮社)、『天平の甍』(57年12月、中央公論社)、『しろばんば』(62年10月、中央公論社)などで国民的作家として活躍。64年日本藝術院会員。76年文化勲章を受章。滋賀県関連の現代小説に竹生島遊覧から始まる『青衣の人』(52年12月、新潮社)、比叡山にも触れた『憂愁平野』(63年1月、新潮社)、湖北から安曇《あど》川上流などを描く『夜の声』(68年8月、新潮社)、今津の湖畔の造船所も主要舞台となる『四角な船』(72年7月、新潮社)、琵琶湖や石山旅行も叙される「月光」(『月光・遠い海』77年7月、文藝春秋)ほかがある。歴史小説『淀どの日記』(61年10月、文藝春秋)は小谷、安土、大津城も背景で、『額田女王《ぬかたのおおきみ》』(69年12月、毎日新聞社)は近江朝廷や蒲生野を描く。また『戦国城砦群』(77年3月、文藝春秋）は坂本や安土も舞台。『本覚坊遺文』（81年11月、講談社）は千利休の弟子である三井寺の本覚坊が主人公。童話「星よまたたけ！」（「少女」52年1月〜12月）は大津など琵琶湖も舞台である。晩年の詩に「比良八荒」（「すばる」82年5月）、「伊吹」（「すばる」84年2月）。随筆に「湖畔の城」（「小説新潮」60年6月）、「『六道絵』私見」（『古寺巡礼　近江聖衆来迎《しょうじゅうらいごう》寺』80年5月、淡交社）等。井上は連載小説の取材や私的な旅行でたびたび滋賀県を訪れた。なかでも71年4月から翌年にかけて高月町の渡岸寺《どうがんじ》（向源寺）をはじめとした湖北の十一面観音像を拝し、県内の主な観音像を巡拝したことは特筆される。「湖畔の十一面観音」（「心」71年11月）や「渡岸寺の十一面観音像」「十一面観音の旅」（『美しきものとの出会い』73年6月、文藝春秋）、『十一面観音』（73年10月、平凡社）はその感動の所産といえよう。以後も87年まで渡岸寺や石道《しゃくどう》寺、己高《ここう》閣等を30数回参拝し、地元の人々との友好を深めた。82年10月渡岸寺の観音堂前に文学碑〈慈眼　秋風　湖北の寺〉建立。84年8月大津市の世界湖沼環境会議での特別講演「水と文明と人間」など、県内での講演も多い。89年第8回滋賀県のブルーレーク賞を受賞。91年3月には高月町の名誉町民に推される予定であった。93年4月井上靖記念室のある図書館を併設した「出会いの森」センターが同町に竣工。『井上靖全集』全29巻（95年4月〜2000年4月、新潮社）がある。

＊比良のシャクナゲ《ひらのしゃくなげ》　短編小説。〔初出〕「文学界」1950年3月。〔初収〕『雷雨』50年12月、新潮社。◇詩「比良のシャクナゲ」（46年）のモチーフを発展させた一人称小説。狷介孤高の老学徒を自認する78歳の解剖学者三池俊太郎は、比良山を望む堅田の霊峰館を5年ぶりに訪れ、1人琵琶湖を眺めていた。彼は学生の頃「写真画報」の口絵「比良のシャクナゲ」を見て「いつの日か将来」必ず「この山嶺《さんれい》の一角に登つ」て「ひとり眠」る「孤独にして絶望的な日」が来ると確信した。初めて比良山を眺めたのは死の想念に憑かれ大津から浮御堂を経て霊峰館に泊まった25歳の時。次は長男啓介の琵琶湖での情死事件を機に、家庭を顧みないと亡妻に責められた55歳の年であった。さらに戦時中の5年前も研究に生命を削る孤独な日々にあったが、誘われて堅田沖をボートで遊んだことがある。そして今回、三池は金策にうるさい京都の家族に無断でここに来た。彼は比良の山嶺で眠る安らぎを夢想しつつも、この山に登ることがなかったのは、自分に比良山に登る資格が出来ていなかったためだと自得し、独りライフワークに没頭してゆくのであった。

＊戦国無頼《せんごくぶらい》　長編小説。〔初出〕「サンデー毎日」51年8月26日〜52年3月9日。〔初版〕『戦国無頼』52年4月、毎日新聞社。◇1573（天正元）年秋、落城前夜の小谷城から立花十郎太と加乃《かの》が脱走を企てた。翌日の合戦で主家への恩義から命を捨てる覚悟でいた中老の鏡弥平次は捕縛される。武術に長け、冷たい虚無を心に抱く佐々《さっさ》疾風之介《はやてのすけ》は先に想い人の加乃と十郎太を逃して戦い、野武士の娘おりょうに助けられて比良山中の村で暮らす。疾風之介はおりょうの野性的な美しさに惹かれ一夜を共にしたが「生命《いのち》を上げる」と言う彼女から去る。のち湖北で湖賊の頭領となった十郎太は、疾風之介を探しに来たおりょうと出会う。一途な彼女はそこに住んだのち疾風之介を追って信濃へ出立。出世の野心を秘めた十郎太は思いを寄せていた加乃を三河にとどめて設楽《しだら》ケ原の合戦場に向かい、武田方の家臣となった疾風之介と偶然再会、名

乗らず抜刀するが退散。のち深手の武将を運んだ縁で丹羽長秀配下となり佐和山に住した。加乃は坂本に移り、おりょうは彼女を娘のように愛する弥平次の所に戻った。そして大崎で手下といさかいを起こした疾風之介を、弥平次はおりょうを奪われたくない一心で襲う。崖から落下した疾風之介は丹波の反明智派の武士に助けられ、唐崎での舟祭りの日に加乃と十郎太の前に姿を現す。疾風之介は2人の仲を誤解したまま丹波八上城で戦い、弥平次とおりょうは仲間や家族を織田方に殺される。竹生島に願掛けに来た加乃を捕らえ疾風之介の居場所を知ったおりょうは危機をかいくぐって丹波の砦に入り、ついに彼を見いだす。1579（天正7）年夏、敗軍から生き残った疾風之介は十郎太から坂本で加乃が待っていると聞き、そこで先回りして病床の加乃を佐和山に連れ出そうとした十郎太と舟に乗るが加乃とは別れてしまう。おりょうも再び疾風之介を追うが近江の弥平次の家に帰る。加乃の死後、本能寺の変を知り明智方に仕官した十郎太は疾風之介と秀吉軍を迎撃。十郎太は死に、重傷を負った疾風之介はおりょうと弥平次に助けられる。帰途弥平次は秀吉軍の銃弾で死ぬ。おりょうと疾風之介は琵琶湖畔にたどり着き、貫い生への意志と愛情を胸に抱いて舟で北へと向かった。殺伐とした乱世に運命を翻弄され、埋めがたい空虚感を抱きながらその個性をぶつけあう人間群像を鮮やかに描出。作者は取材のため3度来県した。

＊稲妻《いなずま》　短編小説。〔初出〕「小説公園」1953年9月。〔初収〕『風わたる』54年9月、現代社。◇美沙は、20歳近く年上のワンマン社長である龍平と5年前に結婚した。だが夫への心は冷めきっている。龍平から大阪出張の同行を勧められ同意したのは、10年前に笠置弥一と旅した彦根を訪ねたくなったからである。龍平はすでに戦死した笠置への美沙の未練を忖度できない無神経な大男で、美沙は「その単純さが腹立たし」かった。大阪を経て梅雨の彦根に向かった夫婦は、暮方「井伊大老の下屋敷」であった旅館「R園」に着く。ここは笠置と泊まった宿で「何か自分の大切なものを汚すような気がし」た美沙は「雷の間」に独り床をとる。かつて笠置から別れ話を持ち出され、ここで「棄てられまいと夢中になって」いた自分が心理的な折檻を受けていたようだった、と思う美沙は一途な恋情を棄てられない。しかし豪雨の稲妻に照らされた夜の庭と建物を見てからは、今の自分の安穏が淋しくなり、自分が龍平に繋がっているように感ずる。そして夫の「お人よし」な態度に初めて「暖かさ」を見いだせた美沙には、気心を許せる気持ちが生ずる。

＊森蘭丸《もりらんまる》　短編小説。〔初出〕54年3月「講談倶楽部」。〔初収〕『真田軍記』57年2月、新潮社。◇1583（天正11）年の安土城。織田信長は甲斐討ち入りを準備していた。「近習の総横目《よこめ》」となって信長の寵愛を受けている18歳の森蘭丸は、武士として主君に命を捧げるべく初陣《ういじん》の機会を待っている。彼の父可成《よしなり》は12年前に坂本に近い宇佐山城で討ち死にしたが、明智光秀が援護をしなかったため落城したと家臣から聞いて以来、光秀の冷酷さに怒りを覚えていた。蘭丸は醒ケ井《さめがい》で出会った由弥《ゆや》という年下の気丈な美女に翌年坂本で再会し、心を奪われる。甲斐攻めでは合戦に縁がなかったが、美濃兼山城を与えられた蘭丸は信長に宇佐山城を所望し、由弥に会いに行く。心は通じながら求愛を退けた由弥が、じつは坂本城主の光秀の囲い者であったと蘭丸は知ってしまう。信長の不興をかった光秀を助けてほしいと訪ねてきた由弥に断わり

と再度の求婚を告げた蘭丸は、本能寺で由弥から約束どおりの日に彼のところに来たとの封書を受け取る。しかしその日の夜半、明智軍の急襲に遭った蘭丸は、初陣の気持ちで光秀への憎悪を敵兵にぶつけ、由弥の面影を眼に浮かべて戦ったのであった。

＊大津美し《おおつうるわし》　随想。〔初出〕大津市編『大津』1964年8月、淡交新社。〔初収〕『井上靖全集第26巻』97年9月、新潮社。◇32年から京都に学生として在住していた筆者は、比叡山から坂本、堅田、石山寺周辺を「年に何回か」歩いた記憶を述べ、近代化する大津に「近江八景」の風趣や古都の風格を残すことを求めている。親友とよく参詣したという「石山寺のこと」（『還暦大津市』58年10月、大津市役所）もこの頃を回想したものである。

＊星と祭《ほしとまつり》　長編小説。〔初出〕「朝日新聞」71年5月11日〜72年4月10日。〔初版〕『星と祭』72年10月、朝日新聞社。◇全9章。東京の実業家架山洪太郎は7年前の初夏に17歳の娘みはるを亡くした。娘は離婚した貞代との子で京都移住後も4度会いに来た。琵琶湖の竹生島沖でのみはると大三浦という学生の乗ったボートの転覆を知った架山は、長浜で捜索を見守り南浜の貸ボート屋の主人佐和山や学生の父と会うが、遺体は発見されなかった。彼はそれから「運命」の意味や歳月の流れに傷心の癒しを求め、今も湖底に沈む娘を、生死の間を霊魂が浮遊する「殯《もがり》」（仮葬）の状態に擬し、挽歌はその期間に詠まれるという論文を読んで自分とみはるの魂との心に秘めた会話も挽歌にあたると考える。次第に観念のみはるは清らかな愛人へと昇華し、遠い星に住む虚像を地球の実像が操るという仮説にも惹かれた架山は、それまで避けて来た琵琶湖を事件以来初めて訪れた。そうしてかつては被害者意識から怒りすら抱かせた大三浦が、悲しみを抱いたまま秘仏の多い湖畔の十一面観音像を巡拝していると知り、彼とともに参拝した高月の渡岸寺《どうがんじ》、木之本の石道《しゃくどう》寺の古像から鮮烈な感動を覚える。湖に向かい立つ御像が2人を守っていると信ずる大三浦から教えられた守山の福林《ふくりん》寺、高月の赤後《しゃくご》寺も詣でた彼はその力強い美と担わされた歴史、土地の人の帰依に心打たれる。画家の池野と坂本の盛安《せいあん》寺、海津の宗正《そうしょう》寺の素朴美を湛えた観音像も仰いだ架山は、かねて誘われていたヒマラヤ旅行に参加。エベレスト山麓の僧院での観月を経たみはるとの心の対話で、永劫の時に触れた自分が娘と青年の死を同じ悲しみとして心に生かしていることに気づき、ようやく純朴な大三浦への素直な親しみを抱く。帰国後佐和山と高月の充満《じゅうまん》寺、木之本の医王《いおう》寺、西浅井の善隆《ぜんりゅう》寺、中主の蓮長《れんちょう》寺に参り、近江八幡の円満《えんまん》寺の観音像から医王寺同様みはるを連想した彼は木之本の鶏足《けいそく》寺（己高《ここう》閣）も拝した。そして先妻の造ったみはるの墓に手を合わせ、不思議な縁で心を通わせた大三浦と近江八幡の長命《ちょうめい》寺を参拝し、満月の夜に佐和山と3人で琵琶湖に船を出した。湖上を取り巻く尊い観音像を瞼に描きつつ湖中の霊の冥福を念じ花を供える儀式を終えた架山は、8年目の春を迎えてみはるの「殯」の期間は終わったと実感するのであった。同作は湖国の十一面観音像を広く世に知らしめ、作者はその後も観音参拝に親しみ土地の人々との交流を続けた。（外村彰）

井上立士　いのうえ・りっし

1912・3・19〜1943・9・17。小説家。大津市神出《かみで》（現三井寺町）生まれ。本名立士《たつし》、別称立士《たつお》。陸軍中尉（のち中将）の父政吉が歩兵第9連隊赴任中に長男として出生。父の転任にともない翌年千葉に転住、1916年5月から18年10月まで再び大津市で暮らす。仙台市、京都市伏見区、奈良市で中学時代を過ごし、26年4月から東京陸軍幼年学校に第30期生として入校。29年4月には陸軍士官学校予科に進んだが肺疾患のため10月に退校。31年第二早稲田高等学院に入学。都内の浜松町に下宿し、2級上にいた田村泰次郎と親交する。在学中の32年に新興藝術派系の「今日の文学」同人となり、十返一《はじめ》（肇）らを知る。同誌に「休止符！」（32年12月）、「不躾なる棲息者」（33年3月）、「僕のステップ」（33年8月）といった京都や東京を舞台とした恋愛小説を掲載した。33年早稲田大学文学部独文科に進むが中退。名古屋新聞社の東京支社に就職し、のち青山青年会館の会報編集にも従事。35年「ROMAN」同人。「レツエンゾ」に短編「ダンサー・アラモード」（35年7月）を発表。同年から37年まで石川達三らの「星座」に参加、「足跡」（35年12月）などを発表したがこの頃の創作意欲は低調であった。井上は寡言ながら時として毅然と自己の信念を主張し通す潔癖な性格で、モーパッサンやラディゲを愛読し海外文学の造詣も深かった。一方で親友の永山三郎や田村などの文学仲間と喫茶店やダンスホール等に出入りし、踊り子と恋愛するなど奔放な行動も目立った。38年「新公報」の編集に携わり高見順に師事する。同年「新大衆」編集を経て通文閣に勤務。ほかに「セルパン」「新文化」の編集にも加わり、代々木山谷の南賀台アパートに独居しながら創作を続けた。41年3月、野口冨士男、船山馨、十返一、田宮虎彦、南川潤、牧屋善三、青山光二と「青年藝術派」を結成、単行本形式の同人誌『青年藝術派・新作短篇集1』（41年4月、明石書房）に「男女」を発表。翌年「文藝主潮」同人。この頃から本格的に小説執筆に専念し始めた井上は、自己の文学のテーマを都会に生きる男女の恋愛心理探求に定め、自己の体験をモチーフとした青春期の昂揚感と虚無感の相克を繊細な描写によって表現しようと努めるようになる。そうした活動は戦時下の時世への敢然とした藝術的抵抗を示すものでもあったが「もっと光を」（『青年藝術派新作集 八つの作品』41年12月、通文閣）は青年藝術派叢書の書き下ろし長編『男性解放』（41年12月、通文閣）と同様、内務省の検閲により発禁処分とされた。「もっと光を」は舞踏場で働く結婚歴のある年上の原夏緒を心底愛しながら、恋愛の責任を果たせないため別れを望んでしまう疚しさから、次第に関係を倦怠に陥らせてゆく葉山亮の孤独な心理の推移を、回想と会話を巧みに交叉させながら展開させた代表作。『男性解放』は全10章で、建築学を学ぶ学生宮啓夫の4人の女性との出会いと別れを軸に、気分や雰囲気を求める皮相のロマンスから解放された真実の恋愛の形を希求しては破れる、宮の救いのない心理の解剖を織り込んだ野心作。ほかにいずれも若い男女の恋愛を題材とした「華燭」（「新創作」41年8月）、「兎と亀」（「早稲田文学」42年2月）、「魔笛」（「新創作」42年2月）、「花嫁」（『青年藝術派新作集 私たちの作品』42年6月、豊国社）、「秘唱」（「新創作」42年11月）、「ぐずべり」（「現代文学」43年5月）などの短編も発表している。

井上は随想「文学の危機」（「早稲田文学」43年5月）で「文学作品とは各々の作家の個性を通してのみ創造されたもの」であるのに、戦時の「一億一心」的言説の中にその個性を埋没させ「徒らに他人の言葉に満足のみして」いる時局迎合的な文学者への憂慮を表明し「じぶん特有の言葉を失つてしまつたとしたら、文学は滅びるより他はない」との批判的な提言もしていた。作中の心理分析にはやや講釈臭の勝った生硬さが存するにせよ、昭和戦前期の都会風俗に生きる男女の実相の活写を本領とした井上の文学は、戦後のさらなる飛躍が期待されていた。しかし43年夏、高見を訪ねての無理な長野旅行による疲労が原因で粟粒《ぞくりゅう》結核に罹り静養、ついには六本木の額田病院に入院後、享年31歳で急逝した。遺作となった『編隊飛行』（44年2月、豊国社）は、熊谷陸軍飛行学校の少年兵の訓練過程を取材して書き下ろした長編で、飛行兵として41年4月に殉職した実弟の鎮魂を創作上の動機としている。同作は死の翌年9月に第1回航空朝日航空文学賞を受賞。『辻小説集』（43年8月、八紘社杉山書店）にも「黒船」が収録されたが、こうした晩年の戦争文学執筆は井上の意に満たない仕事であった。43年11月「新創作」に十返と野口、12月の「現代文学」に南川、三雲祥之助、丹羽文雄の追悼文が掲載される。戦時期にありながら反時代的な恋愛小説の世界を独自に窮めようとした井上が、風俗壊乱の名のもとにその可能性豊かな才質を圧殺され、志を半ばにしたまま憤死するに至ったという事実は、昭和文学史上の遺恨事のひとつとして記憶されなければならないであろう。

（外村彰）

猪野健治　いの・けんじ

1933・11・7～。詩人、評論家。神崎郡能登川町（現東近江市）生まれ。のち彦根市安清町《やすきよまち》に転居。埼玉県春日部市在住。県立彦根中学校（現彦根東高等学校）中途退学。1950年に創立された近江詩人会に初期から参加し、特に同会発起人の1人である長浜の武田豊と親しくなる。52年5月には、大西作平、中川郁夫、田中たけし（猛）らと語らって、社会への批判的参加を旗じるしとした「熔岩」詩人集団を結成した。その間、彦根や八日市の地元紙の記者をしていたが、57年に決断して上京。各種多数の雑誌を発行していた双葉社に入社、社員として編集に従事。プレスサービスセンターにも勤務。62年よりフリーのライターとなる。その後「民族宗教研究」編集長、「民族と思想」編集長を歴任、日本ジャーナリスト専門学院の講師を20年つとめる。在彦時代からこわもてのする風貌のもとに非常な人なつっこさを秘め、弁も達者、ペンも達者、なによりも博覧強記であった。飄々とした老詩人武田豊を敬愛し、武田の「詩は謀反の思想の依代《よりしろ》である」という言葉を大事にした。評論家としての猪野は、正統的な正規の組織や制度から剝落した社会最底辺の「ドロッパー」「アウトロー」の苦悩の呻きに耳を傾け、その史的事実を捜しだし拾いあつめ、冷静かつ客観的に書きとどめることに徹した。「正史」よりも「野史」の立場と観点に立った。やくざの研究にしても、現代社会のひずみの一現象としてジャーナリスティックに捉えたり語ったりするのではなく、社会構造の深層、つまり差別、被差別の原点からえぐりだし、また時代の潮流をさかのぼって史的観点を重視しながら掘りおこし掘り下げ、考察し記述した。『電通公害論』（71年9月、日新報道）、『日本の右翼　その系譜と展望』（73年9月、日新報道）、『雑誌編集者』（84年10月、実務教育出版）、『戦後水滸伝　仁侠史の研究』（85年3月、現代評論社、のち改題して『やくざ戦後史〈ちくま文庫〉』2000年2月、筑摩書房）、『侠客の条件』（1994年3月、現代書館。初版双葉社）、『パチンコ苦悩白書』（97年4月、毎日新聞社）、『やくざと日本人』（73年8月、三笠書房。のち99年6月、ちくま文庫）、『東京闇市興亡史〈ふたばライフ新書〉』（99年8月、双葉社）、『暴対法下のやくざ〈ちくま文庫〉』（2001年6月、筑摩書房）などの著書がある。

（山本洋）

い

伊吹知佐子 いぶき・ちさこ
1934・10・10〜2006・3・21。小説家、随筆家、歌人。伊香郡木之本町木之本生まれ。大津市大平で死去。本名藤岡よ志子。旧姓千田《せんだ》。先代から薬種商を営む千田薬局兼書店の二女。1953年3月県立伊香高等学校卒業。57年3月西京大学文家政学部文藝学科（現京都府立大学文学部文学科）卒業。58年医師と結婚して、福井県小浜市に、61年静岡市に移住。63年静岡県藝術祭小説部門に応募した短編「扉の前」によって県知事賞受賞。選者は藤枝静男、高杉一郎。その後、女性同人誌「紅爐」（静岡市）、「文藝静岡」などに短歌、小説を発表。72年大津市に移る。90年頃大阪文学学校に通い、その成果として94年3月に6つの連作を集めた第1創作集『華の宴』を審美社より刊行、同年滋賀県文学祭出版部門受賞。同94年滋賀作家クラブに入会し、機関誌「滋賀作家」に小説、随筆を掲載。98年7月、8編を収めた第2創作集『扉の前』（審美社）刊。同98年日本ペンクラブ会員となる。随筆集『出逢いの風景』（2002年11月、菁柿堂）で第53回（平成15年度）滋賀県文学祭文藝出版物表彰。短編小説集『噂のひと』（2005年10月、菁柿堂）がある。

＊華の宴《はなのうたげ》 長編小説。〔初版〕『華の宴』1994年3月、審美社。◇「華の宴」「黒いうさぎ」「月の光」「かやつり草」「雪鳴り」「祈りの朝」からなる連作長編。敗戦後まもない滋賀県湖北の旧い街道沿いの町を舞台に、小学校6年生から新制中学校へと進学する少女竹山千春の目をとおして、きびしい雪国の生活、移りゆく四季のありさま、若い男女の悲劇的な愛をこまやかな筆づかいで描く。

＊扉の前《とびらのまえ》 短編小説集。〔初版〕『扉の前』98年7月、審美社。◇8編収載中「ビバ・シンデレラ」「ピアノ・レッスン」「榛《はん》の木の里」の3編が滋賀県湖北を舞台としている。前2作品は、滋賀県湖北の新制に改編されて間もない高等学校に入学した竹村佳苗が、みずみずしい感性で教師や友人達と触れ合いながら内面的に成長する姿を陰影深く描く。3つめの作品は、湖北の北国街道沿いの平田薬局の二女友恵が郷里を出てから30年余の後、半年ぶりに帰郷した際の郷里の様子を描く。口承文藝調査団に同行する中で、自身の歴史と当地の風土に根ざして生きる人々との生とが交錯し、深い感慨にとらわれる。（水川景三）

井伏鱒二 いぶせ・ますじ
1898・2・15〜1993・7・10。小説家。広島県深安郡加茂村（現福山市）生まれ。本名井伏満寿二《いぶしますじ》。早稲田大学中退。1928年「文藝都市」に参加、同誌発表の諸短編で認められる。『ジョン万次郎漂流記』（37年11月、河出書房）で第6回直木賞受賞。「山椒魚」（「文藝都市」29年5月）、「多甚古村」（「文体」39年2月〜7月）等では笑いの中に卑小な人間の諸相を描くが、戦後は抑制された筆致で現実批判の傾向を強め、「遥拝隊長」（「展望」50年2月）、「黒い雨」（「新潮」65年1月〜66年9月）等を書く。随筆も多数。『厄除け詩集』（37年5月、野田書房）が初の詩集。「かるさん屋敷」（「毎日新聞」53年7月4日〜11月16日）、その続編「安土セミナリオ」（「別冊文藝春秋」53年12月〜54年8月）は、信長治下の安土を描く歴史小説。琵琶湖沿岸紀行に「近江路」（「別冊文藝春秋」57年4月）、「よごのうみ」（「小説新潮」60年10月）がある。66年文化勲章受章。（前田貞昭）

今井聴雨 いまい・ちょうう
1895・2・16〜歿年月日未詳。歌人。滋賀県伊香郡七郷村（現高月町）生まれ。19

21年3月大阪府池田師範学校第二部卒業。30年5月法政大学専門部国語漢文科卒業。31年4月「橄欖」に入社。吉植庄亮に師事。67年12月、第1歌集『寒林』出版。71年12月友人の片山久太郎（長浜）の遺歌集『湖畔』を編集刊行。「橄欖の長老」と呼ばれている。77年3月大阪市私立明浄学院高等学校退職。78年10月、第2歌集『雲に鳥』を初音書房より刊行（橄欖叢書158篇）。当時、大阪府泉大津市助松団地に在住。

＊雲に鳥《くもにとり》　歌集。〔初版〕『雲に鳥』78年10月、初音書房。◇76年の作に「湖北山河」と題したものがあり、〈漁舟見ぬ低き家並の集落に向日葵めぐり陽の在り処追ふ〉〈青柳のまとふ白鳥伝説の湖は常なるいろに鎮まる〉など。また、「湖しぐれ」として、〈近江路の苅田荒涼と冬しぐれ湖へ走れば鷺残さるる〉〈ふるさとに修忌の夜を血縁と頒つ柿ありことに色濃く〉など。　（出原隆俊）

今関信子　いまぜき・のぶこ　1942・10・16～。児童文学者。東京都本郷区（現文京区）生まれ。3歳で埼玉県に転住。1962年東京保育女子学院卒業後、埼玉県川口市（現さいたま市）で7年間幼稚園教諭を勤める。78年から大津市大萱に転居、のち守山市金森《かねがもり》町在住。81年「まじょかあさん空をとぶ」で第13回北川千代賞奨励作品賞受賞。86年10月、県内の児童文学同人誌「萌《きざし》」創刊、代表世話人となる。その作品はおもに小学生達の生活体験を題材とし、家庭や交友を通じての健全な心の成長を向日性ある筆致で描出。社会問題への関心も高く、滋賀県の民話収集にも努めており、ノンフィクションや絵本の分野でも活躍している。童話作品に『かえるくんむねをはる』（74年11月、文研出版）、第34回滋賀文学祭文藝出版賞を受賞した『春はひた走りにやってくる』（84年3月、理論社）、『地球のおへそはどこにある』（91年4月、童心社）、琵琶湖の水生生物調査による環境問題を取り上げた『みずすまし一世号パワーオン』（93年2月、汐文社）、厚生省中央児童福祉審議会推薦文化財に指定された『さよならの日のねずみ花火』（95年6月、国土社）、石川県から大津市までの旅をテーマにした『七日間のウォーキング・ラリー』（96年3月、童心社）、『ハードルキャンプでいっちょまえ』（2000年12月、汐文社）など。また『あしたもカンけり』（1998年8月、新日本出版社）、『夏のおわりのきもだめし』（2000年3月、新日本出版社）、『行きたいところへ行ける汽車』（2001年2月、新日本出版社）の3作は主人公良子の小学3年～6年生までの心の成長を描く。ノンフィクションに『天使たちの花リレー』（1993年12月、学習研究社）、『神戸っ子はまけなかった』（95年12月、PHP研究所）、『大地に地雷はにあわない』（98年11月、PHP研究所）、『黒い虹よ、七色に』（2002年1月、佼成出版社）、『地雷の村で「寺子屋」づくり』（2003年11月、PHP研究所）等。共著に『人間らしく生きた女性たち』（1980年9月、コーキ出版）、『滋賀県の民話』（83年3月、偕成社）、大津市堅田が舞台の「めじるしの炎」を収めた『愛蔵版 県別ふるさと童話館25』（99年10月、リブリオ出版）、絵本に『うばすて』（83年7月、トモ企画）、『滋賀の昔話③みいでらのかね』（88年6月、京都新聞社）、「滋賀の伝説シリーズ」②④⑥の『まんまる月夜の竹生島』（91年2月、京都新聞社）、『おびのかけはし』（92年2月、京都新聞社）、『いぶきのやさぶろう』（93年2月、京都新聞社）、『のんちゃんはおとうばんです』（99年12月、童心社）、『コロにとどけみんなのこえ』（2002年4月、教育画劇）、

『ぎんのなみおどる』（2003年7月、朔北社）、紙芝居に『あかちゃんもうふ』（1993年9月、童心社）等がある。日本児童文学者協会会員。

＊小犬の裁判はじめます《こいぬのさいばんはじめます》　長編童話。〔初版〕『小犬の裁判はじめます』87年3月、童心社。◇挿画、おぼまこと。全10章。「あとがき」には大津市の児童養護施設湘南学園の「犬裁判事件にヒントを得た」とある。瀬田川沿いの丘にある南学園は、様々な理由で父母と暮らせないでいる子ども達のための施設。大人に気を許そうとしない小学5年生のマコトとリュウ、そして再婚した母親に不信感を持つ中学3年生の松あんちゃんは、春休みに赴任してきた若く気さくな「新米園長」中谷文也の正体を油断なく見ぬいてやろうとする。その中谷園長が、規則で飼ってはいけないはずの犬（ノラ）を一郎が隠しているのを見つけ、学園に友だちとして連れ帰ることを勧めた。それを見ていたマコトたちは立木《たちき》神社で隠して飼っていた犬のコロを持ち帰り、園長が事務長の四の宮さんを説得したおかげで結局7匹が学園に住むようになる。感激したマコトたちは犬の散歩などを自主的に行うが、4月末に一郎がノラを亡くなった祖母と同じ癌と思い込んで傍らから離れなくなる事件が起こる。しかしノラの出産で一郎の心配は喜びに変わった。28匹に増えた犬の食費などで赤字を重ねている学園には、近所から犬への苦情も多くなり、四の宮さんは犬を保健所で処分するよう園長に進言し、皆にもそう宣告した。マコトたちは怒るが、善処法に苦慮した末に園長は7月に「犬裁判」を開く。そこでリュウや一郎、マコトたちは懸命に犬を弁護し、犬を飼えるのは1人1匹、他は1ケ月以内に飼い主を探すよう裁定が下る。皆は心をひとつにして市内で宣伝をし、新聞広告の効果もあって13匹の犬の貰い手が見つかった。そうして期限の日、残った4匹が保健所に連れてゆかれそうになった時、犬嫌いのはずの松あんちゃんの連絡で現れた有馬の母と義父が、その4匹を引き取ってくれることが決まり、とうとうマコトたちの願いは成就されたのであった。（外村彰）

今中武夫《いまなか・たけお》

1901・10・15〜1979・6・9。歌人。大阪市生まれ。従兄や姉の影響下に歌作りを始めた。北野中学校から第三高等学校を経て東京帝国大学法学部卒業。その後京都帝国大学文学部に入学。京大短歌会で活躍。1936年1月短歌結社「覇王樹」に参加。松井如流に師事し、生涯短歌を棄てまいと決意。36年から滋賀大学に赴任し法学等を教授。48年大津で伊藤雪雄、佐々木順成らと湖南歌人懇談会を結成し、50年から大津短歌結社連盟と改名。54年、今中の自宅に連盟を置き、歌誌「開拓者」を発行。67年3月滋賀大学を退職し、その記念に歌集『無結実』（67年4月、覇王樹社）刊行。48年以降の作歌から自選したもので、静謐で独白的歌風を提示。〈みづからを支ふるものの脆くて庇ひあひつつ結ばれてゐる〉。78年喜寿の祝いに、同人による年刊歌集『朝茜』（11月、大津短歌結社連盟）刊行。79年11月、追悼歌集の『朝茜　第二巻』（大津短歌結社連盟）刊行。（池川敬司）

今村雅峰《いまむら・がほう》

1924・12・17〜。俳人。滋賀県生まれ。大津市朝日が丘在住。本名つね。1977年「正風」入会、美濃豊月に師事。85年「正風」知事賞受賞。90年幹部同人。正風芭蕉顕彰会理事。俳誌「正風」編集委員。〈息子はも棟上げ指図し涼新た〉（山本洋）

今森光彦　いまもり・みつひこ

１９５４・８・６～。写真家。大津市尾花川生まれ。県立石山高等学校卒業後、１９７９年３月近畿大学理工学部卒業。少年時代から独学で昆虫行動学と写真技術に精通し、80年からフリーの写真家。大津市仰木の〝里山〟にアトリエを構え、故郷や世界中の自然の生態系とそこに関わる人々の暮らしを撮り続ける。91年滋賀県文化奨励賞、94年毎日出版文化賞、95年木村伊兵衛賞など受賞多数。写真集に『スカラベ』（91年12月、平凡社）、『世界昆虫記』（94年４月、福音館書店）等。滋賀に関わる著作に、琵琶湖近辺の昆虫が被写体の『今森光彦昆虫記』（88年７月、福音館書店）、棚田など琵琶湖周辺の風景美の記録『里山物語』（95年11月、新潮社）、おもにアトリエ周辺の昆虫たちの生息を観察した随想集『虫を待つ時間』（96年７月、講談社）、マキノ町（現高島市）の雑木林などの自然と人の関わりを写真と所感にまとめた『萌木の国』（99年６月、世界文化社）、『里山物語』の続編『里山の道』（２００１年７月、新潮社）、安土、新旭町が主舞台の『藍《あお》い宇宙琵琶湖水系をめぐる』（２００４年４月、世界文化社）等がある。

＊里山の少年《さとやまのしょうねん》　随想集。〔初出〕「ＳＩＮＲＡ」１９９４年１月～95年12月。〔初版〕『里山の少年』96年７月、新潮社。筆者が少年期から親しんだ自然への感想を集める。稲木（瘤の木）、レンゲ畑、フナの上る川、ヨツボシトンボのいる池など、地元の失われゆく懐かしい風景への愛惜が述べられる。そしてギフチョウや鬼グモ、水《みず》戸《と》の水生昆虫等の生態を語り、自然を「生物たちの共有空間」とみる観察眼を示す。また「心の原風景を追いかけ」て探し当てた仰木の地でのアトリエ建築の話がある一方、圃場整備による田園風景の変貌など自然と農業との関係の現在的な問題にも触れている。他に自然観察会、プランクトン、炭焼き、虫の越冬、牛、化石、祭の太鼓の話などもあり、生あるものの世界との交感に満ちた筆者のあたたかい眼差しがうかがえる。（外村彰）

岩佐栄次郎　いわさ・えいじろう

１９３０・11・２～。歌人。安曇川町生まれ。高島高等学校時代より歌作。１９５６年宮中歌会始御題「早春」詠進歌預選。74年「滋賀アララギ」同人。歌集に『左手挽歌』（75年５月、藤田印刷）、『白き手袋』（88年７月、株式会社ヨシダヤ）、『安曇《あど》の水門《みなと》』（96年11月、おぎした印刷）。短歌結社「アララギ」「水海」を経て、現在「青南」「柊」所属。53年11月、第３回滋賀県文学祭短歌の部知事賞受賞。風土に生きる歌人。（池川敬司）

岩崎武　いわさき・たけし

１９１７・６・15～１９８８・５・18。歌人。東浅井《ひがしあさい》町（現長浜市）西主計《にしかずえ》生まれ。大津市唐橋町居住。１９３５年県立膳所中学校卒業。40年東京高等師範学校文科第二部（国語漢文）卒業。同年大分県立日田《ひた》中学校に勤務するが、軍隊に召集される。旧満洲北部にて敗戦をむかえ、抑留生活を送る。47年帰還後、疾患のため紫香楽《しがらき》療養所に入所。49年県立彦根東高等学校国語科教諭となり、以後県学校教育課課長、県立大津商業高等学校および彦根東高等学校校長などを歴任。79年から文教短期大学教授。39年太田水穂、四賀《しが》光子の面識をえ、「潮音」を知る。ソ連抑留中に約１４００首の歌を詠む。76年「潮音」幹部同人となる。温厚篤実な人柄でもって「滋賀潮音」の指導者として慕われた。滋賀文学会理事（随筆評論部門）。先輩の三品千鶴が３２３首

を選んだ『岩崎武遺歌集』（89年4月、短歌新聞社）がある。〈近江一国戦国諸将の城充てり冬近き真夜古地図を見つむ〉

（山本洋）

岩根敏子　いわね・としこ

1925・2・18〜。歌人。大阪府岸和田市生まれ。彦根市鳥居本町在住。旧姓岸辺。両親とも滋賀県出身。府立岸和田高等女学校から転校して、1942年滋賀県立彦根高等女学校（現彦根西高等学校）卒業。44年9月京都府立女子専門学校（現京都府立大学）家政科繰り上げ卒業。47年彦根市銀座街で孔版印刷業をいとなむ夫と結婚。79年市内鳥居本町にサンライズ印刷出版部の新社屋を建設。81年夫の没後、大津の津川薊花のすすめで短歌を始め、のち小西久二郎の指導をうける。春日井建主宰「短歌」所属、中部日本短歌会会員。歌集『鯛のめだま』（98年11月、サンライズ出版）。〈改装し鮒ずしの桶の置き場なし柿の木陰にしばらく置かむ〉

（山本洋）

岩野泡鳴　いわの・ほうめい

1873・1・20〜1920・5・9。小説家、詩人、評論家、劇作家。兵庫県津名郡洲本町生まれ。本名美衛《よしえ》。筆名は阿波寺鳴門左衛門など。岩野さとと、その婿養子で洲本警察署の巡査となった直夫との第二子で長男。1884年に洲本小学校を卒業、1887年に大阪の組合教会派系の泰西学館に入学。洗礼を受ける。翌年、父の上京に伴って明治学院大学普通学部本科に入学。翌1889年、専修学校（現専修大学）に入学、経済学を学ぶ。1890年には「文壇」にエマーソン論や新体詩を発表する。その後、押川方義を慕って仙台に行き、1891年に東北学院大学に編入。さまざまな書物に接した。1894年春に帰京。「ハムレット」や「ファウスト」の影響を受けた戯曲「魂迷月中刃」を「女学雑誌」に発表する。1895年に小学校教員竹腰幸と結婚。翌年、長女喜代誕生。1898年に肺結核となり、翌年4月に療養をかねて滋賀県大津市上平蔵町三十七番屋敷（現松本2丁目）に移住、県警本部の通訳と巡査教習所の英語教師を兼ねた。1901年4月に滋賀県立第二中学校（現膳所高等学校）の英語教師となる。8月第1詩集『露じも』を出版。02年9月東京に戻り、大倉商業学校の英語教師となる。「明星」に参加し、詩や詩論を発表する。03年11月に相馬御風らと「白百合」を創刊。04年12月に第2詩集『夕潮』を出版した。この頃、柳田国男、田山花袋、国木田独歩らの竜土会に参加。05年6月に第3詩集『悲恋悲歌』を出版。付録として「叙事小曲脱営兵」がある。「悲哀」「憂愁」「苦悶」などという言葉とともに「わが日の本」というものも見られる。06年3月に初めての小説「芸者小竹」を「新古文林」に発表した。この年6月には、10年来「はじめは自然哲学と称し、なか頃空霊哲学と唱へ、終に表象哲学と名づけるに至つた思想」を展開したとする、評論『神秘的半獣主義』を左久良書房から出版。長谷川天渓、島村抱月などの評論活動も意識しつつ、メーテルリンクやエマーソンなどの神秘主義の影響を受け、生命、恋愛、国家問題、刹那的文藝観などに及んだ。文中に「暗く光る琵琶湖のおもてを渡つて、今撞き出した三井寺の鐘が響くのは、歴史から云ふと、もう、何千世紀も以前の地獄で、一たび魔鬼のこゝろを驚かした声である」という記述がある。08年には評論集『新自然主義』を日高有倫堂より出版。『神秘的半獣主義』の続編のようなものだが、そこから「神秘的な口述を」取り去りたいとする。長谷川天渓、島村抱月や後藤宙外などに反論する部分が多い。

07年5月に下宿屋を経営していた父が死去、そのあとを継ぐことになり、下宿人の女性との関係などで家庭内に混乱が起こる。経済的な行き詰まりを打破するためもあって、樺太でカニの缶詰の事業を起こそうとして、09年6月樺太に渡るが、軌道に乗らず、先の女性との縺れもあって、帰京。年末に「青鞜」の同人遠藤清子と同棲をはじめ、話題となる。10年5月に易風社から、芸者を女優にしようとした男が、その女が梅毒にかかったことなどから混迷を極めた経緯を描いた『耽溺』を出版。7月には、樺太での経験に基づいた『放浪』を東雲堂から刊行、いわゆる「泡鳴五部作」の端緒となった。その後、大阪府池田市に移り「大阪新報」に「発展」を発表。12年9月に帰京。翌13年2月、2番目の妻となった清子を入籍。清子とのいきさつを「毒薬を飲む女」などに作品化した。また、この年に「純粋の大阪物」という「ぼんち」を「中央公論」に発表。別の女性との関係を、「姦通事件」として騒がれたこともあった。刹那主義、実行即藝術や小説における描写論について独自の主張をした。

＊露じも《つゆじも》 詩集〔初版〕『露じも』01年8月1日、無天詩窟。◇50編ほどの詩と、和歌14首、「十七字詩」とするもの16編を収める。詩は七五音を中心として、叙事詩風のものや、生活や自然、恋愛、訪れた土地などを題材としている。「十音詩」の試みや「寝釈迦の渡」という長詩などもある。「湖上を渡り艱みし蜻蛉に寄す」には、「琵琶の湖」「比叡の御山」「近江の富士」「勢多の川べ」などが挙げられ、「湖上の月」では、「長等の山」「膳所」が出てくる。和歌では、「永源寺」、俳句では「石山」を訪れた時の作品がある。

＊発展《はってん》 長編小説。〔初出〕「大阪新報」11年12月15日～12年3月26日。12年7月に実業之世界社より刊行するも、発禁となる。◇麻布で下宿を経営していた父が亡くなった後、妻にその稼業をやらせて自分は女優の養成で好き勝手に発展しようと義雄は考えた。孤立孤独を趣味とする義雄は、それで「古今の書も読破できた」。ある商業学校で時間給の英語教師をしている義雄は、6年前に「滋賀県の中学教師をよして、転ずる為め上京して来た」のであった。「あなたの貧乏と不機嫌にいぢめ抜かれて来た」という妻は「主人が教師になつて行くのに、滋賀県まで一緒に附いて行つた」とするが、義雄は「望みの竹生島も見せてやった」などと言っていた。義雄は「デカダン論」を発表したり、散文詩で注目を集めたこともあった。紀州から田舎の小学校教師などで暮らしたくないといって清水鳥という女が上京し「勉強の為め止宿」することになる。義雄はすぐに彼女と別に部屋を借りて夜を一緒に過ごすことになる。そのことは友人間にも広まり、子供を6人も生んだ妻の嫉妬するところともなる。甲府の旅館で、義雄は以前に関係があった藝者とのことを「自叙伝的な小説」に書いたりしていた。鳥がルビを打つこともあった。彼は彼女の「真ツ白い肌のにほひに接してゐる間は、かの女の気儘も欠点もいやなところも、すべて忘れることが出来」た。やがて女が性病に罹り、妻とのいさかいも募る。自身の耳の病気のときには、「教師としてさきに滋賀県に行ったのは、肺病の保養を兼ねてゐた」ことを思い出したりもする。米、無煙炭、蟹の缶詰などの事業を起こそうと思ったりもする。妻のヒステリーがますます募っていく。

＊毒薬を飲む女《どくやくをのむおんな》 長編小説。〔初出〕「中央公論」14年6月。◇清水鳥の病と自身の痔に悩まされながら、義雄は、自然主義

派の会合である竜土会の活動を続けていた。妻は2人を探し回った。子供が病気で亡くなるが、「第三子の時は、滋賀県の大津で無式で済ませた」とある。義雄は樺太の事業に「自分の同時にまた全人的発展なるところの社会的発展をも実現することが出来ると云ふ希望」を持つ。また、「人間その物の破壊は本統の改造だ」とも思ってみる。妻との離別を願いながら、「妻子をつれて田舎の中学教師にもなつた」ことを思い出したりもする。また、「中学教師をしてゐる時、…自分の尊敬してゐた比叡山の僧で、十五年も山中の行をしたものが、行を終へて下山すると直ぐ、村の女の為めに堕落したと云ふ記憶が伴」うようなこともあった。鳥を友人に任せようとしたが、彼女が薬を飲んで自殺を図る騒動があり、元に戻ってしまう。そして、鳥に見送られて北海道へ旅立った。

（出原隆俊）

巌谷一六　いわや・いちろく

１８３４（天保5）・2・8〜１９０５・7・21。書家、漢詩人、政治家。水口藩邸内に生まれる。幼名は弁治郎といい晩年は修といった。雅号は古梅等。父は水口藩医の巌谷玄通、母は利子。１８３９（天保10）年父を亡くし、京都の母の実家へ。この地で医学や漢学、書を学ぶ。１８５４（嘉永7）年水口に戻り藩医となり、１８５６（安政3）年田鶴と結婚（後に離別し、その後2度結婚する。2番目の妻八重との間に季雄、後の小波を儲ける）。１８６８年4月明治新政府に出仕、主に書記官僚として活躍。その一方、書でも天皇の御前で揮毫するなど高い評価を得た。１８８０年来日した楊守敬の強い影響下に一六流と称される「軽妙洒脱」な書風を確立。日下部鳴鶴、中村梧竹と併せて明治三筆と称される。漢詩人としては彦根藩の老臣岡本黄石の麹坊吟社に属した。71歳で死去。京都東山正法寺に埋葬され、水口大岡寺には、日下部鳴鶴の揮毫による「従三位巌谷君之碑」が建立されている。

（髙場秀樹）

巌谷小波　いわや・さざなみ

１８７０・6・6〜１９３３・9・5。児童文学者、小説家、俳人。武蔵国麹町谷町（現東京都千代田区）に父修の三男として出生。本名季雄。母八重は季雄出生の年に亡くなり、一時里子に出される。巌谷家は江戸中期以来、近江国水口藩医で、父修は家業の医者を季雄に継がせる意向だった。特に教育熱心なのは長兄立太郎で、父からは漢学と漢詩作法を学び、文学的な影響は主に祖母からであった。１８７５年から１８７９年、公立《ママ》平河小学校在学。１８８１年塩谷時敏の家塾を経て、１８８２年9月医学予備校へ入学。同時に立太郎の進言により１８７７年に松野クララ女史に、１８７９年には訓蒙学舎で医学の為、ドイツ語を学ばされる。１８８０年6月にはドイツ留学中の立太郎から独語の教材としてフランツ・オットーのメルヘン集を贈られるが、立太郎の意に反して、この書が後年児童文学に進むに大きな影響を与える。１８８４年頃から文学志向が強くなり、医学の勉強が疎かになる。結果、2度（１８８４、１８８５年）大学予備校受験を失敗。この間、兄に無断で同校を退学し、１８８５年独逸語協会学校に転学（在学中、洗礼を受ける）。１８８５年暑中休暇中、お伽噺「一珍可笑夢」等2編を創作。9月父の親友川田剛の家塾に入る。１８８６年11月「読売新聞」に投書。１８８７年1月硯友社に入社。9月長兄の同郷の親友杉浦重剛の称好塾に入塾。１８８８年9月独逸語協会学校普通科卒業。杉浦塾長の進言により父兄から医学へ進まない事の許可を得るが、今度は長兄の官吏へ進ませたい意向により、同校の専修科へ進学し、法律経済を学ぶ事になる。が、最終的には杉浦の助言で文学で身を立てる事について父兄の同意を得る。4月末専修科を退学。この時期、硯友社の機関誌「我楽多文庫」には処女小説「真如の月」（1887年6月）、「五月鯉」（1888年5月）、「鬼車」（同年12月、オットーのメルヘン集の1編の文語体翻訳）、「娘作者」（1889年1月）を発表。また、『妹背貝』（1889年8月、吉岡書籍店）を刊行。これにより文壇の片隅に顔を出す位に認められる。しかし、この種の小説では紅葉達にかなわぬと思い、独自の道を模索し始める。当時、教育用の副教材として児童向けの文章はあったが、子供を対象とした文学は無く、その呼称さえ無かった。そうした中、小波が「少年文学」（当時のこの分野に対する小波自身の呼称。『こがね丸』の凡例より）の分野を確立できたのは、主に2つの仕事による。1つは『こがね丸』（1891年1月、新興の大出版社博文館による本邦初の児童向け文学叢書「少年文学」の第1編。序文は鷗外）の刊行。もう1つは博文館大橋新太郎の熱心な勧誘により、1895年1月創刊の新雑誌「少年世界」の主筆になったことである。

この2つが発刊された明治20年代の政府には強固な帝国主義国家建設の為、明治第二世代の教育が急務だった（1890年10月の教育勅語はその表れといえる）。こうした教育に児童文学が何らかの役割を担ったことは、この分野を確立した「少年文学」の刊行主旨に「少年は人生の花なり、他日実を結ばゝ日本国の基礎とならん」という文句があり、「少年世界」創刊号巻頭に同趣旨の文章があることからも分かる。また、この2つが共に博文館の企画であり、以後の小波のこの分野での活躍も博文館に拠るものであることは注意すべきである。その後、小波は博文館のこの種の雑誌「幼年世界」（06年9月創刊）、「少女世界」（1900年1月創刊）等に編集主任、主筆として関わることになる。また、和洋古典の再話を集めた叢書類を編纂。博文館からは『日本昔噺』（1894年7月～1896年8月）、『日本お伽噺』（1897年1月～1898年）、『世界お伽噺』（1899年1月～1908年）、『東洋口碑全』（13年1月）等を刊行。博文館以外では、死後に刊行されたものとして『大語園』（35年5月、平凡社）がある。

こうして、児童文学者としての地位を確立した小波は1896年3月文学会「木曜会」を結成、7月『金色夜叉』の素材とされる失恋事件（川田家の三女綾子への求婚失敗）を起こす。1898年6月郷里水口町の山村勇子と結婚。この後の小波の活動を整理すると、教育関係では、ベルリン大学附属東洋語学校の講師（1900年11月から02年9月。この時の経験より、以後児童文学には発音式仮名遣いを使用）、早稲田大学文学部講師等（03年9月から3年間）、国定教科書編纂への参与（06年2月から2年間）等が挙げられ、『桃太郎主義の教育』（15年5月、東亜堂）では自らの児童観、児童文学観を著した。児童文学者としては本邦初の児童劇を上演（03年10月）させたり、08年から歿年まで口演童話家として日本全国を俳書揮毫を兼ねて旅したり、絵本史上の傑作『日本一ノ画噺』（11年、中西屋）を発表したりと、多彩な活動を展開した。さらに、俳人としても活躍。俳句結社「秋声会」（1895年10月）、「白人会」（1901年1月）等を結成、俳誌「秋の声」（1896年1月）等、句集『さゝら波』（1932年10月、千里閣）がある。

23年12月川田綾子死去。27年3月出版権

問題で、博文館及び大橋新太郎と絶縁し、賠償問題で金銭的に大打撃を受ける。小波はその報復として『金色夜叉の相』（27年12月、黎明閣）で同氏の私生活を暴露、自殺も考えた。33年6月末講演旅行中に広島で倒れ、帰京後の9月5日に永眠。翌6日に青山会館においてキリスト教式にて葬儀、多摩墓地に埋葬される。

　巌谷家は代々水口藩医であり、小波の姉やいとこ達が水口（現甲賀市水口町）に住んでいた。妻の山村勇子も水口藩の御用商人を勤めた裕福な家庭の人であった。小波の文学的自律に一躍買った杉浦重剛は近江の膳所藩儒の家の出であり、小波が1889年1月に入会した杉浦主宰の江州郷友会は現在の滋賀県人会の前身であった（小波著『私の今昔物語』1928年11月、早稲田大学出版部、参照）。このように小波自身の生まれは東京であるが、滋賀県、特に水口との関係が深く、度々里帰りし、また滋賀県に関する文章も残している。28年6月には滋賀県野洲町の三上山麓で「昭和大礼大嘗祭悠紀斎田田植祭」が行われたが、その為のお田植歌を作成した。内容は「一つ、日の本瑞穂の国は／穂に穂栄えて千代八千代／／二つ、再び得がたい誉／御代の始めの御田植／／三つ、三上の御影の神は／代々に御国を守る神／／四つ、夜を日にいそしむ人は／神も守らでおくものか／／五つ、五日にやそよ風吹いて／十日十日にや雨が降れ／／六つ、百足の巻いた山よ／御田にや雀も虫もでぬ／／七つ、名高い近江の国は／昔からなる悠紀の国／／八つ、野洲川国やすかれと／清くそそぐよ悠紀の水／／九つ、九重の雲井の空も／はれて賑はふ田植歌／／十で、とうとう御田植終りや／はやも早苗に千代の色」である。現在、野洲市にある国道8号線を挟んだ三上神社の向かいにはこの悠紀斎田と田植祭の記念碑がある。また、水口小学校の校歌（28年）、滋賀郡志賀町（現大津市）北小松の楊梅の滝の句碑（28年）、旧制水口高等女学校の扁額（32年）もある。ちなみに水口歴史民俗資料館には小規模ではあるが「巌谷一六・小波記念室」が設けられている。

＊僕の旅《ぼくのたび》　紀行文。［初版］『僕の旅』15年5月、情詩社。◇15年までの小波の紀行文のほとんどを集めたもの。この著書からは口演童話家として日本国内外を旅した旅人としての小波が伺える。滋賀に関しては「行李の塵」（03年）に水口曳山祭について、「花見ぬ旅」（09年）では水口の城山に登った時のことがそれぞれ書かれており、「竹生島の半日」（09年）では、竹生島について俳句をあしらいながら叙述されている。さらに「道草日記」（05年）、「ぬけ参らず記」（11年）にも滋賀についての記述がみられる。この他に紀行文としては『俳味紀行山から海』（21年8月、博文館）が挙げられるが、この中にも滋賀に関しての「叡山詣（近江と山城）」「湖国の三日（近江）」が収録されている。また、『小波身上噺』（13年3月、芙蓉閣）所収の「十一　碑前の雨」には、11年に水口の大岡寺で行われた父一六の建碑除幕式の様子が描かれている。

（髙場秀樹）

【う】

ウィリアム・メレル・ヴォーリズ

うぃりあむ・めりる・ゔぉーりず

William Merrell Vories（一柳《ひとつやなぎ》米来留《めれる》）

1880・10・28〜1964・5・7。社会事業家、建築家。米国カンザス州レブンワース市生まれ。1904年6月コロラド大学を卒業後、キリスト教伝道のため05年2月来日、滋賀県立商業学校（のち八幡商業高等学校）の英語教師となる。布教活動を理由に07年3月解職されたが、吉田悦蔵らと近江ミッション（のち近江兄弟社）を組織、10年ヴォーリズ合名会社を設立して建築設計管理を行い、利益をキリスト教伝道や社会事業の遂行にあてる。12年創刊の「湖畔の声」発行などにより信者数を増やす一方、19年に一柳満喜子と結婚。翌20年医薬品メンソレータムの権利を譲りうけ販売。近江サナトリウム、近江兄弟社学園も設立し、多くの教会を県下に設置した。41年日本に帰化。戦後は建築業を再開し51年「失敗者の自叙伝」を起筆。58年には活動の拠点とした近江八幡市の名誉市民第1号となった。住宅、教会、学校等のヴォーリズ建築は文化遺産として高い声価を得ている。

＊失敗者の自叙伝《しっぱいしゃのじじょでん》　自伝。〔初出〕「湖畔の声」51年2月～57年12月。〔初版〕『失敗者の自叙伝』70年9月、近江兄弟社。◇序文、一柳満喜子。「過去半世紀にわたる印象深かった記憶と、最初の十四年間」の日記をもとに書かれたヴォーリズ半生の記録。厳寒の05年2月2日午後、八幡駅に到着した25歳の「私」の過去が記述される。その家系と出生に続き美術、音楽、自然美に感化された幼少年期と、小学校から高等学校、大学へと進んだ過程での様々な挿話はヴォーリズの人間像を鮮やかに描出。高等学校時代、新聞配達先の少女の病死に、所持金を全て費やし花束と懇切な文面の手紙を渡す場面や、大学時代の02年、ＹＭＣＡの学生伝道隊運動の大会での講演で、中国伝道者の宣教師の顔が「お前はどうするつもりなのか」と尋ねるキリストに変わった体験から、伝道隊志願を決意するくだりは心を打つ。05年日本定住を決して滋賀県立商業学校の英語教師となったヴォーリズは、異文化に戸惑いつつも神の使徒の自覚に立ち、偏見なく人々に接し、宮本文次郎らの助力を得て学生バイブル・クラスを開催する。クラスには熱心な生徒が参集して充実した毎日を過ごし、翌年度からよき援助者となる吉田悦蔵がヴォーリズ宅「創めの家」に住む。この前後の回顧が最も詳しい。ヴォーリズは学生ＹＭＣＡを9月に組織し、のち会館も竣工させ、諸地方への旅で日本の風光や歴史に深い愛着を抱き、病気や解職など多くの苦難（「失敗」）を経ながら宣教運動を通し「神は私たちを用いて神の国の建設のため、働かせて下さる」との信念を実践してゆく。そこには「聖霊の導き」による様々な出来事があった。八幡での近江ミッション設立と建築事業の進展、機関誌「近江マスタード・シード」の発行や10年の渡米時にＡ・Ａ・ハイド氏からのメンソレータムの代理権取得、14年からの福音伝道船ガリラヤ丸による湖畔伝道等による事業の拡張や、18年の社員の失態から全社員が総辞職した事件と3日後の復活、同年の肺結核療養所の建築、自身の結婚などである。そうして48年眼病のため渡米した時に、自分のこれまでの冒険談によってある青年の人生観を一変させたエピソードで締めくくられている。　（外村彰）

植田一枝《うえだ・かずえ》

１９１９・３・26～。俳人。兵庫県生まれ。大津市鶴の里在住。１９８９年より竹内留村に師事。「ホトトギス」「玉藻」所属。日本伝統俳句協会会員。〈大花火大津百町傘の内〉　（山本洋）

上田哲《うえだ・てつ》

１９２８・２・26～。評論家、政治家。東京府北豊島郡（現東京都豊島区）生まれ。幼名さとし。号は清郎。14歳の時、父が病死。１９４５年3月旧制都立第五中学校

（現小石川高等学校）卒業。45年4月の東京空襲で大塚の家が焼失。母と弟と3人で、祖父の郷里の滋賀県神崎郡八幡村宮西（現東近江市新宮町）に疎開。7月に新潟高等学校へ進学。高等学校卒業後、滋賀に戻り、48年8月から50年3月まで能登川西小学校教諭。50年4月滋賀県立彦根高等学校（現彦根東高等学校）教諭となり、52年同校定時制に移り、在職のままで京都大学法学部に入学する。53年7月瀬田工業高等学校定時制に移り、54年大学を卒業してNHKに放送記者として入社する。61年ポリオ根絶キャンペーンを展開。62年NHK労働組合委員長。68年から参議院議員2期、79年にNHKを退職、衆議院に移り、5期勤める。国会では外交、防衛問題の鋭い追及で知られ、社会党委員長選、都知事選にも出馬した。著書に、『荒野のマスコミ』（81年11月、広済堂出版）、『逆転の非武装中立』（83年12月、広済堂出版）、『戦争論』（89年11月、マルジュ社）、『憲法と自衛隊』（91年7月、SBB出版会）、『民衆からの強訴状』（93年11月）、『ガイドライン』（97年12月、データハウス）、『上田哲が一人で最高裁を追いつめた「国民投票法・合憲」「小選挙区法・違憲」逃げた首相と議長と裁判官たち』（2001年4月、データハウス）などがある。

＊歌ってよいか、友よ《うたってよいか、ともよ》　評論。〔初版〕1979年12月、講談社。◇敗戦直後に青春の開花を迎えた最初の世代として、その青春に起点を探り、かつ現代の若者との連帯の可能性を探る目的で書かれた。45年4月13日の東京空襲で焼け出されてから、NHKの記者活動をやめて、組合運動に身を投ずるまでの青春自伝としても読める。旧制高等学校の苦学生であった筆者の元に、能登川の母から届いた数通の手紙が引かれている。畳も風呂も井戸も障子もない生活の中で、長男の進学に家の将来を賭けた母と子の姿が見える。「母さんは哲君の卒業まではどんなことがあってもここでがんばりませう。光陰矢の如しとか、東京も恋ひしいですがあなたという上田家の若木のたのもしい前途を思って苦しさをガンバリ抜き、やがて栄光の日をこそたのしんで居りませう。」高等学校卒業後、小学校や高校の教師のかたわら大学に通い、NHKに就職して、再び上京するまでの滋賀生活は「考えてみると、母と私と弟が三人そろって暮したのは、戦災以後今日まで、この期間が一番長い。楽しい日々ではあったけれど、風を避けた土堤のかげで小さい花が助け合って咲くように、一家はどこかひとつ息をひそめている気配があった。日本全体がそうであった」と記している。この能登川時代は上田哲編著『わが世代―別冊昭和ヒトケタ第一学年』（82年11月、河出書房新社）の「長いあとがき」でも言及している。

＊妻よ、お前の《つまよ、おまえの》**癌は告知できない**《がんはこくちできない》　評論。〔初出〕「婦人公論」97年11月1日号臨時増刊。〔初版〕『妻よ、お前の癌は告知できない』98年3月、講談社。◇初出に加筆訂正して、「一年経って、『妻よ！』―長いあとがき」を付けた。順天堂大学付属病院での23日間の最期の闘病を録音、そのテープを起こしたもの。97年3月9回目の入院から書き始められる。哲の妻美㐂子は67年に東京大学で子宮筋腫手術、その時に「肉腫」と診断され、28年目の再発という珍しい症例で、すでに肺に転移して末期の状態であった。筆者は、「全く治癒の可能性がない状態の患者に希望を捨てよというのはむごい、必ず直るといい続けて絶望の部分を拒否するのが夫のつとめ」であると考え、告知をしないで、最期まで妻を励まし続けた。哲と美㐂子は、彦根東高等学校の英語教師と教え子の生徒会長とい

う間柄で、95年10月の入院中にも「彦根、行きたいわ。今年、彦根東高校の創立百二十年記念式典があるんだから。」「ああ、彦根城のお濠端、歩きたいなあ」という美㐂子の言葉が書き留められている。幼稚園から高等学校まで美㐂子と同期生であった田原総一朗の「政治家夫人たちのなかでも、ミキちゃんの献身ぶりは、たいへん評判になっていました。上田さん。改めてミキちゃんに感謝すべきです」という弔辞も引用されている。　（北川秋雄）

上田斗六　うえだ・とうろく

1932・7・27〜。川柳作家。京都市中京区生まれ。大津市坂本在住。本名は亨《とおる》。1946年、京都市立第三錦林尋常高等小学校高等科卒業。57年京都厚生園に入院。園内の療養者サークル草笛川柳会の文化祭に投句し始め、翌年同人となる。60年に京都番傘川柳会同人、72年に「番傘」川柳本社の同人となる。55年から滋賀県に移住したため、78年びわこ番傘川柳会の同人にもなり、88年より96年まで会長をつとめる。83年1月、びわこ句帳『川柳　上田斗六』を発刊。「毎日新聞」の「京都文芸」「京都友禅柳壇」の選者をへて、滋賀県移住後は滋賀県文学祭川柳部門選者（滋賀文学会理事）、「毎日新聞」の「滋賀文芸」選者（73年〜99年）を歴任。現在は、79年より担当している「よみうり滋賀文芸」の選者。〈さくらさくら琴が少女を譜にのせる〉〈二十一世紀へ妻よ火ダネを溜めておこ〉〈雑踏でときどき地獄絵を拾う〉　（山本洋）

上田三四二　うえだ・みよじ

1923・7・21〜1989・1・8。歌人。兵庫県小野市生まれ。1945年から作歌を始める。48年京都帝国大学医学部卒業。翌年「新月」同人。医業に従事しながら作歌を続け、74年から無所属。自然を自らの魂の還る場とする率直な調べを基調とした歌風で、歌集は6冊。第1歌集『黙契』（55年2月、新月短歌社）には「彦根城」7首を収録。第9回迢空賞受賞の第3歌集『湧井《わくゐ》』（75年3月、角川書店）には70年10月の作「近江永源寺」16首、「義仲寺」7首、「竹生島」13首〈湖上はるかに琵琶湖大橋のみえくるはまぼろしに似て見えわたりたる〉を収める。歌論に『現代歌人論』（56年11月、短歌新聞社）のほか斎藤茂吉論、島木赤彦論等。エッセイ集に読売文学賞受賞の『この世 この生―西行・良寛・明恵・道元―』（84年9月、新潮社）等。小説に川端康成賞受賞の「祝婚」（「新潮」87年8月）ほか。文学賞受賞多数。『上田三四二全歌集』（90年7月、短歌研究社）がある。　（外村彰）

植西忠信　うえにし・ただのぶ

1911・11・16〜1996・12・2。随筆家、医師、労働衛生コンサルタント。甲賀郡小原村（現甲賀市信楽町）大字柞原《ほそはら》生まれ。京都帝国大学医学部卒業。陸軍軍医将校として旧満洲、フィリピンに従軍。戦後、国立兵庫病院内科医長、東邦レーヨン徳島工場病院院長、東洋レーヨン瀬田診療所所長、近畿健康管理センター会長などを歴任。滋賀県産業医会会長として滋賀県の労働衛生向上にも貢献する。1966年労働大臣表彰功績章、75年藍綬褒章受章。労働衛生関係の著作に『産業医35年』（86年3月、日本医事新報社）、『産業医ノート』（87年3月、滋賀県医師会）などがある。『赤と緑の記録』（83年6月、日本医事新報社）「Ⅲ　従軍記録と戦友たち」は軍医の眼から見た戦記として貴重。随筆では人生や社会、歴史の機微を人間味豊かな視線で真摯に見つめた。随筆集に『万物は流転す

る』（94年1月、近代文藝社）がある。（石橋紀俊）

上野兎来　うえの・とらい
1897・4・24〜1966・4・9。俳人。大津市中京町（現中央）生まれ。本名新介。1915年膳所中学校卒業後、浜中柑児に師事し句作を始める。商業を営みながら38年から「京鹿子」に投句、40年2月浮寝句会結成に参画。鈴鹿野風呂の指導を受けつつ熱心に句作を続け、季節ごとの湖南の風物を重厚に詠んだ。句集に『銀兎』（68年4月、上野いま）がある。〈大津絵や逢坂山の日脚伸ぶ〉（外村彰）

臼井喜之介　うすい・きのすけ
1913・4・15〜1974・2・22。詩人。京都市生まれ。本名喜之助。京都市立第二商業学校卒業。1935年詩誌「新生」創刊。38年吉井勇と知り合う。第1詩集『ともしびの歌』（41年2月、ウスヰ書房）では青年の孤独を叙情的に結実させた。滋賀作家クラブにも一時期参加。その他詩集に『京都叙情』（72年1月、白川書院）など。50年8月に月刊「京都」創刊。京都紹介記事も多い。（石橋紀俊）

宇田良子　うだ・よしこ
1928・7・25〜。詩人。彦根市本町生まれ。岡山で空襲を受けた後、彦根高等女学校研究科を卒業し旅館「やりや」の女将となる。1950年8月近江詩人会に入会、のち日本現代詩人会、関西詩人協会会員。家業を誠実に勤めながら、74年彦根の詩誌「ふ〜が」、88年「はあふ・とおん」の同人達と積極的に活動。詩友であった田中冬二が序文を書いた第1詩集『冬日』（71年12月、文童社）には、父との回想から家庭の明るさを叙した「走馬灯」、故郷への愛着を町並みの様子に表した「本町」等30編を収める。第2詩集『窓』（79年11月、文童社）は2部構成で、歳末に料理旅館をやめてゆく仲居を思いやる「師走」、季節ごとの食卓の情景を描く連作「風の中の食卓」など17編収録。第3詩集『堀のうち』（89年12月、編集工房ノア）も発行。その詩は平易かつ内省的で、他者の心の機微や日々の感慨をこまやかに叙し、澄んだ詩境を映す。また川崎洋とも交友。茶道の師匠でもある。

＊**堀のうち**《ほりのうち》　詩集。〔初版〕『堀のうち』89年12月、編集工房ノア。◇第2詩集以後、約10年の間に「詩人学校」等に発表した21編を収録。2部構成。Ⅰ部は旅館に関わる人々に女将として接してきた折々の感慨を切り取っている。冒頭の「月」では「小さい町」に暮らす「古風なおかみ」が、時間の経過のなかでふと見上げた月に我を取り戻す。以下「雇う」「男」など人間観察の詩が続く。Ⅱ部では自己の内面の動きを、生活の身近なモティーフを題材にして形象化。花の咲かないまま枯れた「あの人の形見」の木への陰画的感情を述べた「むくげ」連作や、蝶への連想が幻想的な「暑い鍼」、家を継がせず娘を嫁に出し、その意識の底流を探った「道」や「からす」等がある。解題で大野新は「次の代の家業を断念することで、ながい間伏流としてあった自分の座の表現」を「曝しえた」と評し、その表現に古い土地柄と自己内部の「因循の根」への激しい抵抗心を見いだしている。（外村彰）

内田百閒　うちだ・ひゃっけん
1889・5・29〜1971・4・20。小説家、随筆家。岡山市生まれ。本名栄造。1907年岡山中学校卒業後の夏、朝日新聞社主催の夏期講習で比叡山に登る。第六高等学校を経て10年9月東京帝国大学文科大学文学科に入学、独逸文学を専攻。夏目漱石に師事した。14年卒業後は海軍機関学校兼務教官、法政大学教授等を歴任。幽冥境を描く創作集『冥途』（22年2月、稲門堂書店）や『百鬼園随筆』（33年10月、三笠書房）を刊行。以後も『ノラや』（57年12月、文藝春秋新社）など達意の文章による多数の随筆集を上梓。54年11月松江旅行の途次に、大津市の琵琶湖畔に泊まり、自動車で石山寺、瀬田唐橋と三井寺付近を観光したことが「山陰本線阿房列車〔第2回〕」（「週刊読売」55年1月16日、のち「菅田庵《かんでん》の狐」）に記述してある。親友の宮城道雄を追懐した随筆「比良の虹」（「読売新聞」60年1月10日）には比良山の描写もある。『内田百閒全集』全33巻（86年11月〜89年10月、福武書店）。（外村彰）

内田康夫 うちだ・やすお

1934・11・15〜。小説家。東京都北区生まれ。東洋大学文学部中退。コピーライター、CM制作会社経営を経て、1980年に長編ミステリー『死者の木霊』（80年12月、栄光出版社）を自費出版。82年から著作に専念し、翌年5月より軽井沢に在住。『後鳥羽伝説殺人事件』（82年2月、広済堂出版）に初めて登場した浅見光彦の人物像と名探偵ぶりが人気を博し、90年以降は全ての長編の主人公となる。93年軽井沢に浅見光彦倶楽部を設立し、翌年クラブハウスを完成。95年第5回日本文藝家クラブ大賞特別賞を受賞。日本各地の風物・伝説・社会問題を背景とする得意の旅情ミステリーでは、滋賀県と最後の取材地沖縄を結ぶ『ユタが愛した探偵』（99年10月、徳間書店）によりシリーズ全国制覇を達成。ほかに自作解説『浅見光彦のミステリー紀行』（全8集、番外編2）、エッセイ集『存在証明』（98年2月、角川書店）などがある。

＊琵琶湖周航殺人歌《びわこしゅうこうさつじんか》　長編小説。〔初出〕「小説現代」89年9月〜11月。〔初版〕『琵琶湖周航殺人歌』90年1月、講談社ノベルス。◇名探偵「浅見光彦」シリーズの旅情ミステリー。独り旅で琵琶湖畔随一の超高層ホテルに泊まった夜、森史絵は階下から響く唸るような歌声を耳にする。不気味な歌声をフロントに抗議すると、翌朝詫びに来た老人の話では、毎年ここに来てお経がわりに歌うのだという。観光船に乗った彼女は船上でその歌がボート部の学生の遭難事件を歌った「琵琶湖哀歌」であることを知る。その物悲しい歌が発端となって琵琶湖周辺に連続殺人が起こる。第一の殺人は守山市で、「琵琶湖の水を守る会」のリーダー格の広岡友雄が自宅で変死体で発見される。広岡の美貌の妻は、夫が滋賀県最大のデベロッパー上島総業とのトラブルによって殺されたのだと他殺を主張し、自身にも保険金殺人の疑いがかかるが、自宅が密室状態にあったことから警察は毒物による自殺と判断する。が、この結論に納得できない横沢部長刑事は、広岡夫妻と親しい相川の、夫人との共謀による犯行とみて執拗に尾行する。疑惑をかけられて窮地におちいった相川は、大学の同期浅見光彦が名探偵として活躍していることを知って助力を頼む。琵琶湖に向かった2人は遊覧船上で広岡夫人と落ち合い、浅見は夫人から広岡が残した「琵琶湖のために死ぬことになるやろな」という遺言のような言葉を聞く。浅見は、船上で酔っ払った上島総業の土木部長にからまれていた史絵を救ったことから彼女と知り合う。続いて琵琶湖の西岸と東岸で第二、第三の殺人が起こった。堅田にある浮御堂では加賀という老人が、長浜の海岸では吉本という青年が死体で発見され、奇妙にもほぼ同時刻の死亡であることがわかる。その後、前者がホテルで史

絵と会った老人、後者が上島総業の社員であることが判明し、広岡の事件における密室工作の手口を解明した浅見によって、3つの殺人事件の背後にある湖西地区の開発に端を発した反対運動と環境行政のせめぎあいや、上島総業をめぐる疑惑が暴かれていく。罪と責任を認めた社長の上島は、「琵琶湖哀歌」に秘められた衝撃の過去を告白して自殺する。意外性のある推理小説らしい展開とは別に、当時環境汚染が深刻化していた琵琶湖周辺を綿密に取材した作家の社会派的な面貌がうかがえ、読みごたえのある作品に仕上がっている。（一條孝夫）

宇野健一　うの・けんいち

1930・3・20〜1993・1・18。作家。彦根市生まれ。1950年鳥取県立米子工業高等学校卒業。ヤンマーディーゼル取締役。89年4月『近江のざらし行』東海道編をサンライズ印刷出版部から刊行。その後、御代参街道・中山道編、湖東編、北陸・湖西街道・鯖街道編を刊行し完結する。他に、新註『近江輿地志略　全』（76年9月、弘文堂書店）の校訂編集などを手懸けている。（渡邊浩史）

宇野茂樹　うの・しげき

1921・3・9〜。宗教彫刻研究者。栗太郡に生まれる。国学院大学卒業。滋賀県重要美術品等調査嘱託、琵琶湖文化館学藝員、滋賀県文化財審議委員等を歴任。著書に『近江路の彫像―宗教彫刻の展開』（1974年、雄山閣出版）、『日本の仏像と仏師たち』（82年3月、雄山閣出版）、『仏教東漸の旅―はるかなるブッダの道―』（99年2月、思文閣出版）、編著に『近江造像銘』（帙入限定版、58年、山本湖舟写真工藝部）、『近江の美術と民俗』（94年3月、思文閣出版）がある。（浦西和彦）

宇野犂子　うの・れいし

1922・8・27〜1998・5・19。俳人、随筆家、政治家。野洲郡守山町本町（現守山市守山1丁目）生まれ。本名宗佑《そうすけ》。「栄爵」という銘柄を持つ造り酒屋酒長の長男。1935年八幡商業学校入学、40年4月彦根高等商業学校入学。43年10月神戸商科大学に入るが、12月休学して学徒出陣のため敦賀連隊に入隊。新京緑園陸軍経理学校卒業後、北朝鮮連浦飛行場で敗戦を迎え、主計少尉としてシベリアに抑留される。47年10月帰国。49年守山町商工会会長。51年県議会議員に当選。以後12期連続当選。60年衆議院議員に当選。74年防衛庁長官、76年科学技術庁長官、79年行政管理庁長官。83年通産大臣、87年外務大臣、89年6月第75代内閣総理大臣に就任したが参院選で大敗し、8月辞任。自民党最高顧問。96年引退。多趣味多藝で、ピアノ、ハーモニカ演奏、絵画創作、句作、剣道6段教士。著書にソ連抑留記『ダモイ・トウキョウ』（48年11月、葛城書房）、歌舞伎句集『紅隈』（78年5月、牧羊社）、随筆『大正蘇音器』（86年5月、市ケ谷出版社）、『宇野犂子句集』（88年11月、俳人協会）などがある。

＊王廟《おうびょう》　句集。〔初版〕『王廟』63年6月、市ケ谷出版社。◇題名は61年東南アジア視察に行った折、印象に残ったインドのタージ・マハルに拠る。その「東南アジア紀行」、彦根高商時代から代議士になるまでの「学徒と酒屋と政治家と」、62年河野一郎農相に随行してソ連、欧米諸国を視察する折の「欧米紀行」の3部構成。「東南アジア紀行」では病む父を残して渡航する思いを詠んだ〈吾を送る父の浴衣は病衣なる〉、帰国直後の父の死を詠んだ〈百舌鋭声暁裂きて父逝けり〉がある。「学徒と酒屋と政治家と」には高商時代の彦根の春を詠んだ

〈船小舎に砂ふき溜り鳥総松〉、シベリア抑留のころの〈春の草食んで捕虜はも糞青き〉、シベリアから帰還して帰郷した折の〈眼にしみる冬の畳の泣けとこそ〉、復員後、家業のために神戸商大を心ならずも退学することになった折の〈新酒樽ころがし転がし長子われ〉〈眉に溜む新糠すでに学徒ならず〉がある。句集の形をとった自伝というべきもので、句歴20年間、初期の作品を含む830句を収めている。

＊庄屋平兵衛獄門記《しょうやへいべえごくもんき》　随筆。〔初出〕「大衆藝芸」66年2月。〔初版〕『庄屋平兵衛獄門記』71年3月、青蛙房。初出に大幅加筆。◇初出の「毛見」。1842（天保13）年の農民一揆を指導した近江の義民、庄屋平兵衛については、宇野の父長司の著書『戯曲　義民』（1934年8月、遺業顕彰会宇野超爾名で出版）がある。宇野家では、二代に亙って義民事件に関心を寄せたことになる。野洲川沿いの甲賀、栗太、野洲三郡に起きた農民一揆は最高時の一揆勢力が4万人に及んだ。天保の改革で辣腕を振るった老中水野忠邦と、その配下の鳥居耀蔵の統治に対する、陽明学を修めた平兵衛の対決という図式のなかで、一揆の全体像を描いている。登場人物の台詞、平兵衛毒殺説など随所に宇野の憶測、推定が折り込まれていて、随筆というより、むしろ歴史小説の体をなしている。その他、「大衆文藝」65年11月から66年12月まで連載した「異聞歳時記考」と題したもの、連載後に書き溜めたものを合わせて、同名の単行本として刊行。

＊中仙道守山宿《なかせんどうもりやましゅく》　随筆。〔初版〕84年10月、青蛙房。◇守山の歴史は、788（延暦7）年に最澄が比叡山延暦寺を創るに当たり、四境に門を構えた、その1つ東門院の創建に始まる。以後、中仙道の西の第一宿として栄えた。この本に登場する守山は、1941年に隣村の栗太郡物部村と合併するまでの、江戸時代の宿場の名残りを留めていた頃と、宿場以前の村だった頃の守山である。祖父母や両親、叔父などの身内から聞いた宇野家に伝わる話、町の古老や仲間などから聞いた口碑や故事、さらに自らの見聞をもとに、守山の宿にまつわる歴史を膨らませたもの。書き出しは幼少の頃の祖父母の話、あるいは当地の口碑で始まり、著者の博引旁証の後、過去の名残りを慈しむ言葉で結ばれるパターンの、一話完結の随筆の集成。守山に対する筆者の懐旧の情と感傷が漂う文学作品として読むことも出来る。

＊俳句平家物語《はいくへいけものがたり》　句集。〔初版〕『俳句平家物語』1990年6月、角川書店。◇守山の宇野家の近所には、藤井源内真弘の塚がある。真弘は平治の乱の折、東国へ落ちのびる父の源義朝一行に遅れて守山へさしかかった13歳の頼朝に斬殺された。隣町の野洲には平宗盛の胴塚や祇王祇女の誕生地など、源平の史跡が多い。一方、湖の西には三井寺や坂本の日吉神社、そして比叡山延暦寺、その向こうには京都といった具合に、「平家物語」の舞台が限りなく拡がってゆくことに気付き、句集「平家物語」を構想したと、作者は「あとがき」で述べている。物語の舞台となった場所、あるいは絵巻物、所縁の武具などを所蔵する場所を訪れ、眼前の景物や自身の現在の心境を詠んだもの。公務のついでに北京や西安、ボストンにまで、「平治物語絵詞」を見るため足を延ばしている。10年余りの間に詠んだ1356句。巻毎に見出しを付け、訪れた場所について擬古文の自注をほどこし、各句の後に、90字ほどの「平家物語」の本文を付けているが、句と「平家物語」本文との間に内容上の直接的かつ有機的な関連は見られない。巻末に「巻別俳句一覧」を

付す。（北川秋雄）

生方たつゑ　うぶかた・たつえ

1905・2・23〜2000・1・18。歌人。三重県伊勢市生まれ。1926年日本女子大学家政科卒業。戦前は今井邦子、戦後は松村英一に師事。36年「明日香」、47年「女人短歌」創刊に参加。63年「浅紅」主宰。アララギ的写実を基盤に、その抒情に独自の美意識を織り込んだ特色ある歌風で、戦後女性歌人の第一人者と目された。歌集は19冊。第2歌集『雪明』（44年7月、青磁社）には38年の作「比叡山」10首〈あをあをし叡山苔のぬれわたれ庭一隈《くま》に噴きおつるみづ〉を収載。75年大津宮跡や蒲生野を歩き、第17歌集『灯よ海に』（77年10月、新星書房）には「湖に対く」28首、「蒲生野」13首〈憑霊《ひょうれい》を信じあひたる代も香《とほ》し悲運の皇子《みこ》の歴史のことも〉や「渡岸寺」9首も収められた。『額田姫王《ぬかたのおおきみ》』（76年10月、読売新聞社）は竜王町鏡での出生や近江遷都と蒲生野遊猟など、その生涯と文学が記される。『生方たつゑ全歌集』（79年12月、角川書店）がある。（外村彰）

梅林貴久生　うめばやし・きくお

1932・3・13〜。放送作家。大阪堂島生まれ。本名金蔵。大阪市立扇町商業高等学校（現大阪市立扇町総合高等学校）卒業。日本放送作家協会関西支部幹事。滋賀作家クラブに参加。1954年、シナリオ作家協会新人コンクール入選。以後、マキノ奨励賞、時代映画新人脚本賞、山上伊太郎賞等を受賞。58年に脚本の執筆を始める。テレビ作品に「うどん」、シナリオに「巌流島前夜」、戯曲に「人生まわり舞台」などがある。（渡邊浩史）

梅原黄鶴子　うめはら・おうかくし

1901・4・26〜1977・3・3。俳人、版画家。神崎郡建部《たけべ》村大字上日吉《かみひよし》（現東近江市建部日吉町）生まれ。大津市中庄居住。本名与惣次《よそじ》。造り酒屋の二男。1919年県立彦根中学校（現彦根東高等学校）卒業。上京して早稲田大学に入学するが、重い心臓脚気をわずらい帰郷して約3年間病床につく。27年早稲田大学高等師範部英語科卒業。同年旧制の熊本県立中学校済々《せいせい》黌《こう》に奉職（40年まで）、山口県立中学校勤務をへて、41年滋賀県立膳所中学校英語科教諭となる（47年まで）。その後、二、三の役職についたのち、51年県教育委員会学校教育課課長、53年県立彦根西高等学校校長、59年県教育研究所所長を歴任して、60年3月定年退職。彦根中学校時代から俳句に興味をよせ、月堂の号で内藤鳴雪選の「中学世界」（博文館）に投句した。熊本県赴任時から黄鶴子と俳号をあらため、藤岡玉骨（本名長和）という俳句好きの熊本県知事の官舎で月1回行なわれたホトトギス系俳誌「阿蘇」の句会に出席したりし、句作に精進した。戦後47年ごろ甥のすすめにより水原秋桜子主宰の「馬酔木《あしび》」に転じ、その後55年には「霜林」（京都）同人、61年「馬酔木」同人となった。他方、中学時代に野口謙蔵（のち洋画家）と親友になり、絵ごころへの刺激をうけた。それが後年、梅原を創作版画にむかわせる要因となった。30、31年ごろからその作品が注目されはじめ、35年3月号の「版芸術」（白と黒社）では「梅原与惣次特集」が組まれ、前川千《せん》帆《ぱん》、川上澄生《すみお》、棟方志功らとともに評価された。また郷土玩具の著名な収集家でもあり、昭和初期から集めはじめて55年ごろには約1000点に及んだ。その一端は、版画や挿絵入りの『肥後郷土玩具随想』（36年7月、私家版。83年12月復刻）として上梓され、愛好者のあいだで水準の高い「名著」といわれた。著書に、俳句随想集『湖畔春秋』（58年10月、私家版）、『湖《うみ》の旗雲』（64年7月、私家版）、また編著『近江万花《ばんか》鏡《きょう》』（73年7月、私家版）、没後刊の『芭蕉と近江の人びと―近江蕉門随想』（88年3月、サンブライト出版）などがある。全国俳人協会会員、滋賀文学会理事、滋賀文学散歩の会会長。第1回滋賀県文化賞受賞（76年）。その句風は、客観風詠のなかに人生の味のある哀愁や繊細な華やかさをにじませるものであった。〈雪に立ち教へ子は帽を振り止まず〉〈降り出《い》でし花藻の雨に浮御堂〉〈来し方や今のこゝろに石蕗《つわ》澄める〉

＊近江《おうみ》万花鏡《ばんかきょう》　俳句風土記。〔初版〕『近江万花鏡』73年7月、滋賀県馬酔木同人会、梅原黄鶴子方。◇県内外の馬酔木同人、誌友108名の寄稿句で編集した詞華集・風詠集。県下全域にわたる史跡、文学遺跡、古社寺、祭礼、仏像、庭園、民俗行事、郷土産業、山河、旧街道など170項目にちなんだ句を、それぞれの項目ごとに配列、その歴史や背景について解説を施す。近江滋賀の歴史と風物を味わい知るのに絶好の俳句風土記。（山本洋）

梅原玄二郎　うめはら・げんじろう

1915・12・5～1947・7・8。俳人。八日市市（現東近江市）建部日吉町生まれ。幼名源一、本名源三郎。俳人梅原黄鶴子は叔父。1933年神崎商業学校卒業後、実家の酒造業に就く。入営中の事故の療養中に、俳句に親しみ「ホトトギス」、のち水原秋桜子の「馬酔木」に参加。43年から地元でひさご句会を開催したが結核のため夭折。叙情的な句風で、湖畔吟が多い。『玄二郎句抄』（48年7月、私家版）がある。〈竹馬の見て立つ岸に舟着けり〉（外村彰）

梅原猛　うめはら・たけし

1925・3・20～。思想家。宮城県に生まれる。1948年京都大学哲学科卒業。立命館大学教授、京都市立藝術大学学長を経て、国際日本文化研究センターの初代所長。現在、同センター顧問。ベルグソンなど西洋哲学の研究を日本文化の探求に援用し、斬新な着眼と大胆な仮説によってその深層に迫る試みを重ねた。法隆寺像の謎に迫る『隠された十字架―法隆寺像論』（72年5月、新潮社）、高松塚の壁画に権力と愛欲の歴史を読み解こうとした『黄泉《よみ》の王《おおきみ》―私見・高松塚』（73年6月、新潮社）、宮廷歌人として名声の高かった柿本人麿は流刑地で生涯を閉じたとする『水底の歌―柿本人麿論』（73年11月、新潮社）などを次々に刊行して梅原日本学の確立と評された。また、鎖骨腫瘍のため右腕切断の悲運に遭遇した画家三橋節子の画業を軸に、その清冽な生涯を辿った『湖《みずうみ》の伝説』（77年1月、新潮社）がある。同書には、表題作の他、「三井の晩鐘」「余呉の天女」など三橋の描いた近江にちなむ絵が紹介され、それぞれについて深い愛情に満ちた思索が展開されている。92年文化功労者に選ばれる。（内田満）

梅本浩志　うめもと・ひろし

1936・7・31～。ジャーナリスト。大津市に生まれる。1961年3月京都大学文学部仏文科を卒業。大学在学中、「学園評論」の編集長をつとめた。卒業後、時事通信社に入社。68年時事通信労組結成に参加、中央執行委員にもなった。76年時事通信労働者委員会に参加し、代表幹事となる。96年時事通信社を退社。著書に『グダンスクの18日』（81年2月、合同出版）、『時代の狩人―中内功に、何が見えているか―』（84年6月、朝日出版社）、『企業内クーデタ』（84年12月、社会評論社）、『国家テロリズムと武装抵抗―鏡としてのペルー・ゲリラ事件―』（98年5月、社会評論社）、『バカンス裁判』（98年8月、三一書房）、『チャタレイ革命』（2000年8月、社会評論社）、『島崎こま子の「夜明け前」』（2003年9月、社会評論社）などがある。

（浦西和彦）

【え】

江頭恒治　えがしら・つねはる

1900・10・7〜1978・10・5。経済学者。佐賀県生まれ。京都帝国大学経済学部卒業。大阪府立浪速高等学校講師、彦根高等商業学校講師を経て、1939年満洲国建国大学助教授となる。太平洋戦争終戦後、彦根経済専門学校教授に就任、49年滋賀大学創設に伴い同学教授となり、経済学部長、附設史料館館長などを歴任した。「中世の商業と近江」（彦根高商論叢第19号、36年）以降、『近江商人〈アテネ新書99〉』（59年3月、弘文堂）、「近江商人の研究―中井家の文書を中心として」（「日本学士院紀要」20巻2・3合併号、62年11月）、『江州商人〈日本歴史新書〉』（65年6月、至文堂）など近江商人に関する研究を発表している。近江商人は、行商という点では富山商人と軌を一にするが、後者がほとんど売薬を専業としたのに対し、呉服、蚊帳、漆器、小間物などさまざまな商品を扱い、京、大坂、江戸の三都をはじめ多くの都市に出店を設けて営業基盤を拡大した。巧みに商機をつかむ才能に加え、すぐれた忍耐力がその成功を支えたと言う。『近江商人中井家の研究』（65年4月、雄山閣）によって日本学士院賞を受賞。

（内田満）

江馬天江　えま・てんこう

1825（文政8）・11・3〜1901・3・8。医師、漢詩人。坂田郡大字下坂中村（現長浜市）に儒者下坂篁斎の第六子として生まれる。名は聖欽《せいきん》。字永弼《えいひつ》、のち正人。天江は号。1846（弘化3）年大坂に赴き、江馬金粟《きんぞく》に医を学んで、京都仁和宮侍医江馬榴園《りゅうえん》の養子となる。1848年、大坂で緒方洪庵に洋学を学ぶ。また梁《やな》川星巌《がわせいがん》に漢詩を学び、志士と交わって国政を論じた。1868年徴士として太政官史官となるが、繁忙を極め1年で職を辞す。木戸孝允から再任の勧誘があったが受けず、京都東山に住んで後進の指導にあたった。詩酒を友とし悠々自適の生涯を送った。贈従五位。医書の訳に『青嚢珍珠《せいのうちんしゅ》』（1857〈安政4〉年凡例）、『眼科真筌《しんせん》』（1861〈文久1〉年）、漢詩の編著に『古詩声譜』（1884年8月、江馬正人）。漢詩集『退《たい》享園詩鈔《きょうえんししょう》』（1901年3月、江馬達三郎）には、同郷人の岡本黄石、巌谷一六、日下部鳴鶴らとの清遊も詠まれる。その他、『明治三十八家絶句』（1871年初春、文政堂、擁万堂）、『今世名家詩鈔』（1879年7月、尚書堂）、『明治名家詩集』（1879年12月、合書堂）、『明治十三家詩文』（刊年不明、東生亀次郎ら）などに、その詩が採録される。

（須田千里）

円地文子　えんち・ふみこ

1905・10・2〜1986・11・14。小説家。東京市浅草区（現東京都台東区）生まれ。旧姓上田、本名富美。1922年日本女子大学附属高等女学校中退。劇作家として出発し、深い古典的教養を背景に、女性の情念を追求した小説を多数著す。代表作に『女坂』（57年3月、角川書店）、『なまみこ物語』（65年7月、中央公論社）ほか。61年4月上演の「八尋白鳥《やひろしらとり》」には伊吹山の場面がある。66年4月、八日市市（現東近江市）で講演。随筆「竹生島の桃山美術」（「太陽」67年1月）は66年10月の、「小谷城趾とお市の方」（「太陽」68年3月）は67年12月の取材旅行の所産。69年12月木之本・余呉町を訪れ、随筆「琴糸をつくる女たち」（「太陽」70年3月）を発表。70年12月に大津市堅田の浮御堂から安曇川（現高島市内）を旅行し、小説「冬の旅」（「新潮」71年11月）末尾等に描出した。73年9月には石山寺を旅し「石山詣で」（「波」73年11月）を書く。『円地文子全集』全16巻（77年9月〜78年12月、新潮社）がある。

＊幻の島《まぼろしのしま》　短編小説。〔初出〕「小説新潮」67年1月。〔初収〕『生きものの行方』67年7月、新潮社。◇長唄の女師匠、杵屋千歳と内弟子から養子になった千次郎は、彦根から船で竹生島に向かう。意地強く気難しい気性の千歳は独身だが、靄に包まれた湖上で、若い頃のこの島での歌舞伎俳優（助高屋）との逢瀬を「華麗な幻」のように回顧する。弁天堂に参詣した後、千歳はすでに亡くなったかつての恋人とこの本坊で月見をし、泊まったと話す。しかし老齢の千歳には、昔の思い出が現実であったどうかも定かでない気がするのであった。その夜、温和な千次郎は京都から持参した酒膳を養母に勧め、月を見上げながら、名跡を譲られると共に同じ内弟子上がりの富子と結婚した際の、千歳との「約束」をよく守っていると話しかける。彼は今回の竹生島詣でに妻を同道させなかった千歳の真意をはかりかねていた。二人は別々の部屋で床に入ったが、千歳はそこで底知れぬわびしさを感じる。千次郎をここに呼び戻せたとしても「寂寥と自虐の牙」がさらに強く自分を責めるのが分かっている千歳は、時代に取り残されたようなこの島でなおも孤独に耐えようとするのであった。ちなみに作者は66年10月末に竹生島の宝厳寺本坊に1泊している。その時に同作の想を得たようである。

＊安曇川の扇骨つくり《あどがわのせんこつつくり》　随筆。〔初出〕「太陽」71年2月。〔初収〕『女人風土記』72年1月、平凡社。◇70年12月の初旬、筆者は平安朝時代から主に女性達が愛用した扇の、扇骨の特産地である安曇川町（現高島市内）を訪れた。京都から堅田の浮御堂、勾当内侍《こうとうのないし》の墓所を経て、安曇川で扇骨作りをしている家々でその歴史や行程の話を聞いた筆者は、帰途に扇の意匠や舞踊の振付などに思いをはせていった。（外村彰）

遠藤周作　えんどう・しゅうさく

1923・3・27〜1996・9・29。小説家。東京市生まれ。狐狸庵と号す。幼少年時代を満洲大連市で過ごし、父母の離婚後、母親と共に神戸へ移り住む。私立灘中学校在籍中に夙川カトリック教会で受洗。1948年慶応義塾大学仏文科卒業。50年戦後最初の留学生としてフランス現代カトリック文学の研究のためリヨン大学へ入学、53年帰国。55年「白い人」（「近代文学」5、6月号）で第33回芥川賞受賞。安岡章太郎らとともに山本健吉から「第三の新人」と称された。以後日本を代表するカトリック文学者として、キリスト教を根幹とするヨーロッパ精神を、日本という風土においてどのように受け止めるかという課題を追究し続けた。一方ではユーモア溢れるエッセイの書き手としても知られ、また後期には歴史小説も多く執筆した。95年文化勲章受章。代表作は『海と毒薬』（58年4月、文藝春秋新社）、『沈黙』（66年3月、新潮社）、『狐狸庵閑話』（65年7月、桃源社）、『侍』（80年4月、新潮社）、『深い河《ディープ・リバー》』（93年6月、講談社）など。『遠藤周作文学全集』全15冊（99年4月～2000年7月、新潮社）がある。

　遠藤と滋賀県との関係は、歴史小説執筆上の関心に基づくものが多い。『決戦の時』（1991年5月、講談社）は信長の金ケ崎（福井県敦賀市）から朽木街道（滋賀県高島市）を通っての退却を詳細に描く。また京の戦乱を逃れてきた第十二代将軍足利義晴を慰めるため、土地の豪族朽木氏らが築いた旧秀隣寺庭園（高島市）も訪れている（『眠れぬ夜に読む本』87年8月、光文社）。『走馬灯　その人たちの人生』（77年5月、毎日新聞社）では石田三成という「どうも捕捉できぬ人間」のイメージを求めて佐和山城址（彦根市）を訪ねたとある。また芝木好子の『群青の湖』（90年6月、講談社）から強い感銘を受け、その舞台となった菅浦（西浅井町）を訪れ、その後も年に一回訪ねるほどの「忘れがたい風景」となったという（『万華鏡』93年4月、朝日新聞社）。

　最後に遠藤ゆかりの場所として欠かせないのが、高島市マキノ町の料亭「湖里庵」である。1784（天明4）年創業の鮒ずしの老舗「魚治」が1990年に改築した時、湖岸から琵琶湖の風景が一望できる立地にちなんで遠藤が名づけた。ここでは『群青の湖』の舞台を訪ねたり、信長暗殺を企てた杉谷善住坊の子孫を招待したり、『男の一生』（91年10月、日本経済新聞社）に登場する「闇笛」の会を催したりと、親しく闊達に振る舞った（左嵜《さざき》恵子談）。滋賀県を訪れる遠藤にとって「湖里庵」は良き先達であり、憩いの場だったようだ。

＊女《おんな》　長編小説。〔初出〕「朝日新聞」94年1月1日～10月30日。〔初版〕『女』95年5月、講談社、遠藤周作歴史小説集7。◇遠藤最後の歴史小説。時代背景は戦国時代の永禄年間（1558～70年）から江戸後期の天保年間（1830～44年）にわたり、前半では織田信長の妻吉乃、信長の妹お市とその娘茶々、春日局など乱世の中で生きる女性達の姿が、後半では桂昌院らの大奥を舞台とした権力闘争が描かれる。「少年の頃から、私には妙な癖があって近所の歴史にゆかりある場所をうろつくのが無上に楽しみだった」と語る遠藤は、「私は北琵琶湖の春を愛する」と滋賀県でも特にお市や浅井長政の旧跡が残る湖北の風景に心惹かれていた。湖北町小谷城趾を訪れた時には「浅井新九郎長政とその妻お市とが味わったにちがいない同じ水を味わいたかった」と述懐し、二人が新婚生活を送った清水谷には何度も足を運んだという。遠藤の歴史小説を書く原動力は、その土地の風光から喚起される「好奇心」にあることを窺わせるものである。　（楠井清文）

【お】

小江慶雄《おえ・よしお》

1911・9・8～1988・11・7。考古学者。滋賀県に生まれる。1936年九州帝国大学卒業。応召、43年帰還。48年5月から京都師範学校に勤める。京都学藝大学（66年、京都教育大学と改称）助教授を経て、教授。75年4月退職、75～77年同大学学長。83年勲二等瑞宝章受章。斎藤忠『郷土の好古家・考古学者たち西日本編』（2000年12月、雄山閣）は「日本において、水中考古学という学問を定着させたのは、小江であった。NHKブックスとして昭和五十一年に『水中考古学入門』が刊行されたが、この本は、中国において「外国考古学訳集」の一冊として一九九六年八月文物出版社から『水中考古学入門』として刊行された」と評価する。ほかに『水中考古学研究』（1967年、京都教育大学考古学研究会）などがある。

＊**琵琶湖水底の謎**《びわこすいていのなぞ》　考古学論集。〔初版〕『琵琶湖水底の謎』75年7月、講談社。◇伝承世界も手がかりにして、湖底に残された、縄文・弥生期以来の土器から、奥琵琶湖葛籠尾崎の遺跡を追求し、環境破壊に警鐘を鳴らす。小江は中学生時代、葛籠尾崎の湖底土器の話を聞き興味を持つ。47年岡山より京都へ転勤。それまで「私的な連りの故に払ふ必要以上の学問的関心を抱かなかつたのであるが、こゝ数年来湖北の郷里へ往復する度数を算へるに従ひ、この湖底土器に親しむ機会が多くなつた。土器への親近が深まるにつれて、その地理的位置の特殊性から複雑多岐に亙る琵琶湖地方先史文化の姿相を、幾分なりとも復原してみたいと志したのである。そこで先づ、湖底遺物に関する先学の業績に学び乍ら、しかも従来の観察に反省を加へるために、直接遺物に当つて再検討する計画から始めて、東浅井郡朝日村尾上の多数の人達の手許に保存せられてゐる湖底遺物の総てに触れてみた。（略）新資料が、数多く存在することが明らかとなつた。特にその中には、未だ誰もが触れることのなかつた捺型文の尖底土器が存し、然もその完形を推定し得るに十分な器形の要所要所を具備し、我国に於けるこの種遺物の従来の発見例からすれば、恐らく我国最大のものの一つに算へられるべきものであることを知つた」（『琵琶湖底先史土器序説』50年、学而堂書店）という。　（堀部功夫）

大久保湖州　おおくぼ・こしゅう

1865（慶応1）・7・3〜1900・8・18。史伝、史論家。彦根東中島町生まれ。本名は余所五郎《よそごろう》。県立彦根伝習学校高等師範予備科卒業。8年間の小学校教員を経て1888年に上京し、東京専門学校（現早稲田大学）政治科に入学したが、まもなく中退。在学中は常に首席。1895年、25歳の時、近衛篤麿公爵主宰の雑誌「精神」の編集主幹になり、のち叔父の中村不能斎とともに井伊家の歴史編纂員となる。坪内逍遙に教わり、水谷不倒や国木田独歩と親交を結んだ。1897年、元彦根藩士中島素風の娘中島サダ子と結婚。一男一女をもうけた。肺患のため35歳で早逝。墓所は竜潭寺。代表作には、坪内逍遙、田口卯吉、徳富蘇峰、水谷不倒らが追悼のため公刊した『家康と直弼』（1901年、春陽堂）がある。　（青木京子）

大久保治男　おおくぼ・はるお

1934・5・9〜。法学者。東京都文京区小石川生まれ。旧姓熊木。号碩堂。東京教育大学（現筑波大学）附属小学・中学・高等学校を経て、中央大学法学部卒業。中央大学大学院修士課程修了（日本法制史専攻）。東京大学研究生。上智大学、中央大学講師等、山梨県立女子短期大学助教授、駒沢大学大学院教授を経て、苫小牧駒沢大学初代学長となる。その後武蔵野学院大学副学長。国特別史跡井伊直弼学問所「埋木《うもれぎの》舎《や》」当主。埋木舎は彦根藩13代藩主井伊直弼が17歳から32歳までを過ごした藩の公館のこと。現在の彦根城跡の西側に位置する。その名は直弼の歌〈世の中をよそに見つつも埋木の埋もれておらむ心なき身は〉からきている。埋木舎は1871年に直弼の側役大久保員好（後、小膳。治男の曾祖父）に、彼の忠節と功績を称えて14代藩主直憲から下賜され、その後代々大久保家によって保存されてきた。大久保は埋木舎の保存と直弼再評価の見地から『埋木舎　井伊直弼の青春』（1980年11月、高文堂出版社）を刊行。この書で大久保はそれまでの政治家直弼像では見過ごされてきた、埋木舎時代の文化人直弼の側面に光を当てている。特に「茶《チャ》、歌《カ》、ポン（鼓）」のあだ名があったごとく直弼と茶道（直弼の『茶湯一会集』を含む）・和歌・謡曲（鼓）との関係について、さらに湖東焼との関係、これらの背景となった禅や国学、武術の修練などについても詳しく紹介している。その他に「井伊直弼側役「大久保小膳」について」駒沢大学法学部編「政治学論集」（75年7月～76年8月、第2巻～4巻に掲載）などがある。埋木舎は84年1月～2月の豪雪によって南棟部分が完全倒壊。これを機に全面解体修復工事が85年から6年間かけて行われた後、一般公開されている。この調査、修復については建築研究協会編『特別史跡 彦根城跡内埋木舎修理工事報告書』（91年3月、真陽社）がある。

（谷口慎次）

大倉桃郎 おおくら・とうろう

1879・11・17～1944・4・22。小説家。香川県仲多度郡生まれ。本名国松。国語伝習所に学び、「文庫」「万朝報」等に投稿。1904年「琵琶歌」を「大阪朝日新聞」懸賞小説に応募、最優秀作となる。同年日露戦争のため召集され中国各地を転戦し、のち「万朝報」の記者となる。『平和の日まで』（15年5月、佐藤出版部）、『屍の中より』（19年9月、大日本雄弁会）等の日露戦争文学は高く評価され、『歴史物語 江戸城』（12年5月、同文館）など歴史小説も多作した。少年少女小説『中江藤樹』（偉人伝文庫7、40年12月、大日本雄弁会講談社）は、〝近江聖人〟中江与右衛門（藤樹）の生涯を多くの逸話で飾った伝記。藤樹は高島郡小川村に生まれ、幼年から勤勉と修養に努めた。17年間暮らした伊予国から母のいる故郷に戻って、働きながら陽明学を独学して得た「致良知《りょうちをいたす》」などの教えにより、村人を徳育した経緯が書かれている。

（外村彰）

太田活太郎 おおた・かったろう

1913・10・5～1987・6・12。詩人、歌人。甲賀郡長野村（現甲賀市）に生まれる。本名神崎活太郎。滋賀師範学校本科第一部卒業。県内の各小、中学校の教員を経て、甲賀郡甲南第三小学校ほか、3校で校長となる。また、伴谷公民館、貴生川公民館等の短歌会の講師を委嘱される。1933年「詩歌」に入社し、前田夕暮、米田雄郎に師事。39年太田あいと結婚。43年に「詩歌」を退社するが、県文藝詩の部で「吾作の詩」が1等入選。短歌の部で1等入選。その後応召、中国北部に出征する。出征中も多くの詩や短歌を書き、帰還後も作歌活動は続く。53年に「好日」に入社。この年水口町の町制60周年を記念して「水口小唄」を作詞する（他にも県下の多くの校歌や町歌、各種会歌などを作詞）。58年に旺文社文学賞「短歌の部」受賞。59年、60年には角川短歌賞候補作となる。67年「詩歌」再発足と同時に入社。76年妻あい縦隔洞腫瘍のため死去。77年「好日」再入社。80年歌会始め詠進歌御題「桜」が入選し、1月10日の宮中歌会に参列する。生前交友のあった伊藤雪雄によれば、この頃が最も充実していた時であったと言う。87年3月腰痛（癌移転）のため水口病院へ入院。6月肝臓癌のため滋賀医科大学病院にて永眠。勲五等瑞褒章を受ける。89年5月、歌人としての願いであった1冊の歌集に纏め上げるという作業を、好日水口支社一同と伊藤雪雄、太田克美、竹永ゆき、塩澤智恵子らの協力のもと、『太田活太郎歌集』（89年5月、好日社）として出版される。

（渡邊浩史）

お

太田静子 おおた・しずこ

１９１３・８・18～１９８２・11・24。太宰治の小説『斜陽』（１９４７年12月、新潮社）の素材となった日記の筆者。滋賀県愛知郡愛知川町（現愛荘町）沓掛に、父守・母きさの四女として生まれる。姉３人、兄１人、弟２人、妹が１人いた。守は日露戦争時、陸軍軍医中尉として旅順戦に参加、帰還後、愛知川で医院を開く。愛知川小学校、愛知高等女学校を経て、実践女子専門学校家政科に進学。鳴海要吉の短歌雑誌の影響を受ける。34年口語歌集『衣装の冬』（短歌藝術社）刊行。父の死により、38年5月母きさは東京北洗足町に転居。この年、東芝に勤務する計良長雄と結婚する。しかし長女満里子の死などもあり、翌39年離婚して母とともに暮らす。この頃、弟通にすすられて太宰治の『道化の華』を読み感動する。41年9月、友人ら3人で三鷹の太宰を初めて訪ねる。43年10月静子一家は、神奈川県足柄下郡下曾我村に疎開、当初は城前寺境内の鐘楼脇に住み、しばらくして大雄山荘に移る。44年1月太宰が下曾我を訪れる。46年12月6日に母きさが死去し、孤独感から静子は太宰に手紙を出す。これを機に太宰との文通が再開する。47年2月21日から26日まで太宰が大雄山荘に滞在し、静子の日記を受け取る。この日記をもとに太宰は「斜陽」（「新潮」47年7月～10月）を執筆。この作品は「斜陽族」という流行語を生み、大ベストセラーとなった。この年の11月12日、太宰の娘で現在小説家として活躍している治子を出産。48年6月の太宰の死後、『斜陽日記』（48年10月、石狩書房）を刊行。その後は治子を育てつつ世に出ることなく生涯を終える。98年6月『斜陽日記〈小学館文庫〉』が刊行された。〈三月の夢／雲は琵琶湖を押しのける　丘陵の昼　夢が青空にのらぬ〉　（西尾宣明）

大谷句仏 おおたに・くぶつ

１８７５・２・27～１９４３・２・６。俳人。京都市生まれ。本名光演。別号春坡ほか。真宗大谷派管長、東本願寺法主。清沢満之に師事。１９０４年京都の俳誌「懸葵」を継承、のち主宰。風格のある句風で知られ、句集に『夢の跡』（35年4月、政経書院）、『我は我』（38年10月、書物展望社）、『句仏句集』（59年4月、読売新聞社）がある。大津市堅田本福寺に〈山茶花の落花に魂や埋れなん〉、虎姫町五村別院に〈札かすむ教如上人御建立〉の句碑建立。（外村彰）

大谷仁兵衛 おおたに・にへえ

１８６５（慶応1）・8・3～１９５６・10・21。出版人。高島郡三谷村大字椋川（現高島市今津町）に栗田長五郎の三男として生まれる。１８８０年京都の出版書店大谷家につとめ、後入籍、大谷仁兵衛となる。１８９３年京都で宮中の図書御用をつとめていた仁兵衛が帝国地方行政学会を創設。１９０２年東京の帝国地方行政学会を継承し、各種法令全書や道府県別令規集を編纂、発行することによって、今日の株式会社ぎょうせいの盛業を導くとともに、多くの会社を創立して出版界屈指の事業家となる。（梅本宣之）

大谷雅彦 おおたに・まさひこ

１９５８・９・27～。歌人。兵庫県氷上郡山南町（現丹波市）生まれ。１９７７年兵庫県立柏原高等学校卒業。81年立命館大学経営学部卒業。団体職員。74年柏原高等学校入学後より作歌を始め、76年、50首一挙応募の第22回「角川短歌賞」を受賞。「短歌人」同人。97年滋賀県草津市西大路町に移住。歌集『白き路』（95年5月、邑書林、３９７首所収）がある。〈春は近江安曇《あど》の水上別れきしあなたのために白き花咲く〉

（山本洋）

大渓元千代《おおたに・もとちよ》

1915・11・26〜1996・9・25。民俗学者、歌人。京都市に生まれる。1934年より専売局（現日本たばこ産業）京都工場勤務。72年滋賀民俗学会の「民俗文化」に「中野たばこと近江のきせる」を掲載。以後、約400年前に日本に伝わって以来度々の禁令を潜り抜けて栽培されてきたわが国のたばこ、とりわけ滋賀のたばこの歴史について研究を進め、葉たばこの耕作、刻みたばこの製造と販売、喫煙具（特に太閤秀吉が愛用したとして人気をはせた水口キセルについて）、たばこに関する絵画、工藝、行事、風俗などにも関心を持つ。たばこ関係の著述としては『近代たばこ考』（81年4月、サンブライト）『ちょっといっぷく―たばこの歴史と近江のたばこ』（95年3月、サンライズ印刷出版部）がある。また、歌人としても、やはりたばこに対する関心と長年たばこに関わって生きてきた自分自身の生活の中に取材した自選歌集『多葉粉』（73年8月、初音書房）がある。

（梅本宣之）

大谷羊太郎《おおたに・ようたろう》

1931・2・16〜。小説家。大阪府東大阪市生まれ。本名一夫。慶応義塾大学文学部中退。1951年から70年まで東京、大阪でスチールギターのギタリストや藝能マネージャーとして藝能界に身を置く。かたわら推理小説を書き、68年に前年度の江戸川乱歩賞候補作品「美談の報酬」を改稿した「死を運ぶギター」（「推理界」68年8月、後に「死を奏でるギター」と改題）を発表。70年『殺意の演奏』（70年8月、講談社）により第16回江戸川乱歩賞を受賞。71年から作家専業となり、東京都から浦和市に転居。滋賀県を舞台とする『瀬田の唐橋殺人事件』（94年6月、双葉社）、『奥琵琶湖羽衣殺人事件』（2000年7月、双葉社）ほか多数の本格ミステリー作品がある。近年は小説だけでなく自伝的人生論に関心を示し、執筆や講演を続けている。『生涯現役のすすめ―年齢を超える活力的生き方論』（2000年4月、双葉社）などがある。

＊奥琵琶湖羽衣殺人事件《おくびわこはごろもさつじんじけん》

長編小説。〔初版〕『奥琵琶湖羽衣殺人事件』2000年7月、双葉社。◇警視庁の八木沢庄一郎警部補が活躍するシリーズもののミステリー。夫との離婚問題に悩んでいた白井多摩子は、ある日夫の暴力をきっかけに無断で家を飛び出す。滋賀県の長浜が女性向きの観光ポイントであり、神秘の余呉湖があるという予備知識のあった彼女は琵琶湖へと向かう。余呉湖で吉原と名乗る男性と知り合いお互いに運命的なものを感じた2人は、夜の湖畔でデートの最中、女の死体を運ぶ男たちの姿を目撃し恐怖に震える。犯人の1人を知っているという吉原は、目撃者と名乗り出て秘密のデートが家庭に知られると困るので、身辺の問題が解決するまで見た事実を秘密にしてほしいと彼女に頼み、再会を約して別れる。その後、父の事故死、夫との離婚を経て旧姓の秋沢にもどった多摩子は、吉原との約束の期日が待ち切れず再度長浜や余呉湖を訪れ、旅先で八木沢警部補と顔見知りになる。前後して東京の高層マンションで男が墜死する事件が起こった。状況は自殺のようだが、墜死する直前に男が窓から垂らした「羽衣はきけん。近づくな。よしはら」という文字と、天女が舞い降りるような思わせ振りな死に方から、自殺と断定できない。事件の実況を伝えるテレビ画面に映った芦原という男の顔写真を見た多摩子は、吉原が芦原の仮名であることに気づく。羽衣は余呉湖にまつわる天女伝説であり、この単語が湖畔で目撃した死体運搬事件に関係することを直感した彼女は、芦原のダイイング・メッセージに秘められた真相の究明を八木沢に依頼する。警視庁と滋賀県警の共同捜査が開始されてまもなく、多摩子が自宅前で死体を発見する。それは以前に湖畔で目撃した女の死体と同じものだった。芦原の親友淡崎の証言や芦原の妻朝美への事情聴取から、死体の女と暴力金融尾坂興業とのつながり、芦原が以前から尾坂興業に脅されていた事実がわかるが、尾坂興業への脅迫事件を調べていた八木沢の鮮やかな推理によって、朝美が淡崎と共謀して夫を殺害した計画殺人の真相が暴かれる。尾坂興業が芦原を追っていた事実はなく、芦原は追手の幻影におびえて自殺したのである。弱い性格の人間による「予期不安の悪循環」がもたらした悲劇であるが、多摩子が芦原にひかれたのも彼の性格が愛する父と似ていたためで、そこに父の事故死の真相が示唆される心憎い作りになっている。（一條孝夫）

太田治子　おおた・はるこ

1947・11・12〜。小説家。神奈川県生まれ。父は太宰治、母は愛知川町（現愛荘町）出身の太田静子。明治学院大学英文科卒業。NHK日曜美術館の司会を長く務めた。母への鎮魂作『母の万年筆』（1984年9月、朝日新聞社）所収の随筆「近江紀行」は、母が亡くなった翌年3月の、初めての愛知川町旅行について述べている。坪田譲治文学賞受賞の『心映えの記』（85年2月、中央公論社）の「夜の電車」の章前後にも、母の郷里を再び12月に近江鉄道で訪れて、若い頃の母を回顧する場面がある。（外村彰）

太田水穂　おおた・みずほ

1876・12・9〜1955・1・1。歌人。長野県生まれ。本名貞一。長野師範学校（現信州大学）卒業。小学校教諭、松本高等女学校教諭を経て、1908年上京。翌09年結婚。この間に、00年松本で新派和歌同好会「この花会」を結成、02年2月、第1歌集『つゆ艸』刊行。05年3月久保田山百合（島木赤彦）と合著で第2歌集『山上湖上』発行。15年7月「潮音」創刊、3号から歌論「短歌立言」を連載。20年10月、芭蕉研究会（幸田露伴、和辻哲郎ら）を開始し、合評を「潮音」に連載、斎藤茂吉と論争する。48年日本藝術院会員。上記の他、『流鶯』（47年）など歌集8冊、研究書として『日本和歌史論』（中世篇49年、上代篇54年）、理想主義的歌論『短歌立言』（21年）、全集に『太田水穂全集』全10巻（57〜59年、近藤書店）などがある。滋賀県に因んだ歌は歌集『螺鈿』（40年）中の「近江」、『流鶯』中の「近江路」などにある。〈みづうみの四方をひろらにみわたして天御中主ここにおはしたり〉（『螺鈿』「近江」）、〈あさ妻の出洲のはる草小松ばら車をとめておりたち歩む〉〈朝妻の夢もしら浪のあとなきまでにあれ果てにける〉（『流鶯』「近江路」）（矢本浩司）

太田守松　おおた・もりまつ

1902・10・31〜1970・1・16。歌人。沖縄県那覇市生まれ。彦根市三番町のち南川瀬町居住。沖縄渡名喜島《となきじま》領主一族の長男。本姓渡名喜、1947年太田に改姓。25年神戸高等商業学校（現神戸大学）卒業。同年県立彦根商業学校、44年県立彦根女子商業学校（共に廃校となる）教諭。48年新制彦根市立西中学校校長に転出。28年窪田空穂主宰「十月会」に入会、門下の歌人植松寿樹《ひさき》に師事する。46年植松主宰の歌誌

「沃野」同人。日本キリスト教団彦根教会にて受洗。日本原水爆禁止彦根市協議会会長。『塔のかげり―太田守松遺歌集―』（71年12月、初音書房）はその作品2539首を所収。〈ほの暗く天守の壁に月照りて古《ふ》りたるものは寂しくもあるか〉（51年作）
（山本洋）

大西作平　おおにし・さくへい

1927・8・18～1969・3・7。詩人、文化活動家。坂田郡長浜町大字大手（現長浜市）生まれ。一時、啓晴《よしはる》と改名。筆名西三平。県立長浜商業学校在学中に乙種海軍飛行予科練習生試験に合格、1943年4月鳥取県美保航空隊に入隊。敗戦で帰郷。47年大阪無線講習所修了。同年逓信省大阪港湾局勤務。苛酷な業務のため結核を発病、50年ごろ紫香楽《しがらき》療養所に入所。療養中に予科練での体験を題材に短編小説「脱柵」を執筆、同人誌「駱駝」第2号（52年10月）に発表。52年1月から近江詩人会の「詩人学校」に詩を投稿し始める。彦根市に移っていた実家に帰り、52年5月市民文化サークル「熔岩」詩人集団を中川郁夫、猪野健治らと結成。松川事件、近江絹糸支援などの特集号を出し、江口渙、金達寿らを招いて講演会を開いたりした。54年には武田豊らと詩誌「鬼」を発刊（25号で退会）。60年胸部疾患が再発、岐阜市の国立療養所日野荘に入所。そこでも文筆活動をつづけ、短編小説「赤子《せきし》善吉」で岐阜市文芸祭賞を受賞した（68年2月）。68年8月大津市の滋賀病院に転院し、翌年死去。発表詩は「熔岩」に16編、「詩人学校」に24編、「鬼」に5編。他の小説に「反抗」（「熔岩」54年4月）がある。「人と人は／ザイルに結ばれて／冬に挑む／／まぶしすぎる／陽のなかでは／じっと立って／みつめねばならぬ」（「冬空に挑む岩」）。参考、近藤重郎編著『大西作平―作品と人間―』（99年8月、大西記念会）。
（山本洋）

大西幸　おおにし・みゆき

1936・5・30～。歌人。石部町（現湖南市）東寺《ひがしでら》生まれ。1955年県立草津高等学校卒業後、大丸京都店に勤務。在学中から三品千鶴に師事。55年以降「潮音」「辛夷」に発表した真率な生活詠を『通勤電車』（70年8月、私家版）にまとめて夫の一周忌に刊行、滋賀文学祭文藝出版賞を受賞した。ほかに『通勤電車―母と子のうた―』（75年11月、私家版）、『通勤電車―第三集―』（81年5月、私家版）がある。〈長寿寺の檜皮の屋根に桜花散り満ちてその枝赤き夕暮〉
（外村彰）

大西礼子　おおにし・れいこ

1930・4・1～。自分史作家。愛知郡稲村上岡部（現彦根市）生まれ。県立愛知高等女学校入学後、敗戦間近の1945年3月近江航空外町工場にて勤労動員を体験。「滋賀作家」同人の津吉平治に小説の書き方を習い、女学校時代の体験を元に「文子たちの戦争」を執筆。「父の背」「沖縄戦跡紀行」（短歌）を併せて『文子たちの戦争』（89年8月、サンライズ印刷出版部）を自費出版。また、〈滋賀県民戦争体験談集シリーズ〉の『記憶の湖第三巻戦争の中の青春』（98年8月、滋賀県）に、インタビュー記事をまとめた「待ちに待った学徒動員」が収載される。
（越前谷宏）

大野新　おおの・しん

1928・1・1～。詩人。旧朝鮮全羅北道群山府生まれ。本名新《あらた》。父の大野豊は東京出身で、当地に渡って写真業を営んでいた。1945年3月、5年制の群山中学校を卒業。同年11月遠縁を頼って野洲郡守山町（現守山市）に引き揚げ、滋賀県を本籍とする。同年度末旧制高知高等学校文科甲類に入学。在学中は文藝部に所属して「URNA」誌で詩や小説を試作。49年4月京都大学法学部に入学したが同年夏に遊泳中の野洲川で喀血、肺（腸）結核に罹り病臥。翌50年から55年まで甲賀郡雲井村（現甲賀市）の国立療養所紫香楽《しがらき》園で療養生活を送り、大学は除籍される。入所以来多くの死と際会しながら、自身も3度の開腹手術を受けるなど生死の境界に在る時を過ごし、生の懐胎する「死」の様相を凝視し続ける。佐藤佐太郎の主宰誌「歩道」に50年12月から53年4月まで短歌を投稿。歌人では中島栄一にも私淑したが、退園前から作歌を棄て詩作を再開、紫香楽園内の仲間と「Aramon」を発行し「詩学」誌に投稿を続けた。54年1月近江詩人会に入会。同会の詩話会テキスト「詩人学校」に詩や詩論を積極的に発表する。また同誌の編集印刷に携わるなど実務の中心（事務局担当）となって同会の継続発展に大きく寄与した。55年1月、武田豊主宰の季刊詩誌「鬼」同人となる（7号～55号）。同年の滋賀文学祭において、詩「死の背後から」が特選。私家版『黙契《もっけい》』（奥付なし、57年5月出稿）には、放送用詩劇である表題作や、近江詩人会の井上多喜三郎、武田豊、杉本長夫と嵯峨信之についての詩人論を収める。57年12月に井上多喜三郎の世話により京都の山《やま》前実治《さきさねはる》が経営する双林プリントに就職し、多数の詩書のタイプ、活版印刷にも従事する。58年3月長谷川安衛編集「I」同人（1号～5号）。

58年9月第1詩集『階段』（文童社）を発刊。その「あとがき」に「何年となく、私には生よりも死の方が親しかったので、死をたしかめなければ、生へでていく手がかりがないように思えた」とあるように、同書には身体に内在する病と死の思念がぬきさしがたく表出されている。所収作「その男がいつからそしていつ」にみられる「私のなかの陰湿な石階」を上る何者かは、そうした思念の象徴とみなされる。58年春京都で天野忠と会い、以後親しく交際。59年新谷京子と結婚。62年2月それまで京都の現代詩研究会に集まっていた河野仁昭、清水哲男、有馬敲、深田准と同人詩誌「ノッポとチビ」を創刊。72年1月の40号まで編集を担当。同誌は大野や清水のH氏賞受賞や33号の石原吉郎のノート掲載といった話題性、天野忠が連続寄稿者となるなど、充実した誌面によって詩壇から注目された。第2詩集『藁のひかり』（65年9月、文童社）からは内なる死の想念に客観的な距離をとろうとする姿勢が顕在化し、そうした成果として独特の暗喩による散文詩が挙げられる。「小康」「耳」「ひとり酔う」などは内臓感覚による倒錯した生の実感の希求を表現しており、「死について」は大野の内的風景を肉声で語っている。同書の「大野新ノオト」で中村光行は「死というプリズムを透して、思惟の姿勢を示す」この詩人の「仕事は、現実を否定することであり、先ず不毛の場をあらわにするにある」とし、それとパラレルである自己否定から得た面妖なまでの風景の荒廃の先に「毒気凄じい拒絶の精神」を見いだす。この頃塚本邦雄の短歌表現に影響を受け、中村光行らと鴉の会を作って66年2月「鴉」を発刊し、毎年全国の詩人と交流した。その後既刊の『階段』『藁のひかり』に未刊詩集「犬」を収めた『大野新詩集』（72年4月、永井出版企画）を刊行した大野は、「犬」において生理的かつ怜悧な比喩表現を駆使した独自の個性的詩法を深化させ、つづく第4詩集『家』（77年10月、永井出版企画）で、78年2月第28回H氏賞を受けた。血族との日常の暮らしを基底にし、身体感覚から抽出された生と死をめぐる実存のありかを探った詩的試みは高く評価され、同年3月には京都市藝術新人賞も受賞。同年日本現代詩人会会員となる。

　慧眼の論客としても知られる大野は、多くの詩集や詩誌で諸詩人の本質を鋭く論じている。それらの一部をまとめた評論集『沙漠の椅子』（77年6月、編集工房ノア）には筆者の敬愛していた石原吉郎、嵯峨信之や清水昶《あきら》、また天野忠をめぐる本格的な詩人論の他、青年期からの詩的活動の回想を収める。「関西文学」（70年3月〜72年10月）の「詩誌・詩集評」、「詩と思想」（72年10月〜73年9月）の「詩誌月評」、「現代詩手帖」（76年1月〜11月）の「詩書月評」も執筆。このほか近江詩人会や「鬼」等、滋賀の戦後詩人達の動向を記録する「近江文学百景―湖国の詩脈・続戦後編―」（「湖国と文化」87年10月〜88年7月）等も発表した。90〜98年には「滋賀民報」に県内で活躍する市井の人々との対談記事を連載、のち『人間慕情―滋賀の100人』（上96年9月、サンライズ印刷出版部。下2000年3月、サンライズ出版）にまとめて刊行している。1984年7月、それまでの詩業を収める『現代詩文庫81 大野新詩集』（思潮社）を出版。同書には81年の長男の事故死をめぐる深い哀惜をたたえた連作「Father to Son」「約束」「紅」等を収めた未刊詩編「続・家」のほか、信楽、石山を訪ねた折の随想「山里びと」「しじみ飯」等も併収されている。第5詩集『乾季のおわり』（93年11月、砂子屋書房）は過去の記憶への遡行と現在の自己の感慨を記述し、総じて詩人大野の人間的な魅力を伝える。個人との接触や詩書関係の記念会を機にして書かれた詩、また武田豊、水沼靖夫など物故した詩人への追悼詩も多い。このほか「湖西道」（「詩人学校」74年7月）、「夜明け」（「中日新聞」滋賀版、86年1月1日）、「水の頌」（「詩人学校」89年3月）は滋賀を描いた詩である。

　また大野は66年から滋賀文学祭選者となり、同年4月には京都勤労者学園「詩の講座」講師、83年7月以降は朝日カルチャーセンターの現代詩講座を担当するなど、後進詩人の発掘、育成にも尽くした。のち仏教大学、成安造形大学の講師も務めた。2001年11月に脳梗塞で入院したが、2002年からはそれまでも精神的支柱であった近江詩人会の代表を務めている。同会が発行したアンソロジー『滋賀詩集』（1957年8月）、『詩集詩人学校』（65年11月）、『近江詩人会40年』（90年7月）、『近江詩人会50年』（2000年12月）の編集にも深く関わった。天野忠や山前実治の詩集も編集している。特筆すべきは多くの詩集に解説文を寄せるなど詩友たちを篤く支援し、戦後の滋賀、京都詩壇における指導者的役割を担ってきたことである。大野の詩には情緒的な風土性は希薄で、社会性、思想性も抑制されている。内向的に自己とその周囲の生活圏に揺曳する存在の不安感と緊密に向き合い、倒錯する現代の生の意味を肉体の暗部の疲弊感覚を背景とする詩的世界に再構成するところに本領がある。なお『現代詩文庫81 大野新詩集』の巻末で青木はるみは「詩を暗喩で語ろうとし極度に詩のことばをそぎおとす」大野の詩の特徴に、「みずからの私性を一挙に抽象化しようとする願望」を見いだしている。このような詩法の堅固さには、青春期を死に脅かされながら過ごした原体験から照射される生への執着が通底しており、粘り強く自己の実存を凝視し、哀切な生の痛みを冷徹かつ繊細にたぐりよせようとする認識者の意志が潜在している。

＊大野新詩集《おおのしんししゅう》　詩集。〔初版〕『大野新詩集』72年4月、永井出版企画。◇第1、第2詩集を再録し、同時に未刊詩集「犬」を収録。各詩集を分冊にした特装本もある。『階段』で描出された現実への異和、虚無と倦怠は『藁のひかり』において冷徹な自己客観の度を強めている。大野の詩的技法の達成点を示す「犬」27編は3部に分けられ、「Ⅰ」には轢死した犬からの臓物や腐敗臭、また吐瀉物をなめ、身体に接触する死犬のイメージが描かれる。詩「耳なり」で「いかなるふるさとも／いかなる身よりもなくふりむく／海の犬よ」と呼びかけられる犬は、内面にあって自己の世界への疎外感を体現する詩人の精神の陰画とみられる。「Ⅱ」では「遠方」など絵画や死、夜や眠り等から触発された幻影をあらためて思惟的に把捉する詩がまとめられ、「Ⅲ」では「室内」など皮膚感覚の不快さや身の回りで感得する死の匂いをモティーフにした詩を収めている。

＊家《いえ》　詩集。〔初版〕『家』77年10月、永井出版企画。◇「詩人学校」等に発表した19編を収録。病身を抱える自己と日々接する家族への多様な心象を描く。亡母の魂を指の爪から新築中の家に招じる「母」、酔態で帰宅した折に家族の食事の光景が縁下の地層の怪物へと転位する「家の崩潰」、また「まずしい書斎の／とがった椅子につきささるようにすわると／わたしの股間から生きた蛇が脱けていく。」「死者の手の炙りで反った紙の／断崖を／脳の熟柿が／照らしている。」といった逼塞感をパリの空想に解き放とうとする「とがった椅子」も秀作。「みしらぬ人間になっていく」思春期の息子との距離感にあがく「子の喩法」「見しらぬ挨拶」、酔後の意識の作用を記した「after dark」「窓―醒ケ井養鱒場で」、病床の父を描いた「添寝」、二人称的、戯画的な記述により病院での検査の様を叙す「暗室」等、幻想的な暗喩による諸作の基底には生活人大野の不安の息遣いと現実の慰藉への希求が存する。

＊乾季のおわり《かんきのおわり》　詩集。〔初版〕『乾季のおわり』93年11月、砂子屋書房。◇「詩人学校」等に発表の32編を収載。4部に分かれる。少年時代や療養生活前後の記憶と現在の体験を去来する精神風景を伝える。暗喩による幻想や内臓的感覚の手法によって現実を異化させた諸詩には内的風景の荒廃も垣間見えるが、その様相は詩的に洗練され、かつての戦慄的な怯えをより穏やかに表現している。「引揚者」「発光」「密会」などにみられる明澄な詩心には自己客観の徹底による諧謔味もうかがえ、よく練られた簡素な詩語が深い精神性を映す。後半に多く収められた追悼詩はそれぞれ作者の批評眼に裏打ちされて、親しかった人々の人間像を活写する。琵琶湖ホテルや遊覧船ミシガンに言及しつつ湖面を酔眼で望見する「雷雨のあと」も収載。長い人生歴、詩歴を経た作者の柔和な人間味も表出されており、長い詩業の総決算的意味合いを持つ。

（外村彰）

大野せいあ《おおの・せいあ》

1930・10・19～。俳人。滋賀県に生まれる。長浜市三ツ矢元町で印刷業を営む。本名道男。1961年橋本鶏二に師事し、俳句を始める。65年「年輪」同人。73年「河」同人。81年「花雁句会」を設立し主宰する。〈野火芦火相聞のごと水へだつ〉〈鳥ほそく文月の稲葉鳴りやすし〉

（浦西和彦）

大野林火《おおの・りんか》

1904・3・25～1982・8・21。俳人。横浜市生まれ。本名正《まさし》。1921年臼

田亜浪に師事し「石楠」に入会。27年東京帝国大学経済学部卒業。戦後まで教職にあり、46年「濱」を主宰した。句集は11冊で、清新で洗練された抒情的な感覚美を詠む作が多い。59年の第1回「濱」関西吟行会での大津来泊後、滋賀を頻繁に訪ね、第7句集『雪華《せっか》』（65年11月、牧羊社）の比叡、大津市堅田での17句から当地の風土を材とした句が増えた。『飛花集』（74年3月、東京美術）には73年8月に草津市山田の〝青花摘み〟を詠み新季語とした〈近江野に青ぱつちりと青花摘〉等10句を収める。『方円集』（79年3月、角川書店）の余呉湖での作〈透くばかり雪嶺《せつれい》いまは天のもの〉等や『月魄《げっぱく》集』（83年3月、濱発行所）の石塔寺、大池寺他での作も秀句。「私の俳句歳時記」（『行雲流水』79年1月、明治書院）の「青花紙」「月」には草津、堅田の叙述もみられる。『大野林火全集』全8巻（93年5月～94年11月、梅里書房）がある。

（外村彰）

大橋桜坡子 おおはし・おうはし

1895・6・29～1971・10・31。俳人。伊香郡木之本町に生糸商の父茂八・母はつのの五男として生まれる。本名英次。1903年木之本小学校に入学。04年9月長兄が朝日新聞取次販売業をはじめ、一家は坂田郡長浜町（現長浜市）に転居。長浜尋常高等小学校に転学。家業の新聞販売を手伝いつつ09年長浜実業補修学校に入学、次いで11年敦賀商業学校本科1年に編入学。13年秋より旧派紫雲亭藤月宗匠を師として句作をはじめる。14年敦賀商業学校卒業後、同年5月より大阪の住友電線製造所に勤務。この年の8月父死去。16年9月より、「ホトトギス」「大毎俳壇」「国民俳句」、青木月斗主宰「カラタチ」、渡辺水巴主宰の「曲水」等に投句をはじめ、職場では句会其蜩会を結成する。同年「ホトトギス」12月号に〈墓参すんで山下りくるや僧先に〉の句が初入選する。17年1月30日久保田九品太の招きで出席した堺での句会より、野村泊月の指導を受ける。同じく堺での2月10日の高浜虚子の歓迎句会で虚子の知遇を得、以後終生虚子を師と仰ぎ、関西の「ホトトギス」俳壇を担った。3月25日、野村泊月を中心に友人越場皓火、岩崎秋灯、桝岡泊露らと共に、大阪におけるホトトギス派による淀川俳句会を創立。同年6月より翌18年1月まで関西の純ホトトギス派の俳誌「みつやま」を刊行、その後を承け18年12月より20年1月まで「春夏秋冬」を刊行。また17年8月、大阪高麗橋の千代田生命に勤める荒賀粥味、丹治蕪人ら6名による句会六葉会を発足させ、その指導にあたる。この年5月、兄の商売の失敗により長浜の実家が倒産し家族は離散する。18年弁護士を目指して関西大学法科専門部に籍を置き、以後1年半夜間に学ぶ。

19年4月淀川俳句会主催の宇治から石山にかけての吟行において、〈湖見ゆるまで上り来ぬさくら狩〉の句を詠む。20年より母を呼び寄せ大阪江の子島に住む。家には住友社員皆吉爽雨、田村宵車等が下宿し、九品太、平峠蛍泣をはじめ多くの俳人が参集して盛んに句会を催した。同年江の子島の住居を発行所として淀川俳句会より小俳誌「踏青」（虚子句〈葛城の神臠はせ青き踏む〉による）を21年10月まで7号発刊。翌21年12月母と西島町に転居。22年9月赤痢により40余日住友病院に入院したが、この間にホトトギス系新俳誌創刊の動きがおこり、「踏青」は終刊となる。虚子の巻頭文を掲げた新俳誌「山茶花」（雑詠選者泊月の庭花より命名）同人となる。23年3月敦賀出身の池見とくと結婚。24年4月長女敦子出生。同年作〈ふるさとの山々晴れし墓参かな〉。「山茶花」25年12月号より日野草城と共に合評会に加わる。26年4月次女朋子出生。27年夏、前年住友に入社した山口誓子の他、阿波野青畝、後藤夜半らと無名会を興し句作に励む。28年12月三女淑子出生。30年周防下松にて「時雨」創刊、雑詠選者となる。32年四女晴子出生。全国の俳句会に精力的に出席。「ホトトギス」同人となる。34年海底線工場に転勤、住居を小橋西之町に移す。35年5月本工場勤務に復帰し、7月大阪府中河内郡長瀬村（現東大阪市）に転居。同月敦賀より俳誌「気比」が発刊され、雑詠の選者となる。38年1月急性盲腸炎の手術を受ける。5月句集『雨月』（山茶花発行所内句集『雨月』刊行会）を虚子の序文を得て刊行。8月大阪千里山に新居を購入。39年10月15日比叡山本坊貴賓室での日本探勝会出席、琵琶湖ホテルに1泊し〈秋の灯の動くは膳所へ去ぬ船か〉〈膳所かとよ秋の灯のやや乏しきは〉〈みづうみの岬の秋の灯はあはれ〉他1首を詠む。40年4月母病歿。41年琵琶湖にて〈鴨とびてさびしき湖のみなとかな〉を詠む。44年9月東京の航空工業会に転勤のため家族は疎開。45年8月終戦と同時に住友電気工業の伊丹製作所勤務となり、翌46年5月疎開地から引き揚げた家族と社宅に暮らす。47年12月名古屋製作所に転勤。49年名古屋在住の二村蘭秋の勧めで「雨月」を創刊。50年住友電工を定年退職し、名古屋市の駈上町に転居。52年句集『引鶴』（雨月発行所）刊行。54年5月千里山に帰る。

56年11月大阪の謡会の帰途、軽い脳溢血となり安静のまま越年。「雨月」の56年2月号より61年8月号までに「大阪俳壇回顧」を連載。翌57年作〈鳥雲に水の近江を故郷とし〉（現在、伊香郡余呉湖ビジターセンターに句碑）、58年作〈わがふるさと妻がふるさと誘蛾灯〉。59年作〈一碧の竹生島あり桑を摘む〉、同年師高浜虚子の死に遭遇。61年産土神の意富布良神社境内に〈雪やがて来む峯々のすがたなり〉の句碑が建立される。65年作〈門火焚くふるさと人の吾を知らず〉〈ふるさとの一墓一句碑盆の月〉。同年、賤ケ岳より余呉湖、琵琶湖を望んでの句〈秋風や色を違へて湖二つ〉を詠む。66年故郷に一家一族と共に墓参〈墓のあるかぎりふるさと盆の月〉、67年作〈枯芦や湖賊ありしはこのあたり〉。69年12月疲労を訴え臥床につくことが多くなる。71年作〈子に遺すものは家書のみ秋の風〉。同年10月、肺炎のため永眠。長女の敦子「雨月」を引き継ぐ。73年10月遺句集『野牡丹』（雨月発行所）、76年10月『大橋桜坡子全句集』（雨月発行所）刊行。86年4月和泉書院より『大正の大阪俳壇』として、「雨月」に連載した「大阪俳壇回顧」を出版。虚子を師としホトトギスを宗とする「所謂花鳥諷詠派」（随筆『双千鳥』「あとがき」59年1月）を自認し、「写生」に徹するにおいて、対象を「凝視」し神髄を見抜く修業を積むこと、作り物でなく作者のすがたの表れる句作を心懸けることを唱えた。定年退職まで住友工業に勤める中、皆吉爽雨、山口誓子等住友俳句会の中心となって切磋琢磨し後進を指導した。母をはじめとする肉親と故郷伊香郡に対する情愛は深く、「わがふるさと」の情景を詠む繊細な写生においても、それはしみじみとした感慨のうちに湛えられている。（渡邊ルリ）

大橋宵火 おおはし・しょうか

1908・12・1～2002・9・25。俳人。伊香郡木之本町木之本生まれ。本名信次。1923年から大阪の住友銀行に勤務、叔父大橋桜坡子《おうはし》の導きで句作を始め「ホトトギス」に参加。27年成器商業学校夜間部卒業。翌年「山茶花」発行事務に当たり、

36～44年まで編集同人。皆吉爽雨《みなよしそうう》主宰「雪解《ゆきげ》」、大橋桜坡子主宰「雨月」の同人としても活躍し、63年「ホトトギス」同人となる。山口誓子や野村泊月、阿波野青畝など多数の俳人と知遇を得た。関西俳壇の回顧談「大橋宵火氏に聞く」（「雨月」２０００年10月～２００２年6月）もある。しばしば帰郷や吟行のため近江を訪れ、１９９６年には大阪府箕面市から近江八幡市に転住して約4年間生活した。写実を重んじた品格の高い句風には透徹した作者の境涯が投影。妻とも江、兄姉妹との合同句集『円《まどか》』（71年4月、雨月発行所）〈望郷、母を思ふ／茎漬の水縦横に氷りけり〉と、妻との合同句集『古壷《ここ》新酒』（96年1月、雨月発行所）〈鰯雲刻々殖えてふるさとぞ〉がある。

（外村彰）

大堀鶴侶 おおぼり・かくりょ

１９１８・５・18～。俳人。滋賀県生まれ。彦根市大堀町在住。本名栄一。１９５６年「雨月」入会、大橋桜坡子に師事。58年「雨月」同人。97年「雨月」同人会副会長。〈御遷座の仏をはこぶ雪の中〉

（山本洋）

大峯あきら おおみね・あきら

１９２９・７・１～。哲学者、宗教学者、俳人。奈良県吉野郡生まれ。本名は顕。１９５３年京都大学文学部宗教学科卒業。59年京都大学大学院文学研究科博士課程修了。文学博士（京都大学）。59年京都大学文学部助手。66年大阪外国語大学助教授、73年教授、80年大阪大学教授。のち龍谷大学教授。フィヒテやドイツ神秘主義に関する哲学研究、さらに親鸞、蓮如に関する真宗学、仏教に関する啓蒙と並行して、作句活動を続けて来た。俳句は「青」同人を経て、84年「晨」を創刊し、発行同人となる。「毎日新聞」の毎日俳壇選者。著書に『花月の思想―東西思想の対話のために』（89年3月、晃洋書房）、『親鸞のコスモロジー』（90年11月、法蔵館）などがある。句集に『紺碧の鐘』（76年4月、牧羊社）、『鳥道』（81年3月、卯辰山文庫）、『月読』（85年2月）、『吉野』（90年3月、角川書店）、『大峯あきら句集』（94年1月、ふらんす堂）、『夏の峠』（97年5月、花神社）、『宇宙塵』（２００１年10月、ふらんす堂）など。滋賀を詠んだものに〈鳰の水の青さも婚後なる〉（『紺碧の鐘』）、〈渡岸寺観音立たす旱かな〉〈みづうみに盆来る老の胸乳かな〉〈柊をさして堅田のまくらがり〉〈黒い南風のやがて白南風長命寺〉（『鳥道』）、〈余呉人に月の出おそき氷柱かな〉〈遅き日の竹生島より戻りたる〉〈蓮如忌や渺渺として湖賊の血〉〈恋猫にまつくらがりの浮御堂〉〈いくたびも伊吹の北に湧く小鳥〉（『月読』）などがある。

（北川秋雄）

大村希以子 おおむら・きいこ

生年月日未詳。随筆家、小説家。長浜市神前町居住。戦前から峰専治と面識があり、峰が胃の手術をした１９４０年7月、名古屋の鉄道病院に見舞いに行った。47年以降に東浅井郡びわ町（現長浜市）居住の峰が主宰した創作グループにはいり指導をうけた（峰は55年9月死去）。80年ごろ滋賀作家クラブに入会、機関誌「滋賀作家」の30号（83年3月）から、35号、38号、40号、41号、42号、45号（88年3月）まで、峰が執筆し中絶した長編小説「竹生島」の創作背景や、びわ町津ノ里の来迎院での生活ぶりを回想した随筆を発表した。

（山本洋）

大和田建樹 おおわだ・たけき

１８５７（安政４）・４・29～１９１０・10・１。国文学者、歌人。伊予国（現愛媛県）宇和島生まれ。東京大学古典講習科の

講師を経て、東京高等師範学校教授。1900年5月『地理教育鉄道唱歌第一集』（三木書店）を刊行、ベストセラーになる。その37節から44節にかけて米原から逢坂山までを歌う。他に『日本歴史譚第十九編桜田門外』（1889年4月、博文館）。『大和田建樹歌集』（1911年11月、待宵会）に〈賤が岳賤の乙女もそれとしる弓矢の名こそ朽ちせざりけれ〉がある。（越前谷宏）

陸木静 おかぎ・しずか

1915・3・28～2004・6・25。詩人。東浅井郡浅井町（現長浜市）生まれ。本名得静《とくじょう》。大谷大学専修科卒業後、浅井町の宗元寺住職となり県職員を勤める。のち大津市に転住。1932年4月～36年11月、武田豊らと「芦笛」（のち「白汀」）に参加。36年4月、鈴木十良三《とらぞう》（寅蔵）他と近江新詩人クラブ（のち近江詩人クラブ）を結成し同年12月に『一九三六年年刊選集』（近江新詩人倶楽部）、41年12月には『近江詩人』（みづうみ詩社）を編集刊行。この間「近江詩人」「詩研究」「樗林」、43年「滋賀詩壇」同人。47年7月、井上多喜三郎らと近江詩人協会（のち滋賀県詩人会）を結成し「朱扇《しゅせん》」を発刊（～49年7月）。49年武田と長浜詩話会を発足。50年8月、田中克己ほかと近江詩人会の創立時の会員となった。一貫して誠実な眼差しから生活の実相をとらえる詩風。なお「湖国の詩脈―戦前の近代詩―」（「湖国と文化」81年7月～82年10月）は昭和初年から20年代の県詩壇の動向を記録する貴重な回顧録である。（外村彰）

岡崎進一朗 おかざき・しんいちろう

1923・7・24～。俳人。長浜市東上坂《ひがしこうざか》に養蚕技師山田伊三五朗《いさごろう》の次男として生まれる。1943年清水市の重砲兵学校で学び、西宮の連隊に配属。陸軍少尉として復員。49年関西大学法学部を卒業し、滋賀県庁に就職。62年「花藻」入門。65年金子兜太の「海程」に入会、同人となる。87年社会保険センターの俳句講座の講師となり、90年「龍鼻」を創刊、主宰する。伝統を踏まえつつ、自由に発想し、前衛的な手法を好んで取り入れている。〈蟻かつぐ匂い袋に酔うもあり〉〈生国の奥はどしゃぶり穴惑い〉など。また反骨卑俗の士らしく〈三猿の不思議な国の終戦日〉（坂本西教寺）の句もある。俳壇への貢献として、98年第10回全国健康福祉祭（厚生省主催）が滋賀県で開催された時、俳句部門の新設を進言して採用され、以後全国規模で開催される契機を作ったことがある。県文学会理事、膳所俳句連盟会長として俳句の振興に努めている。（大田正紀）

岡星明 おか・せいめい

1912・11・26～2000・8・22。俳人。東浅井郡浅井町三田（現長浜市三田町）生まれ。本名正明。1927年湯田《ゆた》尋常高等小学校高等科卒業。29年短歌を作り始め、青山霞村主宰「カラスキ」、のち斎藤瀏主宰「短歌人」の同人となる。35年短歌誌「波」を浅井白葉と共宰（～39年）。戦後は句作を志し48年「雲母」、54年「天狼」所属。70年「雲母」復帰後、72年俳誌「青樹」入会。74年1月同人となり、同年6月には「青湖」を主宰。創刊の辞に「俳人の眼は常に澄んでいなければならぬ」と書いたように、自らの生活、また心情を澄明の句境に高めた。俳人協会会員。句集に『男坂』（81年8月、青樹社）〈泛くものがありて息づく梅雨の湖〉、『北淡海』（93年11月、青湖俳句会）〈雪しまくさだめのままに北淡海〉。ほかに合同句集『湖北路』（74年8月、私家版）や、「青湖」選句の観賞文に加筆した『湖ぐにの俳句―鑑賞―』（89年11月、青湖俳句会）、『湖ぐにの俳句―その後の鑑賞―』（98年11月、青湖俳句会）もある。
（外村彰）

岡田魯人 おかだ・ろじん

1840（天保11）・月日未詳～1905・4・8。俳人。近江国蒲生郡岡山村に生まれる。本名存修。別号魯台、梅下庵、泊船居、椿杖斎、種々庵宗碩。明治維新後、兵部省に務め、糾問使、陸軍省軍務局理事、軍務局大録事を歴任。俳諧は芝人、寛陽に学ぶ。1885年九州に俳諧行脚した。1894年大津に赴き、義仲寺無名庵に幹事として入庵し、粟津芭蕉翁本廟（無名庵）14世を継承した。1895年義仲忌、兼平忌を復興、散逸していた義仲寺関係の宝物収集に努めた。
（浦西和彦）

岡橙里（稲里） おか・とうり

1879・5・19～1916・11・14。歌人。蒲生郡鎌掛《かいがけ》村（現日野町）に生まれる。本名は忠太郎。村立尋常小学校から日野町の高等小学校に進学。卒業後、家業の醤油醸造業を継ぐ。一時京都に出て国語漢文、英語を学ぶ。1896年春、下野佐野町（現栃木県佐野市）の支店への出張の帰途、神田区淡路町（現千代田区神田淡路町）に金子薫園を訪れ、最初の門下生となり、私淑。「新声」「新潮」に投稿。1909年糖尿病を発病し療養につとめる。10年刊の『朝夕』（短歌研究会）には、静かな田舎暮らしの日記の静謐さがある。〈山の風かならずきたり草を吹く、わが朝夕《あさゆふ》のこころのゆらぎ〉。13年刊の『早春』（東雲堂）には、病床の孤寂の憂いが漂う。〈このさとにひとりもわれを知《し》る人《ひと》のなきが淋《さび》しく又《また》うらやすし〉。14年美術店平安書房を祇園に開店するが、持病がもとで郷里で死去。19年『橙里全集』（短歌研究会）刊行。
（大田正紀）

岡野弘彦 おかの・ひろひこ

1924・7・7～。歌人、国文学者。三重県一志郡八幡村（現美杉村）の神主家に生まれる。1948年国学院大学卒業。47年から折口信夫家に住み、その歿年まで身辺の世話をする。折口の影響で作歌に励み、「地中海」を経て73年「人」を創刊。第1歌集『冬の家族』（67年10月、角川書店）で現代歌人協会賞受賞、68年現代歌人協会理事になる。『滄浪歌』（72年9月、角川書店）で第7回迢空賞、『海のまほろば』（78年9月、牧羊社）で藝術選奨文部大臣賞受賞。79年歌会始め選者、83年宮内庁御用掛。『天の鶴群』（87年10月、不識書店）で読売文学賞受賞、88年紫綬褒章、98年勲三等瑞宝章。同年藝術院賞を受け、日本藝術院会員となる。『バグダッド燃ゆ』（2006年7月、砂子屋書房）までの全業績により現代短歌大賞を受賞。1993年に国学院大学名誉教授、95年国学院大学栃木短期大学学長。『折口信夫伝―その思想と学問―』（2000年9月、中央公論新社）などの折口信夫研究や、『折口信夫全集』全32巻（1954年10月～59年5月、中央公論社。新版全41巻、95年2月～、中央公論新社）の編集など、折口民俗学を継承し、民俗学研究にも大きな業績を残している。

＊異類界消息《いるいかいしょうそく》 歌集。〔初収〕『現代短歌全集61』90年4月、短歌新聞社。◇戦時体験や学生運動といった体験に基づいた作品とともに、民俗学の造詣の深さに基づいた作品にも定評がある。中でもこの「異類界消息」は、歌集名を「心の習いで、胸中常に異類の世界にあこがれを寄せ、彼の土の霊物たちと思いを交わしあっている」（「あとがき」）ことからつけたように、現実（現在）には存在しないものを感知し、歌に

している。「近江歌」という節において、〈たそがれて影おぼろなる雪の野に父がわれを呼ぶ幼な名によぶ〉とあるように、幻影の中の「父」が、初老の歌人を「幼な名」で呼びかけてくるという、現実の風景と歌人の記憶が錯綜とした世界を描き出すことに成功していると言える。この他にも、〈遠き世の渡来の民のごとく来てふぶく夕べの道にたたずむ〉といった古《いにしえ》の「渡来の民」を忍びながら、その彷徨の姿を自らに重ねる歌など14首が、この節に纏められている。（東口昌央）

岡部伊都子《おかべ・いつこ》

1923・3・6～2008・4・29。随筆家。大阪市西区に生まれる。京都市在住。相愛女学校2年生の時肺結核にかかり中退。以後病気療養に入る。1945年3月の空襲で自宅が炎上。すぐ上の兄と婚約者木村邦夫が相次いで戦死。46年結婚。51年、17歳から23歳までの感想を綴った『紅しぼり』を藤本伊都子名で、鉄道弘済会印刷部より私家版として出版（76年7月、創元社より復刊）。53年離婚、54年より文筆活動に入る。毎日放送ラジオ「四百字の言葉」の台本をまとめた『おむすびの味』（61年5月、創元社）を刊行。以後、関西を中心に歴史、仏像、寺社、陶器、織物などをめぐる紀行文、日々の暮らしをとらえた随筆で多くの読者を得る。また、沖縄や戦争など社会問題にも活発に発言している。著書は100冊余。『岡部伊都子集1～5』（96年4月～8月、岩波書店）、『加茂川日記』（2002年1月、藤原書店）などにまとめられている。

＊観光バスの行かない……埋もれた古寺《かんこうばすのいかない……うずもれたこじ》　随筆。〔初出〕「藝術新潮」60年1月～61年12月。〔初収〕『観光バスの行かない……埋もれた古寺』1962年6月、新潮社。◇後書き「観光バス群にうずめられる寺でらの様子を眺め、慨嘆のあまり」に編集者が思いついたタイトルに合わせて「勝手に巡礼」したとある。関西を中心とした古寺の紀行文であるが、最終章に「眉高き十一面観音〈渡岸寺〉」が所収されている。全国に7体ある国宝十一面観音のうちの1つ、伊香郡高月町の渡岸寺《どうがんじ》の観音像を訪ねた感想。「まことに、けざやかな眉を高くあげた美女」「いかにも貞観時代の豊麗さ」と賞賛し、いたんだ光背にも「ない方が、よほどその美しさを純粋に味わえる」と語る。無住であった寺を高月町が管理しているが、そのありかたの素朴な心尽くしにも感心し、寺を後にしている。

＊「湖東三山」シリーズ古寺巡礼近江6《ことうさんざんしりーずこじじゅんれいおうみろく》　写真集。〔初版〕『「湖東三山」シリーズ古寺巡礼近江6』80年10月、淡交社。◇縦27㎝、159ページの写真集。冒頭のエッセイを担当。西明寺、金剛輪寺、百済寺の湖東三山を巡った紀行文。百済寺では、大型トラックの入らない中「あしかけ四年、延べ一万人の人手を費やして」江戸中期からの庭園をさらに創作を凝らして作り上げた老庭師が、その完成と同時になくなったという庭園、本坊の金銅弥勒半跏像、さらに信楽焼きの壺「うずくまる」を鑑賞する。また、金剛輪寺の次男坊であり、百済寺住職浜中光哲にとって甥にあたり、早世した浜中信久の絵に心惹かれる。金剛輪寺でも、名もない花に心を留め、木造十一面観音を鑑賞。庭園の説明書きがその浜中信久であることに気付き、その表記に人柄をしのぶ。西明寺では国宝の本堂と三重塔、重要文化財の二天門を、巨勢金岡の作と伝えられるが、「幾人もの人びとの合作か」と眺める。三山の美しさを、朝鮮半島との深い関わりなど、その歴史的背景を明らかにしつつ伝えているが、寺に関わ

った有名、無名の人びとに対する目をもって描き、また文章の末尾では琵琶湖の「おそるべき汚濁」に、「いのち水」をおろそかにする世情に一言加えている視点が、いかにも作者らしい。「百済寺の歴史と信仰」と題する歴史解説を百済寺住職の浜中が担当している。

＊野の寺　花の寺《ののてら はなのてら》　随筆。〔初出〕「藝術新潮」78年1月～79年12月。〔初収〕『野の寺　花の寺』81年8月、新潮社。◇60～61年の『観光バスの行かない……』の後、「藝術新潮」に21年間続いたシリーズが79年「新・観光バスの行かない……」で終了したのを受け、そのうち18回分を収録した単行本。初期と異なり、東北、関東、北陸の古寺も収められている。滋賀は「阿星山《あしょうざん》仏教圏——近江、常楽寺《じょうらくじ》、長寿寺《ちょうじゅじ》」が収められている。「どういうわけで、聖武天皇は「近江国甲賀郡紫香楽《しがらき》村」に心惹かれたのであろうか」という書き出しから、著者は現世の動乱によって静寂の山岳仏教に傾倒したのかもしれないと、この古寺の静けさを特筆している。西寺の常楽寺、東寺の長寿寺ともかつては五千坊あったという阿星山仏教圏の寺である常楽寺の千手観音は秘仏であるが「びっくりする程」美しい、との住職夫人の話を聞き、納められた厨子の美しさにも息を呑む。長寿寺では弁天堂、50年に一度開扉される秘仏子安地蔵像のほか、収蔵殿に納められた阿弥陀坐像が第二次世界大戦後進駐軍によって大津へ移動させられた折、赤痢、疫痢が流行し、「檀家六十軒全部から隔離患者がでた」という逸話を聞く。収蔵殿には「節分に撒かれた豆が、まだ散ったまま。微笑ましかった。」と日常に深く馴染んだ信仰にも目をとめている。最終部で、テレビで見た「人民寺院」のニュースや「原子力発電所の故障による放射能漏れ」などの出来事を思い、「生きたいと思ういとなみが、すべて死と重なってゆく実感」と、目の前の素朴な信仰の営みとの差異を書きとめている。（小川直美）

岡本一平　おかもと・いっぺい

1886・6・11～1948・10・11。漫画家、画家。北海道函館市生まれ。1910年東京美術学校西洋画科選科卒業。和田英作に師事。同年大貫《おおぬき》カノ（岡本かの子）と結婚。長男の太郎は画家。12年朝日新聞社入社。独自の諷刺漫画や漫文で一世を風靡した。仏教に通じ、2度の世界周遊も経験。著作に『へぼ胡瓜』（21年5月、大日本雄弁会）、『紙上世界一周漫画漫遊』（24年10月、実業之日本社）、『かの子の記』（42年11月、小学館）等。小説に「かげろふ一休」（「苦楽」48年9月）他。取材旅行で大正期に滋賀を訪れ「近江八景」（「朝日新聞」16年9月27日～10月4日）等を発表。近江の街道筋も記した「今の東海道五十三次」（「朝日新聞」21年5月16日～6月24日）も連載。昭和10年代は妻の小説執筆に助力。晩年は句作に熱中し『一平漫俳句集』（50年7月、金銀書房）を刊行した。『一平全集』全15巻（29年6月～30年8月、先進社。91年12月、大空社版増補5巻）がある。

＊琵琶湖めぐり《びわこめぐり》　紀行文。〔初出〕「朝日新聞」18年6月25日～7月12日〔初収〕『一平全集第9巻』29年8月、先進社。◇3日間にわたり県知事の案内で新聞記者や巌谷小波、田山花袋らと旅行した琵琶湖近辺を記す漫画漫文。石山寺の岩石に源氏の間や蓮如ゆかりの観音、南郷の洗堰を見物し、観光船で坂本に移動後、着甲式の行われていた日吉《ひえ》神社から高穴穂宮趾を経て自動車で唐崎の松の景色を眺め、三井寺にある弁慶の汁鍋、近くの両願寺で源兵衛の髑髏のいわれを見聞。翌日は竹生島丸に乗船し、琵琶湖独特の魞《えり》漁をみて、近江舞子に寄っ

てハス網に驚き、鯉料理を食べた後、竹生島に参拝。長浜で曳山祭の山車《だし》と大通寺を、そして彦根城と多賀大社、さらに安土城趾を訪ねた一行は、大津で知事の慰労会を催した。しかし筆者は度々の川魚料理にはうんざりするのであった。印象的な挿絵と諧謔をこめた観察眼が光る琵琶湖周遊記である。大津市堅田浮御堂の湖岸に同作の文学碑がある　（外村彰）

岡本かの子　おかもと・かのこ

1889・3・1〜1939・2・18。歌人、小説家、仏教研究家。東京市生まれ。旧姓大貫《おおぬき》。本名カノ。夫は岡本一平、長男は画家の岡本太郎。1907年跡見女学校中退。「明星」系の歌人として活躍、のち自己の危機から辿りついた仏教哲学に通ずる。21年東海道旅行。29年の欧米旅行を境に「老妓抄」（「中央公論」38年11月）や『生々流転』（40年2月、改造社）等、生命の華やぎを物語る名作を量産した。小説「金魚撩乱」（「中央公論」37年10月）の中間部には主人公復一が大津市の「水産試験所」（京都帝国大学臨湖実験所がモデル）で4年間金魚を研究する日々が描かれ、「東海道五十三次」（「新日本」38年8月）では鈴鹿峠から草津にいたる旅程の場面を描出。また『わが最終歌集』（29年12月、改造社）には〈近江のや琵琶湖に沿へる街にして昔ながらの白壁ひかる〉等も収載。随筆「早春」（『池に向ひて』40年11月、古今書院）には38年の石山寺参詣と琵琶湖周遊が叙される。『岡本かの子全集』全18巻（74年3月〜78年3月、冬樹社）がある。

＊取返し物語《とりかえしものがたり》　戯曲。〔初出〕「大法輪」34年11月〔全集〕『岡本かの子全集第1巻』74年9月、冬樹社。「前がき」には作者が昔「比叡の山登りして坂本へ下り」、麓の寺で「源兵衛の髑髏《どくろ》」を実見したとある。室町末期、浄土真宗8代法主蓮如は法難に屈せず山科に御影堂を建てたが、安置すべき開祖親鸞の御影像は三井寺に預けたままであった。同寺は「取戻し度《た》くば、生首二つ持参いたせ」と伝える。蓮如は堅田の浦の漁師頭源右衛門の家を訪ね、土地の者がはやまったことをせぬようにと頼む。篤い信心を持つ源右衛門は自分と23歳の息子源兵衛の首を差し出そうと決意。源兵衛の許婚のおくみは源兵衛の涙に胸騒ぎを覚えるが、その夜源右衛門は2人を夫婦とし、翌朝父子で三井寺に向かう。唐崎で覚悟を定めていた息子の首を斬った父の口上を聞いて寺の長老は感嘆し、像を返す。長老は像を守る親切心から苦肉の難題を考えたと告げ、そこにおくみと蓮如が到着する。一同は源兵衛の強い信心の力に感銘し落涙した。　（外村彰）

岡本綺堂　おかもと・きどう

1872・10・15〜1939・3・1。劇作家、小説家、演劇評論家。東京芝高輪に旧幕臣岡本敬之助の子として生まれる。本名敬二。別号狂綺堂、甲字楼主人など。1889年7月東京府立第一中学校卒業、翌年東京日日新聞社に入社。中央新聞社、絵入日報社、東京新聞社、再び東京日日新聞社を記者として渡り歩きながら劇作を習作。1896年8月「紫宸殿」（「歌舞伎新報」）を発表した。1911年5月明治座で初演された「修禅寺物語」（「文藝倶楽部」11年1月）が好評を博し、新歌舞伎の作家として注目を浴びることになる。小説も多く執筆し、とくに「半七捕物帳」（「文藝倶楽部」17年1月、以後36年10月まで68編）は捕物帳小説の先駆けとなった。戯曲の代表作として、前出「修禅寺物語」ほか、「室町御所」（13年3月、本郷座初演）、「鳥辺山心中」（15年9月、本郷座初演）、「番町皿屋敷」

（16年3月、本郷座初演）、「権三と助十」（26年7月、歌舞伎座初演）、「相馬の金さん」（27年11月、歌舞伎座初演）など。「佐々木高綱」（「演藝画報」14年1月、同年新富座初演）は、かつて源平合戦で軍功のあった近江の武将高綱が、頼朝政権に失望して出家する話。「増補信長記」（「演藝画報」15年6月）には、上洛途中の信長が比叡山延暦寺を焼き打ちにする様子が描かれる。（田村修一）

岡本黄石　おかもと・こうせき

1811（文化8）・11・21～1898・4・12。漢詩人。彦根藩家老宇津木久純の三男として彦根に生まれる。名は宣迪（または迪）。字吉甫。通称留弥、織部之介、半介。黄石は号。1822（文政5）年、岡本織部祐の養子となり、養父の死後、累進して1852（嘉永5）年家老。軍学、儒学に通じ、また梁川星巌に漢詩を学んで詩作に秀でた。星巌の思想に影響されて攘夷の立場を取り、志士たちと交わって藩主井伊直弼と対立したが、1860（安政7）年直弼が桜田門外の変で横死すると、藩士の興奮を鎮め穏便に対処した。幕末維新の変動期に藩政を尊王に切り替えた手腕は、勝海舟などに高く評価される。明治になると仕官せず、文人生活を送った。1871年彦根から京都に移り、2度の上京を挟んで、最終的に1882年に東京麹町平河町に居を移して麹坊吟社《きくぼうぎんしゃ》を主宰。巌谷一六、日下部鳴鶴ら同じく近江出身者もここに出入りした。東京詩壇の中心的指導者の1人であり、『明治三十八家絶句』（1871年初春、文政堂、擁万堂）、『東京才人絶句』（1875年9月、小江湖社）、『今世名家詩鈔』（1879年7月、尚書堂）、『明治名家詩集』（1879年12月、合書堂）、『明治十三家詩文』（刊年不明、東生亀次郎ら）などに、その詩が採録される。1885年7月、明治天皇が伊藤博文の邸宅に行幸した際、召されて席に侍するなど、旧家老として人々に尊重された。墓所は東京世田谷区豪徳寺。旧幕時代から1890年までの詩を収録した『黄石斎詩集』全6集14冊19巻（1880年10月～1890年12月、華頂山房、晩晴閣）は、生前の個人詩集としては大部なもの。大沼枕山、小野湖山、鱸松《すずきしょう》塘《とう》らの評語、森春濤《しゅんとう》、成島柳北、菊池三渓、三島中洲《ちゅうしゅう》、中村敬宇、清国公使楊守敬らの題詩や序など、当代一流の文人を網羅し、黄石の詩壇における地位の高さを証する。日下部鳴鶴、巌谷一六や江馬天江らの書、題詩、題字、跋、評などは同郷人の繋がりを示し、内容面でも彼らとの清遊を詠んだ詩が目立つ。彦根時代の作は第1、第2集に収録されるが、「琵琶湖歌」（第1集巻上）が代表的。他に例を挙げると、1869年2月、月ケ瀬に梅を探った旅の帰途の詩「七日、大津の路上」は、現在の感懐を「晨《あした》に往き、宵に還る、陸また舟。七年の蹤跡、奔流に似たり。逍遥す、此日、湖南の駅。吟じて対す、春波浩蕩の鷗に」（第2集巻上）、1887年5月、久しぶりで入洛し、帰途彦根で旧藩士に招かれた時の作では「乾坤、一個の老書生。故国に重ねて来るも、何ぞ情に限りあらんや。且つ喜ぶ、往時の諸旧侶。慇懃に我を招いて盃觥を勧むるを」（第6集巻4）とある。（須田千里）

岡本潤　おかもと・じゅん

1901・7・5～1978・2・16。詩人。埼玉県児玉郡本庄町（現本庄市）生まれ。本名保太郎。両親が離婚後、母方の祖父母の住む京都伏見の墨染に移る。家の側を琵琶湖の水を引いた疎水運河が流れていたことから、運河や湖を詠んだ詩があり、主な作品に「午後」(『夜から朝へ』1928年1月、素人社書房)、「浚渫船」(『夜の機関車』41年12月、文化再出発の会)など。
(谷口慎次)

岡本好古《おかもと・よしふる》

1931・11・3〜。小説家。京都市下京区生まれ。同志社大学中退。米駐留軍勤め、塾経営、欧文タイプ業など職を替えながら小説を書き、機械と人間の葛藤を描いた「空母プロメテウス」で1971年、第17回小説現代新人賞受賞、また直木賞候補となる。以降、歴史小説、戦記もの、生活文明の簡素質実化をテーマとした機械もの、史上人物に学ぶ反面教師もの、古代中国ものなど、幅広く才能を発揮している。
(内田晶)

小川光暘《おがわ・こうよう》

1926・1・3〜1995・1・12。文化史家。奈良市生まれ。滋賀郡志賀町(現大津市)南小松に居住した。1950年同志社大学文学部卒業。同志社大学教授を勤め、東洋美術研究会、日本古美術研究会、日本環太平洋学会会長を歴任。著作に『関西古美術ガイド』(62年11月、創元社)、『アジアの彫刻』(68年3月、読売新聞社)、『古代の造形 奈良美術史入門』(76年10月、藝艸堂)、『寝所と寝具の文化史』(84年1月、雄山閣出版)等がある。
(外村彰)

沖野岩三郎《おきの・いわさぶろう》

1876・1・5〜1956・1・31。小説家。和歌山県日高郡寒川村(現日高川町)生まれ。1907年明治学院神学部卒業後、新宮キリスト教会牧師となる。賀川豊彦や大石誠之助らと親交、社会主義的思想を持ったが大逆事件の連座を免れる。著作に『宿命』(19年12月、福永書店)、『私は生きている』(25年6月、大阪屋号書店)等。童話作品も多い。編著『吉田悦蔵伝』(44年11月、近江兄弟社)は近江兄弟社の創立者の一人で近江八幡市に在住した吉田悦蔵の詳細な伝記。
(外村彰)

荻原井泉水《おぎわら・せいせんすい》

1884・6・16〜1976・5・20。俳人。東京生まれ。幼名幾太郎、のち藤吉。旧号愛桜。東京大学言語学科卒業。1955年から昭和女子大学教授。俳句は中学時代、老鼠堂永機著『俳諧自在』によって作り始め、尾崎紅葉選「読売新聞」俳句欄に投稿。第一高等学校時代は正岡子規の日本派に傾倒。柴浅茅、松下紫人らと一高俳句会を起こす。05年東京大学入学後、河東碧梧桐を中心とした新傾向俳句運動に参加。11年には新傾向派の機関紙「層雲」を創刊するが、季題無用論を唱えたため碧梧桐は去り、井泉水主宰となる。印象詩としての俳句を唱え、自由律俳句を実践し、句に光と力の必要性を述べた。門下に尾崎放哉、種田山頭火やプロレタリア俳人栗林一石路がいる。層雲俳句選集に『生命の木』(17年12月、層雲社)など、句集に『原泉』(60年6月、井泉水喜寿祝賀会)などがある。俳論、俳画集を含め著書多数。
(荻原桂子)

小口太郎《おぐち・たろう》

1897・8・30〜1924・5・16。理学者。長野県岡谷市生まれ。1916年第三高等学校予科に入学、翌年6月28日に同校水上部クルーとの琵琶湖周航で宿泊した今津において、吉田千秋作曲「ひつじぐさ」のメロディーに付して「琵琶湖周航の歌」を作詞。19年東京帝国大学理学部に入学、のち同大学航空研究所に勤務。「琵琶湖周航の歌」はその後も歌い継がれ、国民的歌

謡となる。73年から2005年にかけて、県内に6基の歌碑が建立された。（外村彰）

奥津彦重　おくつ・ひこしげ

1895・4・28～1988・3・13。ドイツ文学者。大津市生まれ。東京都世田谷区居住。1914年県立膳所中学校4年修了で第三高等学校に合格。17年第三高等学校第一部乙類卒業。20年7月東京帝国大学文学部独逸文学科卒業。旧制山形高等学校講師のち教授。23年から25年まで、文部省在外研究員としてドイツ、イギリス、フランス、アメリカに留学。27年に東北帝国大学文学部助教授、のち教授。35年大著『ゲーテ序論』（白水社。48年増訂3版）刊、それらの業績により44年「日本ゲーテ賞」受賞。45年京都帝国大学より文学博士号授与。59年東北大学を定年退職。同年4月日本大学文理学部独文学科主任教授に就任。65年日本大学を定年退職、市立都留文科大学教授となる（77年まで）。84年東北大学名誉教授。訳書にゲーテ『西東詩集』全2巻（25年、大村書店。43年、大東出版社）、ハウプトマン『ゾアーナの異教徒〈岩波文庫〉』（28年、岩波書店）、ホフマン『夜景集1・2部』（48年、東西出版社）、ゲーテ『ヘルマンとドロテーア〈世界文庫〉』（49年、日本教文社）など。また『岩波独和辞典』（53年第1刷、54年第16刷、岩波書店）、『和独辞典』（59年初版、65年再版、白水社）を編纂。その他専門の論文多数。（山本洋）

小国秀雄　おぐに・ひでお

1904・7・9～1996・2・5。脚本家。青森県八戸市生まれ。八戸中学校（旧制）在学中から武者小路実篤に傾倒。14歳の時初めて書いた小説を実篤に送り、批評の返事がきたことに感動して、実篤の主唱する「新しき村」に2年間参加し小説の勉強をする。実篤の勧めでバプテスト神学校（現関東学院大学）に学ぶ。1929年実篤の兄公共の世話で日活太秦撮影所に入社、シナリオを書き始める。日活多摩川、東宝をへてフリーに。戦前の代表作として「支那の夜」（40年6月、東宝映画東京）、「昨日消えた男」（41年1月、東宝映画東京）など、戦後は、「グッドバイ」（49年6月、新東宝）、「煙突の見える場所」（53年3月、エイトプロ）などがある。ことに「生きる」（52年10月、東宝）以降、黒沢明作品のほとんどに参加。晩年は滋賀県愛知郡愛東町（現東近江市）大字百済寺丙に住み、後進の指導にもあたった。著書にシナリオ集『海賊船』（51年7月、光洋社）がある。（荻原桂子）

奥野元也　おくの・もとや

1915・2・26～1984・2・11。俳人。蒲生郡日野町に生まれる。本名甚二。のち大阪府大東市深野に移り住む。会社員として勤めるかたわら、1939年春より句作を始め、本田一杉、山上荷亭、皆吉爽雨らに師事した。「懸巣」「いてふ」「雪解」の同人となる。72年第3回「いてふ」賞を受賞。76年に俳人協会に入会する。81年10月、雪解選書180編句集として『遠魞』を刊行した。84年には再び「いてふ」賞を受賞している。84年心不全のため死去。戸森山専応寺にある野崎新池墓地に葬られた。享年69歳。（荒井真理亜）

奥野椰子夫　おくの・やしお

1902・1・17～1981・10・9。作詞家、俳人。滋賀郡堅田町（現大津市本堅田）生まれ。東京都渋谷区居住。本名保雄、通称保夫。旧姓弓削《ゆげ》。幼時期に奥野家の養子となり、大津市蛭子《えびす》町（現中央）に住む。大津尋常高等小学校（現中央小学校）尋常科修了、私立日本中学校（東京）をへて、1926年慶応義塾大学文学部卒業。中学校時代には吉井勇の短歌に熱中、慶応義塾大学在学中は中河与一（『天の夕顔』の作者）らと短歌会をつくる。読売新聞社、都（のち東京）新聞社の芸能記者となるが、おりから発展しつつあった音楽産業に目をつけ、同じく新聞記者だった高橋掬太郎とともに作詞家をめざした。28年まだ新聞社在職中のため醍醐寺《だいごじ》保《たもつ》の筆名で「東京しぐれ」（小唄勝太郎歌）を発表。退職後の32年フリーの作詞家奥野椰子夫として民謡調の「木曾は二十五里」「近江路暮れて」を発表。41年6月、第四高等学校漕艇部員11名の遭難事故死（同年4月6日、高島郡〈現高島市〉高島町萩の浜の沖合い）を悼んだ「琵琶湖哀歌」（「遠くかすむは彦根城／波に暮れゆく竹生島《ちくぶ》／三井《みい》の晩鐘音絶《た》えて／何すすり泣く浜千鳥《ちどり》」菊池博作曲、東海林《しょうじ》太郎・小笠原美都子《みつこ》歌、テイチク）が好評をよび各地で愛唱された。42年現ベトナムの旧サイゴン市に派遣され「亜細亜《アジア》レコード」会社の設立に参画。サイゴンで競輪レースをみて感激し、戦後の日本で競輪普及のため尽力することになる。現地で収容所生活をへて帰国、戦時に発禁となっていた淡谷のり子の歌「待ちわびて」の歌詞に手をいれ、47年「夜のプラットホーム」（服部良一作曲、二葉あき子歌）として発売、全国的なヒットとなった。62年「竹生島晩唱」、67年「潮風の吹きぬける町」（西郷輝彦歌）により日本詩人連盟大賞受賞。同67年ごろより無派の三猿句会を作詞家飯田三郎、俳人高田三九三《さくぞう》と作り、月刊誌「旅と俳句」に寄稿、78年春、句集『椰子夫句帖　春燭』（私家版）を上梓した。〈脱《だっ》穀《こく》の粉《こな》にかすむや比叡比良〉〈京の宿朱き塗り箸蜆汁《しじみ》〉。日本詩人連盟常任委員、日本著作権協会経理調査委員、日本自転車振興会理事、競友社社長、東海テレビ社友、東京中日新聞社顧問等を歴任。（山本洋）

奥村粂三　おくむら・くめぞう

1910・7・15〜1995・1・17。郷土史家、俳人。滋賀郡石山村（現大津市石山寺）生まれ。大津市石山寺居住。雅号紫《し》城《じょう》。代々つづく大工職の長男。石山尋常高等小学校高等科卒業。家業を継いで大工となるが、その手腕、頭脳、人柄を見込まれて東寺真言宗石光山《せっこうざん》石山寺の専属の工匠（管理部所属のち主任）となる。40数年間勤務。その間、近江の刀鍛冶《かたなかじ》、市内の寺社建築、芭蕉や俳人の史跡、そして島崎藤村の事跡などの研究を行ない、それらの内容の一部を県文化振興事業団発行「湖国と文化」その他に発表。1973年1月、藤村研究の第一人者東洋大学教授の伊東一夫が助手1名とともに奥村宅を訪問。奥村は3日間かけて、今まで不分明だった石山寺茶丈《ちゃじょう》（密蔵院）と藤村の生活の精査結果をくわしく教えた。刀工堀井来助の仕事場にも案内し、藤村研究における未解明部分の研究に大きく寄与した。その緻密な考証内容は垣田時也・伊東一夫との共著『島崎藤村―彷徨の青春―』（77年2月、国書刊行会）第2部にくわしい。藤村研究会（現学会）理事（77〜82年）。また奥村は紫城という号で、稲畑汀子の「ホトトギス」にも参加。〈鉄を截《き》るにおいしみたる夏帽子〉などの句がある。（山本洋）

奥村徹行　おくむら・てつゆき

1947・1・1〜。小説家。広島県佐伯郡生まれ。大津市坂本居住。母は広島で被爆し、父も病気のため徹行の小学校3年生のときに死亡。母の再婚後、義父とともに1959年滋賀県高島郡（現高島市）今津町に移住。65年県立高島高学校卒業。69

年滋賀大学経済学部経済学科卒業。いったん製薬会社に就職したのち、大津市にある法律事務所に事務局員として勤務、退職後は自由業。70年日本民主主義文学同盟と同滋賀支部に加盟する。71年「滋賀民主文学」に発表した短編「派遣店員」が〈同人誌・支部誌推薦作品〉として文学同盟全国誌の「民主文学」12月号に転載されてデビューした。72年と73年、連続して「文化評論」懸賞小説短編部門で、思想差別による就職採用内定取り消し事件をあつかった「覚めた糸」（9月）、続編「張りつめた糸」（9月臨時増刊号）がそれぞれ佳作に入選。78年には広島原爆の被爆家族の苦悩をえがいた「化石」（「文化評論」8月）で入選を果たした。それ以後、被爆2世を主人公にした「かさね生く日」「光への記憶」「風にうたう歌」など連作7編を「文化評論」や「民主文学」に発表。84年入選作を表題にした短編創作集『化石』を上梓した。奥村には、もう1つ「覚めた糸」の系列に属するテーマがある。12年間にもおよぶ裁判闘争をたたかい、最高裁で採用内定取り消しを不当とする判決をかち取って入社したにもかかわらず、労務現場で挫折していく企業労働者という現代的状況そのものを捉えようとする未知の新しいテーマである。その作品群は「風上の光彩」（「民主文学」82年9月）、「淪落の譜」（「民主文学」83年3月）、「傾斜する構図」（「民主文学」83年7月）、「刻《とき》の旋回」（「民主文学」83年9月）、「積乱雲」（「民主文学」83年10月）、「終章」（「民主文学」84年1月）、連載長編「水流れ風の音」（「民主文学」84年7月～12月）と精力的に発表された。ほかに、琵琶湖べりの農村を舞台に、封建的な残滓に色濃く染まった農業者群像のなかに、人間性の解放と奪還という状況をさぐり出しえぐり出そうとした450枚の連載長編「風のたつ地平」（月刊誌「あすの農村」82年8月～84年2月）がある。

＊化石《かせき》　短編小説。〔初出〕「文化評論」78年8月。〔初収〕『化石』84年1月、新日本出版社。◇前出の入選作3編以外に、「溺れ谷のわかれ」（「民主文学」79年1月）、「影を踏む」（「文化評論」80年11月）、「地平への予感」（「民主文学」81年5月）、「風、翻る――」（「文化評論」82年4月）も収録。大津市の法律事務所ではたらく被爆2世の主人公が、被爆の後遺症で死亡した実父の年齢に近づくにつれ早死にの予感に苦しみながらも、原子力発電所で被爆した労働者の損害賠償訴訟や、原爆被爆者である母の苦悩の戦争体験を文集に編纂する作業のなかで、風化しつつある戦争体験と現在の現実との接点を追求しようと生きていく作者と等身大の主人公を描いた力作。旧ソビエト社会主義共和国連邦で2度にわたって翻訳発表された。

（山本洋）

小倉遊亀　おぐら・ゆき

1895・3・1～2000・7・23。日本画家。滋賀郡大津町大字丸屋町（現大津市中央）生まれ。旧姓溝上。1917年奈良女子高等師範学校卒業。横浜等で教員を勤めつつ画家を志し安田靫彦に師事。26年院展初入選、32年日本美術院会員。35年小林法雲から修養の道を教わる。3年後小倉鉄樹と結婚し鎌倉市に居住。浄福感のある独特の色彩と造形性による人物画、静物画により声価を高める。54年上村松園賞、62年日本藝術院賞など受賞多数。80年文化勲章受章。70年から年1回滋賀を旅行。76年日本藝術院会員。81年滋賀県立近代美術館に小倉遊亀コーナーが設置される。滋賀に関わる絵画に47年「磨針峠」、78年「ある御神像」等。湖南湖北の旅行の記述もある59～73年の日記『画室の中から』（正79年

1月、続2月、中央公論美術出版）は克己心の強い求道的な人柄をよく表す。他に談話回想録『画室のうちそと』（84年3月、読売新聞社）でも近江の思い出に触れている。（外村彰）

尾崎光尋《おざき・こうじん》

1910・2・10〜1959・2・8。俳人、僧侶。鳥取県生まれ。1928年から比叡山で修行し、35年大津市坂本の実蔵坊住職、翌年比叡山専修院卒業。39年「馬酔木」に初投句、57年同人となる。42年叡山文庫主事。戦後は病臥することが多かったが、僧院から庭をみつめて暮らしながら詠まれた僧房俳句は高い境涯を示した。句集に『風紋』（60年2月、実蔵坊）がある。〈木洩れ日の七宝散れる額の花〉（外村彰）

尾崎士郎《おざき・しろう》

1898・2・5〜1964・2・19。小説家。愛知県幡豆郡横須賀村（現吉良町）生まれ。愛知県立第二中学校時代、山川均の義弟大須賀健治と同級生になり、大逆事件の資料を見せてもらう。早稲田大学高等予科政治科に入学、同級生には横光利一がいた。堺利彦、高畠素之らの売文社を訪れ、社会主義者たちと知り合う。大隈重信の銅像問題をめぐって早稲田騒動が起こると、学生グループの指導者として活躍。同大学本科政治経済科に入学するが、学業に興味を示さず、まもなく長兄がピストル自殺し一家が上京すると、堺の紹介で売文社に入る。以後、「逃避行—低迷期の人々」（1921年、改造社）を発表するまで社会主義運動に傾倒する。代表作といえば、作者の自伝的な要素が盛り込まれた「人生劇場青春篇」（「都新聞」33年3月18日〜8月30日）をあげなければならない。この作品は広く読者に愛された青春小説であり、以後も続編を20年近くかけて執筆し、戦前には「愛慾篇」「残俠篇」「風雲篇」「離愁篇」、戦後には「夢幻篇」「望郷篇」「蕩子篇」を発表した。他方、戦国武将石田三成を主人公とした歴史文学も数多く創作しており、新聞や雑誌に連載したものを収録した『石田三成（前篇）』（38年、中央公論社）、『篝火』（41年、桜井書店）、『随筆関ケ原』（40年、高山書院）などの著作がある。作品の執筆に当たって三成ゆかりの長浜や彦根を訪れて取材活動を行っている。（尾西康充）

尾崎秀実《おざき・ほずみ》

1901・4・29〜1944・11・7。評論家。東京生まれ。生後まもなく台湾に渡り、中学生時代までの大半を台湾で過ごす。台北中学校時代の1913年に故郷を訪問した際、伯母しげよの嫁ぎ先である大津の広瀬家を訪ね、そこで従姉の英子と出会う（その後、27年に結婚）。第一高等学校、東京帝国大学（入学時は独逸法学科、後に政治学科へ移る）を経て、朝日新聞社に入社。28年上海通信部に転勤となり、そこでソ連のスパイとして活動を始めていたリヒャルト・ゾルゲと知り合い、情報を提供するようになる。その後、第一次近衛内閣嘱託、南満洲鉄道調査部嘱託として活躍するが、41年10月15日にいわゆるゾルゲ事件により逮捕され、44年11月7日絞首刑で死去。その間、獄中から家族宛に書かれた書簡が、46年に『愛情はふる星のごとく』として刊行され、ベストセラーになる。『尾崎秀実著作集』全5巻（勁草書房）がある。（安福智行）

尾崎与里子《おざき・よりこ》

1946・10・12〜。詩人。長浜市神前町生まれ。1965年に長浜北高等学校卒業。京都理容美容専門学校卒業後、祖母、母、

叔母の跡を継いで美容師となる。「髪結いさん」と呼ばれ、近江湖北の花嫁付き添い人を勤める。結婚して2児を儲け、83年に彦根に転居。「第五子」「空、地」等を経て、同人誌「yuhi」を女性4人で結成。解散後は関西の若手の有力詩人と組んで、詩誌を起こし、2冊目の詩集『夢虫』はH氏賞の候補となる。現在はブライダル・スタイリスト。大野新は「ブライダル・スタイリストとしての民俗学的にも興をふかめていったのは、米原を境として、京文化と北陸文化にわかれる各地での、古い情緒ある習俗的な儀式」によるものであり、美容院という「長時間の密室での女のるつぼという場と、幼いときからの物語好き、夢想癖とが矛盾なく進行したわけではなかった。詩がその閉塞からの脱出だった時期もある。それかあらぬか、尾崎さんの詩にはときどき、分析しにくい、禁忌や鬱屈からの解放感やなまなましいエロスがでてきたりする。それも花鳥風月の遠い自然感と重なって。それが、この人に、単なる抒情詩人のワクをこえさせている」（「滋賀民報」94年1月23日）と述べている。日本現代詩人会会員。詩集に『風汲』（86年10月、エディション・カイエ）などがある。

＊はなぎつね《はなぎつね》　詩集。〔初版〕『はなぎつね』78年7月、近江詩人会。◇「結婚記念日」「黄色い帽子」「キャラメルの部屋」など21編に、大野新「はなぎつねの座」という解説文を付したもの。「とりとめのない時間／私のなかにもいつのまにか／降りこめられていくもの／それはなにかのはずみに／夫や子供を／はっとふりかえらせてしまい／そんなときの眼が／私にはみょうにわずらわしくて」「直接雪にさらされて／もうけっして／やさしい音色を吐かない胴が／燐の青さで／燃えているようです」（「雪ごもり」）というように、主婦、あるいは美容師として感じる日常生活についての違和感、日常性の中での鬱屈などが、平易な表現で語られる。一方で、「こっくりさん」の風習や、女性を忌む長浜の曳山祭り、竹生島の大鯰伝説など、湖北に住む人々の〈妖しさ〉（「花まどい」）にも引かれるという私語りの詩形になっている。

＊夢虫《ゆめむし》　詩集。〔初版〕『夢虫』81年7月、編集工房ノア。◇「秋の章」として「終雨」「小夜衣」など6編、「冬の章」として「冬野」「師走」の2編、「春の章」として「はなびら」「夜伽話」など5編、「夏の章」として「半夏生」「鱗夜」の2編、4部構成計15編の詩で構成。「あとがき」で、作者は近江、ことに湖北には多くの十一面観音像があるが、「人々の根強い祈りの対象になってきた姿が、なぜこんなにあらわな女身でなければならなかったのか、ずっと心にかかっていました。わたしはわたしの姿態でしか燃えることはできないのですけれど、それはひとりだけのとぎれている生ではなくて、どこからか、遠く長くつたえられてきたもののように思える」と述べ、女身として生まれ湖北の信仰や風俗の中で生きる自分に言及する。「夜よる／ひととして添いとげきれずに／どこまでも／いきてつらいはだかかえて／いとしくなれないあたしたち」（「小夜衣」）、「ああ／はなびらになりたい／もののけになりたい／と／すべてのひとと／ふかく契ってしまいたい／こころとからだ」（「春宵」）のように情欲や性の世界を女身として、どう受けとめるかを詠んでいる。

＊秋遊び《あきあそび》　詩集。〔初版〕『秋遊び』93年10月、砂子屋書房。◇作者の「あとがき」では、「湖に沿ったふたつの小さな城下町。彦根の「風の家」には家族が、長浜の生家には両親が、そしてどちらの家の片隅にも私の仕事場があって、毎日のようにふ

たつの町を行き来します」「幼かった子どもたちは成長してそれぞれの道を選び、彼らの傍らで暮らした日々は、すこしずつ思い出になっていこうとしています。それは、秋のあそびのような静かな明るさと、ささやかな収穫と、次の季節への予感を身のまわりに残し、私は素直な気持ちで自分の周辺を見つめながら、時間をそのまま言葉にしたような詩をいくつか書きました」とあり、「秋遊び」の意味が明かされる。Ⅰ「わかれ」Ⅱ「風の家」Ⅲ「天女」Ⅳ「馬酔木」Ⅴ「麻布」の5部構成で21編が収録されている。「一年中湖から吹く風にさらされて／家が／懐かしい湿気を帯びた皮膚に囲まれているようだ」（「湖水風」）というように我が家のある彦根の町の風土や因習の古さについて述べる。長浜御坊の花ぎつねの伝説や「町も人も振り子のように振れながら変わっていく」（「ダンボールの家」）近年とみに観光地化していく長浜への複雑な思いも語られる。（北川秋雄）

大仏次郎　おさらぎ・じろう

1897・10・9～1973・8・30。小説家。神奈川県横浜市生まれ。本名野尻清彦。別号八木春泥、流山龍太郎など。東京帝国大学政治学科を卒業後、外務省に勤めるが、関東大震災をきっかけに創作の筆を執る。1924年5月から雑誌「ポケット」に「鞍馬天狗」の連作を始める。「照る日雲る日」を「大阪朝日新聞」（26年8月15日～27年6月10日）に、「赤穂浪士」を「東京日日新聞」（27年5月14日～28年11月9日）に連載し、広汎な読者の支持を集め、時代小説を市民的教養の糧にまで高めた。またフランス第三共和制下の事件を描いた『ドレフュス事件』（30年10月、改造社）、「ブウランジェ将軍の悲劇」（「改造」35年1月～11月）、「パナマ事件」（「朝日ジャーナル」59年3月15日～9月13日）やパリ・コミューンを描いた「パリ燃ゆ」（「朝日ジャーナル」61年10月1日～63年9月29日）など、フランスの歴史小説を発表。その後、幕末から明治にかけての歴史に取り組んだ「天皇の世紀」は「朝日新聞」に67年1月1日から連載を始め、著者が歿するまで連載は続いた。60年日本藝術院会員。64年文化勲章受章。ベストセラーになった『宗方姉妹』（50年、朝日新聞社）には、宗方忠親が田代宏に、情趣に富む長浜の曳山祭について語る場面がある。（尾西康充）

小田切秀雄　おだぎり・ひでお

1916・9・20～2000・5・24。文藝評論家。東京都生まれ。1933年旧制高等学校1年時に治安維持法違反で逮捕され放校となる。その後法政大学国文科に編入し41年卒業。戦後は新日本文学会の設立や「近代文学」発刊に尽力。文学者の戦争責任追及や、マルクス主義的な観点からの政治と文学についての著作が多い。『民主主義文学論』（48年6月、銀杏書房）、『日本近代文学の思想と状況』（65年2月、法政大学出版局）、『文学的立場と政治的立場』（69年5月、筑摩書房）、『現代文学史上下』（75年12月、集英社）、『中野重治』（99年3月、講談社）など。毎日出版文化賞受賞の『私の見た昭和の思想と文学の五十年上巻』（88年3月、集英社）第1部「9三井寺で。肩をそびやかして」によると、法政大学在学中の38年夏、同級生だった「三井寺の大僧正の長男福家守彦」に誘われ半月間、同寺の「大きな国宝の間」に滞在していた。『小田切秀雄全集』全19巻（2000年11月、勉誠出版）がある。（外村彰）

織田作之助　おだ・さくのすけ

1913・10・26～1947・1・10。小

説家。大阪市南区生玉前町（現天王寺区）に生まれる。当時、そこは高台にある下町であった。大阪府立高津中学校を経て、1931年第三高等学校に入学するが出席不良で退学。在学中から表面は軽佻浮薄を装いながら、激しい自尊心の下に権威に刃向かう。39年9月「海風」（35年創刊の同人誌、第6号）に発表した「俗臭」が芥川賞候補になる。翌年「夫婦善哉」（「海風」40年4月）が改造社の第一回文藝推薦作品となる。中央文壇の否定的な反応に対して、後に「改造」誌上に「二流文楽論」（46年10月）や、「可能性の文学」（同12月）を発表して反論、自然主義的私小説を批判する。短編の名手で大阪の市井の庶民を描いた作品が多く、「木の都」（「新潮」44年3月）、「六白金星」（「新生」46年3月）「世相」（「人間」46年4月）など。長編には『わが町』（43年4月、錦城出版社）や『土曜婦人』（47年4月、鎌倉文庫）などがある。『織田作之助全集』（45年2月〜10月、講談社。後、『定本織田作之助全集』全8巻、76年4月、文泉堂書店）

＊蛍《ほたる》　短編小説。〔初出〕「文藝春秋」44年9月。〔初収〕『天衣無縫』47年3月、新生活社。◇主人公は登勢、14歳のときに両親と死別し、彦根の伯父に引き取られる。その伯父の許にいる間に、自分の将来をあらかじめ諦めておく習性を身につける。18歳で京都伏見の船宿寺田屋に嫁いだ。祝言の席のもめ事をよそに、登勢はあえかな蛍火が部屋をよぎるのを眺めていた。亭主の伊助は狂気じみた綺麗好きの上に、お人好しのぼんやり者であった。伊助の継母で姑のお定は連れ子の椙に婿を迎えて家督を継がせたかったので、登勢は邪魔者であった。しかし結局、寺田屋を切り回すのは登勢ひとりで、中風の我儘な姑の世話までしても、いやな顔一つも見せなかった。そんな苦労をしていても、いつかは寺田屋を追われるという諦めをあらかじめ抱いていた。ある日、ごろつきの五十吉の強請《ゆすり》が露見して、椙もともに行方をくらましてしまった。1年後の夏の夜、登勢は赤児の泣き声を聞く。それは蛍火を見入っている時と同じ気持ちであった。捨て子をお光と名づけて、養女として育てた。お光4歳の時に長女の千代が生まれたが、登勢はお光のほうを可愛がった。その翌年お定が死に、寺田屋は伊助と登勢夫婦のものになった。伊助は浄瑠璃を習い始め、次女のお染も生まれて、登勢は仕合わせの絶頂であった。しかしそれでも、いつもと同じようにあらかじめの諦めが潜んでいた。お染は4歳で病死し、8年ぶりに姿を見せた椙は7歳に成長したお光を大坂へ連れていってしまう。間もなく京の町医者の娘のお良を養女にしたが、幕末も迫った頃から西国方面の浪人たちが寄り集うようになる。登勢は彼らの一途さに惹かれ、母親のような気持ちになる。35歳であった。その登勢の気性を見込んで匿ってくれと頼まれたのが坂本龍馬であった。寺田屋での難を逃れた龍馬は、お良を娶って長崎へ下っていった。その翌年の暮れには龍馬遭難の噂を耳にする。このように登勢は淀の水車のようにくりかえす自分の不幸を噛みしめるのである。ところがあくる日にはもう蛍火のように精一杯の明るさで振る舞うのであった。ストーリー・テラーとしての成熟期の佳作である。58年3月には五所平之助監督、淡島千景主演で「蛍火」（松竹）として映画化されている。（橋本寛之）

落合直文《おちあい・なおぶみ》　1861（文久1）・11・15〜1903・12・16。歌人、国文学者。陸奥国本吉郡（現宮城県気仙沼市）生まれ。旧姓鮎貝《あゆかい》、幼名亀次郎。号萩之家。東京大学古典講習科に学び1888年から皇典講究所講師。同年「東洋学会雑誌」に叙事詩「孝女白菊の歌」を発表。1889年創立の国語伝習所講師となる。同年8月森鷗外らと訳詩集『於母影《おもかげ》』（「国民之友」夏期付録）を刊行。1890年からは『日本文学全書』（博文館）を共編出版。1893年短歌革新を志し浅香社を設立。1896年国語辞書『ことばの泉』（言泉）を編集するなど、国語国文学研究の礎を築いた。歌文集『萩之家遺稿』（1904年5月、明治書院）の紀行文「明日はいづこ」の「一 東海道」は汽車旅行による印象記で大津など近江の記述が多い。「十四 比叡山」はその登山記。同書に収載された歌に〈近江の海夕霧ふかしかりがねの聞ゆるかたや堅田なるらむ〉。『落合直文著作集』全3巻（91年7月～11月、明治書院）がある。（外村彰）

小野湖山 おの・こざん

1819（文政2）・1・12～1910・4・19。漢詩人。吉田藩（後豊橋藩）医師横山玄篤と母磯（旧姓粕淵）の長男として同藩の飛び地、近江国東浅井郡田根村高畑に生まれる。旧姓横山。名長愿《ちょうげん》。字侗翁、通称巻、僊助、侗之助。号湖山、玉池仙史、狂々生、曇斎。初め医業を修めたがなじまず、近隣の儒学者大岡右仲に漢学を学ぶ。江戸に出て貧苦のなかで梁川星巌に詩を、尾藤水竹、藤森弘庵から儒学を学び、1853（嘉永6）年藩の儒生となる。1858年安政の大獄の際に水戸藩士との交流などが罪に問われ、吉田（現愛知県豊橋市）に護送されて城中で長い幽閉生活を送る。その間、姓を小野と改める。1863（文久3）年藩校時習館教授となる。明治維新後は徴士となり総裁局権弁事、豊橋藩権少参事などを勤めたが1877年の廃藩置県の後は家督を長男正弘に譲って東京に移住。以降詩作に専念して、大沼枕山、鱸松塘などとともに東京詩壇の重鎮となった。『湖山消閑集』（1881年3月、遊焉唫社）や明治天皇より硯が下賜された際の詩集『賜研楼詩集』（1884年8月、鳳文館）など多くの詩集を残した。親族のいる近江には、ほぼ毎年帰省して母の見舞いや姉達との交流を欠かさず、帰展（墓参りの意味）の日録、詩文集がある。墓と墓碑銘は京都花園妙心寺の塔頭大龍院の境内にある。

＊**帰家**《きか》 漢詩。〔収録〕『湖山近稿』1877年5月。◇徴士を辞めて帰郷したさいの詩。「名在朝班僅十旬／鶯花風暖故郷春／老親喜我帰来早／言笑如忘病在身」（名朝班にあること僅かに十旬。鶯花風暖なり故郷の春。老親我が帰来の早きを喜ぶ。言笑忘るるがごとし。身に病在るを。）（林原純生）

小野秀雄 おの・ひでお

1885・8・14～1976・7・18。新聞学者。栗太郡草津村（現草津市草津）の立木神社神官の家に長男として生まれる。大津市の膳所中学校、第三高等学校を経て東京帝国大学文科独文卒業。中学在学中から小説家になることを志して文藝雑誌に投稿、また戯曲執筆など演劇にも深い関心を示した。大学卒業後「万朝報」「東京日日新聞」で10余年の記者生活を経験。1916年に瓦版と出会ったことが契機となって新聞の歴史を調べるようになり、26年に東京大学の講師となって新聞史の講義を始めた。その後も徹底した実証的研究を進め、29年東京大学に新聞研究室を開設、続いて上智大学専門部に新聞科を設置した。東京大学教授、新聞研究所所長などを経て、日本新聞学会会長、上智大学教授などを歴任。『日本新聞発達史』（22年8月、大阪毎日新聞社）、『新聞原論』（47年3月、東京堂）、『かわら版物語』（70年5月、雄山閣出版）、

『新聞錦絵』（72年7月、毎日新聞社）などの著作がある。（内田満）

小原弘稔　おはら・ひろとし

1934・1～1994・3・7。演出家。滋賀県に生まれる。本名弘亘。1956年宝塚歌劇団演出部に入団。60年宝塚雪組公演「新・竹取物語」で演出家としてデビューする。87年、「スウォード・フラッシュ！」（1月17日～2月2日、宝塚バウホール）、「ミー&マイガール」（5月15日～6月23日、宝塚大劇場　8月2日～30日、東京宝塚劇場　11月13日～12月20日、宝塚大劇場）、88年「リラの壁の囚人たち」（1月15日～26日、宝塚バウホール）などを演出した。81年に「クレッシェンド！」で藝術祭賞（大衆藝能部門）優秀賞を受賞。肺がんで死去。（浦西和彦）

尾山篤二郎　おやま・とくじろう

1889・12・15～1963・6・23。歌人、国文学者。金沢市生まれ。号秋人。前田夕暮の「詩歌」、若山牧水の「創作」創刊に参画し、1938年「藝林」創刊主宰。万葉歌人や西行の研究でも著名。歌集『草籠』（25年4月、紅玉堂書店）、『雲を描く』（39年12月、書物展望社）には琵琶湖畔での連作が収載。「竹生島の裏」（「旅」35年9月～10月）は湖北の名勝をめぐる旅行記。『尾山篤二郎全歌集』（82年10月、短歌新聞社）がある。〈石山寺／湖《うみ》の上の霧はれゆけば雪おける比良の山襞《ひだ》あきらけく見ゆ〉（外村彰）

折口信夫　おりくち・しのぶ

1887・2・11～1953・9・3。国文学者、民俗学者、歌人。別名釈迢空。大阪府西成郡木津村（現大阪市浪速区）に生まれる。秀太郎・こうの四男。1905年大阪府立第五中学校卒業。10年国学院大学国文科卒業。14年上京。21年国学院大学教授。28年慶応義塾大学教授。国文学、民俗学、藝能史等にわたる、新国学構築をめざす。39年11月、比良山に登って道に迷い、一夜野宿する。40年10月、慶応義塾大学国文科万葉旅行中、来県。41年4月と9月、万葉旅行中、来県。著書は『折口信夫全集』全31巻（54年10月～57年4月、中央公論社）にまとめられる。66歳で胃癌のため死去。

＊愛護若《あいごのわか》　研究論文。〔初出〕「土俗と伝説」18年8月～10月。〔初収〕『古代研究（民俗学篇1）』（29年4月、大岡山書店）。◇「唐崎の松を中心に、日吉・膳所を取り入れた語り物」である「愛護若」について、説経節宝永5（1708）年版に拠り梗概を示し、「近江輿地誌略」「秋の夜の長物語」と比較、愛護民譚に、日吉「大宮権現の由緒と融合したうけひ」と「貴人流離」と、2つの「非常に古い種」を見、山王祭り関係者と登場人物との関連、他伝説との対照に入り、浄瑠璃・脚本・小説に採り入れられていく様を述べる。助六狂言へ這入る点に蘊蓄を傾ける。本作は、折口が高木敏雄の問題提起（「郷土研究」1913年3月）に応じ説経節本を紹介して民俗学的研究を行い、辞典項目の体裁で発表したもの。折口語彙「貴種流離」原形の初出として有名である。『古代研究Ⅱ〈角川文庫〉』（75年2月）の池田弥三郎解説、慶応義塾大学国文学研究会編『折口信夫論文・作品の研究』（83年9月、桜楓社）所収の三村昌義論文にくわしい。

＊海やまのあひだ《うみやまのあいだ》　歌集。〔初版〕『海やまのあひだ』25年5月、改造社。◇「明治四十三年以前、三十七年頃まで／焚きあまし」23首の「母のつきそひに、京都大学病院にゐた頃」6首中に、〈この道や　蹴《ケ》上《アゲ》の道。近江へと　いやとほぐし。あひが

か

たきかも〉と、近江への憧憬をうたった歌がある。『折口信夫全集』第26巻（56年5月、中央公論社）の「自歌自註」20年項に「此歌、別に近江に逢ひたい者がゐたと言ふ訳ではない。何だか近江が空想をそゝつて、自分の逢ひ難き人が、そこにでもゐるやうな気にならせたのである」と説明する。原形の第5句は「君にあひがたく」。富岡多恵子『釋迢空ノート』（2000年10月25日、岩波書店）は、「逢ひ難き人」を近江にいる僧形の恋人と推量する。

＊近江歌及びその小説的な素材《おうみうたおよびそのしょうせつてきなそざい》 講演筆記。〔初出〕「短歌月刊」1932年11月。原題「近江歌に現れた小説的な素材」〔初収〕『折口信夫全集』第10巻（56年3月、中央公論社）。◇催馬楽「逢路」等、囃言葉「さきんだちや」で終わるものの多くが、近江で行われた歌らしい。「伊勢物語」中の歌句「これやこの」も囃言葉のようなところがある。この歌が、別れていた男女の邂逅型物語にとり入れられた。類話も多い。「あふみ」から「会ふ処」・関所を連想させ、峠の神を欺き通るため、讃め言葉「これやこの」と詠んだのであろうか。近江国の歌物語があったにちがいないと推測する。

＊古代感愛集《こだいかんないしゅう》 長歌集。〔初版〕『古代感愛集』47年3月、青磁社。◇集中の「淡海歌」は、45年1月、大化改新千三百年祭奉賛歌である。

＊遠やまひこ《とおやまひこ》 歌集。〔初版〕『遠やまひこ』48年3月、好学社。◇「凪ぐ湖」20首（38年7月）を含む。折口は、28年5月滋賀県蒲生郡蒲生町宮川を訪う。八坂神社（宮川）と杉之本神社（竜王町山之上）の合同春季例大祭視察のためだが、雨にたたられた。〈冷え／＼と 処女幾たり行く姿―。日野《ヒノ》の祭りは 雨に過ぎたり〉。門下生青池竹次を通した氏子の要請で八坂神社鳥居扁額を揮毫する。戦時下、金属回収に供されたが、68年2月3日再献される。藝能学会編『折口信夫の世界』（92年7月、岩崎美術社）所収の中村浩の報告「蒲生野に遺る迢空筆の神号額」にくわしい。

（堀部功夫）

【か】

海音寺潮五郎 かいおんじ・ちょうごろう

1901・11・5（戸籍上は、1901・3・13）〜1977・12・1。小説家。鹿児島県伊佐郡大口村（現大口市）に生まれる。本名末富東作。1926年3月国学院大学卒業、京都府立第二中学校などの教師となる（34年3月に退職）。29年「サンデー毎日」の小説募集に海音寺潮五郎の筆名で「うたかた草子」を投稿、当選して9月22日号に掲載された。「天正女合戦」（「オール読物」36年4月〜7月）他で、36年に第3回直木賞を受賞し、歴史小説家としての地位を確立する。41年11月には陸軍報道班員としてマレー方面に行く。敗戦後は、占領軍の検閲によって発表不可能となった作品もあったが、49年頃より再び意欲的に作品を執筆。著書に、『天正女合戦』（36年8月、春秋社）、『平将門 上中下』（55年8月、10月、57年1月、講談社）、『天と地と上下』62年5月、7月、朝日新聞社）など。源義経、楠木正成などを描く「武将列伝」（「オール読物」59年1月〜60年12月）の中に、「蒲生氏郷」がある。その能力に比して「不運な人」とされる氏郷は、近江国蒲生郡を所領とする武将で、滋賀の東南部が作品の主要な舞台の1つとなっている。

（西尾宣明）

開田華羽 かいだ・かう

1898・7・24～1976・7・1。俳人、医師。甲賀郡（現甲賀市）甲南町に生まれる。本名弘。膳所中学校（旧制）、府立大阪医科大学卒業。1941年より5年間応召。戦後神戸市に内科医院を開業。医科大学在学中、中村若沙、小山白楢、宇山白雨らの俳句部に属し、俳句を始めた。「山茶花」に投句。のち後藤夜半、高浜虚子に師事し「諷詠」同人となる。66年「ホトトギス」同人。句集『内裏野』（73年7月15日、開田華羽）がある。（浦西和彦）

香川進　かがわ・すすむ

1910・7・15～1998・10・13。歌人。香川県生まれ。1931年白日社に入り前田夕暮に師事。同門の米田雄郎に作歌指導を受けた。34年神戸大学経済学部卒業、三菱商事入社。戦時中は召集され大陸を転戦、中尉となる。戦後は「詩歌」を編集。東亜交易を創設し、のち木下産商等に勤務。47年4月に近江極楽寺の米田を訪ね、その後もしばしば万葉ゆかりの地を中心に滋賀県を訪問。53年5月「地中海」創刊主宰。自己の生を凝視する人間的スケールの大きい歌風。72年7月～76年5月、日本研磨の管財人として大津市田上里町《たなかみさと》で独居生活。85年頃まで同市瀬田南大萱に月2度止宿した。大津での膨大な作歌は、未刊の第8歌集「死について」から第10歌集『山麓にて』（85年9月、短歌新聞社）に結実。随筆集『味覚放浪記』（81年1月、原生林）、『人間放浪記』（82年7月、有朋舎）でも近江に言及。95年大津市の近江神宮に歌碑建立。「死について」併収の『香川進全歌集』（91年7月、短歌新聞社）がある。〈天武の兵士にあふれし蒲生野の歴史に今日の雪降れり白〉

＊湖の歌《うみのうた》　歌集。〔初版〕『湖の歌』84年10月、短歌新聞社、地中海叢書第231編。◇第9歌集。全528首。近江在住時の第8歌集「死について」、第10歌集『山麓にて』と3部作をなし、晩年の作風のピークを示す。「あとがき」に「三年のあいだ山から見下ろして過ぎた湖水のほとりに住みはじめてから以後の作品」とあり、大津での生活の折々に作られた歌が収められている。「山を降りて」「河童物語」「牡丹の花」「霧笛遠く」「波の寂寥」「茜ありき」に分かれ、晩年に執着した近江の自然や歴史、また人事を通して、孤独、性、老いと死といった自己の内的想念を視覚的、聴覚的にイメージ化した余韻深い歌が多い。また河童族を題材にして人間界を戯画的にとらえた連作や、核への危惧など時事的な話題に触れた歌群もみられる。〈鳴きつれて鶸《ひわ》が消えゆく湖ありてわが掌の窪は残れるひとつ〉〈みずうみの面《おもて》けむりし日の嘆き言えばひとりの声となりゆく〉（外村彰）

賀川豊彦　かがわ・とよひこ

1888・7・10～1960・4・23。宗教家。神戸市生まれ。1904年受洗。11年神戸神学校卒業。在学中から伝道を始め、貧民救済に尽力。14年米国のプリンストン大学、プリンストン神学校に留学。17年帰国し、関西をはじめ全国で労働運動や農民運動等を指導、三愛主義を唱えた。日本プロテスタント最大の伝道活動「神の国運動」第1期（26～32年）では、弟子の坂井良次が滋賀出身のため28年6月、米原から全国伝道を開始する。30年に大津市堅田で詩「句当内侍」を創作し、32年3月には湖北町海老江で伝道した。中江藤樹の思想にキリスト教的感化を見いだす「中江藤樹とキリスト教」（『黎明を呼び醒ませ』37年1月、第一書房）も執筆。41年渡米して日米非戦論を説く。戦後は社会党の結成や世界連邦運動に参加。代表的著作に『死線を越えて』

(20年10月、改造社)、『一粒の麦』(31年2月、講談社)等。『賀川豊彦全集』全24巻(63年7月〜64年10月、キリスト新聞社)がある。(外村彰)

柿本多映 かきもと・たえ
1928・2・10〜。俳人。大津市生まれ。大津市滋賀里居住。旧姓福《ふ》家《け》、本名妙子。三井寺の管長を父とする。1947年京都女子専門学校中国語科卒業。翌年歌誌「埈《く》篌《ご》」入会。76年赤尾兜子に師事、「渦」に入会し句作を開始。兜子歿後、橋閒石、桂信子に師事。「草苑」「白燕」「犀」同人。現代俳句協会、日本ペンクラブ会員。80年第5回渦賞、84年滋賀県出版文化賞、88年第35回現代俳句協会賞、90年草苑賞受賞他。句集に『夢谷』(84年2月、書肆季節社)〈湖へ落つ水のくらさよ昼花火〉、『現代俳句文庫12 柿本多映句集』(93年11月、ふらんす堂)〈麦笛の近江は昏き水の中〉、『蝶日』(89年9月、富士見書房)、『花石』(95年3月、深夜叢書社)、『白體《はくたい》』(97年6月、花神社)〈枯野に蝶「花折レ断層」上に我〉、『粛祭』(2004年9月、思潮社)、他に共著もある。直観的に対象の本質をとらえる、美的感受性の鋭さを示す句が多い。随想集に『時の襞から』(2000年11月、深夜叢書社)。(外村彰)

景山春樹 かげやま・はるき
1916・1・9〜1985・7・22。美術史研究家。滋賀郡坂本村(現大津市坂本本町)に生まれる。国学院大学国史学科卒業。文学博士。国立京都博物館学藝部長、帝塚山大学教授などを歴任した。『神道の美術』(1965年9月、塙書房)、『神体山—日本の原始信仰をさぐる』(71年10月、学生社)、『神道美術—その諸相と展開』(73年8月、雄山閣出版)、『神像—神々の心と形』(78年5月、法政大学出版局)など、神道美術を対象とした著作が多い。また、比叡山のふもとに生まれ育ったことから「比叡山は幼いときからの友であり、母なる山でもあるといった思いがする」と述べ、この山の峠や頂や川に対して歴史地理的な意義から新しい解釈を見いだすようになった(『比叡山』66年6月、角川書店)と言う。さらに比叡山に関する総合的な研究として、延暦寺をめぐる天台宗の盛衰、日吉山王社や門前町坂本にまつわる叡山文化の伝統と発展を跡づけた『比叡山—その宗教と歴史』(村山修一と共著、70年4月、日本放送出版協会)がある。(内田満)

笠井昌昭 かさい・まさあき
1934・5・21〜。日本文化史研究家。山梨県都留市生まれ。現在大津市日吉に在住。同志社大学卒業。同志社大学名誉教授。文学博士。日本古代・中世文化史専攻。古代における中央と地方の問題、庭園、疫病、「大鏡」の史観、天神信仰、藝術全般など、幅広い領域にわたって研究を進めている。著書に『日本文化史—彫刻的世界から絵画的世界へ—』(87年4月、ぺりかん社)『日本の文化』(97年6月、ぺりかん社)ほか多数。(梅本宣之)

笠川嘉一 かさがわ・かいち
1935・11・13〜。川柳作家。大阪市生まれ。疎開で両親の郷里である守山市に転住。1975年びわこ番傘川柳会同人、「川柳びわこ」を編集し92年会長。77年番傘川柳本社同人。滋賀文学祭川柳部門選者。滋賀文学会常任理事。滋賀文学散歩の会理事。県下各地の公民館でも後進を指導している。鋭い視覚と若々しい感受性を表した軽妙な作風に長ずる。『川柳 笠川嘉一』(85年1月、私家版)がある。〈青年よまだ

風船はふくれるぞ〉 （外村彰）

片岡慶有 かたおか・けいゆう

1898・8・24〜1985・4・13。俳人、医師。栗太郡下田上村黒津（現大津市）に生まれる。1925年京都帝国大学医学部卒業後、病院勤務を経て、29年大津市にて開業、終生地域医療に尽くす。医業のかたわら俳人としても活躍し、日本俳人協会に所属。「馬酔木」「霜林」の同人となり、まとまった句集はないが、「馬酔木」新人賞を受賞するなど数多くの俳句を詠む。一方、滋賀文学祭の俳句選者になったり、木の実会を主宰するなど、市民俳句活動の指導にも当たった。日常の医療活動に材を得たものや、大津近辺の四季折々の情景を詠んだ俳句が多い。〈青花摘夜明の湖に比良うかぶ〉〈てこずりし患者手放し冴返る〉〈風邪を診て聞き遣る老の愚痴話〉〈鮒鮨の仕込に追はれ夜も暑し〉〈医者恋ひの老に馳せ来し四月馬鹿〉〈田仕舞の舟みち葭の幾しぐれ〉 （梅本宣之）

片岡甚太郎 かたおか・じんたろう

1898・9・16〜1992・3・31。英文学者。大津市に生まれる。1923年に広島高等師範学校、32年に広島文理大学英語英文学科卒業。成城高等学校、関西大学、文部省文部事務官を経て、玉川大学等に勤め、桜美林大学名誉教授。著書に『アメリカ教育の分析』（48年5月、千代田出版社）、『ロバート・フロスト研究』（72年12月、北星堂書店）、翻訳にウォーデン『文化の発生』（41年10月、船場書店）、ブラメルド『21世紀の教育―現代教育のすすむ道―』（67年4月、文教書院）等がある。 （浦西和彦）

片岡青苑 かたおか・せいえん

1910・2・10〜。俳人。山口県生まれ。甲賀郡甲西町（現湖南市）菩提寺在住。本名五郎。1937年「南風」入会、山口草堂に師事。同年「馬酔木」入会、水原秋桜子に師事。48年「南風」同人。79年「風雪」入会、82年「風雪」同人。95年「馬酔木」同人。〈鮎落ちて日ごと寂びゆく村の音〉 （山本洋）

片岡融悟 かたおか・ゆうご

1931・6・25〜。教育者。栗太郡常盤村大字片岡（現草津市片岡町）生まれ。紫雲山西念寺住職。1958年龍谷大学大学院博士課程修了。滋賀県立高等学校教員を経て、74年滋賀県教育委員会、88年県立野洲高等学校校長、90年県立栗東高等学校校長を勤める。宗教家、教育者としての立場から、物質文明に流される現代社会への警鐘として『現代社会の病根』（83年11月、永田文昌堂）、『現代人と仏教』（90年5月、永田文昌堂）、『心の故郷』（94年5月、永田文昌堂）、『涅槃への道』（98年9月、永田文昌堂）を刊行。「真宗研究」「印度学仏教学研究」等に掲載の仏教学に関しての論文もある。 （越前谷宏）

片山久太郎 かたやま・きゅうたろう

1895・9・12〜1971・1・5。歌人。高月町西物部生まれ。別号並木想。1909年七郷村立尋常高等小学校卒業。東京での商店勤務を経て35年長浜市に転住。雑貨商、小、中学校教諭等を勤める。吉植《よしうえ》庄亮《しょうりょう》に師事し22年「橄欖《かんらん》」同人。翌年「秦皮」参加。四季の暮らしや、親しい人々との交流を誠実に詠んだ。歌集『湖畔』（71年12月、初音書房）がある。〈近江高山／かすみ立つ長き春日を住持らと川瀬に佇てば河鹿鳴きをり〉 （外村彰）

桂田金造　かつらだ・きんぞう

1884～1924（生歿ともに、月日未詳）。教育者。滋賀県に生まれる。滋賀師範学校卒業。滋賀県下の小学校教師となったが、成蹊学園園長中村春二の教育に共鳴し上京、成蹊小学校訓導となる。国語教育研究を主にし、学園の機関誌を編集したが、1919年に成蹊小学校を退職。少女雑誌などを創刊した。22年5月横光利一らと「塔」を創刊。著書に『尋常一年の綴り方』（17年、成蹊学校出版部）、『学校へ入れる迄の教育』（18年3月、成蹊学校出版部）、『趣味の小学国史』尋常5年上下、尋常6年上（自学文庫第1、2編、22年、文教書院）、『趣味の偉人物語』（24年、文教書院）がある。（浦西和彦）

桂田石鹿　かつらだ・せきろく

1913・1・31～。俳人。滋賀郡膳所町（現大津市）生まれ。本名武。1928年、郷里の石鹿城から石鹿と号し、「ホトトギス」の仲岡楽南に師事。35年横浜専門学校（現神奈川大学）貿易科卒業、奈良に勤務。41年召集解除の後、株式会社大阪機械製作所に勤務。47年一緒に句作をしていた父が死去。52年木の実会、「霜林」入会。53年大津市俳句結社連絡協議会理事。57年退社し帰郷。58年「霜林」同人。59年大津市膳所学区自治連合会会長などを歴任。64年大津市市政功労者賞などを受賞。74年「霜林」の活動に復帰、「霜林」同人。俳人協会会員、滋賀文学会理事。

＊句集《くしゅう》　膳所の浦《ぜぜのうら》　句集。〔初版〕『句集　膳所の浦』88年4月1日、霜林発行所。◇春夏秋冬の部に分け、それぞれの作を年代順に並べる。「一言でいうならば洗練された老巧ということであろうが、淡々として奇をてらうようなことをしない。…自然観照の的確さは右に出る人も少ない…」という評価（桂樟蹊子）がある。〈しぐるるや城跡のこる膳所の浦〉〈船着や比良の闇立つ天の川〉〈囀りや杉千年の比叡の奥〉（出原隆俊）

桂信子　かつら・のぶこ

1914・11・1～2004・12・16。俳人。大阪市東区（現中央区）生まれ。旧姓丹羽。1933年大手前高等女学校卒業。38年日野草城主宰「旗艦」に投句、41年同人となる。戦前は神戸経済大学図書館、戦後は近畿車輛に勤務。45年楠本憲吉らと「まるめろ」俳句会結成。46年「アカシヤ」、49年「青玄」（草城主宰）同人。54年「女性俳句」編集同人。70年「草苑」主宰発刊。77年第1回現代俳句女流賞受賞。99年現代俳句協会大賞受賞。主な句集に『月光抄』（49年3月、星雲社）、『晩春』（67年10月、琅玗洞）〈琵琶湖三句／鳰遠く花浮く水があるばかり〉、『新緑』（74年2月、牧羊社）、『初夏』（77年8月、牧羊社）〈秋すでに風のひびきの湖西線〉、『緑夜』（81年9月、現代俳句協会）、『樹影』（90年12月、立風書房）。随筆集に『草花集』（76年1月、ぬ書房）、『信子十二か月』（87年6月、立風書房）等がある。いわゆる人間探求派の1人で、作風は繊細な審美眼と感受性の懐の深さが秀逸。（外村彰）

加堂秀三　かどう・しゅうぞう

1940・4・11～2001・2・2。小説家。大阪府豊能郡生まれ。1956～7年頃大津市石場で暮らしたと随筆「大津」（「湖国と文化」85年7月）に記す。高等学校中退後、様々な職業を経ながら「胡馬」「潮流詩派」等に詩を発表。70年5月「町の底」で第14回小説現代新人賞、『涸瀧《かれだき》』（79年9月、文藝春秋）で第1回吉川英治文学賞新人賞を受賞。男女の愛欲模様を抒情的に描き『青銅物語』（75年1月、角川書店）、『舞台女優』（82年4月、講談社）などが代表作。晩年は捕物帳を書いたが2001年に自殺した。

＊大津恋坂物語《おおつこいさかものがたり》　短編小説。〔初出〕「オール読物」71年12月。〔初収〕『大津恋坂物語』74年11月、光風社書店。◇27歳の俳優奥田隆一は、実家の大津で結ばれたばかりの三谷律子から、思いがけず「恋坂」という言葉を聞く。「恋坂」は彼の家から石場の通りまでの下り坂で、名称は5年前に死んだ髪結いの母ミツエが教えた。男好きであった母だが、父の葬儀の際「大きなったらなあ、お母ちゃんのこと、わかる日イがくる」「ここはほんまに恋坂や思て、坂のぼるにつれてひとが愛しなってなア、泣く日イもくるわ」と話し、その言葉は以後、彼の心に刻まれていた。律子は所属していた東京の劇団の主宰者大野や「半封建」的な先輩女優から逃れ、隆一を紹介されて3ケ月前から京都に住んでいた。隆一は、大野のさしむけた森川と会う前に、彼の実家ではじめて律子と関係し、森川が去った後も彼女と同居し愛欲に耽った。しかし初霜が「恋坂」に降りた晩秋、隆一は律子が大野のもとに戻ったと森川から聞く。それは律子が大野により「秘密な性質に目ざめさせられ」ていたためだと彼は知る。律子を失った隆一は母の言葉を実感しながらも「泣く」ほど「綺麗」な心情にはなれぬまま「恋坂」を上って行った。　（外村彰）

加藤知多雄　かとう・ちたお

1913・1・25〜1990・7・13。歌人。東京市浅草区（現東京都台東区）生まれ。1930年東京府立第三中学校（現両国高等学校）卒業。32年日本大学予科文科入学。卒業年次不詳。一時期「潮音」に入会、太田水穂に師事する。38年鈴木春江（歌人、現「新月」発行人）と結婚。44年横須賀海兵団に入団。45年復員。46年神奈川県北鎌倉に居住。49年京都市中京区壬生に移住。51年田中常憲主宰「新月」に入会。京都歌人協会に加入。52年北見志保子主宰の「花宴」に参加。58年「現代短歌」（発行人石井勉次郎）に参加し編集委員となる。61年「新月」共同編集者の上田三四二の上京により、その編集を全面的に担当。71年京都市より大津市高砂に転居。81年歌集『海嘯』（短歌新聞社、753首所収）出版。関西短歌文学賞受賞。「新月」主宰者となる。京都歌人協会評議員。滋賀県歌人協会設立とともに幹事。82年より「京都新聞」日曜歌壇選者。現代歌人協会会員。84年三井寺法明院に自歌碑〈静かなる水をたたえて湖とよぶしずけさよ時雨のおくに〉建立、その記念に鑑賞ノート『古代の相聞』（84年10月、みぎわ書房）刊行。同年大津市民文化賞受賞。86年日本歌人クラブ滋賀県委員に選ばれる。88年歌集『白雁』（2月、短歌新聞社、281首所収）出版。94年遺歌集『雁塔』（発行所未詳）出版。〈山上は今宵のわれの在所《ありどころ》　湖のひかりに黄金《こがね》となりて〉　（山本洋）

加藤良江　かとう・よしえ

1929・11・4〜。俳人。香川県生まれ。大津市陽明町在住。1966年京極杞陽の門下となる。「ホトトギス」「玉藻」「惜春」に投句。〈叡山を揺らしてをりし夏柳〉　（山本洋）

加藤芳慶　かとう・よしのり

1937・3・11〜。英米文学者、演劇研究家。東京生まれ。滋賀県大津市に在住。戦時中は小学校4年間と中学校3年間、山形へ疎開。その後、都立第一商業高等学校に入学。父親は、卒業後は一橋大学（旧東京商科大学）に入り実業界で身を立ててほしかったようだが、父親への反抗心から水泳部に入部。退部後、早稲田大学演劇専修に入学し、大学院はある手違いから英文学専攻に入る。大阪産業大学講師、桃山学院大学助教授、立命館大学助教授を経て、現在は仏教大学教授。

＊**世界演劇論事典**《せかいえんげきろんじてん》　事典。〔初版〕『世界演劇論事典』79年5月、評論社。◇東西の演劇論、演劇史の必読資料を集めたもの。早稲田大学の大学院演劇科を主体とした演劇論研究会のメンバーが西洋の『European Theories of the Drama』等に倣って制作したもの。編者は安堂信也、大島勉、鳥越文蔵。日本編と西洋編にわかれており、日本編の執筆者は内山美樹子、吉川周平、佐藤菊夫、西村博子で、西洋編の執筆者は大出学、加藤芳慶、神崎巌、小苅米晛、斎藤憐、高野敏夫、高橋孝一、中本信幸、溝口廸夫。配列は、日本編は発表年代順に並べることを原則としている。西洋編は、ほぼ世紀別にまとめ、次に各国別に発表年代順としている。（高場秀樹）

兼康保明《かねやす・やすあき》

1949・1・11〜。エッセイスト、考古学者。神戸市中央区生まれ。大津市朝日が丘在住。雅号水蓮洞。1967年兵庫県立兵庫高等学校卒業。72年関西大学文学部史学科卒業。奈良国立文化財研究所等をへて、77年6月より滋賀県教育委員会文化財保護課に勤務。99年より岐阜県大垣市の測量コンサルタント会社に勤務。高等学校2年のとき古墳見学に行って在野異色の民俗学者赤松啓介（本名栗山一夫）に出会い、以後師事する。滋賀県を中心に、兵庫、大阪など近畿各地の遺跡調査に従事。考古学者としてその守備範囲はたいへん広いが、とくに石造美術や中世石工《いしく》の実態解明、各地の山岳信仰の調査に関心をもつ。また89年4月から冊子「Tea Time オリジナル」（水蓮洞倶楽部）を月刊で発刊、映画、流行歌、アニメ、小説などについて気楽自在な随筆を連載。共著に『板碑《いたび》の総合研究』（83年11月、柏書房）、『弥生土器の様式と編年』（90年11月、木耳社）、著書に『考古学推理帖』がある。滋賀民俗学会理事。

＊**考古学推理帖**《こうこがくすいりちょう》　考古学エッセイ〔初版〕『考古学推理帖』96年2月、大巧社。◇本書は歴史愛好者にむけた一般書である。収載12編中の7編、すなわち伊吹山の石やじり、新旭町のモモの種、信長の比叡山焼き打ち、坂本穴太《あのう》の石積み、高島町鵜川《うかわ》のシシ垣、水口《みなくち》町の塚、野洲町の歌舞伎の木札などについての論考が、県内の遺跡やそこからの出土品をとり上げている。著者は、それらにまつわる考古学上の謎を平明に鋭く解明しようと意図する。専門的な史料や写真を見やすく配置しながら、明智小五郎調で、ホームズ調で、あるいは浅見光彦調で、さらに小学校と高等学校とで探偵小説家横溝正史の後輩であったことを強く意識して、自分でも楽しみつつそれらの謎を追求し、考古学者としての「自分の一番新しい考え方」を提出している。（山本洋）

狩野龍生《かの・りゅうせい》

1928・7・24〜。俳人。福岡県生まれ。野洲郡野洲町（現野洲市）高木在住。本名純一。1957年俳句を始め「ホトトギス」に投句。中断ののち、91年俳句再開。「ホトトギス」同人。「玉藻」「未央」所属。

〈冴え返る比良を突き刺す月の匕首《あいくち》〉（山本洋）

神代創《かみしろ・そう》

1965・2・21〜。SF作家。近江八幡

市に生まれる。本姓西村。関西大学経済学部卒業。父や叔父などの影響で、手塚治虫の漫画やハリー・ハウゼンの映画を見たり、海外のSFを読みはじめた。コピーライターとなる。1991年冥界の神を守護神に持つため、天界の神々に嫌われ、力と技を封じられた男と、古代の神が作った魔剣を主人公とする『ヴェルナディックサーガ』（青心社）で作家デビュー。95年にコピーライターをやめて、専業作家となる。ヤングアダルトを中心にノベライズやオリジナルを問わず多才に活躍。少年少女を笑いの渦に巻き込んだ『魔界戦記ディスガイア』シリーズ（ファミ通文庫）などがある。（浦西和彦）

神長裕子 かみなが・ひろこ 1924・2・14〜。俳人。北海道生まれ。大津市雄琴在住。1950年「浜」入会、大野林火、松崎鉄之介に師事。79年「浜」同人。句集『苦楽園』（刊年月、発行所未詳）。〈雪を被て木の灯台は木綿の香〉（山本洋）

川口松太郎 かわぐち・まつたろう 1899・10・1〜1985・6・9。小説家、劇作家。東京浅草生まれ。1915年久保田万太郎に師事。19年講談師悟道軒円玉に江戸文藝と漢詩を学ぶ。23年小山内薫門下となるが、関東大震災後、直木三十五らと「苦楽」を編集。藝道物「鶴八鶴次郎」（「オール読物」34年10月）が菊池寛に激賞され、35年第1回直木賞受賞。「愛染かつら」（「婦人倶楽部」37年1月〜38年5月）で流行作家となる。47年大映の専務となる一方、現代風俗を描いた「夜の蝶」（「中央公論」57年5月）や「新吾十番勝負」（「朝日新聞」夕刊、57年5月18日〜59年6月24日）等を発表。妻三益愛子の追悼記『愛子いとしや』（82年6月、講談社）、「三人オバン」（「別冊文藝春秋」84年7月）等晩年まで書き続けた。63年新派の育成により第11回菊池寛賞、69年「しぐれ茶屋おりく」（「小説新潮」68年1〜12月）で第3回吉川英治文学賞を受賞。65年日本藝術院会員、73年文化功労者となる。『川口松太郎全集』全16巻（67年11月〜69年9月、講談社）がある。

＊一休さんの門《いっきゅうさんのもん》 長編小説。〔初出〕「読売新聞」夕刊、83年7月14日〜84年8月20日。〔初版〕『一休さんの門』上下巻、86年9月、読売新聞社。◇後小松天皇の落胤である一休は、天皇の子と崇められることを好まず、京都寺社奉行蜷川親当の屋敷内に建てられた銅駝坊の売扇庵の門を閉じることなく、あらゆる人々と交わる。売扇庵の前を通りかかった2人の悪党がその門をくぐり、一休を脅して酒にありつこうとするが、一休に言い負かされて天知、雲知と名付けられ弟子となる。一休はかつて琵琶湖畔堅田の禅興庵で華叟禅師のもとで修行し印可を得ていた。その華叟禅師が病になり一休は売扇庵を2年半もの間留守にし、禅師の逝去まで看病に努める。一休にとって琵琶湖は大悟を得た地であり、自身を顧みる重要な地でもあった。また、母を深く愛する一休は、宮中から追いやられたにもかかわらず後小松帝を忘れられない母に、大覚寺に行幸する帝との再会の場を設け、両親のわだかまりを解消する。肉親や師弟に対するだけではなく、街中や旅の道中で虐げられ苦しむ人や貧困に喘ぐ人を見かければ、一休は天知、雲知とともに救いの手を差し伸べ、その後の生活の指針をも授け、飢饉で苦しむ人々に粥を振る舞い、一揆衆の暴力的な行動を諫め、一揆衆に狙われる商人をも守る。さらに、帝や将軍に対し民心に目を向けるよう進言し、政情不

か

安に対しても働きかける。こうして弱者に救いの手を差し伸べずにはいられない一休のもとには、身分に関わりなく助けを求める人々が事ある毎に訪れ、一休に救われたことを感謝する。その評判は広まり、さらに多くの人々が一休のもとにやってくる。飲酒、肉食、妻帯といった破戒を人間のもつ当たり前の欲求として、それを敢えて耐えることこそ非人間的であり、陰で密かに破戒を行う虚栄に充ちた僧侶の有様を批判する一休を描くことで、人間にとっての自由を大衆小説のなかで追究したといえよう。また、不正や悪徳に対して敏感に反応し、大局が変革され得ないことを自覚しながらも、人々の苦しみを拭い去ろうとする一休の姿は、川口松太郎にとって理想的な人間像であった。55歳までの一休を『一休さんの門』で描きあげ、遺作となった続編「一休さんの道」（「読売新聞」夕刊、85年8月12日～86年8月15日）で、88歳で逝去する一休の生涯を書き上げた。その後病に臥した川口自身も85歳の天寿を全うした。

（東口昌央）

川崎彰彦 かわさき・あきひこ

1933・9・27～。詩人、小説家、エッセイスト。群馬県生まれ。エッセイ「冬晴れ」に、「国民学校5年」以来、「感受性の鋭敏だった少年期を、疎開のようなかたちで湖東の中農地帯に過ごし」たとある。また、「湖国の公立高校三年のとき、政治運動をやって退学処分になり、京都の仏教系私立高校に半年分の授業料を払い込んで卒業証明書をもらった。」とも。早稲田大学露文科卒業。大学時代五木寛之らと「月報現代藝術」を発行。1967年まで北海道新聞函館支社に勤務。かたわら、「新日本文学」「函館勤労者文学」などで作家活動。退社後大阪で作家生活に入る。その後大阪文学学校のチューター兼事務局員を勤める。詩集に『竹藪詩集』（79年、VAN書房）、『二束三文詩集』（86年、編集工房ノア）、『合図』（92年、編集工房ノア）、『新編竹藪詩集』（94年、海坊主社）。訳詩集にアレクサンドル・ブローク『十二』（81年、編集工房ノア）。句集に『月並句集』（81年、編集工房ノア）。小説集に『まるい世界』（70年、構造社）、『新版まるい世界』（91年、ファラオ企画）、『わが風土記』（75年、編集工房ノア）、『虫魚図』（80年、編集工房ノア）、『夜がらすの記』（84年、編集工房ノア）。エッセイ集に『私の函館地図』（76年、たいまつ社）、『もぐらの鼻唄』（86年、海坊主社）、『冬晴れ』（89年、編集工房ノア）、『蜜蜂の唄』（91年、海坊主社）、『樹の声鳥の声』（91年、すみれ通信社、共著）、『短冊型の世界』（2000年、編集工房ノア）、『くぬぎ丘雑記』（2002年、宇多出版企画）。滋賀県とのかかわりでは、高校時代の騒動を題材にした小説「兎」がある。この小説で「湖東のいなか町は騒然となった。」とされる「鈴鹿の山すそ―湖東平野」の風景や生活の思い出は、小説『虫魚図』やエッセイに散見する。

（鎌田廣己）

川路柳虹 かわじ・りゅうこう

1888・7・9～1959・4・17。詩人。東京生まれ。本名誠。京都の美術工藝学校時代に河井酔茗主宰「詩人」に参加。1913年東京美術学校日本画科卒業。大正期から「文庫」「詩人」に参加し、21年「日本詩人」主宰。「詩歌」「未来」等にも口語自由詩を発表。「現代詩歌」「炬火」「詩作」を主宰した。詩集に『路傍の花』（10年9月、東雲堂書店）、『歩む人』（22年10月、大鐙閣）、『無為の設計』（47年3月、富岳本社）、『波』（57年2月、西東社）など。はじめ抒情的、のち主知的な詩風へと変遷。随想に、京都の学生時代に訪れた琵琶湖を「湖水の女性美」と称える「琵琶湖の魅惑」(「琵琶湖」49年9月)や「琵琶湖の景観」(「京都」51年5月)、「山上湖と平地湖」(「観光近江」51年6月)がある。(外村彰)

川瀬美子 かわせ・よしこ

1911・12・18〜1987・7・22。小説家。彦根市生まれ。彦根高等女学校卒業後に上京し、青山学院高等女学部卒業。在学中の1929年「女看守」が「女人藝術」に掲載されたのを契機に、19歳で同誌の編集に参加。そのかたわら、「その村の新年」「紐育雑記」「姉妹」(以上30年)、「朝」(31年)の他、随筆「この町にも」、翻訳「ベツスイ―全ニューヨーク衣服工場ゼネ・ストの記録」や訳詩(以上31年)などを同誌に発表。31年日本プロレタリア映画同盟(プロキノ)の佐々元十と結婚し、「文化映画」の編集を手伝う。戦後は「人民新報」「デパート新聞」に携わる。「その村の新年」は、1889年末から新年に向けての近江八幡市武佐を舞台にした作品。近江商人に搾取される部落の実態を通して、キリスト教に対する批判、水平社運動への期待が描かれている。「この町にも」では、昭和初期の彦根に起こった一騒動を伝えている。(川端俊英)

川田順 かわた・じゅん

1882・1・15〜1966・1・22。歌人。東京生まれ。1897年佐佐木信綱に師事。1907年東京帝国大学法科卒業。在学中小山内薫らと「七人」創刊。就職して大阪に移住し、24年「日光」に同人参加。40年京都に住み、49年鈴鹿俊子と結婚。歌集に『伎藝天』(18年3月、竹柏会出版部)、『山海経』(22年1月、東雲堂書店)、『青淵』(30年5月、竹柏会)〈足曳の山の辺かけて灯ともせる志賀の大津は一目にし見ゆ〉等。作風は浪漫主義からリアリズムを経て浪漫調に回帰。自叙伝に『葵の女』(59年8月、講談社)。滋賀県には度々訪れている。自選歌集『山海抄』(47年9月、甲文社)には22年8月の「伊吹登山」21首、「琵琶湖船中」14首〈竹生島/まひるまの島の青淵ひそやかにまつりの幡幢《はた》の影沈みをり〉、44年安土での「湖東の春」3首、堅田での「鴨」8首等を所収。上代の近江の地名を詠んだ歌を紹介する随筆「万葉の古歌から」(「観光の近江」40年2月)もある。(外村彰)

川那辺貞太郎 かわなべ・ていたろう

1867(慶応3)・月日未詳〜1907・6・20。新聞記者。近江国(滋賀県)に生まれる。号楽庵。膳所藩士。上京し、杉浦重剛の称好塾に学ぶ。明治法律学校(現明治大学)卒業。京都の「開明新聞」を経て、1890年に日本新聞社に入社。1892年に大阪朝日新聞社に転じ、のち再び日本新聞社に戻った。1896年10月25日、大阪で出された朝日新聞社の傍系雑誌「二十六世紀」の編集長となる。1902年再び大阪朝日新聞社に入社、京都支局長となった。(浦西和彦)

河野裕子 かわの・ゆうこ

1946・7・24〜。歌人。熊本県上益城《かみましき》郡生まれ。1952年2月に石部町(現湖南市)に転居し、同地で20年間生活した。石部小学校を経て62年甲西中学校卒業。61年から歌作を始め、64年宮柊二主宰「コスモス」入会。69年第15回角川短歌賞受賞。70年京都女子大学文学部国文学科卒業後、日野東中学校、翌年甲西中学校教諭となる。72年歌人永田和宏と結婚。83年から89年まで再び石部町に転居。以後京都市在住。内省的かつ豊かな感性のあふれた相聞歌から出発し、家庭生活や自然への凝視を深い情感の世界に表現している。歌集『桜森』(80年8月、蒼士社、第5回現代女流短歌賞)〈たつぷりと真水を抱きてしづもれる昏き器を近江と言へり〉、『はやりを』(84年4月、短歌新聞社)〈信楽の空は夢にも青かりき月のひかりが掲げし土器も〉、『紅《こう》』(91年12月、ながらみ書房)〈比良の嶺《ね》に夕たなびけるむらさきの雲居の裳はも湖裏《うみつつ》み昏る〉等には、近江を題材とする秀歌も多い。2002年『歩く』(青磁社)で第12回紫式部文学賞受賞。選歌集や歌論も多数。

(外村彰)

川端康成　かわばた・やすなり

1899・6・14～1972・4・16。小説家。大阪市北区此花町に生まれる。1924年東京帝国大学卒業後、横光利一らと「文藝時代」を創刊、処女短編集『感情装飾』(26年6月、金星堂)を発表し新感覚派と呼ばれる。「伊豆の踊子」(「文藝時代」26年1月～2月)で新進作家の地位を確立。意識の流れの手法を取り入れるなど様々な作風を展開。戦後は定本『雪国』(48年12月、創元社)、『千羽鶴』(52年2月、筑摩書房)等、多くの作品を発表した。68年ノーベル文学賞を受賞。滋賀にゆかりのある作品もあり、「生命の樹」(「婦人文庫」46年7月)には近江生まれの女主人公が登場、「虹いくたび」(「婦人生活」50年3月～51年4月)では作品を象徴する虹が琵琶湖畔に出現する。また「美しさと哀しみと」(「婦人公論」61年1月～63年10月)の結末は琵琶湖を舞台としている。『川端康成全集』全35巻補巻2(80年2月～84年5月、新潮社)がある。

(木田隆文)

河東碧梧桐　かわひがし・へきごとう

1873・2・26～1937・2・1。俳人。愛媛県松山市生まれ。本名秉五郎《へいごろう》。別号女月、青桐、桐仙、梧桐、海紅堂主人。中学校時代から正岡子規に俳句の添削を受ける。高浜虚子とは中学校で同級。1893年京都の第三高等学校に入学、翌年9月虚子とともに仙台の第二高等学校に転じたが3ケ月で退学。上京して子規の俳句革新運動に加わり、日本新聞社、京華日報社などへ入退社を繰り返しながら「ホトトギス」へ俳句や俳論を投稿。子規歿後「日本」の「日本俳句」選者と「日本及日本人」の俳誌発行を引き継ぎ、新傾向運動を提唱。新傾向から自由律を経てルビ句へと句風を変化させ、還暦での俳壇引退まで俳句の革新を志し続けた。『俳句評釈』(1899年5月、新声社)、『日本俳句鈔』(第1集1909年5月、第2集13年3月　政教社)等著書多数。全国を遍歴した碧梧桐は近江の景観にも目をとめており、子規派句集『新俳句』(1898年3月、民友社)に〈大津絵やかすむ湖水の七小町〉ほか春の近江に材を得た4句、『新傾向』(1915年1月、日月社)に琵琶湖の夏を詠んだ〈エリを越す頃より蛍見えそめぬ〉が入集している。

(大西仁)

川渕依子　かわぶち・よりこ

1923・7・29～。小説家、随筆家。野洲郡野洲町(現野洲市)行畑《ゆきはた》生まれ。大津市秋葉台在住。1941年大阪市立東高等女学校卒業。48年から大津市の石山や秋葉台に住む。50年結婚。64年滋賀作家クラブ入会(93年まで)、うち21年間、同クラブ事務局を担当。教育現場では認知されなかった手話《しゅわ》の普及のため生涯奮闘した養父(元大阪市立聾学校校長)を描いた先進的作品『指骨《しこつ》』(67年6月、新小説社、映画監督松山善三序文)で注目される。同人誌「滋賀作家」に12編の小説を発表。他に

『手話は心』（83年3月、日本ろうあ連盟出版部）、『手話讃美』（2000年10月、サンライズ出版）ほか2著がある。日本ペンクラブ会員。（山本洋）

河村純一 かわむら・じゅんいち
1911・4・25〜1987・2・24。歌人。彦根市生まれ。1937年京都帝国大学医学部卒業後「アララギ」入会。45年軍医としてシンガポールに従軍した際、橋本徳寿に師事し、46年「青垣」入会。47年「みづき」創刊同人。48年内科医院開業。平明な日常詠に泰然とした作者の人格が投影。歌集に『曲肱《きょくこう》』（70年6月、短歌研究社）、『近江にて』（83年7月、至藝出版社）〈湖も天もただ一いろのいぶし銀別れむとして君に向き合ふ〉、歌文集『続・近江にて』（89年2月、至藝出版社）もある。（外村彰）

川村二郎 かわむら・じろう
1928・1・28〜2008・2・7。ドイツ文学者、文藝評論家。愛知県名古屋市生まれ。東京大学文学部独文科卒業。愛知学藝大学助手、名古屋大学教養部講師、東京都立大学人文学部助教授を経て、1975年同教授。91年定年退職。92年4月より98年3月まで大阪藝術大学藝術学部文藝学科教授、その後客員教授。ドイツ文学に関しては、ノサック、ブロッホ、トーマス・マン、ゲオルグ、リルケ、ホフマン、スタール、ベンヤミン、ジンメルなどの翻訳、紹介、評論を多数行う。57年篠田一士に誘われて同人雑誌「秩序」に参加。他に丸谷才一、中山公男、菅野昭正、清水徹たちがいた。61年最初の評論として「『死者の書』について—釈迢空論」を「三田文学」10月号に発表。69年4月最初の著書『限界の文学』（河出書房新社）を刊行。これによって第1回亀井勝一郎賞を受賞、評論家として公認された。以後『幻視と変奏』（71年3月、新潮社）、『銀河と地獄—幻想文学論』（73年9月、講談社、第24回藝術選奨受賞）、『懐古のトポス』（75年7月、河出書房新社）、『チャンドスの城』（76年11月、講談社）、『内部の季節の豊穣』（78年9月、小沢書店）、『文学の生理』（79年4月、小沢書店）、『感覚の鏡—吉行淳之介論』（79年4月、講談社）、『黙示録と牧歌』（79年10月、集英社）、『語り物の宇宙』（81年7月、講談社）、『内田百閒論—無意味の涙』（83年10月、福武書店、第35回読売文学賞受賞）、『里見八犬伝』（84年10月、岩波書店）、『日本廻国記一宮巡歴』（87年5月、河出書房新社）、『アレゴリーの織物』（88年10月、岩波書店）、『白夜の回廊』（91年10月、講談社、第3回伊藤整文学賞受賞）、『日本文学往還』（93年12月、福武書店）、『神々の魅惑—旅のレリギオ』（94年3月、小沢書店）、『幻談の地平』（94年11月、小沢書店）、『河内幻視行』（94年11月、トレヴィル）、『和泉式部幻想』（96年10月、河出書房新社）、『伊勢の闇から』（97年11月、講談社）、『白山の水　鏡花をめぐる』（2000年12月、講談社）、『イロニアの大和』（2003年11月、講談社）等著作多数。2000年には第56回日本芸藝院賞受賞。ドイツ文学研究、日本文学の著作のかたわら、1970年より「季刊藝術」「読売新聞」「文藝」「朝日新聞」にて、ほぼ20年にわたって文藝時評を継続。川村は、「折口信夫や柳田国男の仕事にふれることで初めて、はっきりした形や方向を取った」として、神なる英雄の生涯を伝える「古い語り物」への関心を持つ。川村と滋賀県とのかかわりは、「甲賀三郎の物語」を求めて水口を訪れることに始まる（『語り物の宇宙』）。これはのちに、「特に甲賀三郎の物語に連なる神々の名によってかきたてられた日本諸国の一宮への関心は、時とともに強まって、初めは自分でも果たせるとは思っていなかった全国一宮巡拝を、10年足らずで終え」、『日本廻国記　一宮巡歴』を成就する。近江の一宮建部神社も、第2章「東北から東山道を上る」に登場する。ここでは、「近江は神社建築の宝庫である。」とされ、そこに数えられている坂本の日吉神社、竹生島の都久夫須麻神社は、『神々の魅惑―旅のレリギオ』の「東の日吉、西の日吉―近江紀行」に再登場する。川村は「瀬田から東北へ、草津、守山、野洲、篠原、近江八幡、安土と続く東海道沿線の、いわゆる湖南湖東の田園地帯を、ふっと心任せに歩いてみさえすれば、すぐさま鎌倉室町期の古社が、街道のほとりや集落の中心に、さりげなく立ちつくしているのに、めぐり会うことができる。」とし、「少なくともぼくの場合、時間と空間を貫く」「幻視においてしか持続しない」とされる日本風土への関心を滋賀においても示すのである。

（鎌田廣己）

川村光蔵 かわむら・みつぞう

1901・4・29～歿年月日未詳。俳人。蒲生郡八幡町に生まれる。のち、大津市井筒町に居住。公務員。俳名三象。臼田亜浪に師事する。京都盟楠会員。〈朧夜の俥一つに澄む心〉〈蛍はなるゝ山の白夜の竹嵐〉〈落つる葉に醒めし窓辺の一ッ星〉

（浦西和彦）

神崎崇 かんざき・たかし

1940・2・3～。詩人。八日市市（現東近江市）生まれ。本名珠玖《しゅく》義雄。別号崇《そう》。1962年立命館大学経済学部卒業。東海高熱工業に勤務し東京都板橋区等に在住の後、宇治市に転住。68年、臼井喜之介主宰「詩季」同人。のち「像」主宰、「柵」に参加。日本ペンクラブ、日本詩人クラブ会員。内なる深淵や喪失感への遡及から発する静的なリリシズムを湛える作風で、詩集は5冊。本名で刊行した第1詩集『この空の下』（71年8月、白川書院）には、故郷にある「延命寺山」の再訪を描いた「一本松の辺り」を収載。以後は筆名で『あなたに』（75年12月、文童社）、余呉湖に死者の転生を幻視する「湖」を収めた『神崎崇詩集』（82年11月、藝風書院）、「柵」連載の、奇術がモチーフの『マジシャン』（92年5月、詩画工房）、『月明《げつめい》』（97年12月、土曜美術社出版販売）を刊行。評論集に、四季派と現代詩の抒情について論じた『現代詩への旅立ち』（2001年9月、詩画工房）がある。

（外村彰）

神崎博愛 かんざき・ひろちか

1908・4・16～1986・8・25。農業経営学者。鹿児島県生まれ。京都帝国大学農学部農林経済学科に学ぶ。Thünen「孤立国」読書会で刺激を得る。大学卒業後5年間、朝鮮総督府農林局技手として、朝鮮の農村を旅し農民を指導する。帰国後、滋賀県下に居住。京都帝国大学助手、講師、助教授、滋賀県立短期大学農学部教授を経て、京都大学農学部教授となる。農学博士。大槻正男は、神崎が農家家計経済研究にAllen《アレン》およびBowley《ボーレイ》の計測経済学的方法、Hicks《ヒックス》の消費選択理論を応用し業績をあげたと称揚する。『農家家計経済の研究』（1955年8月、養賢堂）他を著す。随筆『やぶにらみ』（64年10月、岡田重信）は、61、62年のアメリカ紀行で、神崎の邦楽や野球趣味も窺える。大津市農業委員を多年務め、大津市政功労者。肺炎のため滋賀医科大学附属病院で死去、享年78歳。

（堀部功夫）

【き】

菊岡久利　きくおか・くり

1909・3・8〜1970・4・22。詩人、小説家。青森県弘前市生まれ。本名高木陸奥男《みちのくお》。少年時代から詩、絵画に才能を発揮。中学校を中退し、秋田の鉱山争議に関係してたびたび入獄。表現活動のほうでも激しく行動する。詩集に『貧時交』(36年1月、第一書房)、『時の玩具』(38年10月、日本文学社)など。小説集に『怖るべき子供たち』(49年5月、日比谷出版社)など。『時の玩具』に「琵琶湖畔」が収録されている。　(唐井清六)

菊池寛　きくち・かん

1888・12・26〜1948・3・6。小説家、劇作家、雑誌編集者。香川県高松市生まれ。本名寛《ひろし》。松平藩藩儒の家系。1841年高松中学校を卒業、1910年第一高等学校入学。友人の窃盗事件を庇って退学処分後、14年京都帝国大学英文本科へ入学。特に英国近代劇に傾倒し、同年2月芥川龍之介の勧誘で第3次「新思潮」同人に加入。17年第4次「新思潮」上に作品を発表。その間16年に京都帝国大学卒業、時事新報社会部記者となる。18年から21年まで短編を精力的に発表し、文壇に地位を確立。「真珠夫人」(「東京日日新聞」「大阪毎日新聞」20年6月9日〜12月22日)以後は長編通俗小説を執筆する。23年文藝春秋社を設立し、総合誌「文藝春秋」を創刊。22年文藝家協会初代会長となる。戦後公職追放を受け、追放解除されないまま48年死去。『菊池寛全集』全29冊(93年1月〜2003年8月、高松市菊池寛記念館)がある。

＊大力物語《だいりきものがたり》　短編小説。〔初出〕「夕刊新大阪」1947年7月15日〜19日、21〜23日、「好色物語」第11話。〔初収〕『好色物語』47年6月、三島書房。◇「好色物語」は平安時代の説話から、様々な男女の情愛に関する物語を博捜したもので、本話では主に強力の女性に関する逸話を収めている。その中で第1、2話は滋賀県所縁の女性が主人公であり、第1話は相撲の節会に召された越前国の佐伯氏長が、近江国高島郡石橋(高島市安曇川町石橋)で大井子という強力の美女と出会い、彼女の鍛錬を受けたという話、また第2話は海津の浦(高島市マキノ町海津)の遊女お兼が、暴れ馬を止めるのに馬の引き綱を足駄で踏まえて押さえたという逸話である。『古今著聞集』第377話、第381話に見られる。　(楠井清文)

菊地尚　きくち・ひさ

1892・12・26〜1973・8・8。歌人。京都市生まれ。同志社高等女学校(現同志社女子大学)を経て1922年同校英文選科卒業。はじめ洋画を志し都島英喜に師事、朱葉会に所属。24年瀬田町(現大津市)神領の菊地家に嫁ぐ。その後は五島(石榑《いしくれ》)茂に師事。30年瀬田町初の幼稚園を設立。34年「心の花」入社。38年「立春」創刊同人、合同歌集『火線』(41年7月、立春発行所)に参加。49年「女人短歌」に所属。52年3月、佐々木綾子の「湖《うみ》千鳥」を母胎とした「歌樹」を創刊主宰。瀬田町文化委員となり「静流」主宰。56年滋賀文学祭短歌選者。居住する近江国府旧跡付近の自然を観照し、日々の思索と叙情を格調高く詠じた、滋賀県歌人会の重鎮であった。61年「滋賀・文学と散歩の会」入会。71年には歌樹社を柳田暹瑛に託し、歌文集『山畑集』(71年11月、初音書房)を刊行している。〈ひるの陽に白く光れる湖見ゆるこの丘原は楤《たら》芽ぶきゐて〉　(外村彰)

岸田俊子　きしだ・としこ

1863（文久3）・12・5〜1901・5・25。婦人民権家、小説家。現在の京都市下京区松原通東洞院下ルに、呉服商（小松屋）岸田茂平衛・タカの長女として生まれる。本名俊。雅号中島湘煙。筆名月州、千松閣女史、花の妹など。創設期の下京区第15番組小学校（5等5年間）に入学。1871年には俊秀生として、5年を待たずに中学校に進学。1879年推薦で宮中女官、文庫御用掛となるが、まもなく辞任。1881年に四国で自由民権の立志社と巡り会う。1883年大津四宮劇場での「函入娘」という学術演説が政談を含んだというので閉会後拘引され、集会条例違反で罰金5円に処せられる。1884年頃、元自由党副総理中島信行と自由結婚。1901年神奈川県大磯で病死。墓は大磯の大運寺にある。その明快な女権論と男女平等論をもって、明治の自由民権運動史を彩った輝かしい存在である。演説で有名。評論、小説も書いたが、特に日記類は膨大。

＊湘煙選集《しょうえんせんしゅう》　著作集。〔初版〕『湘煙選集』第1巻1985年2月、第2巻85年10月、第3巻86年5月、第4巻86年10月、不二出版。◇内容は以下の通り。第1巻『岸田俊子評論集』編・解説鈴木裕子。第1部評論編　Ⅰ函入娘・婚姻の不完全、Ⅱ同胞姉妹に告ぐ、Ⅲ「女学」への転向、Ⅳ鳴呼悲哉。第2部資料編　Ⅰ婦人の素顔・中島湘煙女史、Ⅱ大津事件顛末、Ⅲ各地での演説報道関係記事。第2巻『岸田俊子文学集』編・解説鈴木裕子。Ⅰ山間の名花（善悪の岐《ちまた》・山間の名花・伯爵の令嬢・一沈一浮）、Ⅱ大磯だより（白砂青松の郷・大磯だより・ここちよき）、Ⅲ湘煙詩抄（春夜作・懐ひを長城外君に寄す）。第3巻『湘煙日記』解説西川裕子、解題大木基子。第4巻『岸田俊子研究文献目録』編・解説鈴木裕子。

＊湘煙日記《しょうえんにっき》　日記。〔初版〕『湘煙日記』湘煙選集第3巻、86年5月、不二出版。◇岸田俊子の自筆日記のうち、現存することが確認されたものを書き起こしたもの。その全容は以下の通り。Ⅰ「獄ノ奇談」1883年10月12日〜10月19日、Ⅱ「内外日史」1891年9月13日〜10月3日、Ⅲ「日史」1891年11月27日〜12月31日、Ⅳ「日史」1892年9月22日〜11月3日、Ⅴ「日史」1894年1月1日〜5月17日、Ⅵ「日史」1896年9月27日〜12月30日、Ⅶ「無題」1900年12月11日〜01年1月31日、Ⅷ「無題」01年3月19日〜5月20日。これら8冊の日記を内容上から分類すると、次の3種類に分類できる。（1）民権運動期（Ⅰ）青春の記録、獄中日記（2）家庭生活期（Ⅱ〜Ⅵ）壮年の記録、主婦日記（3）病床期（Ⅶ、Ⅷ）晩年の記録、病中日記。俊子の日記は驚くほど正確であり、近代史上、女性史上、文学史上有意義な記録と言える。

＊函入娘《はこいりむすめ》　演説筆記。〔初出〕「公判傍聴筆記　岸田俊女被告事件」、「日本立憲政党新聞」1883年11月15日〜11月22日。〔初収〕『岸田俊子評論集』湘煙選集第1巻、1985年2月、不二出版。◇1883年10月12日、岸田俊子は大津四宮劇場で学術演説を行ったが、それが政談も含まれているとして、集会条例違反で罰金5円の刑に処された。その時の演説が「函入娘」であり、これを傍聴筆記したものが先の新聞に掲載された。その主張の骨子は、娘を入れる「函」には、「女大学ニ女小学ノ如キ（中略）ヲ学ブ函」「深窓長簾ノ函」「濫リニ母権ヲ張ル函」の3つの函があり、「今日ノ如キ智識開達ノ時」に臨んでは「世界ノ如キ大且ツ自由ナル函」にこそ娘を入れ、「宜シク学バシメ自由ヲ得セシムルベキ」だというものである。なお同名の評論が演説の行

われた同じ月に駸々堂より『函入娘・婚姻之不完全　全』（『湘煙選集第1巻』に収録）として出版された。（高場秀樹）

岸竹堂　きし・ちくどう

1826（文政9）・4・22～1897・7・27。日本画家。彦根藩士寺居孫三郎重信の三男として、彦根城下で生まれた。1838（天保9）年狩野派の画師中島安泰に絵を学ぶ。1842（天保13）年京都に出て、狩野縫殿助永岳に入門。翌年岸連山に師事し、1854（嘉永7）年に養嗣子となった。1862（文久2）年に天寧寺襖絵に「龍虎図」などを描いたが、幕末の戦乱で、生計に困窮した。1874年西村総左衛門の依頼により友禅の下絵を描くようになる。1880年京都府画学校創立に参画。1884年第2回内国絵画共進会で「鬼子母神」「寒林遊鹿」が銅賞を受ける。1893年シカゴ万国博覧会で「虎図」が賞牌を受賞。1896年帝室技藝員となる。作品に、皇居造営に際し杉戸の「杉に白狐・莵田に雀」、袋戸の「池辺に蛍」、東本願寺本堂の「鳳凰」「草花」、「月下猫図」などがある。1987年4月～5月、滋賀県立近代美術館で「岸竹堂賞展」が開催された。（浦西和彦）

貴司山治　きし・やまじ

1899・12・22～1973・11・20。小説家。徳島県鳴門市生まれ。本名伊藤好市。鳴門尋常高等小学校卒業。新聞の懸賞小説に応募して当選し、1925年に上京、作家生活に入る。文学の大衆化を念頭におき、プロレタリア文学をもその路線にのせようとした。代表作に「止れ、進め―ゴー・ストップ」（「東京毎夕新聞」28年8月～29年4月、30年4月『ゴー・ストップ』と改題して中央公論社から出版するが発禁となる）、短編では「舞踏会事件」（「無産者新聞」28年11月）、「忍術武勇伝」（「戦旗」30年2月）、「バス車掌七百人」（「戦旗」31年1月～3月）、「ハンスト」（「文学時代」31年5月）など。32年、34年と二度検挙される。35年7月文藝雑誌「文学案内」を創刊して、志賀直哉との対談「文学縦横談」（35年10月）などを掲載して反響をよぶ。戯曲「石田三成」（「テアトロ」35年5月）では、大津、石山などが舞台となっている。（唐井清六）

北垣吾楽　きたがき・ごらく

1904・月日未詳～1988・11・18。俳人。滋賀県生まれ。本名雅楽一《うたかず》。滋賀県立膳所中学校を経て、1927年慶応義塾大学経済学科卒業。江若鉄道に勤務の後、日吉大社に奉職。30年京鹿子に入会。その支部で、大津在住者の集まりである浮寝句会にて句作。76年4月より歴史紀行的な随筆「湖西余情」を執筆する。87年京鹿子功労賞を受賞。歿後、京鹿子主催の丸山海道の尽力により、遺句集『坂本抄』（89年10月、京鹿子社）が刊行された。〈内湖を眺める部屋の鴨料理〉〈叡山に葛湯溶かして雲つくり〉、絶筆は〈宝船稲穂を飾りより帆上げ〉（西尾宣明）

北方謙三　きたかた・けんぞう

1947・10・26～。小説家。佐賀県唐津市生まれ。学生時代は全共闘運動に関わる。1973年中央大学法学部卒業。70年「明るい街」でデビュー。ハードボイルド小説『弔鐘はるかなり』（81年10月、集英社）で注目され、第2作目の『逃れの街』（82年4月、集英社）は東宝系で映画化される。83年に『眠りなき夜』（82年10月、集英社）で第4回吉川英治文学新人賞、第1回日本冒険小説協会大賞を受賞。84年に『檻』

（83年3月）で第2回日本冒険小説協会大賞。85年に『渇きの街』（84年3月、集英社）で第38回日本推理作家協会賞、『過去《リメンバー》』（84年7月）で第11回角川小説賞、『明日なき街角』（85年2月、新潮社）で第5回日本文藝大賞受賞。「武王の門上下」（89年9月、新潮社）を刊行後、歴史小説を手懸ける。91年に南北朝動乱を扱った歴史小説『破軍の星』（90年11月、集英社）で第4回柴田錬三郎賞。その他、主な歴史小説に『陽炎の旗』（91年12月、新潮社）、『林蔵の貌上下』（94年6月、集英社）、『三国志』全13巻（96年11月〜98年10月、角川春樹事務所）がある。97年日本推理作家協会理事長に就任。

＊道誉なり《どうよなり》　長編小説。〔初出〕「中央公論」95年2月〜12月。〔初版〕『道誉なり』95年12月、中央公論社。◇柏原と甲良に居を構え、近江半分を支配下に収めた婆沙羅大名、佐々木道誉を主人公にして南北朝の動乱を描いている。小説時間は六波羅探題と鎌倉幕府が相次いで滅亡し、光厳天皇を廃して、年号を元弘に戻した1333（元弘3）年直後から、足利尊氏が歿する1358（正平13・延文3）年の25年間である。尊氏と距離を取りながら、近江から動かず蓄財し、「悪党」と呼ばれる土豪や野武士を巧妙に操り、さらに都の公家社会にも食い込む道誉が、尊氏歿後、尊氏の子義詮を補佐し、足利将軍家を支える中心的存在となるまでを描くとともに、一方で天下を取るに至る尊氏の権力者としての孤独と逡巡、あるいは狡猾と勇気を描いている。尊氏の家臣高師直と道誉が「帝が、この国の民に益をもたらしたことが一度でもあるか」「帝は、あやかしのような力を持っている。あやかし以外のなにものでもないのに、人はそれがまことの力だとも思っている」と天皇について語る部分がある。共同幻想としての天皇像を語っていて、かつての全共闘運動家であった北方の天皇観が現れている。また道誉が幼年の頃から身近に置いた童子が成人して、道阿と観阿弥という藝者になっていくのを描き、「まこと、いい藝は、ただいい藝なのでございます。人に愉しみを与え、生きる喜びを与え、すぐ忘れ去られる。藝とはそうしたもの」と作中人物に語らせる部分からは、政治運動から作家に転身した北方の藝術観を嗅ぎとることもさして困難ではない。　（北川秋雄）

北川絢一朗　きたがわ・けんいちろう

1916・10・3〜1999・1・13。川柳作家。愛知郡秦荘町（現愛荘町）に生まれる。本名賢治郎。1932年ごろから川柳を「日出新聞」の日出柳壇に投句。紀二山に師事。35年京都川柳社を設立。53年平安川柳社を設立。57年4月「平安」を創刊。56年「京都新聞」川柳欄の選者の1人として活躍。78年9月創立された川柳新京都社の同人代表となり、「川柳新京都」を隔月刊行。通俗川柳、時事川柳とは一線を画し、平明にして文藝性に富んだ詩性川柳を指向した。95年2月『泰山木』（私家版）を刊行。〈百冊の本をまたいでなお飢えに〉　〈浦西和彦〉

北川舜治　きたがわ・しゅんじ

1841（天保12）・5・8〜1902・10・15。地誌学者。栗太郡志津村大字部田（現草津市青地町）生まれ。号は逸所、静里。祖父狂逸に家庭教育を受け、1859（安政6）年京都に出て、山本榕堂に経史と博物学を学ぶほか、山本主善などに付く。ひろく医学、儒学、詩文を研鑽し、1863（文久3）年に帰郷。医業のかたわら、児童を教えた。修史の志を立て、1874年『内外史略』を著し、翌年滋賀県に出仕して史誌編輯事務兼学務を担当し、『近江地志略』を著すなど、県令籠手田安定に信任された。1882年栗太郡の学務担当書記に転じるが、1886年官を辞め、私塾修文館を草津村に開設する。その後も『滋賀県沿革志』など多数の著述を続け、三上神社昇格調査にも従事する。現在、小槻神社社務所に静里文庫がある。

＊近江地誌略《おうみちしりゃく》　地誌。木版和綴、上下2巻。〔初版〕『近江地誌略』1877年6月、五車堂。◇上巻は滋賀県に関する総論と、志賀、栗太、甲賀、野洲、蒲生、神崎郡誌。下巻は愛知、犬上、坂田、浅井、伊香、高島郡誌。滋賀県の総論では、形勢、湖水形状、幅員、各郡位置、郡区戸口、田圃、神社総数、寺院総数、学区総数、軍鎮、道路駅程、管轄沿革について述べている。郡誌では、山岳、河川、原野、瀑布、田圃反別、区画戸口、神社、寺院、学校、物産、村落市街、陵墓、古城、古跡、古戦場について述べる。総論で「近江国ノ地形ハ四囲山脈連続シ南ヨリ北ニ向ヒ楕円ノ形ヲナシ而東北ニ一角ヲ突出ス」「湖面ノ全形琵琶ニ似タルヲ以テ琵琶湖ト云フ」と記している。

＊近江名跡案内記《おうみめいせきあんないき》　地誌。〔初版〕『近江名跡案内記』1891年3月12日、私家版。◇「凡例」に〈本書ハ近江国ノ名跡ニ関スル事跡ヲ採集ス其引証ハ六国生史以下雑記及ヒ古人ノ編成スル二三部ノ近江地誌ヲ根拠トス〉〈本書編纂ハ官道ヲ以テ大段落ヲ立テ中節目トシ荘若クハ郷ヲ小節目トス〉。〈社寺ノ縁起書由緒〉や〈土人口碑ニ伝フル所〉は〈妄誕虚説多シト雖モ〉〈是レ亦一種ノ歴史ニシテ反テ正史実録ノ誤ヲ正スコトアリ〉として収録、考察の対象としている。巻一近江国総論　巻二、三は東海道　巻四、五は西近江路　巻六、七は中山道　巻八御代参街道　巻九朝鮮人街道　巻十、十一は北国街道　巻十二北国脇往還という構成になっている。

（北川秋雄）

北川縫子　きたがわ・ぬいこ　1924・7・15～1978・8・13。詩人。京都市生まれ。旧姓大和田。京都府立第一女子高等学校卒業。1947年結婚、草津市に居住。66年近江詩人会に入会。滋賀文学祭特選など活発に詩作を続け、74年4月詩誌「ごり」に同人参加。78年2月に癌の発病を知り、以後の「詩人学校」に、かけがえのない自己の生命を誠直に凝視する詩境を示す。遺著として、絶唱「最後の注文」等を収める詩集『冬華《ふゆばな》』（78年8月、近江詩人会）を刊行。

（外村彰）

北川冬彦　きたがわ・ふゆひこ　1900・6・3～1990・4・12。詩人、映画評論家、翻訳家。大津市浜通りに生まれる。父勉・母フキの長男。本名田畔《たぐろ》忠彦。父は日露戦争の際、野戦鉄道隊員として満洲（現中国東北部）に渡る。日露戦争後南満洲鉄道社員となる。母は大津駅長の長女。1907年4月大津小学校に入学。1年生の1学期に父に伴い渡満して瓦房店、鉄嶺、安東、大連の各小学校を転々とした。12年旅順中学校に入学。19年第三高等学校文科丙類に入学。22年東京帝国大学仏蘭西法科に入学。旅順中学校の同級で早稲田大学生の城所英一、富田充らと同人誌「未踏路」に参加、フランス詩の翻訳を載せる。24年11月詩誌「亜」を創刊。25年1月「未踏路」を解散し、同じく城所らと「面」を創刊。同月第1詩集『三半規管喪失』を至上藝術社より刊行。3月東京帝国大学仏蘭西法科を卒業し、同時に同大学の仏文科に入学したが中退。「朱門」の同人となり、阿部知二らを知る。「青空」にも参加。26年10月詩集『検温器と花』をミスマル社より刊行。その「後記」に「私には、詩集

「三半規管喪失」以後、明かに一転期が来た。主観の爆発から内潜へ。暗き文学から明るき文学へ。それから立体的構成へ。爆発が極まると、必ず内潜がくる。これは、詩的精神発展の正しき段楷であると固く信じてゐる」と述べる。27年3月飯島正の紹介でキネマ旬報社編集部に入り、映画批評を書いた。28年9月春山行夫らと「詩と詩論」を創刊。29年10月当時のファッショ的時流に抵抗を示した詩集『戦争』を厚生閣より刊行。30年4月丸山薫らと「時間」を編集発行。同年6月「詩と詩論」から離れ、神原泰らと『詩・現実』を武蔵野書院より発行。31年6月詩的短編「北方」を「中央公論」に発表。伊藤信吉の勧めにより同年8月に日本プロレタリア作家同盟に加入した。12月叙事詩的小説「レール」を「中央公論」に発表。32年11月神保光太郎らと月刊同人誌「麺麭」を発行。詩集『氷』(33年11月、蒲田書房)、『北方』(35年6月、蒲田書房)、『いやらしい神』(36年4月、蒲田書房)などを出版。42年1月陸軍報道班員としてマレー半島へ徴用派遣された。戦後、45年11月に引き揚げる。旺盛な詩活動を開始し、47年9月に詩集『蛇』を出版。48年1月吉田一穂らと「現代詩」を詩と詩人社より創刊。長編叙事詩運動を提唱し、11月に『氾濫』を草原書房より刊行。50年1月現代詩人会を創立、3年間幹事長に在任、詩壇の再建に努める。50年5月ネオ・リアリズム詩運動を提唱し、詩誌「時間」(第2次)を創刊。56年9月中国訪問日本代表団の一員として3ケ月滞在。64年1月渡欧、西独ハンブルク大学で講演。65年8月詩劇『巨大な胃袋の中』をシャール・シュミットの訳でドイツのルフテンハント書店より刊行。映画論に『映画への誘い』(52年10月、温故堂出版部)、『シナリオの魅力』(53年7月、社会思想研究会)、訳詩集に『神曲―地獄篇』(53年10月、創元社)、詩集に『北川冬彦詩集』(54年5月、角川書店)、『しんかん』(64年11月、時間社)がある。吉田精一は「二十世紀の詩精神と詩体は、北川冬彦によって創造された。近代詩に対する、現代詩の始祖と見ることも可能である」(『北川冬彦詩集 北京郊外にて他』73年11月、時事通信社)と評した。

(浦西和彦)

北岸佑一 きたぎし・ゆういち

1903・7・29～1976・7・22。演劇評論家。近江八幡市生まれ。1927年東京外国語学校仏語部卒業。大学時代、外村繁らが創刊した膳所中学校卒業生だけの同人誌「行路」(のち「黒生《くろふ》」)に加わり、稲垣達郎《いながきたつろう》らと交わる。報知新聞社に入り、29年朝日新聞社に転ずる。34年大阪本社学藝部記者となり、文化、演劇欄を担当。能、狂言、歌舞伎、文楽、雅楽等の古典演劇の紹介、劇評を執筆しながら、外部の演劇雑誌にも評論、研究を発表した。58年定年退職後も同社客員として活躍し、浪速短期大学教授、63年より大阪藝術大学教授となった。評論家としてだけでなく演劇の現場にも直接関わり、52年来日したイギリスの劇作家J・B・プリーストリーを能「道成寺」に案内、63年東京での「東西演劇シンポジウム」に携わり、60年ジャン・ルイ・バローの文楽観賞に同行した際のエピソードを紹介して、バローの鑑識眼を評価しながら文楽の藝術性を説いている。中でも62年から始まった大阪国際フェスティバル能における、原初的な野外演能を求めて、ステージに洋楽用の反響板を組んだ上に敷舞台を置き、橋懸りをつけ、上手に地謡座を設け、柱、鏡板を排し自然木の松を立て、上手に竹を立てて、橋懸りの前に龍安寺石庭を模して枯山水の石組みを配する、という試みは好評をもって迎えられた。編著『能のたのしみ』（65年11月、朝日新聞社）では、52曲の解説と一部写真を担当し能の象徴的表現を説く。古典藝能に関する造詣と知識を買われて、文化庁文化財保護審議会専門委員、藝術文化専門調査委員、文楽協会専門委員、国際演劇協会理事、日本演劇学会理事なども務める。また長年にわたって朝日五流能、フェスティバル能、朝日狂言会などの企画、運営に当たり、70年には日本能楽団の欧州公演に舞台監督として同行。共著に『伝統藝術講座第2巻歌舞伎・文楽』（浜村米蔵、戸部銀作編、55年8月、河出書房）、『日本の古典藝能第2巻雅楽』（藝能史研究会編、70年2月、平凡社）、『文化財の鑑賞』（79年2月、第一法規）など。74年勲四等双光旭日章を受章。（高橋和幸）

北田関汀 きただ・かんてい

1908・1・日未詳～歿年月日未詳。俳人。甲賀郡に生まれる。本名正二。1933年から大津市松幡町にて眼鏡専門店を経営。50年市民俳句講座を受講。修了後、同講座講師であった中本紫公のすすめで俳句結社花藻社に入社。翌年「花藻」同人、編集に推薦され、以後同社の中心会員として活躍した。53年大津市俳句結社連盟の創立発起人となり、会計、理事、副会長を歴任した。句集に『貝殻』（61年9月、花藻社）がある。（木田隆文）

北村綾子 きたむら・あやこ

1915・3・17～。歌人。岐阜県高山市生まれ。大津市馬場在住。旧姓尾崎。医師の長女。東京府立向島高等女学校卒業。1935年千代田女子専門学校（現武蔵野女子大学）卒業。40年結婚と同時に大津市膳所に移住。53年1月歌誌「歌樹」創刊にともない入会。佐々木綾子、菊地尚、柳田暹《せん》暎《えい》の指導をうける。74年近藤芳美主宰の「未来」にも入会。2001年1月より「京都新聞」読者歌壇の選者となる（2002年3月まで）。滋賀県歌人協会会員。歌集『ゆりかもめ』（1985年1月、歌樹社）には、既発表歌2300余首から選んだ546首を収載。〈園城寺《おんじょうじ》の経蔵に出でし円空仏春のひかりゐまふ寂けさ〉（山本洋）

北村想 きたむら・そう

1952・7・5～。劇作家、演出家、小説家。栗太郡瀬田町神領（現大津市）に生まれる。本名清司《きよし》。県立石山高等学校卒業後、大学進学の意欲が湧かず、フランスの大学に行こうと新聞配達をしながらフランス語の勉強をしていたが、友人に誘われて中京大学の演劇部「劇団いかづち」に参加。1973年4月「演劇師団」を旗揚げ。同月公演の「哀愁列車」で、作・演出を手掛ける。最後まで台本を書きあげることができず、結末は現場で作ったのだというが、観客から万雷の拍手を受け（ただし昼夜合わせて観客は30人ほどでしかなかった）、演劇活動の続行を決意。9月の第2回公演は、坂口安吾の「風博士」を下敷きにした「風とレクイエム」。11月の第3回公演は太宰治の「駈け込み訴え」を下敷きにした「霧の中の少女」。いずれも作・演出を担当。77年劇団名を「TOTAL PRODUCE ORGANIZER師★団（略称、TPO師★団）」と改名。79年12月「寿歌《ほぎうた》」の作・演出を担当。翌年には初めての本『不思議想時記』（80年3月、名古屋プレイガイドジャーナル）を出版し、「寿歌」もここに収録される。のちに『北村想の劇襲』（82年2月、而立書房）に改稿されて再録。80年4月初めて東京で公演。浅草木馬亭で「寿歌」を上演する。10月「TPO師★団」

が名古屋都市文化奨励賞を受賞。81年3月「新釈遠野物語・最後の淋しい猫」（作・演出を担当）をもって「TPO師★団」を解散。11月に「彗星'86」を結成。翌82年4月の旗揚げ公演で「寿歌Ⅱ」の作・演出を担当。8月「ミュージカル・ふしぎの国のアリス」の脚本を担当。84年2月、前年7月に作・演出を手掛けた「十一人の少年」が岸田国士戯曲賞を受賞。85年9月「寿歌西へ」の作・演出を担当。86年1月「彗星'86」を解散。同年3月「プロジェクト・ナビ」を結成。6月「想稿・銀河鉄道の夜」の作・演出を担当。89年やはり賢治作品をモチーフにした「雪をわたって……第二稿・月のあかるさ」で、紀伊国屋演劇賞個人賞を受賞。95年10月「けんじの大じけん」の作・演出を担当。東京での公演は、これ以降行わないことを発表。理由は小劇場ブームの去った東京で、これ以上公演を続けていくのが難しいと判断したため。96年から兵庫県伊丹市で伊丹想流私塾を開き、戯曲の書き方を指導し現在に至る。北村は戯曲の他にも、怪人二十面相の側から名探偵明智小五郎との勝負を描く『怪人二十面相・伝』（89年2月、新潮社）や、自伝的小説『ケンジ　あの日あの人は歌っていた』（90年5月、角川書店）などの小説、『〈ヘシ〉についての冒険』（94年10月、あかね書房）、『少女探偵夜明　黒の女王との戦い』（96年6月、あかね書房）、『アルミちゃん』（97年12月、小峰書店）、『むらさき先生のふしぎなスカート』（98年1月、あかね書房）などの童話を執筆。エッセイ集には『シンプルるん』（90年9月、PHP研究所）、また『高校生のための実践劇作入門』（Part1　2000年8月、Part2　2001年12月、白水社）もある。

　北村の出世作である「寿歌」は、彼の代表作であると言ってもよい。これは「病気が書かせた芝居」（この頃、北村は鬱状態に陥り、大学病院の精神科を受診している）であり、本人でさえ何を書いてあるのかわからないものだったというが、後年になると「過去の私が、現在の私に残した、私に向けた作品だった」と述懐されるようになる。舞台となるのは核戦争勃発後、廃墟となった「ある関西の地方都市」で、家財道具を積んだリヤカーを引きながら旅芸人のゲサクとキョウコが、ヤスオ（早く発音するとヤソ。現代のキリストを思わせる人物）と出会うところから始まる。人類の終末を思わせるようなシリアスな設定だが、ナンセンスやギャグが満載され、北村の持ち味であるとされる「明るい虚無感」が全面に漲る作品となっている。岸田国士戯曲賞を受賞した「十一人の少年」は、ミヒャエル・エンデの童話『モモ』を下敷きにしており、清掃局に勤務する演劇青年の青木が、上演予定の台本「十一人の少年」を朗読していたところ、浮浪者にして売春婦である盲目の少女スモモに出会うことから始まる。青木は人々から「想像力」を買い集めようとたくらむ「未来保険」のコンパニオン一派に目をつけられるが、難を逃れる。賢治童話をモチーフにした「想稿・銀河鉄道の夜」は、「銀河鉄道の夜」を大胆な解釈を加えながら戯曲に書き換えたもの。「けんじの大じけん」では、賢治を悪漢にしたてあげ、賢治童話の「よだかの星」「どんぐりと山猫」「毒もみのすきな署長さん」「なめとこ山の熊」「セロ弾きのゴーシュ」「風の又三郎」などの設定や登場人物を借りて、縦横無尽に物語を展開させている。

＊ケンジ　あの日あの人は歌っていた《けんじ　あのひあのひとはうたっていた》　中編小説。〔初出〕「野生時代」1989年11月。〔初収〕『ケンジ　あの日あの人は歌っていた』90年5月、角川書店。◇自伝的小説。北村の幼年時代から

中京大学（小説ではT大学）でニセ学生をしながら「劇団いかづち」（同、いなづま）に参加していた頃の愛と性、友情、学園紛争…に明け暮れた日々を描いたもの。幼年時代を書いた部分では、予科練（海軍飛行予科練習生）あがりの工員だった父が、口よりも手が先に出る人であったこと、母は小学校の教員で、業者から見本として送られてくるドリルやテストの類を息子の机の上に積み上げていたこと、などが描かれる。両親が共稼ぎだったため、北村と祖母の関係は深く（血の繋がりはなかったらしい）、祖母とのエピソードとして、ある時テレビの連続ドラマでやっていた「怪傑ハリマオ」の歌を歌っていると、祖母が一緒に歌いだしたので驚いたところ、祖母はマライにいた頃、馬に乗って走っていくハリマオに旗を振ったことがあったという。又、祖母と一緒に瀬田川をセーラー服を着た美しい女性の水死体が流れていくのを見たこと、などが書かれている。尚、少年時代のエピソードは『北村想大全☆刺激』（83年4月、而立書房）に収録されたエッセイと重複するところがある。

＊エリゼのために《えりぜのために》 戯曲。〔初収〕『屋上のひと／エリゼのために』90年5月、白水社。◇81年、S県立西山高等学校（北村の出身校である滋賀県立石山高等学校を容易に想像させる）の演劇部部室に、差出人不明の呼び出し状で4人のOBが集まる。思い出話をするうち、当時ただ1人の女性部員で、原因不明の自殺をしたエリゼことクサカベエリコの話題に移る。そこにエリゼの母と兄が現れ、自分たちが4人を呼び出したことを告げる。そしてエリゼの自殺が、望まなかった妊娠を苦にしてのものであったことを明かし、4人とエリゼの関わりについて問う。4人はそれぞれエリゼへの愛を告白し、エリゼの相手がこの中にいるのではないかと疑心暗鬼になるが、エリゼの遺書が読まれることにより、その相手が実の兄であったことが判明する。8年後、36歳になった演劇部のOBたちは再び部室で会うが、コイケ・ノボルは既に病死していた。3人はその場でコイケの遺書を読むが、そこには自分がエリゼの相手だったと書かれている。しかしそれを信じる者は誰もいない。3人はもう二度と集まらないことにしようと決めて、部室を後にする。

（信時哲郎）

木下碧露 きのした・へきろ

1894・1・19～1987・1・13。俳人。神崎郡能登川町（現東近江市）生まれ。本名弥三郎。関西大学法学部卒業。1916年神崎呉服店、32年丸玉創業。のち大津市に旅亭紅葉、木下美術館を開設。原石鼎に師事し「ホトトギス」「京鹿子」「ヂギタリス」等に参加。60年5月に私家版句集『外遊追想句』を、以下第7集（72年7月）まで発行。自伝に『奔馬の一生』（76年11月、出帆社）。旅亭紅葉に句碑〈鴨は未だ鳰一列に朝の湖〉等がある。

（外村彰）

木下正実 きのした・まさみ

1950・5・20～。小説家。甲賀郡雲井村（現甲賀市信楽町）大字黄瀬《きのせ》生まれ。甲賀市信楽町在住。1969年県立大津高等学校卒業。滋賀県庁統計課などに勤務しながら立命館大学文学部人文学科日本文学専攻卒業。在学中の73年、日本民主主義文学同盟と同滋賀支部に加盟。74年日本青年文化コンクールで短編「青春の論理」（「青年運動」7月）が入選。その後県庁を退職し、県会議員秘書や新聞記者をしながら創作の道を選ぶ。78年、社会の底辺に生きる失業対策事業労働者をえがいた「明日への架橋」が、「文化評論」の懸賞小説の最終候補となり、81年1月、小児麻痺の妹をモデルにした「明子」が「滋賀民報」の文芸作品募集で入選。同81年4月から職を辞して創作活動に専念しようとした矢先の6月、郷里の父が死去。82年6月、父親の生と死を農村社会の人間と現代の時代状況とにからめて描きだした160枚の中編「彼岸花」が、「民主文学」にいっきょ掲載、全国的に注目された。つづけて同誌に各作200枚におよぶ中編小説「季節のめぐみ」（82年11月）、「季節の断層」（83年6月）、「季節の谷間」（83年11月）を発表。ともに信楽山地の舞台が克明に描きこまれ、高度経済成長によって急速に変貌する農村と人びとのいとなみを濃密でさわやかな文体によって形象化した。84年日本民主主義文学同盟を退会し、同盟議長の霜多正次、編集長の中野健二らと文芸同人「葦牙《あしかび》」を結成。同誌に「彼岸花」の続編「命の火影」（85年6月）を書き、86年11月この2作を収めた単行本『彼岸花』（みずち書房）を、88年9月には『季節の断層』（みずち書房）を出版した。文芸評論家の松崎晴夫は「80年代の最前線に位置する作家」と評した。他の著書に、78年に県内の中学校でおきた中学生殺人事件のルポルタージュ『生きる意欲を育てる』（78年7月、白石書店、共著）、川柳（平賀胤寿作）から喚起されるイメージを自由に書きつづった新形式の句文集『生きるとは　にくやの骨のうずたかし』（95年5月、こうち書房、共著）がある。2000年4月から大阪文学学校の講師をつとめ、同校の文芸季刊誌「樹林」に「ぼくを変えた言葉」（2000年11月）、「障害・病気と文学」（2001年11月）などのエッセイや文学論を発表、活動を続けている。日本ペンクラブ会員。

＊**彼岸花**《ひがんばな》　中編小説。〔初出〕「民主文学」1982年6月。〔初収〕『彼岸花』86年11月、みずち書房。◇高等学校卒業と同時に郷里の信楽をはなれ、県庁所在地の大津で妻子と核家族を築いてきた主人公は、父親の悲惨な死をきっかけにして「村」と自分たちとの関係を見つめ直し、ふたたび「父と父につながるひとが生きてきた在所に生きる」思いを強め、信楽で生活する。その過程が過去と現在ないし現代との重なり合う時間構成のなかに描きだされ、読者に感動をあたえる。老人介護や親の扶養といった日本各地にみられる深刻な今日的課題にも通じる中編小説である。

（山本洋）

木下杢太郎　きのした・もくたろう

1885・8・1～1945・10・15。詩人、劇作家、随筆家。静岡県伊東市生まれ。本名太田正雄。別号きしのあかしや等。1907年「明星」同人。翌年「パンの会」を主催、09年「スバル」に参加。森鷗外に師事した。11年東京帝国大学医科大学（現東京大学）医学部卒業。糸状菌研究の権威として斯界で活躍。東西の藝術にも通じ、反自然主義の立場から戯曲集『南蛮寺門前』（14年7月、春陽堂）、詩集『食後の唄』（19年12月、アララギ発行所）ほかを刊行。「出戻り新参」（のち「古都のまぼろし」、「女性」25年4月）は、セビリアの大学図書館でのルイス・フロイスの安土に関わる書簡の調査から、主人公の空想が飛翔する短編小説である。25年8月27、28日にかけてキリシタン関係の調査のため安土城を訪れ、近江八幡の向陽館に宿泊。八幡神社の界隈も散策して覚書「安土―京都―堺」を執筆した。『木下杢太郎全集』全25巻（81年5月～83年5月、岩波書店）がある。

＊**安土城記**《あづちじょうき》　短編小説。〔初出〕「改造」25年12月。〔初収〕『厥後集』26年12月、東光閣書店。◇「わたくし」は2年ほど前にベネチアで、16世紀にアレッサンドロ・

ワリニヤニ師に随従した僧の手紙の古写本を見つけ、安土城に関する部分を記録した。そこには織田信長の造営した安土の街区、壮麗な天守閣を戴く安土城、信長の厚意により城下に建てられた教会とセミナリオが描出されていた。その頃には篤い信徒であった高山右近のような受洗者が増えていたが、信長の長男信忠は、戒律第六の掟「邪淫を犯すべからず」を守れぬと入信せず、柔和な弟の信雄は神の道に入る好機を待っていた。布教に協力的な信長はワリニヤニ巡察使に親切を尽くし、後任者として教会を主宰したオルガンチノ師の説教や西洋楽器による宗教音楽に耳を傾ける。帰国にあたって巡察使はローマに派遣する使者の一人として、安土にいたチェンバロの名手、ドン・ジエロニモ伊東を選ぶ。しかし長崎からの出航に間に合わないためメンバーから外され、伊東は悲嘆に暮れた。「わたくし」は日本に帰国後、寒村となった安土を訪れ、城跡に登って往時を懐古するのであった。

（外村彰）

木俣修　きまた・おさむ

1906・7・28～1983・4・4。歌人、国文学者。祖父の代まで井伊藩の城代家老を勤めていた木俣家（彦根市の曹洞宗清涼寺に墓所）の、父本宗・母雅の次男として、愛知《えち》郡愛知川《えちがわ》町（現愛荘町）字中《なか》宿《じゅく》55番地に生まれる。本名修二。長兄彰一の影響で10歳から文藝書に親しむ。郡役所の農事課書記をしていた父の転勤により神崎郡山上《やまかみ》村（現東近江市）へ移住、1913年に村立山上尋常高等小学校（現東近江市立山上小学校）に入学。18年から伊香郡古保利《こほり》村西柳野《やなぎの》（現高月町）に移住し、4月に村立古保利尋常高等小学校（現高月町立古保利小学校）に転校。19年3月同校を卒業。前年7月から誌友となった「赤い鳥」や「金の船」「小鳥」に綴り方、児童詩画を頻繁に投稿し始める。21年4月滋賀県師範学校（現滋賀大学教育学部）に入学。大津市石場の同校寄宿舎で生活し歌作も始めた。24年4月「日光」の誌友となり北原白秋に私淑。26年3月滋賀県師範学校を卒業。京都深草の歩兵連隊に短期入隊後、9月から27年3月まで犬上郡磯田村（現彦根市）の村立磯田尋常高等小学校の訓導となり5年生を担任。この頃隠遁生活に入った父の住む犬上郡河瀬村（現彦根市）葛籠《つづら》町の真言宗月通寺（庵）で暮らす。27年4月東京高等師範学校（現筑波大学）文科第二部に入学（国語漢文専攻）。翌年白秋に師事、「香蘭」編集同人となる。同年知遇を得た滋賀県在住の米田雄郎に勧められ「詩歌」に本間浩平の名で参加。31年3月に東京高等師範学校を卒業後、仙台の宮城県師範学校に赴任、渡辺しま子と結婚する。32年「草紙」「短歌民族」同人。34年から県立富山高等学校に転任。初期は生活の内実を、リアリズムを基底とした抒情的な歌で表現。35年6月、浪漫主義短歌復興を提唱する白秋主宰「多磨」に加わり、作歌と和歌史の研究を続けながら白秋に公私にわたり助力した。40年の父死去の前後にしばしば帰郷。41年に妻の、翌年には白秋の死に遭う。42年7月歌集『高志《こし》』（墨水書房）を刊行、彦根で作られた亡父への哀悼歌などを収め文名を高める。同年彦根市の前谷しな子と再婚。43年から師の遺志を継ぎ「多磨」を編集。45年4月から敗戦時まで彦根市に家族が疎開。46年「八雲」、48年「短歌主潮」を編集。50年には長男高志が早逝。翌年から昭和女子大学教授となり、近代短歌史研究にも挺身する。53年5月「形成」を主宰、大西民子や吉野昌夫ら後進を育成し、毎年の全国大会にも精力的に参加した。なお母が死去した53年の8月には大津市で講演もしている。戦後の歌風は、白秋の影響を深化させた人間主義の立場から市井の感情生活を直視し、それらの情感を誠直かつ清冽にうたいあげたもの。作者の人間性が投影した、凛然とした格調高さを示す歌々によって、近代短歌の今日的意義を高めた功績は大きい。

59年から新年歌会始選者。晩年は学究者としての内面を凝視した歌や漂泊感の投影した旅中詠が多い。滋賀県で詠まれた連作を含む『高志』以後の歌には、上京前の作も収めた「市路《いちぢ》の果《はて》」（「短歌研究」59年6月）、「湖畔晩秋」「彦根」を収載した『流砂』（51年9月、長谷川書房）〈近江彦根／湖《うみ》の面に月冷えびえと照る夜はこころ徹りて父の偲ばる〉、『落葉の章』（55年8月、新典書房）があるほか、近江関係の連作として、「湖の町」「苔さぶる句碑」が『歯車』（55年11月、新典書房）〈山蟻のゆきかふ土に日の灼くるうつつもさみし幻住庵のあと〉、「旧屋《ふるや》」「愛知川町中宿」が『呼べば谺』（64年10月、牧羊社）〈葛籠の里／郷出でて三十年の悔《くい》近江野の菜の花の風まぶしくせつなし〉、「春雪比叡山」「血縁」「猪の出る村」「城の町」「土蔵」等が『去年今年《こぞことし》』（67年9月、短歌研究社）〈藍ふかき冬の近江の湖《みづうみ》をふるさとゆゑにかなしみやまず〉〈墓守《はかもり》のごときかたちにふるさとに老いたる姉を沁みて思ふかな〉、「比叡山の宿」が『愛染《あいぜん》無限』（74年6月、明治書院）、「首夏近江路」等が『雪前雪後《せつぜんせつご》』（81年7月、短歌新聞社）、「湖畔晩夏」が『昏々明々』（85年4月、短歌新聞社）のなかにそれぞれ収められている。また第13歌集にあたる『谷汲』（89年4月、短歌新聞社）は69年10月「短歌研究」初出の「彦根」「膳所」「湖西巡行」連作が集中の半数近くを占めている〈近江の国の秋も定まらん音もなく湖《うみ》わたりゆく夜の稲妻に〉〈重なれる近江若狭の山脈《やまなみ》のひといろに昏れぬ夕星《ゆふづつ》の下〉。自選歌集に『木俣修歌集』（76年1月、五月書房）、『木俣修歌集』（73年9月、弥生書房）等。歌論集として『白秋研究』（43年11月、八雲書林）、『人間と短歌』（56年4月、新典書房）、『吉井勇 人と文学』（65年11月、明治書院）や『昭和短歌史』（64年10月、明治書院）、『近代短歌の鑑賞と批評』（64年11月、明治書院）、『近代短歌の史的展開』（65年5月、明治書院）、『評論・明治大正の歌人たち』（71年4月、明治書院）、『大正短歌史』（71年10月、明治書院）といった各歌人の作風あるいは歌壇の時代動向に詳しい著書を多数刊行。「明治短歌史」（「短歌現代」77年7月～80年9月）は未完に終わった。また、随想集の『短歌回向』（67年8月、海燕社）、『忘れ得ぬ断章』（68年12月、短歌新聞社）、『詠嘆の詩歌』（71年10月、玉川大学出版部）、『煙、このはかなきもの』（75年5月、三月書房）、『途上の虹』（78年4月、求龍堂）、『抒情巡礼』（78年11月、家の光協会）、『飲食有情《おんじきうじょう》』（79年3月、日本経済新聞社）、『食味往来』（81年3月、牧羊社）等にも郷里をめぐる文章を多数執筆。たとえば「母の思い出」（「婦人生活」53年9月）、「滋賀師範」（「朝日新聞」夕刊、64年5月18日）、湖畔での訓導時代を回想した「四十年前の一文集」（「高二時代」67年3月）、「少年期の思い出」（「教育文藝」69年12月）、「人生随縁記(19)―賀川豊彦―」（「全人教育」72年3月）、「幼なかった日の悲しみ」（「幼児開発」74年5月）、「わが胸を洗っていったうた」（「教育じほう」76年4月）は滋賀県在住時代に詳しい。「蒲生野」（「形成」68年11月）、愛知川町の生家を50年ぶりに訪れたという「彦根懐古」（「歴史読本」71年10月）、湖東の山村に住む旧友を訪ねた「猪の出る村」（「文体」78年3月）、「大津の宮のあと」

（「春鳥」78年6月）、「城の町」（「湖国と文化」82年10月）は各地への旅を記す。いずれも故里への温かな愛情に裏打ちされた文章で、読むほどに味わい深い。なお『故園の霜 自註』（82年7月、短歌新聞社）は、65年までの自選歌の解説をふまえた半生記。62年には日本近代文学館の常任理事となり同館の設立に尽力。共編著『日本近代文学大事典』全6巻（77年11月〜78年3月、講談社）や「赤い鳥」復刻に携わるなど日本近代文学館での仕事もめざましかった。白秋、吉井勇、与謝野晶子の全集の編集や解説も担当。67年文学博士号授与され、同年実践女子大学文学部教授。木俣は彦根への墓参など頻繁に滋賀県を訪れ、在籍した山上小学校や彦根市周辺の小学校、中学校、高等学校に数多くの校歌を作詞した。80年11月、第5回滋賀県文化賞を受賞、大津市での授賞式に参加。70年彦根城近くの旅館で雪の日の朝に詠んだ〈城の町かすかに鳰《にほ》のこゑはして ゆきのひと夜の朝明けんとす〉を刻した「木俣修先生顕彰歌碑」が、82年11月彦根市立図書館前庭に建立され、除幕式に参列。晩年は脳梗塞を病んで教職を離れ、腎不全により享年73歳で歿。井伊家ゆかりの東京都世田谷区の豪徳寺に納骨された。歿年の6月「短歌」「短歌研究」、7月「短歌現代」、84年1月「形成」、その他多くの誌紙に諸家から追悼文が寄せられた。『木俣修全歌集』（85年10月、明治書院）がある。

＊江州の正月の思い出《ごうしゅうのしょうがつのおもいで》　随想。〔初出〕「サンデー毎日」61年1月1日。〔初収〕『短歌回向』67年8月、海燕社。◇初出題「ご馳走万歳」。子どものころ歌った新年を待つ歌の詞にある「白い飯《まま》」「割木のような魚《とと》」（棒鱈）は「鮒ずし」と同様、正月の馳走であった。「食い正月」を楽しみ、三が日には万歳や獅子舞を楽しんだ。湖東の山村にいたころは猪の肉が正月の貴重品であった。正月の歳時では左義長（どんど）も懐かしい。こうした郷里の思い出はいつまでも私の新年の夢を育んでくれる。

＊思いいだすは彦根の城《おもいいだすはひこねのしろ》　随想。〔初出〕日本城郭協会編『彦根城とその周辺』61年10月、日本城郭協会出版部。〔初収〕『煙、このはかなきもの』75年5月、三月書房。◇34年前の浪曲レコード「桜田門外血染めの雪」を、亡父はよく聴いた。父は直弼が郷里を懐かしんだ一節「思いいだすは彦根の城」をよく口ずさみ、私もこの盤をかけては彦根思慕の思いにひたる。彦根の城は「瞼に宿って去りがた」い。直弼の感慨は今の私のそれである。何十年ぶりかで登城した私は息子のつぶやく、かの一節に感傷を催した。

＊湖国抒情巡礼《ここくじょじょうじゅんれい》　紀行文。〔初出〕「中部日本新聞」夕刊、68年10月15〜17、22〜24、28〜31日。〔初収〕『抒情巡礼』78年11月、家の光協会。◇68年9月、木俣は琵琶湖周辺を旅行した。彦根では井伊市長と登城し、清涼寺や多賀大社に参ったあと、妹と再会。4日には紫香楽宮跡を初めて訪ね、小学校時代の恩師の住んだ日野を経て石塔寺から蒲生野の万葉歌碑を廻った。53年の講演以来15年ぶりの大津は近代的に変貌したが、翌日訪ねた幻住庵は昔のままであった。白鬚神社から高市黒人ゆかりの勝野で旅の心に思いを馳せ、高島にある鮒寿司の元祖の家に立ち寄る。藤樹書院では遺品の保存が行き届かぬことに憤りを覚えている。6日は湖西から湖北へ。木之本の地蔵尊を参拝し、少年時代に通った図書館の管理の悪さも嘆く。余呉湖から菅浦、そして長浜に着いて5日間の取材旅行は終わる。歴史と自然に恵まれた懐かしい郷国への愛惜と江州人の文化意識の低さへの譴責が印象的である。

（外村彰）

金達寿　きむ・たるす

1919・11・27〜1997・5・24。小説家。朝鮮慶尚南道昌原郡に生まれ、10歳のとき東京へ渡る。日本大学卒業。『金達寿小説全集』全7巻（1980年、筑摩書房）がある。

＊日本《にっぽん》の中の朝鮮文化《のなかのちょうせんぶんか》3《さん》　近江・大和《おうみ・やまと》　紀行文。〔初版〕『日本の中の朝鮮文化3　近江・大和』72年10月、講談社。◇同名の紀行の第3冊目。うち近江編は、「瀬田の唐橋と石山寺」「園城寺・新羅善神堂」「古墳と『韓かまど』」「大友氏族と大津京」「安曇と饗庭野」「百済寺・金剛輪寺・石塔寺」「草津の安羅神社」などの章から成る。朝鮮語に「歩く足にふれるものがみなそれ」という意味を持つ言葉があり、金達寿自身にとって近江はまさにそのような所で重要な地のひとつであると言う。韓人たちの造った瀬田の唐橋から出発し、天日槍集団渡来の跡を訪ね、「近江帰化人の一大記念碑」とも言われる石塔寺の巨大な石塔などを紹介し、百済王朝の遺臣を大学頭に任命した天智帝の近江朝に思いを馳せるところで、この近江紀行は終わっている。（吉田永宏）

木村橘郎　きむら・きっそん

1897・11・26〜歿年月日未詳。俳人。野洲郡中洲村（現守山市）に生まれる。大津市膳所に住む。本名増太郎。東京帝国大学農学部を卒業。作物学を専攻。高等学校・短期大学教師を退職後、建設会社役員。1958年桂樟蹊子に師事し、「馬酔木」や「霜林」に投句。77年「霜林」同人。句集に『湖陰抄』（75年7月、私家版）がある。〈稚諸子魚を汲む灯またたく雪の春〉（浦西和彦）

木村茂子　きむら・しげこ

1917・9・15〜。歌人。大津市生まれ。5歳の時、神奈川県に転住。県立横須賀高等女学校卒業。在学中から作歌を始める。1970年「遠つびと」「女人短歌」入会。水町京子に師事し、師歿後の83年から「遠つびと」発行を継承。日本歌人クラブ会員。歌集に『白馬』（84年8月、短歌新聞社）、『木村茂子歌集』（86年2月、藝風書院）、『山のささやき』（95年7月、短歌新聞社）、『代々木逍遥』（2000年10月、短歌新聞社）がある。〈さざなみの大津は哀し旅の夫がみまかりし町わが生れしまち〉（外村彰）

木村長月　きむら・ちょうげつ

1918・10・7〜歿年月日未詳。俳人。高島郡（現高島市）安曇川町北船本に生まれる。本名信雄。海軍砲術学校卒業。織物業。1953年鈴鹿野風呂に師事。63年「馬酔木」に入会。77年「霜林」に入会。78年「霜林」同人。句集に『かつとり簗』（77年2月、木村信雄）がある。〈雨やみて瀬がしらはしる鮴の群〉〈まぎれなく鰻月下の簗を落つ〉（浦西和彦）

木村至宏　きむら・よしひろ

1935・10・28〜。歴史研究者。守山市に生まれる。大谷大学から大谷大学大学院文学研究科に進み、1960年3月中退。大学では国史学を専攻し、国史学の三品彰英、民俗学の五来重に学ぶ。大学院では日本文化史を専攻する。大学院在籍中より嘱託として大津市史編纂に参画したのが縁となり、62年大津市役所に入る。大津市史編纂室室長、博物館建設室室長などを経て、90年設立の大津市歴史博物館初代館長（96年3月まで、2000年より顧問）。1996年7月成安造形大学教授となり、98年より大学附属藝術文化交流センター所長を兼任。2000年8月学長に就任する。この間、近江地方史研究会を組織し、近江の文化と遺産に関する調査、研究にあたる。1996年11月、第40回京都新聞文化賞受賞。専門分野は、日本文化史―工藝史（工藝の歴史から生活文化の変遷）、民俗学（人々の伝承文化を探る）、交通史（道のもつ文化的特性）、地域史（近江の歴史と文化の諸相）、博物館学（博物館施設の機能とマネージメント）と多岐にわたる。主要著書に『図説滋賀県の歴史』（87年11月、河出書房新社）、『日本歴史地名大系　滋賀県の地名』（91年2月、平凡社、共著）、『近江の歴史と文化』（95年11月、思文閣出版）ほか多数。所属学会は、藝能史研究会、日本展示学会、日本宗教民俗学研究会、交通史研究会、シルク研究会など。社会活動として、滋賀県景観審議会委員、滋賀県中近世古道調査委員会委員長、大津市文化財専門委員会委員、滋賀県近江歴史回廊大学運営委員会委員長など。（山本欣司）

木村善光 きむら・よしみつ

1936・5・4〜。俳諧研究家、教育者。京都市生まれ。1959年滋賀大学教育学部卒業。守山、膳所、守山北の各県立高等学校等の教職を歴任しながら、15〜19世紀の近江の連歌と俳諧を歴史的、地域的に把握する研究書『近江の連歌、俳諧』（90年1月、サンライズ印刷出版部）にまとめる。共編著『近江の文学』（94年2月、京都カルチャー出版）、ほかに膳所高等学校での学級日誌の抄録『滉瀁の湖』（97年3月、京都カルチャー出版）がある。（外村彰）

木村緑生 きむら・りょくせい

1896・2・22〜1964・10・12。新聞記者、文筆業。蒲生郡平田村大字上平木（現東近江市上平木町）生まれ。のち大津市膳所昭和町に居住。本名奥治《おくじ》。生来勉強好きで、農業のかたわら少年時から俳句、短歌、詩などに親しんだ。1924年江州日日新聞社入社。42年戦時の統合により滋賀新聞社と改称、取締役編集局長となる。55年滋賀日日新聞社と再改称、論説委員。同年6月定年退職。56年雑誌「ふるさと近江」（滋賀通信社）創刊、逝去時まで編集長。県新聞界の長老的存在であった。また近江文学会結成世話人、滋賀県文学趣好会短歌部幹事、近江文学懇話会幹事、滋賀県歌人会会長などを歴任。60年5月地方新聞育成功労者として谷口久次郎県知事より、60年10月大津市政功労者として上原茂次市長より表彰。編著書に『滋賀県農業団体史』（60年6月、滋賀県農業共同組合中央会）、『井上敬之助伝』（62年4月、服部岩吉発行）、『地方別日本新聞史〈滋賀県新聞史〉』（56年9月、日本新聞協会）その他。（山本洋）

【く】

日下部鳴鶴 くさかべ・めいかく

1838（天保9）・8・18〜1922・1・27。書家、漢詩人。彦根藩士田中惣右衛門の次男として江戸に生まれる。名は東作。字子暘《しよう》。鳴鶴は号。初め東嶼《とうしょ》、翠雨《すいう》、晩年は野鶴、老鶴、鶴叟《かくそう》とも号した。幼時から学を好んで藩儒田中芹坡《きんぱ》について学び、また書や漢詩文に長じた。22歳のとき日下部三郎右衛門の養子となり、その長女と結婚。明治維新後に徴士となり、やがて三条実美《さねとみ》、大久保利通の知遇を得て太政官大書記官、正五位に叙せられる。1879年、大久保利通の横死を嘆いて官を辞し、諸方を遍歴。1880年、巌谷一六らとともに、来日した清国の楊守敬から金石学、書法を学び、その所持した漢魏六朝の碑帖《ひちょう》に接して篆隷楷行草書すべてを究め、「六朝派」

を興した。1891年清国に遊び、兪曲園《きょくえん》、呉《ご》大澂《たいちょう》、楊見山ら学者や書の大家と交わった。1910年、明治天皇の勅により書いた大久保公神道碑をはじめ、多くの碑文を揮毫。長三洲、巌谷一六と共に明治の三大書家と評され、門下生も多い。墓所は東京世田谷区豪徳寺。贈従四位。『鳴鶴仙史蘭亭帖』（1883年8月、鳳文館）、『鳴鶴先生真書千字文』（1891年11月、山中孝之助）など多くの書道関係の著書の他、漢詩集に『西征小藁《しょうこう》』（1888年12月、石鼓堂）、『論書三十首』（1901年6月、吉川半七）、談話集に池田常太郎編『書訣』（17年12月）、井原録之助編『鳴鶴先生叢話』（25年8月）などがある。（須田千里）

草野天平　くさの・てんぺい

1910・2・28〜1952・4・25。詩人。東京市生まれ。本籍は福島県で、兄に心平。1923年平安中学校中退。編集業など職を転々とし、31歳で詩作を始める。47年6月、詩集『ひとつの道』を十字屋書店から刊行。50年6月、比叡山に赴いて8月から飯室《いむろ》谷松禅《しょうぜん》院に入居。当地で清澄かつ人道的な詩境を深め、詩「比叡山にて」や日記「比叡山記」等を執筆。51年肺結核と肝臓病を併発、入院を拒み翌年42歳で逝去。大津市の西教寺に埋葬された。『定本草野天平詩集』（58年11月、弥生書房）は翌年の高村光太郎賞を受賞。86年8月「弁慶の飛び六法／勧進帳を観て」から「一つの傷も胸の騒ぎもなく／真に為し／さうして終つた／独り凝つと動かず／晴れ渡る安宅の空に／知らず知らず涙が滲じむ／沁み徹る人生の味／成就の味」を刻した詩碑が比叡山西塔に建立された。『定本草野天平全詩集』（69年4月、弥生書房）、『《挨拶》草野天平の手紙』（69年7月、弥生書房）がある。（外村彰）

草野鳴嵒　くさの・めいがん

1906・1・5〜1973・11・22。俳人。浅井町高山（現長浜市）生まれ。本名一郎平《いちろうべい》。別号鸞子ほか。大谷大学中退後、「滋賀新聞」主幹を経て代議士を務め、内閣官房副長官等を歴任。1936年近江名所史蹟探勝会（のち近江文化研究会）を結成。47年の「宿雲」以後「子午線」「同流」、68年「歩道」誌主宰。51年滋賀文学会創設に参画、文学祭俳句部門選者となる。随想集『雑草録』（68年2月、鹿島研究所出版会）も刊行。長浜市豊公園に句碑〈名月に祈る総身透るまで〉がある。（外村彰）

九条武子　くじょう・たけこ

1887・10・20〜1928・2・7。歌人。京都市西本願寺に本派本願寺21代法主大谷光尊の二女として生まれる。兄に大谷光瑞。1898年小学校尋常科卒業後は家庭教師に学ぶ。1904年義姉と仏教婦人会を設立。男爵九条良致《よしむね》と結婚後、佐佐木信綱に師事。20年東京築地本願寺に移住。関東大震災後に慈善事業に活躍したが過労から発病し歿する。その歌は仏教的観照に基づき、生命あるものをいとおしみ素直にその情緒を表出する。比叡山での歌も多い。歌集に『金鈴』（20年6月、竹柏会）、『薫《くん》染《ぜん》』（28年11月、実業之日本社）〈うすがすむ城址《じょうし》の柳夏さびて水色の比叡《ひえ》淡くとおしも（膳所にて）〉、『白孔雀』（29年12月、太白社）。随想や短歌等を収めた『無憂華』（27年7月、実業之日本社）、『九条武子夫人書簡集』（29年8月、実業之日本社）もある。比叡山には横川のほか、西塔釈迦堂に歌碑〈山の院櫺子《れんじ》の端にせきれいの巣あり雛三つ母待ちて鳴く〉がある。（外村彰）

楠本憲吉　くすもと・けんきち

1922・12・19〜1988・12・17。俳人。大阪市生まれ。1941年慶応義塾大学入学。43年学徒出陣、入隊中に伊丹三樹彦から俳句を学び、日野草城の「まるめろ」「青玄」に参加後、「琅玕」同人。1964年国学院大学大学院日本文学専攻修了。69年「野の会」創刊主宰。鋭い感性の前衛俳句を詠み、食通随筆も多く執筆。句集に『隠花植物』(51年4月、同刊行会)等。68、72年に大津市訪問。85年、母の生地の守山市木浜《このはま》町に句碑〈町眠り三日月湖《うみ》と照らし合う〉建立。『楠本憲吉全句集』(86年9月、沖積舎)がある。(外村彰)

国木田独歩　くにきだ・どっぽ

1871・7・15〜1908・6・23。小説家、詩人。千葉県銚子生まれ。本名は哲夫。幼、少年期を山口県岩国で過ごす。山口中学校(旧制)を2年で中退の後、東京専門学校(現早稲田大学)に入学。キリスト教徒となる。「青年思海」「女学雑誌」に投稿。この頃、彦根在住の大久保湖州と親交を結ぶ。1891年に東京専門学校を中退。1893年には大分県佐伯市の鶴谷学館教頭として赴任するが、約1年後佐伯を退去。1894年日清戦争時に国民新聞社に入り、従軍記者として「愛弟通信」を連載。1895年に退職し、「国民之友」や「近事画報」の編集をしながら創作を続ける。この年には湖州の許嫁中島サダ子との三角関係が原因で湖州と絶交する(「欺かざるの記」)。後、佐々城信子と結婚するが、すぐに離婚。1897年、処女小説「源叔父」を発表する。代表作に「武蔵野」「忘れ得ぬ人々」等がある。(青木京子)

国松俊英　くにまつ・としひで

1940・11・12〜。児童文学者。守山市梅田町生まれ。1959年3月、県立八幡商業高等学校卒業。64年3月、同志社大学商学部卒業後、千葉県船橋市で会社勤務。翌年から同人誌「ぴのきお」で童話創作を始める。詩画集『山小屋の絵本』(73年3月、私家版)を刊行した後、最初の児童文学作品『ホタルの町通信』(75年12月、偕成社)を出版した。77年12月「佐野洋子の世界」で第1回「月刊絵本」評論賞優秀賞を受賞。79年会社を退職し、文筆活動に専念。東京都町田市在住。現代に生きる少年少女たちの生活を題材にし、彼らが心の葛藤を乗り越えようとする姿を向光性のある物語によって描き続けている。あわせて野鳥観察家としての視点から野生生物の観察や保護をテーマとしたヒューマニスティックな内容の著作も発表している。児童文学の作品に『おかしな金曜日』(78年8月、偕成社)、『お父さんが2/5』(80年8月、偕成社)、『かもめ団地の三振王』(81年8月、偕成社)、『宿題ロボットてんさいくん』(83年8月、偕成社)、『いばるな、おねえちゃん』(86年11月、岩崎書店)、『ぼくら、あほうどり探偵団』(88年5月、岩崎書店)、『ひげをはやした転校生』(92年3月、教育画劇)、『土曜日のオカリナ』(92年11月、文渓堂)等がある。また野鳥を題材にした作品に『セイタカシギ大空を飛ぶ』(79年9月、大日本図書)、『わたり鳥のくる干潟』(85年5月、童心社)、『はばたけ オオタカ』(86年12月、くもん出版)、『魚釣りの名人ササゴイ』(87年6月、偕成社)、『トキよ舞いあがれ』(88年11月、くもん出版)、『ふくろうのいる教室』(90年10月、草土文化)、『宮沢賢治鳥の世界』(96年5月、小学館)、『最後のトキ ニッポニア・ニッポン』(98年11月、金の星社)、『アホウドリが復活する日』(99年5月、くもん出版)、『カラスの大研究』(2000年3月、PH

P研究所）、鳥の文化史『鳥の博物誌 伝承と文化の世界に舞う』（2001年9月、河出書房新社）など多数。紙芝居作品に『コアジサシの親子』（1980年7月、童心社）など。伝記に『鳥を描き続けた男鳥類画家小林重三』（96年7月、晶文社）、『星野道夫物語 アラスカの呼び声』（2003年5月、ポプラ社）があるほか、児童向けの人物ノンフィクションとして、守山市でホタルを研究した南喜《き》市郎《いちろう》を描く『ゲンジボタルと生きる』（1990年5月、くもん出版）、米国から近江八幡市に移住して伝道事業に挺身したヴォーリズが主人公の『ここが世界の中心です 日本を愛した伝道者メレル・ヴォーリズ』（98年12月、PHP研究所）などがある。日本児童文学者協会、日本野鳥の会会員。

＊ホタルの町通信《ほたるのまちつうしん》 児童小説。〔初版〕『ホタルの町通信』75年12月、偕成社。◇全7章。守山市をモデルとした町「森川」の小学4年生で同じクラスの杉山マリ子、浅井トシオ、山田十兵衛の3人はミニコミ紙「クロバー新聞」を発行していた。9月に雨で困っていたマリ子を助けてくれた青年がロクさんこと土田六助だと、トシオは級友の吉川テツを通して知る。戦死した父の遺志を継いでホタルの研究をしているロクさんは、かつては全国的に有名であったこの町のゲンジボタルを絶滅から救い、蘇えらせようとしていた。3人はロクさんの家の書店を訪ね、町の開発による自然破壊の犠牲となったホタルの話を聞いて、彼の研究や保護活動をPRして応援しようとする。またロクさんのもとでホタルについて学び、そこにロクさんの大学の後輩である山岡啓子先生も加わった。近江川上流に生息するホタルを守り、人工孵化を試みているロクさんは、2月に幼虫を放流した。「ホタルの町通信」と改題した3人の新聞は好評だったが、翌春に生息地へのメッキ工場の移転話がもち上がる。ロクさんはホタルを守ろうと奔走するが果たせず、マリ子たちも他の生徒たちと夏休みに反対運動に乗り出し、役場にホタルの窮状を訴えに行ったが理解は得られなかった。しかし工場移転問題を特集した「ホタルの町通信」を発行して町をデモ行進し、新聞を人々に配ったところ好反響を得て、世論が動く。ホタルの研究所建設が決まったロクさんは、これからも皆で力をあわせて諸問題を乗り越え、いつかホタルたちの川をとり戻そうという希望を語り、マリ子たちも同様の思いを心に描くのであった。なお本書の刊行が機縁となり、当時絶滅していたゲンジボタルを守山市に蘇えらせようとの活動が始まり、90年代からホタルが復活するに至っている。

＊オシドリからのおくりもの《おしどりからのおくりもの》 ノンフィクション。〔初版〕『オシドリからのおくりもの』91年12月、くもん出版。◇犬上郡多賀町の大滝小学校萱原《かやはら》分校の生徒による愛鳥運動を描く。92年度ブルーレーク賞受賞。90年に初めて同校を訪ねた著者は、野鳥クラブの資料を読み、地域ぐるみの活動に感動して頻繁に取材を重ねた。85年1月、自然に恵まれた村の木造校舎で教えている「ひげ先生」こと村長《むらなが》明義先生は、散弾銃で撃たれた保護鳥（希少種）のオシドリをみて心を痛める。分校上流の犬上ダム湖には、11月になるとカモたちが多数渡って来ていたが、狩猟者の銃声を恐れ月末には皆去っていた。翌86年に先生や生徒の保護者の運動によりダム湖は「鳥獣保護区」に指定され、その秋の水鳥の数は猟期に入っても次第に増えていった。分校の子どもたちは観察に励むが、87年1月にハンターが山で銃を撃ったため再び水鳥の姿が消える。ひげ先生たちはダム湖周辺に狩猟反対

の標語を書いた看板を立て、餌まきを始め水鳥の表示板を設置する。こうした努力の結果、オシドリは翌88年3月になっても100羽以上がダム湖で生活し、識者を驚かせた。萱原の人々も「郷土・鳥和の会」を組織して生徒たちを応援する。留鳥となって夏に雛を育てるオシドリをみつけたひげ先生は、ここが日本のオシドリ繁殖地の南限となるのではと期待する。89年には環境庁の「全国鳥獣保護実績発表大会」で6年生の2人が分校の活動の発表を行った。そして翌90年2月になると604羽の水鳥が観察され、そのうちオシドリが444羽を数えるほどになる。その後も生徒たちは巣箱をかけるなど保護活動を進め、そこから故郷の自然や歴史を学び、人間と自然の共生の大切さを知るのであった。（外村彰）

邦光史郎　くにみつ・しろう

1922・2・14～1996・8・11。小説家。東京生まれ。本名田中美佐雄。高輪学園卒業。「文学地帯」「文学者」同人を経て、戦後は放送ライターとして活躍。その取材経験を生かした企業ミステリー『欲望の媒体』『社外極秘』（1962年）で文壇デビュー。以後『邪馬台国の旅』（76年）、『幻の女王卑弥乎』（77年）などの古代史推理や、『日本の三大商人』（82年）などの商人立志伝で健筆をふるう。晩年には、長編歴史小説『天地有情』（95年）がある。滋賀にかかわる作品としては、先の『日本の三大商人』のほかに、『幻の近江京』（74年）、『近江商人』（77年）、『幻の恋歌』（78年）、『新近江商人』（84年）など。『幻の近江京』では、草津市下物町の天満宮境内にあったとされる幻の寺「花摘寺」は、白鳳期の巨大文化の跡、いや大津京の跡ではと推理する。『新近江商人』では、海外貿易の先駆者伊藤忠兵衛らに学んだ青年の野心を描いている。（川端俊英）

久保田暁一　くぼた・ぎょういち

1929・5・22～。小説家、評論家。高島郡高島町大字勝野（現高島市勝野）に生まれる。大溝尋常小学校、県立今津中学校（現高島高等学校）を経て、1947年4月国立彦根経済専門学校に入学。この年クリスチャンであった姉が病死し、それが契機となって翌年の12月、日本基督教団大溝教会で受洗。牧師を志すが父に反対され、彦根経済専門学校を卒業した50年4月、東亜合成株式会社に入社。しかし1年足らずで退職し、51年4月滋賀大学経済学部3年に編入学。卒業後の53年4月、三重県立名張高等学校の社会科の教師となるが、この頃より文学への関心が強まり、56年椎名麟三に手紙を書く。椎名の勧めで小谷剛が主宰する「作家」の同人となる。58年4月郷里の母校高島高等学校に転じ、73年4月には安曇川高等学校に移る。この教師時代に「作家」を始め「湖沙」「新文学山河」「滋賀作家」などの文藝同人誌に小説、評論を意欲的に発表するとともに、68年1月には教育文化誌「だるま通信」を主宰刊行し、2002年現在で232号を数える。さらに『ある高校教師の歩み』（1976年4月、だるま書房）などの教育論や、『キリスト教と文学』（77年10月、昭森社）、『キリスト教文学の可能性』（79年11月、だるま書房）などの文藝評論を精力的に執筆。80年11月には滋賀県文化奨励賞を、81年5月には真下五一賞を受賞した。また、高島町ゆかりの探検家近藤重蔵の生涯に取材した歴史小説『波濤』（81年5月、サンブライト出版）を刊行し、84年9月には、評論「アルベエル・カミュにおける神の問題」で第19回関西文学賞を受賞。87年3月執筆活動に専念するため安曇川高等学校を退職。

以後、中部女子短期大学の教授、梅花女子大学などの講師を勤めつつ、歴史小説『近藤重蔵とその息子〈PHP文庫〉』（91年3月、PHP研究所）、高島町出身の小野一族の興亡を描いた『異色の近江商人 小野組物語』（94年11月、かもがわ出版）を発表する。三浦綾子との親交は71年に始まるが、2001年3月には、三浦からの私信をもとに文庫『「お陰さまで」三浦綾子さん一〇〇通の手紙』を小学館から刊行している。他に小説としては『親と子のきずな』（1984年8月、だるま書房）があり、評論には『近代日本文学とキリスト者作家』（89年8月、和泉書院）、『三浦綾子の世界』（96年4月、和泉書院）、『外村繁の世界』（99年11月、サンライズ出版）などがある。（笠井秋生）

久保田万太郎 くぼた・まんたろう

1889・11・7〜1963・5・6。俳人、小説家、劇作家。東京市浅草区（現東京都台東区）生まれ。俳号暮雨、のちに傘雨。1911年慶応義塾大学部文科卒業。予科在学中から三田俳句会に出席、松根東洋城を識る。文科1年の11年6月、「三田文学」に小説「朝顔」を発表。「末枯《うらがれ》」（「新小説」17年8月）により文壇に認められ、三田派の作家として活躍。その文体から情緒的写実主義と評される。戯曲に「大寺学校」（「女性」27年1〜4月）等。32年から舞台演出も行い、37年には文学座結成に参画。46年から句誌「春燈」を主宰。句集に『道芝』（27年5月、俳書堂）、『草の丈』（52年11月、創元文庫）等。戦後は日本藝術院会員、日本演劇協会会長となる。57年文化勲章受章。遺句集『流寓抄以後』（安住敦編、63年12月、文藝春秋新社）には、60年11月の作〈湖《うみ》の蘆眠るがごとく枯れにけり〉など、近江での11句が並ぶ。『久保田万太郎全集』全15巻（67年4月〜68年6月、中央公論社）がある。（外村彰）

久保宗雄 くぼ・むねお

1954・月日未詳〜。SF作家。滋賀県に生まれる。京都市立藝術大学卒業。TV特撮番組の企画会社社員、フリーの編集者を経て、作家活動に入る。著書にアレグサンダー・ケイ原作『未来少年コナン』（1982年4月、朝日ソノラマ）、『真・女神転生if……』（95年7月、アスペクト）がある。（浦西和彦）

久米幸叢 くめ・こうそう

1898・6・10〜歿年月日未詳。俳人。米原町（現米原市）に生まれる。本名建次。南満洲鉄道に勤めた。敗戦後、引き揚げて大津市役所に勤務。俳句は高浜虚子に師事。1934年に「ホトトギス」同人となる。句集に『句集幸叢』（56年8月、刊行会）、『続句集幸叢』（76年10月、刊行委員会）がある。（浦西和彦）

倉田百三 くらた・ひゃくぞう

1891・2・23〜1943・2・12。劇作家、評論家。広島県生まれ。1913年第一高等学校中退後、京都の一灯園で生活。「生命の川」に連載した戯曲『出家とその弟子』（17年6月、岩波書店）は当時、親鸞ブームを招じた。以後も「布施太子の入山」（「改造」21年4月）など求道的に人生の意味を探る作を多数発表。評論『愛と認識との出発』（21年3月、岩波書店）は同時代の青年達から必読書とされ、多大な支持を得た。西田幾多郎の思想に傾倒し、「白樺」同人とも交わる。親鸞の信仰と生涯を描く小説『親鸞』（40年9月、大東出版社）の第5〜第10章には出家得度の後、比叡山上で学問生活に疑問を抱く範宴《はんえん》（親鸞）が、夢告や竜女との対話といった神秘体験を経て浄土宗祖の法然を知り山を下りる様が、また第17章では越後配流の際に琵琶湖を渡る場面が描かれる。『倉田百三選集』全14巻（46年12月〜48年12月、大東出版社）がある。　（外村彰）

倉光俊夫　くらみつ・としお

1908・11・12〜1985・4・16。小説家。東京浅草生まれ。法政大学国文科卒業。東京朝日新聞社社会部を経て、松竹本社演劇部、映画部に勤務。海軍報道班員の経験を生かした「連絡員」（1942年）で第16回芥川賞を受賞。ひきつづき「雪の下」（43年）「隊長」（44年）を発表。戦後しばらく沈黙の後に、青森の農村を舞台にした『冷べたい水の村』（70年）や『津軽三味線』（75年）などを書く。「連絡員」は、支那事変の戦場での連絡員の行動を描いたものだが、随所に新聞記事風の現地報告を挿入する手法のユニークさが注目された。次作「雪の下」が滋賀にかかわる作で、娯楽らしいものもない戦時下、巡回の劇団を迎えた琵琶湖畔の村（野洲郡中主町、現野洲市）の実態が即物的に描かれている。戦争で青年のいなくなった村の翼賛壮年団員

瀬木は〈ものすべて足らざる時にわが家に今朝丸々と仔牛生れぬ〉と、当時の生活実感をうたっている。　（川端俊英）

黒岩重吾　くろいわ・じゅうご

1924・2・25〜2003・3・7。小説家。大阪市に生まれる。1944年同志社大学に在学中、学徒出陣により満洲（現中国東北部）へ送られ、終戦後旧ソ連国境付近の荒野をさまよい、密輸船で帰国。廃墟の戦後日本を目の当たりにし、作家への希望を抱く。47年同志社大学法経学部法科を卒業、48年日本勧業証券会社に入社、相場で儲け遊興する。「週刊朝日」の記録文学の募集に「北満病棟記」（「週刊朝日別冊記録文学特集」49年9月）が入選。53年急性小児麻痺を発病、3年間の闘病生活を強いられ、同時に株価の暴落により家屋敷を売り払うという辛酸を舐める。退院後、様々な職業を遍歴しながら小説を書き続け、『背徳のメス』（61年11月、中央公論社）により第44回直木賞を受賞。社会派ミステリーの人気作家として数多くの作品を発表。75年頃より古代史に深い関心を寄せ、80年『天の川の太陽』（79年10月、中央公論社）で第14回吉川英治文学賞を受賞。92年古代史に取材した一連の作品により第40回菊池寛賞を受賞。『中大兄皇子伝』（2001年5月、講談社）などで、近江宮などを舞台に、歴史上の人物を生き生きと描いている。　（北川扶生子）

黒川創　くろかわ・そう

1961・6・15〜。小説家、評論家。京都市生まれ。父親は、元京都べ平連（「ベトナムに平和を!」市民連合）事務局長で評論家の北沢恒彦。同志社大学文学部卒業。子供調査研究所勤務中に、宇崎竜童らのグループに密着したルポルタージュ『〈竜童組〉創世記』（1985年12月、亜紀書房）を発表する。その後フリーランスとなって「思想の科学」を中心に様々な評論を発表。『先端・論』（89年7月、筑摩書房）、『水の温度』（91年7月、講談社）、『リアリティ・カーブ』（94年8月、岩波書店）、『国境』（98年2月、メタローグ）などの評論集を刊行。その他、『〈外地〉の日本語文学選』全3巻（96年1〜3月、新宿書房）の編集に携わるほか、はなかみ通信局（志賀町、現大津市）から発行されている季刊誌「蚯蚓のはなかみ通信」に詩を発表するなどしている。近年は小説を数多く発表、小説集

『若沖の目』（99年3月、講談社）を刊行後、大津にある「還来神社《もどろき》」が登場する『もどろき』（2001年2月、新潮社）で第124回、『イカロスの森』（2002年9月、新潮社）で第127回芥川賞候補となるなど、現在注目されている作家の1人である。（安福智行）

黒川赳夫 くろかわ・たけお

1917・6・5〜1982・2・27。俳人。草津町矢倉に生まれる。県立膳所中学校（旧制）を経て、浜松高等工業学校機械科卒業。日立製作所亀有工場に入社。のち、日立サンケン取締役、鈴木塗装工務店社長。俳句は、1952年ごろより佐藤雀仙人に師事した。「雑草」に参加。54年「麦」に入会。のち「雑草」「麦」同人となる。肺癌のため死去。享年66歳。歿後『黒川赳夫遺句集』（83年2月1日、黒川聴子）。（浦西和彦）

黒田麴廬 くろだ・きくろ

1827（文政10）・3・日未詳〜1892・12・14。語学者、翻訳家。近江国膳所藩の藩校頭取黒田扶善の次男として生まれる。名は行先。通称行次郎。号麴廬。蘭学を緒方洪庵に学び開成所の教授となる。その間多くの翻訳書を世に送り出した。特にウィリアム・デフォーの「ロビンソン・クルーソ」を「漂荒記事」として最初に訳したことで知られている。1873年から11年間、その語学力を生かして東本願寺翻訳局に勤め「リグ・ヴェーダ」と「ベンガル語文法」の翻訳に従事し、その後は滋賀で教師となった。

＊漂荒記事《ひょうこうきじ》　翻訳。◇全3巻。1850（嘉永3）年頃訳了か。デフォーの「THE LIFE AND STARANGE ADVENTURES OF ROBINSON CRUSOE, OF YORK, MARINER」（1797）のオランダ語訳からの重訳ではあるが、原書の内容をよく伝え、多くの写本が流通した。西洋文学の翻訳の先駆的な意義を持つ。（林原純生）

黒田湖山 くろだ・こざん

1878・5・25〜1926・2・18。小説家。甲賀郡水口村（現甲賀市水口町）生まれ。本名直道。筆名の由来は、「顧れば、今より十四年の昔、自らは畔骨と号し、「可憐児」なる一短篇を草して之を小波先生の机下に致し、加朱若しものになりたらんにはと、「少年世界」に登載を請ひしに、畔骨とは如何なる所縁にかあらん、余りに難かしくて、妙ならず。仮に湖山人と署名して雑誌に載せたり。悪しからば、又改めてんとあり。琵琶湖の近く生れし身の、清澄は我性の願ふ処、湖山人とは、是れより予が号とはなれるなり」とある。1895年4月水口藩医であった巌谷小波の父が上京した縁故で、上京、東京専門学校（現早稲田大学）に学ぶ。6月に処女作「可憐児」を「少年世界」に発表。下層に生きる人の生態を描いた。1898年に中央新聞社に入社。1899年7月「新小説」に東京から故郷を目指す旅の過程を美文調に記した「菅笠日記」を発表、好評を得た。同月から「少年世界」にキップリングの翻訳「狼少年」などを1901年まで土肥春曙と共訳で連載。00年後半頃から「活文壇」などで評論活動を展開。02年6月「新青年小説叢書」として『大学攻撃』を美育社より出版。「今の一部の文学者を歓迎する」「日本の社会より」「一狂漢」と呼ばれることを覚悟して記したという。03年〜16年には、「三田文学」「中学世界」「文章世界」などを舞台に発表。09年10月に「文藝倶楽部」に「腰かけられぬ人」を発表。電車の中の座席を次々と後の人に奪われながら、腹も立てない男性の姿をユーモラスな筆致で描く。また、永井荷風と親交があった。

（出原隆俊）

黒田重太郎 くろだ・じゅうたろう

1887・9・20〜1970・6・24。画家、随筆家。大津に生まれる。両親は大阪の呉服商であったが、母が病を得て転地療養のために大津に移り住み、そこで洋服商を営んでいた時に生まれた。その後、大阪の小学校にかよい、慶応義塾の普通部に進んだが、中途退学。1904年頃、京都で画塾を開いていた鹿子木孟郎の最初の内弟子としてその門に入り、洋画を学んだとされる。やがて鹿子木が洋行することになり、当時京都高等工藝学校の教頭であった浅井忠に預けられて、聖護院の洋画研究所にかよった。ここでは梅原龍三郎や安井曾太郎も学んでいた。黒田が弟子となって間もなく、浅井により関西美術院が開かれた。浅井が亡くなり、帰国した鹿子木が院長を引き継いだ。10年には津田青楓、秦テルオ、日本画の土田麦僊や小野竹喬らと黒猫会（後に仮面会に再編成される）を結成した。会の名からも類推できるように、パリ画壇の影響を強く受けた画家が多かった。12年文展に「尾の道」を出品し、初入選を果たした。14年二科会が結成されると、かつて浅井に学んだ京都の画家たちが、この在野の会に結集した。二科の名は、石井柏亭や梅原龍三郎らが文展に対し、日本画のような旧派を一科、新派を二科として区別して審査するように要求したが容れられなかったことから、これに代わる会として結成されたためにつけられたものである。黒田はこの会の第1回展に、「孟宗藪」「山の池」の2点を出品している。それまで高島屋に勤めながら画業を続けていたが、ついにこれを辞め画家として立つことを決意。16年初めてパリに渡った。当時ヨーロッパは第一次世界大戦のさなかであった。モンパルナスのアカデミー・コラロッシ（グランド・ショミエール）（14, Rue de la Grande Chaumiere）などで学んだとされる。ここは藤田嗣治も学んだアカデミーである。18年に帰国。20年画論『セザンヌ以後』（20年7月、日本美術学院）を発表し、以後、実作だけでなく、理論についても多くの業績を残した。さらに21年には再びパリに渡り、アンドレ・ロートに師事、またロジェ・ビシエールにも学んだという。23年に帰国、小出楢重、鍋井克之、国枝金三らと二科会の会員に推された。24年小出、鍋井、国枝らとともに、大阪信濃橋に洋画研究所を開いた。47年二紀会を創立。50年には京都市立美術大学教授に就任。69年には日本藝術院恩賜賞を受賞。『画房襍筆』（42年6月、湯川弘文社）、『京都洋画の黎明期』（47年4月、高桐書店）など、随筆や美術に関する評論も多い。

（真銅正宏）

黒田征太郎 くろだ・せいたろう

1939・1・25〜。画家、イラストレーター。大阪市中央区道頓堀に生まれる。1944年兵庫県西宮市に移る。45年西宮市安井国民学校入学。同年滋賀県神崎郡能登川町へ移り、能登川南国民小学校へ転校。46年父死す。南国民小学校卒業。能登川中学校入学。54年彦根西高等学校へしかたなく進学するも、55年退学し、米海軍軍用船乗組員として2年間インドネシアで参戦。56年から67年までに10数種の職業を経て、67年〜68年渡米。帰国後、69年に東京にデザイン事務所K2を設立し、イラストレーターとして活動。その後、様々なジャンルで活躍。滋賀県関係では89年に大津西武で「音・坂田明　絵・黒田征太郎　パワフルライブ」を行っており、また、97年には滋賀県、岐阜県のイメージポスター（日比野克彦とのコラボレーション）、98年には滋賀県立藝術劇場のポスターを制作している。

（高場秀樹）

【こ】

小泉八雲 こいずみ・やくも

ラフカディオ・ハーン（ヘルン）Lafcadio Hearn

1850・6・27〜1904・9・26。批評家、随筆家、翻訳家、英文学研究家。アイルランド人の父とギリシア人の母の次男として、ギリシアで生まれる。のち日本に帰化。アイルランド、フランスで教育を受け、1889年渡米。様々な新聞に欧州文学の翻訳や探訪記事等を掲載。1890年来日、松江中学校に赴任、旧松江藩士の娘小泉セツと結婚。翌年熊本の第五高等中学校に転任。1894年「神戸クロニクル」紙の記者となり、『知られざる日本の面影』（1894年、Boston and New York: Houghton, Mifflin and Co.）を発表、内面的理解に基づく日本文化への深い考察を示す。続く『東の国から』（1895年、Houghton, Mifflin and Co.）には、大津事件に際して自刃した畠山勇子を描いた「勇子―ある美しい思い出」が収録されている。1896年東京帝国大学文科大学講師となり上京。この時代の著作に『影』（1900年、Boston: Little, Brown and Co.）、『骨董』（02年、New York and London: Macmillan Co.）などがある。03年東京帝国大学を辞職、04年早稲田大学文学科講師となるが、心臓発作により急逝。

（北川扶生子）

甲賀三郎 こうが・さぶろう

1893・10・5〜1945・2・14。小説家。蒲生郡日野町大字松尾（通称松尾町）103番地に、代々水口藩の藩士であった井崎《いざき》家に生まれる。本名能為《よしため》。父為輔（教育家）、母しえ（旧姓宮路）の次男。4歳頃から小学校入学前までは大阪で過ごした。1900年1月、町立日野尋常高等小学校（現日野小学校）に入学。同年から父も同校の訓導として勤務。算術を得意とし、4年生の時には教師より高い能力を示したが、父の罷免により03年から大阪市北区伊勢町（のち末広町）に転居。そこで「文藝倶楽部」等を愛読し、投稿のため短編を創作した。小学校高等科卒業後は家庭の事情により税務署の臨時雇いや島田硝子の給仕となって働く。07年8月から叔母の婚家である東京在住の実業家春田直哉宅に寄寓することになり、翌年京華中学校に編入。在学中は黒岩涙香やコナン・ドイル等を愛読。11年9月第一高等学校工科に入学、翌年6月にカタル性黄疸で入院を経験。この時代には菊池寛などを読んだ。15年9月東京帝国大学工科大学入学、応用化学を専攻。囲碁に熱中する（のち2段）。18年春田家の養子となり、叔父の娘春田道子と結婚。同年7月に大学を卒業し、和歌山市の由良染料株式会社に技師として入社。19年8月会社を退職し東京市神田三崎町に居住。20年1月農商務省臨時窒素研究所技手（のち技師）となり、窒素肥料研究に従事した。この頃までの生い立ちは随想「世にでるまで」（「現代」別冊附録、36年10月）に詳しい。研究所では作家デビュー前の大下宇陀児《うだる》と同僚であった。勤務のかたわらドイル調の作品を試作し、23年8月「真珠塔の秘密」が「新趣味」の懸賞募集で1等に入選。以降筆名を郷里の伝説上の人物に拠り「甲賀三郎」とする。同年と翌24年には社用で欧米に出張、紀行文を本名で発表。28年には農商務省を依願退職して作家業に専従、その後も「新青年」「苦楽」「キング」等に探偵小説を多数発表し続けた。30年頃から長谷川伸、平山芦江、土師《はじ》清二らと交友。32年日本文藝家協会評議員となり出版権法案対策実行委員を務め、のち理事（～35年）。37年から長谷川伸主宰の小説、脚本研究会「二十六日会」に加わり探偵戯曲を執筆、それらは新国劇により上演される。翌38年長谷川、土師らと中国、台湾を視察。40年長男が北アルプスで遭難死。41年、江戸時代に鉄砲鍛冶の技術により初の反射望遠鏡を制作した近江国友村（現長浜市）生まれの国友一貫斎の伝記戯曲「国友藤兵衛」を脱稿。42年日本文学報国会事務局総務部長（～44年）。43年2月27日～10月23日、タイ、マレーを舞台とする長編小説「熱風」を「滋賀新聞」に連載。44年日本少国民文化協会事務局長。45年同協会の公務（学童疎開の緊急会議）のため九州に赴いた帰途、急性肺炎となり岡山市の友沢病院に入院、死去。同協会公葬ののち世田谷区玉川の慈眼寺に埋葬された。代表作には「琥珀のパイプ」（「新青年」24年6月）、「ニッケルの文鎮」（「新青年」26年1月）、「悪戯《あくぎ》」（「新青年」26年4月）、「気早《きばや》の惣太の経験」（「苦楽」26年7月）以下一連の〝惣太もの〟や実話を材とした長編「支倉《はぜくら》事件」（「読売新聞」27年1月15日～6月26日）、また「緑色の犯罪」（「新青年」28年12月）、「池水荘綺譚」（「婦女界」29年4～12月）、「幽霊犯人」（「朝日新聞」夕刊、29年7月10日～11月9日）、「焦げた聖書」（「新青年」31年8月）、「妖魔の哄笑」（「大阪時事新報」31年9月29日～32年3月26日）、探偵獅子《しし》内俊次《うちとしじ》の活躍する『姿なき怪盗』（32年4月、新潮社）、ほかに「体温計殺人事件」（「新青年」33年3月）、「黄鳥の嘆き」（「新青年」35年8～9月）、「急行十三時間」（「新青年」40年10月）などがあり、通俗臭のある長編に比し短編のサスペンスのほうに本領があった。堅固な構成力と理化学の知識を活かしたトリックを駆使しながらも、犯罪捜索のプロセスを重視する〝本格〟推理小説を標榜し、怪奇幻想味の勝った探偵小説を〝変格〟として批判。しかし実作では当時のいわゆる猟奇趣味の勝った〝変格〟的小説を量産している。推理小説のあるべき姿を熱く語る能弁家であり、論客としての活動も盛んで、評論、随筆集『犯罪・探偵・人生』（34年6月、新小説社）収載の「探偵小説の二要素」では「探偵小説は小説の形式を借りた謎」として、「文学的要素」より「謎の要素を重しとするのが至当」と主張。また「探偵小説講話」（「ぷろふいる」35年1～12月）の「まへ書」では探偵小説を「先《ま》づ犯罪―主として殺人―が起り、その犯人を捜索する人物―必ずしも職業探偵に限らない―が、主人公として活躍する小説」と定義づけている。甲賀のこうした意見は31年の大下宇陀児、36年の木々高太郎との探偵小説論争を惹起させもした。主要評論に「新探偵小説論」（『新文藝思想講座』第1、8、10巻、33年9月～38年5月、文藝春秋社）、「探偵小説十講」（「探偵春秋」36年10月～37年1月）等がある。戦前の本格推理小説の旗手として江戸川乱歩に次ぐ令名を馳せ、大阪圭吉や小栗虫太郎を世に送るなど後進も育てた。現在は研究者による再評価の声も高い。なお短編「恋を拾つた話」（「キング」26年10月）の冒頭は琵琶湖の遊覧船が舞台。また「観光の近江」に郷土随筆「水郷天下一」（37年4月）、「湖国の思ひ出」（37年10月）、「大津駅前」（39年4月）を発表している。『甲賀三郎全集』全10巻（47年6月～48年9月、湊書房）がある。

＊荒野《あれの》　中編小説。〔初出〕「新青年」27年4～5月。〔初収〕『荒野』27年8月、

波野書房。◇1枚の荒野の写真に異常な執着を示し、その場所を新婚旅行の目的地にしてほしいと、妻となる安原糸子が嘆願したため「私」達は内密で当時陸軍の飛行場建設候補地であった八日市町に向かい、近江八幡発の軽便鉄道を新八日市駅で下りて写真の地、長谷野《ながたにの》を訪れた。結婚前「私」は糸子を中傷する手紙を受け取り私立探偵木村清に調査を依頼するなどして障害を乗り越えていた。謎の女の脅迫めいた言葉や不思議な紙片を訝る「私」は、妻の隠している秘密への疑念を深める。さらに道ですれ違った老婆が妻をみて驚愕し、荒野の墓地で出会った人夫達の掘る墓石に「石井やゑ」の名を認めた糸子が卒倒。翌朝妻は若い人夫に呼ばれて失踪し、「私」は墓地や役場など手をつくして捜す。そして妻がやゑの子であり、長谷野がやゑの実家で、そこで夫を毒殺しようとし、やゑは獄中で糸子を産んで亡くなったことを知る。しかし愛の不変を誓う「私」は、やゑの乳母であった老婆の家にいる妻を見つけ出したが、そこで糸子の母の秘密を隠し通すため紙片を使って妨害しようと「私」達をつけて来た父安原と出会う。父は何者かに殴られ、老婆の家で糸子の介抱を受けていたのであった。そこへ若い墓掘り人夫が老人夫を連れて現れ、この老人夫が安原を殴って毒を飲ませようとし、さらに、かつてやゑに横恋慕して糸子の父を毒殺しようとした事実が露見する。若い人夫は木村探偵であった。糸子は幼少の頃から長谷野の景色を夢にみていたと話し、木村に亡母の嫌疑の晴れたことを感謝する。甲賀の探偵小説のなかでも怪奇色が濃い作品のひとつ。（外村彰）

神坂次郎　こうさか・じろう

1927・3・2〜。小説家。和歌山市に生まれる。1943年東京陸軍航空学校に入学。卒業後陸軍航空通信学校、のち鹿児島県知覧特攻基地を経て愛知県小牧飛行基地で終戦を迎える。戦後、劇団俳優座演出部などを経て、歴史小説を書き始める。64年8月頃早崎慶三が主宰する滋賀作家クラブ（61年創立）に友人として参加した。『黒潮の岸辺』（82年、中央公論社）で、82年第2回日本文芸大賞を受賞。『元禄御畳奉行の日記〈中公新書〉』（84年9月、中央公論社）がベストセラーとなる。84年文部大臣表彰。『縛られた巨人—南方熊楠の生涯』（87年6月、新潮社）もベストセラーとなり、熊楠の再評価をうながした。同書で88年大衆文学研究賞（評伝部門）受賞。2001年には顕著な業績を認められ文化庁長官表彰を受けた。『今日われ生きてあり』（1985年7月、新潮社）など多数の著作がある。日本文藝家協会会員。社団法人日本ペンクラブ会員。（木村功）

高祖保　こうそ・たもつ

1910・5・4〜1945・1・8。詩人。岡山県邑久《おく》郡牛窓《うしまど》村（現瀬戸内市）の素封家高祖金次郎の三男に生まれる。のち姓を宮部に改める。母（旧姓宮部）ふじは1871年生まれ、滋賀県彦根の出身、彦根高等女学校の第1回卒業生（1895年以前）で、上野音楽学校を卒業し、1901年から2年間母校彦根高等女学校の助教諭を勤めた。08年、37歳のとき岡山県牛窓の高祖金次郎（53歳）の後添いとして嫁いだ。金次郎は04年に先妻と協議離婚していたが、先妻とのあいだに長男（1886年生まれ）、二男（1889年生まれ）、長女（1891年生まれ）があった。金次郎は1918年6月に死亡。ふじは、その翌年の19年1月に戸籍上分家という形をとり、満9歳の保をつれて犬上郡彦根町大字京（現彦根市京町2丁目）の実家に帰った。

その後彦根城の濠端近くの桜馬場（現金亀町）に転居。保は彦根小学校をへて23年県立彦根中学校（現彦根東高等学校）に進学。在学中から詩作などを始め校友会誌に掲載したが、それにあきたらず新潮社「文章倶楽部」の読者懸賞に応募し、同誌25年12月号（中学3年次）で詩「執念のつかれ」が2位入賞（生田春月選）、26年3月号で短歌（金子薫園選）と詩とが賞外佳作、26年8月号と9月号（中学4年次）で散文（金子薫園、加藤武雄選）が賞外佳作、27年1月号と12月号（中学5年次）で詩がそれぞれ賞外佳作となった。また、若手育成に力を入れていた百田宗治主宰の第1期「椎の木」（26年10月～27年9月）にも投稿し、27年2月号に詩「冬二つ」、3月号に「童心」、6月号（中学5年次）に「寸興」、7月号に「六月をまねく」、9月号に「短章」が掲載された。百田にその詩才を認められ、丸山薫、三好達治、伊藤整らとともに中学5年生で「椎の木」の同人となった。28年3月に彦根中学校を卒業するが、その後も第2期「椎の木」（28年11月～29年9月）の編集にたずさわりつつ、詩作を続ける。29年には親しくなった同郷の歌人木俣修にさそわれ、北原白秋が顧問をしていた歌誌「香蘭」に社友として参加、32年ごろまで積極的に短歌を発表した。その一方、独力で29年1月から30年12月まで隔月刊の詩誌「門」を編集発行、高村光太郎、村野四郎、春山行夫、佐藤清、安西冬衛らに寄稿を依頼し、その作品を載せた。

31年金沢第九師団山砲第9連隊に幹部候補生として入営、約1年間訓練をうけ、曹長となって除隊。33年母とともに出京し、東京府荏原《えばら》郡（現東京都目黒区）碑文谷《ひもんや》に住む。4月国学院大学高等師範部に入学。同33年8月これまでの作品をまとめた処女詩集『希臘《ギリシャ》十字』（椎の木社、16編所収）を上梓。34年には、百田宗治が創刊した季刊誌「苑」（椎の木社）の編集に以前からの友人乾直恵らと従事、西脇順三郎、増田篤夫、堀口大学、三好達治、北川冬彦らの作品を掲載。第3期「椎の木」（32年1月～36年3月）にも作品を発表し、34年6月号には大へん珍しい横書きの詩「Terra = cotta（田園調書）」（6連23行）を載せる。35年住居を府下荏原郡東調布町（現東京都大田区田園調布）に移転。36年3月国学院大学卒業。4月から母と3つ違いの弟宮部千太郎の経営する対独貿易合名会社に勤務するが、12月に母ふじが66歳で死去。37年1月結婚。6月に叔父宮部千太郎が死去、遺言により保が宮部姓を継ぎ、また会社も相続した。この間、詩誌「日本詩壇」（33年11月～44年4月）などにも詩を寄稿。41年に第2詩集『禽《とり》のゐる五分間写生』（41年7月、5編所収）を、彦根時代から親交のあった滋賀県蒲生郡安土の井上多喜三郎方の月曜発行所から出版。42年の第3詩集『雪』（42年5月、文芸汎論社、33編所収）が堀口大学、佐藤春夫らの推挙によって、伊東静雄（35年）、北川冬彦（36年）、村野四郎（39年）らに続き、43年第9回文芸汎論詩集賞を受賞した。44年に〝戦争詩集〟ともいえる第4詩集『夜のひきあけ』（44年7月、青木書店、30編所収）を出版。すぐさま24編をまとめた第5詩集『独楽《こま》』の編集にとりかかり、組版校正まで進んだが、校了まぎわの44年7月陸軍少尉として応召、京都第十六師団の将校として仏印《ふついん》（現カンボジア、ラオス、ベトナム）、ビルマ（現ミャンマー）を転戦し、45年1月ビルマの野戦病院において戦病死した。

戦後、文芸汎論社を経営していた詩人で友人の岩佐東一郎、探偵小説家（城昌幸名義）でもある詩人の城左門によって『高祖保詩集』（47年11月、岩谷《いわや》書店）が刊行、巻頭に堀口大学の追悼詩が掲げられ、既刊詩集から60編、幻の第5詩集『独楽』の24編が収録された。高祖には、詩のほかに何十首かの短歌、何編かの評論、エッセイがある。彦根市立図書館には、元館長西田集平が苦心して収集した高祖保の詩稿28編が所蔵されている。

高祖の詩は、本質的には抒情詩といえようが、第1、第2詩集ではペダンティックで超俗高踏的な衣装を分厚くまとわせ、神秘的で蠱惑《こわく》的な叡智のかおりとでもいった詩情をかもし出している。用語も画数の多い特異な漢語やさまざまな外国語が多用され、詩形も散文調であったり複数の1、2行句の連鎖を用いたりする。同時代の詩壇の風潮であるモダニズム、構成主義、もしくはシュールリアリズムの詩といって差し支えなかろう。第3詩集『雪』では、右のような技法を継続しつつも、より自然な心情に近づいた高雅で玲瓏たる作品として結晶している。作者の尖鋭繊細な感受性が抒情というものの清新で硬質な骨髄を洗い出し、端正にととのった完成度の高い詩美の世界を築きあげている。第4詩集の題名『夜のひきあけ』とは「亜細亜の夜明け」という意味である。太平洋戦争のまっただなか、詩集収載30編中の6割から8割の詩が、かなり直截《ちょくせつ》的に聖戦と戦意とを賛美し高揚しようと意図されたものになっている。とはいえ、戦意高揚詩のなかにも「小さき者に」のように、長男長女の実名をしるし、私的で人間的な血のかよう切々たる思いを述べた作品を見おとすわけにはいかない。

*雪《ゆき》詩集。〔初版〕『雪』42年5月、文芸汎論社。〔所収〕『高祖保詩集』47年11月、岩谷書店。『高祖保詩集』88年12月、思潮社。〔部分収載〕『日本現代詩大系第9巻』75年5月、河出書房新社。「みづうみ」「山下町の夜」「去年《こぞ》の雪いづこ」「年の徂徠」の4編を収載。◇高祖保の代表的詩集。本集の作品全33編を形式的にみてみると、散文詩調が16編、通常の連分け式が12編、1、2行短句調が5編（区別のつけにくいものもあるが）で、基本的には第1、第2詩集と同じようである。だが、濃密に凝縮された抒情性が粒よりの作品として磨きあげられ、多種多彩に按配されて編集されている。流麗さを作者が意識的に抑えているため通読したり朗唱したりするには険阻さがあるが、各詩ともきわめて完成度が高い。大先輩の堀口大学が「礼儀正しい」「天童詩人」と呼び、少し先輩の岩佐東一郎が「清純な天童《エンゼル》」と呼んだ天性の資質が、端麗に花ひらいた詩集ということができよう。「私は湖をながめてゐた／湖からあげる微風に靠《もた》れて　湖《うみ》鳥が一羽／岸へと波を手繰りよせてゐるのを　ながめてゐた／澄んだ湖の表情がさつと曇つた（以下22行略）」（「みづうみ」）や、「かの夜半《よは》の／ねざめに　あをき　窓玻《は》璃《り》に／散りこし粉雪《こゆき》／いづち　ゆきけむ」（「去年《こぞ》の雪いづこ」）という4行詩もあるが、高祖の特徴が顕著である「雪」をあげておく。副題に「雪は紋をつくる。鼓の、あふぎの、羊歯の紋。六花。十二花。砲弾の紋。」とある。「江州ひこね。ひこね桜馬場。さくらの並木。／／すつぽり、雪ごもりの街区。／／星のうごかぬ、八面玲瓏と煙《けぶ》り澄んだ、銀張りの夜。／／早寝の牀《とこ》で聴いてゐる。……プラスティックな宇宙《コスモス》のしはぶきを。（このとき、地球は鞠《まり》ほどの大きさしかない）／／微睡《まどろみ》の睫毛はみてゐる。……囲炉裏に白くなつた燠《おき》を。（それが宛らわたしの白骨、焼かれた残んの骨に似る）／／（以下9行略）」

（山本洋）

幸田進　こうだ・すすむ

1930・2・10〜。作家。東京羽田生まれ。1954年立教大学キリスト教学科卒業。近江兄弟社小学校、浦和聖望学園に勤務の後、70年今津町清心保育園園長に就任、93年に退任。この間、「滋賀作家」「関西文学」「ケルビム」等の同人誌に作品を発表。「今津エッセイ」代表。創作集として『ピトンよ、響け』（87年1月、日本図書刊行会）、『背信者』（81年11月、檸檬社）など。

（久保田暁一）

幸田真音 こうだ・まいん。

1951・月日未詳～。小説家。八日市市（現東近江市）生まれ。本名沢登久子。京都女子大学卒業後、コンチネンタル・イリノイ・ナショナル銀行、AMFに勤務。その後、バンカーズ・トラスト銀行、B・Tアジア証券において、ディーリングや外国債券セールスを通じて、国際金融市場に携わる。その経験を生かし、金融市場では謎の存在とされながらも、膨大な利益を生み出してきた投資顧問会社の存亡の危機を救うディーラー達を描いた小説『ザ・ヘッジ回避』（1995年9月、講談社。99年文庫本所収時に『小説 ヘッジファンド〈講談社文庫〉』と改題。）を執筆、作家活動を開始。経済問題に関するコメンテーターとしても、マスコミ等で幅広く活躍する。代表作に、『日本国債』上下巻（2000年11月、講談社）などがある。

（宮薗美佳）

高野麻葱 こうの・まき

1928・3・11～。小説家、随筆家。京都市上京区（西陣）生まれ。本名西村佳津《かづ》（旧姓永味《ながみ》）。1945年精華高等女学校卒業。50年から京都大学工学部に文部事務官として勤務（85年まで）。54年結婚。69年大津市三井寺の国家公務員宿舎に転居、のち大津市竜が丘に居住。30年間大津在住ののち99年から京都市東山区に移住。大津市立中央公民館の創作教室に参加し、小説を書き始める。71年同人誌「くうかん」2号から会員。滋賀県文学祭に熱心に応募、71年には芸術祭奨励賞（特選第1席）、78年には「回転扉」で芸術祭賞を受賞。現代的なテーマに犀利な感情を流しこみ、ストーリーテラーとしての才をみせた。84年4月、7編の小説を集めた短編集『紅萌《くれないも》ゆる』（センジュ書房）を上梓。題字は元京都大学総長奥田東《あずま》による。85年財団法人大阪都市協会創設60周年記念小説募集に応じ、長編小説「大日《だいにち》さん」が佳作第1位、月刊「大阪人」（86年7月～87年6月）に連載（単行本化は98年3月、舵社）、代表作といえる。96年にはあらたに同人誌「ソレイユ」を創刊し主宰。本県の同人誌活動のレベルアップに寄与した功績は大きい。随筆誌「洛味」（洛味社）にエッセイを寄稿。日本ペンクラブ会員。

（山本洋）

古我菊治 こが・きくじ

1905・9・28～1993・10・日未詳（葬儀は12日）。編集者、随筆家。高島郡今津村（現高島市今津町）生まれ。1929年同志社大学文学部英文科を卒業後上京。33年「日暦」同人、実質的な編集長として活躍。36年「人民文庫」同人。戦後は東京書籍に勤務。51年「日暦」を復刊、編集にあたる。少年時代を材とした小説「木の芽だち頃」（「日暦」37年7月）があるほか、戦前の「日暦」編集期を回顧しつつ新田潤を追悼した「牛込砂土原町」（「日暦」78年11月）などの随想を執筆。

（外村彰）

小梶忠雄 こかじ・ただお

1944・4・8～。川柳作家。八日市市（現東近江市）中野町生まれ。大津市黒津在住。1963年県立八日市高等学校卒業。74年新聞柳壇に投句を始め、75年にびわこ番傘川柳会同人、同年「番傘」川柳本社の同人となる。以後、社団法人全日本川柳協会常任幹事、毎日新聞「滋賀文芸」選者、滋賀県文学祭川柳部門選者（滋賀文学会理事）をつとめる。77年の第27回滋賀県文学祭に応募した〈建て増しの屋根に達者な母を呼ぶ〉で特選にはいり、以降特選を4回受賞。86年1月びわこ句帳『川柳　小梶忠雄』を発刊。2000年第15回「国民文化祭ひろしま2000」において、〈生まれるともう青空を探してる〉が国民文化祭実行委員会会長賞を受賞。ふっと出てきたことばで、ほろっとくる句を…と、日常的な創作を心がける。〈終わろうとしてる花火の下にいる〉（山本洋）

小島知余　こじま・ちよ

1924・1・27～。俳人。長野県生まれ。大津市京町在住。本名美智子。1977年「正風」入会、美濃豊月に師事。83年「正風」同人。85年大津市長賞、滋賀県議会議長賞受賞。芭蕉翁遺跡顕彰会理事。句集『紫雲英《れんげそう》』（90年5月、正風大津中央支部紫雲会）。〈開扉して仏に映ゆる紅葉かな〉（山本洋）

小島輝正　こじま・てるまさ

1920・1・27～1987・5・5。評論家。札幌市生まれ。東京帝国大学フランス文学科卒業。著書に、『アラゴン　シュルレアリスト』（1974年6月、蜘蛛出版社）、『春山行夫ノート』（80年11月、蜘蛛出版社）、『ディアボロの歌』（84年3月、編集工房ノア）等。また、『関西地下文脈』（89年1月、葦書房）では「滋賀作家」「滋賀民主文学」「くうかん」「新文学山河」「近江文学」など、滋賀県下の同人誌をとりあげている。（中尾務）

小杉放庵　こすぎ・ほうあん

1881・12・29～1964・4・16。洋画、日本画家。栃木県日光市生まれ。本名国太郎。1895年県立宇都宮中学校入学、翌年洋画家の五百城文哉《いおきぶんさい》に師事し同校退学。未醒《みせい》と号し、のち不同舎に学び漫画、挿画や水彩画に長ずる。1902年太平洋画会会員、05年「天鼓」、07年「方寸」同人。翌年から文展に「涅槃会」などが連続入選。13～14年渡欧。その後も院展、二科会、春陽会等に油彩、水墨画を出品。29年放庵（菴）と改号。後半生は東洋的境地の文人画を描いた。著作に『放庵画論』（30年5月、アトリヱ社）、『放庵歌集』（33年12月、竹村書房）、『奥のほそみち画冊』（55年9月、龍星閣）等がある。17年10月、写生長巻製作のため琵琶湖周辺を旅行。安土城の摠見寺住職の松岡範宗を知り、かねて親交のあった伊庭慎吉（のち安土町長）の助力を得て、33年から同寺本堂再建基金のため襖絵を描く。「安土山日記」（「短歌研究」33年7月）はその滞在記。59年には大津市の岡山霊園に旧友斎藤弔花の追悼歌碑を建立している。

＊琵琶湖をめぐる《びわこをめぐる》　紀行文集。〔初版〕『琵琶湖をめぐる』31年10月、日本風景協会。◇「大津にて思ふ」「湖西を行く」「湖上に浮ぶ」「湖北」「湖東をめぐる」其1、2「余談」の全7章。挿画15葉。「名所古跡の読本」と筆者も書くように、訪れた滋賀県の名勝や遺跡に関わる興趣にあふれた由来、歴史上の逸話を織り込んだ、近江の歴史散歩的な内容となっている。比叡山、比良山、賤ケ岳、伊吹山といった山々にも登っており、著名な寺社、城跡にもくまなく足を向け、竹生島や安土では一夜を過ごすなど、ほぼ県内の全ての名所を踏査している。菅沼曲水、信長、秀吉、三成、伊吹の弥三郎その他、近江ゆかりの人々の話題に

も詳しく、古代から近世に至る歌文、伝説といった古典の引用によってそれらをいきいきと描き出している。文体は読点の多い講談調で、筆者が一流のエッセイストでもあったことを伝える。（外村彰）

後藤恵代 ごとう・しげよ

1928・6・27〜。俳人。広島県生まれ。大津市南郷在住。1986年より松本圭二、その後竹内留村に師事。「ホトトギス」同人。伝統俳句協会会員。「ホトトギス」「玉藻」「晴居」所属。句集『横川』（96年9月、玉藻社）。〈走り蕎麦比叡の僧と隣り合ひ〉（山本洋）

小西久二郎 こにし・きゅうじろう

1929・5・2〜。歌人。彦根市生まれ。彦根市彦富町在住。本名久次郎《ひさじろう》。少年時代に石川啄木の短歌に魅せられて歌を作り始める。その後、生家の近くの蒲生郡桜川村（現東近江市）に前田夕暮門下の米田雄郎が居ることを知り、1952年創刊の「好日」に参加。59年3月米田雄郎の歿後は、香川進、米田登に師事、夕暮の白日社系歌風の継承につとめた。その歌風は、65年刊行の第1歌集『聖湖』の〈腹へらし川辺をあゆむわが視野に刃物のごとく小魚はひかる〉のような理知的な傾向から、第2歌集『湖の挽歌』（76年4月）の〈ひねもすを唾つづかねば縄をなふ側に手水を父の置きたり〉にみるような土着的な現実感を凝視する傾向へと転換した。72年より「好日」編集委員、選者をつとめる。83年3月に評論集『香川進の人と歌』（有朋舎）刊行。その時期に〈母に手をひかれてゆきし母の里野道や藪の影すらもなし〉〈祖父母逝き父母また逝くを知るならむ庭の榎のいよよ茂りて〉などの《家》につながる風土と正面から向かい合う作品が集中し、90年5月刊行の『湖《うみ》に墓標を』（短歌新聞社）の〈われ逝かば湖に墓標を建ててくれ鯉鮒鱒と暮らさむがため〉にみるように、「自己の生活乃至生きる環境を基盤として、いわゆる泥くさい、地に足をつけた歌」を主題としたいという作者の真骨頂が発揮された。この近江生まれの土着的な歌風は多大の評価をえた。と同時に近江の近代短歌の父祖というべき師米田雄郎の衣鉢《いはつ》を継ぐように、滋賀県歌人協会の結成当初から主要メンバーとして活躍、協会の運営に尽力、後進の育成に貢献する。（太田登）

小林英三郎 こばやし・えいざぶろう

1910・7・1〜1996・10・3。俳人、社会運動家。坂田郡長浜町（現長浜市）に生まれる。東京帝国大学文学部社会学科卒業。在学中から社会運動に加わる。1933年文藝春秋社に入社。戦後は日本ジャーナリスト連盟事務局長を経て、恒文社、ランゲージサービス社に勤めた。73年社内職場句会に参加し、俳句を始める。「河」会員となり、のち同人となった。79年「人」創刊同人。〈妻の荷は妻の軽さに牡丹雪〉〈殺戮の失せぬ地上の曼珠沙華〉（浦西和彦）

小林英俊 こばやし・えいしゅん

1906・3・11〜1959・5・13。詩人。犬上郡千本《ちもと》村（現彦根市）大字正法《しょうほう》寺《じ》の円満寺（浄土真宗）に次男として生まれる。幼時に実母を亡くし、生涯追慕する。彦根中学校（現彦根東高等学校）を中退し上京、西条八十宅で内弟子として働く。その後1年間京都の中央仏教学院に学んで僧侶となる。1928年秋から北海道帯広の本願寺別院に勤めたが、長兄の死により31年に実家に戻り35年結婚。戦前は西条主宰の「蠟人形」に詩や随筆を発表したほか「アイヌの歌謡 上中下」（「愛誦」29年11月

～30年1月）や、往古の近江の俗謡を収集解説した「近江の伝唱歌謡」（「愛誦」31年10月）も書いた。一方、柳水巴《りゅうすいは》の筆名で31年「ルンペン節」、32年には映画「坂田山心中」の主題歌「天国に結ぶ恋」といった流行歌も作詞している。西条が序文を寄せた『抒情詩集 夢に生く』（32年3月、交蘭社）は、「こよひなごりの／ほしあをく／かなしみふかき／伊吹山。／／霧ふるものと／かぎらねば／霽《は》れしすがたの／日もあらめ。」（「流れ星」前半）のように、感傷的な歌謡調の小曲91編を収録。「地平線」「ゆりかご」「若草」、また「令女界」「むらさき」「少女画報」「処女の友」等の少女雑誌にも詩文を寄稿。それらを集め未刊詩集「抒情小曲 遥かなる瞳」も執筆した。戦時中は徴用され近江絹糸工場の寮管理を務める。50年から近江詩人会創始者の1人として活躍。寺の裏にある松茸山で毎秋詩人たちと宴を開く等、気さくな人柄で「ごえんさん」と親しまれた。51～54年に同会の代表も務めたが、その頃から結核にかかる。病床に臥していた最晩年に、詩友の岩崎昭弥や藤野一雄の尽力によって詩集『黄昏の歌』（58年9月、近江詩人会）刊行。序文で西条八十は小林の「一茎の野菊のやうな素朴な抒情詩から「ある種の微苦笑のやうな諦め、淡々と」した「気取りの無さ」、「飾りの無い簡素な表現」を見いだし、そこに「一生奉持してきた宗教的生活」からの影響を指摘した。同書には「受胎」「時には暗い翳を笑ひに紛らせながら／／妻は透蚕《すきこ》のやうに美しく窶《やつ》れた」等96編を収載。歿後の70年5月、彦根市立旭森《あさひのもり》小学校校地に「春の山」の詩碑「山は美しい肌着にかへて／童女のやうにほほゑんでゐる（後略）」が建立された（西条八十揮毫）。詩風は憧憬と哀愁を主調音とする抒情小曲から象徴的手法によるリアリズム詩に移行し、その余情には次第に生活者の達観がこめられていった。（外村彰）

小林橘川 こばやし・きっせん

1882・10・1～1961・3・16。新聞人、僧侶、政治家。野洲郡守山町に漢方薬商山本藤右衛門の三男として生まれる。幼名音次郎。1884年野洲郡三上村北桜（現野洲市）浄土宗多門寺住職小林麗海の養嗣子となる。1889年野洲郡三上村小学校に入学。1893年甲賀郡石部村尋常高等小学校高等科に入学。1895年浄土宗立第五教学校（現京都東山高等学校）に入学。1900年浄土宗高等学院（現大正大学）に入学したが、03年実母急死のため3年で退学。河西小学校で教鞭をとる。05年京都府田辺町極楽寺の住職となる。「近江新報」に投書し、社長西川多次郎に認められて「近江新報」主筆に迎えられる。極楽寺が木津川のほとりにあり、木津川をとりキッ川（橘川）と号す。06年栗太郡金勝村字荒張広徳寺に転居。橘川は新聞社に勤める関係上大津市に下宿した。11年名古屋新聞社に硬派主任として入社。14年多門寺住職となる。また名古屋新聞社主筆となる。16年インドの詩聖タゴールの思想問題で「新愛知」新聞社主筆桐生悠々と論戦する。17年長野浪山らと市民大学運動を起こす。18年普選運動を提唱。裏筒井町に転居。20年6月26日、各工場の幹部職工を網羅した横断組合組織である名古屋労働者協会を塚本三、河村鶴蔵らと設立。21年足尾労働争議を視察、加藤勘十の紹介で麻生久、赤松克麿を知る。葉山嘉樹が名古屋新聞社に入社し、名古屋労働者協会に加入、愛知時計電機争議で活躍する。30年名古屋新聞社副社長に就任。32年満洲国を視察。35年6月、『随筆豊太閤』を松柏館書店より刊行。「一言にして、豊太閤を尽せば、「彼は落日の荘厳」といった感じである」と、落日のように荘厳で、雄大で堂々たる豊太閤の一生を描く。37年6月、『鄭浜子』を愛国婦人会愛知県支部より刊行。42年中部日本新聞社創立委員となる。43年12月妻せつらを連れて郷里多門寺に疎開する。45年中部日本新聞社相談役となるが翌年辞任。47年7月公職追放令により中部日本新聞社を追放される。48年12月自坊多門寺に帰る。50年10月公職追放解除される。51年4月名古屋市長選挙に出馬したが、落選。52年9月、市長塚本三死亡により名古屋市長選挙に社会党から出て、名古屋市初の革新市長となる。名古屋市の都市計画を推し進めたが、3選半ばで歿した。歿後、『橘川文集』(62年7月、橘川文集刊行会)が刊行された。

(浦西和彦)

小林拳章 こばやし・けんしょう

1925・8・24〜1992・4・21。俳人。彦根市に生まれる。本名功。1953年に「うまや」に入会し、「裸の会」にも所属した。その後「藍」を経て「自鳴鐘」「胴」の同人となり、句作に励む。77年自ら同人誌「北斗」を創刊。現代俳句協会会員となる。関西俳句連盟賞、阪神文化協会賞を受賞した。〈枯野に杭鍵の外れぬ目安箱〉

(荒井真理亜)

小林七歩 こばやし・しちほ

1896・1・23〜1978・2・25。俳人。大津市松本に生まれる。本名孫七郎。大津商業学校卒業。滋賀県食糧事業協同組合連合会会長、全国食糧事業協同組合連合会理事等を歴任。1926年に高浜虚子の『俳句とはどんなものか』(実業之日本社)を読み啓発されて句作を始める。「ホトトギス」に投句し、虚子に師事した。また「馬酔木」「鹿笛」「山茶花」等にも投句。57年に「志賀」を創刊し、主宰した。61年「ホトトギス」同人となる。「朝日新聞」滋賀俳壇選者としても活躍。動脈硬化のため死去、大津市梅林町月見坂に葬られる。

(浦西和彦)

小林博 こばやし・ひろし

1920・11・18〜2006・12・21。地理学者、郷土史家。栗太郡老上村野路(現草津市)生まれ。1938年膳所中学校(旧制)卒業。50年立命館大学文学部地理学科卒業。52年立命館大学大学院文学研究科地理学専修修了。72年大阪市立大学教授。84年大阪経済法科大学教授、99年同大学総合科学研究所客員教授で退職。『滋賀県市町村沿革史全6巻』(60年7月〜67年5月、編纂委員会)や『草津市史全7巻』(81年7月〜92年3月、草津市役所)の編纂に関わる。『角川日本地名大辞典25滋賀県』(79年4月、角川書店)編纂委員会の滋賀県委員。また、滋賀県高等学校社会科研究会編『滋賀県誌』(74年5月、地人書房)、『野路町史』(78年4月、野路町)などを監修している。『滋賀県議会史』全10巻(71年3月〜88年8月、滋賀県議会)の分担執筆もある。共編著として『近江の街道』(82年3月、サンブライト出版)。その他、信楽、大津、比叡山、坂本、栗東、脇ケ畑、琵琶湖、愛知川流域、近江商人、木地師等に関する多数の調査、研究論文を発表している。69年ドイツ学術交流会の招きで西ドイツを訪れて以来、歴史地理的視点からヨーロッパの都市に関心を寄せ、69年、75年に当時のユーゴスラビアで個別調査を実施、77年から78年にトロント大学客員教授として訪れた時のカナダ調査をもとに、大阪市立大学や大阪経済法科大学の紀要や論文集に発表した8編の論文をまとめて『ヨーロッパ都市の近代的変容』(96年11月、大明堂)

を発行。

＊**石部町のあゆみ**《いしべちょうのあゆみ》　地誌。〔初版〕『石部町のあゆみ』85年3月、石部町教育委員会。◇84年9月に石部町公民館主催の成人教養大学講座で「石部の宿」と題する講演を行い、それを契機に執筆された。A5判63頁の小冊子で既刊の書物や研究をもとに、石部町の歩みを概説したもの。全6章からなり、古代石部の自然環境と大字石部、東寺、西寺の文化交流をはじめとして、平安中期から戦国時代にかけての人々の生き様を、他の町村との関わりで記述している。さらに近世に発展した宿場の生活や明治期、昭和期における社会の変貌にも言及。付録として「石部町の文化財」「石部町略年表」が付けられている。

＊**湖国—近現代の変貌—**《ここく—きんげんだいのへんぼう—》　地誌。〔初版〕『湖国—近現代の変貌—』91年1月、啓文社。◇滋賀県を郷土とする筆者は地理的、歴史的、或は歴史地理的な視点から湖国についての著述を重ねて来たが、古稀を迎えて既発表のものを中心に湖国の変貌に関するものを収録。全7章の内、4章の「県治にみる畦畔木の変遷」、5章の「湖南の変貌」、6章の「琵琶湖における湖岸景観の変化と景観対策」は未発表のものである。「滋賀県は自然的にも人文的にも回廊的性格をもつ。加えて歴史的には都の玄関口として重要な意味を有していた。」「温和で美しい自然環境、渡来人の混在、豊かな農業生産があり、しかも古来交通幹線が通じ、閉鎖的ではなかったことがあいまって、県民性は温和で、一徹ではなく、計数に明るく、利害に敏感で蓄財に長じている。」としている。しかし、高度経済成長期の「名神高速道路建設工事開始後の昭和三四年ころから」「栗東インターチェンジ付近を中心に工場進出が活発となり」「平野部の工業化、都市化の進展とは対照的に山地部に過疎化をもたらした」「開発の進展は自然環境の破壊をもたらし、とくに最大の宝庫である琵琶湖の汚染を進行させた」としている。

（北川秋雄）

駒井正一《こまい・しょういち》　1950・3・31～。近江商人研究家。高島郡（現高島市）安曇川町北船木生まれ。滋賀県立高島高等学校を経て1972年立命館大学文学部卒業。以後国語科教諭として、堅田中学校をはじめ湖西地域の中学校に勤め、地域に根ざす同和問題、近江商人の史伝に関するエッセイ、研究書を執筆。作品は、小説「高島玄俊」（「湖国と文化」86年7月）、史伝『高島商人』（87年5月、私家版）ほか多数。

（久保田暁一）

駒井でる太《こまい・でるた》　1928・6・9～。俳人。高島郡（現高島市）安曇川町北船本に生まれる。本名正見。1945年旧制今津中学校卒業。農漁業に従事。54年「ホトトギス」系の岡田台山子に俳句の手ほどきをうける。64年「馬酔木」に所属。77年「霜林」に入門、翌年同人となる。句集に『安曇川〈俊英俳句選集Ⅱ17〉』（88年7月、四季出版）がある。〈春暁の湖荘厳に鳰のこゑ〉〈朝桜志賀のさざ波魚入袖に〉

（浦西和彦）

小松左京《こまつ・さきょう》　1931・1・28～。小説家。大阪市生まれ。本名は実。京都大学文学部イタリア文学科卒業。大学在学中に、高橋和巳らと同人誌「現代文学」などを創刊。業界紙記者や町工場経営など多種の職業を経験し、SF作家として文壇にデビュー。『日本アパッチ族』（1964年3月、光文社）、『日本沈没』（73年3月、光文社）などで注目を集め、その後も旺盛な作家活動を続けている。72年5月「問題小説」に発表された「湖畔の女」（同年11月単行本『待つ女』に収録）では、琵琶湖東岸の長浜を舞台に、同市の初春の観光名物である盆梅展と鴨鍋料理とを背景にして、落語家の「師匠」と「私」の二人組が、妖艶な女性と出会うという話が語られている。長浜の歴史、街のたたずまい、また竹生島の伝承なども点綴され、怪談じみた話の構成で女性の肉体的魔性が描かれた短編小説である。作中の鴨鍋料理の老舗は実在し、盆梅展は初春の長浜の風物誌の一つとなっている。（木村一信）

今東光 こん・とうこう

1898・3・26〜1977・9・19。小説家。横浜市伊勢佐木町に生まれる。法名春聴。弟に小説家の今日出海がいる。青年時代、菊池寛の「文藝春秋」に加わり、また「文藝時代」創刊に参画、「痩せた花嫁」（「婦人公論」1925年1月）などで文壇に地歩を築き、新感覚派の代表的作家と嘱目された。しかし、プロレタリア文学に傾倒した後、30年10月に出家剃髪、天台宗延暦寺派の僧侶となる。51年9月に大阪府八尾市の天台院住職を拝命。「お吟さま」（「淡交」56年1月〜12月）で第36回直木賞を受賞して、文壇復帰し、以後「河内もの」を書き続けた。天台宗門の秘められた稚児愛を描いた『稚児』（47年2月、鳳書房）、脚下に琵琶湖を俯瞰する風光絶佳の戒蔵院で起稿された作者流の平家物語『山法師』（58年7月、春陽堂書店）、『弁慶上下』（66年5月、講談社）などがある。（中谷元宣）

【さ】

彩月庵千津 さいげつあん・ちず

1916・9・10〜。俳人。滋賀県生まれ。大津市京町在住。本名藤野千津。1973年「正風」入会、美濃豊月に師事。79年「正風」同人。92年記念句集『千草』（発行所未詳）。「正風」理事、編集企画委員。〈なぞり読む風触の句碑秋日燦〉（山本洋）

西条皎 さいじょう・あきら

1904〜1972（生歿ともに、月日未詳）。詩人、俳人。滋賀郡真野村（現大津市真野）に生まれる。青年期から俳句などに親しみ、1927年名古屋を中心とした東海詩人協会の会員に加わり、「東海詩集」に詩を発表。佐藤惣之助と東京で同人誌を作る。また岐阜市の詩魔詩人会とも交流があった。戦後、真野村最後の村長を務め、64年には真野小学校の新しい校歌を作詞した。（内田晶）

西条八十 さいじょう・やそ

1892・1・15〜1970・8・12。詩人。東京市牛込生まれ。1915年早稲田大学英文学科卒業。大学1年時に「石階」（「早稲田文学」12年7月）を発表。季刊誌「未来」に参加し、「聖盃」（12年12月、後に「仮面」と改題）、「詩人」（13年6月）を創刊。童謡「かなりや」（「赤い鳥」18年11月）の発表で注目される。第1詩集『砂金』（19年6月、尚文堂書店）。21年より早稲田大学英文科講師、24年より2年間渡仏し、ソルボンヌ大学に学ぶ。帰国後、早稲田大学仏文科助教授、31年教授。童謡集『鸚鵡と時計』（21年1月、赤い鳥社）、詩集『見知らぬ愛人』（22年2月、交蘭社）等多数の著作で、抒情詩人、童謡詩人としての地歩を固めた。少女小説、民謡・歌謡曲の作詞でも著名。『アルチュール・ランボー研究』（67年11月、中央公論社）は学術上の集大成。近江詩人会創立者の1人である小林英俊は彼の門下。『西条八十全集』全18冊（91年12月～現在刊行中、国書刊行会）がある。

＊琵琶湖シャンソン《びわこしゃんそん》　歌謡。〔初収〕『蠟人形』22年5月、新潮社。◇30年6月日本ビクター、中山晋平作曲、佐藤千夜子・二三吉歌。琵琶湖遊覧汽船会社の委嘱で作られ、同年8月、同名の映画（根岸東一郎監督・出演・原作、マキノプロ）の主題歌となる。遊覧船を「湖水の女王《クイン》」にたとえ、夕暮れの島、月夜の浮御堂、雪の牧野、水鳥の姿、春の坂本、三井寺の鐘の音などに、ダンス、ジャズ、スキーなど当時の風俗をも織り込み、全7番からなる。遊覧船ガイドのために「琵琶湖ガイド読本」も執筆したという。以後、琵琶湖ゆかりの歌を次々と発表。「ビワコ・セレナーデ」（江口夜詩作曲、ミス・コロムビア歌）、「琵琶湖まつり」（大村能章作曲、音丸・伊藤久男歌）は共に37年8月日本コロムビア制作、観光客誘致の目的で滋賀県観光協会によって制定されたもの。他に、新民謡「滋賀のさざ波」（33年12月、橋本国彦作曲、徳山璉歌）、ワルツ「たそがれの湖」（49年10月、古賀政男作曲、近江俊郎歌、日本コロムビア）、「近江絹糸小唄」（40年4月）がある。（木村小夜）

財津晃　ざいつ・あきら

１９２１・４・13～２００６・７・５。医師、随筆家。台湾生まれ。１９４５年京都帝国大学医学部を卒業。48年から64年にかけて岐阜県郡上郡（現郡上市）白鳥町で辺地医療に取り組む。66年長浜赤十字病院院長に就任し地域医療の発展に尽力。病院経営、医療論として『独断偏見・病院長論』（83年5月、私家版）を著す。また新聞や院内誌などに随筆を連載するなど、文筆活動も行っている。社団法人日本病院会顧問、長浜赤十字病院名誉院長を歴任。（内田晶）

斎藤兼輔　さいとう・かねすけ

１９０５・５・28～歿年月日未詳。俳人。東京に生まれる。大津市馬場に居住。１９２６年大谷碧雲居の手ほどきを受け、俳句を始める。「曲水」に加入。渡辺水巴に師事。65年出家得度叡山加行、義仲寺入山。のち住職。著書『「無韻」と三上卓』（78年6月、民族公論社）、句集『一念三千』（82年5月、天池堂）がある。〈越し方は陽炎ばかり不破の関〉〈木曾塚の夏草ひくも宿世かな〉（浦西和彦）

斎藤栄　さいとう・さかえ

１９３３・１・14～。小説家。東京都大田区生まれ。東京大学法学部卒業。湘南高等学校在学中、石原慎太郎らと「湘南文藝」を発行。１９５５年より72年まで横浜市役所勤務。「女だけの部屋」（「宝石」臨時増刊、62年6月15日）でデビュー、第1回宝石中編賞候補作となる。「機密」（「宝石」臨時増刊、63年7月5日）で第2回宝石中編賞、『殺人の棋譜』（66年8月、講談社）で第12回江戸川乱歩賞をそれぞれ受賞。『奥の細道殺人事件』（70年10月、光文社）、「魔法陣」シリーズ等の社会派推理、「江戸川警部」シリーズ等日本各地を舞台とした推理小説を量産。『日美子の琵琶湖・鎌倉殺人事件』（88年1月、中央公論社、原題「日美子の友愛占術」）では、近江八幡・長命寺付近での元大学教授の失踪から事件が始まる。不在クラブ会員、ＧＥＭ会員。

＊危険な水系《きけんなすいけい》　長編小説。〔初版〕『危険な水系』71年2月、光文社。◇書き下ろし。横浜市内に天然ガス採掘を計画する東光石油の公害防止事業部岩井課長が密室で死体となって発見された。容疑をかけられた地元住民反対派の中心人物村岡教授は謎の数字を残して失踪、ほどなく琵琶湖中から彼の生首が発見される。無実を信じる

娘雅子と彼を尊敬する上原助教授は独自の推理を進める。折から水質が問題化していた湖の水流調査をもとに、首の投棄された場所を推定すべく、大規模な漂流実験が行われた。以降、彦根城、多賀大社、万葉公園など湖東を舞台に、事件は解決に向かって急展開を見せる。事件の陰に自衛官や医師の存在が見え隠れし、公害問題にとどまらず企業と自衛隊の癒着の実態をも浮かび上がらせる。こうした盛りだくさんの趣向と、自身の市役所勤務時代の経験を生かした内容が、「気鋭のころの斎藤氏の、とめどないエネルギー」「公務員作家時代の、この上ないモニュメント」（影山荘一「解説」、94年7月、中公文庫）と評されている。

（木村小夜）

西東三鬼 さいとう・さんき

1900・5・15〜1962・4・1。俳人。岡山県苫田郡津山町（現津山市）生まれ。本名斎藤敬直《けいちょく》。1925年日本歯科医学専門学校（現日本歯科大学）を卒業後、歯科医を業とする。33年から「走馬燈」に投句し翌年同人。34年「京大俳句」特選句に選ばれ、同誌や「馬酔木」「天の川」「旗艦」「傘火」「天香」等で新興俳句運動を展開、新鮮な表現様式で注目されるが40年8月、当局に検挙連行される。戦後は現代俳句協会設立に参画し、48年1月「天狼」（山口誓子主宰）創刊に参加。同年「雷光」「激浪」主宰。52年6月には「断崖」誌を主宰した。55年秋には石山寺や義仲寺を訪問。句集に『旗』（40年3月、三省堂）、『夜の桃』（48年9月、七洋社）、『今日』（51年10月、天狼俳句会）、また「石山寺など五句」を収める『変身』（62年3月、角川書店）がある。歿後『西東三鬼全句集』（2001年7月、沖積舎）が刊行された。〈義仲寺／秋日さす割られ継がれし「芭蕉墓」〉

（外村彰）

斎藤弔花 さいとう・ちょうか

1877・2・8〜1950・5・3。新聞記者、文筆家。大阪府嶋上郡（現高槻市）生まれ。本名謙蔵。別号白雲洞。京都中学校退学後、苦学しながら小説家を志し、1901年上京。国木田独歩の弟収二と知り合い、当時、星亭の機関紙「民声新報」の編集長をしていた独歩の紹介で同紙に初めての小説を書く。02年には独歩、原田東風とともに鎌倉で共同生活を送った。その後金港堂に勤めたが、03年国木田収二が主筆兼編集長の「神戸新聞」に招かれ、軟派主任（社会部長）となる。在社中の08年には独歩の死に遭い、追悼文を「新潮」「中央公論」等に寄せた。09年神戸新聞社を退社後、「東京日日新聞」「関西日報」の記者を歴任。この間、『苅萱集』（03年10月、金港堂）、『田園生活』（06年5月、隆文館）、『弔花小品』（09年7月、隆文館）等の文学書を著したが、評価を得るに至らず、小説家の夢を断念。後半生は新聞記者と各種の著述に従事した。35年第一線を退いた後は京都に住み、青年時代を回想した『独歩と武蔵野』（42年9月、晃文社）、『国木田独歩と其周囲』（43年3月、小学館）や『蘆花と作品』（43年7月、晃文社）を刊行。明治文学研究の基礎的文献として評価されている。

第二次世界大戦末期、京都から疎開して、大津市南郷の元料理旅館雅楽園に夫人と住んでいたが、戦後の46年、同所は戦災孤児と知的障害をもつ子どもを収容し教育する施設の近江学園に生まれ変わった。園長糸賀一雄の勧めで同所に留まった後は、夫人とともに知的障害をもつ子どもの教育に最晩年を捧げた。子供好きで、若き日に独歩に親炙した弔花は、独歩は「源叔父」の少年乞食紀州や「春の鳥」の知的障害をもつ少年六蔵を描いた名作を残したが、自分にはもうその力もないから、せめてここで不幸な子どもたちを守るのだと語っていたという（野田宇太郎『関西文学散歩中巻　京都・近江』57年7月、小山書店）。50年5月1日、学園内に完成した知的障害をもつ子どもを収容し教育する落穂寮の開寮に際し初代寮長となったが、すでに病篤く、その2日後に死去した。（森﨑光子）

斎藤茂吉　さいとう・もきち

1882・5・14〜1953・2・25。歌人。山形県南村山郡金瓶《かなかめ》村（現上山市金瓶）に父守谷熊次郎・母いくの三男として生まれる。本名茂吉《もきち》（「しげよし」とも称した）。1888年金瓶尋常小学校に入学。幼い頃から隣家宝泉寺の住職、佐原窿応《さわらりゅうおう》に習字や漢文を習い、幼いながらもその偉大さに羨望の念を抱き、少年時代は僧侶にならんと空想していた。1910年東京帝国大学医学部を卒業し、精神病学を専攻、巣鴨病院勤務となり、後青山脳病院院長を務めた。13年処女歌集『赤光』で盛名をはせ、続いて「アララギ」によりながら『あらたま』（21年）等17冊の歌集や「短歌に於ける写生の説」など、また『柿本人麿』全5巻（34〜40年）等の業績を展開した。25年ヨーロッパ留学から帰国したときに、滋賀の蓮華寺にいる窿応和尚を思い次のような歌をうたっている。〈蕗のたふいまやふふまむ蓮華寺の窿応和尚《をしやう》を訪ねがてぬかも〉（『ともしび』）（安森敏隆）

斎藤緑雨　さいとう・りょくう

1867（慶応3）・12・31〜1904・4・13。小説家、評論家。伊勢国神戸《かんべ》（現三重県鈴鹿市）生まれ。本名賢《まさる》。別号正直正太夫、江東みどり、真猿、緑雨醒客、登仙坊。1878年明治法律学校中退。1884年仮名垣魯文の門下に入り「今日新聞」で交合方を務めた後、数社の新聞業務に携わる。1889年11月「東西新聞」に連載された「小説八宗」（5日〜22日）で批評家として表舞台に立ち、1891年「国会」に連載された「油地獄」（5月30日〜6月23日）で小説家としての地位を固める。以後数多くの評論、小説を発表。時代物の3作目にあたる「弓矢神」（「小日本」1894年2月11日〜3月6日）は、物語の主人公落窪五郎安方と渚姫が雪夜の伊吹山で出会う場面から始まる。小説集に『かくれんぼ』（1891年7月、春陽堂）、『あられ酒』（1898年12月、博文館）他。全集に『斎藤緑雨全集』全8巻（1990年6月〜2000年1月、筑摩書房）がある。（中村研示）

堺井浮堂　さかい・ふどう

1920・4・17〜。俳人。滋賀郡堅田町（現大津市本堅田）生まれ。大津市本堅田在住。本名忠一郎。履物商の六代目長男。堅田尋常高等小学校尋常科をへて、1938年県立大津商業学校（現高等学校）卒業。すぐに三菱重工業株式会社名古屋航空機製作所に入社。43年結婚、三重県一志《いちし》郡久居《ひさい》町（現久居市）に住む。会社に籍をおいたまま応召、京都第十六師団津第33歩兵連隊に新設された中部・久居38部隊に入隊、甲種幹部候補生をへて軍曹となり、内地で終戦。45年復員、三菱重工業を退職して帰堅、家業につく。47年堅田町議会議員（2期8年）、61年堅田町商工会会長（2期4年）、65年から77年まで堅田商店街協同組合理事長を歴任。俳句は三菱重工業入社後の40年から先輩にさそわれて始めていたが、46年堅田ホトトギス会にはいり中井余花朗に師事、「ホトトギス」「玉藻」に投句する。47

年の高浜虚子、年尾、星野立子らの比叡山、堅田来訪のさいには、堅田の若手俳人らとともに接待し、宿泊、連絡、案内等の庶務を担当。「良人の貞操」（36～37年）で有名になっていた作家の吉屋信子も戦中から虚子門下となっており、その折も同行して立子と同宿した。浮堂は、大勢の参加者のあった太湖汽船貸し切りの琵琶湖船上俳句会で披講役をつとめた。52年の浮御堂そばの虚子湖中碑建立、53年の比叡山横川《よかわ》の「虚子之塔」建設には労務を供し、「西の虚子忌」開催には毎年奉仕にあたった。57年ごろから、中井余花朗・冨佐夫妻の堅田町（当時）における俳句の普及活動に全面的に協力。77年ごろから浮堂が主となって、堅田公民館を会場に作句の勉強会「堅田みぎわ会」を発足させ、その作品の清書を浮堂が行なって、芦屋市の稲畑汀子に送り指導を請うた。それらの成果は、虚子選『堅田集』、同『続堅田集』、立子選『堅田玉藻集』、今井つる女指導『続堅田玉藻集』、汀子指導『堅田みぎわ集』などの合同句集として公刊された。76年浮堂は滋賀県文学祭に作品を応募し、俳句部門の芸術祭賞を受賞、また年尾選の朝日俳壇にも入選。78年「ホトトギス」同人。同年ごろ師中井余花朗の句碑〈春風や〉を他のホトトギス先輩らとともに浮御堂境内に建立するのに尽力。83年滋賀文学会理事（俳句部門選者）。85年余花朗のあとを継いで「朝日新聞」滋賀俳壇選者。89年滋賀県ホトトギス会初代会長。その間、77年に第1句集『浮堂句集』を、88年に第2句集『うみのべ』（4月、玉藻社、300句所収）を上梓。最新句に〈暁天にすでに翔ぶもの初明り〉〈夜が明けて月見草とは昨日の名〉〈俳諧の夏炉《かろ》となりて去り難し〉

＊浮堂句集《ふどうくしゅう》　句集。〔初版〕『浮堂句集』77年6月、私家版。◇作者初心の40年から76年までの600句を所収。布製特装版、函入り。「序」稲畑汀子、「序に代えて」中井余花朗。貴重な写真数葉挿入、53年10月の虚子、立子を中心の集合写真、「虚子之塔」建設時の歩く虚子、船上の立子（正面）と虚子（後ろ向き）、縁に腰かけた余花朗夫妻、その他二葉。作品は、琵琶湖の周辺の四季の移り変わりを客観写生でとらえたものが多い。〈水際は遠景よりも春浅し〉〈土くれに石くれに春月心寺〉〈比叡裾の一郷一寺桃の花〉〈冬仕度して僻村を捨てきれず〉

（山本洋）

堺屋太一　さかいや・たいち

1935・7・13～。作家、経済評論家。大阪市生まれ。本名池口小太郎。1960年東京大学経済学部卒業、通商産業省入省。昭和37年（62年）度版『通商白書』に盛り込んだ独自の「水平分業理論」は世界的な注目を浴びた。大阪万国博覧会（70年）、サンシャイン計画（74年）、沖縄海洋博覧会（75年）などを手掛ける。75年に石油輸入の断たれた日本をシミュレーションした小説『油断！』（7月、日本経済新聞社）がベストセラーとなり、翌76年に発表した『団塊の世代』（11月、講談社）もその題名が日本の経済社会の動向を予測する有効な概念として定着するほどの影響力を持った。78年に退官し、フリーな立場から作家活動、評論活動を展開。小渕恵三内閣及び森喜朗内閣における経済企画庁長官。代表作に『巨いなる企て上下』（80年11月、毎日新聞社）、『峠の群像上中下』（81年11月、82年2月、82年6月、日本放送出版協会）、『秀吉　夢を超えた男上中下』（95年12月、96年4月、96年10月、日本放送出版協会）など。その他著書多数。『巨いなる企て』は、近江の佐和山城を居城とする石田三成の、太閤秀吉の死から関ケ原の決戦に至るまでの一大プロジェクトを描く。『秀吉』は太閤豊臣秀吉の一代記。主君織田信長の姉川の合戦、比叡山焼き打ち、浅井氏滅亡後北近江の大名となった秀吉の長浜築城、また信長の安土築城のエピソードなども描かれる。（田村修一）

坂上禎孝 さかがみ・よしたか

1937・11・24〜。歌人。甲賀郡（現甲賀市）甲南町深川市場生まれ。1956年県立甲賀高等学校卒業、同年「好日」入社、69年同人。理容業を営みながら、日々の生活から得た多彩な想念を内的に告白する歌風。日本歌人クラブ会員。93年「理容滋賀」文藝欄短歌部門選者。歌集に『底辺』（73年8月、好日社）、『そして午後』（79年10月、好日社）〈川底に耐えつつ真碧き藻の棲めりひとりを惟《おも》い生きつづく日〉がある。（外村彰）

榊原トキ さかきばら・とき

生歿年月日未詳。詩人。甲賀郡甲西町（現湖南市）三雲の寺院で坊守としての生活を送りながら、詩の創作に励み、『詩集ひまわり』（1970年1月）、『雲』（75年3月）、『詩集竹トンボ』（80年8月）などの詩集を私家版で刊行した。『詩集ひまわり』所収の詩は、各センテンスが比較的短く、構成に工夫があることから、初期にはリズムに富んだ童謡的な詩風を目指していたと思われる。しかしそれ以降、家族、特に亡き父母を追憶するもの（「父に捧げる名前」）、身辺雑記風のもの（「竹トンボ」）、過去の恋愛の回想（「悲しいくちづけ」）などを好んで描くようになり、次第に韻律よりも感情を優先する傾向に転換した。また仏教的環境にあったためか、小さなもの、弱いものへの慈しみを表現した作品（「冬ごもり」）や、日常の風景から仏の教えを感得する作品（「ほうれんそう」）が散見されることも、その特徴として挙げられよう。（木田隆文）

坂口安吾 さかぐち・あんご

1906・10・20〜1955・2・17。小説家。新潟市に生まれる。本名炳五。県立新潟中学校に入学後、横暴な上級生や教師らに反発する。漢文教師が「自己に暗い」と「暗吾」という渾名をつけ、アンゴが通り名となる。東京豊山中学校を卒業、代用教員を経て、1926年東洋大学印度哲学科へ入学。睡眠4時間の生活を続けながらチベット語、ラテン語、フランス語などを学び、30年に卒業すると同人誌「言葉」を創刊。31年「風博士」（「青い馬」6月）が牧野信一に激賞され、新進作家として認められる。戦後は「堕落論」（「新潮」46年4月）、「白痴」（「新潮」46年6月）などで戦後文学の旗手となった。以後無頼派作家、新戯作派と呼ばれ、幅広く活躍をした。『定本坂口安吾全集』全13巻（68〜71年、冬樹社）。

＊桜の森の満開の下 さくらのもりのまんかいのした　短編小説。〔初出〕「肉体」47年6月。〔全集〕『定本坂口安吾全集第3巻』78年7月、冬樹社。◇桜の花の下に人の姿がなければ、花が美しすぎる故に人々は得体の知れぬ幻想に襲われ、怖ろしく不吉な光景となる。鈴鹿峠にもそんな桜の森があり、人々は迂回し、森は静寂の中に取り残されていった。やがて山賊が住み、旅人を襲い7人の女房を得たが、その山賊でさえ、桜の森は怖ろしく、気が変になりそうで近づこうとしなかった。亭主を斬り捨てさらってきた8人目の女房の言うなりに、他の女房たちを殺し2人は京に出る。都でも女の命じるまま、男は邸宅へ押し入っては略奪、生首を持ち帰る。女はストーリーを作っては首遊びに耽った。次第に男は空しくなり、女に乞い山へ戻る。

女を背負い、迂回せずに満開の桜の森に入った。女の手が冷たくなったかと思うと鬼に変化し、男の喉を締めてきた。男は首を締めて鬼を殺した。が、気がつくと鬼と思ったのは女で、その上に桜の花びらが吹り積もり、後には虚空が広がるばかりであった。（増田周子）

相良哀楽 さがら・あいらく

１９３２・３・24～。俳人。京都市伏見区生まれ。大津市雄琴《おごと》在住。本名重喜《しげよし》。京都第十六師団歩兵将校の長男。38年甲賀郡（現甲賀市）水口町に転居。50年県立甲賀（現水口）高等学校卒業。51年株式会社滋賀銀行入行。県内や東京、京都の支店をへて、草津、石山、水口、長浜、大阪の各支店長を歴任。取締役で88年退任。51年全国銀行協会連合会主催「銀協俳句会」にはいり、富安風生指導の俳誌「銀協」に出句。52年東京転勤にともない風生主宰の「若葉」に入会、月例句会や諸吟行に意欲的に参加、風生から直接の指導をうけた。高浜虚子や山口青邨からも教えをうける。大津の本店勤務となった56年、虚子選の朝日俳壇に初入選。滋賀銀行白玉《しらたま》俳句会では「ホトトギス」の浜中柑児、中井余花朗、職場の先輩若城一光、竹端糸遊らの先導のもと精進をかさねた。57年柑児の句碑を唐崎神社境内に建立するのに参画。ホトトギス同人の久米幸叢、小林七歩《しちほ》、「霜林」主宰の桂樟蹊《しょうけい》子《し》らとも交流し、作句領域の幅を広げた。66年鎌倉江ノ島での若葉全国鍛錬会において風生直弟子の加倉井秋をに紹介され、以後加倉井主宰の「冬草《ふゆくさ》」に参加、じきじきの指導を仰ぐ。71年「冬草」同人。79年より「若葉」を継承した清崎敏郎《きよさきとしお》に、99年より鈴木貞雄に師事。79年俳人協会会員。83年「若葉」同人。93年「冬草」新珠賞受賞。96年「知音《ちいん》」創刊同人。宗祇研究会事務局担当。３部作の句集『楽浪《ささなみ》』（83年10月、卯辰山文庫、５７５句）、『標野《しめの》』（85年６月、卯辰山文庫、６０２句）、『海道』（２００１年３月）、他に相良の実質編著といえる『近江吟行案内』（２００２年８月、俳人協会）がある。

＊海道 かいどう 句集。〔初版〕『海道』２００１年３月、京都カルチャー出版。◇第１、第２句集と同じ判型、同じ麻布貼り特製、函入りの第３句集。書名は古代律令制の時代から近江が交通の要衝であったことに由来。扉には鈴木貞雄の序句〈海道のここに展けて鳰の湖〉。全６章、「逢坂《あふさか》」84句、「鈴鹿」１０２句、「不破《ふは》」84句、「愛発《あらち》」90句、「若狭路《わかさじ》」81句、「絲綢之路《シルクロード》」40句。作句生活50年記念として83年以降の作品計４８１句を所収。各章ごとに虚子、風生、小倉遊亀、秋を、貞雄、巻末に南画家南星山らそれぞれの写真ならびに短冊、色紙、絵等を挿入。句風は清澄淡明、余裕ある正直《せいちょく》さを主とするが、艶やかな叙景、ほのかな諧謔の句もみられる。〈失せたるを心のこりに秋扇〉〈雛の日の飢ゑゐたる日もありしかな〉〈甲冑を縅《をど》せるやうに城紅葉〉〈初閻魔ついで詣でを見透され〉〈水を守《も》る忍者の裔《すえ》の長《なが》柄鎌《えがま》〉〈色かへぬ玄関の松冷泉家〉（山本洋）

佐木隆三 さき・りゅうぞう

１９３７・４・14～。作家。朝鮮咸鏡北道生まれ。本名小先良三。１９４１年に帰国、広島で疎開生活を送る。56年福岡県立八幡中央高等学校卒業、八幡製鉄所入社。執筆活動を始め、同人誌に習作を発表。『ジャンケンポン協定』（65年５月、晶文社）で第３回新日本文学賞受賞。64年退社。67年に上京する。沖縄での生活を経て、76年『復讐するは我にあり』（75年11月、講談社）で第74回直木賞受賞。91年『身分帳』（90年６月、講談社）で第２回伊藤整文学賞受賞。事件、犯罪を主題にした作品で注目を集めている。近年は幼女連続殺人事件やオウム真理教事件などの法廷取材ルポが多い。「サンデー毎日」に連載（83年11月～85年5月）した『勝ちを制するに至れり』（85年9月、毎日新聞社）は国賓として来日したロシア皇太子が滋賀県大津で、警備中の巡査に斬りつけられて負傷した、1891年の「大津事件」を描いた長編小説である。（内田晶）

桜田常久 さくらだ・つねひさ

1897・1・20～1980・3・25。小説家。大阪市に生まれる。第四高等学校を経て東京帝国大学卒業。別名並木宋之介。1940年10月、「平賀源内」（「作家精神」）によって第12回芥川賞を受賞。著書に『平賀源内』（41年7月、文藝春秋社）、『最後の教室』（42年8月、象山閣）、『山上憶良』（74年4月、東邦出版社）等がある。

＊**静かなる湖底**《しずかなるこてい》　短編小説。〔初出〕「オール読物」41年9月。◇41年4月6日、第四高等学校短艇部のボートが琵琶湖で遭難し、その2カ月後に11名全員の遺体が発見された事件を描いた作品。遭難の1カ月後に慰霊祭が催されたが、その時はまだ4人の遺骸だけ引きあげられ、残りの7名を湖底に残したままで、県の捜索は打ち切られた。捜索は北溟会にゆだねられる。漕艇班員11名は、それぞれの力の限りにおいて艇を追い、艇の流失方向に向かって湖底に一直線に並んで死んでいた。（浦西和彦）

桜緋紗子 さくら・ひさこ

1914・3・15～2002・3・20。随筆家（自伝）。広島市生まれ。生前近江八幡市宮内町居住。本名神崎不二子。「毎日新聞」記者の長女。大阪、京都と転居し、精華高等女学校、宝塚音楽歌劇学校をへて、1930年歌劇団花組生徒として初舞台をふむ。葦原邦子や小夜《さよ》福子と組み、しだいにプリマドンナの地位をえる。40年退団し、花柳章太郎ひきいる新生新派にはいり、映画にも出演。その後私生活の変化、戦争と戦後の混乱もあり舞台をはなれるが、54年京都南座の新派の舞台で復帰。映画「春琴物語」（54年、大映）などに出演。61年からフリー。65年芸能界を引退。義姉妹の小《お》笠原《がさわら》松子（伯爵小笠原長幹《ながよし》の五女）が出家した（霊法のち日英）のを機に、65年鎌倉の日蓮宗長勝寺で得度、小笠原英法（はじめ法佳）と名乗り、滋賀県近江八幡市八幡《はちまん》山《やま》の門跡寺院・村雲御所瑞竜寺《ずいりゅうじ》に、日英は十二世門跡《もんぜき》として、英法は執事長として赴く。88年の日英没後、英法改め日凰《にちおう》として十三世門跡を継いだ。華麗で波乱の生涯をたどった『愚女一心—女優から尼僧へ—』（71年9月、白川書院）がある。なお、緋紗子と花柳章太郎との複雑な関係については、劇作家北条秀司が『演劇太平記二』（86年12月、毎日新聞社）でくわしく述べている。（山本洋）

佐後淳一郎 さご・じゅんいちろう

1906・5・28～1948・5・23。歌人、俳人、僧侶。犬上郡多賀町生まれ。本名武蔵。比叡山中学校（旧制）卒業後、関西大学法文学部英文科中退。1922年から短歌と俳句を創作。短歌では尾山篤二郎、松村英一、吉植庄亮《よしうえしょうりょう》に師事。26年「自然」同人。同年米田雄郎、木村緑生らと滋賀県歌人連盟を結成。のち「日本歌人」に参加、「詩歌」「藝林」同人。俳句では勝峯晋風《しんぷう》に師事し「黄橙」同人として新興俳句運動に参加、もっとも進歩的な作風で注目された。33年高島郡安曇川町西万木《ゆるぎ》の天台宗来迎寺住職となる。35年に安曇短歌会を設立、41年「歌苑」を創刊し主宰、後進を指導した。

43年11月「短歌研究」に「歌人郷土記―滋賀県―」を執筆。「滋賀新聞」等の短歌欄選者も務めた。高潔な調べの作風を評価され関西歌壇の新進気鋭の歌人と目されたが、胃病で早世した。歌集に『土のしめり』（25年6月、湖郷詩社）〈朝雨の明るみて降る山裾に咲きしづもれる桐の花かも〉、句集に『四季』（37年1月、第一藝文社）〈近江舞子雄松浜／梅雨湖や八十《やそ》の湊《みなと》は雲の中〉がある。（外村彰）

笹川臨風 ささがわ・りんぷう

1870・8・7～1949・4・13。俳人、美術評論家、歴史家。東京生まれ。本名種郎。1896年東京帝国大学文科大学国史科卒業。在学中に田岡嶺雲らと俳句団体筑波会を結成し句作に励む。1889年「帝国文学」編集に関与。小説「新田左中将」には、義貞の本陣「坂本」や妻女勾当内侍の居所「堅田」が描かれる。坂本の慈眼堂には義貞の供養塔があり、堅田の野上神社には勾当内侍の墓がある。回想録『明治還魂紙』（46年6月、亜細亜社）には、大津事件時の回想が綴られている。（佐藤良太）

佐佐木信綱 ささき・のぶつな

1872・6・3～1963・12・2。歌人、歌学者。伊勢石薬師（現三重県鈴鹿市）生まれ。国学者佐佐木弘綱の長男。1882年上京、高崎正風より歌を学ぶ。1884年東京大学古典科に入学、1888年卒業。1905年から31年まで東京帝国大学講師として「万葉集」や歌学史、和歌史を講じた。歌人としての業績は、『日本歌学全書』（正は弘綱との共編、1890年10月～1891年12月、博文館、続、1897年12月～1900年5月、博文館）や、『日本歌学大系』（10巻中、第1・3～5・7巻のみ、40年10月～43年9月、文明社。56年1月～63年1月、風間書房で全10巻完結）に代表される和歌史の研究や諸文献の覆刻がある。また、『校本万葉集』（共著、全5帙25冊、24年12月～25年3月、校本万葉集刊行会。増補普及版全10巻、31年6月～32年5月、岩波書店）の編纂をはじめ、「万葉集」研究の基本文献を多く著し、「万葉集」普及に尽力した。『日本歌学史』（10年10月、博文館）、『和歌史の研究』（15年7月、大日本学術協会）で17年に日本学士院賞受賞。34年日本学士院会員になり、37年文化勲章受章、日本藝術院会員になる。

歌人としては、和歌革新を推進し、弘綱（竹柏園）のあとをうけて竹柏会を主宰、「こころの華」（のち「心の花」）を刊行。木下利玄、川田順、石榑千亦、新井洸、九条武子など多くの門人を指導した。また、正岡子規や与謝野鉄幹らと新派勃興に貢献した。『思草』（03年10月、博文館）以降、『秋の声』（56年1月、竹柏会、『佐佐木信綱全集第9巻佐佐木信綱歌集』に収録）まで、12の歌集を編んでいる。日本文学報国会創設時、短歌部会会長であった。孫である佐佐木幸綱は『佐佐木信綱』（82年6月、桜楓社）において、信綱の短歌の特徴に、「道の自覚」「肯定の文学」「一人」「行く人」を挙げている。生涯を通じ、父を師とし西行を敬愛した。『佐佐木信綱全集』全10巻（1～7、10巻、48年11月～54年9月、六興出版社。8、9巻、56年1月、竹柏会）、『佐佐木信綱歌学著作覆刻選』全4巻（94年9月、本の友社）がある。

＊**豊旗雲**《とよはたぐも》 歌集。〔初版〕『豊旗雲』29年1月、実業之日本社。◇作歌活動50年の記念に自選された歌集。京阪、北海道等の旅の歌を収めた「ゆききの巻」において、滋賀の風物を7首詠んでいる。昭和3年1月3日から9日にかけて「京都、坂本、恭

仁、奈良、四日市、若松、名古屋の七処を訪うた」（『作歌八十二年』59年5月、毎日新聞社）際に、「湖畔の冬」と題し〈伊吹より越路につづく雪の山／湖紺碧に朝を晴れたり〉、「坂本よりの帰り」と題し〈正月の六日の昼の湖の／色青々としてうかぶ鳥なし〉と、清冽な風景に自己の澄み切った心を詠んでいる。また、3月31日より「大阪、京都、奈良、御影、名古屋に赴」いた「途上作」（同）として、「白文万葉集の校正を終へて京へものす」と題し、〈夜の気こもる窓を開けば湖青き／近江あがたを走れるなりけり〉〈この幾月万葉集につかれたる／我が目に秋の湖は光れり〉と詠み上げている。八月に「奈良文化夏期講習のため、高田高等女学校にて『万葉集典籍史』を講じ、転じて大阪中央放送局にて『涼味を映じた歌』を放送、京都では元暦万葉のために諸家を訪問し、叡山に登った」（同）際に、「叡山」と題して2首〈老杉のうれ吹きすぐる風はやし／大講堂のゆたけき甍〉〈暮れしづむ大き湖の光やゝに深し／老杉の雫ほとほとと落つ〉と、古くからあり続けるものの重みを「老杉」に託し、厳かに詠んでいる。

（東口昌央）

笹沢左保　ささざわ・さほ

1930・11・15～2002・10・21。小説家。神奈川県横浜市生まれ。本名勝。父は詩人の笹沢美明。関東学院高等部卒業。郵政省東京地方簡易保険局に勤務。1959年「招かざる客」で第5回江戸川乱歩賞次席となり、翌60年5月『招かれざる客』（講談社）と改題刊行、その後文筆生活に入る。61年『人喰い』（60年11月、光文社）で第14回日本探偵作家クラブ賞受賞、推理小説の新本格派として頭角を現した。以降、風俗小説、恋愛小説など幅広い分野の作品を矢継ぎ早に発表。70年代に入って股旅小説で新境地を拓き、71年「赦免花は散った」を第1作として開始した「木枯し紋次郎」シリーズは、一世を風靡した。その後も、捕物小説、剣豪小説など多くのジャンルにわたる膨大な作品群を発表し、著書は370冊を超える。99年第3回日本ミステリー文学大賞を受賞。近江が舞台の歴史小説『華麗なる地平線―史詩浅井長政』（82年3月、中央公論社）には、小谷山の城から一望した琵琶湖の眺望が描かれている。

（屋木瑞穂）

佐竹昭広　さたけ・あきひろ

1927・10・19～。古典学者。東京生まれ。旧制東京高等学校を経て、1949年京都大学文学部文学科国語学国文学専攻入学。大学院修了後、学習院大学文学部助教授、京都大学助教授、教授を経て、85年京都大学を退職、成城大学文学部教授。その後、国文学研究資料館館長を務めた。東京高等学校在学中、十代で雑誌「文学」に「萬葉集短歌字余考」（46年5月）、「人麿歌集の歌二種」（47年8月）を発表、高く評価された。意味論的考察は対象を選ぶことがなく、研究分野は上代、中世、近世、近代と類例を見ない広範囲に及ぶ。著書に『下剋上の文学』『民話の思想』『酒呑童子異聞』『萬葉集抜書』『古語雑談』『絵入本朝二十不孝』、新日本古典文学大系の『方丈記　徒然草』『萬葉集』、また『岩波古語辞典』（74年）などがある。『民話の思想』について「著者は、当代第一の万葉学者である佐竹昭広氏と同一人物である」と注されたことがある。

＊酒呑童子異聞《しゅてんどうじいぶん》　研究書。〔初版〕『酒呑童子異聞』77年10月、平凡社。後、92年3月に岩波書店「同時代ライブラリー」の一書として刊行。◇もともとは「子どもの館」に「お伽草子の人びと」として連載さ

れたものを中心としている。「不思議な誕生をした子どもが深山に捨てられ、山の動物に守護されつつたくましく成人し、威力を世に振るうというモチーフは、中世口承文藝の典型的な一類型」で、これを「捨て童子」と命名できるとする。お伽草子「伊吹童子」の伊吹童子、役行者、武蔵坊弁慶、平井保昌らはおしなべて「捨て童子」だったとする。そして、伊吹山中の「捨て童子」が、後の大江山の酒呑童子となることを検証する。室町時代にシュテン童子が「酒呑童子」の意で解されていたことは事実であっても「原義を忘れた二次的三次的意味づけだった」とする。1621（元和7）年に近江国一帯を襲った大風が「弥三郎風」と呼ばれた記録からたどって、弥三郎の求婚譚が蛇婿入苧環型によって形成されていることを示す。その弥三郎の子を宿した姫が生んだ怪童が伊吹童子であるとする。また、比叡山を追われた酒呑童子が大江山に到ることになるとする。大江山と伊吹山が霊山として「禅定」の名を持つ山頂のあることが、それぞれの伝説が結合する契機になったとする。後に酒呑童子を名乗る偽者が登場する浄瑠璃の紹介や、酒呑童子の各諸本の考察が続く。その際に「絵と本文との矛盾」に着目し、「本文の部分は徐々に改変が進み、絵の方は原構図のまま書写され」両者がどうにも整合しなくなったときに絵が書き改められることなどを指摘する。明治期の「日本昔噺」にまで考察を及ぼす「明治の酒呑童子」、さらには「膏取り」の民話からつながるものとして「血税一揆」などに言及する「文明開化と民間伝承」も収録される。（出原隆俊）

佐竹申伍　さたけ・しんご

1921・1・15〜。小説家。東京都文京区に生まれる。東京都中野区在住。本名佐藤静夫。日本大学学藝学部映画科卒業。映画関係の仕事を経て文筆活動に入り、主として歴史小説を手がける。東京作家クラブ、日本文藝家協会所属。著書に『蒲生氏郷』（1987年5月、青樹社）、『湖北の鷹――浅井三代記――』（93年8月、光風社）、『孤剣夢あり』（94年3月、光風社）などがある。

＊湖北の鷹《こほくのたか》　長編歴史小説。〔初版〕『湖北の鷹』93年8月、光風社。◇戦国時代、江北の地に覇をとなえた浅井三代の物語。江北の京極氏の実権を掌握する上坂泰貞に取り立てられて江南の六角氏との争いや和睦交渉の中で次第に功名をあげた浅井新三郎（亮政）は、上坂の死後、二代目泰信の専制に叛意し、奇襲・奇策によって上坂城、今浜（現長浜）城を攻略、湖北の小谷に山砦を築く。地頭山での厳しい合戦もあったが、朝倉氏の援軍もあって、京極、上坂、六角を破り、ついには江北を平定する。続く二代目浅井久政は高宮合戦で六角氏に敗れ、事実上六角氏の配下となる。そこで、三代目浅井新九郎（長政）は、久政を隠居に追いやって六角氏と戦い、六角氏を高宮の先まで押し返す。そこへ織田信長が同盟を求めてきて、長政は信長の妹お市と結婚。すると、信長・家康連合軍は六角氏を滅ぼし、近江路の守りを長政に託して上洛した。そこへ、専横な信長打倒の協力要請が将軍足利義昭から長政に届く。信長・家康連合軍が朝倉氏を征伐。長政は旧恩深い朝倉氏に加勢を決断。浅井・朝倉対信長・家康の構図で戦いは変転し、壮絶な姉川の合戦、織田信治の宇佐山城陥落、南大江の一向一揆、信長の叡山焼き討ち、武田信玄の死、義昭の京都追放などがあって、裏切りや寝返りの多数ある中、ついに朝倉氏が滅亡する。長政は信長の和睦を突っぱねて最後まで戦うも、木下藤吉郎に攻められ久政が自

刃。お市と3人の姫を信長のもとへかえした長政も自刃して小谷城は陥落し、三代にわたる江北の覇も閉幕。（矢本浩司）

薩摩治郎八 さつま・じろはち

1901・4・13〜1976・2・22。随筆家、日仏文化交流事業家。別名バロン薩摩。東京都千代田区に、二代目薩摩治兵衛の長男として生まれる。祖父の初代治兵衛は、木綿商として一代で巨富を築いた近江商人。1918年イギリスのオックスフォード大学に留学、20年フランスに渡り、パリ社交界の花形となる。藤田嗣治やミロ、コクトオ、ラディゲらと交わり、またパリに学ぶ日本人画家らのパトロンとして福島繁太郎と勢力を二分したという。当時の有名なピアニスト、ジルマルシェクスを日本に呼ぶなど、文化交流にも力を注いだ。24年一時帰国し、26年山田伯爵令嬢千代子と結婚後、再び渡仏、以降日本とフランスの行き来を繰り返す。27年パリ大学国際都市に2億円の私財を投じて留学生のための日本館を建設し（29年完成）、フランス政府からレジオン・ド・ヌール勲章を贈られる。35年父の経営する薩摩商店が閉業。妻の発病などもあり、自身も肝臓疾患のため38年帰国。翌39年に渡仏、以後12年間をフランスで過ごす。51年に帰国した後は、浅草に住んで随筆などを書く。59年、2人目の妻利子の郷里徳島で阿波踊りを見物中脳卒中で倒れ、以降17年間を徳島で過ごす。幼い頃から文学藝術に関心を持ち、15歳の時に300枚の小説を書いて、敬愛する水上滝太郎のもとに持参したが断られたという。著書に『巴里・女・戦争』（54年、同光社）、『せ・し・ぼん』（55年、山文社）、『なんじゃもんじゃ』（56年、美和書院）、『ぶどう酒物語』（58年、村山書店）など。薩摩治郎八をモデルにした小説に獅子文六『但馬太郎治伝』（「読売新聞」67年4月18日〜9月23日）がある。（奈良崎英穂）

佐藤佐太郎 さとう・さたろう

1909・11・13〜1987・8・8。歌人。宮城県柴田郡に生まれる。別名佐藤紗太郎。1924年平潟尋常高等小学校卒業、26年岩波書店に入社。同年「アララギ」入会。27年斎藤茂吉に師事、続いて山口茂吉、柴生田稔らの知己を得る。36年新進歌人の集まりである四月会ができ参加、37年には「短歌研究」に30首を発表、40年には最初の歌集『歩道』（八雲書林）を上梓するなど精力的に作家活動を行う。45年東京大空襲を機に岩波書店を辞め、戦後青磁社を経て自ら永言社を起こす。そのかたわら、生涯を『斎藤茂吉全集』の刊行など茂吉研究に尽くし、『鷗外全集』（第2版）編集や『長塚節全集』の刊行などにも寄与した。また、宮中歌会始選者も長年つとめた。65年に近江蓮華寺、69年に琵琶湖竹生島など、来県数度に及ぶ。著作に歌集『帰潮』（52年、第二書房）、評論『純粋短歌』（53年、宝文館）、『斎藤茂吉研究』（57年、宝文館）、入門書『短歌作者への助言』ほか、多数。（渡辺順子）

佐藤惣之助 さとう・そうのすけ

1890・12・3〜1942・5・15。詩人、作詞家。神奈川県生まれ。1909年暁星中学校附属仏語専修科修了。はじめ佐藤紅緑門下で句作。のち詩に転じ、『正義の兜』（15年12月、天弦堂）、『琉球諸島風物詩集』（22年12月、京文社）等、向日性のある色彩豊かな作品を多作。コロムビヤ専属の作詞家として流行歌も書いた。25年「詩の家」主宰。他に「テラコッタ」「大洋の岸辺」「嵐」「馬齢」「紀」を編集発行。28年10月に講演のため来県。36年11月にも大仏次郎らと長浜、安土、鏡山を訪れた。琵琶湖でも好きな釣りを楽しむ。「観光の近江」に随想「湖国の印象」（37年4月）や俳句連作「湖国周遊」（37年10月）〈湖上／水や空秋をみどりの竹生島〉、また大津で作られた詩「湖国ふなずしのうた」（38年1月）を発表。釣り随筆では『釣魚探究』（41年6月、三省堂）等を著した。『佐藤惣之助全集』全3巻（43年2月～4月、桜井書店）がある。 （外村彰）

佐藤春夫 さとう・はるお

1892・4・9～1964・5・6。詩人、小説家、評論家。和歌山県東牟婁《むろ》郡新宮町（現新宮市）船町に生まれる。1910年上京して生田長江、与謝野寛らに師事。同年9月慶応義塾大学予科文学部に入学、13年に退学するまで永井荷風らの教えを受ける。「西班牙犬の家」（「星座」17年1月）、『田園の憂鬱』（19年6月、新潮社）、『殉情詩集』（21年7月、新潮社）など、幻想性、叙情性に富んだ作風が特徴。また漢文学にも造詣が深く、訳詩集『車塵集』（29年9月、武蔵野書院）などがある。60年文化勲章受章。紀行『日本の風景』（59年7月、新潮社）の「⑾琵琶湖と関ケ原」に、帰省の途次「最もわたくしを喜ばせたところは琵琶湖と関ケ原であった」と言う。また、法然上人に取材した小説『掬水譚《きくすいものがたり》』（36年1月、大東出版社）、『極楽から来た』（61年2月、講談社）の一部には、法然の修行した比叡山延暦寺が描かれている。『定本佐藤春夫全集』全36巻別巻2（98年4月～2001年9月、臨川書店）がある。 （須田千里）

沢薫 さわ・かおる

1933・4・28～。俳人。滋賀県生まれ。大津市北大路町在住。1951年「曲水」入会、山本夕村に師事。68年「麻」参加、同人。71年「曲水」同人。〈啓蟄《けいちつ》の妻におづおづ七分粥《がゆ》〉 （山本洋）

沢木欣一 さわき・きんいち

1919・10・6～2001・11・5。俳人。富山市生まれ。妻は俳人の細見綾子。1942年東京帝国大学国文科入学。翌年学徒出陣のため入営。在学中から加藤楸邨に師事。46年「風」主宰。社会性と写生の主張、風雅の誠を旗印に活躍した。戦後は東京藝術大学教授、俳人協会会長等を務めた。41年4月大津義仲寺に旅し、75年6月大津の古寺を歴訪。79年11月比叡山吟行。86年8月に竹生島など湖北の名所を訪ね、88年3月には浮御堂など湖西、湖北を周遊している。句集に『雪白』（44年3月、青陵社）、『二上挽歌』（76年9月、永田書房）、『遍歴』（83年10月、立風書房）、『往還』（86年6月、角川書店）等がある。第9句集『眼前』（94年5月、角川書店）には集中の白眉「竹生島」16句〈秋の嶋金輪際に浮びけり〉〈秋涼し魚木に上る水鏡〉と、近江での30句を収録。自伝に『昭和俳句の青春』（95年5月、角川書店）。「竹生島」を収める『俳句の基本』（95年4月、東京新聞出版局）の他、随筆集も多数。 （外村彰）

沢島忠 さわしま・ただし

1926・5・16～。映画監督、脚本家、演出家。愛知郡東押立村南花沢（現東近江市）生まれ。筆名正継。生家は農業と材木商を営んでいた。1944年八日市中学校（旧制）卒業。和歌山の陸軍船舶工兵隊に入隊。復員後、同志社外事専門学校に入学、48年同校を卒業後、野淵昶監督に師事し、京都の劇団エランビタールに演出助手として参加。50年3月、東映の前身の東横映画撮影所に助監督として入社。渡辺邦男、マキノ雅弘、松田定次らに付く。57年に監督。中村錦之助主演の〈一心太助〉シリーズ（58〜63年）、美空ひばり主演の「ひばり捕物帖　かんざし小判」（58年）において、洋画の手法と現代感覚を取り入れたモダンな作風で注目され、新設の京都市民映画祭の新人賞を受賞する。以後、時代劇黄金期の東映のヒットメーカーになった。また、東映東京撮影所で撮った鶴田浩二主演「人生劇場　飛車角」３部作（63〜64年）は、東映仁俠映画路線の先駆けとなる。65年京都市民映画祭の監督賞受賞。66年に東映退社、東宝傘下の東京映画に移り、「北穂高絶唱」（68年）、三船プロ制作「新選組」（69年）を制作。一方、64年からひばり、錦之助、島倉千代子、細川たかし特別公演などの商業演劇の脚本、演出を手懸け、現在に至る。

＊沢島忠全仕事《さわしまただしぜんしごと》　ボンゆっくり落ちやいね《ぼんゆっくりおちやいね》　自伝。〔初版〕『沢島忠全仕事　ボンゆっくり落ちやいね』２００１年６月、ワイズ出版。◇映画、舞台のスチール写真、第一章　映画／助監督編　第二章　映画／監督編　第三章　舞台／演出家編から成る。回想文と対談で50余年の監督人生を振り返るものであるが、錦之助とひばりの親友を自認する筆者の４３１頁の大著は自と一個の戦後日本の娯楽映画、演劇史になっている。12歳の年に母を亡くして以来、93歳で亡くなるまでずっと母がわりになってくれた祖母に対して、筆者は自分を「おばあさん子」と言う。病床を見舞った筆者に祖母は吸い呑みの酒を飲みながら、「ボン、ゆっくり落ちやいね」と言った。少年期に学業成績が急落する癖があったため、ゆっくり落ちて行け、という近江言葉である。生家のある南花沢について、「この地で有名なのは只一つ、天然記念物花ノ木の老大木」で聖徳太子が植えたという伝説がある。「東に連なる鈴鹿の山々は、日の出よし、夕映えよし、雨に煙るもよし、紅葉と白一色の雪景色が特に画になる。西にはるか琵琶湖が光り、観音寺山が夕焼けに浮かび上がる。子供の頃からこの夕焼けが大好きで、赤くもえる夕空に限り無い夢を描いた。夜空の美しさも亦故郷の誇りだ」と、故郷に対する熱い思いが語られている。

（北川秋雄）

沢田正二郎　さわだ・しょうじろう

１８９２・５・27〜１９２９・３・４。俳優。大津市三井寺の末院に出生。滋賀県収税長として長崎から赴任した父正弘の次男。自伝『苦闘の跡』（24年10月、新作社）の冒頭「若き日の思い出」には、祖母や母から叱られる際「三井寺の石段の下に捨てられてゐた支那人の児」だったと言われて反抗的精神が勃興したとある。１８９４年父の死により東京へ転居。１９１１年坪内逍遙主宰の文藝協会演劇研究所の研究生として初舞台。13年島村抱月の藝術座に参加したが翌年退団。15年早稲田大学英文科卒業。17年にあらたな大衆演劇の創造を旗印に「新国劇」を結成した。当初は不評であったが次第に斬新な演出により人気を得た。21年明治座に出演。震災後には日比谷音楽堂で被災者慰安の野外劇を上演。「沢正《さわしょう》」と愛称された名優で、劇団の統率力にも優れた。「大菩薩峠」の机龍之助や国定忠次、月形半平太、白野《しらの》弁十郎（シラノ・ド・ベルジュラックの翻案）など「まげ物」を得意とした。著作に、ヒロイン奈良原折枝をめぐる人々の運命が錯綜する恋愛長編『天《てん》明《めい》』（26年9月、万朝報社）、子息にむけて書いた漫画漫文をまとめた『パチパチ小僧ガンコな父サン　白野弁十郎』（27年3月、新国劇事務所）、その人となりを伝える多くの随想や岡本一平との対談も収めた『蛙の放送』（日本エッセイ叢書第9編、27年11月、人文会出版部）もある。28年4月発刊の演劇誌「新国劇」にも執筆。29年3月過労と中耳炎で歿した。翌年4月、「演劇研究」等の追悼号、竹田敏彦編『新国劇沢田正二郎 舞台の面影』（かがみ社）刊行。同書は沢田がその原作をしばしば演じた中村吉蔵と菊池寛が序文を寄せ、写真帳や沢田による新国劇十年史「三千六百五十日」と小伝を収載。なお封切られた沢田出演の舞台映画に21年「なつかしの力」（松竹キネマ）、24年「国定忠次」（東亜シネマ）、25年「恩讐の彼方へ」（東亜シネマ）、同年「月形半平太」（連合映画藝術協会）がある。（外村彰）

沢田ふじ子 さわだ・ふじこ

1946・9・5～。小説家。愛知県半田市に生まれる。愛知県立女子大学（現愛知県立大学）卒業。高等学校教師を経て京都西陣の綴織工となった。1975年に短編「石女《うまずめ》」で第24回小説現代新人賞を受賞し文壇にデビュー。古代史に材をとった『羅城門』（78年10月、講談社）『天平大仏記』（80年5月、角川書店）などを執筆。82年書き下ろし長編『陸奥甲冑記』と短編集『寂野《さみしの》』で第3回吉川英治文学賞新人賞を受賞。以後、京を舞台にした『墨染の剣』（84年2月、講談社）、『空蟬の花』（90年5月、新潮社）『流離の海―私本平家物語』（92年6月、新潮社）、などの歴史小説を多く書く。滋賀県が舞台となっている作品に、秀吉の甥として生まれながらも、茶々や石田三成の陰謀によって哀しい最期を遂げた豊臣秀次の生涯を描いた『有明の月―豊臣秀次の生涯―』（93年1月、広済堂出版）がある。

＊比良の水底《ひらのみなそこ》　短編小説〔収録〕『閻魔王牒状―滝にかかわる十二の短編―』94年8月、朝日新聞社。◇相応が不動明王と出会った場所は比良山の北の谷、葛川渓谷であるが、今は明王谷と呼ばれている。明王谷にかかる三の滝の滝壺の底に棲む山椒魚と、滝壺に落ちてきた金銅の蔵王権現との四方山話が語られる。（浦西和彦）

沢村胡夷 さわむら・こい

1884・1・1～1930・5・23。詩人、美術史家。犬上郡彦根（現彦根市）京町に、父伝次郎・母定の長男として生まれる。本名は専太郎。1898年4月に入学した滋賀県立第一尋常中学校在学中に、校友会雑誌「崇広」に随筆や創作を発表したりしたが、やがて1902年9月に、詩「林檎の樹に倚りて」を「小天地」に、また同月に「夏の小川」を「文藝界」に発表して、早くも詩人として本格的な活躍を始めた。03年9月には第三高等学校第一部乙類独逸法律学科に入学し、校友会雑誌の「嶽水会雑誌」へ詩を発表するかたわら、「文庫」へも投稿を始めた。この頃、第三高等学校を代表する寮歌「逍遥の歌」、別名「紅萌ゆる岡の花」を作詞作曲したとされる。04年から05年にかけては、「文庫」に毎号のように詩を発表。また、「新潮」「新小説」「帝国文学」「新声」などにも発表するようになった。06年9月に京都帝国大学文科大学哲学科に進学し、美学美術史専攻に在籍。07年1月には、詩集『湖畔の悲歌』（文港堂書店）を刊行。09年7月に卒業して9月には上京。東京帝国大学大学院に在籍し、近世美術史を専攻するかたわら、国華社に入社して美術雑誌「国華」の編集に従事した。上京後の文筆活動は華々しく、「新小説」に「古代歌謡の形式」（09年9月）、「国華」に「蕪村論」（09年10月～12月、10年3月）、「女子文壇」に「女性と色彩の観念」（10年1月）などを掲載する一方で、「帝国文学」に詩「類焼後」（09年10月）などを発表。11年4月には「藝文」に「夕日の歌」を発表したが、以後は詩作から遠ざかったようである。15年3月、北原白秋、河合酔茗、蒲原有明、三木露風、上田敏、野口米次郎ら、当時の代表的な詩人達とともに「マンダラ」（マンダラ詩社）を結成し、詞華集『マンダラ』（東雲堂）を刊行した際には5編の詩を寄せた。しかしこの頃には既に著述の比重は研究に移っていた。17年10月、アジャンタ石窟寺壁画の調査や模写のためインドに渡り、翌18年4月帰国。19年9月京都帝国大学助教授となり、日本美術史概論や印度上代仏教美術の研究などを講義した。23年3月には文部省在外研究員として中国に渡り、さらに同年10月渡欧して主としてパリで調査に従事。26年1月帰国。30年糖尿病と急性肺炎のために、47歳の若さで急逝した。歿後、『日本絵画史の研究』（31年9月、星野書店）および『東洋美術史の研究』（32年10月、星野書店）が刊行され、さらに67年3月には、大嶋知子によって、『湖畔の悲歌』所収詩と「拾遺篇」からなる『沢村胡夷全詩集』（私家版）が編まれた。

＊湖畔の悲歌《こはんのひか》　詩集。〔初版〕『湖畔の悲歌』07年1月、文港堂書店。◇菊地素空による挿画と表紙絵、永山美樹の本扉絵により、あたかも詩画集を思わせる造りとなっている。嶋華水が序文として寄せた「湖畔の悲歌に題す」に、「鳰の湖に漣立ちて倒に醮せる金亀の巒影泛びては去り、去りては泛ぶ、其美はしき影の紋ぞ軈て胡夷子の歌とはなれる」と書かれるとおり、詩集全編に湖や水のイメージが溢れている。一の巻（下）「比良の嵐」の「白衣ににぢむ唇の／血潮に風は腥く、／砕くる、額の黒雲を、／領巾振り払ひ狂ひ飛ぶ／二人の比売をかきいだき、／鬼形は闇をたゝらかし、／炎をあげて呼吸づけば、／地は轟轟と鳴りどよみ、／黒ばみがちの大琵琶に、／逆巻起ちぬ、荒男波」などの詩句に典型的に見られるように、物語詩の形を採るものが多く、そこに激しい動きを示す言葉が多く鏤められている。「杉の歌」には、いくつかの地名とともに、土地の風景が写されている。　（真銅正宏）

【し】

志賀廼家淡海　しがのや・たんかい

1883・12・13〜1956・10・15。喜劇俳優。大津市本堅田生まれ。本名田辺耕治。生後すぐに父が出奔。江州音頭取りで頭角を現し、1901年に藝道修業のため国元を出る。05年劇団「堅国団」を組織。08年上方喜劇界に転じ淡海と改名、八景団座長となって全国を巡演。17年熊本において、自作の唄「ヨイショコショ」を劇中で歌って「淡海節《たんかいぶし》」と名付ける。同曲は以後その美声と共に一世を風靡。19〜26年松竹専属。その後は地方巡業で名を馳せる。曽我廼家五郎、十郎一座と双璧の喜劇界の大物とされ、社会劇にも傾斜。戦後は東西両本願寺の後援で蓮如、親鸞劇を上演。自作自演劇に「近江八景『茗荷宿』」「浜千鳥」「浜の兄弟」など。地元町長に請われ「堅田節」も作詞。社会福祉協議会のため毎年末に大津の大黒座で淡海劇を上演し、収益を同会に寄付。巡業先の鹿児島で歿。堅田本福寺で葬儀が営まれた。JR堅田駅前と堅田港前の旅館「いせや」跡に「淡海節」の碑がある。　（外村彰）

篠田長汀 しのだ・ちょうてい

1911・9・1〜。俳人。岐阜県生まれ。大津市晴嵐在住。本名長之助。1975年「花藻」入会、中本紫公に師事。80年「花藻」同人。句集『せいらん』（刊年月等未詳）。〈心眼も紅葉に染めて風の彩〉（山本洋）

篠原ゆう しのはら・ゆう

1957・月日未詳〜。詩人。坂田郡に生まれる。高田敏子主宰の詩誌「野火」に詩を発表。1983年詩誌「ゆひ」が創刊され、同人となる。（浦西和彦）

芝木好子 しばき・よしこ

1914・5・7〜1991・8・25。小説家。東京都生まれ。1933年駿河台女学院卒業。38年「文藝首都」同人。41年10月、「青果の市」を同誌に掲載、翌年第14回芥川賞を受賞。その後も女性の生き方を追究した藝術家小説を多数発表した。代表作に「洲崎パラダイス」（「中央公論」54年10月）、『隅田川暮色』（84年3月、文藝春秋）、『雪舞い』（87年3月、新潮社）など。短編「湖北残雪」（「新潮」82年6月）では主人公の瑶子が湖北の菅浦と雪の余呉湖、渡岸寺への旅をし、短編「風花《かざばな》」（「海」84年1月）は主人公の恋人、堀江の郷里である近江八幡市の旧家が主舞台。随筆「湖東の旅」（「婦人画報」81年10月）では永源寺、石塔寺と八日市市（現東近江市）の招福楼を訪れている。随筆集『春の散歩』（86年2月、講談社）には84年5月の湖西、湖東の紀行文「薄暮の庭の白牡丹」「塗物椀」を収載。『芝木好子作品集』全5巻（75年10月〜76年2月、読売新聞社）がある。

＊**群青の湖**《ぐんじょうのうみ》 長編小説。〔初出〕「群像」88年6月〜90年4月。〔初版〕『群青の湖』90年6月、講談社。◇東京四谷に親代わりの叔母たまきと暮らしていた25歳の桂瑞子《みずこ》は、武蔵野の大学で染織を学び、竹之内教授の工藝研究室に勤めながら同期の院生の志摩暁夫や後輩の浜尾恭介らと親交していた。60年春、瑞子はシナリオ作家を志す大室潮《おおむろうしお》と恋におち、潮の話から琵琶湖の神秘性に憧憬を抱き、妊娠に気づく。このため潮の郷里であるしきたりの厳しい近江八幡の旧家で結婚生活を始めることになった。大室家の風習を守って生きる冷徹な義母の篠は、病の床にある長男の玲を偏愛していた。長命寺境内の離れ家で静養し、眺める湖に魂の救いを求めていた玲は、破婚の痛みもあり心を閉ざして容易に人を近づけなかった。しかし玲は因習に縛られない率直な瑞子に気を許し、瑞子の染色絵から感受性の豊かさを観取する。瑞子は玲との心の交感から琵琶湖へのイメージを深めてゆき、彦根の病院で桜子《さくらこ》を出産。翌年春に玲は亡くなり、瑞子は潮と奥琵琶湖の神社を訪ね、夕明かりの妖しい湖面に鎮魂の祈りを捧げた。瑞子は竹之内が母の実家である安曇川の木庭家の工房に滞在していると聞き、夏に志摩や浜尾と再会する。瑞子はそこで彼等の才能に感服し、織物に惹かれてゆく。一方父泰造が重役の佐貫産業に勤めていた潮は家に不在がちで夫婦仲は疎遠になっていた。潮は創作への意欲を失い、若い麻美子と浮気して子どもが出来たため、瑞子は離婚を迫られてしまう。瑞子は桜子と家出をし、湖北で自殺をはかるが蘇生して木庭家に向かい、2年間の結婚生活は決裂する。東京に戻った瑞子はたまきの家で桜子と暮らしながら、植物で染めた織物で琵琶湖の神秘をテーマとした作品を創作する意欲を高め、京都で修業を積み、第1作の織帯は色彩感覚を認められ工藝展に入選。その後も瑞子は既婚の志摩の求愛を拒んだ後悔を秘めながら、湖を主題とする染織の制作に専心し続けた。そして染料の仕事を

介して強く意識し始めた浜尾と、朽木谷の紺屋への旅で結ばれる。翌日冬の湖を前に浜尾と瑞子は互いの人生と創作の道を歩むあらたな決意を語り合い、琵琶湖を後にするのであった。芝木文学の到達点を示す代表作のひとつである。（外村彰）

芝田子寛 しばた・しかん

１９０８・３・23～１９９８・11・20。川柳作家。京都堀川の友禅染を業とする家に生まれる。本名正太郎。初期は正平と号した。俳人としての号は琴月。尋常小学校卒業後間もなく手描き友禅の職人となるが、そのかたわら十代から冠句や狂句を作り、１９２７年春、本格的に川柳を開始。「朝日新聞」京滋柳壇への投句を経て、川柳誌「紙魚」「川柳街」「川柳国」等に作品を発表、草笛川柳会、平安川柳社に参加。戦時中妻の実家がある大津に疎開し、以後、終生大津に住む。54年びわこ番傘川柳会を創立。晩年は滋賀文学会常任理事の他、「毎日新聞」滋賀文藝、「読売新聞」滋賀版読売川柳、滋賀県文学祭の選者を務める等、滋賀柳壇の重鎮として活躍した。川柳句集に『びわこ』（77年、私家版）があり、歿後、エッセーや講演記録、追悼文等を集成した芝田一彦編『川柳』（２０００年９月、やまびこ出版会）が刊行された。〈たたいた人たたかれた人寝つかれず〉〈見舞客送れば湖虹が立ち〉（國中治）

柴田錬三郎 しばた・れんざぶろう

１９１７・３・26～１９７８・６・30。小説家。村の小地主で日本画家であった父柴田友太・母松重の三男として岡山県に生まれた。１９４０年慶応義塾大学支那文学科卒業。処女作は「十円紙幣」（「三田文学」37年６月）。同年９月に「挽歌」、11月に「如来の家」をそれぞれ「三田文学」に発表した。45年４月衛生兵として召集され、南方バジー海峡で輸送船が魚雷の攻撃を受け沈没、約７時間漂流後、奇跡的に助かる。戦後「日本読書新聞」再刊に尽力。51年６月「デスマスク」、12月「イエスの裔」をそれぞれ「三田文学」に発表、「デスマスク」は芥川賞候補となり、「イエスの裔」で第26回直木賞受賞。「眠狂四郎無頼控」（「週刊新潮」56年５月～58年３月）の時代小説連載で一躍大衆小説の第一人者となった。「剣は知っていた」（「東京新聞」56年６月～57年７月）。また、「図々しい奴」（「週刊文春」60年６月～61年６月）などの現代小説も多数ある。「三国志、英雄ここにあり」（「週刊現代」66年１月～68年12月）で第４回吉川英治文学賞受賞。

＊赤い影帽子《あかいかげぼうし》　長編小説。〔初出〕「週刊文春」60年２月～12月。◇徳川方の忍者服部半蔵は、若狭から琵琶湖へ抜ける片隅に世間とは無縁の館を構える、真田幸村の率いる風盗と呼ばれる忍者を全滅させる命を受ける。半蔵は15年前の、もと石田三成方の忍者頭領との誓言を思い起こし、今はかくれ忍者60人と共に、木曾谷の狭間にひっそりと暮らしている彼のもとをたずねて協力を求める。そして半蔵は己の目的を果たす。比叡山狩の布告後の様子など、さながら絵巻をくり広げるような鮮やかな筆致で描かれている。以後寛永の御前試合という設定で、10試合に20人の剣客を登場させ、一つ一つ変化に富んだ話を展開して読者をひきつけてゆく。（佐藤和夫）

司馬遼太郎 しば・りょうたろう

１９２３・８・７～１９９６・２・12。小説家。大阪市浪速区西神田町に、開業薬剤師の次男として生まれる。本名福田定一《さだいち》。筆名は、司馬遷には遼かに及ばないとの意。大阪外国語学校（後に大阪外国語大学、２

007年大阪大学に統合）蒙古語科卒業。1943年12月に学徒召集。牡丹江省寧安県石頭の戦車第1連隊で軍務に従う。戦後46年から13年間、新日本新聞社と産業経済新聞社に勤務。戦国時代や幕末、明治維新期等、時代の転換期に取材し、膨大な資料の緻密な考証、説話的展開、俯瞰的視点、平明な文体等に支えられた数多くの歴史小説を発表。それらは日本人を探究する独自の歴史観（司馬史観）に基づいており、無類に面白い小説であると同時に日本論や文明論ともなっている。滋賀に関わる作品としては、甲賀忍者が登場する『梟の城』（59年9月、講談社、第42回直木賞を受賞）や『風神の門』（62年12月、新潮社）の他、『桜田門外の変』（連作短篇集『幕末』の巻頭作品、63年1月、文藝春秋新社）があり、「週刊朝日」に71年～96年連載の長編紀行『街道をゆく』第24巻（84年11月、朝日新聞社）にも「近江散歩」がある。（國中治）

澁澤龍彥　しぶさわ・たつひこ

1928・5・8～1987・8・5。仏文学者、小説家。東京都港区生まれ。1953年東京大学文学部フランス文学科卒業。60年サドの翻訳が筆禍に遭う。『黒魔術の手帖』（61年10月、桃源社）などエッセイ集や翻訳、編著により独特の美的世界を構築し、晩年は『高丘親王航海記』（87年10月、文藝春秋）等の幻想小説を刊行。随筆「六道絵と庭の寺―聖衆来迎寺《しょうじゅうらいごう》―」（『美しい日本20 庭園百景』82年、世界文化社）は73年10月の取材旅行の所産。77年5月、彦根に2泊し彦根や安土城を訪れ「城 専制君主の夢（第一回）」（「新劇」77年10月）を執筆。82年8月に米原から徳源院を、11月に勝楽寺、西明寺、長浜を旅し随筆「反逆と嘲笑の形式『ばさら』と『ばさら』大名」（「エッジ」83年11月）を発表。晩年の85年8月にも余呉湖、竹生島、近江八幡を旅行。短編「ねむり姫」（「文藝」82年5月）には逢坂峠に近い横田山も描出。『澁澤龍彥全集』全24巻（93年5月～95年6月、河出書房新社）がある。

＊夢ちがえ　ゆめちがえ　短編小説。〔初出〕「文藝」83年2月。〔初収〕『ねむり姫』83年11月、河出書房新社。◇中世末、万奈子《まなご》姫は耳が不自由なため父鳥養《とりかい》弾正に疎んぜられて湖東のある山城の望楼に、7歳の時から10数年も幽閉されて孤独に暮らしていた。ある日、田楽を舞う臣下の宮地小五郎を老女の面を被ったまま覗き見した姫は、彼を恋する。姫は楽の音を夢で聞き、夢と現実の逆転を願う。小五郎は今浜で姫の弟丹後介が寵愛する蘭奢と密会し、踊っているところに老女の面の女が現れて魂が吸い取られる夢をよく見ると話す。夢解き女によれば彼は誰かに「夢見られて」おり、それを封じるには「夢を取る」べきと教えられた蘭奢は、琵琶湖の奥津《おきつ》島で「夢ちがえの呪術」を試みるが、近江の霊山の天狗党による横やりもあって失敗。やがて小五郎は姫を見初め、姫も彼の恋歌を聴きとり、2人は強く恋心を抱き合うが、嫉妬した蘭奢の讒言により小五郎は殺され、男の生首を見た姫も死んでしまう。そして嘘をつくと死ぬという熊野牛《ご》王《おう》を丹後介に呑まされた蘭奢も死ぬ。夢幻的イメージあふれる残酷譚で、82年夏秋の近江旅行での感興から生まれた作と考えられる。（外村彰）

渋谷牀山　しぶや・しょうざん

1847（弘化4）・6・13～1908・8・19。漢学者、洋学者。彦根生まれ。医師渋谷国善の子。通称啓蔵。字子発。牀山は号。彦根藩士。藩儒の田中芹坡《きんぱ》、江戸に出ては中村敬宇らに学び、藩校教授となる。1872年上京。敬宇に英書を学び、『西国立志編』(『自助論』、原作はスマイルズの"Self-Help" 1870年10月。)などの翻訳に協力。太政官、宮内省に出仕の後、1884年学習院教授、1889年東京高等師範学校教授。数理にも秀でた。従五位勲五等。『国史槩《がい》』『牀山遺稿』(1911年8月、渋谷正太郎)、『谷岡唱和』(11年10月、国語漢文会)の他、J・S・ミルの『功利主義』(Utilitarianism, 1863年)の訳『利用論』(1880年3月、山中市兵衛)がある。 (須田千里)

渋谷美枝子 しぶや・みえこ

1922・1・20〜。小説家。東京に生まれる。東京女子大学国文学科卒業。キリシタン文化研究会会員、但馬史県研究会会員、但馬文学会野火同人。『京極マリア夫人の墓について―京極家と但馬キリシタン―』(1968年11月、渋谷美枝子)、『豊岡カトリック教会沿革史』(71年5月、豊岡カトリック教会)、『キリシタン大名の妻たち』(共著、91年11月、新人物往来社)、『細川ガラシアの娘お長』(94年4月、但馬文学会)、『経《きょう》消しの壺』(2001年4月、但馬文学会)。

＊歴史小説《れきししょうせつ》　京極マリア《きょうごくまりあ》　小説。〔初版〕1983年12月、船田企画、ブックス但馬4。97年7月、『戦国天使　京極マリア』と改題して、叢文社から再刊。◇主人公の京極マリアは、織田信長に滅ぼされた近江小谷城主浅井久政の長女於慶で、家のために19歳のとき60歳に近い名門近江源氏京極高吉と結婚。6人の子供をもうけ、のち2人は洗礼を受ける。夫は78歳で世を去るが、於慶は戦国乱世にあって「平和な世が来るように、私共は祈らねばなりませぬ」とひたすら祈りつつ信仰と布教にその一生を捧げた。人々のために尽くした彼女の気高い姿を、作者は詳細な史実をもとに丹後泉源寺で波瀾万丈の70歳の生涯を閉じるまで、力強い筆をもって生き生きと描き出している。物語の後半で大津を後にするマリアは「湖面には陽炎《かげろう》のように多くのなつかしい人々の姿が現われ、そして消えていった。冷気が、ひたひたと押しよせて、湖も眠りについたが、於慶は、時のたつのも忘れて、夜ふけまで琵琶湖に語りかけ、亡き人々の声を聞いていた」とその感慨を述べている。 (佐藤和夫)

島崎藤村 しまざき・とうそん

1872・3・25〜1943・8・22。小説家。筑摩県第八大区五小区馬籠村(現岐阜県中津川市馬籠)に生まれる。本名春樹。父正樹は木曾11宿馬籠の本陣、庄屋、問屋の主。母縫《ぬい》は妻籠本陣の出。1881年上京。泰明小学校を経て、明治学院普通学部本科卒業。明治女学校、東北学院、小諸義塾等の教師を経験。同時に詩集『若菜集』(1897年)、『一葉舟』(1898年)等で浪漫詩人として名を成す。1899年から7年間住んだ小諸時代の創作『破戒』(1906年)が認められ、以降自然主義作家として『春』(08年)『家』(11年)『新生』(19年)等、明治、大正、昭和にわたって常に問題作を世に問うた。晩年には代表作となる大作『夜明け前』(第1部32年、第2部35年)を出し、文壇に確固たる地位を築いた。滋賀に関連しては、1893年22歳の春明治女学校の教え子佐藤輔子を愛した自責の念から2月関西漂泊の旅に出て、まず石山寺に詣で、「ハムレット」を奉納。神戸・高知を経て3月には蒲生郡市ノ辺村の広瀬恒子の家を訪ねた。また5月には膳所に2泊後、近江石山寺門前の茶丈を借りて自炊生活をし、6月一杯滞在、北田に住む刀鍛冶堀井来助を知る。こうした関西漂泊の行状は「石山寺へハムレットを納むるの辞」「刀鍛冶、堀井来助」「茶丈記」に描かれる。また、関西漂泊の青春群像を描いた『春』（1908年、「東京朝日新聞」に連載、同年自費刊行）にもモデルの輔子や恒子が登場し、茶丈に一間借りて住んでいた事も記されている。（高阪薫）

島田一男 しまだ・かずお

1909・4・13〜1996・6・16。小説家、脚本家。京都生まれ。満洲にて満洲日報社記者となる。戦時中は従軍記者として活躍。1947年3月「宝石」に発表した「殺人演出」により文壇デビューを果たす。香山滋、山田風太郎、高木彬光、大坪砂男と併せて戦後派5人男と呼ばれた。51年〈ブン屋もの〉の代表作「社会部記者」（「週刊朝日」増刊号、50年6月）で日本探偵作家クラブ賞受賞。58年からNHKの連続ドラマ「事件記者」（58〜66年）の脚本を手掛ける。『上を見るな』（55年12月、講談社）に始まる〈弁護士南郷氏もの〉、「拳銃を磨く男」（「講談倶楽部」58年連載）に始まる〈鉄道公安官もの〉等の推理小説だけではなく、時代小説、捕り物帳、少年少女もの等数々のシリーズものを中心に、意欲的に作品を発表し続けた。テンポの良い文体で読者を引きこむ作品を多産し、映像化されたものも多い。71年より2年間日本推理作家協会理事長を務める。

＊琵琶湖しぐれ《びわこしぐれ》　短編小説。〔初出〕「小説推理」72年8月。〔初収〕『湯煙に燃えて』73年8月、桃源社。◇温泉めぐりが趣味だったという著者が、温泉を舞台にした作品群の1編。週刊ニュース・サービス社編集長の高崎吾郎は、なじみのガイドガールのユカと琵琶湖西岸雄琴温泉のホテル楼蘭で殺人事件に遭遇する。殺されたのは京都の街娼小松安子だった。安子は、同じホテルにきていたユカとユカの同僚美代子に、ガイドガールのアルバイトをしていることをばらされたくなければ月10万円払えと恐喝の電話を掛け、翌朝ホテルの部屋で不審な死を遂げる。警察は安子が殺されたものと断定し、安子が電話した美代子とユカに殺人の嫌疑をかける。しかし、2人には曖昧ながらもアリバイがあり、犯人と断定するまでには至らなかった。そこで、美代子の客河瀬隆一が怪しいと睨んだ高崎は、河瀬に関して調査し、安子と河瀬が関係していたことをつきとめ、警察に自分の推理を話して真犯人の追及を警察の手に委ねる。一晩をともにしたユカを乗せてアルファ・ロメオで京都への帰路についた高崎は、今後も京都に来たときはユカと会うと約束し、ユカは様々に世話になったことを高崎に感謝する。

＊湖西の女郎蜘蛛《こせいのじょろうぐも》　短編小説。〔初出〕未詳。〔初収〕『黒い時刻表』77年3月、東京文藝社。◇「鉄道公安官」（「別冊クイーン」59年10月）に始まる東京公安室班長海堂次郎が活躍する鉄道公安官シリーズの1編。東京駅のホームで摑まえたスリお駒からヒントを得て、長距離列車乗車券の不正払い戻し状況を調べていた小田公安官が、琵琶湖で水死体となって発見される。京都へ向かった海堂班長は、雄琴、坂本を中心としたコールガール組織にぶつかる。そのコールガール組織は、国鉄湖西線の無人駅で無銭乗車をした女子大生を脅して組織に組み入れ、京都河原町周辺で客引きし売春させていた。クモが巣の中央に足を広げ触肢を伸ばした朱彫りの刺青を背中に持つ組織のボス遠山弘子は、組織の犯罪が暴かれることを怖れ、小田を琵琶湖の水をはった浴槽に沈めて殺害し、海堂班長をも同じ方法で殺そうとする。しかし、お駒と京都公安室の事務員小宮が手引きした警察が組織のアジトを包囲し、海堂は難を逃れ、

組織は一網打尽にされる。海堂はお駒に大きな借りを作ったことを感じながら、目的を遂げることなく殺された小田公安官の顔を思い浮かべた。（東口昌央）

島田三郎 しまだ・さぶろう
１８５２（嘉永５）・11・７〜１９２３・11・14。ジャーナリスト、政治家。江戸の旗本鈴木智英の三男。のち島田豊寛の養子となる。号は沼南。昌平黌、沼津兵学校、大学南校などで学び、１８７４年横浜毎日新聞社に入社、翌年編集長となる。１８７６年官界に転じ、元老院大書記生、文部大書記官となる。しかし、１８８１年の政変で下野、翌年立憲改進党の結成に参画する。養父豊寛のあとをうけ、神奈川県議会議員となる。１８９０年毎日新聞社社長に就任。１８９０年第１回総選挙以来、神奈川１区から連続14回当選、第７〜11議会で衆議院副議長、第36〜38議会では同議長を歴任。樺山資紀海相失言事件、大選挙干渉弾劾、シーメンス事件などを追及し、廃娼運動、足尾鉱毒事件の支援にも活躍した。著書に井伊直弼を弁護した『開国始末　井伊掃部直弼伝』（１８８８年３月、輿論社）がある。（青木京子）

島津清 しまづ・きよし
１９２２・５・３〜。映画プロデューサー。彦根市生まれ。溝口健二、依田義賢に師事。１９４７年早稲田大学政経学部卒業、松竹京都助監督部入社。のちに大船撮影所に転じる。プロデューサー助手、所長秘書、映画製作本部藝文室室長を歴任。プロデュース作品に祇園を舞台にした「夜の波紋」（58年）、「男はつらいよ」シリーズ（71〜93年）等。「企画とプロデューサー」（『映画の創造』77年４月、合同出版）、「わが松竹加茂撮影所」（『戦後映画の展開』87年１１月、岩波書店）などを執筆。（内田晶）

島村利正 しまむら・としまさ
１９１２・３・25〜１９８１・11・25。小説家。長野県上伊那郡高遠町生まれ。正則英語学校卒業。15歳から18歳にかけて奈良飛鳥園で働き、小川晴暘のもとで美術写真を修業。この間志賀直哉、滝井孝作の知遇を得、小説を志すきっかけとなった。奈良を離れて上京し、繊維の統制団体に勤務しながら作品を発表。少年期を関西で過ごし、また仕事で各地を巡った島村にとって、琵琶湖の風景は「いつもいろいろな思い出が交錯して、いまでも妙な気分に襲われる」（「近江路」）ものであった。処女作は多摩川沿いに住む朝鮮人労働者を題材にした長編「高麗人」（「文学者」１９４０年７、８、10月）。寡作ではあったが、たんねんな作風には定評があった。単行本に、短編集『残菊抄』（57年12月、三笠書房）、『青い沼』（75年12月、新潮社、平林たい子文学賞）、『妙高の秋』（79年６月、中央公論社、読売文学賞）、長編『奈良飛鳥園』（80年３月、新潮社）などがある。２００１年『島村利正全集』全４巻（未知谷）刊行。

＊**近江路** おうみじ　随筆。〔初出〕「別冊文藝春秋」78年３月。◇晩年の島村が、過去に立ち寄った滋賀の土地について回想。十代後半を関西で過ごした彼にとっての近江は、「一種の愁しさと、甘酸っぱい蜜柑のような味わい」を呼びさます土地であった。例えば、飛鳥園時代末期の１９２９（昭和４）年２月ごろ、湖北にある渡岸寺の十一面観音像を撮影しに行った際の、行き帰りのエピソードが語られている。文章を書くために、不況下で「泥沼の東京」へ敢えて行く意志を固めていた18歳の島村は、乗り換えで吹雪の米原駅のホームに立っていたが、眼前を過ぎる東京行き列車の窓々が「私の決心を、いっそうつよく促してくるように

思われた」と。また、後年仕事の関係で泊まった彦根、石山、膳所で出会った人の思い出や、そこで聞いたユーモラスな逸話が記されている。全体的に静かな語り口で統一され、過ぎ去った時間への哀惜がうかがえる。（大西仁）

清水安三 しみず・やすぞう

1891・6・1〜1988・1・17。教育者。高島郡（現高島市新旭町）安井川に清水弥七の三男として生まれる。清水家は年貢米800俵、所有の山200枚の豪農であったが、6歳の時に父が死去、遺産は兄の株や米相場の失敗と放蕩でほぼ蕩尽されたという。尋常科4年生まで安井川小学校、高等科を安曇川小学校に学び、膳所中学校に進学。英語を教えていたウィリアム・メレル・ヴォーリズの感化で教会に通い始める。当時清水は兄が妾に営ませていた旅館から通学していたため、悪環境が逆に作用して敬虔な心を育んだ好例といわれ、中学4年時にキリスト教に入信。同志社大学神学部に進み、やがて宣教師として中国に渡る決意を固めた。それには徳富蘇峰の『支那漫遊記』や鑑真和尚の事跡も影響したが、直接には中国で殺されたホレス・ペトキンという宣教師の物語に発奮したためという。1915年4月に同志社大学卒業、大津歩兵第9連隊での1年志願の後、大阪の広告会社万年社社長高木貞衛の援助を得て17年6月に奉天に渡った。19年5月北京に移り、大日本支那語同学会に入学して中国事情の研究に没頭。折からの北支の旱魃による飢餓児童救済のため災童収容所を設営、これを前身として20年5月に朝陽門外に、日本人による初の女子教育施設として崇貞学園を設立した。敷地1700坪は高木貞衛の寄贈であり、崇貞の名は、北京の貧民女子がわずかな金で貞操を売るのを憂え、高い貞操観念を念じたものという。学園の理念としては中江藤樹の藤樹書院を仰いだ。また清水の良き理解者である吉野作造、内ケ崎作三郎の精神的援助の下に、後には北京の天橋にキリスト教社会事業施設の愛隣館を設立。24年からアメリカのオベリン大学神学部に留学して26年に卒業。その後一旦帰国してヴォーリズが布教のための事業活動を展開した近江兄弟社などで働いたが、再び北京に戻る。46年に、28年間に及んだ中国での活動を切り上げて帰国。直ちに町田市にキリスト教主義教育による桜美林学園を、敷地を提供した賀川豊彦以下多くの人々の支援の下に創立。総合学園に発展させて学長、理事長となる。桜美林の名はオベリンに因んだという。オベリン大学名誉神学博士、同志社大学名誉神学博士、新旭町名誉町民。著書に『支那当代新人物』（24年11月、大阪屋号書店）、『朝陽門外』（39年4月、朝日新聞社）、『北京清譚』（75年6月、教育出版）、『石ころの生涯』（77年7月、キリスト新聞社）ほか多数。（竹松良明）

志村ふくみ しむら・ふくみ

1924・9・30〜。染織家、随筆家。蒲生郡武佐村（現近江八幡市）大字長光寺に医師である小野家の次女として生まれ、2歳で叔父夫婦の養女となり東京や上海等で育つ。1941年に初めて実母を知り、機織を習う。翌年4月文化学院卒業。46年から約2年間実兄元衛の看病のため近江八幡に住む。54年柳宗悦に織物の道を勧められ、翌年から近江八幡に移住して母小野豊のもとで紬織や草木染めの技を研鑽。黒田辰秋、富本憲吉、稲垣稔次郎らに師事。57年日本伝統工藝展に入選、以後毎回出品し優秀賞、特別賞を4回受賞。63年から民藝作家の道を離れ新しい工藝精神を模索。翌年第1回作品展を資生堂ギャラリーで開催。67年以降京都市右京区嵯峨釈迦堂に転住し工房を開設。83年京都府文化（功労）賞、84年衣服文化賞受賞、86年紫綬褒章受章。日本工藝会理事。85年からシュタイナーの思想に傾倒し、人智学協会に所属。90年アジアにおける第1回人智学国際会議を主催。同年重要無形文化財保持者（紬織）となる。93年には滋賀県文化賞を受賞、文化功労者に選ばれた。代表作に「紬織着物鈴虫」（59年）、「湖北残雪一・二」（81年）など。植物の生命の内包する色彩を繊細な織物の世界へと創りなす美意識はエッセイにおいても格調高く表現され、近江に言及する文章も多い。染織家としての自己形成史をまとめた随筆集『一色《いっしき》一生』（82年9月、求龍堂）で第10回大仏次郎賞を受賞。同書の「母との出会い・織機《はた》との出会い」には母と暮らした近江での日々が、また「兄のこと」では夭折した画家の兄の短く一途な生が、手紙や日記を引きながら綴られる。他に宇佐美英治との対談集『一茎《いっきょう》有情《うじょう》』（84年1月、用美社）、詩「伊吹の刈安《かりやす》」所収の『色と糸と織と』（86年3月、岩波書店）、第41回日本エッセイスト・クラブ賞受賞の『語りかける花』（92年9月、人文書院）、『母なる色』（99年4月、求龍堂）、『ちょう、はたり』（2003年3月、筑摩書房）、共著『たまゆらの道』（2001年10月、世界文化社）などの著書がある。（外村彰）

下郷山兵　しもごう・さんぺい

1920・12・8〜1998・10・1。小説家、伝記作者。坂田郡長浜町（現長浜市）八《や》幡町《わたまち》生まれ。大津市錦織居住。本名平三。実業家、社会教育事業家下郷伝平の孫、久成の次男。旧制虎姫中学校（現虎姫高等学校）をへて、1941年12月旧制水戸高等学校（現茨城大学）文科甲類繰り上げ卒業。43年10月東京帝国大学文学部東洋史学専攻繰り上げ卒業、同年10月神宮外苑における学徒出陣壮行大会の雨中行進に参加。海軍予備学生をへて海軍少尉に任官。46年県立長浜高等女学校（現長浜北高等学校）社会科教諭、55年9月大津高等学校（定時制のち全日制）に転じ、堅田高等学校校長、瀬田工業高等学校校長、大津高等学校校長を歴任。水戸高等学校時代から文芸部員として活動。戦後大津市に移住してから、峰専治、辻亮一を中心にした同人文芸誌「駱駝（滋賀文学改題）」（51年創刊）の同人となり、短編小説「旅情」（53年10月）、「追憶」（54年5月）、「寮歌」（55年5月）を発表。海軍予備士官としての体験を生かした「海の花火—海竜特攻戦記—」（「作品」60年〈月は不記載〉）は力作で、復員業務も終了した敗戦直後の45年8月22日、2人乗り特殊有翼潜航艇〈海竜〉で岸壁に激突し自爆死した「T大」出の少尉と予科練（海軍飛行予科練習生）出身の兵曹との不可解な謎の死を部下が追求する物語である。この小説は、学生出身の海軍士官として作者の万感こもる過去への衷心からの葬送鎮魂の一作であろう。以後下郷は小説は執筆しなかったが、軍人であった実兄が拳銃自決した事柄を核心とした伝記『おもかげ—下郷久三《きゅうぞう》の生と死—』（74年3月、洛樹出版社）は、「海の花火」のモチーフに強く連係するものである。83年、中学時代の旧師の数奇な運命を詳細にたどった伝記『ミスターヨシのたたかいの生涯—一九四一年十二月　上海—』（83年12月、私家版）を上梓した。

＊ミスターヨシのたたかいの生涯—一九四一年十二月　上海—　みすたーよしのたたかいのしょうがい—1941ねん12がつしゃんはい—　伝記。〔初版〕『ミスターヨシのたたかいの生涯—一九四一年十二月　上海—』83年12月、私家版。◇著者がかつて創作に熱

中していた時期に構想だけしていた「叛骨」という作品のモデルの人物を、綿密に調査し2年がかりでまとめた長編ノンフィクション。著者が虎姫中学校の生徒だったとき、米国仕込みの英語を教えてもらった異色反骨の教師吉川信太郎《のぶたろう》（00～73）の生涯をつぶさに追跡し記述している。吉川は滋賀県湖北の生まれ。県下で先進的な学校だった八幡商業学校で学び、近江兄弟社創立のW・M・ヴォーリズの縁故で米国に渡り、晩学ながらシカゴのノースウエスタン大学を卒業、帰国後の35年から37年にかけて虎姫中学校に勤務した。だが日中戦争が始まり、語学に堪能で気概のあるところが買われて吉川は外務省の嘱託となり、上海の日本大使館情報部付となる。八幡商業学校で中国語の基礎も習っていた吉川は、ジャパンタイムス特派員という肩書きで、外国の通信社UP、AP、ロイターなどの記者と親しくなり、ミスターヨシと呼ばれた。本書副題の「一九四一年十二月」というのは太平洋戦争勃発の年月である。開戦の4日前、吉川は日米間の戦争をなんとか回避したいという一念から、日本軍部の真珠湾先制攻撃の方針をUP記者のマグドウガルに漏らし、UP本社の記事や動きによって開戦をなんとか阻止できたらと願うが、その工作は成功しなかった。著者はマグドウガルとも連絡をとり、彼の著書や手紙、また吉川の回想などを資料にその出来事を解きあかしていく。40年代、各国諜報機関が暗躍したとされる国際都市上海のようすや、上海で活躍する八幡商業学校OBの姿も興味深いが、そのほか米国留学時代の幻のロマンス（米国女性の写真二葉収録）、ヴォーリズの日米両国における幅広い人脈、日本の英語教育への吉川の批判、また戦後占領軍軍政部の指令による教育界の困惑混乱、特に滋賀県においてはその名がとどろいていた県軍政部のジョージ・川口やその通訳のこと、教職追放令の内幕など、本書によって率直に明らかにされたことも多い。波乱万丈に近いミスターヨシの人生像の解明に、晩年の著者が歴史家の眼と小説家の方法とをもって全力を投入した力作伝記である。

（山本洋）

子母沢寛　しもざわ・かん

1892・2・1～1968・7・19。小説家。北海道石狩郡厚田村（現石狩市厚田区）生まれ。本名梅谷松太郎。父は伊平、母は石。祖父は御家人で彰義隊士の生き残りとして五稜郭に籠った梅谷十次郎。1905年市立函館商業学校入学、小樽の乙種商業学校へ転校して2年在学、のち札幌の北海中学校へ移る。明治大学法学部卒業。地方紙の新聞記者を経て読売新聞社社会部、東京日日新聞社に勤務。『戊辰物語』（28年、万里閣）、『新選組始末記』（28年、万里閣）出版。以後「遊侠奇談」「弥太郎笠」「さんど笠」「国定忠治」など仁侠物、「幕末巷談」「勝海舟」「父子鷹」「おとこ鷹」「逃げ水」などの幕末物、随筆「愛猿記」など著作多数。62年第10回菊池寛賞受賞。滋賀を描いた作品には「大津の道観」（「富士」41年9月）、「討たず大三郎」（「クラブ」49年6月）がある。『子母沢寛全集』全25巻（73～75年、講談社）。

＊大津の道観《おおつのどうかん》　短編小説。〔初出〕「富士」41年9月。◇千宗易（利休）は秀吉に巷で貧しい生活をしながら茶道をたしなむ茶人の話をするが、秀吉は一路庵の茶にはわざとらしい所があるとし、善法の茶は俗だと評し気に入らない。ある日、大津の追分に住む道観という茶人の話を聞いた秀吉は会いに出かけ、その茶に魅了される。秀吉の月々の手当の申し出を断った道観にその理由を尋ねると、道観は「身心の余饒

の為め永久に天地と一味に成り得ませぬならば、どのやうに口惜しうござりませう」と秀吉に語る。秀吉の命令で追分の通行税を徴して生活せざるを得なくなった道観は、金がなくなった時だけ税を徴収して暮らす。そこへ秀吉が訪ねてきて、道観を「ただ一人の友」と呼ぶが、道観は黙したままであった。大津を舞台に茶人の心意気を穿った佳品である。（高阪薫）

寿岳章子　じゅがく・あきこ

1924・1・2～2005・7・13。国語学者、評論家。京都市生まれ。1946年東北大学法文学部卒業。京都大学大学院を経て、51年に京都府立大学文学部講師、54年助教授、68年教授になり、87年退職。後に新村出記念財団理事長を務める。専門は中世日本語語彙と言語生活史。女性史にも関心が深い。「憲法を守る婦人の会」などに参加し、戦後民主主義を守る運動に関わる。『日本語と女』（79年10月、岩波書店）、『室町時代語の表現』（83年10月、清文堂出版）などの研究書がある。『過ぎたれど去らぬ日々　わが少女期の日記抄』（81年6月、大月書店）はテレビドラマ化された。『京都町なかの暮らし』（88年1月、草思社）、『京に暮らすよろこび』（92年9月、草思社）、『京の思い道』（94年4月、草思社）の3部作は、京都市街から周辺の街道筋にいたる京都の魅力、歴史、暮らしを鮮明に描いている。

＊**湖北の光**《こほくのひかり》　画文集。〔初版〕『湖北の光』95年4月、草思社。◇京都3部作以来、共に仕事をして来た東京在住の画家の沢田重隆と湖北の本を作ろうと94年4月、長浜の曳山祭から取材を開始。10月の出世まつりまでの期間、湖北一帯を訪ねた訪問記。長浜市立図書館の中島千恵子館長の導きで長浜を訪れ、「長浜の図書館は私の長浜へのよきガイド」としている。「まえがき」で、筆者は「何よりも恵まれた自然。湖、山々、まだまだ残っている汚れなき暮らしのありよう。そういう湖北でありつづけるための知恵。さもしいみせかけの近代でなく、まことの未来への展望」を期待している。旅の終わり、尾上の宿で早暁ふと目覚め、起き上がって障子を明けてみると、廊下に月光が溢れていた。「小一時間、私は椅子に腰かけて眺めたり物思ったりした。死んだ親たちのこともおのずと思い出された。七十年の私の歳月もおのずと浮かび出た。祈りにも似て、私は凝然と坐りつづけていた。」と宗教的境地に浸ったとも述べている。（北川秋雄）

生野幸吉　しょうの・こうきち

1924・5・13～1991・3・31、詩人、小説家、ドイツ文学者。東京都杉並区生まれ。父に影響されて少年時から短歌を作る。1943年東京帝国大学法学部に入学。44年9月学徒動員により滋賀海軍航空隊に入隊。敗戦を機に詩作をはじめる。「かつて兵営にいた一年間のブランクが、私を短歌から現代詩へと手渡しした（あとがき）」（『私たち神のまま子は』70年11月、新潮社）とある。47年東京大学法学部卒業。51年東京大学文学部ドイツ文学科卒業。56年から「歴程」に参加。73年より東京大学教授。91年死去、享年66歳。詩集に『飢火』（54年9月、河出書房）、『生野幸吉詩集』（66年1月、思潮社）など。小説に『徒刑地』（71年1月、中央公論社）など。その他多数の翻訳がある。「自伝」（現代詩文庫『生野幸吉詩集』69年6月、思潮社）に兵営時代のことが見える。（谷口慎次）

白洲正子　しらす・まさこ

1910・1・7～1998・12・26。エ

ッセイスト。東京市麴町区永田町に生まれる。父樺山愛輔・母常子の次女。父愛輔は貴族院議員や枢密顧問官を務め、実業界でも活躍、文化事業にも尽力した。1916年学習院女子部初等科に入学。梅若宗家に入門し、能を習い始める。24年、14歳の時、女性としては史上初めて能舞台に立ち、「土蜘蛛」を舞う。28年白洲次郎と知り合い、翌29年に結婚。40年2月、母常子の遺稿歌集『樺山常子集』に「母の憶い出」を書く。43年11月昭和刊行会より『お能』を刊行。以来、意欲的に執筆活動を展開し、64年『能面』（64年6月改訂縮刷版、求龍堂）で第15回読売文学賞を、72年『かくれ里』（71年12月、新潮社）で第24回同賞を受賞した。

＊西国巡礼《さいごくじゅんれい》　エッセイ。〔初収〕『巡礼の旅―西国三十三カ所』65年3月、淡交新社。（のち74年3月『西国巡礼』と改題し、駸々堂より再刊）◇64年10月、長い間あこがれであった西国三十三カ所観音巡礼の旅に出る。観音の慈悲に甲乙はなく、へだてもない、このことを追求していくと、ただ「巡礼すればいい」、そういう極限まで行ってしまう。それは決してそれまで考えていたような窮屈な信仰ではなく、実に広大無辺な思想なのであった。「丹後から近江へ」の旅は、渡岸寺で見た十一面観音や海津の浦から眺めた竹生島が印象深かった。近江八幡市の長命寺はその名が示す通り、不老長寿を祈願する寺である。それ故か、参詣人が多かった。観音正寺では住職に、参詣人が恐れをなして来なくなるから山が険しいなど書いて下さるなと言われたが、自分の足で歩いて観音様にお参りをするという、巡礼の最も古い純粋な形がこの寺には残っていると思い、参詣の苦労をあえて書いた。

＊かくれ里《かくれさと》　エッセイ。〔初収〕『かくれ里』71年12月、新潮社。◇72年、第24回読売文学賞（随筆・紀行部門）を受賞。「お能には橋掛り、歌舞伎にも花道があるように、とかく人生は結果より、そこへ行きつくまでの道中の方に魅力があるようだ。これはそういう旅の途中で拾ったささやかな私の発見であり、手さぐりに摘んだ道草の記録である」という。油日神社に伝わる福太夫の面に対面した時の感想を述べた「油日の古面」に始まり、「油日から櫟野へ」「石の寺」「石をたずねて」「金勝山をめぐって」「木地師の村」「湖北菅浦」「葛川明王院」の項に滋賀にある「かくれ里」について書かれている。特に湖北は、京都が桜の盛りでも、まだその辺は早春で、枯れ枝の中にこぶしの花が咲いていたりする。紅葉の候には、もう粉雪が降り始める。寂しいけれども暗くはなく、しっとりしていても、湿っぽくない。陶器に例えれば、李朝の白磁のような、そんな雰囲気が好きで、しばしば訪れる場所であるという。

＊近江―木と石と水の国―《おうみ―きといしとみずのくに―》　エッセイ。〔初収〕『近江―木と石と水の国―』73年9月、駸々堂。◇牧直視の写真に、白洲正子が解説を付けている。二、三年前に駸々堂の谷口常雄氏と会った時、近江の写真集を出したら面白かろうという話になった。近江はまだ公害や観光にそれ程害されてはいず、至る所に昔のままの自然が残っている。美術品にしても未発表のものがたくさんあり、歴史家や考古学者が手をつけていない所が多い。近江は古名を「近つ淡海の国」という。都に近い淡水の海の意である。琵琶湖の名称が出来たのはそれより後のことで、琵琶の形に似ているところから起こったが、竹生島に弁才天を祀ったことも、それと無関係ではあるまい。自然の美しさはもちろんであるが、中でも近江の石造美術は独特のもので、関寺の牛塔、

廃少菩提寺の多宝塔、鏡山の宝篋印塔、その他の五輪塔や石仏など、数の上でも、美しさの点でも、日本一だと「私」は信じている。

＊近江山河抄《おうみさんがしょう》　エッセイ。〔初収〕『近江山河抄』74年2月、駸々堂出版。◇子供の頃から関西へ行くことの多かった「私」にとって、近江は極めて親しい国であった。しかし、関西へ来たという実感がわく近江の風景は汽車の窓から横目で見て過ぎるだけで、近江は長い間未知の国に等しかった。はじめて近づくことが出来たのは、西国巡礼を取材した時であるが、以来得体の知れぬ魅力にとりつかれてしまった。「近江路」という言葉はないが、古い街道が通過するその間を「近江路」と呼ぶなら、それこそ近江の特徴を表していると言えよう。岩根では奥深い森林地帯で、すぐ傍らを東海道が走っているのが、別世界のように見えた。蒲生野は近江商人発祥の地でもあるが、四天王寺建立の際には、木材を調達したり、瓦を焼いたりした。旅の途中で思いもかけず美しい白鳳の瓦を見、たった1枚の瓦にも、ずっしりと重い手応えを感じた。

＊十一面観音巡礼《じゅういちめんかんのんじゅんれい》　エッセイ。〔初収〕『十一面観音巡礼』75年12月、新潮社。◇仏教学者の真鍋俊照氏にすすめられて、十一面観音の巡礼に出かけた。近江では穴太の盛安寺で美しい十一面観音にお目にかかった。毎月18日には大勢の人が集って、観音講が催される。近江にはそういう所が多いが、そういう時でもお厨子は開かず、ほとんど秘仏のようになっている。近江は良材の産地で、中でも高島郡と甲賀郡は、大木の多いことで聞こえていた。長谷の観音も近江から出た霊木で造られ、東大寺や比叡山の用材はすべてこの地方から調達された。「湖北の旅」では、渡岸寺の観音や与志漏神社の収蔵庫にある鶏足寺の仏像を眺めながら、それらは十一面観音が誕生する以前の「立木観音」を彷彿とさせると感じた。　（荒井真理亜）

志連政三　しれん・まさぞう

1914・7・14〜。歌人。犬上郡大滝村（現多賀町川相《かわない》）生まれ。1934年滋賀師範学校卒業。同年高島郡大溝小学校勤務。以後百瀬《ももせ》、高島の小学校をへて、45年3月応召により中国戦線へ。46年4月帰還、今津町今津在住。その後郡内各地の小学校勤務のち、今津北小学校校長、安曇川中学校校長を歴任。49年前田夕暮主宰「詩歌」に入会、夕暮没後の翌52年から「好日」の米田雄郎晩年の弟子として指導をうけ、同人となる。60年代に「湖北短歌友の会」を結成、その中心として長浜市、東浅井《あざい》・伊《い》香《か》・高島・滋賀各郡における短歌の普及振興に精力を傾けた。元滋賀県歌人協会幹事。73年から「今津文学」（今津町文化協会）発行にたずさわる。今までの作歌数約5000。歌集『湖北』（69年4月、好日社）、『湖心』（89年7月、好日社）がある。新旭町に歌碑がある〈ふるさとの山遠見えて菅沼のなぎさやさしも花しようぶ咲く〉。〈魞《えり》長く湖心へ伸びて冬近き湖北のうみの深きしずもり〉　（山本洋）

城山三郎　しろやま・さぶろう

1927・8・18〜2007・3・22。作家。名古屋市生まれ。本名杉浦英一。1945年4月愛知県立工業専門学校に入学、5月海軍特別幹部生となり、大竹、郷原の各隊に転じ、8月敗戦を迎える。52年3月東京商科大学（現一橋大学）卒業（理論経済学を専攻）。学生時代から短歌、詩を作り、アメリカ文学を濫読、コンラッドの『青春《ユース》』で文学的開眼、名古屋の「近代批評」同人となる。58年「総会屋錦城」で

第40回直木賞受賞、75年『落日燃ゆ』で毎日出版文化賞、吉川英治文学賞受賞。『一歩の距離　小説予科練』（『別冊文藝春秋』68年6月、文春、角川各文庫）は、太平洋戦争敗戦前後の大津、滋賀両海軍航空隊を舞台に、13期飛行予科練習生（15歳〜17歳）が罰直《ばっちょく》にたえ殉国を志して、司令の、必殺必中の特攻兵器（回天・震洋）搭乗志願者は〝一歩前へ〟という命令に応じた者とためらった者との戦友愛と、その〝一歩の距離〟ゆえのそれぞれの苦悩とを描いた、昭和の名作である。近作に『指揮官たちの特攻』（2001年8月、新潮社）がある。（鈴木昭一）

【す】

末松修　すえまつ・おさむ

1911・8・23〜1988・6・18。歴史学者。犬上郡東甲良村大字金屋（現甲良町）生まれ。1930年彦根中学校（旧制）卒業。38年京城帝国大学卒業。滋賀県立高等学校の教員となり、72年県立米原高等学校校長で退職の後、85年まで岐阜教育大学教授。

＊いちょう物語《いちょうものがたり》　随筆。〔初版〕『いちょう物語』70年3月、金亀会（県立彦根東高等学校同窓会）。◇末松四郎との共著。在校生や同窓生向けのA5判13頁の冊子。樹齢約200年、彦根中学校時代、朝礼の場となり、県立彦根東高等学校の校歌にも歌われている、名物の大銀杏が枯死した。「あとがき」に同窓生として、また20年間教員として勤めた学校のシンボルの大銀杏が枯死するのを「そのまゝ葬るには忍びないという荻田校長の要請もあって、その弔辞を書く役を買って出た」とある。平瀬作五郎は東京帝国大学に画工として雇われ、植物の絵を書く仕事に従事。1895、96年に銀杏の精虫を発見して、その働きによる受精現象で結実発芽することを世界で最初に証明し、第2回学士院恩賜賞を受賞した。その後、97年に彦根中学校（旧制）に赴任した。在野の植物学者牧野富太郎と比較しながら、その輝かしい業績にも拘らず、ついに彦根中学校の教諭心得で終わらなければならなかった平瀬の履歴を詳述している。

＊彦根藩主井伊直弼の生涯《ひこねはんしゅいいなおすけのしょうがい》　伝記。〔初版〕『彦根藩主井伊直弼の生涯』59年12月、滋賀銀行業務部。◇文庫判22頁の小冊子。直弼の「違勅の大罪を犯した張本人」としてのイメージを見直す再検討が行われ始め、開国の先覚者として一躍脚光を浴びることになった気運の中で、直弼の生い立ち、青年時代、武道と禅、茶について、藩主、大老職、開国断行までのことをコンパクトに紹介している。（北川秋雄）

菅沼晃次郎　すがぬま・こうじろう

1927・12・26〜。民俗学者。大阪市生まれ。摂南工業学校電気科中退。沢田四郎作、鳥越憲三郎に師事。豊中市立民俗館、日本民家集落博物館勤務を経て大津市皇子が丘に転居。滋賀民俗学会を設立し会長となる。1963年から月刊誌「民俗文化」を発行。民俗文化研究会代表。著作に『―木地屋のふるさと―君ケ畑の民俗』（71年3月、民俗文化研究会）、『近江の民俗』（75年11月、民俗文化研究会）、『守山の火まつり』（78年12月、滋賀民俗学会）等がある。（外村彰）

須川信行　すがわ・のぶゆき

1839（天保10）・月日未詳〜1919・月日未詳。医師、国学者、歌人。近江高島郡（現高島市）生まれ。本姓は清水。号は常葉園。医師の次男として生まれ、早くに京に上り、19歳の時に御所出入りの医師須川覚性の養子となる。和歌の道を志し、香川景樹の高弟である渡忠秋に入門。1881年渡の歿後は小出粲《つばら》に師事。1890年宮中歌会始で〈いにしへに照らして今を仰ぐにも余るは国の光なりけり〉が入選。晩年には、宮内省御歌所寄人となり、「明治天皇御集」の編纂委員を務める。1915年に従七位。19年に80歳で歿。（出原隆俊）

杉浦重剛 すぎうら・しげたけ

1855（安政2）・3・3〜1924・2・13。教育者。近江国膳所（現大津市）別保に生まれる。号天台道士、鬼哭子。父は儒学者。高橋坦堂、黒田麴廬、岩垣月洲に漢学、蘭学を学んだ後、上京。英国留学で化学、物理学、数学を学び、1880年帰国。東京市に在住。以後、文部省参事官、高等教育会議副議長、皇典講究所幹事長、東宮御学問所御用掛等を歴任。日本中学校を創設、校長を務める。私塾称好塾で人材を育成。一方、1888年志賀重昂らと政教社を創立し、雑誌「日本人」を発刊、日本主義を唱えた。著書は多数の論説の他に、小説『樊噲夢物語』（福本日南筆記、1887年10月、沢屋）や詩歌集『梅窓一朶』（1909年4月、称好塾）等。〈ささ波の志賀の都を思ふ身の心を汲みて照せ月かけ〉等に故郷を詠んでいる。『杉浦重剛全集』全6巻（82年1月〜83年5月、杉浦重剛全集刊行会）。（宮川康）

杉江秋典 すぎえ・あきのり

1947・10・9〜。放送作家。滋賀県に生まれる。慶応義塾大学卒業。日本脚本家連盟のライターでスクール25期卒業生。作品にテレビ「誘われて二人旅」「探険レストラン」（以上テレビ朝日）、「誰もいない部屋」（NHK）、「スーパーナイト」（CX）など、また日本テレビ1991年10月1日放映の「マジカル頭脳パワー!! チンパンジー特殊メイク」（仲谷昇主演）などの脚本を書いた。（浦西和彦）

杉本苑子 すぎもと・そのこ

1925・6・26〜。小説家。東京市牛込区（現新宿区）に生まれる。文化学院卒業。1951年「申楽新記」が「サンデー毎日」懸賞小説に入選し、吉川英治に師事する。62年『孤愁の岸』で第48回直木賞を、78年『滝沢馬琴』で第12回吉川英治文学賞を受賞。95年文化功労者に選ばれた。世阿弥を描いた『華の碑文』や家康に愛されたお万の方の生涯をたどった『愛憎流転』など、多くの歴史小説を書いた。

＊埋み火《うずみび》 長編小説。〔初版〕『埋み火』上下、74年、文藝春秋。◇近松門左衛門の魅力を綿密な考証と構想力によって描く。杉森平馬は10歳のとき京を出て、近江大津の円満院にやってくる。そして法親皇に紹介されて、近江大津の近松寺に身を寄せる。この平馬が近松寺を出て京、大坂で浄瑠璃作家として大成していく様子が描かれる。（浦西和彦）

杉本長夫 すぎもと・たけお

1909・11・6〜1973・3・9。詩人。広島県御調郡久井町に、父砂一・母覚の長男として生まれる。1910年京都市の祖母の家に移り住む。12年4歳の時、父の耳鼻咽喉科医院開業のため朝鮮に渡る。16年京城府日出尋常小学校に入学。翌年、学区制変更で南大門尋常小学校に転入。22年京城公立中学校入学。4年生頃より詩作を始める。27年京城帝国大学予科入学。29年1月「京城詩壇」（「京城日報」）に詩を投稿。選者の佐藤清に詩人談話会で初めて会う。3月予科卒業。4月京城帝国大学法文学部英文科に入学。当時の京城帝国大学は、法文学部長安倍能成、国文学（万葉集）の高木市之助、国語学の時枝誠記など、そうそうたる陣容であった。杉本は英文学者で詩人の佐藤清に、学問・詩ともに師事。30年陸上の短距離選手としても活躍し、100m11秒5の記録を出している。31年6月詩誌「駱駝」を主宰し創刊。32年3月京城帝国大学英文科を卒業し、4月英文科助手。33年1月『朝鮮詩人選集』を編纂。2月朝鮮詩人協会設立。9月「駱駝」終刊。34年4月、京城法学専門学校の嘱託講師。9月佐藤、崔戴瑞らと「朝鮮詩壇」（朝鮮詩人協会）を創刊し編集に従事。35年7月、北原白秋が来鮮し歓談。36年2月真鍋ヤエと結婚。京城府内資町三国アパートに住む。同年、三好達治、堀辰雄らの詩誌「四季」（第2期、11月）に、神保光太郎の依頼で「かむろち」「城壁」の2編を寄稿する。また、代表的な詩30編を収めた『E・A・ポオ訳詩集』（興文社）を刊行。ポー文学については、その後も研究者として論考を重ねた。37年1月長女幸子誕生。同月「詩作」（川路柳虹主宰）同人。5月「朝鮮詩壇」終刊。7月応召されるが即日帰郷。39年10月朝鮮文人協会を設立し幹事に選出される。40年11月京城法学専門学校助教授、41年4月教授。同月長男隆一誕生。44年4月京城帝国大学予科の嘱託講師。45年8月終戦の詔勅を聞き、専門学校の事務処理、進駐軍の通訳、引揚世話会の嘱託に奔走。11月引き揚げのための輸送指揮の命を受け、竜山駅を出て博多港へ。その後京都に落ち着く。

戦後は、48年彦根経済専門学校教授を経て、49年5月専門学校を包括した滋賀大学の助教授に着任。50年住居を京都から彦根市中藪町晒山に移し、亡くなるまで彦根市在住。日本詩人クラブ会員。51年、戦前から既知の田中克己を中心とする「近江詩人会」（前年8月結成）に参加し、会誌「詩人学校」同人。この詩誌には、実質的に会の運営に当たった井上多喜三郎や武田豊、小林英俊らがいた。以後会のために尽力し、「詩人学校」に作品を発表。この年の田中の作品「詩人」（「詩人学校」7号、51年2月）に、「主人は詩人で奥さんは人形造り／そこで詩の話を一時間半／／やがてとり出された一枚の写真／／朔太郎の写真を掲げる家を／このまちで発見したことがうれしい」と、杉本夫妻の印象が書かれている。県立短期大学で教鞭を執っていた田中は、この後東京（成城大学）に去るが、杉本を後継者と考えていた節がある。杉本は大学人であったが、学生のみならず市内の若者にも門戸を開き、詩を志す者を奥様ともども迎え入れて面倒を見たと、後年、杉本に畏敬の念を抱いていた近江詩人会同人の藤野一雄は語っている。52年学藝学部助教授。54年恩師佐藤清主宰の詩誌「詩声」の創刊同人。55年第2詩集『石に寄せて』（9月、書肆ユリイカ）を刊行。日本文藝家協会編『文藝年鑑』（56年度版）の「詩壇の動向」で、注目される詩集の1つとして挙げられた。10月詩集出版記念会が彦根市商工会議所で開催される。近江詩人会代表。57年8月刊行のアンソロジー『滋賀詩集』（近江詩人会）に、「忘却（わたしはあなたと逢つた）」他3編を所収。この合著詩集は、近江詩人会が毎月第3日曜日に開催した詩人学校の、その80回を記念した企画で、表紙のタイトルの下に“An Anthology of the Poet's School”とある。県内在住の他のグループに所属する詩人や、互いに親交する詩人をも網羅したものであった。59年3月晒山から芹新町に転居。滋賀文学会常任理事。60年8月17日恩師佐藤の踏切事故の訃報を聞く。師の詩集刊行準備中のことであった。61年5月学藝学部教授。6月から、その誌名を発案した天野隆一編集の「ラビーン」創刊に参画。8月丸の木町の大学宿舎に転居。62年恩師故佐藤清に献じた第3詩集『呪文』(9月、文童社)を刊行。山本洋は「杉本長夫」の中で、『石に寄せて』『呪文』の2つの詩集を評して「人間のこころのひだを理知あるいは機知によってとらえた、いくぶん硬質の抒情」(『滋賀の文人〈近代〉』89年3月、京都新聞社)と、的確に杉本の詩の特質を捉えている。11月腎炎のため彦根市立病院入院。64年1月京都の詩誌「骨」(依田義賢編集)同人。日本現代詩人会会員。68年「骨」(30号、奥付6月25日)は、天野忠、依田、大鋸時生、山前実治らによる杉本の紹介号。8月網膜剥離のため京都大学附属病院入院。69年9月腎炎再発で大津日赤病院入院。滋賀大学の卒業生を中心とする「晒山会」結成。12月「晒山会」の賛助による還暦記念として、第4詩集『樹木の眼』(文童社)を刊行するが、これは70年第20回滋賀県文藝出版賞を受賞。71年8月腎炎のため大津日赤病院入院。9月「詩人学校」(254号)に「新月」発表(絶筆)。73年腎炎にて病歿。享年63歳。4月近江詩人会が「杉本長夫先生を悼む」(「詩人学校」273号、別冊追悼号)刊行。

＊石に寄せて《いしによせて》 詩集。〔初版〕『石に寄せて』55年9月、書肆ユリイカ。◇第2詩集。第1詩集は未詳。詩誌「四季」に載せた「かむるち」他1編を除いて、詩誌「詩声」に発表した作品を収める。恩師であり詩人である佐藤清が「序」を書いているが、そのまま明晰な詩人論、作家論になっている。佐藤は杉本の詩の核心を捉えて「詩人は、この詩集のなかにおいて、失われた「無心」を述べているばかりでなく、「経験」そのもの、即ち現在の生活そのもののなかにさえ、「無心」即ち、真の幸福を見出しているのである。この詩集の深い意味はそういうところにある」と記している。杉本が詩集に込めた思いは、「詩壇的には孤児に等しいが、(略)私が約半生を過ごして来た朝鮮の自然から学び取った厳しさを詩作の態度としたい。索莫とした現代の荒地に、新しい視角からヒューマニティの種子を育ててゆきたい」(「あとがき」)というものであった。

＊呪文《じゅもん》 詩集。〔初版〕『呪文』62年9月、文童社。◇第3詩集。巻頭に「佐藤先生に献ぐ」とある。『石に寄せて』以降に、「詩学」「詩界」「詩声」「門」「骨」「ラビーン」に発表した作品のなかから自選し、加筆して32編を収録。ⅠからⅣまでの4部構成。集中のⅢに、「家」という佳作が2編収められている。その1編は「職人町とは彦根の町/友を呼ぶ/格子戸を開いて。/(中略)/勝手口にまわると/鉄分で赭く汚れた水漉しがあって/やせた蛭が浮いている//納戸の棚から/じっと/こちらを見ている片目達磨//梁のうえには/幾百年の塵が眠っている」。対象を描く詩人の視点には、知的なフィルターがかけられ、時に内省的ではあるが、ここに市井を描いて確かな詩人杉本の炯眼がある。

＊樹木の眼《じゅもくのめ》 詩集。〔初版〕『樹木の眼』69年12月、文童社。◇『呪文』刊行後の主な作品に、自選の旧作を加えたもので、教え子の賛助による還暦記念詩集。ⅠとⅡの2部構成。この詩人の特質は、透徹した対象への洞察と、それと等価な、いやそれ以上の自己省察の深甚さである。作品「初夏」「柿」などは、三好達治の四行詩を思わせ、詩人の対象へのストイックな切り口の鮮やかさが顕在化している。「カンナ」には、詩人の敬虔な愛を根底とするエロティシズムがあり、「木の葉の音に」では、肉体の時

間と、季節の移ろいとのズレを見事に剔抉している。「懐胎」における透徹した自然観察は、そこに的確な理知的把握があり、時に機知に溢れている。全体として詩的技術としての比喩の鋭さ、深さに優れ、また自然も人事も理知的に歌い上げられている。

（池川敬司）

杉本哲郎　すぎもと・てつろう

1899・5・25～1985・3・20。宗教画家。大津市梅林町に、杉本善郎・ツルの次男として生まれる。本名哲二郎。1912年京都市立待賢尋常小学校卒業後、同年市立第二商業学校に入学するも、翌年京都市立美術工藝学校に転学。さらに同校3年で市立絵画専門学校（現京都市立藝術大学）へ移り、20年卒業。14歳で山元春挙に師事し、画塾早苗会に入会する。22年には第4回帝展に「近江富士」で初入選。しかし、自作を含め官展の作品傾向に疑問を抱き、23年同志と共に自由主義の美術研究会白光社を結成。この為、春挙塾を破門。以来、孤立無援、貧窮と闘いながら独自の世界を確立する。28年高田千鶴子と結婚し、29年には長男一郎を儲ける。戦前戦後を通じ、洋の東西を問わず世界中で活躍。代表作「樵夫」（28年）、壁画「無明と寂光」（69年）、連作壁画「世界十大宗教」（80年）。また、内閣府賞勲局（39年）等から褒賞。

（高場秀樹）

椙本延夫　すぎもと・のぶお

1930・12・25～1983・7・14。小説家、脚本家。長浜町神前（現長浜市神前町）生まれ。1948年彦根中学校（旧制）卒業後、近江絹糸株式会社入社。50年から52年まで長浜郵便局勤務。52年4月金沢大学法文学部入学。小説「赤い糸」（金沢大学法文学部同人誌「木馬」54年）が北陸3県大学生交歓藝術祭佳作になる。56年大学を卒業し、4月から福井県立若狭高等学校教諭となる。57年1月「人魚の笛」、58年8月「鼓が洞」がNHK福井放送ラジオドラマコンクールに入選し、6年間で計12本のドラマが放送される。59年4月県立彦根東高等学校教諭。HR担任、バレーボール部顧問の他、滋賀県高等学校教職員組合活動に関わる。76年1月母初子死去、遺稿句集『初子句鈔』を編む。4月県立長浜高等学校教諭。83年脳腫瘍のため死去。

＊青春ノート《せいしゅんのーと》　小説。〔初版〕『青春ノート』65年6月、三一書房。◇〈高校生新書〉として刊行されたものの1冊。62年夏の終わりから63年3月卒業までの「県下で名門といわれるE高校」3年生男子9人による「窓」という交換日記という設定。補習授業や模擬試験の頻繁に行われる「受験戦争」の中で、進学のために生徒会もクラブ活動もホームルームさえ軽視され、個人が自分の殻の中に閉じ籠り、信頼や友情を失っていく現状に疑問と不満を持った生徒達が、受験の不安、進路への迷い、恋の悩み、進学することの意味、「窓」の存在意義、メンバーの離反や相互激励など、各自の持つ様々な問題を交換日記上で発信し、かつ応答する。進学断念、合格、浪人という各々の結果を前に、卒業式の後の「最後のよせ書き」で終わる。E高校とは当時椙本が勤務していた県立彦根東高等学校がモデルであることは明らかである。離反したメンバーが復帰するという顛末および、メンバーの家族構成にフィクション化が施されている。本書が椙本編となっているのは、実在の交換日記が元になっているからである。メンバー以外には見せないというルールがありながら、このような生徒の交換日記を手にすることが出来たのは、椙本と生徒の心の響き合いがあってのことである。

それを生み出したものは高校教育に対する椙本の、志の高さによるのであろう。

＊人の生くるを―椙本延夫遺稿集《ひとのいくるを―すぎもとのぶおいこうしゅう》　遺稿集。〔初版〕『人の生くるを―椙本延夫遺稿集』84年12月、刊行委員会編、椙本春美発行。◇小説、脚本、教育実践報告、書簡、及び椙本を偲ぶ追悼文からなる。そのうち、短編小説「赤い糸」は、湖岸道路に近い琵琶湖岸のある家庭を舞台にして、母と娘の心の行き違いが不幸を生むさまを描いたものである。「椅子」は琵琶湖に近いK市にある「大正紡績株式会社本社」の新しい労働組合結成運動の様子を、中学校卒業間もない事務員森田の視点から描いた未完の小説である。「断《ちぎれ》蓬《よもぎ》」は、絶筆となった歌集。「五十路を過ぎむとして詠歌の心めばゆるを覚え、ここに杉茂十と名乗りて、我流を詠はんとす」とあり、83年5、6月に自ら編んだと思われる。原稿用紙に番号付き自筆で整理されていた。主として病魔に冒された頃から、闘病生活、迫り来る死の予感の中で、自らの生涯を振り返り、生徒や同僚、家族など近親者への思いと、教壇に立ち続けようとする執念を詠じたものである。3回の手術を経て、なおも職場復帰を願った〈医師神にあらねどただに願はくは教への道に復帰《もど》せこの身を〉の他に、遺稿集の題名となった〈教壇に立つ日再び来たりなばひとの生くるをただに語らむ〉がある。（北川秋雄）

鈴鹿野風呂　すずか・のぶろ

1887・4・5〜1971・3・10。俳人。京都市左京区生まれ。本名登。1916年京都帝国大学文学部国文科卒業後、鹿児島の中学校、京都の専門学校や短期大学に勤める。20年「ホトトギス」系の俳誌「京鹿子《かのこ》」を日野草城らと創刊。以後戦時中を除き、歿年まで52年間同誌を主宰。旅中吟や渋味のある花鳥諷詠句を生涯に約36万句詠む。40年から大津の浮寝句会を指導したほか、堅田や安曇川を頻繁に訪れ、50、56年の湖国徒歩一周など滋賀での作句数も膨大。それらは近江の句が千句以上ある『百句百幅壱万句集』（52年2月、京鹿子社）や『鮎千句』（65年9月、京鹿子文庫）、『さすらひ』（67年8月、京鹿子文庫）、『続百句百幅 続々百句百幅 二万句集』（68年4月、京鹿子文庫）等に収められている。61年大津市民文化会館前に句碑〈大琵琶の八十《やそ》の浦なる浮寝鳥〉を建立。他に安曇川町、志賀町、大津市の旅亭紅葉〈湖を東枕に明易き〉と、県内4ケ所に句碑がある。（外村彰）

鈴木映　すずき・えい

1935・11・3〜。俳人。東京都練馬区生まれ。本名映子。旧姓田中。1954年愛知県立瑞陵《ずいりょう》高等学校卒業。同年日本銀行名古屋支店入行、職場の俳句サークルに参加。56年の結婚後、金子兜太の句風に感化される。夫の転勤にともない、札幌、東京、松江、高松、横浜等に住む。その間、新俳句人連盟の古沢太穂《たいほ》（句誌「道標」主宰）に師事し、石川貞夫（連盟副会長）の指導をうける。95年新俳句人連盟賞受賞。98年第32回原爆忌全国俳句大会賞受賞、2000年第31回原爆忌東京俳句大会全国俳誌協会賞受賞（後掲の第1句）。95年京都市伏見区から甲賀郡甲西町（現湖南市）吉永に転住。新俳句人連盟幹事。現代俳句協会会員。句誌「道標」同人。現在、「ザ・俳句」主宰、「滋賀民報」の「読者の俳句」選者。俳句・エッセイ集『風の詩《うた》』（2001年1月、ウインかもがわ）。〈レタス割るこのさ緑がまだ地球〉〈花くぐりくぐり署名簿非戦積む〉（山本洋）

薄田泣菫　すすきだ・きゅうきん
1877・5・19〜1945・10・9。詩人、随筆家。岡山県浅口郡大江連島村（現倉敷市）生まれ。本名淳介《じゅんすけ》。父篤太郎は役場書記（のち助役）で湖月庵清風の号をもつ俳人でもあった。1893年岡山県尋常中学校を2年で退学、京都に出る。以後は独学。1894年上京、牛込の漢学塾聞鶏書院に寄宿し受講、昼は上野の図書館に通い、和漢の古典泰西の文学書を読む。キーツ、ワーズワースを愛読しソネットを試作。1897年5月「新著月刊」2号に「花密蔵難見《はなみつにしてかくれてみえがたし》」を投稿、後藤宙外、島村抱月に認められる。1899年11月第1詩集『暮《ぼ》笛《てき》集』を大阪の金尾文淵堂から出版し、鉄幹の賞讃を得る。12月大阪毎日新聞社に入社。1902年1月「公孫樹下にたちて」を発表、06年5月『白羊宮』刊行、蒲原有明と共に象徴詩を確立したとされる。06年7月の「葛城の神」で声名は頂点に達したが、後詩作は減少、随筆、小説に移行する。生活苦と病いに悩まされたが「大阪毎日新聞」に発表したコラムが好評を博し、16年10月洛陽堂から『茶話』として刊行され、続編（18年、19年）も出た。

＊暮笛《ぼてき》集《しゅう》　詩集。〔初版〕『暮笛集』1899年11月、金尾文淵堂。◇50編を収める処女詩集。「尼が紅」など長編の他に「絶句」と名づけた八六調14行詩（ソネット）19編を含む。出版には不遇を見かねた友人平尾不孤の尽力があった。1897年春徴兵検査のため帰省した折の作の1つが「琵琶湖畔にたちて」。一節七五調4行、全八節。「走る油鰌《もろこ》よ、みがくれに／網代《あじろ》の網はくぐるとも、／ゆめ洩らさじな、悲しみの／細き釣緒にさはりては。／／透影《すきかげ》しろき鱗《いろくづ》を、／柳のかげにのぞき見て、／かひろき海にあえかなる／身の薄命をおもふかな」古語の使用、感情移入は藤村の抒情詩の継承だが、詠われる感情は今日的で外化、客観化されていて古語も今日的に再生される。「木《この》葉《は》に似たる身を寄せて、／藻屑がくれにひるがへる／若きすさみも春の日の／暮れゆく程のひまと知れ。／／水際《みぎは》に白き小波《さざなみ》を、／薄き鰓《あぎと》にくだきては、／心ありげの物すさみ、／何をかくるるわが友よ」感情移入するのは既に他者たる「わが友」であって、普遍的な「青春の感情」を共有する「誰か」（「誰でも」）なのである。　（高橋和幸）

鈴木寅蔵　すずき・とらぞう
1912・10・11〜2000・3・29。詩人。甲賀郡岩根村（のち甲西町、現湖南市岩根）菩提寺生まれ。別号十良三《とらぞう》。1913年3月岩根尋常高等小学校高等科卒業。14年から写真業者の内弟子となり大阪に居住。帰郷後鈴木写真館を経営した。35年頃から西条八十に師事し、西条主宰の「蠟人形」や「若草」「日本詩壇」「しるえつと」誌に詩文を発表。36〜37年「麦笛（のち「詩徒圏」）」を編集発行。36年4月、近江新詩人倶楽部（のち近江詩人クラブ）に参加して同倶楽部編『一九三六年年刊選集』（36年12月、近江新詩人倶楽部）、『近江詩人』（41年12月、みづうみ詩社）等に詩を執筆した。志賀諒太郎や我孫子元治らと39年「樗林」、43年3月「滋賀詩壇」を創刊。戦後は「文藝首都」に小説を投稿し、47年7月創刊の「朱扇《しゅせん》」の編集にも携わった。また『蠟人形　詩華集―1949―』（49年1月、蠟人形関西支部）を編集発行したことも特記される。50年10月近江詩人会に入会。郷里の風土や日常の暮らし、湖魚や宝石などをモチーフにした詩作を数多く「詩人学校」に発表。同会では72年から84年まで代表を務めた。51年には甲西中学校校歌を作詞。52年喜志邦三主宰「再現（のち「灌木」）」、53年「静眉」誌に参加。詩集『若き日　抒情小曲集』（51年3月、近江詩人会）は、18～25歳の間に「蠟人形」に掲載した詩25編を第1部「ふるさと」第2部「若き日」に収録。「序詩」「ふるさとは／竹の横笛／／若き日の／夢の楽符を／しようじようと／吹きてありけり／／その音色清く／はた哀れ懐かし」は同書の憧憬と感傷の詩趣を伝える。詩集『花木抄』（96年4月、アスタリスク）は「灌木」に寄稿した連作詩を全5章にまとめたもので、四季ごとに「椿（玉の浦）」「猿猴《えんこ》杉」「額紫陽花」「紅蓖麻《ひま》」「錦木」「青もじ」など33編を収録。副業として花材を出荷していた詩人の、親しく接した花木の個性への思いがこめられている。謙虚かつ誠実な人柄を慕われたキリスト教徒でもあった。詩友の伊藤桂一、田井中弘等とは釣りを通して親交。甲西町文化協会、詩サークル三人会も主導。甲西町教育委員、滋賀文学会理事も務めた。92年日本詩人クラブから詩業を表彰される。詩風は初期の抒情小曲から、象徴的手法をとった平易な表現の人生詩へと変遷した。（外村彰）

鈴木靖将　すずき・やすまさ

１９４４・４・１～。日本画家。大津市生まれ。京都府立陶工訓練校修了。新制作日本画京都研究会に学び、創画会に所属。大津市長等在住。１９８５年から近江の万葉集を画題にした豊かな色彩と透明感のある連作を国内や韓国、欧州などで発表。近江を描く絵本に、76年に亡くなった妻の画家三橋節子との共著『雷の落ちない村』（77年4月、小学館）や、『やまなし村の風の音』（87年6月、トモ企画）、『まんまる月夜の竹生島』（91年2月、京都新聞社）等がある。（外村彰）

住田汰嘉子　すみだ・たかこ

１９２０・８・12～。俳人。山口県生まれ。大津市南郷在住。本名孝子。１９８１年「ホトトギス」初入選。「ホトトギス」所属。伝統俳句協会会員。〈浮御堂風鐸の鳴り冬に入る〉（山本洋）

住谷美代子　すみたに・みよこ

１９４６・12・26～。俳人。滋賀県生まれ。大津市本堅田在住。１９８５年より「ホトトギス」に投句。「ホトトギス」所属。〈待春の歩を湖へ向け比良へ向け〉（山本洋）

住谷友志　すみたに・ゆうし

１９４１・10・６～。俳人。滋賀県生まれ。大津市本堅田在住。本名友三郎。１９８７年より「ホトトギス」に投句。「ホトトギス」同人。〈水郷の端にきてゐる月の波〉（山本洋）

隅野泉汀　すみの・せんてい

１８９８・12・18～１９８３・６・10。俳人。大阪府堺市生まれ。本名卯三郎。１９１９年大阪高等工業学校卒業。45年彦根の三菱名古屋航空機製作所で零戦の製作に従事。以後、彦根市芹橋《せりばし》に在住し、彦根金属工業連合会専務理事などを歴任。句作は31年頃より始め、戦時下の中断を経て、51年彦根水音吟社に入会。「ホトトギス」「冬扇」「志賀」に投句。66年彦根水音吟社代表幹事。句集に『花頭《かとう》』（72年9月、彦根水音吟社）がある。（野田直恵）

【せ】

瀬川欣一　せがわ・きんいち

１９２８・４・18～２００４・11・21。俳人、小説家、郷土史家。蒲生郡鎌掛村（現日野町鎌掛）生まれ。俳号芹子。１９４５

年戦時繰り上げ4年生で、水口中学校（旧制）卒業。3月満洲に渡り、46年8月に引き揚げ帰国し、農業に従事する。52年鎌掛村役場に就職。55年町村合併により、日野町役場職員となる。主として社会教育関連の仕事をする。81年日野町教育委員会教育長となる。82年教育長を辞し、県文化情報室「文化サロン」の初代室長。87年「湖国と文化」（滋賀県文化体育振興事業団発行）編集責任者。92年日野町町民会館「わたむきホール虹」館長。95年日野町立鎌掛公民館館長。2001年滋賀県文化功労賞を受賞する。俳誌「雪解」「銀杏」「懸巣」同人。文学同人誌「滋賀作家」編集長。『ふるさとの昔話上巻』（1976年7月、滋賀民俗学会）、『ふるさとのむかし話第2集』（82年10月、日野町歴史民俗研究会）、『蒲生家盛衰録』上中下（上81年7月、中82年1月、下82年8月、石岡教文堂）、『ある被差別部落の五百年』（88年7月、滋賀県部落問題研究所）、『近江　石のほとけたち』（94年7月、かもがわ出版）、『近江の昔ものがたり』（99年5月、サンライズ出版）、『ふるさとの文化財その①』（99年8月、日野町役場）、『ふるさとの文化財その②』（2001年7月、日野町役場）、『ふるさと鎌掛の歴史』全3巻（第1巻2000年3月、第2巻11月、第3巻は未完、鎌掛公民館）など郷土史、民俗学、歴史学と多岐にわたる多数の著作がある。また青年演劇の演出、劇指導、脚本も手がけ、日野町や鎌掛の青年演劇で全国出場を果たしている。「文化財を学ぶ心、それは先祖の尊さを崇める思いであり、先祖を偲ぶ思いが郷土を愛す心に繋がり、その郷土愛こそが、明日の日野町を子孫のために発展させてやろうという、今の生活を高めていく意欲に発展していきます」（『ふるさとの文化財その①』）と述べているが、郷土に関わる筆者の活動の源泉がここに見られる。

＊湖東《ことう》　句集。〔初版〕『湖東』1983年5月、東京美術。◇「あとがき」によれば、46年「満洲」から引き揚げてすぐ「雪解」に入門投句以来、皆吉爽雨を幾度か村に迎えて、誓敬寺院主山上荷亭を中心に句会を開いたという。82年までの364句を新年、春、夏、秋、冬と季別に編集。各季節ごとに日野、鎌掛に関する200字の短文を付している。鎌掛の石楠花の大群落地について〈石楠花をあてなる雨の岨路ゆく〉、山村の生活を偲ばせる〈熊撃つと梅雨入にけぶる坂を攀づ〉、仕事以外の旺盛な文化活動、文筆活動を支える人知れぬ研鑽〈狐啼く夜も晩学に鞭うちて〉、役場職員としての苦労を偲ばせる〈歳晩の戸に徴税をためらはず〉などの句がある。

＊去りて春来つつ春《さりてはるきつつはる》　短編小説。〔初収〕『瀬川欣一文学作品集　去りて春来つつ春』85年6月10日、非売品（全国アマチュア演劇協議会や滋賀県文学祭の受賞作品を中心に単行本にまとめたもの）。◇84年度滋賀県文学祭特選作品。1891年の滋賀県政を混乱させた県庁移転問題を、実在の県議で彦根に移転する運動を展開した磯田鶴吉に焦点を当てて描いたもの。作品集には、小説3編「去りて春来つつ春」「秋風観音寺騒動記」「三つ瘤の墓石」、脚本2編「発破」「湖畔の青春」、随筆6編「日野商人の風土　関東後家さんのことなど」「白拍子祇王の物語」「おたまじゃくしの定期便」「歩いて歩いて関東へ」「異国でうたった県民歌」「近江妙蓮浄寂光土」を収録している。

＊天気晴朗に御座候《てんきせいろうにございそうろう》　短編小説。〔初出〕「滋賀作家」91年4月、54号〔初収〕『歴史小説集　天気晴朗に御座候』95年3月、サンライズ印刷出版部。◇彦根市の友人S氏から「私」に電話。知り合いの表具屋が持ち込んだ襖の下張りから、井

伊直弼の敵討ちをしたという足軽小西新太郎の、国許家老木俣清左衛門清純宛の書状が見つかった由。小西新太郎という20歳の足軽が脱藩して、単独で水戸城下に潜入し、水戸斉昭の寝所に忍んで誅殺したという噂が史実であることが判明したというもの。単行本は「滋賀作家」に発表したもののうち、近江の歴史を題材にした歴史小説「大津絵創生譚」（85年11月）、「鴉声寥々」（87年3月）、「天気晴朗に御座候」、「竹生島古譚」（89年12月）、「ある紙縒の遺文」（89年4月）、「同士討ち」（91年8月）、「修羅に咲く蓮華」（93年8月、12月）7編を収録している。「あとがき」で「まことしやかに引用した古文献も全くのでっち上げであり」「その歴史事実があったことに間違いはありませんが、出てくる人物にモデルなどがあろう筈がなく、物語の内容を示す史料もまたありません」と述べて、時代小説創作の舞台裏を明かしている。

＊大地遥かなり《だいちはるかなり》　短編小説。〔初出〕「滋賀作家」97年2月、71号、97年6月、72号、97年10月、73号。◇「私」が、92年9月に吉林省琿春市のホテルのロビーで中国残留婦人井村芳子と会い、その半生を聞くという設定。44年の春、水口出身の芳子は「大陸花嫁」として淡海開拓村に嫁ぐが、夫が召集され行方不明となる。戦後、自分を助けてくれた中国人と結婚するが、文化大革命で夫と死別。日中国交回復後に先夫と再会し結婚して帰国するが、1年後に先夫も病死したので、再び中国に戻り、子供たちと暮らしているというもの。同名の単行本『大地遥かなり』（2000年8月15日、非売品）は、「乳房、月に捧ぐ」（「滋賀作家」1990年12月、53号）をあわせて収録し、昭和の時代が過ぎ去るに際して、かつて愛国少年であった作者の、戦争に対する思いを小説化している。　（北川秋雄）

瀬川芹子　せがわ・きんし

1928・4・18〜。俳人。蒲生郡日野町大字鎌掛に生まれる。県立水口中学校（旧制）卒業。1946年満洲から引き揚げてくる。51年日野町役場に勤務。82年日野町教育委員会教育長を辞任。46年より皆吉爽雨に師事し、「雪解」に加入。58年「雪解」同人。句集に『湖東〈現代俳句選書Ⅱ〉』（83年5月、東京美術）がある。〈大育ちしつつ月あり去年今年〉〈村の子か河童か駈けり梅雨出水〉　（浦西和彦）

関戸靖子　せきど・やすこ

1931・3・29〜。俳人。長浜市に生まれる。旧姓野口。県立長浜北高等学校卒業。1948年坂本春甕、下村槐太に師事し、「新樹」に入門。53年「鶴」に入会し、68年に同人となる。74年に「泉」同人に参加。84年「七種」を主宰。句集に『湖北』（79年6月、牧羊社）、『結葉』（83年2月、牧羊社）、『春の舟』（88年10月、富士見書房）、『関戸靖子句集』（97年7月、ふらんす堂）、『紺』（2002年9月、ふらんす堂）がある。〈鉾去つて他郷嫁は水打つばかり〉〈波郷忌の綿虫なれば袖囲ひ〉　（浦西和彦）

関谷喜与嗣　せきや・きよし

1921・2・17〜。詩人。長浜市生まれ。1953年仏教大学卒業。45年に復員後、長浜東中学校、西中学校、県立八幡養護学校の教員となる。浄土宗僧資格をもつ。嵯峨釈迦堂清涼寺の塚本善隆師との関わりが深い。63年近江詩人会入会。父母恩重経を題材として詩集『安忍の縄』（75年4月1日、前河高速印刷株式会社）、『常生灯』を刊行。教職と農業のかたわら、生活に根ざした作品が多い。「花梨」同人。　（佐藤良太）

瀬戸内寂聴　せとうち・じゃくちょう

1922・5・15～。小説家。徳島市に生まれる。本名、旧筆名は晴美。1943年東京女子大学在学中に結婚。卒業後北京へ行き長女誕生。帰国後出奔、離婚を経て57年「女子大生・曲愛玲」で第3回新潮社同人雑誌賞受賞。受賞第1作「花芯」がポルノ小説と酷評され、「文藝雑誌に見捨てられた」が、『田村俊子』（61年4月、文藝春秋新社）で第1回田村俊子賞を受賞、再起する。63年「夏の終り」（「新潮」62年10月）で第2回女流文学賞受賞。『かの子撩乱』（65年5月、講談社）『美は乱調にあり』（66年3月、文藝春秋新社）『遠い声―管野すが子抄』（70年3月、新潮社）などで強い女性を描く一方、「蘭を焼く」「おだやかな部屋」、エッセイ「一筋の道」「放浪について」などを次々に発表。73年中尊寺で得度、師僧の今東光（春聴）から法名寂聴を授けられる。京都嵯峨野に寂庵を建て、81年には徳島に寂聴塾を開き、88年敦賀女子短期大学学長を務めるなど、執筆以外にも多方面で活躍。92年『花に問え』で第28回谷崎潤一郎賞、96年『白道』で第46回藝術選奨文部大臣賞を受賞。97年文化功労者に選ばれる。98年『源氏物語』の現代語訳全10巻完成、同年宇治市に開館した「源氏物語ミュージアム館」の名誉館長。2004年徳島県立文学書道館館長に就任。2006年グローバルに活躍する作家に贈られるイタリアの国際ノニーノ賞受賞。秋には文化勲章受賞。『瀬戸内寂聴全集』全20巻（2001～2002年、新潮社）。

＊比叡　ひえい　長編小説。〔初版〕『比叡』（純文学書下ろし特別作品）1979年9月、新潮社。◇小説家藤木俊子が出家し、俊英となる過程を出家後6年を経て書き下ろしたもの。俊子が結婚した北京時代の事、幼い頃手放した娘との再会、戦争で焼死した母や父の話などと共に、最後の男である古美術商との交際の挿話を絡めながら、厳粛な得度の儀式、横川行院での60日間の修行が詳しく描かれる。尼僧の煩悩や、先達をつとめる厳格な僧侶が女犯の罪で山を追われる話などを織り込み、結願に至り達成感を得るまでを虚構と事実を融合させながら描く。俊子から俊英への転換と人生の転換が、作者の新生第一歩への記念として巧みに描かれている。　（増田周子）

ぜんとう・ひろよ　ぜんとう・ひろよ

1959・月日未詳～。シナリオライター。滋賀県に生まれる。本名善塔弘代。京都藝術短期大学卒業。真宗仏光寺派本山、自然食品商社勤務を経て、1983年に上京。シナリオ講座第5期研修科修了。89年「満ち足りた悲願」が第39回新人映画シナリオコンクール佳作に、また第2回大伴昌司賞奨励賞（シナリオ作家協会）を受賞した。「新キラー・クロコダイル赫い牙」（93年6月、ジャパンホームビデオ）、「LOOKING FOR」（98年3月、近代映画協会）等のシナリオがある。　（浦西和彦）

【そ】

宗左近　そう・さこん

1919・5・1～2006・6・20。詩人、評論家、仏文学者。福岡県戸畑市（現北九州市戸畑区）生まれ。本名古賀照一《しょういち》。1945年東京帝国大学文学部哲学科卒業、47年同大学院仏文科修了。法政大学、昭和女子大学教授を歴任。はじめ「同時代」に小説を書き、草野心平の「歴程」同人として活動。詩集に『河童』（64年9月、文林書院）、『長篇詩　炎える母』（68年11月、弥生書房）等。句集に『夜の虹』（2002

年7月、藝林書房）ほか。『鑑賞百人一首』（1973年11月、ぎょうせい）での「百人一首」現代詩訳では逢坂山、琵琶湖、伊吹山、比叡山もモチーフとなる。一貫して、生命愛に通ずる独自の宇宙観を基底とした「美」の探究を続け、「室町信楽壺」など日本の伝承藝術に造詣の深い評論集『美のイメエジ』（75年6月、PHP研究所）、『古美術幻妖』（91年12月、平凡社）や、安土城天守閣の吹き抜け構造に言及した『日本美 縄文の系譜』（91年4月、新潮社）、『日本の美 その夢と祈り』（2004年5月、日本経済新聞社）等、多数を刊行した。（外村彰）

園頼三 その・らいぞう

1891・3・30〜1973・1・3。詩人、美術批評家、随想家。滋賀郡志賀町（現大津市南志賀）に生まれる。京都帝国大学文科大学哲学科美学美術史専攻卒業後、1916年4月より同志社大学文学部講師、19年4月に教授となり、61年3月の定年まで教鞭をとるかたわら、詩や随筆などを発表。詩集に『自己陶酔』（19年8月、私家版、洋画家船川未乾との共編詩画集）および『蒼空』（20年3月、私家版）、小説に「此一筋につながる」（「三田文学」18年9月）がある。22年から24年までヨーロッパ留学。著書に、『藝術創作の心理』（21年5月、警醒社）、『怪奇美の誕生』（27年10月、創元社）、『美の探求』（61年4月、創文社）などがある。（真銅正宏）

【た】

田井中弘 たいなか・ひろむ

1925・3・20〜2003・7・3。詩人、林業家。甲賀郡雲井村（現甲賀市信楽町）黄瀬《きのせ》生まれ。曾祖父は石門心学者の伊兵衛。1939年雲井尋常高等小学校高等科卒業。41年12月県立栗太農学校卒業、この頃から文学書を耽読。42年から「文藝首都」に投稿を始める。43年浄土宗青年光明会に入会。同年投稿した詩「土」が新潟の浅井十三郎主宰「詩と詩人」誌に掲載され、以後詩作にも熱中。44年滋賀県師範学校を卒業し、雲井国民学校訓導となる。入営前の45年3月、私家版で短編「密偵」「朝開」と詩10数編を併収した『朝開』を刊行。軍隊では伊予三島、広島、鹿児島と転属し幹部候補生となる。同年9月帰郷して教職に復帰。戦後は「文藝首都」のほか、愛知県の梶浦正之発行「詩文学研究」、志賀英夫や井上靖らの「草原」、栃木の小池吉昌の「詩文化」、小倉の徳永寿による「建設詩人」、高知県宿毛の正木聖夫らの「南海詩人」、五味康祐らが参加した京都の「文学地帯」、寺田弘の「虎座」、米子から発行された「芽生」、また「柵」等に所属し、精力的に詩作を続けた。あわせて46年5月詩誌「紫空」を主宰発行（〜48年5月）。同年7月に詩集『追憶』を私家版で発行。47年10月梶浦正之序文による詩集『悲しき肉体』を文学地帯社から出版。翌48年3月には共著『紫香楽詩集』を同刊行会から編集発行した。同年滋賀郡伊香立村（現大津市）下在地の玉崎家の養子となる。その年から9年にわたり自伝小説「ある生涯」を試作。自伝はその後も書き継がれる。50年橋本芳江と結婚。51年近江詩人会に入会。また仏教大学読書会の指導にあたる。同年12月休刊していた「紫空」を「関西詩人」と改題して復刊（〜21号）。58年6月詩集『古式な抒情』を思潮社から刊行。同書からは長詩である表題作のような青年期の自己の孤独な思念や異性への思慕と煩悶、また共感する自然への幻視など浪漫的な傾向がうかがえる。67年日本詩人クラブ入会。この前後に片田芳子主宰「開港都市」、諫早の上村肇の「河」、富山県高岡から発行された「北国帯」、鈴木亨らの「山の樹」（のち「木々」）、中野武彦らの「風祭」、新潟から発行の「現代詩謡」等の同人となっている。他に「詩学」「詩と思想」や「銀河詩手帖」「陸」「詩の街」等にも詩を発表。69年9月仏教大学国文学科通信課程卒業。70年大阪駅前のコクサイ画廊で「田井中弘詩画展」を開催。同年日本現代詩人会に入会。翌71年曾祖父の調査を始めた。それまでの詩業を『田井中弘詩集』（76年3月、思潮社）、さらに『昭和詩大系増補・田井中弘詩集』（76年12月、宝文館出版）にまとめ、一方で滋賀県史編さん委員会編『滋賀県史昭和編 第六巻教育文化編』（85年5月、滋賀県）の文藝、美術項目を担当執筆。75年4月から、30年間におよぶ県内の小、中学校での教職生活を辞して農林業に転向、生涯の一転機となる。時に50歳であった。のち戦中未刊詩を集めた『田井中弘 十代詩集』（78年2月、VAN書房）も刊行。80年には日中友好野火の会の一員として中国を旅行。訪中記を「日本詩人」「河」に連載発表した。他に「山と渓谷」「大法輪」にエッセイを執筆。

その後の林業人としての歩みは、玉崎弘の名で書かれた人生記録『山に登る水　植林 わが第二の人生』（84年11月、清文社）に詳しい。同書には林業家となるに至る経緯、退職金で林地を購入して植林事業を開始し、軌道に乗せるまでの辛苦、琵琶湖を眼下にしながら木に登って間伐や枝打ちなどを行う筆者の姿が活写される。植林によって山の湧き水の位置が登ってゆくところや、斧による怪我、作業道の土地交渉、愛犬とのふれあい、伊香立ヒノキの美林への情熱などは特に印象的で、林業に生き甲斐を感じ、そこに詩作にまさる行為を見いだす田井中の「林業とは行動の詩」という信念に貫かれた一書といえる。82年には滋賀県指導林家となる。87年志賀英夫の第2次「柵」同人。89年「ふるさと紀行」、翌年「山林」に随筆を連載。美林の育成に努める日々に接する様々な木々を題材とした詩集『私の樹木百選』（97年12月、詩画工房）は99年2月、第42回農民文学賞を受賞。

田井中は国内の多くの詩誌に同人参加し、広い地域に詩友を持つ。とりわけ甲西町（現湖南市）の鈴木寅蔵、作家でもある伊藤桂一、水戸の森田勝寿とは親しい釣り仲間であった。郷在詩人として教職、林業とあわせ長年創作に没頭しながら、常に人間の生への煩悶や自然に対する親和を基底として堅実な詩風を保ち続けた。実験的手法による詩も多々みられるが、おおむね近江の伝統自然に抱かれ暮らす生活の内的凝視の浪漫的昇華がうかがえる。『昭和詩大系増補・田井中弘詩集』で片田芳子が「見はるかす比良の嶺。琵琶湖。はっし！と打ちおろす鉈の響きの中から激しい詩情は火のように湧いて来るのであろう。田井中弘の精神は植林の終った若木のようにみずみずしい。しかも不屈の精神が根を張っている」と評したように、堅固な詩精神は後年もなお研ぎ澄まされ、山里の自然の息吹と渾然と融和し、しなやかで深みある人間像を投射しながら、厳しい彫琢を日々の詩業にふるい続けていった。

＊田井中弘詩集《たいなかひろむししゅう》　詩集。〔初版〕『田井中弘詩集』76年3月、思潮社。◇42年から75年までの１０５編を収録。創作期順に「宮跡」「月食」「神」「琵琶湖」「日付変更線」「絵画」「肖像」の各章に分かれる。青年時代の詩「紫香楽宮跡」「孤独」の浪漫的心情、「精」「枯渇せる湖」の自然描写の幻想への転化、「疲労」「花ある季節の悲し

み」の異性との交情からの飛躍は個性的。51年以降では「琵琶湖」「山脈風景」「初春の雪の湖西湖岸」のような憂愁の抒情、「崩れゆく湖西」「午前二時の脚」等の倦怠、「山と湖と鳥と」「岩魚」「橋」「寿命」「湖西春景」等の自然の静かな観照と、田井中の詩境の変遷が俯瞰できる。「信楽」「どこかで骨だけの小鳥たちが」は異色作。略年譜を付記。なお、『昭和詩大系増補・田井中弘詩集』（76年12月、宝文館出版）は、75年以降の「羅漢」20編が加わる。近江に取材した「むささび」「奏鳴曲琵琶湖」連作も収録。跋文は片田芳子、鈴木亭。

＊私の樹木百選《わたしのじゅもくひゃくせん》　詩集。〔初版〕『私の樹木百選』97年12月、詩画工房。◇「私の樹木図鑑」として91年9月から97年8月まで「河」「柵」「木々」等に分載発表した詩を収める。主に滋賀に育つ100種類の樹木名を題としている。比良、比叡山系で林業を営む田井中の、実地での樹木をめぐる生活体験を題材とし、告白調により精神の遍歴と自然愛が温雅にうたわれる。信楽の「高野槙」、唐崎の「雄松」、比良の「楊梅《ヤマモモ》」、自宅の束に用いられた「栗」、近くの山の「朴《ホオ》」「モチ」「ベニドウダン」「フユイチゴ」、甲西町の「美松」、幼時の回想に彩られた「ナツハゼ」「ニッキ」「楮」、長浜の「サイカチ」、菅浦の「タラヨウ」、湖東町の「ハナノキ」、庭前の「橙《ダイダイ》」等、それぞれ作者の思いを投影した多様な木々の容姿が鮮やかに描かれる。跋文は鈴木亭、上村肇。

（外村彰）

ダウテンダイ　だうてんだい　Max Dauthendey

1867・7・25～1918・8・29。詩人、小説家。ドイツのヴュルツブルグ市生まれ。放浪生活を好み、異国情緒の濃い作品を多く書いた。1906年世界周遊の途次来日。長崎、神戸を経て京都に滞在、5月1日に大津を来訪した。この時の見聞を元に11年、小説集『琵琶湖八景物語』を刊行。多作で、詩集『紫外線』や『リンガム十二のアジア短編集』の他に戯曲、自伝等がある。のち第一次世界大戦中に抑留されジャワのマランで客死した。

＊琵琶湖八景物語《びわこはっけいものがたり》 Die acht Gesichter am Biwase　短編集。〔初版〕『琵琶湖八景物語』11年、A. ランゲン社（ミュンヘン）。91年大津ベンチャークラブ訳、刊。◇主な舞台を湖南地域とする奇想の物語集。「矢橋《やばせ》の帰帆」は、夜の湖上で皇子の友人と契った花子が、恋人が殺された後に皇子の求愛を拒んで吉原の妓楼で働き、逃亡先の湖畔で恋人を思いながら死を願う話。「唐崎の夜雨」は、漁師の霧《キリ》が夢の娘により湖上で侍となる幻覚を体験し、のち日露戦争で超人的活躍をして国民の英雄になる話。「三井の晩鐘」は、中国の隠者徒元《アターモト》が不死を求め、日本から渡ってきた杉の、樹皮の秘密の言葉を解読できないまま結婚して歿するが、その杉の若木が三井寺に移植され、当地の僧が「愛は不死よりも価値がある」と解読する話。「粟津の晴嵐」は、大津の体操教師だった大宮が、同僚との恋の争いから児童を湖で溺死させ、恋人を妊娠させた同僚を殺し、警官となって後に錯乱してロシアの皇太子を襲って捕らえられたが脱走し、妻となった恋人の元同僚への愛を知って殺害する話。「堅田の落雁」は、中世の絵師笈《オイ》造《ゾウ》が皇女の望む通りの文字のかたちで堅田を渡る雁たちを襖絵にしようとし、その文字に二重の意味があると教えた陶工の娘と結ばれる話。「石山の秋月」は、物語の上手な石山の茶屋の津矢（兎眼）が語る3話（殿様と人魚の悲劇、頭髪のない娘の信心、3人の男の話す法螺《ほら》）。「瀬田の夕照《せきしょう》」は、瀬田に住む女性が京都で亡夫に似た謎の男

と逢瀬を重ねるが、奈良と日光で男が家族と共にいるのを見て悩み、帰郷後に望み通り盲人となる話。「比良の暮雪」は、結婚観の異なる妻のイルゼを欧州から日本へ向かう客船の沈没で亡くした役者の奥呂《オクロ》が、この出来事を元にした劇で比良の暮雪のような白髪のイルゼの祖母を演じ、悲しみから自らも白髪になる話。作者は近江八景から霊感を得た恋の諸相の物語を、奔放な空想を駆使しながら優れた構成力でまとめている。2004年10月、河瀬文太郎、高橋勉訳『近江八景の幻影』として、あらたに文化書院から刊行された。（外村彰）

高田市太郎　たかだ・いちたろう

1898・2・27〜1988・11・3。新聞記者、評論家。滋賀県に生まれる。1926年ワシントン大学修了。29年毎日新聞社に入社。ニューヨーク支局長、論説委員、欧米部長、編集局次長を歴任。50年第1回ボーン上田国際記者賞を受賞。編著書に『アメリカのデモクラシー』（47年、鱒書房）、『戦後の世界を飛ぶ』（48年、日本交通公社）、『風雲の欧米を見る』（48年、毎日新聞社）、翻訳にレナード・モズレー著『天皇ヒロヒト』（68年、毎日新聞社）などがある。（浦西和彦）

高田義一郎　たかだ・ぎいちろう

1886・6・28〜歿年月日未詳。評論家、法医学者。栗太郡草津町（現草津市）に生まれる。1908年京都帝国大学医科大学に入学、12年同大学を卒業し、翌年に医師免許を取得。京都帝国大学医科大学の小児科副手、法医学の助手を経て、19年に千葉医学専門学校の法医学教授、23年に千葉医科大学教授に就任するが、24年筆禍のため辞任し、以後、東京赤坂で開業医となる。「科学ペン」に「アカデミズムの半面」（38年2月）、「日本不良少女発達史」（38年7月）、「思春期の医学」（40年10月）等を発表。「人造人間」「春の生命」などの小説も書いた。『らく我記〈現代ユウモア全集第11巻〉』（28年11月、現代ユウモア全集刊行会）に「医者商売裏表」などの随筆や「バース・コントロールの魂胆」などの創作が収録されている。『現代随筆全集第2巻』（35年4月、金星堂）には、「日本の文学に現れた血液」が収められた。著書『優良児を儲ける研究』（26年4月、隆文館）が「日本〈子どもの権利〉叢書17」（96年4月、久山社）として復刻された。（浦西和彦）

高田保馬　たかた・やすま

1883・12・27〜1972・2・2。歌人、社会・経済学者。佐賀県生まれ。1910年京都帝国大学文学部哲学科卒業。29年京都帝国大学経済学部教授。多元的国家論等により社会学を体系化。45年彦根に疎開した民族研究所に通勤。随想集『学問遍路』（57年2月、東洋経済新報社）の「終戦前後のこと」にその経緯が記される。与謝野晶子に師事。歌集『望郷吟』（61年11月、日本評論新社）他を刊行。〈湖風《うみかぜ》吹き藷《いも》の広葉のひるがへる近江《あふみ》の畑にいつか相見む〉（外村彰）

高野公彦　たかの・きみひこ

1941・12・10〜。歌人。愛媛県喜多郡長浜町（現大洲市長浜）生まれ。本名日賀志康彦。高等学校卒業後自動車会社に1年数ケ月勤務の後、東京教育大学（現筑波大学）文学部国文科進学。学生時代から「コスモス」に所属、宮柊二に師事。大学卒業後、河出書房新社に入社。『汽水の光』（1976年3月、角川書店）を刊行、コスモス賞受賞など、前衛歌人として高い評価を受ける。82年、「ぎんやんま」30首（「短歌研究」81年9月）で第18回短歌研究賞受賞。

93年「日本経済新聞」の歌壇選者となる。同年河出書房新社を退職し、94年青山学院女子短期大学国文科教授。「コスモス」選者、同人誌「桟橋」編集人。『天泣』(96年6月、短歌研究社)で若山牧水賞、『水苑』(2000年12月、砂子屋書房)で迢空賞及び詩歌文学館賞受賞。『宮柊二歌集』(宮英子共編、1992年11月、岩波文庫)の編集なども行っている。『高野公彦作品集』(94年11月、本阿弥書店)がある。

＊雨月《うげつ》　歌集。〔初版〕『雨月』88年7月、雁書館。◇第1評論集『地球時計の瞑想』(89年9月、雁書館)で、「すべての人間は死といふものに向つて時間の座標の上をゆつくりと(しかし確実に)移動してゐる裸形の生命者だといふ意識」から、無名の、そして無明のいのちに執着する重要性を語っている。それに準じるように、「近江」と題した節で、〈日あたりて斎庭の如く光る湖その辺に付きて人びとの棲む〉と、琵琶湖周辺に「棲む」「無名」の「人びと」の「裸形の生命者」としてのあり方を詠んでいる。また、〈午後四時のコーヒーブレイク　見はるかす近江の国は茫《ひろ》き水の国〉と、日常語を巧みに組み込みながら、「茫き水」である琵琶湖を抱える「近江」を詠んでいる。この「茫き水」が、琵琶湖では古来種が外来種によって「茫き」ものにされつつあることと、珈琲を煎れる水の水質が汚染されたということの両方を連想させ、環境問題に対する関心を窺うことも出来よう。

(東口昌央)

高野素十　たかの・すじゅう

1893・3・3～1976・10・4。俳人。茨城県北相馬郡生まれ。本名与巳《よしみ》。1918年東京帝国大学医学部卒業。23年高浜虚子に師事、「ホトトギス」に投句。35年新潟医科大学教授。のち同大学学長、奈良県立医科大学教授。写生の徹底を主張し、虚子俳句の正統的な継承者と目された。57年「芹」創刊主宰。巻頭に「俳句の道はただ これ 写生」と記す。54～72年京都市山科区に居住。この間54年2月高島町で5句、55年3月比叡山横川で5句、63年11月余呉湖で6句など、近江での作詠が多い。随想「堅田のあたり」(「毎日新聞」56年8月19日)でも浮御堂から竹生島や「木《こ》の浜大魞《えり》」を遠望して作句。句集に『初鴉』(47年9月、菁柿堂)、『雪片《せっぺん》』(52年4月、書林新甲鳥)〈近江路の掛稲に風ごうごうと〉、『野《や》花《か》集』(53年12月、書林新甲鳥)。『素十全集』全4巻(71年1月～6月、明治書院)、同別巻(78年4月、永田書房)がある。〈堅田／萍《うきくさ》のひらきて閉ぢて鳰《にほ》くぐる〉

(外村彰)

高橋和巳　たかはし・かずみ

1931・8・31～1971・5・3。小説家、中国文学研究者。大阪市生まれ。1949年京都大学入学。北川荘平、小松実(左京)らと交流、創作に励む一方、吉川幸次郎の下で魏晋南北朝(六朝)文学を研究。「李商隠」(『中国詩人選集15』58年8月、岩波書店)等中国文学の業績も多い。54年岡本和子(高橋たか子)と結婚。「悲の器」(「文藝」62年9月)で第1回文藝賞受賞後、「散華」(「文藝」63年8月)、『憂鬱なる党派』(65年11月、河出書房新社)、評論集『孤立無援の思想』(66年5月、河出書房新社)等、戦後社会と知識人のあり方、変革を目指す組織の問題を追究、埴谷雄高ら戦後派の後継者と目された。67年吉川幸次郎の後任として京都大学助教授。69年京都大学紛争で全共闘支持を表明し、「わが解体」(「文藝」69年6～8、10月)を発表。70年京都大学辞職後、開高健、小田実らと「人間として」を発刊、新たな展開を目指したが癌に倒れた。『高橋和巳全集』全20巻（77年4月～80年3月、河出書房新社）。

＊邪宗門《じゃしゅうもん》　長編小説。〔初出〕「朝日ジャーナル」65年1月3日～66年5月29日。〔初版〕『邪宗門』上66年10月、下同年11月、河出書房新社。◇ジャイナ教の影響のもと、〈ひのもと救霊会〉を舞台にして、「天才的な一人の宗教的指導者とその教団の組織過程を通じ」、現代における諸矛盾と、宗教が「人間存在に対してもつ意味」（「作者の言葉」、「朝日ジャーナル」64年12月27日）を追究し、「〈世なおし〉の思想」の「極限化」という「思考実験」（「あとがき」）を試みた高橋和巳の〈全体小説〉である。

明治中頃に、神懸かりの末に超常的な力を持った行徳なおは、貧農層を中心に信者を獲得し教派神道系の〈ひのもと救霊会〉を京都府下神部盆地に創設する。第2代教主行徳仁二郎の尽力で信徒数も増加し、教団は隆盛を誇るが、治安維持法違反や不敬罪等の嫌疑で幹部が逮捕され、教団施設は破壊される。そこへ、恐慌と飢饉を母の死肉を食べて生き延びた千葉潔がやってくる。潔は教団の子として養育されるが、最高顧問加地基博が書いた諌書を伊勢神宮参拝中の天皇にさしだしたために逮捕される。そして、残っていた教団施設から火の手が上がり、残存幹部までが逮捕され、教団は壊滅的な状態に陥る。

その後仁二郎の長女阿礼が教主代理となるが、社会からの迫害により教団は苦しい状況に追いやられていた。そこに、感化院を脱走し、琵琶湖で練習する三高ボート部のキャップとなっていた千葉潔が神部の地に再び現れる。潔は部員と共に農作業等を手伝い、教団は一時的であれ明るさを取り戻した。しかし、信徒達を救わねばならない阿礼は、救霊会から分裂した九州の皇国救世軍軍父小窪徳忠の次男軍平と結婚し、救霊会は独立性を失う。さらに、41年12月8日正午アメリカへの宣戦布告を受けて、神部に「万歳」の声があがり、教団は「総転向」を行う。日本の敗戦によって、釈放された足利正らは仁二郎の遺骨を抱いて帰ってきた。他の幹部達も徐々に戻り始め、千葉潔も舞い戻ってくる。教団組織の再編成を推し進めた潔は、継主阿貴から教主の座を〈禅譲〉され、敗戦後の混乱期に、世直し思想の徹底、真に人民のためとなる制度の樹立を目指し、武装蜂起の末に神部を中心とした解放区を樹立するが、占領軍に殲滅される。生き延びた千葉潔らは、かつて教団附属病院院長であった佐伯のもとを訪れ、沈黙のまま自ら絶食し餓死していった。

（東口昌央）

高橋新吉　たかはし・しんきち

1901・1・28～1987・6・5。詩人。愛媛県西宇和郡生まれ。1918年八幡浜商業学校本科中退。ダダイズム、仏教に強く惹かれ、辻潤編『ダダイスト新吉の詩』（23年2月、中央美術社）を刊行、詩壇に衝撃をあたえる。27年から禅に傾倒し、禅味の通底した融通無碍の詩群や『参禅随筆』（58年1月、宝文館）などの仏教随想集を多数執筆した。『新吉詩抄』（36年8月、版画荘）には「太陽は照り／山の頂きは波頭の如く連なつてゐる。／千有余年の昔天台の僧最澄が妙法蓮華経を誦し止観を行じたるところ、」「伝教の光は不滅の常灯明となり／根本中堂の底深き暗き甃石の上に映えてゐる。」とうたわれた詩「比叡山」を収載。41年、全国の神社の祭礼に興味を抱き、いわゆる元伊勢である県内の日雲宮《ひぐものみや》（信楽町多羅尾）、坂田宮（坂田郡近江町、現米原市）を参拝。『神社参拝』（42年9月、明治美術研究所）には両宮のほか建部神社、

日吉神社、近江神宮の記述もある。『高橋新吉全集』全4巻（82年7月～8月、青土社）がある。（外村彰）

高橋輝雄　たかはし・てるお

1913・5・24～2002・6・14。詩人、版画家。名古屋市南区生まれ。良寛に憧れ、仏道を志して1936年仏教専門学校（現仏教大学）卒業。また独立美術研究所に学び、木版彫刻も始める。アララギ系短歌の創作から春山行夫に共鳴して詩作に転じ「新領土」に「DIAGRAMO」等を寄稿。38年大津市大石曾束の帰命《きみょう》寺（浄土宗）住職となり、大石小学校西分校の教員を勤めた。戦時中も時局賛美に染まらぬ詩を書く。戦後は「雄鶏通信」等のカットも描いた。50年近江詩人会に参加、同会関連詩集の装幀を手がけた。67年、色和紙手刷り限定30部『木版詩集』（虫眠《ちゅうみん》屋）発行。「デッサン」「いろいろなくもたち」「ビラ」連作を収める。69～79年、木版画に自作詩「カタログ」と清水卓ほかの詩を併録した『もくはん詩（のち「もくはんのうた」）』1～5を各限定30部発行。詩は主にかな文字を用いた素朴かつ新鮮な表現が特徴。すぐれた蔵書票の作者としても知られ、近江八景などを刻した限定15部『如菴書票集』（94年、私家版）ほかがある。（外村彰）

高橋直樹　たかはし・なおき

1960・3・22～。小説家。東京都生まれ。国学院大学文学部を卒業後、東京法人会連合会勤務。1992年「尼子悲話」でオール読物新人賞を受賞。『鎌倉擾《じょう》乱』（96年7月、文藝春秋）で第2回中山義秀文学賞受賞。近江をとりあげた歴史小説に、湖西地域を描く「雲の宴」を収める『戦国啾啾』（96年11月、新人物往来社）、賤ケ岳合戦を描く「一番槍」、甲賀が舞台の「狂女」「最後のはぐれ山賊」所収の『鬼哭《きこく》死譚』（98年4月、中央公論社）等がある。

＊湖賊の風《こぞくのかぜ》　長編小説。〔初出〕「小説現代」2000年6月～2001年3月〔初版〕『湖賊の風』2001年8月、講談社。◇琵琶湖上の関所として往来する船から航行権を得ていた中世近江の堅田には、同地の独立を目指す鳥羽将監《しょうげん》の束ねる船道《ふなど》衆＝湖賊や、蓮如の真宗に帰依する法住など商工民達の全人《まとうど》衆、漁師の小番城《こばんぎ》衆が住していた。船道衆は上乗《うわのり》の鑑札を持ち互いに利権を奪い合っていた。延暦寺山門の護正院は堅田奉行として関を所有。しかしもぐりの上乗魚鱗はここをいつも単独で突破した。彼は湖上の風を読み捕らえる異能者で、人並みはずれた知力体力と気迫の持ち主だった。チャリンコと蔑まれる小番城衆を足ぬけし、堅田のみならず琵琶湖四十九浦の大将となって君臨しようと自ら恃んでいた。かたや船道衆の向兵庫は魚鱗を敵視したが、闘って敗れる。そして自力の限界を悟り真宗の僧となるが、山門の真宗弾圧に抗して死ぬ。また堅田の利権を独占しようとしていた護正院の竪者隆拓《りっしゃりゅうたく》は不服従の魚鱗を捕らえ利用して船道衆を圧迫してかかるが、魚鱗が幕府の御用船を襲撃し檜材を奪ったのを機に、山門総出で堅田を占領。魚鱗に後を託した将監は死に、船道衆、全人衆は沖ノ島へ逃れる。捲土重来をはかる両衆は堅田を攻撃し、全人衆を率いる魚鱗の奇策により水上戦を制して同地を奪回、護正院に勝利した。同院は堅田衆と講和。応仁の乱により幕政も揺らぎ、堅田をはじめ港町には独立の機運が高まった。魚鱗の元に多くの若者が集う。彼はいよいよ湖の英雄となろうとしていたが、隆拓の奸計により行き付けの茶屋の娘に刺される。致命傷を負った魚鱗は翌朝湖を南下してくる護正船を待ち伏せ、火器で沈めさせて隆拓を

た

切った。（外村彰）

高橋勉　たかはし・べん

1932・1・8〜。評論家。大津市中央生まれ。大津市平津在住。本名勉《つとむ》。1950年県立大津（現膳所）高等学校卒業。55年早稲田大学第一文学部文学科フランス文学専修卒業。学生時代から滋賀県選出日本社会党衆議院議員秘書となり、56年日本社会党衆参議院秘書団書記長（3期）、のち同委員長（3期）をつとめる。73年日本社会党滋賀県本部書記長に就任。その間、東海大学教養学部国際学科専任講師、委嘱教授等をへる。現在、現代政治経済研究会（大津）会長、文化書院（東京）取締役。著書に、羅漢研究に関して必見の先駆的価値のある『甦える羅漢たち』（81年10月、東洋文化出版）、大津市内粟津の木毛《もくもう》、木材業者の成功していく一代を書きとめた『傘とモクメン』（84年3月、東洋文化出版）、政党分裂の生なましい内幕を克明に記録した『資料　社会党河上派の軌跡』（96年12月、三一書房）がある。（山本洋）

高橋正孝　たかはし・まさたか

1910・1・17〜1979・2・6。歌人。大津市膳所に、父武四郎・母恭の長男として生まれる。膳所中学校（旧制）を卒業後、神宮皇学館在学中の1929年に「アララギ」に入会。戦前から戦後にかけて膳所高等学校などで教壇に立つかたわら、アララギ安居会や歌会に頻繁に出席するなど、50年にわたって短歌の創作に励む。72年頃から体調悪く、79年死去。歿後『高橋正孝歌集』（80年6月、丘書房）刊行。（梅本宣之）

鷹羽狩行　たかは・しゅぎょう

1930・10・5〜。俳人。山形県新庄市生まれ。本名高橋行雄。中央大学法学部卒業。尾道商業学校在学中「青潮」に投句を始め、頭角をあらわす。この頃より山口誓子に傾倒。1948年「天狼」入会。58年小谷美智子と結婚、それを機に誓子から狩行の俳号を贈られる。60年第11回天狼賞受賞、同人となる。65年10月、第1句集『誕生』（昭森社）。70年、前年の米国出張の際の作〈摩天楼より新緑がパセリほど〉を「俳句」5月号に発表、話題となる。78年10月主宰誌「狩」創刊。以後多くの媒体に俳句、評論、時評などを発表し、同時にNHK放送および各地の俳句講座で講師を務める。現在、俳人協会会長。滋賀にもたびたび訪れ、81年4月には中国文化人訪日団と共に浮御堂を訪問。また93年1月には、NHK衛星放送「冬季BS吟行俳句会」出演のため義仲寺を訪れ、〈大津絵の鬼もたぢろぐ寒さかな〉〈枯れざまの四辺を払ふ芭蕉かな〉などの句を残している。（木田隆文）

高浜虚子　たかはま・きょし

1874・2・22〜1959・4・8。俳人、小説家。愛媛県松山市に生まれる。本名は清。伊予尋常中学校時代から正岡子規に師事。1894年に河東碧梧桐と共に仙台の第二高等学校を中退して上京、小説家を志しつつ俳句を作る。1898年に雑誌「ホトトギス」が東京に移されてからはその経営に当たり、子規歿後は主宰者となる。小説に短編集『鶏頭』（1908年1月、春陽堂）、『俳諧師』（09年1月、民友社）、『柿二つ』（15年5月、新橋堂）他があり、句集は『五百句』（37年6月、改造社）など多数。54年文化勲章受章。07年3月に比叡山横川中堂に10日間ほど滞在、その情景が「風流懺法」（「ホトトギス」07年4月）に描かれる。句碑は、本堅田の浮御堂（52

年）の〈湖もこの辺にして鳥渡る〉、横川の虚子塔（79年）の〈清浄な月を見にけり峰の寺〉など、滋賀県に5基ある。（竹松良明）

高浜年尾 たかはま・としお

1900・12・16～1979・10・26。俳人。東京神田に高浜虚子の長男として生まれる。別号としを。妹に星野立子。稲畑汀子は次女。1924年小樽高等商業学校卒業。旭シルクに勤務し兵庫県に在住。父のもとで早くから句作を始めたが、中断。35年から句作を再開、のち「俳諧」編集。40年「鹿笛」主宰。51年「ホトトギス」の運営を継承。59年「朝日俳壇」選者。直観の冴えにより対象の本質をとらえる写生句を詠じた。句集に『年尾句集』（57年12月、新樹社）、『句日記』全4巻（77年3月～78年2月、新樹社）、随筆に『父虚子とともに』（72年11月、牧羊社）等。59年10月14日比叡山横川に父虚子が分骨埋葬され、毎年同日の記念句会に出席。60年9月、翌年5月に大津の、66年7月安曇川での句会にも参加。また西国巡礼で71年2月石山寺、三井寺〈雪雲の湖を蔽ひて重れり〉、10月長命寺、72年3月岩間寺、73年11月竹生島訪問。大津市の旅亭紅葉に句碑〈かもめとび早春湖畔ホテルあり〉。『高浜年尾全集』全7巻（95年1月～99年8月、梅里書房）がある。（外村彰）

高安国世 たかやす・くによ

1913・8・11～1984・7・30。歌人、ドイツ文学者。大阪市東区（現中央区）生まれ。母やす子は明星派、後に斎藤茂吉に師事した歌人。1934年京都帝国大学文学部ドイツ文学科入学。その年土屋文明と初めて会い、まもなく「アララギ」に入会。戦後「アララギ」の地方誌「高槻」（後の「関西アララギ」）や「フェニキス」などに参加。54年短歌雑誌「塔」を創刊、主宰する。63年から京都大学教授。84年胃癌のため死去、享年70歳。滋賀を題材にした歌は歌集名に表れている『湖にかかる橋』（81年9月、石川書房）をはじめとして、各歌集に散見できる。その他「琵琶湖」（『年輪』52年3月、白玉書房）「湖水の橋」（『光の春』84年6月、短歌新聞社）など多数。また随筆「落日の賛」「雪の降る日に」（共に『カスタニエンの木陰』76年1月、構造社出版）には琵琶湖や近江路についての記述がみられる。（谷口慎次）

高城修三 たき・しゅうぞう

1947・10・4～。小説家。香川県高松市に、虎雄・トヨ子の長男として生まれる。本名若狭雅信。中学生の時は登山に熱中し、県立高松高等学校時代も山岳部に入部。同時に詩も書き始めた。1966年京都大学文学部に入学、以後6年間、吉田寮に住んで吉田寮執行委員となる。72年言語学科を卒業して京都の出版社に勤務するが、小説を書きたいという思いで仕事をやめて塾を開業。75年に結婚し、翌年長女誕生。77年「榧の木祭り」で新潮新人賞受賞。この小説は、山奥の村を舞台に榧の大木をめぐる土俗的な想像力と、それを描き出す筆力の確かさを評価され、同年第78回芥川賞を受賞し、『榧の木祭り』（78年1月、新潮社）を刊行。79年3月に、東山の分水嶺にある大津市比叡平に転居。同年『闇を抱いて戦士たちよ』（79年6月、新潮社）を刊行。80年から耕地を借りて自給自足を目指した野菜づくりを始め、晴耕雨読の生活に入る。『約束の地』（82年7月、新潮社）刊行。バブルの時期に地主が土地を売ることになり耕地を借りられなくなるまで、10年間野菜づくりは続き、この生活を通して自然との共生を意識するようになった。『苦楽利氏どうやら御満悦』（87年10月、河出書房新社）は、この間の自分と家族の生活ぶりを苦楽利氏という人物とその一家に託してユーモラスに描いたものである。やがて、滋賀県の風土そのものへの親近感も深まっていった。琵琶湖の見える風景からは『万葉集』の歌を思い、石山寺には『源氏物語』をここで書いたという紫式部の昔を思う。更に近世以降も多くの文人が訪れたこの土地は、日本の文学のふるさとではないかと考え、「琵琶湖は、その湖畔に立った人間の想像力を挑発し、喚起する湖であるらしい」「近江は湖と街道の国である。自然がつくった湖を中心にする閉ざされた世界と、人間がつくった街道による開かれた世界がないまぜになって、近江の特色をつくり出している。湖と街道が、近江とそこに住む人のありようを決定してきたと言ってもよかろう」（『琵琶湖のある風景』95年10月、東方出版）と述べている。大津京の対岸で催された蒲生野遊猟の折の、額田王と大海人皇子の贈答歌から構想を得た小説『紫の歌額田王』（94年3月、有学書林）がある。89年には奈良県の巻向山の中腹に古い茅葺きの民家を求め、そこでまた山深い自然の中の時間を味わっている。

＊『みずみち紀行―琵琶湖は東、西は京』 随筆。〔初版〕『みずみち紀行《きこう》―琵琶湖《びわこ》は東《ひがし》、西《にし》は京《きょう》』92年12月、小沢書店。◇83年から91年までに発表した随筆を収める。Ⅰ分水嶺にて、Ⅱ近江、Ⅲ京都、Ⅳ大和、Ⅴ讃岐、と、作者に関わりの深い土地をめぐる随筆。「あとがき」には、これらの随筆を読み返してみると大津に移ってから、「分水嶺の街が、私の精神の中でゆるがせにできない基点となっていることに気づいた」とある。この随筆集で触れた土地は、分水嶺から流れ出した水が琵琶湖に注ぎ淀川を流れて瀬戸内へ入るというように、水によってつながっている。また土地については、「自給して自足するのは、不可思議な勢力とただならぬ関係をとりむすぶことである。野菜をとおして土は私を変える」と述べている。この土地とここの水とは、作者の精神と深く関わっているのである。（宮内淳子）

竹内正企　たけうち・まさき

1928・10・11～。詩人。兵庫県生まれ。1967年4月、滋賀県近江八幡市大中町の湖干拓地に入植。この年第1詩集『鼓動』（私家版）を刊行。日本農民文学会、日本詩人クラブ、日本現代詩人会、滋賀文学会に所属。近江詩人会を母体とし、酪農業にたずさわりながらその体験を素材に詩作を続ける。その詩は近江八幡市大中町における生活体験に深く根ざしたものであり、この点からも竹内は滋賀を代表する詩人であるといえる。詩集に、『母樹』（75年12月、私家版）、『地平』（80年8月、文童社）、『定本・牛』（85年12月、文童社）、『たねぼとけ』（88年7月、文童社）、『仙人蘭』（95年10月、詩季社）などがある。『地平』は、第24回農民文学賞を受賞。また、大中町の歌「翠明湖」も竹内の作詞である。「生命だけが　生命をつくる　それ以外に生命はつくれない　／だから　生命は他の生命を食べなければ　生きてはいけない」（『仙人蘭』あとがき）（西尾宣明）

竹内将人　たけうち・まさと

1906・6・5～1997・8・9。俳人、郷土史家。大津市膳所（現杉浦町）生まれ。1924年3月膳所中学校（旧制）卒業、4月海軍機関学校入学。34年11月海軍大学校機関学生、37年12月海軍大学校選科学生として東京帝国大学工学部電気科に学ぶ。43年11月海軍中佐。種々の軍艦に乗

船し、作戦に参加。46年2月召集解除で帰郷、7月丸越電気大津共同作業所創業。54年から73年まで西日本精工株式会社嘱託（電気主任技術者）。仕事のかたわらや退職後、64年の芭蕉会館建設、68年の膳所城址碑建立、70年の膳所藩史料館（正式名称は本多神社収蔵庫）建設などに関わり、晩年まで主として膳所藩史料の発掘や芭蕉正風俳句の顕彰や著述に尽くす。膳所の町の幕末から明治期の写真と歴史についてまとめた『城下町膳所の今昔』（75年5月、立葵会）、『城下町膳所並に附近の今昔写真輯』（93年6月、12月、立葵会）などがある。湖南地方や膳所周辺の昔話を採録したものに『将翁夜話　膳所の昔ばなし』（80年4月、立葵会）、『続膳所・粟津の昔咄』（81年4月、立葵会）など。幕末の膳所藩の藩士や俳人、歌人について、さらにいわゆる「膳所城事件」に連座した藩士について『膳所藩名士列伝』（79年4月、立葵会）、『幕末に於ける膳所藩烈士詳伝』（75年10月、立葵会）、『膳所藩の武道』（76年5月、立葵会）、『膳所藩の俳人・歌人』（77年4月、立葵会）など。自己の体験記として、『ある海軍少佐の戦時日記—真珠湾攻撃からミッドウェー海戦まで—』（81年2月、私家版）、『戦後四十余年の体験記』（92年4月、11月、私家版）などがある。また、竹内編として、43年から63年まで芭蕉本廟義仲寺内の無名庵に入庵した正風第18世寺崎方堂の遺詠集『俳道善縁—寺崎方堂師七回忌記念』（69年10月、芭蕉翁遺跡顕彰会）、無名庵第19世で芭蕉会館を設立し、正風隆盛の基礎を築いた如水の遺詠集『俳人元県知事谷口如水翁　俳道善縁—如水翁三回忌方堂師十三回忌』（75年8月、芭蕉翁遺跡顕彰会）がある。竹内は自身で言うように65年頃から大津、湖南、主として膳所藩史料をもとに、晩年まで夥しい数の本を発行している。著書の殆ど全てが、A5判100頁前後の冊子で少部数、自費出版であるが、海軍中佐で敗戦を迎えた竹内の、戦後の60年間の活動を支えた郷土愛の強さを窺わせる。

＊**懐風抄**《かいふうしょう》　詩、歌、句集。〔初版〕『懐風抄』86年11月、私家版。◇戦後、大津に帰郷して義仲寺内の無名庵18世寺崎方堂主宰の正風門に入り、俳句と連句の指導を直接受けた。雅号は湖山、梅人、楳人、磨丘居士、楳堂。庵号は立葵庵。筆者70年の風雅の記録として、漢詩、短歌、俳句、連句、漢字俳句、和漢俳句を収める。その内の大半を占める俳句に関しては、中学時代の2句と、47年正風俳壇に入会した時から86年までの句を年月順に、月日と場を明記して収録している。入会句〈郷里の花に句を読む齢となり〉〈桃さくやわが古里の水甘き〉（47年）、義仲寺における「土筆句会」の〈句碑多き寺に集ひて梅雨の句座〉（81年）や、老年の〈杖ついて唐橋渡る初詣〉（82年）という句など。　（北川秋雄）

竹内満寿枝　たけうち・ますえ

1923・5・7〜。俳人。滋賀県生まれ。草津市上笠在住。1965年「花藻」入会、中本紫公に師事。75年「花藻」同人。77年「花藻」作家賞受賞。〈花みづき女が笑ふ明かるさに〉　（山本洋）

竹内留村　たけうち・りゅうそん

1918・9・13〜。俳人。愛知県生まれ。大津市本丸町在住。本名正義。「ホトトギス」所属。〈そそり立つ杉に横川の峯紅葉〉　（山本洋）

武田泰淳　たけだ・たいじゅん

1912・2・12〜1976・10・5。小説家。東京市本郷（現文京区）の潮泉寺に生まれる。幼名覚。旧姓大島。別号狐塚牛太郎。1931年東京帝国大学支那哲学支那文学科入学。竹内好と知り合い、34年中国文学研究会を結成。またその間の33年には泰淳と改名し僧籍を取得した。37年中国に出征。除隊後『司馬遷』（43年4月、日本評論社）を刊行。44年上海に渡り同地で敗戦を迎える。帰国後、従軍および上海での敗戦体験を元にした「審判」（「批評」47年4月）を発表、小説家として注目される。以後、中国問題や仏教的課題を扱った多くの小説、評論を発表し、戦後作家としての地位を固めた。昭和40年代（1965～1974）には日本各地のルポを試み、滋賀にもたびたび訪れている。延暦寺を取材した「比叡山紀行」（「中央公論」68年1月）や、車による琵琶湖一周を試みた「新・東海道五十三次」（「毎日新聞」夕刊、69年1月4日～6月21日）などで、県内各地を精彩ある筆致で描き出している。（木田隆文）

武田豊 たけだ・ゆたか

1909・6・7～1988・12・21。詩人。東浅井郡竹生村（現長浜市）安養寺に生まれる。1928年春、竹生島在住で志賀直哉に私淑する峰専治と知り合い、書記見習として村役場に勤めるかたわら、同人誌「村」を発行。詩集『たぎる花』（31年6月、第一文藝社）、詩集『旗旗旗無数の』（32年7月、第一藝術社）を刊行。ダダイズムなどと人生派的な詩風を接続した独特な作品世界を構築した。33年4月上京して紙問屋で働く一方、堀口大学に師事し、ボン書店発行の「レスプリ・ヌーボー」に参加。散文詩風な詩編を集めた『絵の無い絵本』（35年10月、第一藝術社）を刊行。36年暮れに帰郷し、家業の農作業に従事。この間に書いた歌謡風な作品をまとめて、『赤い小函―あるは哀しき道化者―』を刊行した。40年春、長浜に定住し古本屋を営む。50年8月近江詩人会が創立され、発起人となる一方、天野忠らのコルボウ詩話会に参加。そのコルボウ詩話会より、堀口大学の序文を得て『晴着』（61年12月）を刊行。52年に「鬼」を創刊し、中央詩壇からも注目されたが、眼疾などの病気により55号（69年3月）で廃刊となる。「ある大きな意志の方向に、ネジは、ネジ等の悲しみに、それが不信のものであったとしても、黙々とただ廻っている」（序文「『ネジの孤独』について」）が象徴する人生への深い省察を詠った『ネジの孤独』（61年12月、文童社）や『指を憎む』（69年12月、関西書院）などを刊行するかたわら「真珠」を主宰し、近江詩壇の後進の育成に尽力した。（藤本寿彦）

竹西寛子 たけにし・ひろこ

1929・4・11～。評論家、小説家。広島市生まれ。戦後、広島県立女子専門学校を経て早稲田大学文学部国文学科に編入学。卒業後、編集者としての出版社勤務（～1962年）。63年、長編評論「往還の記―日本の古典に思う」を「文学者」に連載。同年、初めての小説「儀式」を「文藝」に発表し、女流文学賞候補となる。翌64年『往還の記』で田村俊子賞を受賞し、同年筑摩書房より刊行。以降、小説と評論の両面において多彩な活動を展開する。76年の短編小説集『鶴』（75年6月、新潮社）による藝術選奨文部大臣賞新人賞をはじめ、受賞歴多数。90年日本藝術院賞を受賞。『竹西寛子著作集』全5巻（96年6月、新潮社）がある。随筆「比叡の雪」（「ユリイカ」86年5月、『比叡の雪』89年、青土社に収録）に、「この四月の雪の霽れ間にバスから見下した琵琶湖は、これまでに列車や自動車の中などから見たどの時の琵琶湖

よりも大きく美しくながめられ、昔の人にはなるほど「海」であったろうと思った」と、その印象を書きとめている。（日高佳紀）

竹久夢二　たけひさ・ゆめじ

1884・9・16～1934・9・1。詩人、画家。岡山県邑久郡本庄村に生まれる。本名茂二郎。早稲田実業学校中退。「宵待草」の作詞者としても有名。1917年6月、恋人の彦乃が入洛したとき米原まで迎えに行き、石山で降りて瀬田の橋を歩いた体験を自伝小説『出帆』（58年10月10日、龍星閣）に書いている。また、歌にも〈石山のかの水楼《すゐろう》の欄干《おばしま》に言葉もなくて袖をかさねぬ〉〈瀬多川の瀬々にしく波ゆた〳〵に妹《いも》としあれば小舟ゆらぐも〉〈瀬多川の大堰《おほゐ》の堰《せき》はとどむともかひくぐりつつ水は逢ふなり〉（「逢坂を越えて」）と詠み、歌集『山へよする』（19年2月10日、新潮社）に収録。「山」とは彦乃を指す。同集には〈たちわかれ近江の国の湖に波さわぐなり旅寝しぬれば〉（「抒情小景」）と琵琶湖の歌も収録。34年、結核のため信州の富士見高原療養所で歿す。（明里千章）

武部治代　たけべ・はるよ

1933・月日未詳～。詩人。和歌山県に生まれる。和歌山大学卒業。和歌山県教職員互助会を経て、滋賀県内の中学校講師。大津市南郷に在住。詩集に『くり船カオス』（92年1月、砂子屋書房）『詩集ふりむこうとしない鹿』（98年1月、砂子屋書房）がある。詩誌「ふーが」「乾河」同人。近江詩人会会員。「歩幅」で「心臓病む母に歩幅をあわせる／添わなかったところも添わせ　歩く／駅前をぬける／何でも　手土産を持ってくることの好きな母が息切れと／ハンドバッグひとつでくる／そのハンドバッグを　わたしが持つ」と母を描く。琵琶湖をテーマにした作詞が数曲ある。（浦西和彦）

竹部琳昌　たけべ・りんしょう

1930・2・17～2002・8・17。文学研究者。富山県井波町に生まれる。大津市比叡平に居住。京都大学文学部（西洋古典）卒業後、京都大学大学院文学研究科言語学専攻博士課程修了。ウィーン大学哲学部修了。専門分野はラテン及びギリシア文学、西洋古典学（特に近代文学への影響）。同志社大学でドイツ語、ラテン語、ギリシア語、西洋古典文学を担当。同志社大学工学部教授、言語文化教育研究センター教授を経て、1995年に定年退職。翻訳書にエウリピデス「キュクロプス」（『ギリシア悲劇全集第3巻』60年5月30日、人文書院）、ソポクレース「トラーキーニアイ」（『ギリシア悲劇全集4』90年11月29日、岩波書店）など。著書に『ヘルダーリンと古代ギリシア』（94年12月10日、近代文藝社）、『ギリシア悲劇と日本の能』（独文）がある。63年エラスムス賞（オーストラリア政府）受賞。（明里千章）

武邑尚邦　たけむら・しょうほう

1914・11・20～。宗教家、仏教学者。栗太郡栗東町伊勢落（現栗東市）に生まれる。龍谷大学文学部、同研究科卒業後、本願寺派内地留学生として1940年4月より43年3月まで東京に在住し、高楠順次郎に師事、因明研究に着手する。その成果を50年『仏教論理学の形成』（プリント版）として刊行。47年に龍谷大学予科専門部講師となり、64年に龍谷大学文学部教授となる。また、59年から本願寺派の司教（後、勧学）を務め、NHKでの日曜朝の宗教講話や、ラジオ放送での宗教講話なども行う。その後、龍谷大学学長、京都女子学園園長、日本学術会議第12期会員を歴任。文学博士、龍谷大学名誉教授。現在は、滋賀の自宅、浄土真宗本願寺派真教寺にて住職を務める。著書に、『仏教の思惟と実践』『自覚と信仰』『大乗起信論講読』などがある。（荒瀬康成）

田代貢　たしろ・みつぐ

1942・4・28〜。小説家、経済学者。名古屋市生まれ。本名岡地勝二。関西大学経済学部を経て、1980年フロリダ州立大学大学院修了。龍谷大学教授。経済学博士。75年近江八幡市に転住。77年「近江文学」同人。多数の専門書や『米国留学事情』（80年1月、青年書館）等のほか、海外留学など非日常的体験を通して大学教員が出会う様々な人生行路の暗部を照射する短編集『ワルシャワの早い秋』（2002年10月、私家版）を刊行。（外村彰）

多田裕計　ただ・ゆうけい

1912・8・18〜1980・7・8。小説家、俳人。福井市生まれ。1936年早稲田大学仏文科卒業後、映画会社に勤務し大陸に渡る。41年「長江デルタ」で第13回芥川賞受賞。のち俳句に傾倒し、62年主宰誌「れもん」創刊。自伝的長編に『アジアの砂』（56年11月、講談社）。『小説芭蕉』（64年6月、学習研究社）は、老境の芭蕉の境涯に作者の藝術観を仮託した力作で、第3部「湖南まで」には「軽み」の句境を門弟に伝えるための膳所訪問と、死後の義仲寺への埋葬が描かれる。紀行俳文に「嵯峨と膳所の記」（「俳句研究」61年11月）がある。（外村彰）

橘正典　たちばな・まさのり

1929・1・1〜。評論家、小説家。兵庫県加古川市生まれ。1979年より大津市日吉台に在住。筆名（小説のみ）橘弦一郎。49年旧制姫路高等学校理科甲類卒業。54年京都大学文学部文学科フランス文学専攻卒業。兵庫県立高砂高等学校、尼崎高等学校の英語科教諭をへて、73年より京都薬科大学助教授、教授（94年まで）。京都大学入学後の51年同人誌「土曜の会」のち「ARUKU《アルク》」に参加、同人に小松左京、高橋和巳、高田《たかた》宏がいた。卒業後の56年、北川荘平、小松、高橋、豊田善次らと同人雑誌「対話」創刊。1号2号に創作を掲載。一時期、富士正晴創刊の「VIKING《ヴァイキング》」に所属。最初の評論は埴谷雄高編著『高橋和巳論』（72年4月、河出書房新社）に所収。高橋和巳についての共著は他に2冊ある。単独の著作として、「伊豆の踊子」「雪国」「山の音」を中心に川端文学を〈故郷と異郷〉〈浄と不浄〉〈時代との逆接〉といった視点で読みといた『異域からの旅人―川端康成論』（81年11月、河出書房新社）、荷風「濹東綺譚」、潤一郎「春琴抄」、康成「千羽鶴」、淳之介「夕暮まで」を対象として現代文学のエロス（愛）と文化空間を論じた『愛・空間・道行《みちゆき》』（89年2月、構想社）、ハーンの幼少時の不幸な境遇と資質が生みだした怪異への過敏な反応と倫理感とを考察した『雪女の悲しみ―ラフカディオ・ハーン「怪談」考』（93年10月、国書刊行会）、泉鏡花の作品をさまざまなテーマごとに取りあげ、美とグロテスクの問題、被差別民への一体感と権威への叛乱の問題を追求した『鏡花変化《へんげ》帖《ちょう》』（2002年5月、国書刊行会）等、現代主要作家の主要作品を明快闊達な筆づかいで論じ解き語るところに著者の真面目《しんめんぼく》がある。他に、京都の四季を背景にした悲恋長編小説『北山大橋』（橘弦一郎名義、2000年2月、河出書房新社）を刊行。ちなみに、友人高橋和巳の長編小説「悲の器」の主人公名「正木典膳」は橘の名「正」「典」から創った

もの。（山本洋）

立原正秋　たちはら・まさあき

1926・1・6〜1980・8・12。小説家。現在の大韓民国慶尚北道安東郡西後面台庄洞に生まれる。韓国名は金胤奎。1935年渡日し、39年4月横須賀商業学校に入学。日本の古典や近代文学に傾倒し、特に川端康成に愛着を抱いた。45年4月早稲田大学専門部法律科に入学、翌年4月には同大学国文科聴講生となる。48年7月米本光代と結婚し、日本人米本正秋となる。鎌倉に住み、様々な職に就きながら小説家を目指した。「薪能」（「新潮」64年5月）、「剣ケ崎」（「新潮」65年4月）で2年続けて芥川賞候補となる。66年7月、「白い罌粟」（「別冊文藝春秋」65年12月）で第55回直木賞を受賞。その小説世界の特質は、中世的無常観や幻想的妖艶性にある。代表的な作品に『あだし野』（70年3月、新潮社）、『きぬた』（73年3月、文藝春秋）、『残りの雪』（74年4月、新潮社）など。また、桜田門外の変で横死する井伊直弼の独白体で描かれた作品『雪の朝』（78年2月、集英社）があり、埋木舎で過ごした不遇時代や村山たか女との悲恋等が、死の淵で見た直弼の心象風景として見事に表現されている秀作である。（西尾宣明）

田中克己　たなか・かつみ

1911・8・31〜1992・1・15。詩人、東洋史学者。大阪府東成郡（現大阪市）に生まれる。父西島喜代之助は銀行員で歌人、母田中これんも歌に親しむ。田中の姓は母方の姓を継いだことによる。号は嶺丘耿太郎。1928年大阪高等学校文科乙類に入学。在学中保田与重郎と短歌雑誌「炫《かぎろ》火《ひ》」を創刊。31年東京帝国大学文学部東洋史学科入学。32年1月保田与重郎、肥下恒夫など旧「炫火」同人と文藝雑誌を計画、同年3月の「コギト」創刊にいたる。当初評論を試みたが詩に転じる。33年中島栄次郎と伊東静雄を訪問、「コギト」発表の詩編が伊東の眼にとまったことがきっかけだった。34年大学卒業後一時大学院に在籍、5月浪速中学校講師に採用される。翌年柏井悠紀子と結婚。36年堀辰雄の勧めによって「四季」同人となる。38年職を辞して上京、10月詩集『西康省』をコギト発行所より自費出版。中国、西洋古典と日常、心象との間を自在に往還しながら繊細な情感を鋭く形象化する田中の詩は、新鮮な叙情の形を示し詩壇に認められる。40年9月中国への憧憬を深めた詩集『大陸遠望』（子文書房）を出版、田中の評価を確固たるものにした。41年10月詩文集『楊貴妃とクレオパトラ』（ぐろりあ・そさえて）を出版、透谷文学賞受賞。その後詩集『軍神』（42年5月、天理時報社）を経て、南方戦線従軍体験に取材した詩集『南の島』（44年11月、創元社）、敗戦後の悲哀を歌った詩集『悲歌』（56年11月、果樹園発行所）を出版。50年滋賀県立短期大学教授に着任、京都より彦根市尾末町の公舎に転居。同年8月井上多喜三郎らと近江詩人会を結成、田中が名付け親となった詩誌「詩人学校」を創刊する。翌51年帝塚山短期大学教授に着任、布施市（現東大阪市）に転居。同僚には杉山平一、小野十三郎らがいた。田中の滋賀在住は短かったが、歌集『戦後吟』（55年2月、文童社）には、〈伊吹根にふぶきするときわがおもひかはらず燃ゆとしらせてましを〉など滋賀を歌った数首の短歌が収められる。57年8月近江詩人会より刊行の『滋賀詩集』には詩編「泪」「藪の中の彼」「詩人」を寄稿。『李太白』（44年4月初版、日本評論社。54年7月改版、元々社）など東洋史学者としての業績も多い。東洋大学

文学部教授、成城大学文藝学部教授などを歴任。『田中克己詩集』(96年12月、潮流社)。（石橋紀俊）

田中湖水 たなか・こすい

生歿年月日未詳。俳人。坂田郡山東町（現米原市）に生まれる。本名文次郎。17歳ごろカナダに渡る。後バンクーバーに住み、日本語新聞「大陸日報」の記者となる。1941年太平洋戦争開始と同時にオンタリオ州に強制移住させられ、4年半の間アングラー収容所に入れられた。収容所で句会を始め、45年合同句集『鉄柵之寂』を編集。46年坂田郡山東町に引き揚げた。（浦西和彦）

田中順二 たなか・じゅんじ

1913・2・14〜1997・1・16。歌人、国文学者。東京市深川区（現東京都江東区）生まれ。旧制官立東京高等学校を経て、1933年京都帝国大学文学部国文学科入学。同大学教授吉沢義則を中心とした短歌結社「帚木」に入会。以後、雑誌「帚木」（後に「ハハキギ」と改名）を中心に作歌活動を行う。36年京都帝国大学卒業後は滋賀県立膳所中学校をはじめ公立中学校、高等学校の教員を勤める。56年に同志社女子大学教授。61年、吉沢の後を継いで「ハハキギ」主宰を務めた加藤順三の死去にともない「ハハキギ」主宰となる。78年から奈良大学教授。97年死去、享年84歳。「正しい日本語の歌、生活に根ざした歌、写実に徹した歌」を標榜した温雅にして滋味ある歌風が特徴。生活詠と共に実際に足を運んだ場所や寺社を詠んだ歌も多い。滋賀を詠んだ歌は「湖国行」(『二つの踏切』66年11月、初音書房)、「近江八幡往反」(『小半日』72年4月、初音書房)、「堅田行など」(『南の窓』88年1月、みぎわ書房)といった表題をはじめ、各歌集に散見できる。その他の歌集に『某日』(57年6月、白楊社)、『ただよふ雲』(77年12月、初音書房)、『青き山』(82年4月、みぎわ書房)。歌論に『短歌百論』(80年5月、桜楓社)、『アララギ歌風の研究』(86年9月、桜楓社)など。代表歌〈みづうみの沖はるかなる波にゐて光のごとし鳰鳥ひとつ〉(『南の窓』)。滋賀に直接関係した著作に『近江百人一首』(滋賀文化振興事業団編集、93年5月、滋賀県教育委員会出版)があり、近藤芳美によって選定された「近江百人一首」のそれぞれの歌に解説と鑑賞を付している。滋賀の歌人、三品千鶴との共著で、田中は29首について種々の古典や和歌を引用しながら丁寧に解説をしている。現在、滋賀県立図書館に「「近江百人一首」解説書関連資料」の一部として田中の直筆原稿も所蔵されている。（谷口慎次）

田中澄江 たなか・すみえ

1908・4・11〜2000・3・1。劇作家。東京生まれ。1932年東京女子高等師範学校（現お茶の水女子大学）国文科卒業。在学中から岡本綺堂主宰の「舞台」同人。教職等を経て34年劇作家の田中千禾《ちか》夫《お》と結婚。代表作に「はる・あき」(「劇作」39年6月)、「つづみの女」(「新潮」58年3月)、短編集『カキツバタ群落』(73年10月、講談社)等。NHKテレビ小説「うず潮」「虹」「花ぐるま」の脚本も執筆。日本の古典文学に造詣が深く、花と山を愛し国内の多くの山々を踏破。読売文学賞受賞の紀行文集『花の百名山』(80年7月、文藝春秋)には滋賀から三上山（イワナシ）、藤原岳（アワコバイモ）、霊仙《りょうぜん》山（ヒロハノアマナ）、御池《おいけ》岳（ヤマエンゴサク）の4つの山が選ばれる。『新・花の百名山』(91年7月、日本交通公社出版事業局)にも藤原岳（フクジュソウ他）、伊吹山（イブキジャコウソウ）、小谷山（イチヤクソウ）を記載。随筆集『よい旅 よい味 よい人生』（86年8月、家の光協会）にも近江の敗将達への言及がある。（外村彰）

田中芹坡 たなか・せつは

1815（文化12）～1882（生歿ともに、月日未詳）。漢詩文家。彦根の薬商鶴屋に生まれる。名は栄。通称秀次郎。子順、芹坡と号した。幼い頃から読書を好み、両親が健康を心配するほどであった。医学の道を志したが、「人の病」を治すよりも「人の心を医」することが大事として、中川漁村に儒学を学び、続いて沢村琴所に学ぶ。京都に出て猪飼敬所に学び、江戸で松崎慊堂に師事。彦根にもどって独学を積んだ。漢詩に優れた。1870（明治3）年、弘道館の教頭を命じられる。長浜県庁にも勤めた。『知非録』『漆室私儀』『師友存没記』などの著書がある。谷如意、外村半雲、高木優為、渋谷啓蔵ら多くの門下生を育てた。彦根の高宮にある居宅を白鷗荘と名づけ、『白鷗荘詩鈔』7巻もある。門下生によって、天寧寺の境内に石碑が建てられた。（出原隆俊）

田中智応 たなか・ちおう

1908・2・5～歿年月日未詳。俳人。滋賀県に生まれる。本名四郎。滋賀県立農林学校卒業。東浅井郡浅井町（現長浜市）尊野に居住。1929年地方俳句会に入り俳句を始める。33年草野鳴嵒に師事し、「宿雲」に入会、その後「歩道」に所属。浅井俳壇会長。〈寒月をとらへて伊吹黙しをり〉〈日々青む多賀神田の雨静か〉（浦西和彦）

田中日佐夫 たなか・ひさお

1932・2・7～。美術史家。岡山市生まれ。1957年立命館大学大学院文学研究科日本史専攻修了。龍村織物美術研究所所員、滋賀県教育委員会文化財保護課主査を経て成城大学教授、秋田県立近代美術館館長。近代日本画や美術史の著作の他、文化評論『近江古寺風土記』（73年4月、学生社）、近江の地理歴史と文化遺産を巨視的に考察した「湖と美と歴史―近江の文化圏―」を収めた共著『湖国近江』（73年12月、毎日新聞社）等も刊行。（外村彰）

田中冬二 たなか・ふゆじ

1894・10・13～1980・4・9。詩人。福島県生まれ。本名吉之助。1913年立教中学校卒業後、第三銀行（現みずほコーポレイト銀行）に勤務。「四季」派にも属した郷愁の抒情詩人で多数の詩集がある。滋賀の詩友と親しく交わり『晩春の日に』（61年12月、昭森社）の「きつねにつままれた町」は長浜での作。同書の「湖畔の古い町の或夫人に」は、『失われた籠』（72年3月、中央公論社）の「近江」と同様に、彦根の宇田良子をモティーフにした詩。親友の井上多喜三郎も『葡萄の女』（66年12月、昭森社）の「挽歌」、『妻科《つましな》の家』（70年7月、東京文献センター）の随筆「繖山の麓に眠る詩人」や詩「安土」等に登場。ほかに信長を材とする「安土城下」（『牡丹の寺』64年5月、青園荘）、滋賀の記述もある『サングラスの蕪村』（76年11月、中央公論社）、俳句では『花冷え』（36年7月、昭森社）〈花冷えや石山寺の甃《いしだたみ》〉等。『田中冬二全集』全3巻（84年12月～85年6月、筑摩書房）がある。（外村彰）

田中政三 たなか・まさぞう

1910・1・19～歿年月日未詳。郷土史家。近江八幡市に生まれる。尋常高等小学校を経て実業補習学校卒業。滋賀県文化財保護指導員、近江八幡市文化財審議委員、蒲生郡安土町老人大学指導講師。滋賀県地方史家の会、近江八幡市郷土史研究会、観音寺城跡を守る会などの会員。著書に佐々木一族とその居城観音寺城について研究した『近代源氏』全3巻（1979年10月、弘文堂書店）がある。「歴史のこぼれ話」を「中日新聞」に81年6月12日から84年5月25日まで169回連載した。『滋賀県歴史事典』『近江の観音寺城』等にも執筆。
（浦西和彦）

田辺聖子 たなべ・せいこ
1928・3・27〜。小説家。大阪市此花区で生まれる。父貫一は写真館を経営。1947年3月樟蔭女子専門学校（現樟蔭女子大学）国文科を卒業。57年1月「虹」で大阪市民文藝賞を受賞。同人誌「航路」「のおと」に参加。63年8月「感傷旅行《センチメンタル・ジャーニィ》」を「航路」に発表し、翌年第50回芥川賞を受賞した。以後、旺盛な作家活動に入り、『花衣ぬぐやまつわる……――わが愛の杉田久女』（87年、集英社）で第26回女流文学賞を、『田辺聖子長篇全集』（全18巻、81年7月〜82年12月、文藝春秋）等の活動で日本文学大賞を、『ひねくれ一茶』で吉川英治文学賞を、『道頓堀の雨に別れて以来なり――川柳作家岸本水府とその時代』（98年、中央公論社）で読売文学賞〈評論・伝記賞〉、第26回泉鏡花文学賞を等受賞した。2000年度文化功労者に選ばれた。06、朝日賞を受賞。『小町盛衰抄―歴史散歩私記―』（75年5月30日発行、文藝春秋）の「石山寺の月」で、紫式部と石山寺は、どういうところからむすびついたのであろうか、と歴史的考察をしている。

＊**うたかた** うたかた　短編小説。〔初出〕「小説現代」64年6月1日。〔初収〕『わが敵MY ENEMY』（67年10月15日、徳間書店）◇「俺の町のパン助でも、お前より綺麗やぞ」という町のチンピラの拙い恋を描いた短編小説。惚れていた能理子がいなくなった。俺は能理子を探しまわる。夏の終わりの日曜に、2人は琵琶湖へいった。雨が降りだした。「泊らない」と最初に誘ったのは能理子だ。その夜、2人は愛しあうことができた。熱っぽさは翌日出屋敷に帰って入った映画館までつづいた。その能理子がいなくなったのである。ある日、大阪の小学校の花壇に立っている能理子をみた。彼女は青ざめて、すべてを忘れてほしいというだけだった。
（浦西和彦）

田辺茂一 たなべ・もいち
1905・2・12〜1981・12・11。小説家、随筆家。東京都生まれ。本名茂一《しげいち》。慶応義塾高等部卒業。1927年紀伊国屋書店を創業、「行動」「文学者」「風景」等を発刊経営し、多くの文学者を支援。小説に『すたこらさっさ』正続（73年3月、11月、流動）など。随筆「酔眼竹生島」（『酔眼竹生島』53年4月、創元社）には東京南ロータリークラブの一員として、51年5月に琵琶湖を周遊し、竹生島参詣や船上で歓待を受けたことが記されている。
（外村彰）

谷井直方 たにい・なおかた
1805（文化2）・月日未詳〜1891・12・21。陶藝家、歌人。甲賀郡長野村（現甲賀市信楽町）生まれ。通称利十郎。号夷園《えびすえん》（蛭子園）。家業の信楽焼の技術を父から学ぶ一方、信楽代官多羅尾氏が招いた国学者佐佐木弘綱の門人となり、国学や和歌を学んだ。たまたま京都で和歌をよみこんだ大田垣蓮月尼の茶器を見て、それまで粗野であった信楽焼に工夫を加え、朝鮮焼の陶法を取り入れ、雅言や警句、自詠の和歌を添えた陶器を作って人気を集めた。その子孫は夷園直方の名を継いで、時代に合った陶器を作り、信楽焼を陶芸品として発展させて来た。今日知られる直方の歌としては、70歳の正月に詠んだ〈都鄙迎歳／君が世はにしきもけふの細布もむねあふ歳の立にける哉〉がある。また、直方の家に宿泊した際に蓮月尼が詠んだ歌〈よあらしのつらさのはては雪となりておきてほだたく信楽の里〉が伝わる。（細江光）

谷川文子 たにがわ・ふみこ

1920・1・21～。詩人。愛知郡西押立村勝堂（現東近江市）生まれ。旧姓は福島。1936年愛知高等女学校卒業。39年神戸市三宮で洋裁の勉強。40年結婚して谷川姓となり、夫とともに朝鮮全羅南道へ渡る。45年敗戦、乳児を抱いて帰国、帰農。52年近江詩人会入会。56年詩集『決意』出版。76年詩集『くえびこ』出版。近江詩人会会友。「はーぷ・とーん」同人。

＊**決意** けつい　詩集。〔初版〕『決意』56年7月、文童社。◇「はたおり」「怠慢」「三月」「淵」「ざんげ」「五月の空に」「宿命」「疲れ」「秋風」「夜長」「時間」「墓地あと」「午後」の13編を収録。平易な口語で、30歳の女性の、青春の喪失と人生の辛苦とを歌った抒情詩集。「愛と／にくしみが／たてと／よこ　とに／とん　からり」「すでに三十路の綾を織る」（「はたおり」）というように愛と憎しみと微笑と憂いを十分に味わってきたこれまでの人生を歌う。「私はながらくの間／お前を見なかった／せむしのようにうつむいて／あくせく暮していたものだ」「美しい五月の空よ／私の夢をどこへやった」（「五月の空に」）と五月の空に、生活に追われている間に無くした青春の夢を返せと詠う。一方で、「父よ／今日ばかりはあなたの姿が聞きたい」（「疲れ」）と、父にすがり、呼びかける。「母の影も／祖母の影も／私に重なっている」「つくろいものに埋れている私に／おびただしい影が／来ては重なる」（「夜長」）のように母や祖母につながる女性としての忍従の人生を詠う。

＊**くえびこ** くえびこ　詩集。〔初版〕『くえびこ』76年1月、文童社。◇3部構成34編。「海に海彦／野に野彦／山に山彦／田にくえびこ／くえびこや／今日で十日濡れそぼち／音もあげず／目尻吊りあげて」（「久延比古」）は水田の中に立ち続ける案山子を詠ったものである。上代伝説に見える神の名でもあるが、農作業に従事する自身の隠喩でもあろうか。また、戦時下朝鮮にあって、強制連行の現場に立ち会い、日本人としての罪意識を抱く「わたし」を詠う思想詩の「樹下美人図」がある。さらに、「忘れてください　ははよ／見捨ててください　きょうだいたち／もはやわたしに不要なように／あなたたちにも不要だと言うてください／孤りでなければ入って行けない闇だから」「やさしい混迷を抜けて出て／魔とも鬼ともまみえようと言うのです」（「ある年のはじめ」）のように、母や同胞の住まう日常の世界から脱出して、魔や鬼の住む非日常の世界、すなわち藝術の世界に踏み込もうとする「わたし」の決意を述べたものや、「なにもない／誰の影もちらつかせたくない／ここはしらじらと果てのない世界／ほんのしばらく／わたしはここに居たいのだ／天空を渡る風に吹かれて／つながるもののない厳しさのなかに居たいのだ」（「白い岩場」）という日常世界から孤絶した存在としての自己を求める詩がある。（北川秋雄）

谷崎潤一郎 たにざき・じゅんいちろう

1886・7・24～1965・7・30。小説家。東京市（現東京都中央区）日本橋生まれ。東京帝国大学在学中の1910年「刺青」で華々しいデビューを飾り、以後、大正末期までは、「痴人の愛」（24年～25年）

など、主に西洋的、悪魔主義的作風で活躍したが、反面、古典文学の世界にも強い憧れを抱いていた。その資質は、23年関東大震災で関西に移ったことにより開花し、「春琴抄」（33年）、「細雪」（戦後46年～48年に刊行）など、関西の伝統的風土や文化を積極的に活かした名作を生み、「源氏物語」の現代語訳も成し遂げ、49年文化勲章を受章。晩年は、「鍵」（56年）「瘋癲老人日記」（61年～62年）と、再び悪魔的な傑作を生み、ノーベル賞候補にもなった。潤一郎は、先祖が近江出身のため、この地に親近感を抱き、初期には「信西」（11年）、「朱雀日記」「二人の稚児」、関西移住後は大阪風の豊臣秀吉びいきも加わり、「盲目物語」（31年）、「聞書抄」（35年）、「初昔」「乳野物語」「少将滋幹の母」（49年～50年）などで、部分的にこの地を舞台とした。

（細江光）

谷田芳朗 たにだ・よしろう

1900・7・18～1971・2・2。俳人。山東町（現米原市）須川生まれ。本名芳郎。県内で税務官吏として勤務。昭和初期に近江八幡市新町に転住。水原秋桜子主宰「馬酔木」に入会し、同門の大島民郎や近江を訪れた俳友たちと親交した。湖畔の風物や生活を温雅に詠む句風で、そこに温かな人柄が投影されている。句集に『水郷《すいきょう》』（70年6月、私家版）がある。〈干拓にほろぶ日までの魞《えり》を挿す〉

（外村彰）

種田山頭火 たねだ・さんとうか

1882・12・3～1940・10・11。俳人。山口県佐波郡生まれ。本名正一。1892年母自殺。1904年早稲田大学文学科を退学、父と酒造業を経営。13年荻原井泉水に師事し、「層雲」に出句。16年家業破産により一家離散、25年出家得度。のち行乞の生活を始め、俳禅一味の句境を深めた。32年から山口県小郡の其中庵に定住。31～33年、個人誌「三八九」発行（6集）。『鉢の子』（32年6月、三宅酒壺洞）から7冊の経本句集を大山澄太の援助で刊行。のち自選句集『草木塔《そうもくとう》』（40年4月、八雲書林）にまとめられる。歌人米田雄郎と親交があり、34年4月、比叡山に参詣して鶯笛の句を詠み、伊賀越えの途中蒲生郡桜川村（現東近江市）石塔の米田宅を訪問したが留守であった。その後も文通を続け、39年4月10日「石塔の雄和尚に初見参」（「旅日記」）し、12日まで滞在した。『山頭火全集』（86年5月～88年4月、春陽堂書店）がある。〈散ったり咲いたりやうやう逢へた（雄和尚に）〉

（外村彰）

種村直樹 たねむら・なおき

1936・3・7～。レールウェイライター、小説家。大津市膳所本町に生まれる。1954年県立大津東高等学校を卒業し、翌年、京都大学法学部に進学。59年に卒業し、毎日新聞大阪本社に入社。62年10月7日「毎日新聞」日曜版に初めての鉄道ルポ「日本の鉄道 能登線」を掲載。73年に退社し、フリーライターになる。『気まぐれ列車で出発進行』（81年9月、実業之日本社）から始まる〈気まぐれ列車〉シリーズの鉄道紀行、『「青春18きっぷ」の旅』（92年6月、徳間書店）など鉄道攻略法、『東京ステーションホテル物語』（95年10月、集英社）に代表される調査、歴史もの等々、著書は70冊以上に及ぶ。『日本国有鉄道最後の事件』（87年2月、徳間書店）、『〈あさぎり〉秋田構造線』（93年6月、東京創元社）など、大須賀敏明との共同製作による鉄道推理小説にも腕を振るっている。『鉄道を書く 種村直樹自選作品集』第Ⅰ期全6巻（98年6月～2003年8月、中央書院）

が刊行された。

＊長浜鉄道記念館《ながはまてつどうきねんかん》　長編小説。〔初版〕『長浜鉄道記念館』１９８９年８月、東京創元社。◇首都テレビの辣腕プロデューサー朝比奈孝彦は、偶然手に入れた歌川広重作と思われる浮世絵「近江三十六景」から、10数年前の不可解な事件を思い出す。旧長浜駅舎で発見された大量の広重版画の原板は、斯界の権威岸田教授によって偽物と鑑定された。そのため、本物と判定した在野の研究者植田は自殺を遂げた。入手した浮世絵はその事件に関わりがあるのではないか。旅番組の取材をかね、ディレクターの金井恵美とともに、今は鉄道記念館となっている旧駅舎を訪ねた朝比奈は、草むらで浮世絵の切れ端を握った青年の死体を発見する。新たな殺人事件は、滋賀と京都を舞台として意外な展開を見せていく。わずかな手がかりから推理を積み重ね、時効直前、信楽駅で犯人に真相を告白させることに成功。朝比奈は、テレビ番組「長浜・京都インクライン浮世絵殺人」で高視聴率を稼いだ後、テレビ局に辞表を提出する。「鮎川哲也と十三の謎」シリーズに誘われた種村直樹が、生まれ育った滋賀県と学生時代を過ごした京都とを再訪し、想を練った作品。ＪＲ東海道本線、近江鉄道、旧逢坂山隧道、琵琶湖疏水など、滋賀県下のさまざまな交通施設、交通遺跡が活用された、鉄道推理小説である。

＊遥かなる汽車旅《はるかなるきしゃたび》　随筆集。〔初出〕「旅」94年5月～96年4月。〔初版〕『遙かなる汽車旅』96年8月、日本交通公社出版事業局。◇幼少時からの鉄道との関わりや汽車旅の想い出を、鉄道線区別に記した回想記。1、2歳の頃から、ねえやに背負われて近くの踏切に行くのを喜んだ「僕」は、国民学校時代には逢坂山隧道通過中に、隣の車両に乗り移る「危ない肝だめし」をしたり、社会見学で蒸気機関車の機関助士実習をさせてもらったりした。以降、国家神道崇敬のため錦織駅が近江神宮駅に改称されたり、鉄材供出のために片線が撤去された戦時下の鉄道の実状や、国鉄東海道本線、京阪電気鉄道石坂（石山坂本）線、江若鉄道の3線が相互乗り入れする鉄道史の宝庫、膳所―浜大津間への関心、あるいは、浜大津から湖北マキノへの太湖汽船臨時夜行スキー船の話題などが、戦中、戦後の庶民生活を交えて語られる。汽車に惹かれた著者の追憶が暖かい筆致で記され、読者の感興を誘う1冊。現在までに廃止された、滋賀県の鉄道や航路の記録としても意義深い。

（田中励儀）

田畑三千女　たばた・みちじょ

１８９５・10・20～１９５８・１・22。俳人。滋賀県に生まれる。本名あい。京都に出て祇園の舞妓となる。高浜虚子の小説「風流懺法」（「ホトトギス」１９０７年４月）に出てくる三千歳は三千女をモデルに描いている。料理業を営み、俳人の田畑比古（本名彦一）と結婚、「ホトトギス」同人となる。比古との共著に『続遍路』がある。

（浦西和彦）

田畑幸子　たばた・ゆきこ

１９３２・１・７～。俳人。愛知県生まれ。大津市錦織在住。１９７１年「浜」入会、大野林火、松崎鉄之介の指導を受ける。84年「浜」同人。〈椽の花隠れごころに散り初むる〉

（山本洋）

田原総一朗　たはら・そういちろう

１９３４・４・15～。ジャーナリスト、ノンフィクション作家。彦根市生まれ。滋賀県立彦根東高等学校から早稲田大学第一文学部に進学、１９６０年卒業。この年岩波映画製作所に入社。63年に東京12チャンネル（現在、テレビ東京）開局とともに入局。ディレクターとして「ドキュメンタリー青春」「ドキュメンタリーナウ」などを手がける。67年7月には、三池炭鉱の爆発事故による後遺症問題を取材した『愛よよみがえれ』（清水邦夫と共著、栄光出版社）を刊行。76年フリーとなり、政治、経済、産業など幅広い分野を対象に執筆活動を行う。原子力や遺伝子、官僚などの問題をはじめ、『飽食時代の性』（84年11月、文藝春秋）、『日本の戦争―なぜ戦いに踏み切ったか？』（2000年11月、小学館）など著書多数。テレビ朝日系の番組「サンデープロジェクト」「朝まで生テレビ」のキャスターとしてもよく知られている。（西尾宣明）

玉川信明 たまがわ・しんめい

1930・6・29～。社会評論家。富山市生まれ。本名信明《のぶあき》。中部高等学校卒業。高等学校時代に日本共産党に入党しマルクス主義に傾倒するも挫折する。20代後半に竹内好と知り合い、人間的に大きな影響を受ける。日本ジャーナリスト専門学校講師、「思想の科学」会員。辻潤の研究者として著名であり、その関連の著書に『評伝辻潤』（71年2月、三一書房）、編著『辻潤選集』（81年10月、五月書房）、『ダダイスト辻潤』（84年5月論創社）などがある。また、20年代の中国アナーキスト達を描いた『中国の黒い旗』（81年7月、晶文社）、幕末の農民一揆と明治維新を描いた『越中ばんどり騒動』（85年3月、日本経済評論社）、『内ゲバにみる警備公安警察の犯罪　上下』（2002年5月、あかね図書販売）他、多数の著書がある。80年代前後に甲賀郡甲西町（現湖南市）夏見に居住し、その後、神奈川県藤沢台湘南台に移住。（西尾宣明）

田宮虎彦 たみや・とらひこ

1911・8・5～1988・4・9。小説家。東京生まれ。1930年第三高等学校（前京都大学教養部・現総合人間学部の前身）文科甲類に入学。33年に東京帝国大学国文科入学。同人誌活動を行い、36年東京帝国大学卒業後、武田麟太郎らと「人民文庫」を創刊。同年、都新聞社に入退社。38年に平林千代と結婚。様々な職業に就く。40年肺結核を発病。47年11月「世界文化」に、旧幕臣が昭和の敗戦後まで生き延びた、歴史小説の趣のある「霧の中」を発表。49年4月「文学会議」に、自身の歴史小説の代表とされる「落城」を発表。同10月「人間」に、「私」が17、8年前、大学生であったとき、明確な理由がないままに、自殺を図ろうと足摺岬を訪れるが、そこで様々な人々の温情に接して自殺を回避し、やがて宿の娘と結婚することになったいきさつを叙情的に記した「足摺岬」を発表。50年6月「世界」に、貧しい学生と同宿の中学生が、兄が戦争で捕虜になったことで行き場がなくなり自殺をする姿を愛惜をこめて描いた「絵本」を発表。また同年、敗戦後に朝鮮で苦労した少女が、今なおシベリアから帰らない父を待ち続ける「幼女の声」や、51年には「朝鮮ダリア」なども発表した。52年、夫が戦死したと信じて夫のおいと結ばれた女性が夫の帰国後、自死することになる「銀心中」もある。

＊**琵琶湖疏水**《びわこそすい》　短編小説。〔初出〕「女性改造」49年12月◇第三高等学校時代の青春を描いた小説。左翼思想が退潮になってきた昭和5、6年に、京都の鹿ケ谷の疎水べりの家に住まう佐藤を中心として、日本画家の従姉と住む彼の家にたむろする田中、酒井、八木たちそれぞれの屈折した暮らしぶりが描き分けられる。佐藤は生真面目な性格であるが、女性のような肌で従姉

の着物を着ると男性とは思えなかった。生粋の大阪言葉を使う。田中は酒が入ると関東大震災で自分と母だけが助かったことを語り、自分は連れ子であると自嘲的に言う。酒井はその話に涙を流す。田中はある時、今の父と母の情事の様子を語る。そんな田中に八木は殴りかかる。佐藤は疎水の別の流れが見える娼家に3人とともに入ることになり、童貞を失う。その時の相手に右手の人差し指が一関節だけしかないことを知られてしまう。娼婦のグロテスクな姿を思い知らされながらも、そこに通い続けることがやめられない。田中や酒井は授業料も納めず、田中は除籍となり、食費にも窮する。田中は佐藤に八木に死ぬなと伝えてほしいといって姿を消す。八木は佐藤の従姉に絵を習っていた女子学生と疎水に入水心中をする。進級できなかった酒井は親元の名古屋に帰る途中に夜汽車のデッキから落ちて死んでしまう。その死体は「安土の駅から一キロほどすぎたところ」で見つかった。自殺なのかどうか、佐藤は判断できないと考えた。　（出原隆俊）

田村一二　たむら・いちじ　1909・9・1～1995・11・8。教育者。京都府舞鶴市生まれ。1933年3月、京都師範学校（現京都教育大学）図画専攻科を卒業後、京都市立滋野小学校の特別学級訓導となる。知能障害児との生活記録『忘れられた子等』（42年2月、教育図書）、『石に咲く花』（42年3月、教育図書）、『手をつなぐ子等』（44年1月、大雅堂）を戦時中に出版。44年1月大津市石山に転居し石山学園に勤め、46年近江学園を開設。翌47年市立石山小学校教諭。61年あらたに一麦寮《いちばく》を創設。架空のルポルタージュ『茗荷《みょうが》村見聞《けんもん》記』（71年10月、北大路書房）が機縁となり、82年7月、愛東町（現東近江市）大萩に茗荷村を開村させて〝賢愚和楽〟の理想郷を目指した。著作に『開墾―石山学園をはじめた頃―』（79年12月、北大路書房）、『賢者モ来タリテ遊ブベシ福祉の里 茗荷村への道』（84年5月、日本放送出版協会）等。画集に『きつねぼし―田村一二の世界―』（80年9月、サンブライト出版）等がある。　（外村彰）

田村隆一　たむら・りゅういち　1923・3・18～1998・8・26。詩人。東京府北豊島郡（現東京都豊島区）生まれ。生家は割烹「鈴む良」。明治大学文藝科卒業。東京府立第三商業学校時代、同級の佐々木萬晋、北村太郎らと詩作を始め、詩誌「新領土」「LE BAL」などに参加。戦時中の学徒動員で海軍に入隊、土浦、鹿児島を経て、1944年9月滋賀海軍航空隊に配属される。戦後、平林敏彦編集の「新詩派」に参加、「荒地」派運動の水先案内人の役割を果たした。47年9月鮎川信夫、中桐雅夫、北村太郎らと月刊「荒地」創刊。年刊『荒地詩集』（51～58年）編集。56年3月処女詩集『四千の日と夜』（東京創元社）刊行、戦後詩における運動体としての荒地派の一極を代表するものとして詩壇の注目を集めた（鮎川）。以後、『言葉のない世界』（62年12月、昭森社、高村光太郎賞）、『新年の手紙』（73年3月、青土社）などの代表詩集の他に、探偵小説の翻訳、評論集、随筆集等も多数ある。なお、47年4月第1回純粋詩人賞、『詩集1946～1976』（76年12月、河出書房新社）で無限賞、『奴隷の歓び』（84年10月、河出書房新社）で読売文学賞、『ハミングバード』（92年11月、青土社）で現代詩人賞、98年6月日本藝術院賞を受賞。歿後、遺稿詩集『帰ってきた旅人』（98年12月、朝日新聞社）刊行。

田山花袋 たやま・かたい

1872・1・22〜1930・5・13。小説家。栃木県（現群馬県）邑楽《おうら》郡館林町（現館林市）生まれ。本名録弥。1897年4月国木田独歩、松岡（柳田）国男らと新体詩集『抒情詩』を民友社より刊行。精力的に西欧文学を摂取し、ゾライズムにもとづく小説『重右衛門の最後』（1902年5月、新声社）を発表。08年「蒲団」（「新小説」07年9月）の露骨な性欲描写で大きな反響を呼ぶ。「生」（「読売新聞」08年4月13日〜7月19日）、『田舎教師』（09年10月、左久良書房）等で自然主義文学を確立。のち『時は過ぎゆく』（16年9月、新潮社）、「百夜」（「福岡日日新聞」27年2月21日〜7月16日）等に円熟したリアリズムを示す。回想集『東京の三十年』（17年6月、博文館）ほか、多数の評論、随筆を執筆、紀行文家としても知られる。18年滋賀県知事森正隆の招待で近江方面に旅行、紀行文集『湖のほとり』（18年10月、天佑社）の一部に瀬田、石山、琵琶湖、竹生島などを描く。『花袋全集』全28巻別巻1（93年4月〜95年9月、臨川書店）がある。

（二木晴美）

団鬼六 だん・おにろく

1931・4・16（戸籍上は、9・1）〜。小説家。脚本家志望であった父信行と元女優の母幸枝の長男として、彦根市斧端に生まれる。本名黒岩幸彦。祖母と義理の祖父は映画館「金城館」を経営しており、両親が駆け落ちした後、祖父母と同居することとなる。自伝『蛇のみちは』（1985年12月、白夜書房）によれば、小学校時代はその映画館が遊び場であり、「悪漢」が「武家女や小町娘を拉致し、陵辱しようとするシーンが当時の時代劇映画」にしばしば登場し、それが小学校3年生頃の団に性的衝動を生じさせたという。虚構的自伝であるにせよ、映画館を家業とする家庭で育ったことが後年の団の小説世界に潜在的に影響を与えたことは確かなようであり、この意味で、彦根の街は団の小説の文字どおり故郷であるといえよう。44年に大阪に移住。55年3月、関西学院大学法学部卒業後、上京。57年12月黒岩松次郎の筆名で執筆した「親子丼」がオール読物新人杯に入選する。翌58年11月『宿命の壁』（五月書房）を出版。同年相場師を素材とした『大穴』（12月、五月書房）を刊行し、松竹で映画化されるも、酒場経営などに失敗。中学校教員をしていた63年より、団鬼六の筆名で「奇譚クラブ」に本格的に「花と蛇」（61年9月〜64年9月、続65年1月〜71年9月）を連載、SM作家の第一人者となる。69年4月に映画製作会社「鬼プロ」を設立（83年まで）、小説を執筆しつつ成人映画製作にたずさわる。89年に断筆宣言し、雑誌「将棋ジャーナル」を主催するも、94年廃刊となる。95年2月『真剣師 小池重明』（イーストプレス社）を刊行。将棋界の異端児を描いたこの作品は、その小説世界に新たな深みを与えた。多くの嗜虐的官能小説の他に、評伝的歴史小説『外道の群れ　責め絵師』伊藤晴雨伝』（96年5月、朝日ソノラマ）や『最後の浅右衛門』（99年6月、幻冬舎）、その見聞や体験を素材とする作品を収録した『美少年』（97年5月、新潮社）などの著書がある。

（関肇）

（西尾宣明）

丹後浪月 たんご・ろうげつ

1941・3・8〜。俳人。滋賀県生まれ。大津市木の岡町在住。本名文一。1959年から父南舟の指導により俳句を始める。61年「ホトトギス」に初入選。稲畑汀子、

中井余花朗に師事。「ホトトギス」所属。94年「ホトトギス」同人。〈湖へ百の玻璃戸の時雨けり〉　（山本洋）

【ち】

近角常観《ちかずみ・じょうかん》

1870・4・24〜1941・12・3。宗教家。滋賀県東浅井郡旭村（現湖北町）大字延勝寺の真宗大谷派西源寺に生まれる。長男。3歳の時母が亡くなり、父常随と継母に育てられる。常観の信仰は父によって養われた。1885年京都府尋常中学校入学、1889年開成中学校上級に編入、1895年第一高等学校卒業。1898年東京帝国大学哲学科西洋哲学専攻を卒業。1896年に清沢満之らと大谷派宗門革新運動を起こすが、翌年に運動は行き詰まり、罪悪感に悩み回心する。1900年『信仰余瀝』（大日本仏教徒同盟会）出版。02年宗教事情視察のため欧米旅行。帰国後、「求道学舎」を始める。05年信仰表白の書『懺悔録』（森江書店）を出版。著書に『信仰問題』（04年2月、文明堂）『歎異抄』（06年9月、求道学舎）、『親鸞聖人の信仰』（08年11月、無我山房）、『人生と信仰』（08年12月、森江書店）、『慈光録』（18年、求道発行所）、『歎異抄愚註』（81年6月、山喜房佛書林）など。『歎異抄』を自己の信仰の中心に据え、岩波茂雄、谷川徹三、嘉村礒多など同時代の人々に影響を与えた。　（澤田由紀子）

近松秋江《ちかまつ・しゅうこう》

1876・5・4〜1944・4・23。小説家、評論家。岡山県和気郡生まれ。本名徳田浩司。東京専門学校文学科卒業。1908年から「読売新聞」に「文壇無駄話」を発表。10年、前年失踪した大貫ますを材とした「別れたる妻に送る手紙」を「早稲田文学」に発表、文壇出世作となる。11年ますの行方探索のため日光へ行き、後に「疑惑」「愛着の名残り」を生む。15年京都の芸妓前田志うを知る。18年1ケ月余り志うと暮らすが、志うは行方をくらます。彼女との関わりが『黒髪』（24年7月、新潮社）を生む。21年猪瀬イチを知り、翌年結婚。23年の長女誕生を契機に作風を転じ、24年「子の愛の為めに」を「中央公論」に発表。同作を収めた『恋から愛へ』（25年5月、春陽堂）の刊行時に生誕50年祝賀を受ける。私小説群の他に、『煙霞』（21年10月、春陽堂）、『都会と田園』（23年7月、人文社）などの紀行文集があり、晩年には、『三国干渉』（41年8月、桜井書店）などの歴史小説も発表。

＊瀬田川《せたがわ》　紀行文。〔初出〕「文章倶楽部」19年8月。〔初収〕『都会と田園』23年7月、人文社。◇4月、私は石山寺、瀬田川へ行こうと思いたち、大津から汽船に乗る。瀬田の桟橋で降り、古句を想起しながら瀬田の唐橋を渡る。そのあと「多勢不行儀の客」を忌避して、石山寺下までと約して「買ひ切り」の和船に乗る。船頭から娘が東京麹町で屋敷奉公していることなどを聞き、また、昼食は石山で食すより南郷の方が良いとのすすめに従い、私は南郷でひとまず降りる。鯉こくその他の川魚料理を、「残さず食ひ尽」す。「東京からは田舎のやうな感じのする京都、その京都からまた穴の奥のやうな奥まった土地に来てゐるにしては思ったよりも凡てが美味である」。食後、和船に戻って石山寺に向かう。「土手の上はすぐ段々になった田圃」「田圃には菜の花」、上流をみると「水路の果ては丁度比良岳」。近江の春が鮮やかに描出された作品

である。

＊**湖光島影（琵琶湖めぐり）**《ここうとうえい（びわこめぐり）》 紀行文。〔初出〕「文章世界」19年8月。〔初収〕『京美やげ』20年9月、日本評論社出版部。◇比叡山延暦寺の宿院で暮らす私は、座敷の東窓からの湖水風景を眺めているうちに、かつて母が竹生島詣でをしたこともあり、琵琶湖周遊を思いたつ。五月雨ばれの朝早く、坂本の浜まで降りると船は出たばかり。堅田まで人力車をとばして、同地から乗船。浮御堂、比良山、伊吹山を眺めているうちに、竹生島に着く。翌日は竹生島で舟遊び。謡曲の「竹生島」を思いうかべる。同地であと1泊して、早朝大津行きの船に乗る。乗りあわせた自身の母と年の近い老僧に感じ入り、その後、私はまわりの景色に没入。「左舷には文人画に見るやうな奥の島の明媚な山水が眼の前に開展してゐる」。「煙霞懐古の癖があった」（『旅こそよけれ』「自序」）と自らいう秋江らしい1編である。（中尾務）

近松文三郎《ちかまつ・ぶんざぶろう》 1868・月日未詳～1942・7・10。商人、郷土史家。大津生まれ。幼少時、商人高田義甫《よしなみ》に養育を受け、その長女と結婚。大津の九皐義塾や黒田麴廬にも学んだ。また近江八幡の商人西川貞二郎らの後援で東京高等商業学校（現一橋大学）を卒業。その後、西川家の支配人となり、北海道漁業の開拓や農業経営などにあたった。1926年2月に月刊「太湖」を創刊、主宰し、多数の郷土資料を発掘、紹介。『滋賀県八幡町史』（40年1月～5月）の編纂に尽力。著書に『高田義甫』（31年10月）、『西川貞二郎』（35年3月）〈いずれも非売品〉などがある。（島村健司）

千葉亀雄《ちば・かめお》 1878・9・24～1935・10・4。評論家、ジャーナリスト。山形県酒田市生まれ。号江東、漠愁など。1896年上京、1899年「文庫」の記者となる。かたわら国民英学会卒業、東京専門学校で学ぶが中退。1903年10月、散文詩的自叙伝『いざさらば』（太平洋館）を刊行。同年「日本人」、05年新聞「日本」の記者となる。06年「国民新聞」に入社、徳富蘇峰との対立から12年に退社。その後「時事新報」「読売新聞」「東京日日新聞」を経て、社会部長などを務める。「新感覚派の誕生」（「世紀」24年11月）で横光利一、川端康成らの「文藝時代」を評価し、新文学の動向を論じた。著書に『悩みの近代藝術』（24年1月、二松堂書店）、『ペン縦横』（35年9月、岡倉書房）などがある。実姉よねが滋賀県伊香郡伊香具村（現伊香群木之本町）大字飯浦の中嶋家に嫁いでおり、同家の養子である前衛詩人野村吉哉は義理の甥にあたる。千葉は新時代の詩人として野村を見守ったと言われている。（黒田大河）

千早耿一郎《ちはや・こういちろう》 1922・3・5～。詩人。彦根市に生まれる。本名伊藤健一。第一神戸商業高等学校卒業。日本銀行国庫局調査役、百五銀行調査役などを歴任。詩誌「騒」同人。詩集に『黄河』（1983年2月、花神社）、『風の墓標』（98年10月、木耳社）、小説集に『防人の歌』（97年12月、木耳社）、『蝙蝠の街』（2000年4月、木耳社）、著書に『悪文の構造』（1979年11月、木耳社）、『おれはろくろのまわるまま―評伝川喜田半泥子―』（88年6月、日本経済新聞社）、『仁義なき日本語』（94年9月、木耳社）等がある。（浦西和彦）

沈流軒嗽石《ちんりゅうけん・そうせき》

1819（文政2）・月日未詳～1884・5・日未詳。俳人。愛知郡（現愛荘町）石橋生まれ。本名弥兵衛。放浪の末、明治初めに出身地である愛知郡石橋村に独居し村人と交流。酒を愛し、聖者の風格があった。65歳で村の川に落ちて死去。山田万吉郎『近江の俳人 沈流軒嗽石』（72年11月、私家版）は、嗽石の調査記録。石橋には生前建立の句碑〈去《い》ぬ雁や田に足跡の置土産〉がある。（外村彰）

【つ】

塚本邦雄 つかもと・くにお

1922・8・7～2005・6・9。歌人、小説家。神崎郡五個荘村字川並（現東近江市五個荘川並町）に父欽三郎・母寿賀の次男として生まれる。兄春雄、長姉絹子、次姉経子。父はこの年の12月に死去し、姉妹兄弟4人は母の手で訓育を受ける。母の弟外村吉之介は倉敷民藝館館長。1929年4月村立南五個荘小学校に入学し、35年4月滋賀県立神崎商業学校に入学、38年同校を卒業。42年8月呉海軍工廠に徴用される。45年10月総合商社又一株式会社に就職。48年5月竹島慶子と結婚し、倉敷の外村吉之介方に同居、叔父一家と毎週教会の日曜礼拝に出席する。49年4月長男青史（現在作家）誕生。60年6月同人誌「極」を寺山修司、岡井隆らと創刊するが、2号で終刊。前衛短歌運動の旗手として現代短歌を推進し、85年1月同人誌「玲瓏」の主催者となる。89年4月には、近畿大学文藝学部教授となり、学生歌人を育てる。塚本の藝術方面における天稟は、小学校入学以前の「付属幼稚園時代から図画に天才的な閃きを示」（政田岑生「年誌」）し、神崎商業学校時代には、『赤光』『桐の花』『みだれ髪』等を読破、『聖書』や『ブレイク詩集』なども読んでいた。また、この時期に映画、音楽、絵画などのフランス物に耽溺するというフランス語への開眼がある。このフランス語への造詣が「『水葬物語』てのは処女作らしい若々しさと未熟さの混合物だけど、敗戦直後の大阪に棲んで、共に仏文を学び、共にフランスやスペインの文化、それも中世やベル・エポックの頃のそれに身体ごとのめり込んでいたらしい青年の抒情歌」（『辺境よりの注釈』）であると岡井隆が言うように、処女歌集『水葬物語』の素地となり、塚本短歌のバックボーンになる。

43年、幸野羊三主催の短歌誌「木槿《むくげ》」に入会し作品を発表する。43年5月25日発行の第10巻第5号から48年9月1日発行の通巻142号まで同誌は36冊発行されるが、実質的に作品が載っていないのは第10巻第6号の1回のみという熱心さであった。これが塚本邦雄の最も初期の歌ということになる。44年8月に母を失い、挽歌100首を制作。この頃から大阪の短歌誌「青樫」にも参加して月々作品を発表し、47年には前川佐美雄に師事し「日本歌人」に作品を発表、杉原一司を知る。49年8月、同人誌「メトード」を杉原一司、生島資子、岸本光治、稗田雛子らと発行。51年8月第1歌集『水葬物語』（メトード社）を亡友、杉原一司に献ずる。「跋文」には「僕たちは、共同の実験室で、この殿堂のすべての構成要素を、より精密なより健康な方程式により、創造すべく孜孜と営みつづけた。方程式を、僕たちはかりに『方法』とよび、ラボラトリーを『メトード』と名づけた。そのむくいの無い、然し光栄あるいとなみの半ば、一九五〇年五月二一日、この実験室の創始者は、たぐい稀な才能をひめて夭折した。畏友、杉原一司二十五歳」と記されている。と同時に、この8月「モダニズム短歌特集」（『短歌研究』）に「弔旗」10首を発表し、歌壇へデビューする。〈革命家作詞家に凭りかかられてすこしづつ液化してゆくピアノ〉（『水葬物語』）。この歌に象徴されるように、まことにメタフィジカルな作品を冒頭に置くことによって塚本の出発は始まる。「革命家作詞家に凭りかかられ」ることによって「液化してゆくピアノ」など、かつて短歌で詠まれたことはない。「アララギ」を中心とする写生をもとにしてきた歌人たちにとっては、あの硬質で黒びかりする「ピアノ」（物質）が「革命家作詞家」（人間）に「凭りかかられ」ることによって「液化」し、溶解していくことなど想像できなかったのである。当時これに注目したのは、作家の三島由紀夫と中井英夫ぐらいであった。塚本短歌の特徴は、戦前短歌の伝統の中で写生によって戦後をうたっていた歌人たちとは全くちがったところから出発し、決別するところから歌をうたったところにある。言葉の指示表出的な意味の次元で「短歌」を作るのではなく、言葉のもつ、もうひとつの自己表出的な機能を全円的に開放してイメージを突き詰めることによって、幻想としての言語を回復させ、「魂のレアリスム」（「ガリヴァーへの献詞—魂のレアリスムを」「短歌研究」56年3月）を現出させるところにあったのである。

以降、第2歌集『装飾楽句』（51年8月、作品社）、第3歌集『日本人霊歌』（58年10月、四季書房）、第4歌集『水銀伝説—La Legende mercurielle』（61年2月、白玉書房）、第5歌集『緑色研究』（65年1月、白玉書房）、第6歌集『感幻楽』（69年9月、白玉書房）、第7歌集『星餐図』（71年11月、人文書院）、第8歌集『蒼鬱境』（72年1月、湯川書房）、第9歌集『青き菊の主題』（73年10月、人文書院）、第10歌集『されど遊星』（75年6月、人文書院）、第11歌集『閑雅空間』（77年6月、湯川書房）、第12歌集『天變の書』（79年7月、書肆季節社）、第13歌集『歌人』（82年11月、花曜社）、第14歌集『豹變』（84年8月、花曜社）、第15歌集『詩歌變』（86年9月、不識書院）、第16歌集『不變律』（88年3月、花曜社）、第17歌集『波瀾』（89年8月、花曜社）、第18歌集『黄金律』（91年4月、花曜社）、第19歌集『魔王』（93年3月、書肆季節社）、第20歌集『献身』（94年11月、湯川書房）、第21歌集『風雅黙示録』（96年10月、玲瓏館）、第22歌集『汨羅變』（97年8月、短歌研究社）、第23歌集『詩魂玲瓏』（98年10月、柊書房）、第24歌集『約幹《ヨハネ》傳偽書』（2001年3月、短歌研究社）と、24冊の歌集が刊行される。さらにその間に、「間奏歌集」「小歌集」「未刊歌集」「彩画歌集」などの作品集が出され、それらを合わせると膨大な歌数になる。その他、『茂吉秀歌』全5巻（文藝春秋社）をはじめとする評論集、『荊冠伝説—小説イエス・キリスト』（集英社）をはじめとする小説、『現代百人一首』（書肆季節社）や『清唱千首』（冨山房）をはじめとするアンソロジーの編纂など、300冊を超える単行本が出されている。

その間、59年に『日本人霊歌』で第3回現代歌人協会賞を受賞、87年に『詩歌変』で第2回詩歌文学館賞、89年に『不変律』で第23回釈迢空賞、92年に『黄金律』で第3回斎藤茂吉短歌文学賞、93年に『魔王』で第16回現代短歌大賞を受賞。また、90年には紫綬褒章、97年には勲四等旭日小綬章を受章する。全集は、『塚本邦雄全歌集』（70年12月、白玉書房）、『定本塚本邦雄湊合歌集』（82年5月、文藝春秋）と、98年から2001年にかけて『塚本邦雄全集』全15巻別巻1巻（ゆまに書房）が刊行された。『新歌枕東西百景』（78年9月、毎日新聞社）には、ふるさと滋賀をうたった短歌がある。〈朝までの妻よなみだはみづうみの岸の白波千々にくだくる〉（滋賀県坂田郡米原町朝妻筑摩）、〈霜ふれば草木むらさきしがらきにさへづる鳥も遠世《とほよ》のごとし〉（滋賀県甲賀郡信楽町勅旨）

（安森敏隆）

津川薊花 つがわ・けいか

1906・月日未詳～。歌人。徳島県生まれ。大津市中庄居住。本名君繁《きみしげ》。高等小学校卒業。大阪市の弁護士事務所に勤めるが、1937年まで結核で療養。47年大津市に計器会社を創立、代表取締役に就任。31年歌誌「伊吹」に参加。73年「短歌」「風日」同人。中部短歌会会員。春日井建の指導をうける。82年中部短歌会短歌賞受賞。歌集『茱萸《ぐみ》の実』（81年12月、短歌新聞社）、『旅愁』（90年4月、短歌新聞社）。〈若き日の宗純一休が身を投げし葦辺はここか時雨の音す〉

（山本洋）

辻井喬 つじい・たかし

1927・3・30～。詩人、小説家。東京都生まれ。本名堤清二。父は愛知郡泰荘町（現愛荘町）下八木の貧しい農家に生まれ一代で西武グループを起こした堤康次郎。その父が創立した国立学園小学校に入学させられ、三鷹の自宅から電車で通学した。当時不況下で経営再建のために、病身の母も家庭も顧みなかった父に反発しつつ育つ。旧制成城高等学校を経て東京大学経済学部進学。高等学校在学中から寺内大吉と交友。またこの時期社会主義に影響を受け日本共産党に入党、全学連で活躍するが病を得て活動から離れる。東京大学卒業後は衆議院議長でもあった父の秘書をつとめ、1954年西武百貨店に入社する。その一方、第1詩集『不確かな朝』（55年12月、書肆ユリイカ）刊行、詩誌「今日」同人となる等、文学活動を展開。57年に寺内らと創刊した同人誌「近代説話」には企画から参加。61年詩集『異邦人』（7月、書肆ユリイカ）で第2回室生犀星賞受賞。64年4月の父の死により、66年西武百貨店社長に就任。以後は独自の手腕を発揮、一大セゾングループを育成。書籍売り場や現代美術を前面に出した「文化の西武百貨店」戦略は、80年代の1つの文化潮流を形成した。これと並行して執筆活動も旺盛に行い、小説『いつもと同じ春』（83年5月、河出書房新社）で第12回平林たい子賞、連作詩集『ようなき人の』（89年12月、思潮社）で第15回地球賞受賞。91年にセゾン経営の一線からは退き、辻井喬としての活動はより活発化。詩の形で昭和史を総括する「思想詩」の試み『群青・わが黙示』（92年7月、思潮社）で第23回高見順賞受賞。以後『南冥・旅の終わり』（97年10月、思潮社）、『わたつみ・しあわせな日日』（99年10月、思潮社）を続刊、これら3部作で第38回藤村記念歴程賞受賞。小説では『虹の岬』（94年7月、中央公論社）で第30回谷崎潤一郎賞、『沈める城』（98年10月、文藝春秋）で第1回親鸞賞受賞。2000年6月「竹生島」等謡曲を素材とする連作『西行桜』（岩波書店）刊行。10月自伝的小説『風の生涯上下』（新潮社）上梓。また同月「新潮」に長編小説「父の肖像」連載開始（～2004年2月）。2002年1月『辻井喬コレクション全8巻』刊行開始（～2004年5月、河出書房新社）。また2003年7月1日より「朝日新聞」朝刊に小説「終わりからの旅」を連載開始（～2004年9月21日）。評論に『伝統の想像力』（2001年12月、岩波書店）、エッセイ集に『深夜の遡航』（1989年4月、新潮社）他。後者には小文「湖国近江」が収められている。

＊竹生島《ちくぶしま》　短編小説。〔初収〕『西行桜』２０００年６月、岩波書店。書き下ろし。◇謡曲を素材とする「竹生島」「野宮」「通盛」「西行桜」からなる連作の一。建築家の私は妻の自殺後大阪の会社を辞めて長浜で細々と暮らし、気が向くと自転車を走らせて姉川を渡り早崎まで行って竹生島を眺める。ある日、島を見に行こうとした私は隣家に見慣れない男が居るのに気づく。その日の湖は靄が立ちこめていたが、湖面に１隻の舟があり、老人と若い女が乗っていた。老人は隣家にいた謎の男だった。舟は靄の中を次第に浮かび上がり、中空に浮かぶ竹生島へと漕ぎ去っていく。その後、老人が急病になり、女が助けを求めて来た。その礼として私は竹生島に招かれるが、彼らはそこで姿を消してしまう。私の知人である牧師は彼らの正体について推測するが、私は彼らが竜神と弁財天との化身であったのではないかと考え、そうした世界に身を委ねてみたいと夢想する。滋賀出身の父から聞いた琵琶湖の話と謡曲とを重ねて構想。謡曲の神秘的な味わいを踏襲しつつ、人と人との繋がりへの哀切な憧憬に満ちた佳作。
（三品理絵）

辻邦生《つじ・くにお》

１９２５・９・24～１９９９・７・29。小説家。東京都生まれ。１９４４年松本高等学校（現信州大学）理科乙類に入学、在学中に習作「遠い園生」を書く。その後、52年東京大学仏文科卒業、大学院進学。53年後藤佐保子と結婚。56年学習院大学に非常勤講師として勤務。福永武彦と親交を結ぶ。57年よりフランスに留学、加賀乙彦と同船。森有正を訪ねる。イタリア、ギリシアなどに旅行。北杜夫が訪問したこともある。61年３月に帰国。再び学習院大学に勤務。６月「物語と小説の間」を、９月には小説を書こうとする「私」の姿をフランスを舞台にして書いた「城」を、「近代文学」に発表。63年に前年完結の「廻廊にて」で第４回近代文学賞を受賞。66年立教大学助教授。その後、『夏の砦』（66年10月、河出書房新社）「見知らぬ町にて」などを発表。68年１月から２月、「展望」に「安土往還記」を連載。「ある告別」を発表。推理小説的手法を用いた『天草の雅歌』（71年６月、新潮社）、３人の男たちが交互に登場する『嵯峨野名月記』（71年９月、新潮社）を発表。『夜ひらく』（88年３月、集英社）『睡蓮の午後』（90年４月、福武書店）などもあり、多くのエッセイもある。

＊安土往還記《あづちおうかんき》　長編小説。〔初出〕「展望」68年１月～２月。〔初版〕『安土往還記』68年８月、筑摩書房。◇辻の最初の歴史小説。フランスで発見された、16世紀の日本についての古文書の翻訳という形をとる。かつてスペインで戦闘に従事した経験があり、妻に裏切られて妻とその愛人を殺した男が、イエズス会の聖職者に従って日本にやってくる。自分を支配する運命との戦いということからこの地にやって来て、長い日本滞在のうちに見聞きした体験を、後に振り返って知人に語るという設定である。「私」はフロイスらをひきつける大殿とはどういう存在かということに興味を駆り立てられる。徹底的な合理主義者としての織田信長が、自己に課した命題を果たすために、残虐とも思われる処置を行うことなどで周囲と軋轢を生み孤独に陥っていく経緯と、同時に彼が安土にキリシタンの教会を許し、自身で積極的に乗り出し、それに対してのさまざまな人々の協力体制や建築計画の議論、また壮大な意図で建造された城郭、安土城を建築していく過程が、湖水や湖岸の平野の光景を背景に、また、対立勢力とのスリリングな戦いの描写とともに

描かれる。信長が時に示す、「人懐っこい、打ち解けた友情」も捉えられている。京都をはじめとするさまざまな場所との人々の往還もそこにある。明智光秀の「冷徹な理知の眼ざし」と、彼を謀反へと駆り立てる眼への言及もある。そして、安土城の炎上と教会の崩壊を「何ものかがひたすら崩れつづけている」と受け止める。しかも、「私」は、「あの日から十数年を経過したいま」も、「自分自身が崩壊していた音に思えてならぬ」という思いを抱え続けている、というところで作品は閉じられる。（出原隆俊）

津島喜一　つしま・きいち

1916・7・1〜1990・3・7。歌人、郷土史家。蒲生町（現東近江市）市子《いちこ》殿《との》生まれ。本名小林喜一郎。1934年「詩歌」入社、「好日」等を経て「藝術と自由」「暦象」同人。幻想的な口語自由律作品を書いた。歌集に『近江盆地』（81年5月、藝術と自由社）、『湖の祭典』（85年3月、藝術と自由社）、『湖』（88年8月、藝術と自由社）、『湖と魞《えり》』（91年3月、藝術と自由社）等。『考証万葉集 蒲生野』（92年11月、藝術と自由社）もある。87年郷里に歌碑〈土ふかくのびてゆくいっぽんの人参がじつはすばらしい一行詩であった〉を建立。（外村彰）

辻美智子　つじ・みちこ

1962・4・12〜。詩人。守山市守山生まれ。市立守山中学校卒業後、准看護学校、看護専門学校を経て看護師資格を取得。滋賀県内の病院に勤務、現職。小学生時代より詩作を開始、中学校進学後、文藝部を創設するなど文藝活動を熱心に行う。1983年2月、かねてよりの念願であった第1詩集『草原の風の中で』を統洋社より出版、滋賀県文学祭出版賞受賞。同年4月に、言葉による表現の楽しさを教え、詩作のきっかけを与えた母を失う。同年詩集に、『クローバーの咲く丘で』（90年、統洋社）、『すみれの丘の向こうから』（95年、内田印刷所）など。いずれも平明で温かなまなざしを日常の風景にそそぎ、やさしく語りかけてくる作品が多い。（渡辺順子）

辻亮一　つじ・りょういち

1914・9・28〜。小説家。神崎郡五個荘町（現東近江市）金堂に、呉服商を営む父辻市左衛門（泰明）、母きくの五男として生まれる。1921年、南五個荘村小学校入学。27年八日市中学校に入学。この頃、従兄である洋画家の野口謙蔵と親しみ、父に観世流謡曲を習う。32年早稲田第二高等学院文科入学、在学中に八木義徳、多田裕計らと「黙示」を刊行。また文学部長の吉江喬松に師事した。38年早稲田大学文学部仏文科卒業、東満洲産業に入社したが本社勤務の後、間島省琿春市に着任。戦時中は社業にいそしみ、44年には辻節子と結婚。翌45年ソ連軍侵入。同地で日本難民収容所世話人、のち琿春県庁傭人となるが妻が発病し年末に死去。この頃から親鸞への傾倒が始まる。47年に中村美節可と再婚。また延吉市の中共軍招待所、陸軍病院に勤めたが解雇され、生活上の辛酸を舐める。48年送還帰郷、長浜ゴム工業（のち三菱樹脂）に就職。翌年から創作を再開し丹羽文雄、外村繁に師事。旧満洲での苛酷な抑留生活を誠実な筆致で描いた「異邦人」（「新小説」50年2月）により第23回芥川賞を受賞した。この挙は県内の文学関係者に刺激を与え、51年1月に滋賀文学会が発足する契機となり、辻は外村繁と共に第1回文藝コンクール（翌年から滋賀文学祭）の小説部門選者となる。同年東京都武蔵野市に移住。その作品は主に中国での生活を私小説風に回顧した内容であり「木枯国にて」(「新小説」50年4月)、「春いづこの里に」(「文学界」50年5月)、「修道者」(「新潮」56年2月)、「黄泉」(「早稲田文学」59年3月)が代表的短編。ほかに「現代会社員列伝」(「時の経済」57年1月～58年9月)や「椿麗寿語録」(「大真」72年10月～78年1月)等の連載があるが、総じて寡作であり、静的で地味な作風に終始した。70年には購買部長となっていた三菱樹脂を退社。以後は創作から離れ、在家にあって親鸞や道元などに親しむ。短編集に『異邦人』(50年10月、文藝春秋新社)、書き下ろし作「挽歌抒情」を含む小谷剛との共著『非行／挽歌抒情』(64年10月、学習研究社)、『異邦人』(72年5月、あすなろ社)がある。随筆「湖国の藝術家」(「湖国と文化」78年1月)では知遇を受けた外村繁、米田雄郎と野口謙蔵を回顧している。

＊故郷 こきょう　短編小説。〔初出〕「新潮」53年8月。〔初収〕『異邦人』72年5月、あすなろ社。◇35歳の「私」(吉太郎)が「貧しい呉服の行商人の家に生れ」た幼少期を回顧する内容。早世した父、裕福な富岡家で働きながら育ててくれた母や、しばしば預けられた優しい実家の祖母、富岡家の一人息子に石を投げ母と謝罪した思い出を語る「私」は、小学校卒業後「上京して或る織物商の小僧」となって働き、手代に昇格したが、応召して外地に向かい「東満洲」での5年の抑留生活を経て、帰国した時すでに母が病死していたことを知る。叔父の家に身を寄せた「私」は「折にふれて思ひ描いた故里の風物」が「もう心を温めてはくれない」と感じ、故郷から離れる決心をする。没落した富岡家の女主人は「私」が誰なのか分からない。そんな彼女に「私」は紙幣を渡して去る。その後「私」は東京の木賃宿で暮らし、臨時工員となる。ある夜、酒を呑んでいた屋台の亭主から「故里《くに》はどちら」と問われて「母の面影を脳裡に描き」ながら「私」は「死んでしまったんです」と答えるのであった。自伝的色彩の濃い小説で、郷里の具体的な地名は記されないが、会話に使われる方言は「私」の故郷が湖東地域であることを推察させる。

(外村彰)

土守蜻蛉 つちもり・とんぼ

1893・7・16～1973・3・12。川柳作家。高島郡海津村(現高島市マキノ町)大字海津生まれ。本名治郎《じろう》。別号トン坊。1904年海津尋常高等小学校卒業後、理髪業を営みながら独学し、のち太湖汽船株式会社海津扱所勤務。海津村会議員にも選出される。川柳は23年より始め、54年びわこ番傘川柳会創立当初からその発展に尽力。57年番傘本社同人に推されたのを機に、柳名をトン坊から蜻蛉に改める。番傘本社同人として約5年活動したのち、びわこ番傘の同人に戻って後進の指導にあたりつつ、滋賀文学会川柳部の選者の任を果たす。この間「川柳びわこ」「番傘」等に作品を発表。その温厚な作風は、謡曲、囲碁、尺八といった多彩な趣味により培われたものでもある。生涯を過ごした海津の地を愛し、晩年はその発展にも思いをめぐらせていた。句集『海津』(74年3月、びわこ番傘川柳会)の「自序」に次の句が見える。〈年来の夢が実った湖西線〉〈ブルドーザの威力田圃を消してゆく〉

(野田直恵)

土屋文明 つちや・ぶんめい

1890・9・18～1990・12・8。歌人、国文学者。群馬県生まれ。号は蛇床子《じゃしょうし》ほか。1909年「アララギ」同人。のち同誌の編集にあたる。16年東京帝国大学哲学科卒業。大学教授等を歴任し、万葉集研究でも著名で、『万葉集私注』全20巻（49年5月～56年6月、筑摩書房）がある。86年文化勲章受章。25年以降近江を度々訪問し、歌跡考証も執筆した。歌集は14冊。戦前では「高島の水尾の勝野」7首、「大津宮址」10首、「蒲生野」5首〈桔槹《はねつるべ》の影に色ありにほふなり青野はつづく昏《く》れゆきし湖《うみ》に〉、「伊吹を懐ふ」5首を収めた『少安集』（43年6月、岩波書店）、戦後では「湖西また日枝山」30首、「志賀山寺址」16首〈秋の日の志賀の大わだ平なれば限りもなしにつらなる白帆〉収載の『続々青南集』（73年7月、白玉書房）に近江の歌が詠まれている。ほかに『往還集』（30年12月、岩波書店）、『自流泉』（53年3月、筑摩書房）、『続青南集』（67年11月、白玉書房）、『青南後集』（84年7月、石川書房）にも10首前後の近江での作がみられる。『土屋文明全歌集』（93年3月、石川書房）。（外村彰）

坪内士行　つぼうち・しこう

1887・8・16～1986・3・19。劇作家、演出家、舞踊評論家。愛知県名古屋市生まれ。坪内逍遙（10人兄弟の末子）の次兄義衛の二男。1893年逍遙の養嗣子となる。病弱のため剣術、剣舞を習うが合わず日本舞踊におちつく。1909年早稲田大学英文科卒業。同年渡米しハーバード大学に学び、後イギリスに渡り15年帰国。19年逍遙との縁組解消。養家を去った士行は小林一三の要請で関西に赴き宝塚に定住。宝塚音楽歌劇学校の養成、宝塚国民座の演出等にあたる。その間、滋賀行を楽しむ。35年上京、東宝文藝部長、東宝藝能事業会社社長、早稲田大学文学部教授等を歴任。娘に女優坪内ミキ子。著書に『西洋芝居土産』（16年・冨山房）、『舞踊及歌劇大観』（25年・東京堂）、『坪内逍遙研究』（53年・早稲田大学出版部）、戯曲集『妙国寺事変』（44年・鶴書房）、随筆『越しかた九十年』（77年・青蛙書房）等がある。（戸田民子）

坪内逍遙　つぼうち・しょうよう

1859（安政6）・5・22～1935・2・28。劇作家、小説家、評論家、教育家。文学博士。美濃国加茂郡（現岐阜県美濃加茂市）生まれ。本名勇蔵（後に雄蔵と改名）。筆名春のや主人、春のやおぼろ他。1876年愛知英語学校を卒業後上京、開成学校（現東京大学）に進み1883年文学部政治学理財学科を卒業。東京専門学校（現早稲田大学）講師、早稲田中学校校長、早稲田大学教授を歴任。日本最初の文学論『小説神髄』（1885年9月～1886年4月、松月堂）と処女創作『当世書生気質《とうせいしょせいかたぎ》』（1885年6月～1886年1月、晩青堂）を発表。1891年「早稲田文学」を創刊。演劇の革新を目指し「桐一葉」（「早稲田文学」1894年11月～1895年9月）、『役《えん》の行者《ぎょうじゃ》』（1917年5月、玄文社）他を発表。文藝協会の会長として劇壇の興隆に貢献。70歳で『新修シェークスピア全集』の翻訳を完成。逍遙の業績を記念して早稲田大学構内に演劇博物館が建設され（28年）、死去に際しては衆議院から弔辞がおくられた。1888年、1889年8月及び1929年11月、滋賀に遊ぶ。『逍遙選集』全15巻（26年9月、春陽堂）、『逍遙日記』全4巻がある。（戸田民子）

津村秀介　つむら・しゅうすけ

1933・12・7～2000・9・28。推理小説家。横浜市生まれ。本名飯倉良。出版社勤務を経て、1951年より「文藝首都」や「近代文学」に創作を発表。「週刊新潮」の「黒い報告書」で津村秀介の筆名を初めて用いる。71年の江戸川乱歩賞に応募した『偽りの時間』（71年9月、光風社書店）の改作である『影の複合』（82年6月、栄光出版）以後、精力的に推理小説を発表する。時刻表トリックを駆使したアリバイ崩しものに一貫して取り組み、多くの作品を残した。2000年肝硬変のため死去。

＊**琵琶湖殺人事件**《びわこさつじんじけん》　長編推理小説。〔初版〕『琵琶湖殺人事件』1991年5月、光文社カッパ・ノベルス。◇副題「ハイパー有明14号「13時45分」の死角」。湖名を題名に冠したシリーズの第6弾。湖西線西大津駅と東海道線瀬田駅とで起こった連続轢死事件の謎に、津村作品の常連探偵役、ルポライター浦上伸介と大学生前野美保とが挑む。二重のアリバイ工作が設定されているところに、津村の面目が感じられる。俗化した西大津の風景のほか、瀬田の唐橋や石山寺などが描かれている。
（山口直孝）

津吉平治　つよし・へいじ

1918・4・1〜2007・6・14。小説家、俳人。大津市松本生まれ。大津市におの浜居住。筆名大橋渉、俳号黄葉。1937年滋賀師範学校本科一部卒業。大津市立の各小学校に29年間勤務。50年ごろ中本紫公主宰の俳句結社「花藻」に加入し、俳句修業をはじめる。〈柿捥《も》がれ昨日の位置に陽が満つる〉。55年ごろから公立学校共済組合発行の月刊文芸誌「文芸広場」に小説を投稿（選者福田清人）、「証人」を皮切りに、へき地の環境に育った少年の歪められた精神構造に迫った「めん」、奇怪な轢死事件の謎をテーマとした「純粋空間」、教師出身の兵の極限下における赤裸々の姿をさぐった「教師兵」などが次つぎと掲載された。59年に年間の優秀作品（作者）に与えられる小説部門「年度賞」を受賞。選者の福田清人は『めん』『純粋空間』における異様な人間の精神のメカニズムの分析を示した作品など、この作者の才能が高く認められる」と評した。同じ59年、「日本教育新聞」が募集した懸賞連載小説に敗戦直後の教育界の混乱をとり上げた「喬木の駅」を投稿（選者は丹羽文雄、坪田譲治、湯浅克衛）、入選して31回にわたって連載された。他方併行して滋賀県文学祭に「河口の灯」（57年）、「荒野にて」（59年）、「廃園」（61年）、「黒衣の秘儀」（63年）、「非人の谷」（65年）、「弥七郎の笑い」（66年）、「荒野の人」（67年）、「洛東夜雨」（68年）などを精力的に応募、入選や佳作となる。62年同文学祭選者の早崎《はやさき》慶三にすすめられ、早崎が61年12月に発足させた滋賀作家クラブに入会、月例合評会に出席するようになった。文芸雑誌の新人賞にも応募、68年には自滅的な男の生きざまを追求した「攀《よ》じる」が「オール読物」新人賞候補に、73年には身体の障害をこえて生きる人物を描いた「廃品回収」が「小説新潮」新人賞候補になる。69年には初期の作8編を収めた創作集『めん』（69年5月、中外日報社）を上梓。ほかにも「罌粟《けし》」（「文芸広場」65年）、「壊れた時計」（「くうかん」76年）、「出口のない街」（「文芸広場」72年）、「涅槃《ねはん》西風《にし》」（「滋賀作家」86年）、「分校日記」（「くうかん」90年）、「一夜の客」（「滋賀作家」90年）など、人間を捉えてはなさない自我の存在、根源的な孤独感の暗さを粘着力ある文体で一貫してえぐり出そうとした。また同人誌「くうかん」等の指導にあたり、新しい書き手の育成にも力をそそいだ。69年より85年まで滋賀文学会理事として小説部門の選者となる。89年大津市市民文化賞受賞。

（山本洋）

出目昌伸　でめ・まさのぶ

1932・10・2〜。映画監督。神崎郡八

日市町（現東近江市本町）生まれ。生家は洋品店の出目又商店。１９５１年神愛高等学校（現八日市高等学校）卒業。57年早稲田大学第一文学部卒業。在学中からシナリオ研究所に通い、東宝撮影所製作部に演出助手係として入社。黒沢明の助監督として「用心棒」「赤ひげ」に携わる。68年内藤洋子主演「年ごろ」で監督デビュー。69年「俺たちの荒野」が日本映画監督協会新人奨励賞を受賞。70年岩下志麻主演「その人は女教師」、72年マーク・レスター主演「卒業旅行」、73年栗原小巻主演「忍ぶ糸」などを手がけ、以後「神田川」（74年）、「星と嵐」（76年）など東宝プログラム・ピクチャーを重ね、83年にフリー。84年「天国の駅」で日本アカデミー作品賞。99年「きけわだつみのこえ」で日本アカデミー監督賞。テレビでは70年の「めぐり逢い」「木枯し紋次郎」をはじめ、年数本のペースで2時間ドラマを演出。他に、「玄海つれづれ節」（86年）がある。日本映画協会理事。（北川秋雄）

【て】

寺崎方堂《てらさき・ほうどう》

１８９０・９・20〜１９６３・12・24。俳人。神戸市生まれ。通称芳之輔。号四方窓。義仲寺無名庵十八世主人（１９４３年５月12日より）。大津市馬場北町にある義仲寺は、木曾義仲や松尾芭蕉の墓所であり、「奥の細道」の旅の後、芭蕉が大津に滞在中の宿の1つが無名庵である。方堂は、俳諧を尾花庵清風や馬田江公平に習い、無名庵露城に師事する。伝統ある奉扇会、時雨会を修し、俳誌「正風」を刊行する。57年には財団法人芭蕉遺跡顕彰会を設立した。編書に、連句集『正風年刊』（54年2月、無名庵）があり、その「敍」で「連句の骨子は三句の変化にある。是れ無くして正風連句とは言へないであらう」と記している。他に、無名庵十五世『露翁遺稿　俳禅』（57年8月、無名庵）などを刊行。〈今日よりぞ椎の葉蔭の枝蛙〉〈初凪や三代伐らぬ檜山〉（西尾宣明）

寺沢夢宵《てらさわ・むしょう》

１９１１・３・11〜。俳人。蒲生郡日野町に生まれる。本名喜八。１９３５年せせらぎ俳句青年部を結成し、「鹿笛」「ホトトギス」「山茶花」を経て、皆吉爽雨の「雪解」に入会した。58年「雪解」、68年「いてふ」の同人となる。80年「せせらぎ」「ひつさ野」を主宰。句集に『蒲生野』（78年1月、日野雪解俳句会）がある。〈万葉の蒲生野しぐれ寺そびえ〉（荒井真理亜）

寺田寅彦《てらだ・とらひこ》

１８７８・11・28〜１９３５・12・31。物理学者、随筆家。東京市麴町区（現東京都千代田区）に生まれる。筆名吉村冬彦、藪柑子など。俳号寅日子。父利正・母亀の長男。寅彦の物理学者としての面は、第五高等学校で田丸卓郎に数学と物理学を学ぶことに始まる。東京帝国大学理科大学卒業後、大学院で実験物理学を専攻。「尺八の音響学的研究」で理学博士。１９１２年ドイツに留学して地球物理学の研究。帰国後、地震、航空、理化学の各研究所で研究を進める。一方文学者としての面は、第五高等学校での漱石との出会いに始まる。「俳句とはかゝるものぞと説かれしより天地開けて我が眼に新」と言うように、俳句写生文を「ホトトギス」にのせ、自然と人事への細かい観察、哀愁を科学の目でとらえ直した視点で描く。亡き妻を偲んだ「団栗」（05年）など随筆の他、俳句、連句、和歌、文学論、映画論、科学論など広い領域にわたって著作がある。木曜会の人々から一目置かれた存在であり漱石からも尊敬されて、漱石の『吾輩は猫である』の水島寒月、『三四郎』の野々宮宗八のモデルと目される。『寺田寅彦全集』全30巻（96年12月〜99年8月、岩波書店）。

＊東上記《とうじょうき》　随筆。〔初出〕『寺田寅彦全集第1巻文学篇』36年9月、岩波書店。◇高知の家から神戸を経て東京に至るまでの紀行文。文語体で執筆。妻らと別れ新高知丸に乗る。酔い止めのため葡萄酒を飲むが、船酔いのため食べられない。船は室戸岬、甲の浦を通る。神戸で降りてその先は急行で行くつもりが、6時の汽車に乗りおくれる。次のは12時なので時間つぶしに湊川神社を訪う。やっと新橋行きに乗りこみ、甲山を見た時〈蟬なくや小松まばらに山禿たり〉の句が出る。次に滋賀の通過を描く。京都、山科を過ぎる。「之れを過ぐれば左に鳰《にほ》の海蒼くして漣漪水面縮緬《ちりめん》を延べたらん如く、遠山模糊《もこ》として水の果ても見えず。左に近く大津の町つらなりて、三《み》井《ゐ》寺《でら》木立に見えかくれす。唐崎はあの辺かなど……胆吹山《いぶきやま》に綿雲這ひて……」名古屋で降り1泊する。そして終点までの景色、人の様子を描く。

＊伊吹山の句に就て《いぶきやまのくについて》　評論。〔初出〕「潮音」24年2月。〔全集〕『寺田寅彦全集第7巻文学篇』37年8月、岩波書店。◇芭蕉の句〈折々に伊吹を見てや冬ごもり〉について、寅彦の科学的実証的な視点による鑑賞を示す。学生時代の冬休み、帰省往復時に伊吹山付近で雪を見ないことはなかった不思議から、この地方の気象状態を考え、まず地勢を見る。伊吹山は近江と美濃それぞれの平野の関所のようにそびえている。筒井百平によると伊吹山での降水は冬季90日の内77パーセントは雪か雨が降る。又約8割5分は山頂に雲のかかった日があることになり、この山がそのままよく見える日が多くはないことがわかる。これを予備知識としてこの句を味わうと「折々に」という初5文字が響く。山の見える特別な日が北西風の吹かない穏やかな日にも当たるので、そういう日に久々に戸外に出て伊吹山を見、今日は伊吹が見えると思うのではないかと想像される。すると「冬ごもり」の下5字が利いてくる気がする。　（仲秀和）

寺田みのる　てらだ・みのる

１９４６・11・26〜。画家。大津市瀬田生まれ。本名実。１９６６年大津中央高等学校卒業後、三洋電機（商品企画）に就職。二十代から独特の筆致による水彩のスケッチ画で国内や海外の旅の情景を描き続け、勤務のかたわら旺盛にイラスト類、墨絵や書を発表。企画部長まで勤めて会社を辞し、99年独立。「大津二十八景展」「芭蕉湖国路十五景展」等、毎年銀座ほかで個展を開催。『近江百景』（78年4月、サンブライト出版）、『ひともっこ山』（79年11月、サンブライト出版）、『京の老舗をたずねて』正続完（79年1月、サンブライト出版）のほか、多数の書籍の画を担当。詩画集に『花物語』（94年4月、修学社）や画賛集『ただ自然に』（酒井雄哉と共著、２００１年12月、小学館）、また『スケッチブックの恋 京都であなたと。』（２００２年6月、アスク）等。絵本に『滋賀の伝説シリーズ1 三上山のむかでたいじ』（中島千恵子文、１９９１年2月、京都新聞社）他がある。２００１年4月11日から２００８年3月28日まで「毎日新聞」大阪本社版夕刊に「寺田みのるの旅のスケッチ　あなたと歩きたい。」を連載（計３２９回）。　（外村彰）

寺田良之助 てらだ・りょうのすけ

１８９５・６・20～１９７３・８・５。川柳作家。彦根市に生まれる。１９１６年に渡鮮。三共製薬朝鮮総支配人。三共製薬常務。27年天民子らと南山吟社を創設。36年巷頭子らと川柳雑誌「ケイリン川柳」を創刊したが、３号で廃刊。のち朝鮮文人報国会の川柳部会長として活躍。「川柳朝鮮」を主宰。敗戦後引き揚げ、「番傘」同人に参加。〈商人の弱さ左様で御座ります〉（浦西和彦）

寺林峻 てらばやし・しゅん

１９３９・８・８～。ルポライター、小説家。兵庫県飾磨郡夢前町生まれ。本名寺河俊人。１９６３年慶応義塾大学文学部卒業。高野山で僧侶の修行をした後、64年宗教紙中外日報社京都に記者として入社。その後退社し、姫路市の広報紙、ＰＲ雑誌の編集に従事。82年春からは夢前町薬上寺（高野山真言宗）住職。後に阿弥陀寺住職。70年「幕切れ」（「文藝春秋」）で、第57回オール読物新人賞を受賞、その後『幻の寺』（春秋社）、『立山の平蔵三代』（東京新聞出版局）など山や地方文化に関する著書多数。『腹心―秀吉と清正』（87年11月、講談社）には、最初の場面に琵琶湖の風景が、秀吉に見いだされた清正に視点を据えて、その心象風景のごとくに印象深く描かれている。そして、時代とその覇者に翻弄されつつも生き抜く清正の姿が描かれていく。興味深いのは、余呉湖周辺の景観とその地形が、この地が戦場に選ばれたことに重ね合わせて、現代日本人の問題と比較しつつ描かれていることである。（槌賀七代）

童門冬二 どうもん・ふゆじ

１９２７・10・19～。小説家。東京都目黒区生まれ。本名太田久行。１９４４年海軍土浦航空隊に志願入隊。復員後、47年目黒区役所に勤務する。のち東京都庁へ移り、知事秘書、企画調整局局長等を歴任する。在職中より文筆活動を始め、79年美濃部都知事の退任とともに辞職。その後、本格的な作家活動に入る。同人誌「さ・え・ら」「時代」に拠り小説を発表。61年『暗い川が手を叩く』（60年10月、大和出版）で第43回芥川賞候補となる。99年勲三等瑞宝章受章。在職中に追求した人間と組織の在り方というテーマを、歴史から得た教訓と重ね合わせ、現代社会や組織に通じるものとして描く。また経営に関する著作も多数ある。近江を舞台に活躍した歴史上の人物の生き様を描いた『近江商人魂上下』（87年９月、学陽書房）や『信長の野望』（90年４月、光栄）、『小説石田三成』（96年11月、成美堂出版）、『小説中江藤樹上下』（99年４月、学陽書房）などがある。（永井敦子）

【と】

遠山利子 とおやま・としこ

１９４７・１・26～。歌人。北海道上川郡風連《ふうれん》町生まれ。74年大津市比叡平に住み始める。旧姓細川。１９６５年北海道立風連高等学校卒業。69年京都女子大学文学部国文学科卒業。67年ごろ歌誌「新短歌」を知り口語自由律短歌を作る。また京都の学生同人誌「幻想派」に参加。同年秋、前登志夫の作品に感銘をうけ以後師事する。68年前登志夫主宰「山繭の会」に出席。69年結婚。77年より私立滋賀女子高等学校に勤務。80年前登志夫主宰の歌誌「ヤママユ」創刊同人。89年「幻想派」の発展した同人誌「ＰＨＯＥＮＩＸ《ほえにくす》」創刊同人。93年「ヤママユ」編集委員。第１歌集『風連別《ふうれべつ》川』（92年12月、本阿弥書店、２７５首所収）、第2歌集『からすのゐんどう返事をなさい』（2000年4月、不識書院、319首所収）がある。〈生え初めしほとの和毛《にこげ》のうつすらと靄《もや》にけぶらふ春の淡海《あはうみ》〉〈坂本の日吉参道下り来て晩夏のわれら蕎麦をすすりつ〉（山本洋）

徳富蘇峰 とくとみ・そほう

1863（文久3）・1・25〜1957・11・2。評論家、歴史家。肥後国（現熊本県）生まれ。本名猪一郎。同志社大学中退。1888年民友社を創設。雑誌「国民之友」を創刊。日清戦争以降は国粋主義に傾き、第二次世界大戦中には、日本文学報国会、及び大日本言論報国会の会長を務めた。主著『近世日本国民史』（1918年12月〜39年2月、民友社）。滋賀県蒲生郡安土町の安土城百々橋口に残る石碑の碑文は同氏の揮毫。（佐藤良太）

徳冨蘆花 とくとみ・ろか

1868・10・25〜1927・9・18。小説家。肥後国（現熊本県）生まれ。本名健次郎。同志社大学に学ぶ。キリスト教に入信。1889年兄蘇峰経営の民友社に入社。「国民新聞」（1898年11月29日〜1899年5月24日）に連載された「不如帰《ほととぎす》」で文壇にその地位を築き、人道主義と清新な作風で注目されたが、1907年から半農生活に入り文壇外の作家として特異な地位を占めた。著書に『自然と人生』（00年8月、民友社）『思出の記』（01年5月、民友社）『黒潮《こくちょう》』『新春』『富士』などがある。随筆集『みみずのたはごと』（13年）に収録された「紅葉狩」の義仲寺の段では、その冒頭で「何と云つても琵琶湖は好い」と湖国滋賀が称賛され、大津や石山の秋がスケッチ風に描かれている。（佐藤良太）

徳永真一郎 とくなが・しんいちろう

1914・6・1〜2001・12・5。小説家、随筆家。香川県綾歌《あやうた》郡飯山《はんざん》町（現丸亀市）に商家の長男として生まれる。本名真一。長男出産後に徳永家を出た生母とは生涯会うことがなかった。1932年香川県立高松中学校（現高松高等学校）卒業後、三越百貨店高松支店に就職。37年大阪の大鉄（現近鉄）百貨店に転職し、応召後の39年10月、毎日新聞社に入社する。高松、神戸支局、大阪本社を経て再び高松支局で記者として活躍、綿密な取材力を培ったことが後年の作家活動の糧となった。戦後、小説の試作を「広島文学」「セブンウイクリー」等に発表し始める。広島支局次長を経て56年に大阪本社の学生新聞副部長となった折、直木賞受賞のため執筆を断わった今東光に代わり、神谷夕美子の筆名で山中鹿之介がモデルの「戦国物見ヵ丘」（「毎日中学生新聞」56年2月11日〜6月14日）を連載。57年8月に鳥取支局長に赴任。58年「戦国物見ヵ丘」が徳永天兵原作「少年三国志」として東映により映画化されてから、歴史小説を本格的に志す。59年12月に長谷川伸、池波正太郎の知遇を得て師事。翌年長谷川主宰の新鷹会、のち「小説会議」同人。61年1月「人柱」を「大衆文藝」に発表。同年1月、大津支局長となり大津市丸の内に居を定め、新鷹会関西支部の会合で早崎慶三を知る。その縁で61年12月に結成された滋賀作家クラブに中島千恵子らと参画、72年8月創刊の「滋賀作家」の編集発行人（90年から会長）となり、後進を育成。あわせて61年滋賀文学会事務局長となり、72年から93年まで同会の会長を務めた。大津在住の前後から幾つかの懸賞小説に応募し、64年には近江での近藤重蔵の晩年を描いた「ヨフトホヘル幽囚記」で第2回吉川英治文学賞佳作第一席となる。それを機に同作など6編を収めた『長野主膳斬首』(64年2月、光風社)を刊行、直木賞候補となる。以後も「小説倶楽部」「歴史読本」「滋賀日日新聞」「毎日新聞」「毎日小学生新聞」等に数多くの作品を発表した。67年3月、大阪本社学生新聞編集部長(のち編集局参与)。69年5月に毎日新聞社を定年退職後、71年4月のびわ湖放送発足とともに常務取締役となり、テレビ番組の制作にあたった。71年6月、神坂次郎らと十騎会を結成し「小説京都」を刊行。74年5月びわこ放送を退社、60歳で作家専業となる。

長編に『燃ゆる甲賀』(64年10月、光風社)、『新浅井三代記』(73年1月、白川書院)、『寺田屋お登勢日記』(73年2月、新人物往来社)、『井伊直弼』(74年10月、成美堂出版)、『聖徳太子』(75年10月、成美堂出版)、『吉田松陰』(76年10月、成美堂出版)、『太平記物語』(77年4月、成美堂出版)、『影の大老』(78年12月、毎日新聞社)、『柳生宗矩』(78年10月、成美堂出版)、『淀君』(80年5月、光風社)、『治水に挑んだ庄屋三代の苦闘 琵琶湖に命かけて』(83年10月、国際情報社)、坂本城主でもあった光秀を顕彰する『明智光秀』(83年11月、青樹社)、『石田三成』(85年3月、青樹社)、長浜城主時代にも詳しい『豊臣秀吉』(86年1月、青樹社)、『東福門院和子《まさこ》』(86年12月、毎日新聞社)、『影の人 藤堂高虎』(87年9月、毎日新聞社)、『浅井長政』(90年4月、光文社)、『忍の人 滝川一益《いちます》』(90年5月、毎日新聞社)、『婆娑羅大名』(90年10月、光文社)、佐々木六角一族と応仁の乱を中心とした『近江源氏太平記 上下』(91年7月、毎日新聞社)などがある。ほかに中学生向けに書かれた『瀬田の唐橋』(71年7月、牧書店)は日本の歴史の変遷を唐橋自身の語りによって解説した好著。短編集に『龍馬を斬る』(68年12月、東京ろんち社)、『幕末列藩流血録』(79年11月、毎日新聞社)、『明治叛臣伝』(81年1月、毎日新聞社)、『幕末閣僚伝』(82年3月、毎日新聞社)、『明治の逆徒』(82年12月、毎日新聞社)、『家康・十六武将』(83年2月、毎日新聞社)、『家光・十一名臣』(84年2月、毎日新聞社)、『賤ケ岳七本槍』(89年3月、毎日新聞社)等。滋賀県関連の歴史関係書には、ロングセラーとなった『近江歴史散歩—信長・秀吉・家康—』(66年6月、創元社)のほか、『近畿歴史探訪』(72年8月、新人物往来社)、『大津史跡行脚』(73年10月、白川書院)、『近江源氏の系譜 佐々木・六角・京極の流れ』(75年2月、創元社)、『近江美術の表情』(78年6月、白川書院)、『戦国の近江』(81年9月、歴史図書社)、『架空対談 近江の武将』(83年3月、サンブライト出版)など。なお『日本人国記 滋賀県人』(76年2月、新人物往来社)で徳永は近江商人に代表される滋賀県の県民性を「思慮深く、堅実でねばり強く、計数に明るく合理的で忍耐強い」と評している。共著、編著には『歴史の旅 西国三十三札所』(73年7月、秋田書店)、『わがふるさと近江Ⅰ』(77年6月、教育出版センター)、『ふるさとの想い出 写真集 明治大正昭和 大津』(80年9月、図書刊行社)、『改訂郷土史事典25滋賀県』(82年11月、昌平社)等がある。「私と小説」(「滋賀作家」83年3月)など随想類も多数。83年第8回滋賀県文化賞、85年第4回滋賀県ブルーレーク賞を受賞。86年文化庁地域文化功労者表彰。日本文藝家協会、日本ペンクラブ会員。滋賀県文化財委員、滋賀県地方史研究家連絡会世話人も務めた。

このように、徳永は読み物としての面白さを読者に提供するという信念を貫きながら70冊を超える著作を刊行するなど、精力的な執筆活動を展開したのである。86歳で逝去した翌2002年6月「滋賀作家」追悼号で久保田暁一は「多くの戦国武将たちの権力闘争や流血の様相」を描く徳永文学の「底に流れているのは、無用な血が流されてきたことへの悼みである」とし、次代の権力者が歪曲した悲運の武将群像への「紙碑建立」の志を見いだしている。たとえば代表的長編『影の大老』『明智光秀』『石田三成』において徳永は長野主膳や直弼、光秀、三成らをあらためて高く評価し、彼らの名誉回復を世に問うた。また「架空対談 近江の武将たち」(「湖国と文化」1977年9月～82年7月)では浅井長政、蒲生氏郷、石田三成、京極高次、片桐且元、豊臣秀次、明智光秀、京極道誉、藤堂高虎、山内一豊、小堀遠州、長束正家、滝川一益、和田惟政、宮部継潤、朽木元綱、増田長盛、脇坂安治、田中吉政、中村一氏と山岡景隆・景友を取り上げ、「近江の志士たち」(「湖国と文化」83年4月～86年7月)でも近江ゆかりの幕末の志士について詳述し、『燃ゆる甲賀』や『琵琶湖に命かけて』では江戸期の庶民の闘志あふれた事業を掘り起こすなど、歴史に埋もれがちな郷土ゆかりの人物達の顕彰にも尽力した。徳永は永住の地と定めて深く傾倒した、滋賀県の歴史風土から広く材を採った叙事的な創作や歴史文化書を、他の追随を許さぬほどの質量で著し続け、滋賀県文壇のため大いに尽力した功労者であった。ことに近江の戦国、幕末期を背景とした歴史小説作家としては自他ともに認める第一人者だったといえるであろう。

＊燃ゆる《もゆる》甲賀《こうか》 長編小説。〔初出〕「農業富民」63年1月～64年12月。〔初版〕『燃ゆる甲賀』64年10月、光風社。◇初出題は「日のべ十万日―天保義民録―」。いわゆる天保義民一揆の指導者の家庭に焦点を合わせた初期の代表作。老中水野忠邦の幕政改革に世が疲弊していた1842(天保13)年3月、江州野洲郡《ごおり》三上村の庄屋土川平兵衛宅を薬売り姿の村上治郎八が訪れた。治郎八は京都で陽明学を修めた平兵衛の先輩で、幕府勘定役市野茂三郎らによる不当で苛酷な公儀の検地が近く甲賀郡に及ぶこと、やはり陽明学を修めた市原村の庄屋田島治兵衛たちのいる甲賀の結束力が強いことを話し、暗に検地を止めさせる「義挙」をうながして去る。じつは治郎八は水口《みなくち》藩の細野亘《わたる》の差し金で姿を変えて平兵衛の心中を探りに来た忍びの者で、細野は膳所藩の村松と密談し、検地による両藩の不利益を見越して農民を扇動し反対運動を起こさせようとしていた。妻のミサは厄年である夫の今後を心配するが、平兵衛は治兵衛たちと相談し「致良知《りょうちをいたす》」の信念から百姓衆を救うため命を投げ打つ覚悟で検地反対の義挙を行おうと決める。そのため平兵衛の長男栄吉と権力者寄りであった菩提寺村の庄屋佐兵衛の娘およねとの縁談は破れ、佐兵衛は市野におよねを差し出すが、その危機を治郎八が救い、およねと栄吉は結ばれる。9月に甲賀郡そして野洲、栗太郡の庄屋集会が開かれ、一揆への賛同を得た平兵衛たちは、計画通り市野の一行が三上村に入った10月15日に蜂起する。甲賀郡の五千を超える百姓衆は恨みを抱く庄屋を打ち壊しにかかり、この間平兵衛は栄吉とおよねを江戸へ逃がす。甲賀勢は野洲、栗太郡の群集と翌朝野洲河原で合流。死装束の平兵衛は治兵衛たちと市野に検地延期を直訴する。かねて平兵衛と気心の通じていた三上陣屋の留守居役平野八右衛門の仲介により、証書に検地の「十万日の間日延」が明記され、一揆はようやく終息した。捕らえられ大津代官所での厳しい拷問に耐えた平兵衛たち

は不屈の精神力で江戸の白洲まで黙り通す。平兵衛は江戸送りの道中、石部宿でミサに辞世の歌を伝え、江戸入り前に栄吉夫婦を目にする。そして北町奉行所で強訴に到った一切の事情を毅然と申し述べたのであった。間もなく平兵衛たちは亡くなったが、検地は御破算となって義民の至誠は報われたのである。幕府崩壊の20年前のことであった。

＊新浅井三代記《しんあざいさんだいき》　長編小説。〔初出〕「滋賀日日新聞」1967年3月2日～12月31日。〔初版〕『新浅井三代記』73年1月、白川書院。◇初出は山本義一の名で「近江源氏太平記」と題して連載。595回以降の後編「京極・浅井の巻」を改題。佐々木六角と京極の、近江の覇権争いに加わった浅井亮政・久政・長政3代の興隆と足利幕府崩壊、そして信長の侵入による浅井家滅亡を、人間の権力欲をテーマとして巨視的な視座から描く。室町末期の大永・天文年間（1521～1555）、京極家の郷士であった浅井新三郎（亮政）は、同家執権に叛旗を翻し小谷城主となり、知恵者の八島を側室とする。江州の南を支配する六角定頼との闘いで越前の朝倉と盟約を結んだ亮政は執権職を得て定頼と再三闘う。劣勢にありながら小谷城を守った亮政は江北三郡に徳政令を出し、京極家に代わって権力を握るが1542（天文11）年に病歿。家督を継いだ八島の子久政は柔弱で定頼と和議を結び、定頼を継いだ義賢（承禎）との戦に負けて屈辱的な講和条件を呑む。しかし1559（永禄2）年、元服式を挙げた久政の嫡子賢政（長政）は祖父似の強い気性で六角に下るのを潔しとせず、嫁いできた六角家重臣の姫と離別する。二万五千の六角軍をその半数で破った長政は即浅井家の当主となり、織田信長の妹お市と結婚。江南以外の近江を支配した長政は、柏原に宿泊中の信長を夜襲するという家臣遠藤の計画を拒み、一方内乱で衰えた六角の城は攻め落とされる。信長は京極高吉らを配下にし将軍義昭と入洛。1570（元亀元）年、朝倉討伐に向かった信長に父の勧めで敵対を決めた長政は、背信に怒りながら岐阜城に戻った信長と姉川で合戦。死闘の末、浅井・朝倉軍は織田・徳川軍に破れる。しかし長政の信長への抵抗はその後も続いた。長政は比叡山での対峙など信長を倒せる幾度もの好機を朝倉義景の弱腰のため逸してしまう。叡山を焼き払い反対勢力の黒幕義昭を失脚させた信長は、近江諸地域を手中にしつつ小谷山に籠城する長政に迫った。1573（天正元）年8月、信長軍は朝倉家を滅亡させ、さらに小谷城を総攻撃する。愛するお市の縁故にすがっての降伏を潔しとせず、男の意地を守った29歳の長政は、本丸で父の死を聞いた後、お市に娘たちの前途を託して自刃。浅井家はついに滅ぶ。なお京極家は戦乱の世で曲折を経ながら関ケ原の戦で大津城を守った勲功により、小浜城主となった高吉の子高次が再興した。

＊影の大老《かげのたいろう》　長編小説。〔初出〕「滋賀日日新聞」1977年8月4日～78年8月16日。〔初版〕『影の大老』78年12月、毎日新聞社。◇大老井伊直弼の腹心であった長野主膳（義言《よしとき》）の運命の変転や心情の機微を、豊富な資料を駆使しながら詳述した代表作。1839（天保10）年秋、伊勢国の滝野知雄邸の蔵書を閲覧しに現れた本居春庭門下の主馬（義言）は、25歳の美丈夫で謹直かつ篤学の士であった。素姓を明かさぬまま知雄の妹多紀と結婚した主馬は、2年後近江坂田郡市場村で国学塾を開き、翌年直弼の寵愛を受けていた村山たかと多賀大社境内の般若院で出会う。その後志賀谷村の高尚館に塾を移し、二条家に仕えて九条関白配下の島田左近を知った後、埋木《うもれぎの》

舎《や》住まいの直弼と師弟の契りを結ぶ。禅や茶道、居合術を修練した直弼の至誠と器の大きさに主馬は心酔し「おのれを知るもののために、すべてを捧げたい」と、一蓮托生の覚悟を固め、直弼に世話を頼まれ深い仲となったたか女とも、直弼の「影の人」になろうと誓い合う。なお主馬の出自は細川家（八代《やつしろ》藩）で、阿蘇神社の神官長野家を経て紀州水野家の養子となったと妻に告白、のち生母と33年ぶりに対面する。1846（弘化3）年に世子、1850（嘉永3）年には藩主となった直弼は、主馬を主膳と改名させ藩校弘道館の国学寮学頭として召し抱え、側用人の宇津木六之丞と共に重用する。3年後の黒船来航から幕政は開国通商の是非論に揺れ、かねて開国説を表明していた直弼は攘夷を主張した水戸藩徳川斉昭と将軍継嗣問題もからんで対立。直弼の秘命を受けた主膳は九条関白を味方につけて左近、たかを懐刀としながら京都の内情を探るため暗躍。1858（安政5）年、大老に就任した直弼は世継ぎを紀州徳川家の慶福とし、苦渋の決断によって勅許を経ずに日米修好通商条約を締結。さらに違勅調印の国賊と彼を誹謗する水戸（一橋）派や公家達のめぐらす反幕的謀略を粛清すべく、いわゆる安政の大獄を断行した。しかし桜田門外の変で直弼は水戸浪士に殺され、斉昭も暗殺。主膳は主君の遺志を継ぎ公武一和に奔走し、藩の内政に敏腕を振るったが、京都で左近が暗殺され、自身も島津久光による幕政改革の余波を受けて1862（文久2）年、彦根藩家老により斬首されるという非業の最期を遂げた。なお初出では本編の後、幕末から明治の時代情勢と近江との関連を述べた「余聞」全164回を続載（8月17日〜79年1月31日）。

＊石田三成《いしだみつなり》　長編小説。〔初版〕『石田三成』1985年3月、青樹社。◇書き下ろし。作者は智将三成の出自を京極家に仕えた湖北坂田郡の名門石田家とし、自分を取り立ててくれた秀吉の恩を生涯忘れなかった信義に厚い近江人の典型と高く評価する。1584（天正12）年、羽柴秀吉の家臣である25歳の三成は小谷城近くの実宰院で18歳の茶々姫（淀殿）と出会った。三成の亡姉は浅井館で姫のお守役をしていたこともあり、両者は親近感を覚える。三成はかつて寺童子をしていた観音寺で、長浜城主の秀吉に「三碗の才」を示して以来の寵臣であった。近江出身の家臣は尾張生まれの武断派と異なり計数に明るく事務的才能に秀でた文吏派で、とくに三成は機智あふれる言動で秀吉の信任を得、若くして「五奉行」随一の政略家として活躍。また佐和山城主となって善政を施した。しかし武功なき彼の能吏ぶりは同僚からの反感をかう。1587（天正15）年に天下平定をなした秀吉の側室となった淀殿は、浅井と織田の血を受け継ぐわが子を天下の主に据えようと願い、のち秀頼を産む。秀吉の甥秀次は関白となっていたが、淀殿と三成とが密通して秀頼が生まれたとの虚言を信じ諫言したため、かえって秀吉の怒りをかって処断された。幼い秀頼を溺愛していた秀吉が死んだ後、正室の北ノ政所（高台院）と五大老筆頭の徳川家康は結託して武断派を支持し、秀頼の安泰をはかる淀殿や三成らの文吏派との対立を深めてゆく。三成は将来秀頼に権力を握らせ、自分は政権を陰で動かそうと考えていたのであった。暗殺の危機を脱した三成はいったん佐和山城に隠退するが、覇権をうかがう家康は豊臣家の旧臣を配下として勢力を強め、会津の上杉討伐に向かう。これに対し三成は1600（慶長5）年に挙兵、大坂城の淀殿に家康打倒のため義戦を始めると告げる。だが毛利輝元を総帥にした「西軍」の諸将の多くが

家康と内通し、9月の関ケ原合戦で善戦かなわず三成は敗北。勇将である親友の大谷吉継や軍師の島左近ほかも討ち死にした。佐和山城も落ち、古橋村で潜伏していた三成は捕らえられる。護送隊は実宰院を通って大津城に着き、ついに三成は口惜しさと天命への諦念を抱いて10月に京都で斬首される。淀殿の自害したのはその15年後であったが、その悲願は妹の於とくが三代将軍家光を産むことで果たされたのであった。

＊婆娑羅大名《ばさらだいみょう》　長編小説。〔初出〕「滋賀日日新聞」1979年2月1日～3月10日。〔初版〕『婆娑羅大名』90年10月、光文社。◇「婆娑羅大名―京極道誉」の題で初出紙停刊まで38回連載。刊本では大幅に改稿された。序文で、吉川英治を61年3月に道誉の墓のある甲良町の勝楽寺ほかに案内したと書く作者は、後醍醐天皇と足利尊氏の対立、南北朝の動乱を背景に、いわゆる婆娑羅ぶりと風雅擁護を行いながら策略家として時代をしたたかに生きた武将道誉の個性を活写する。近江源氏佐々木京極家5代目当主の道誉は、湖北柏原の徳源《とくげん》院清滝寺に高氏（尊氏）を迎えて密談し、北条政権打倒の盟約を交わした。高氏や新田義貞の決起によって六波羅探題の北条仲時らが米原の蓮華寺で自害するなどして北条家は滅び、かつて道誉が隠岐配流の護送役を篤く務めた後醍醐帝による建武の新政が始まった。しかし武家の反発から新政は挫折し、尊氏は義貞など朝廷側と戦う。戦局は変転の後、九州から再挙した尊氏が勝利。有力武将を失った後醍醐帝は吉野に移り崩御。京都の光厳上皇系統との朝廷分裂の事態のなか、足利幕府が樹立された。しかし南朝と優勢に戦っていた幕府内にもやがて権力闘争が起こり、執事の高師直《こうのもろなお》や弟の直義は尊氏に殺され、尊氏もまた亡くなる。次の将軍義詮も南朝との争いの中で歿した。一方、1337（建武4）年頃から甲良荘の勝楽寺城に住していた道誉は、3年後の妙法院焼き討ち事件などで武家の倫理にこだわらず権威にも屈せず、自由奔放に振る舞う「婆娑羅大名」の異名を得ていた。南朝の攻撃を知った上での四条京極邸を見事に整えての退出や、「風流競べ」として知られる豪奢な花見の宴を催した道誉には、文化教養人の側面もあった。そして「菟玖波集」で連歌を詠み、近江猿楽を愛好擁護し、茶湯、立花《りっか》、香道の元祖ともされる彼を、作者は「室町文化の先駆者」と評価。道誉が天寿を全うした後も、作者の筆は義満の時代の南北朝合一、徳川時代の後南朝や応仁の乱にまで及んでいる。（外村彰）

徳永政二　とくなが・せいじ

1946・1・15～。川柳作家。香川県綾《あや》歌《うた》郡生まれ。守山市吉身在住。関西大学法学部卒業。1970年より滋賀県に居住。句集『川柳　徳永政二』（85年、私家版）を出し、川柳を始める。92年びわこ番傘川柳会同人となり、現在「川柳びわこ」編集長。93年「番傘」川柳本社同人、96年「川柳大学」会員となる。98年の第29回、99年の第30回「川上三太郎（1891～1968）賞」を連続受賞、〈雨の中走るだんだん雨になる〉〈水は水　私は私　顔洗う〉。97年第47回、99年第49回、そして2001年第51回と滋賀県文学祭川柳部門において芸術文化賞を続けざまに受賞する。その他、第5回「オール川柳賞準賞」などを受賞。今ここに現在こうしていることをより自由に書いてゆきたいという、淡々とした膨らみのある句風が特色。〈母がいる山を回ってきたとんぼ〉　（山本洋）

外村吉之介　とのむら・きちのすけ

1898・9・27～1993・4・15。民

藝家。神崎郡五個荘町（現東近江市五個荘）川並生まれ。1925年関西学院大学神学部卒業。32年手織物の創作に着手。34年国画会会員。48年倉敷民藝館、のち熊本国際民藝館館長。39年から43、58、59年と沖縄や中国、欧米を旅行した。日本民藝協会常任理事。著作に『南島通信 沖縄の民藝』（62年5月、倉敷民藝館）、『民藝遍歴』（69年11月、朝日新聞社）、『喜びの美・亡びの美—民藝六十年』（88年1月、講談社）等多数。

（外村彰）

外村繁 とのむら・しげる

1902・12・23〜1961・7・28。小説家。神崎郡南五個荘村（現東近江市五個荘）大字金堂631番地生まれ。本名茂。父吉太郎・母みわの三男。実家は呉服木綿問屋として江戸時代から続く旧家の分家で、宗旨は浄土真宗。幼時、近隣の堂宇の地獄絵に怯え、少年期に辻市左衛門（作家辻亮一の父）から観世流謡曲を習う。入婿の父は1907年、東京日本橋に外村商店を設立。15年春に金堂小学校卒業後、県立膳所中学校に入学、大津に5年間在住した。国語漢文の教師で小学校時代の恩師山脇毅のもとに兄と寄宿。関寺町の淡水魚問屋松田宅の離れから上百石町の大谷家（借家）まで数回引っ越す。在学中は野球部に所属し皆出席。18年次兄病歿により自家の相続人となる。19年1月中学の「校友会雑誌」5号に「墓」が初めて活字化される。21年4月京都の第三高等学校文科甲類入学。翌22年第三高等学校劇研究会に入会、梶井基次郎、中谷孝雄らを識る。会で倉田百三『出家とその弟子』を読み、『歎異鈔』により親鸞に傾倒。回覧雑誌「真《ま》素木《しろぎ》」にも参加。翌23年第三高等学校の文藝部理事となり「嶽水会雑誌」を編集。9月関東大震災で日本橋の店が焼失。11月稲垣達郎らの「黒《くろ》生《ふ》」同人。24年4月東京帝国大学経済学部経済学科に入学し、市内麻布区に住む。6月以降カフェ「マスヤ」の女給八木下とくと恋愛、実家の反対にあいながらも同居。25年1月文藝同人誌「青空」創刊（〜27年6月）、編集、執筆に携わって郷里を材とした小説等を発表。同年武者小路実篤の人道主義や滝井孝作「無限抱擁」に感動。秋に千葉県市川町（現市川市）に転住。11月「文藝時代」時評掲載時の誤植「繁」を筆名とする。12月大津公会堂で第2回青空講演会開催。26年7月長男晶生まれる。以後、子女は四男一女を授かった。27年3月東京帝国大学卒業。6月高田馬場に転居。11月に父が死去したため翌28年から家業を継ぎ、東京日本橋店に勤めた。32年には妻子を入籍。

弟に家業を託した33年11月、青柳瑞穂や中谷孝雄らの「麒麟」同人となり、尾崎一雄や浅見淵の知遇を得る。再起第1作として「鵜の物語」を翌34年9月に発表。一連の〝商人もの〟と呼ばれる商業小説を執筆。このころ阿佐ケ谷に転居。井伏鱒二ほかの阿佐ケ谷将棋の会（のち阿佐ケ谷会）に加わる。34年4月「世紀」同人（〜35年4月）、翌35年「草筏」連載開始、同年9月「草筏」第1回芥川賞候補となる。同年10月「木靴」同人（〜36年2月）。36年1月砂子屋書房刊「文藝雑誌」1号で「外村繁を語る」特集。2月砂子屋書房から第1創作集『鵜の物語』出版。6月「文学生活」同人（〜37年6月）。37年6月「日本浪漫派」同人、のち編集も務める。39年3月、完結した『草筏』が第5回（昭和13年下期）池谷信三郎賞受賞。同月第8回芥川賞候補となるも池谷賞受賞のため除外される。5月「作品倶楽部」投稿選者。この前後から作風は私小説中心となる。戦時中は阿佐ケ谷に留まり、45年には西銀座の民藝店「たくみ」

の経営を委嘱される。年末に帰省し浅見淵と安土城に登り、以後も亡父の法事などで帰郷を繰り返す。46年7月「素直」発刊、「父の思ひ出」を連載（48年まで）。翌47年藤原審爾が師事。9月「青年作家」投稿選者。48年2月夫人が脳軟化症で倒れ、12月に死去。「夢幻泡影」（「文藝春秋」49年4月）等にその最期を描く。49年には当時文部省社会教育局勤務の金子ていを紹介され、翌年1月滝井孝作夫妻の媒酌で結婚。「最上川」（「文藝」50年2月）等はその交情を描く。「友愛」に「淡雪」（50年4月～51年1月）、「故郷は」（52年4月～53年4月）を連載、54～61年同誌創作欄の選者。51年から滋賀文学祭創作部門選者。52年4月日本文藝家協会常任理事。11月には税対策実行委員長となり、著作権や債権の問題に取り組んで東京国税局との折衝や河出書房の再建に尽力。54年11月～56年3月「文藝日本」に同人参加して連載した「筏」が56年第9回野間文藝賞を受賞。57年上顎腫瘍発見、放射線照射治療を行う。59年秋から母が上京して同居。60年ていに乳癌が発見される。61年1月自らの性欲史を記す「澪標」（「群像」60年7月）により第12回読売文学賞受賞。5月てい、婦人教育課の初代課長に就任。自身は上顎癌が再発したため治療を続けた。次回作「親鸞」の準備が整った7月、日本医科歯科大学病院に入院。「週刊現代」連載の「濡れにぞ濡れし」の口述筆記を続けたが意識不明となり7月28日永眠。享年58歳。8月準文藝家協会葬。五個荘町石馬寺の外村家の墓所に納骨された。その闘病を静かな筆致で綴った「落日の光景」（「新潮」60年8月）、「日を愛しむ」（「群像」61年1月）は私小説の極北と評される。11月「春の日」3号が「外村繁の思ひ出」追悼特集（30名執筆）。同月、てい病気再発により死去。62年1月「全線」追悼号刊行。13回忌まで命日に「澪標忌」が営まれた。72年7月山形市立蔵王第二小学校に「外村繁・金子てい夫妻文学碑」建立。90年に生家が「近江商人屋敷・繁邸」として公開され、97年には同地に「外村繁文学館」が開館した。

　代表的長編に、近江商人としての家業の歴史や一族の血をモチーフにした3部作『草筏』（38年11月、砂子屋書房）、『筏』（56年5月、三笠書房）、『花筏』（58年11月、三笠書房）と、絶筆『濡れにぞ濡れし』（61年10月、講談社）があり、中編『父の思ひ出』（48年11月、小山書店）、『澪標』（60年9月、講談社）も刊行。それらには五個荘周辺が度々描出されている。短編集に『鵜の物語』（36年2月、砂子屋書房）、『春秋』（39年2月、赤塚書房）、『風樹』（40年4月、人文書院）、『白い花の散る思ひ出』（41年7月、ぐろりあ・そさえて）、『春寒』（47年6月、青雅社）、『紅葉明り』（47年6月、世界社）、改訂版『鵜の物語』（47年8月、講談社）、『早春日記』（49年2月、河出書房）、『岩のある庭の風景』（57年6月、講談社）、『愛のうた』（58年12月、光書房）、『落日の光景』（61年4月、新潮社）、『夕映え』（61年11月、角川書店）がある。随筆集に『日本の土』（43年5月、大観堂）、『春・夏・秋・冬』（59年7月、新創社）。他に、少女小説『愁いの白百合』（49年12月、偕成社）、「姉川の会戦」を収める『日本合戦史話』（43年4月、陸軍画報社）、『入門しんらん』（59年12月、普通社）、『阿佐ケ谷日記』（61年12月、新潮社）も刊行。歿後『外村繁全集』全6巻（62年3月～8月、講談社）がまとめられた。

　郷里を主舞台とする小説には「春秋」（「文藝春秋」35年10月）、「神輿振り」（「日本の風俗」41年8月）、「秋風の記」（「新潮」45年12月）、「枇杷の花」（「暁鐘」46年7月）、

「春の祭」(「青春」46年8月)、「あさき夢みし」(「文壇」46年12月)、「早春の空」(「早稲田文学」48年7月)、「雪やなぎ」(「文藝春秋」50年2月)、「古時計と落葉」(「世潮」54年2月)、「記憶の人々」(「群像」54年3月)、「秋の湖」(「文藝」54年12月)、「墓地中の感情」(「新論」55年11月)、「愛しき命」(「群像」56年10月)等もある。その多くが外村の本領である男女の性を凝視した私小説で、亡父亡妻の法事による帰省や幼時からの郷村の自然と人事の回顧が繰り返し描かれる。後年ほどそのリアリティは増しており、自己の血と魂のありかを追尋する外村の文学は経年ごとに故郷の風光を指向していったといえよう。ほかに「近江路」(「月刊文章」40年12月)、「近江路の旅」(「新文庫」48年6月)、「滋賀風土記」(「小説新潮」54年7月)、「美代の在所」(「日本経済新聞」57年4月19日)、「望郷の念」(「滋賀日日新聞」60年7月31日)、「私の膳中時代」(『膳高六十年史』60年10月、滋賀県立膳所高等学校同窓会)、「故郷を思う」(「滋賀日日新聞」61年1月1日)、「心のおいたち」(「読売新聞」61年2月26日〜3月26日)等の郷土をめぐる紀行、随筆もある。

＊草筏《くさいかだ》 長編小説。〔初出〕「世紀」35年3月〜4月、「木靴」35年10月〜36年1月、「文学生活」36年8月〜37年6月、「早稲田文学」37年10月〜38年5月。〔初版〕『草筏』38年11月、砂子屋書房。◇当初「世紀」「木靴」に断続連載され、「文学生活」に「草筏抄」(のち「白い花びらの記憶」)の発表後、あらためて37年4月から「文学生活」に改稿した第1部を、「早稲田文学」に第2部を連載して完結。それまで商業小説を執筆していた外村は「何故、書くか」の問いから自己の本性を探り、近江商人である血族の歴史と業縁めぐく葛藤を赤裸々に剔抉しようと、一族済度の意図を込めて仏教語である「筏」を総題とする3部作を構想した。明治大正期の藤村商店の人々をめぐる愛憎の諸相を描出する「草筏」は、その第2部にあたる。なお外村は客観小説である「筏」3部作執筆以降、作風を私小説に転じている。

江州「六荘村」に生まれ育った、清い魂をもつ孤独な少年の晋は、優しい子守の美代が義父藤村治右衛門のために死児を産まされたと、叔父の真吾から聞く。藤村商店勤務の晋の実父善太郎はその有能さゆえに義父に解雇されていた。冷徹で誇り高い気性の真吾は乱暴者であったが、商業学校を出てからは黙々と執念深く事業を展開してゆく。真吾は兄の治右衛門に進言して呉服毛織物を商う藤村商店を株式会社とする改革を断行し、京都の本店や東京、福井、大阪の支店を廻る。才気ある按摩の章石に脅かされ「悪いこと」のないよう仏に念ずるなど臆病であった晋も、やがて小学生となる。そこで「分限者の子」と呼ばれることに罪悪感を覚え、同級のお糸に淡い恋心を抱く。販路を大陸に拡張した真吾は人間の羞恥心の虚偽を憎みながら、発狂した美代への愛と兄への怒りを秘して「O市」の関野淑子と「肉と肉だけの」結婚をし、妻を生命保険に入れる。晋は妊娠した淑子に親しみ、憧れの滝先生の結婚退職を知り、美代を思い浮かべながら女性の抱える哀しさに暗然とする。真吾は専務取締役となり、第一次世界大戦を背景とする好況下、藤村商店は成長の一途を続けるのであった。

＊白い花の散る思ひ出《しろいはなのちるおもいで》 中編小説。〔初出〕「早稲田文学」39年10月〜40年3月。〔初収〕『白い花の散る思ひ出』41年7月、ぐろりあ・そさえて。◇初出題「文学的自伝」。「私」(茂)の最初の記憶は明治39年(4歳)春の郷村での草競馬であった

が、一方で生まれて初めて屋外に出て、裏庭で白い花びらの散る美しさに見とれながら立っていた場面も思い出される。この記憶は、世の中に怖れを抱きつつ1人で歩を進めた「私」の心の原風景であり、外村文学のいわば通奏低音として他の私小説でもしばしば喚起される。また母が客に「サイナラ」を告げる哀切感は、朝夕の読経での鈴の音とあわせて思い起こされ、以後死別の際の心象として想起されてゆく。様々な物事に怯える臆病な性質の「私」は厳しい母に戒められつつ育つが、小学生になって活発になり、初めての喧嘩や受持ちの先生との別れ、ごっこ遊びや勉強の楽しさを体験する。しかし家では気儘で母にも反発を覚えていた。そうした中で同級生の美代が「お尻捲り」をされた前後のときめきと悔恨、体格検査で彼女の腰巻き姿を覗いた羞恥といった性の目覚めも描かれる。膳所中学校に進学し、恩師山脇先生と兄で同宿を始めた「私」は、はじめ上級生から恋文が来るなど「稚児さん」気質に染まるが、のち熱心に野球にうち込む。「与太」連など様々なグループと交友し、教員とのトラブルから悔悟を覚えたり、S君から少女との恋の告白を受け、さらに兄の夭折で商家を継ぐ運命に直面した「私」は、東京生活などの曲折を経て第三高等学校に入学する。『歎異鈔』を読み親鸞に傾倒し、劇研究会で中谷や梶井らに出会い、創作を試みた「私」は彼らとの交流で文学への情熱を深め、関東大震災後の恐慌下、同人誌発行を期して東京での新たな生活を迎えようとしていた。

＊紅葉明り《もみじあかり》 短編小説。〔初出〕「文藝」47年3月〔初収〕『紅葉明り』47年6月、世界社。◇郷里の小学校の1級下で淡い恋心を通わしていたお勢が女学校を卒業後、その小学校の先生になったのを知った「私」（茂）は、彼女が「私」の地元の誓願寺に嫁入りすると聞き、儚い現実の寂しさを感じる。しかし一子をもうけた後、夫が事故で死に、残されたお勢は若い役僧の谷本との過ちで妊娠する。谷本は寺を去った。ひそかに関野医院で診療を受けたお勢は誓願寺の便所に死児を捨て、警察に捕まった。それを知った「私」は女の性の哀しさにうたれる。その後お勢は老院主と共に寺で暮らしていた。20数年を経た戦後、復員したお勢の子は院主となっており、父の法事で帰省した「私」の家で読経をする。紅葉した寺の庭でお勢と再会する「私」は、明朗に振る舞う彼女と人生の来し方や現実と夢について話し合って別れる。運命に翻弄された重い生に耐えて家を守り、年老いてゆく初恋の女性への哀切の想いを、淡々とした筆致のうちに浮かびあがらせた佳編である。

＊故郷の四季《こきょうのしき》 随筆。〔初収〕『幼年』48年6月、西荻書店。◇書き下ろし。全5章。「序章」は5歳頃の記憶と当時の故郷の風物や自然、伝説や家庭の習慣を叙す。「春の祭」は4月の村祭りと小学校をめぐる思い出が詳細に記述される。「夏の小川」には蛍狩り、子守の美代の在所を訪れたこと、魚釣りや鮒鮨の話、地蔵盆の回想がある。「秋の色」では秋の行事や遊び、村にゆかりのある人々との交流が述べられ、「冬の夜」は狐狸の怪奇話、正月と獅子舞、雪中の小鳥捕り、また活動写真や飛行機見学などが回顧されている。各章に筆者の愛唱歌が引用され、瑞々しい感覚による清潔感のある文章は、幼年時代からの故郷に関わる心象風景を鮮やかに再現する。それらの情景にひそむ余韻には、戻ることのない美しい時への愛惜が込められている。

＊故郷にて《こきょうにて》 短編小説。〔初出〕「心」52年3月。〔初収〕『外村繁全集第4巻』62年3月、講談社。◇コスモスの咲く秋に、謙吉は後妻の礼子と、先妻たきの墓のある

郷里の村に着いた。実家で母は腰のたたない牝鶏をかいがいしく看ながら過ごしていた。翌日四国に出張する礼子を駅まで見送った謙吉は、妻が大阪での乗り換え前に夫には秘密にしている何かをなそうと思い迷っているのを看取するが、疑念を覆い隠した自分を不快に感じる。小さな心の棘を抱いたまま謙吉は帰宅し、同窓生で魚屋の仙三と近江商人の発祥地である村の戦後の不況について話し合う。生活苦を洩らしていた仙三はその夜に縊死し、謙吉は母と畑仕事にいそしんでいてそのことを聞き知る。次の日仙三の葬式に参列してから、餌をやろうとした牝鶏が立っているのを見付けた謙吉は、「よう直っておくれた」と声をかけ涙した母をみて、まず妻にこの事実を話そうと考える。この時彼の心に棘は刺さっていなかった。軽い滑稽感を伴う母の言動と鶏の神秘的な快復が、感情の不安に揺れ動く謙吉や旧友の自殺と対比的に描かれており、それらが繊細な自然描写と併せてささやかな救いの情景へと象徴的に高められている。

＊夕映え《ゆうばえ》　短編小説。〔初出〕「新潮」54年7月。〔初収〕『夕映え』61年11月、角川書店。◇「私」は鳥や蛙、虫たちの交尾の姿態から人間の生殖を連想しはしなかった。しかし小学校高学年のころ憧れの志村先生の袴を着けない姿から「女の人」を感取して狼狽する。また妊娠中の叔母淑子を産婆が訪れた際の羞恥、叔父に春画をみせられて性の行為には愛情という責任が必要だと反発した場面が想起される。「私」は性の羞恥は罪の感情から発すると考えながらも、容赦なく人を束縛する「性の威令」について「謙虚な絶望」を抱く。50歳を過ぎた現在、性の面ではこの世に生まれた役目を終えたはずの「私」にもまだ性への恥ずかしさは残っている。それは生の歓びを伴った夕映えのようなものであった。女性たちの羞恥は自分の「性」を意識したためかと「私」は考えもする。叔父は「私」と同居する再従兄弟の路子や叔父宅にいた女中の美代の性を「生殺し」にしておくのは卑怯だと話していたが、そののち駈落ちをした路子や叔父と関係した美代が今は結婚して平静な生活を送っている。「私」も、浅ましい性を抱きながら人間として生きた。そのことにはさして悔いはない。このように羞恥と嗜虐の面から振り返って性の実相を受容してゆく落ちついた心境が綴られる。

＊近江商人考《おうみしょうにんこう》　評論。〔初出〕「友愛」54年9月～11月。〔初収〕『外村繁全集第6巻』62年8月、講談社。◇全国を行商して富を築いた「近江商人」の歴史的展開や商法の特徴を、自らの見聞や実体験を交えながら概説。近江商人が滋賀県の湖東地域を主な出身地とした理由を、百済から湖東に移住してきた帰化人の血統とその技術、また市場を保護していた佐々木一族が信長に亡ぼされた歴史的事実に求める。徳川中期から明治中期にかけて勃興した近江商人は、絹織物など繊維商品を多く扱いながら、江戸や上方に店舗を構えて住み、郷里に本宅を残し、時に帰郷した。留守宅では「勤倹」の風が発達し、当地の少年は丁稚となって立派な商人になる夢を抱いたという。封建時代にあって進取と自主の精神が強くみられた近江商人も、大企業の隆盛や戦争による混乱など時代の趨勢もあって、三代目以降は旧態を守り続けるのみで家業の衰亡した例が増えたとする。

＊川と白壁の村《かわとしらかべのむら》　短編小説。〔初出〕「文藝春秋」57年5月。〔初収〕『夕映え』61年11月、角川書店。◇「私」(修の生まれた近江の湖東地方は近江商人発祥の中心地である。本宅に妻子が住み、主人は都会に暮らす習慣が守られている。50年

近い昔、厳しい母に代わる母性を求めていた少年の「私」は、本宅住まいの優しく美しいお琴さんの家に、白壁を映す川沿いを通ってよく遊びに行った。初夏の頃、子のないお琴さんは浄福寺に灸をすえてもらいに「私」と出掛けた。お琴さんはその夏行方をくらまし、水死する。「私」はそれが信じられず、お琴さんの笑顔を鮮やかに思い浮かべる。夫の西田良介は村を去り、数年後成功して帰村した。のち「私」はお琴さんの死因を良介の仕送りの途絶ではなく、村から去った浄福寺の恐ろしげな僧に求めもしたが、真実と粉飾の境目は最早はっきりしない。荒廃の色の争えなくなった村には今も白壁を映す川が流れ、不思議とお琴さんの面影もいよいよ鮮明である。

＊恋しくば こいしくば　短編小説。〔初出〕「新潮」57年8月〔初収〕『落日の光景』61年4月、新潮社。◇4月に久々に帰省した「私」（晋）は、「草筏」の女主人公「美代」ゆかりの愛知《えち》川上流域を初めて訪ねた。八日市から妻とタクシーで永源寺町に向かった「私」は、少年時や山上生まれの亡義兄を回顧し、相谷《あいだに》で車を降りて渓流に沿って歩き始める。近くダムに沈む山家の静かな風景の中で地図を広げながら、まず50年前に女中の菊枝が君ケ畑出身だと話した記憶が思い浮かび、さらに実家に奉公に来ていた九居瀬《くいぜ》生まれの八重や杠葉尾《ゆずりお》生まれの町子たちの印象から成った架空の「美代」が心中に瑞々しく生き続けてきたと回想する。貧しい育ちの彼女たちへの同情や感傷が空想の故郷に転置され浄化された「美代」像は、富者として育った自我が求めた郷愁にも似た親愛感を内在させており、現実の生活において農家生まれの妻と暮らしてきた「私」の生きかたにも感化を及ぼしてきた。こうして少年期の思慕や空想が今の日々の心象を支えてきたことへの感謝を、清らかな風景を眼前にしてあらためて抱いた「私」は、ダム建設に怒り憂いつつもこれまでの空想の終焉に思い到り、渓流の音の鳴り続く山間の地を後にするのであった。（外村彰）

外村文象 とのむら・ぶんしょう

1934・9・26〜。詩人。神崎郡五個荘村大字川並（現東近江市五個荘川並町）生まれ。本名元三《もとぞう》。滋賀大学経済短期大学部卒業後、紡績会社入社。同人誌「アシアト」主宰。日本詩人クラブ、関西詩人協会会員。詩集に『烏《からす》のいない森』（1963年1月、アシアト文藝同好会）、『愛のことば』（64年10月、アシアト詩社）、『花莫座』（69年6月、天幕書房）、『異郷』（78年7月、近江詩人会）、『鳥は畤に』（91年5月、近代文藝社）、『天女の橋』（92年11月、近代文藝社）、『星に出会う』（95年9月、待望社）、『男の年輪』（2002年11月、待望社）。エッセイ集に『癒やしの文学』（2000年11月、待望社）。（仲秀和）

戸部新十郎 とべ・しんじゅうろう

1926・4・8〜2003・8・13。小説家。石川県鹿島郡七尾町（現七尾市亀山町）に生まれる。父良祐は石川県議会議員、民政党の代議士（1930年の第17回総選挙で当選）であったが、34年12月19日に死去。また、唯物論哲学者の戸坂潤は従兄にあたる。39年4月、石川県立金沢第一中学校に入学。44年4月第二早稲田高等学院文科に入学するも、翌45年7月には金沢工兵連隊へ入隊し、北越兵団に所属する。47年4月早稲田大学政治経済学部に入学。翌年母の死のため帰郷し、北国新聞社記者となり大学は退学。53年に新聞社を辞し、同人誌活動や郷土史研究を行う。60年頃から、多岐流太郎の筆名で「玄忍集―加賀一向一揆」（「歴史読本」36年7月）、「百万石の道中」（「歴史読本」64年4月）等を発表。68年に作家山田克郎のすすめで歴史作家の集まりである「新鷹会」に入り、筆名も本名に戻す。この後、前田利家などの戦国武将、服部半蔵などの忍者や隠密、宮本武蔵などの剣豪等を素材に多くの歴史小説を執筆し、多数の著書を刊行。また、『安見隠岐の罪状』（73年6月、毎日新聞社）は、73年下半期の直木賞候補作となった。

＊忍者　にんじゃ　歴史随筆。〔初版〕『忍者』78年8月、大陸書房。◇幕末の伊賀上野の沢村甚三郎のエピソードや、伊賀における忍者の成り立ち、服部半蔵と上忍、忍者の源流、忍者と能楽との関係などが書かれた歴史読み物である。最終章「忍者の最後」には、甲賀衆が詳述されている。「甲賀忍術が世に現れたのは、長享元年（1487年）の鈎ノ陣である」とし、近江の大名佐々木氏や徳川家康、家光との関係を交え、伴与七郎、鵜飼孫六、甲西町の岩根家といった甲賀衆が紹介される。「甲賀衆最後の実践参加」は島原の乱で、その後、子孫は農耕に帰していったという。この書で「実態と幻想の間を往来して」忍者像に迫ったと戸部は述べている。（西尾宣明）

富岡多恵子　とみおか・たえこ

1935・7・28〜。詩人、小説家。大阪市生まれ。1958年大阪女子大学英文科卒業。在学中に自費出版した詩集『返礼』（57年10月、山河出版社）により第8回H氏賞を受賞した。70年代から自在な語り口により主に家族の感情の機微や異性間の性意識を描く小説を創作。代表作に『冥途の家族』（74年6月、講談社）、『芻狗《すうく》』（80年9月、講談社）、『ひべるにあ島紀行』（97年9月、講談社）ほか。「壺中庵異聞」（「文学界」、74年9月）に登場する愛書家の横川蒼太は甲賀に病気療養の身である。評伝に『室生犀星』（82年12月、筑摩書房）、『中勘助の恋』（93年11月、創元社）等。女性論・文明論も多い。随筆「近江暮らしの楽しさ実感」（「読売新聞」夕刊、2004年6月23日）によると2003年秋から大津市に居住し、大津事件をめぐる人々の考証を中心とした長編「湖の南」（「新潮」2007年1月）を発表している。『富岡多恵子集』全10巻（1998年10月〜99年7月、筑摩書房）がある。（外村彰）

富永貢　とみなが・みつぎ

1903・4・28〜1995・7・14。歌人。滋賀県生まれ。京都帝国大学医学部卒業。高知日本赤十字病院外科医長、東京造幣局病院院長を歴任。医学博士。旧制第八高等学校在学中に、八高教授で「水甕」の同人石井直三郎に師事、歌作を始める。1928年4月創刊の第2期「詩歌」に参加、前田夕暮に師事、当時の自由律短歌の影響をうける。38年木下利玄の「いのちにひたむかう」作歌理念を基調とする五島茂主宰の「立春」創刊に参画。44年に第6回木下利玄賞を受賞。戦後は、「アララギ」派の鹿児島寿蔵の主宰「潮夕」に参加。その創刊の47年から終刊の82年まで主要同人として活躍する。当時の実直な歌風は、第1歌集『遠雷』（51年10月、長谷川書房）に反映しているが、74年1月「短歌」所収の73年度自選作品集の〈春潮のおだしきけふも島人ら船酔神社に神酒たてまつる〉〈椿咲き緋寒桜が追ひ咲ける島山のたをり風あたたかし〉などに顕著である。67年に「沼の葦むら」30首で第5回短歌研究賞を受賞、歌壇に一定の地歩を確立する。80年11月24日、蒲生郡蒲生町の極楽寺に建立された米田雄郎の第4歌碑の除幕式に東京から参列し、旧知の滋賀県歌人協会の歌人と再会。82年8月主宰の鹿児島寿蔵の死去にともない、「潮夕」を解散後、東京で北斗短歌会を結成。翌83年1月「北斗」を創刊、主宰する。〈芝原の萩の葉むらに囲まるる丸き石あり眼に残るなり〉や〈百舌鳥のこゑ移りゆきたる納屋のかげ菊鉢に寄る園丁若し〉などの作品に、叙景のこまやかさと人事との調和を視点にすえた歌風の特色がうかがえる。歌集は『春の潮』（53年、清新書房）『山の砂』（57年、新星書房）『湖山石』『暮れてゆく原』『吹く風の日に』『潮騒』など多数。（太田登）

十和田操 とわだ・みさお

1900・3・8〜1978・1・15。作家。岐阜県郡上郡生まれ。本名和田豊彦。1924年明治学院高等学部文藝科卒業。29年「葡萄園」同人。戦前「判任官の子」（「文学生活」36年7月）等を発表。37年朝日新聞社入社。41年召集、八日市の飛行第3連隊に入隊、翌月外地転戦。66年5月号の句誌「青芝」所載の「多喜さん追憶」に「付近の玉緒村の農家」で「出動の命令待ち」をしたと記載されている。戦後は中間小説等を執筆。『十和田操作品集』（70年3月、冬樹社）がある。（外村彰）

【な】

内貴桐花 ないき・とうか

1926・2・8〜。俳人。岡山県生まれ。大津市石場在住。本名嘉子《よしこ》。1967年「花藻」入会、中本紫公のち藤本映湖に師事。90年「花藻」功労賞受賞。95年退会。〈義仲寺のにぎはふ日なり初しぐれ〉（山本洋）

直木三十五 なおき・さんじゅうご

1891・2・12〜1934・2・24。小説家。大阪市南区（現中央区）に、父惣八・母しづの長男として生まれる。本名植村宗一。早稲田大学英文科予科に入学したが、学費未納により除籍。東京で出版事業などを起こすがうまくゆかず、関東大震災後いったん関西に戻り、1927年に再度上京。文筆活動に専念し、30〜31年「大阪毎日新聞」「東京日日新聞」に連載した「南国太平記」で人気を得て、大衆小説家としての地位を確立。『荒木又右衛門』（30年7月、先進社）のような仇討ちものの他、『楠正成』（32年11月、中央公論社）といった歴史ものも支持された。「大阪落城」（「時事新報」33年4月18日〜12月31日）も歴史もので、この中の「関ケ原合戦」の章では大津、大垣周辺が描かれている。戦時色が濃くなると上海視察をして『日本の戦慄』（32年6月、中央公論社）を書き右傾化を批判されたりしたが、2年後、結核性脳膜症で死亡。35年、親しかった菊池寛が直木の顕彰もかねて「文藝春秋」に大衆文学を対象とする直木賞を発足させた。（宮内淳子）

中井善作 なかい・ぜんさく

1929・5・7〜。俳人。滋賀県生まれ。大津市本堅田在住。「ホトトギス」「玉藻」「花鳥」所属。句集『西近江』（刊年等未詳）。〈冬めきて波たたみ来る湖中句碑〉（山本洋）

中井冨佐女 なかい・ふさじょ

1915・10・20〜1989・9・13。俳人。滋賀郡堅田町（現大津市本堅田）生まれ。本名冨佐《ふさ》。旧姓竹端。1928年滋賀郡堅田町堅田尋常高等小学校尋常科修了。33年県立大津高等女学校卒業。35年中井幹《みき》太郎《たろう》（俳号余花朗）と結婚。47年より高浜虚子および一門の指導をうけて、「ホトトギス」「玉藻」に拠り句作を始める。「ホトトギス」同人。89年秋、夜の句会の帰り、不測の乗用車事故で長男句鳰《くにお》と同時に死亡。序文に高浜虚子の文章を再掲した句集『湖畔抄』（84年4月、東京美術）がある。みずうみにかかわる句ばかりを編年式にまとめている。作品は、自宅前に広がる琵琶湖の四季のさまざまな姿をこまやかな愛着心と素直な一体感とで詠んだものが多い。特に作意の少ない自然体のもの、〈とりあへず浮御堂まで月今宵〉〈もてなしは萩の黄葉《もみぢ》とみづうみと〉〈ヨットの帆座敷の動く景として〉〈みづうみへ裏戸を押せば風は秋〉。ユーモアというよりほほ笑ましいもの、〈芽柳を退屈させず湖《うみ》の風〉〈湖空《うみぞら》に渋滞はなく群とんぼ〉〈湖風《うみかぜ》の機嫌よければ落葉焚く〉。広やかな感性のもの、〈船音の全く絶えぬ銀河濃し〉〈新月をかゝげて湖のまだ暮れず〉〈空よりも湖に初日の濃かりけり〉〈揚花火受け止めてゐる湖の闇〉。（山本洋）

永井路子 ながい・みちこ

1925・3・31〜。小説家。東京市本郷区（現東京都文京区）生まれ。本名黒板拡《ひろ》子。1944年東京女子大学国語専攻部卒業。49年小学館に入社、雑誌の編集に携わる。51年「サンデー毎日」の懸賞小説に応募した「三条院記」が歴史小説の2席に入選。61年「青苔記」が直木賞候補となり、これを機に小学館を退社、寺内大吉、司馬遼太郎らの「近代説話」に参加する。64年10月光風社から『炎環』を刊行、翌65年同作により第52回直木賞受賞。以後、本格的な作家活動に入り、『絵巻』（66年12月、読売新聞社）、『宿命の天守閣』（67年4月、人物往来社）、『北条政子』（69年2月、講談社）など、次々と精力的に作品を刊行する。72年2月読売新聞社より近江を舞台にした『一豊の妻』を刊行、同年『氷輪』（71年11月、中央公論社）により第21回女流文学賞を受賞。84年中世を扱った歴史小説に新風をもたらした功績により第32回菊池寛賞を受賞する。永井作品の根底には時代を超えた女性の感情への信頼がある。また、近江路の旅を扱った随筆に「近江路をゆく」（『ワイドカラー日本』69年11月、世界文化社）がある。（中谷克己）

中井余花朗 なかい・よかろう

1906・12・31〜1987・5・5。俳人。滋賀郡堅田町（現大津市本堅田）の酒造家の長男に生まれる。大津市本堅田居住。本名幹太《みきた》郎《ろう》。1918年滋賀郡堅田町堅田尋常高等小学校尋常科修了。県立八幡商業学校（現八幡商業高等学校）卒業。父早世のため、25年湖西で代々有名な家業を継ぐ。35年ごろより浪の音酒造株式会社代表者。奥村王水《おうすい》（歯科医）、若城一光《いっこう》（銀行員）らとともに「ホトトギス」に投句を始め、しだいにその実力を高浜虚子に認められるようになった。47年11月虚子が亡母50年忌を比叡山で修した際、余花朗が自宅を数日間虚子らに提供。11月8日虚子と一行は浮御堂、本福寺、堅田内湖あたりを散策、11月9日、余花朗をはじめ堅田ホトトギス会の錦織吐月《とげつ》（郵便局長）、竹端糸遊《しゆう》（銀行員）、堺井浮堂（自営業）、その他の若手が高浜年尾の指示をも受け、びわ湖船上俳句会を催した。太湖《たいこ》汽船（現琵琶湖汽船）の白鳥丸（268トン）を貸し切りにし、関西圏の虚子門を中心に約300名が浜大津港から乗り、寄港した堅田から約50名が乗船、北湖の竹生島弁天堂にむかった。帰途に船上で代表選者による句会を開いた。49年余花朗は「ホトトギス」同人となる。52年秋、虚子の句碑〈湖《みづうみ》も此辺《このへん》にして鳥渡る〉を浮御堂近くの湖中に建立。53年比叡山延暦寺の要請もあり、横川《よかわ》に「虚子之塔」を建設するのに尽力、虚子の没する59年まで逆修法要をいとなんだ。虚子没後は、この10月14日の法要（墓前祭）を「西の虚子忌」（62年より「ホトトギス」の季語となる）として毎年横川の元三《がんさん》大師堂でとり行ない、同時に開催される俳句会の世話もした。虚子は51年より「ホトトギス」の選句を長男年尾に任せていたが、余花朗は年尾にも師事し、また二女星野立子主宰の「玉藻」にも出句した。余花朗は持病のリューマチによって外出がむずかしくなり、堅田ホトトギス会会長の座を後継の堺井浮堂にゆずる。後年余花朗の堅田のみならず県下のホトトギス会ならびに俳句界につくした功をたたえ、義兄竹端糸遊の発起により浮御堂（海門山満月寺）境内に〈春風や人陸《くが》にあり舟にあり〉の句碑が建立された。62年から82年まで滋賀文学会理事（俳句部門選者）。著書『句集浪の音』（67年1月、私家版）、『波の音』（82年1月）。

＊波の音（奥付は「**浪乃音**」）なみのおと　句集。〔初版〕『波の音』82年1月、東京美術。◇67年1月に私家版として上梓した『句集浪の音』を増補したもの。玉藻俳句叢書の内。「浪の音」の書名は、作者の営む酒造会社の店名であり、また醸造している清酒の銘柄名。巻頭に序文として高浜虚子の自伝の一節が10ページにわたって再録。虚子の二女星野立子の直筆の句も再録。序文は虚子の比叡山や堅田とのかかわり、小説『風流懺法』執筆のいきさつなどの語られた部分である。章立ては、新年・春・夏・秋・冬、そして生業に即した「寒造《かんづくり》」という構成。３５０句を所収。この句集には、高度に凝縮された明治人の牢固たる気魂がうかがわれる。他方また、さりげない叙詠も、ゆたかな情感の句もあって、その柔軟な句道心のごときものが快い。まず先師追懐の句、〈虚子泊てし朝も濃かりし湖の霧〉〈虚子塔も史蹟となりぬ比叡の秋〉〈雨降れど横《よ》川《かは》は爽やかなるところ〉。家業にかかわるもの、〈醪《もろみ》湧く米の力と云ふものを〉〈蔵入りの杜氏《とじ》は初心を失はず〉〈初燕帰郷心《ごころ》の倉人に〉。確固、躍動、壮大、〈酒蔵の煉瓦煙突春の空〉〈湖空《うみぞら》の一塊の雲稲妻す〉〈比叡山を近しと思ふ大桜〉。繊細鋭敏な感受、〈初《はつ》諸子《もろこ》湖心の冴えを失はず〉〈棹し休む水棹に蜻蛉来て止る〉〈突く杖の遊びの多き萩日和〉。おかしみ、〈干傘のひっくり返り田植留守〉〈何時の間に吹ける潮風扇風機〉〈ヨット軽快快速艇によそ〳〵し〉。心情の仮託、〈風募り葭切《よしきり》も亦鳴き募り〉〈百日紅《さるすべり》湖の残暑と闘へる〉〈内湖《うちうみ》の明るさ暗さ鳰《かいつぶり》〉。そのほか歴史を踏まえたもの、風情ある日常句、持病に関するもの、逆説的でシニカルな句などがあるが、別して注目されるのは〈はぐれ鴨やゝありて又はぐれ鴨〉のような「はぐれ者」への視線である。余花朗の諸句は、芭蕉や子規らの正統的な俳諧発句の息づかいを現代に伝える趣があり、その諷詠世界も、作者の内部情念も、読み手の味読上も、奥行きが幽遠な深山峡谷のようにどこまでも深いのである。（山本洋）

中上健次　なかがみ・けんじ

１９４６・８・２〜１９９２・８・12。小説家。和歌山県新宮市に生まれる。新宮高等学校を卒業後、上京して予備校に入る。授業にはほとんど出席せず、同人誌「文藝首都」に参加。羽田で貨物の積み下ろし業務等をしながら創作に励み、１９７５年『岬』（初出は「文学界」75年10月。76年2月、文藝春秋）で第74回芥川賞受賞。77年に『枯木灘』（77年5月、河出書房新社）で毎日出版文化賞受賞。翌78年には同書で藝術選奨文部大臣賞新人賞も受賞。故郷新宮の被差別部落をモデルとした「路地」を小説の舞台とし、『岬』『枯木灘』『地の果て　至上の時』（83年4月、新潮社）の三作で、ここに生まれ育った若者竹原秋幸の宿命を描く。また『鳳仙花』（80年1月、作品社）では秋幸の母フサを中心に描き、『千年の愉楽』（82年8月、河出書房新社）は、「路地」の生き証人オリュウノオバの語りで構成される。『日輪の翼』（84年5月、新潮社）は「路地」が撤去された後、諸国をトレーラーで巡礼する老婆たちと青年たちの物語。

＊**日輪の翼**《にちりんのつばさ》　長編小説。〔初出〕「新潮」84年1月、3月。〔初版〕『日輪の翼』84年5月、新潮社。〔全集〕『中上健次全集7』95年12月、集英社。◇地区改良事業で「路地」は撤去され、立退き料と引き換えに「路地」を追われた7人の老婆（後に1人が亡くなり、また1人が失踪。結末では残りの5人もいなくなる）が、やはり「路地」出身の若者たち（後に4人のうち2人は東京に向かう）と改造した冷凍トレーラーで伊勢、一宮、諏訪、出羽、恐山、皇居といった聖地巡礼の旅をする物語。その一方で、若者たちは行く先々で女漁りに熱中。旅の途中、老婆たちがかつて働き、マツノオバの娘もいるという尾張一宮に立ち寄るが、若者たちはここで「玄人よりもっとインビな「織姫のタエコ」に出会う。一行はその後、老婆たちの希望により、「路地」の盆踊りで歌われる「きょうだい心中」の舞台である瀬田の唐橋に向かうが、それは一宮で出会ったタエコを雄琴のトルコに送り届ける道すがらでもあった。タエコと同じくトルコで働くララを加え、4人の男女は入り乱れるが、トレーラーを違法に改造していることが警察に見つかると、あわただしく瀬田を後にする。　（信時哲郎）

中神天弓　なかがみ・てんきゅう

1884・8・15〜1969・11・7。郷土史家。滋賀郡膳所村（現大津市中庄）に生まれる。本名利人《としんど》。先祖は膳所藩士。1903年膳所中学校（旧制）を卒業し、滋賀県庁に勤務。翌年近江新報社に転じた。甲賀郡油日小学校、神崎商業学校などで教鞭を執った後、「近江新報」「滋賀日報」記者を経て、16年大阪朝日新聞社に入社。彦根通信部を経て、金沢支局長となる。その後、本社で社史編纂に従事、31年退社して郷里膳所に戻った。その後は天弓と号して郷土史の研究に専念。『粟津乃原』（33年、滋賀県史蹟調査会）、『近江今昔』（64年3月、滋賀郷土史刊行会）、『近江の説話覚え書』（71年、白川書院）などを著した。その研究姿勢について徳永真一郎は、ジャーナリスト出身者らしく「誰も手を付けていない特ダネ」に果敢に挑戦してきたと評している。69年片岡慶有、竹内将人、徳永真一郎らが天弓の業績を称えて膳所公民館に「筆塚」を建てた。また、『湖国の地方新聞史』（98年6月、栗東歴史民俗博物館）は、「近江の新聞史料」（「近江と人」30年に8回連載）を取り上げて、湖国最初の新聞通史と高く評価している。新聞学者の小野秀雄とは膳所中学校の同期生で、共に新聞記者を目指していたという。　（内田満）

中神良太　なかがみ・りょうた

1917・8・12〜1993・8・4。医師、郷土史家。栗太郡山田村（現草津市）大字南山田に生まれる。1943年大阪帝国大学医学部卒業。50年草津町に産婦人科医院を開業。かたわら郷土史研究家として「野路の玉川と野路の歴史」（69年8月、草津市文化協会「道標」第4号別刷）、「姥餅焼」（70年、同協会「道標」第5号別刷）などを発表した。また、他国で事業に成功した近江商人のように、各地で名を馳せた医家を顕彰したいとして「近江医人伝」（季刊「湖国と文化」78年4月〜79年10月、

な

第3～9号の隔号）を連載した。野洲郡出身の堀杏庵以下、江戸小石川養生所を創設した小川笙船に至る12名の医家を紹介している。浮世絵にも造詣が深く『近江の近代版画』（第1輯80年、第2輯81年）などを著した。歿後草津市に寄贈された絵画、墨跡、陶磁器560点の内、葛飾北斎、歌川広重の東海道五十三次の錦絵（土山、水口、草津など）を収録した図録『中神コレクション』（95年3月、草津市）がある。

（内田満）

中川いさを《なかがわ・いさお》

1929・10・31～2006・1・23。俳人。大津市中央生まれ。本名は勲。1946年3月膳所中学校（旧制）卒業。卒業と同時に家業（茶舗、中川誠盛堂）に従事し、74年に家業を継承して現在に至る。50年中本紫公に師事、「花藻」に入会。52年に「花藻」同人となる。56年8月に『句集　銀河』を刊行。72年5月に花藻作家賞受賞。78年11月「読売新聞」滋賀県版の選者となる。79年「花藻」編集長。81年に花藻賞を受賞。滋賀文学会理事（選者）。82年10月に『第二句集　男眉』を刊行。95年に「花藻」を主宰。2000年3月に滋賀文学会副会長、4月に滋賀県俳句連盟会長となる。8月に滋賀県文化功労賞を受賞、11月に琵琶湖畔「打出の森」に〈湖薄暑掬へば貝となるてのひら〉の句碑が建立された。

＊銀河《ぎんが》　句集。〔初版〕『句集　銀河』56年8月、花藻社。◇中本紫公に「花藻」を通じて指導を受けた50年11月以後、5年間の作品から、「タンポヽ（春）」37句、「石（夏）」56句、「旅愁（秋）」51句、「雪天（冬）」60句の章立てで、計204句を収録している。「あとがき」に「句集『銀河』は戦争のはげしい虚脱の中から、立ち上がらんとする魂の記録」とある。北田関汀は「跋」で「いさを氏と共に、花藻支部『うきくさ』を興し、今日其の行を共にしている者として」、中川の「忙しい家業を手伝うかたわら、『うきくさ』の詠草のプリントを一手に引受け、本部花藻の句会には出席するという縦横の活躍」ぶりを披露している。句集名の銀河を詠んだ〈銀河濃き夜の航跡を白と云ふ〉〈白鳥の昇天きっと銀河の夜〉の句がある。冒頭句は〈黄タンポヽ吾が青春第一章〉。青春を詠んだ〈タンポヽに春ですね「今日は」〉〈生れて始めての相逢傘春雨に敷石が光る〉など、俳句の伝統を克服しようとする、口語俳句の前衛的な試みに満ちている。

＊男眉《おとこまゆ》　句集。〔初版〕『第二句集　男眉』82年10月、花藻社。◇人生50年を過ぎ、銀婚を機に刊行された。作品を編年形式に並べ、『銀河』時代の作品も再録している。50年から82年までの、30年間に亙る全407句を収録。新婚時代から熟年に至る「男」と「女」「夫婦」「家族」の姿と、生業を守る営みを詠った句集である。句集名にちなむ〈男眉立てて祭の武者となる〉という雄々しい句がある一方で、〈女ひとり来て春雷のとどろく宿〉〈愛のあとの雪の募りしこと知らず〉など女性との交情を詠った句も多い。妻恭子との結婚の句〈触れ合ったカットグラス灯を吸いて冬の花びら〉、歌人や作家の年忌を詠った〈何時も濡れてる少女の瞳業平忌〉〈触れば散る花はくれない多喜二の忌〉〈血を売って得たパン硬し桜桃忌〉もある。滋賀を詠んだ句には〈枯葦燃す炎が一揆めく湖族の街〉〈美女を得て梅雨に肩張るおきなの碑（義仲寺）〉〈陣屋古り壁のうしろに冬が棲む（草津本陣）〉〈湖浅き春はビードロの脆さにて〉がある。また、〈棒のようなフランスパン買い春の街〉〈魔女が杖振れば蝶となる花びら〉〈五月の森へ女の自由探しに行く〉のように、斬新で破格の句も健在である。

（北川秋雄）

な

中川いつじ なかがわ・いつじ

1924・3・11〜。詩人。湖北に生まれる。農業と湖北の特産ビロード屋を兼業。1950年近江詩人会に入会。「詩人学校」会員として活躍。詩集『天之道』（53年1月、私家版）は「Ⅰ机」19首、「Ⅱ在支詩抄」19首から成る。「湖畔抄その一」で「湖をみるのは好きだ／水色だから／／あなたの装いも　いつも／水色だったから」と、琵琶湖を詠む。（浦西和彦）

中川泉三 なかがわ・せんぞう

1869・4・14〜1939・12・27。郷土史家、漢詩人。坂田郡柏原村（現米原市）大字大野木に、宮川藩士中川洸平次《こうへいじ》の長男として生まれる。号は章斎《しょうさい》、伊吹山人（還暦後）。1880年、造酒を業としていた父と死別。以後は母に育てられ修養を積みながら苦学。誠良《せいりょう》小学校高等科卒業後、1884年まで代用教員を勤め、農業にも従事しつつ、独学で作った漢詩文を土屋鳳州、小野湖山に郵送して添削を受けた。1890年4月、姉川や賤ケ岳の古戦場で想を得た漢詩集『賤岳懐古集』を自家版として発行。その後も晴耕雨読の生活のなかで1904年7月『太湖三十勝詩』、30年4月『章斎詩鈔』全2巻、35年7月『伊吹山人文草』『伊吹山人詩草』と、近江などの名勝史跡を題材とした漢詩文集を刊行した。また伊吹山の観光案内書といえる編著『胆《い》吹《ぶき》山案内』（05年8月、谷田書肆）、同書の増補改訂版『伊吹山名勝記』（13年8月、文盛堂）も発行。1894年以降は地元の区長、村会議員や柏原村助役にも就く。1903年には郡会議員に当選。そして07年4月、同種書の先鞭をつけた考証学的な郷土史書『近江坂田郡志』全3巻（13年8月、坂田郡役所）の編纂主任となる。以後も22年『近江蒲生郡志』全10巻、26年『近江栗太郡志』全5巻、29年『近江愛智郡志』全5巻のほか、日野町史、長浜町史（未刊）の編纂に従事し、「彦根市史稿」が絶筆となる。『近江之聖蹟』（32年9月、長浜文泉堂）、『近江要史』（38年4月、太田書店）等も刊行。『松居家誌』（28年3月、松居商店）、『石之長者 木内石亭全集』全6冊（36年12月、下郷共済会）も編集。埋もれた名家や神社仏閣の再興、条里制の研究にも功績があった。晩年は日本各地を清遊。古代史学者の久米邦武に篤く師事し、仏教史学者の鷲尾順敬、また徳富蘇峰とも文雅の交遊があった。博捜、実証を徹底させた在野の碩学の膨大な業績は『中川泉三著作集』全6巻（78年3月〜11月、川瀬泰山堂）にまとめられ、地元の章斎文庫には蔵書草稿類が収蔵されている。（外村彰）

中川正文 なかがわ・まさふみ

1921・1・11〜。作家、演出家、児童文学研究者。奈良県の寺院に出生。龍谷大学在学中に入隊。戦後復学し、1949年宮沢賢治論により卒業。この間、「新児童文学」別冊「機関車」を編集、童話などを発表。50年から京都女子大学にて児童文化学の講座を確立し、後進を養成（〜86年）。人形劇、大型影絵などを発表する同大学「子ども劇場」での実践は名高い。京都女子大学名誉教授。浄土真宗の僧侶でもある。1990年から大阪国際児童文学館館長、2005年から名誉館長。子どもと絵本との媒介者である親や教師が、まず感動することの大切さを強調し、作家と媒介者と子どもとが作品を通じて経験を分かち合い、ともに成長することを説き続けている。『青い林檎』（1949年7月、百華苑）、関西弁で書かれた絵本『ごろはちだいみょうじん』（69年8月、福音館書店）、『近江の伝説〈日本の伝説19〉』（駒敏郎と共著、77年6

月、角川書店）など著書多数。（永渕朋枝）

中里介山 なかざと・かいざん

1885・4・4～1944・4・28。小説家。神奈川県西多摩郡羽村（現東京都羽村市）に生まれる。本名弥之助。1898年3月、西多摩小学校高等科卒業。電話交換手や母校の代用教員をしつつ、1902年に尋常小学校本科正教員検定に合格。この頃よりキリスト教や社会主義に深い関心をもち、翌年には幸徳秋水、山口孤剣などとも接触した。06年5月に『今人古人』（隆文館）を出版。この年の末、都新聞社に入社。「大菩薩峠」は、13年9月12日より「都新聞」に連載を開始し、以後数紙に断続連載、書き下ろしの第41巻「椰子林の巻」（41年8月）で未完のまま終わる。農本主義的な思想をもち、小説家としては文壇から離れた超然とした姿勢を貫いた。42年太平洋戦争下の日本文学報国会の結成に際し、推薦された評議員の職を辞退し時勢に迎合しない姿勢を示している。著書に『トルストイ言行録』（06年7月、内外出版協会）、『高野の義人』（10年12月、同人社）、『百姓弥之助の話』全7冊（38年4月～40年10月、隣人之友社）他がある。

＊大菩薩峠《だいぼさつとうげ》 長編小説。〔初出〕13年9月12日～35年6月15日に、「都新聞」「大阪毎日新聞」「東京日日新聞」「国民新聞」「隣人之友」「国民新聞」「読売新聞」「国民新聞」に断続連載。第32巻「弁信の巻」32年3月、第33巻「不破の関の巻」32年10月、第38巻「農奴の巻」38年2月、第39巻「京の夢おう坂の夢の巻」39年12月、第40巻「山科の巻」40年12月、第41巻「椰子林の巻」41年8月は書き下ろし。〔初版〕『大菩薩峠 甲賀一刀流の巻』18年2月、玉流堂（私家版）。〔全集〕『中里介山全集』全20巻、70年8月～72年7月、筑摩書房。◇幕末の時代を背景に、机龍之介を中心に多くの人物が登場する長編歴史小説である。龍之介が御嶽神社の奉納試合で宇津木文之丞を打ち殺して江戸へ出奔し、諸国を流浪する。この龍之介を巡って多くの人物が交錯し、それぞれが個性豊かに描かれていく。映画化などで大衆小説的なイメージが強いが、業や怨念といった人間の根源の姿に触れる思想小説的な傾向も濃厚である。大津は、この小説終盤の主要な舞台で、お銀や弁信が活躍する第35巻「胆沢の巻」の胆沢は伊吹であり、第35巻以降、その西隣の長浜も重要な場所となる。琵琶湖や比叡山等々、滋賀は「大菩薩峠」に欠かせない土地となっている。（西尾宣明）

中沢不二雄 なかざわ・ふじお

1892・11・23～1965・6・9。野球選手、同解説者。彦根市に生まれる。神戸第一中学校、荏原中学校を経て、1916年明治大学商学部卒業。学生時代、遊撃手で活躍。23年に南満洲鉄道入社。社会人では満洲倶楽部の監督兼遊撃手として、都市対抗野球第1回（27年）と第3回に優勝。満洲日日新聞社東京支社長、新京支社長などを歴任。戦後は野球評論家となり、新聞、ラジオ、テレビで人気を博し、社会人野球、プロ野球の発展に貢献。59年、プロ野球パシフィック・リーグ会長に就任。著書に、『これが野球だ―監督の作戦・選手の心理―』（60年6月、光文社）、『野球の図鑑〈講談社の学習大図鑑⑬〉』（61年4月、講談社）、『遺稿プロ野球』（65年8月、オリオン社）などがある。（中谷元宣）

中沢凡骨 なかざわ・ぼんこつ

1898・5・10～歿年月日未詳。小説家。東浅井郡湖北町に生まれる。本名惣太夫。東京新潮社文章学院卒業。「愛国青年」編

な

集部長を務めた。「新文壇」に「土に生きる人々」「馬車の中」「物思う女」を、「愛国青年」に「最後の願い」を、「正風」に「芭蕉」を、「滋賀作家」に「たまゆら」「別離」「沃野」「一枚の小判」「竹生島」を発表。滋賀文学会編『滋賀文学選〈小説集〉』（1981年3月、サンブライト）に「日日好日」が収録された。

（浦西和彦）

中島黒洲　なかじま・くろす

1877・4・3〜1975・11・3。俳人。大津市大工町に生まれる。本名亀太郎。別号駒柳、杓子庵。高等小学校卒業後、油商の店員等を経て独立。杓子商、絹綿張物業、呉服悉皆業等を経営した。1895年ごろより句作を始め、白雨会に拠った。中川四明、大谷句仏に師事し、「懸葵」同人となる。短歌も作り、1970年の宮中御歌会の御題「花」に応募して佳作賞を受けた。

（浦西和彦）

中島千恵子　なかじま・ちえこ

1924・5・21〜1999・11・16。児童文学者、図書館人。京都市下京区生まれ。本名智恵子。小学生時代に大津市白玉町（現中央2丁目）、のち膳所に転居。1945年3月、滋賀女子師範学校を卒業後、1年間の教員勤務を経て、同志社大学文学部文化学科に入学。児童心理学、臨床心理学を専攻し、児童福祉問題への興味を深める。49年3月同志社大学を卒業して、県立児童相談所に就職。この頃大津市山上、のち南志賀3丁目に居住した。以後も県立児童相談所、県会監査事務局書記、県立婦人相談所主事、県立図書館司書（のち主査、奉仕課長）を歴任した。とくに県立図書館では「本を読むお母さん運動」「子供の本の講座」に精力的に取り組み、県下の読書推進活動を推し進める力となった。61年12月、滋賀作家クラブ発足に参画。67年「まめだの三吉」が「毎日小学生新聞」の、68年「タブーの島」が「毎日中学生新聞」の毎日児童小説に入選、それぞれ翌年に単行本となり第18、第19回滋賀文学祭文藝出版賞を受賞。一方で映画シナリオ作家を志し柳川真一、依田義賢、八尋不二に師事。日本放送作家協会の会員であった。NHK懸賞放送劇の脚本佳作「残愁」は65年3月6日、同じく佳作一席の「山にあるいのち」は68年3月22日に放送された。その他の入選作品に66年「炎の座標」、69年「日本海」もある。なおラジオドラマ「黒い蝶」は志賀山を舞台とする但馬皇女と穂積皇子のロマンス。69年11月には滋賀会館（大津市文化祭公演）で、1869（明治2年）に琵琶湖で初めて造られた蒸気船の出航をテーマとする戯曲「びわこ一番丸就航」が上演された。また71年4月には滋賀県児童図書研究会を発足させ、児童図書研究、読書指導、親子読書の普及に尽力し、滋賀県下を巡回する「おはなしキャラバン隊」にも従事した。72年8月、「滋賀作家」同人。小説では「彼女のカリスマ」（「小説女性」69年5月）や米原町（現米原市）の醒井、榑ケ畑から霊仙山を舞台とした「ある出発への手記」（「滋賀作家」72年8月）等を発表している。79年には滋賀県児童図書研究会連絡協議会会長となる。県下の昔話の収集や再話にも熱心で、それらの編集の成果を滋賀県児童図書研究会による共編著『みずうみのくにの18のものがたり』（75年12月、太平出版社）、『ひともっこ山』（79年11月、サンブライト出版）、『秋海春山―むかしのひとの智恵とこころ―』（87年6月、滋賀県児童図書研究会）、『福ぶくろ〜むかしのひとの智恵とこころ〜』（94年7月、滋賀県児童図書研究会）、『近江子ども歳時記まつりものがたり』（98年10月、サンライズ出版）や、日本児童文学者協会編『滋賀県の民話』（83年3月、偕成社）等にまとめた。83年長浜市立図書館初代館長となり、児童書の蔵書充実やお話し会の開催など、子どもの親しめる企画を展開。こうした文化振興活動は高く評価され、89年滋賀県文化奨励賞、翌年文部大臣賞、91年日本図書館協会会長賞、94年全国公共図書館協会会長賞、99年長浜ふるさと市民賞などを受賞している。94年には滋賀文教短期大学教授となり、一般社会人を対象とする図書館司書講習や小、中、高等学校教員対象の学校図書館司書教諭講習を担当。

　童話に「おいしゃさんときつね」（「こどものくに ひまわり版」84年6月）、『三吉ダヌキの八面相』（86年3月、ＰＨＰ研究所）、米原町醒井が舞台の「おいしい水探検隊」（『愛蔵版 県別ふるさと童話館25』99年10月、リブリオ出版）等があり、編著として『近江の民話』（80年6月、未来社）、『近江のわらべうた』（82年6月、第一法規出版）他がある。絵本では「滋賀の昔話」①⑤の『ふなになったげんごろう』（87年12月、京都新聞社）、『おはなぎつね』（89年3月、京都新聞社）、「滋賀の伝説シリーズ」①③⑤の『三上山のむかでたいじ』（91年2月、京都新聞社）、『母子草』（92年2月、京都新聞社）、『近江のちえしゃ』（93年2月、京都新聞社）や、長浜市の盆梅のゆかりについて叙した『よみがえった梅の木―盆梅のふるさと―』（91年1月、岩崎書店）、米原町（現米原市）の常夜灯をめぐる話『いのちの火―琵琶湖の船のあんぜんをまもって―』（96年4月、ポプラ社）等を執筆している。日本民話の会、日本子どもの本研究会、日本児童文学者協会の会員であり、滋賀文学会では副会長を務め、随筆、評論部門選者の任にあたった。

　このように中島は、児童文学を中心とした多産な創作者であったばかりでなく、前述の如く滋賀県の図書館事業のために挺身し、多くの賛同者、後継者たちを支援しながら精力的に子どものための読書環境普及活動を行った篤志家でもあった。読書の喜びにより深められる言葉の文化、人間を養い育ててくれる郷土を愛することの大切さを次代に伝えるべく、休みなく優しい情熱を注ぎ続けた生涯であった。歿後、『偲び草―中島千恵子先生追悼文集―』（２００0年11月、滋賀県児童図書研究会追悼文集編集委員会）が刊行され、その設立に関わった山東町（現米原市）立図書館には多くの寄贈資料が保管されている。

＊まめだの三吉《まめだのさんきち》　短編童話。〔初出〕「毎日小学生新聞」１９６８年1月3日～3月1日。〔初収〕『まめだの三吉』68年7月、毎日新聞社。◇信楽谷の陶工、源六には11歳の孫三吉がいた。三吉にはその目が陶器のタヌキに似ていたので「まめだの三吉」というあだ名があった。源六の家で「のぼりガマ」をたく「いのまた」は、家出して父がいない三吉に親しく昔話をしたり、将来は名工の祖父を継ぐように勧めていた。秋の松茸狩りで本物のタヌキを見た三吉は、冬に笹が嶽《だけ》で「母親ダヌキ」を捕獲する。ところが母ダヌキは逃げ、代わりに母を探しに来た2匹の子ダヌキを「いのまた」の小屋で飼うことになり、「シッポ」「デッコ」と名付けて世話をする。子ダヌキと心を通わすようになった三吉は、春から源六の手ほどきで土をこね「魂のはいった」タヌキ作りに励み、酒を飲ませたタヌキを筆写するなどして作ったタヌキを、6月に焼いてもらう。表情の異なった10個の焼き物をみて、源六は「魂がはいっとる」と感嘆する。それから一家が工夫を加えて作った剽軽なタヌキの陶器の評判は全国に広がる。三吉はその秋「山の大将」権九郎ダヌキから礼

を述べられ、そのおかしな「八面相」に笑いあった。　（外村彰）

中島麦堂　なかじま・ばくどう

1915・4・6〜1988・5・25。俳人。湖北町生まれ。旧姓橋。本名慶堂。長浜商業学校卒業後、台湾総督府の税務吏。戦後は僧籍のかたわら税務署に勤務。1948年中島家入籍。のち税理士事務所を開設。蕉門流派で湖北の俳人渡辺去何《きょか》とその門人で先祖の中島麦舟の関わりを叙した「去何と麦舟」や「彦根蕉門の双璧」を俳誌「木耳《きくらげ》」等に発表。中島家の事績をまとめた郷土史書『もめん屋』(86年5月、私家版)にも麦舟関連の記述がある。　（外村彰）

中嶋ひろむ　なかじま・ひろむ

1932・5・26〜。川柳作家。京都市中京区生まれ。37年滋賀県に転居。大津市唐橋在住。本名博一《ひろいち》。同志社大学文学部英文学科卒業。1975年ごろマスコミの川柳欄へ投稿を始める。78年にびわこ番傘川柳会の、80年に「番傘」川柳本社同人となる。97年「川柳大学」の創設会員。大津市川柳連盟副会長をへて、現在、大津市文化連盟発刊の「湖都の文学」編集委員、および晴《せい》嵐《らん》川柳サークル代表。90年5月、個人句集『道ひとり』(近代文芸社)を上梓。94年の第44回、95年の第45回滋賀県文学祭川柳部門で、芸術文化祭賞を受賞した。自然や社会との葛藤、自己の心のなかの日常と非日常とのいろんな葛藤の表現をめざす。〈一粒を八十八にする輪廻〉〈にんげんに一枚欠けている　鱗〉　（山本洋）

中島道子　なかじま・みちこ

1928・6・11〜。小説家。福井県三国《みくに》町(現坂井市)生まれ。実践女子大学国文科卒業。教職を経て作家に転身。日本ペンクラブ会員。戦国時代を描く小説の多い中で、明智光秀物が3編ある。お市の方の流転を描く『それからのお市の方』(1994年9月、新人物往来社)、渡岸寺の十一面観音にまつわる秘話『大笑面 仏を抱いた男』(97年4月、河出書房新社)、坂本城が主舞台の『湖影・明智光秀とその妻熙《ひろ》子』(98年3月、中央出版)等。88年大津市西教寺で「明智光秀顕彰会」を設立した。　（外村彰）

中嶋百合子　なかじま・ゆりこ

1935・9・9〜。川柳作家。野洲町(現野洲市)永原生まれ。旧姓岩井。1961年から大津市唐橋在住。79年に「毎日新聞」に投句。翌年びわこ番傘川柳会同人。83年番傘川柳本社同人。市井の日々の折々から心に湧いた感慨を機知と感覚に優れた作品に織り込む。「七年間の女ごころと暮しの歩み」をまとめた『川柳　中嶋百合子』(86年10月、私家版)を発刊した。〈いつ武器になるか女のいい笑顔〉　（外村彰）

中路融人　なかじ・ゆうじん

1933・9・20〜。日本画家。京都市生まれ。本名勝博。1952年日吉ケ丘高等学校日本画科卒業。山口華陽に師事。晨鳥社所属。56年日展に初入選、以降その日本画部の中心的存在になり、のち評議員となる。97年の日本藝術院賞ほか、受賞多数。琵琶湖周辺の風光を独自の感覚で素描した画文集『湖北讃歌』(92年5月、日本放送出版協会)がある。失われゆく湖北の田園風景を愛惜し、長年その風光を絵画の主題としている。　（外村彰）

永田和宏　ながた・かずひろ

1947・5・12〜。歌人。饗庭村(現高島市新旭町)に生まれる。1971年3月京都大学理学部物理学科卒業。民間に就職した後、京都大学に戻る。81年から2年間アメリカに留学。帰国後、京都大学（胸部疾患研究所）講師を経て教授となる。研究分野は細胞生物学。学生時代に京大短歌会に入会し、高安国世に師事した。「塔」の会員となり、同人誌「幻想派」を創刊する。86年より「塔」編集責任者。歌集『メビウスの地平』（75年12月、茱萸叢書）、『やぐるま』（86年11月、雁書館）、『華氏』（97年10月、雁書館）、『饗庭』（98年9月、砂子屋書房）等があり、評論集に『表現の吃水―定型短歌論―』（81年3月、而立書房）、『解析短歌論―比喩と読者―』（86年2月、而立書房）等がある。寺山修司短歌賞、読売文学賞、若山牧水賞を受賞。〈夕映えがしずかに搏動をつづけいる受話器を置きてながく見ていし〉 （浦西和彦）

永田紅 ながた・こう

1970・5・31〜。歌人。大津市に生まれる。父は永田和宏、母は河野裕子、ともに歌人である。中学生ごろから短歌を始める。父母の発行する歌誌「塔」や、京大短歌会に入会。1996年京大短歌会会長。97年第8回歌壇賞を受賞。歌集に『日輪』（2000年12月、砂子屋書房）、『北部キャンパスの日々』（2002年9月、本阿弥書店）がある。 （浦西和彦）

中谷孝雄 なかたに・たかお

1901・10・1〜1995・9・7。小説家。三重県久居町（現津市）生まれ。第三高等学校時代に梶井基次郎、外村繁らと親交し1925年「青空」創刊。29年東京帝国大学文学部独文科中退。佐藤春夫に師事。「麒麟」「世紀」「日本浪曼派」「文藝日本」その他の同人。青年期から晩年を通じて自身の体験に即した小説や歴史小説、紀行の佳作を発表。滋賀が舞台の主な作品に「湖北の一夜」（「若草」38年6月）、『旅の詩人芭蕉』（77年10月、実業之日本社）、「老残遊記」（「文学界」83年1月）、「おしやべり散歩」（「群像」86年3月）等。77年5月、大津市膳所の義仲寺無名庵第21代庵主となり、半月毎に埼玉の自宅から妻の平林英子と通った。「無名庵滞在記」（「朝日新聞」77年9月4日〜25日）他を執筆。91年俳誌「鈴」創刊。外村繁も「抱影」所収の『招魂の賦』（69年1月、講談社）や「青空」（「群像」69年5月）等に登場。『中谷孝雄全集』全3巻（97年5月、新学社）がある。

＊**無名庵《むみょうあん》日記《にっき》** 短編小説。〔初出〕「群像」77年10月。〔初収〕『無名庵日記』91年12月、朝日書林。◇初出題「老残日記」。私小説的手法により、語り手の心境が柔らかい筆致で綴られる。義仲寺の無名庵に庵主（初代は芭蕉）として妻と住むことになった「私」は、まず寺の由緒や概観、次に芭蕉と又玄の句碑について記し、執事との煮豆や下宿談義から老境にある自己へと思いをはせる。そして「街を行く人々の表情」から東京人の緊張した目つきとは異なる「和らぎ」を感じ取り、三重生まれで埼玉に住んでいた「私」の関西に暮らす「気安さ」が述べられる。また近くのデパートで湖水を眺望して物故した文人達を思い起こし、自己の戒名、俳号、墓碑へと想念をめぐらせる。膳所駅近くの龍ケ岡俳人墓地に先々代庵主だった芝蘭子の墓を見つけ、翌日来訪した年少の友田中に義仲寺の歴史や現況をめぐる話をした「私」は、次の日妻と田中と共に竹生島に出かける。旅の途中、戦時期に陸軍演習場だった饗庭野で3週間を過ごしたことが回想され、今津から島に渡り、そこでの参詣と展望台からの土器《かわらけ》投げの様子も叙される。 （外村彰）

長田幹彦　ながた・みきひこ

1888・3・1～1964・5・6。小説家、劇作家。司法省司法医の長田足補の次男として東京麴町に生まれる。兄は詩人、劇作家の長田秀雄。早稲田大学英文科在学中「スバル」同人となり、旅役者生活に取材した「澪」（「スバル」1911年11月～12年1月）や15年の『祇園夜話』（千章館）などの祇園ものを多く手掛ける。25年より東京中央放送局文藝顧問となる。64年急性肺炎にて永眠。

＊死霊　しりょう　短編小説。〔初出〕「新小説」15年9月。◇父が重病と知らされても情人との逢引に夢中であったお里は、故郷の堅田で父の死に顔に対面し、わが身の不孝を思う。葬儀後、堅田を訪れた情人と逢っていたお里が見た父の幽霊の正体は、母親のもとに忍んで来る和尚であった。月光に光る琵琶湖と、風が渡る堅田の青田の中、現世の「浅猿《あさま》しい」執着心と厳粛な死の与える悲哀を対照させて語る。

＊竹生島　ちくぶじま　短編小説。〔初収〕『鴨川情話』15年6月、新潮社。◇青年山本千之助は、13歳の舞妓秀勇と竹生島に詣でて竜神の生贄になった娘の伝説を聞き、それに幸薄い秀勇の面影を重ねて「浪漫的な夢」を思い描く。　（渡邊ルリ）

永田美那子　ながた・みなこ

1896・10・29～1973・3・20。新聞記者、宗教家。石川県小松市生まれ。石川県立小松高等女学校卒業。1927年上京し、万朝報社政治部員などを経て、31年陸軍省「つはもの」新聞班に勤務。満洲事変勃発とともに婦人従軍記者第1号となる。その後満洲国の国防婦人会や軍政部に関与した。また東南アジア各地の独立運動にも参加。戦後は宗教運動に尽力。65年世界連邦婦人会大津支部を創始、初代理事となる。従軍期を綴った『男装従軍記』（32年7月、日本評論社）、半生記『女傑一代』（68年8月、毎日新聞社）を残している。　（島村健司）

長塚節　ながつか・たかし

1879・4・3～1915・2・8。歌人、小説家。茨城県結城郡岡田村（現常総市）生まれ。号桜芽ほか。1896年茨城県尋常中学校中退。正岡子規に師事。1903～08年「馬酔木《あしび》」を編集、のち「アララギ」に参加。小説の代表作に長編『土』（12年5月、春陽堂）。諸国への旅を好み、関西方面への旅では滋賀にも足を延ばした。05年9月19日には石山寺、28日に大津の堅田泊、翌日比叡山や三井寺ほか、10月2日には彦根城を訪れた。また12年9月1～4日の間に三井寺、善水寺、金剛輪寺などを拝観し、13年4月22日には三井寺を再々度訪れている。11年喉頭結核となり、14年から病臥のうちに「鍼の如く」連作231首（「アララギ」14年6月～15年1月）を詠み、気品高い「冴え」の境地を示した。歿後『長塚節歌集』（17年6月、春陽堂）刊行。『長塚節全集』全8巻（76年11月～78年6月、春陽堂書店）がある。〈近江路の秋田はろかに見はるかす彦根が城に雲の脚垂れぬ〉　（外村彰）

長門加余子　ながと・かよこ

1915・7・24～2001・8・21。歌人。滋賀県に生まれる。1937年に「詩歌」入門、前田夕暮に師事。夕暮歿後は、米田雄郎の門下となる。52年1月創刊の「好日」に参加。歌文集『菩提樹下』（78年12月、好日社）がある。　（浦西和彦）

中西源吾　なかにし・げんご

1918・10～2000・月日未詳。小説家。栗東町（現栗東市）荒張に生まれる。

１９３５年２月、日本国有鉄道に就職する。39年から45年まで兵役（42年一時帰休）。74年国鉄を退職。国鉄では大鉄局大阪保線区に勤務していた。74年より84年まで、共潤舎に勤務。「国鉄文学」に所属し、第13回国鉄文藝年度賞を受賞。62年７月、藤沢桓夫の紹介で「文学雑誌」同人に参加。「文学雑誌」に、「青い秋」（63年４月、35号）、「ある夕映え」（91年11月、63号）、「残雪の譜」（92年６月、64号）、「いわし雲」（93年２月、65号）、「蜻蛉抄」（93年11月、66号）、「霜の道」（94年12月、68号）等を発表。藤沢桓夫は『青花記』（74年１月）の序文で、「彼の強味はその人生への好みに徹した独自の世界を持つ」ことで「繊細で幽玄に通じ、人の世のさだめのむなしさ、あわれさ、かなしさを、そしてあこがれが独特の文体で歌い描かれている」と評した。著書に編集工房ノア発行の『淡彩抄』（90年６月）、『青い秋』（95年１月）がある。

（浦西和彦）

中西悟堂　なかにし・ごどう

１８９５・11・16～１９８４・12・11。歌人、詩人。石川県金沢市生まれ。筆名赤吉。１９１１年得度（法名悟堂）。同年「抒情詩」同人。天台宗学林を経て、18年曹洞宗学林中学課程卒業。25年３月から大正期（～26年）は比叡山天台宗務庁の委嘱で延暦寺に勤務。毎半月を大津坂本の玉蓮院に暮らし、25年10月「旅」に「比叡の月」を発表。琵琶湖畔で俳句の第１作を詠む。自然のおおらかな賛美を詩風とし、歌集に『安達太良《あだたら》』（59年２月、長谷川書房）、詩集に『叢林の歌』（43年１月、日新書院）他。野鳥研究者としても知られ、34年日本野鳥の会を創立、機関誌「野鳥」を創刊し、『野鳥と共に』（35年12月、巣林書房）等も刊行。戦後は世界鳥類保護協会日本代表。71年琵琶湖の全面禁猟を提唱し実現。76年山東町（現米原市）立大東中学校に「自然に学ぶ」碑、78年には比叡山恵亮《えりょう》堂に〈樹の雫しきりに落つる暁《ぎょうあん》闇の比叡をこめて啼くほとゝぎす〉の歌碑建立。全集に『定本野鳥記』全16巻（78年９月～86年７月、春秋社）がある。

（外村彰）

中西冬紅　なかにし・とうこう

１９２２・７・９～１９８８・３・９。俳人。坂田郡東黒田村大鹿（のち山東町、現米原市大鹿）生まれ。本名正義。１９４０年彦根中学校卒業。42年大阪帝国大学医学専門部に入学するが、45年委託生として山形軍医学校へ派遣され、同年９月大阪帝国大学を卒業して彦根市民病院産婦人科に勤務。48年深川正一郎に師事し、「彦根冬扇」「彦根水音」に投句。その後、高浜年尾、稲畑汀子に師事する。54年彦根市芹橋に中西産婦人科医院開業。67年『冬紅句集』刊行。70年山東町の実家の庭に深川正一郎の句碑２基を建立。79年『冬紅句集Ⅱ』刊行。86年『冬紅句集Ⅲ』刊行。88年２月稲畑汀子の推挙で、「ホトトギス」同人、日本伝統俳句協会会員となるが、３月心筋梗塞のため死去。

＊冬紅句集《とうこうくしゅう》　句集。〔初版〕『冬紅句集』67年３月、彦根冬扇会。◇「編集を終へて」には「俳句に関心を寄せたのはたしか昭和22、３年頃」で、「市立病院に勤めていた」「一介の町医者」に過ぎなかったが、「私の生活の記録の散逸を防ぐため」に句作を始めたと記している。45歳の誕生日を自祝して、これまでの作品の中から、新年14句、春１４５句、夏１５２句、秋１５７句、冬１４７句、計６１５句を選んで編んでいる。冒頭句は〈父母の在す古里お元日〉とあるように、作者の両親に寄せる報恩の姿勢は特筆に値する。〈背をつたふ汗を感じて

手術する〉〈産室の庭日当り来水を打つ〉〈大手術終へし西瓜を食ふべけり〉〈診察に足袋脱ぎ忘る妓かな〉など医師としての生活描写の句が中心である。その他に〈城裏の梅の早きに駭きぬ〉〈城巡りきて梅林のよき日向〉など彦根城を詠んだ句や、〈すぐそこに湖あり仰月曇りかな〉〈風吹けば磯の香にあふ鍋祭〉〈みづうみの暮るゝに間ある田植かな〉〈鴨鍋の誘ひ電話が堅田より〉など琵琶湖の景色や風物を詠んだ句や故郷の伊吹を詠んだ〈じねんじょや伊吹の猪の残しもの〉がある。

＊冬紅句集Ⅱ《とうこうくしゅうに》　句集。〔初版〕『冬紅句集Ⅱ』79年4月、冬扇社。◇第1句集以後、13年間の生活の記録を纏めたもので、「父母の霊前に捧げる」とある。66年から78年まで、1252句が時系列で並べられている。〈夏痩せて臥に沈み病める父〉〈父逝きて母病む年の用意かな〉など、特に亡き両親を詠った温雅な句が多い。

＊冬紅句集Ⅲ《とうこうくしゅうさん》　句集。〔初版〕『冬紅句集Ⅲ』86年5月、冬扇社。◇86年3月までに、滋賀県医師協同組合の組合誌に発表した「医師会のメンバーで磐梯、会津への旅」や陸軍軍医学校26期生の同期会、東北ホトトギス俳句大会、伊吹山麓の郷里の小学校同窓会についての俳文、俳句、自注、他注などを収録。

＊句集　伊吹路《くしゅういぶきじ》　句集。〔初版〕『句集　伊吹路』93年12月、梅里書房。◇私家版。86年の第3句集発行から88年3月に作者が亡くなるまでの句を集めた遺句集である。選句は深川正一郎の子息川口利夫夫妻が当たった。全128句を新年、春、夏、秋、冬の季節順に配列し、加えて「病床日記」と題する88年1月1日から1月31日までの入院中の31句を時系列で並べている。師の深川への弔辞〈東京の最も暑き日が悲し〉を残している。自身については〈病室に潜む不安を冬薔薇に〉の句のように、内心は病気に対する不安を感じつつも、一方では〈退院を近づけ日脚伸ぶ窓辺〉とあり、本人は退院を考えるほどで、まさに急逝であった。「ホトトギス」同人に迎えられて、〈俳諧の重き励みになりし春〉と詠んだ矢先の死である。　（北川秋雄）

中西恭子　なかにし・やすこ

1919・10・日未詳〜。歌人。甲賀郡（現甲賀市）甲賀町田堵野に生まれる。旧姓増井。1936年3月、京都高等手藝学校（現橘女子高等学校）師範科を卒業し、同年10月岡山県高梁教員養成所を修了。37年4月より滋賀県甲賀郡大原尋常小学校、翌年4月より水口尋常小学校に勤務する。45年2月結婚のため教員を退職し、4月に夫の勤務先である滋賀県満洲報国農場の寮母として中国に渡る。その報国農場は、食料増産、満洲開拓、青少年教育を目的に当時の東満総省琿春県崇礼村に創設された農場であった。ソ連軍侵攻のため、45年8月9日勤労奉仕隊とともに農場を離脱し、間島、吉林、綿西を転々とする。1年間の中国における難民としての集団生活を記録した『敗戦とわたし』（85年8月、私家版）は、長男を出産するもわずか10日で亡くしてしまう体験なども記され、戦争の悲劇的実像を伝える貴重な歴史的証言である。46年8月葫蘆島より夫とともに帰国。50年7月白珠に入社、55年7月には同人となる。戦争体験にもとづく実感溢れる短歌を詠む。歌集に『かの戦ひは』（71年9月、くれは草房）、『柴香双紙』（89年1月、短歌新聞社）がある。〈よしわれら髪を切るともかくし得ぬ乳房をもてばきびし行く先〉〈祖国に還りて病みし幸ひを思ふこの夜は祈りつつまし〉　（西尾宣明）

中野照子 なかの・てるこ

1927・12・16～。歌人。滋賀郡堅田町（現大津市堅田）生まれ。堅田小学校から、父の転勤にしたがって敦賀に移る。1940年福井県立敦賀高等女学校に入学。万葉集の講義に接し、短歌に興味を持つ。44年同校を卒業し、東洋紡績敦賀工場に動員される。そこで「日本短歌」などを読む。小学校の代用教員も勤める。敗戦後、父が郷里に帰ったあと2年遅れで帰郷。母方の親戚である伊勢の神官の家に預けられる。その頃従兄と婚約。原因不明で失踪した婚約者を待ちつつ、滋賀県庁に勤める。療養生活を送り、「牧水・茂吉・夕暮などをむさぼるように読み、次第に歌に魅かれてゆく。全快後、職場の作歌グループに入る。49年米田雄郎に師事し「詩歌」に入社。米田雄郎主宰の「好日」が創刊され、入社。56年「好日」同人となる。かつての婚約者は別の女性と結婚。自身は新聞記者の熱烈な求婚により結婚。やがて3度の病気、父の死、夫との別居、離婚となる。64年3月前田透を通じて「水源地帯」に参加。4月第1歌集『湖底』を好日社より刊行。67年「詩歌」復刊と同時に参加。京都歌人協会委員に選出される。68年第1回前田夕暮賞を受賞。「言語美を追求し、凛とひきしまった作風」と評された。71年5月、犬飼志げの、岸田典子とともに関西在住の女流歌人に呼びかけ葦牙の会を結成。9月、高安国世を中心とする現代歌人集会結成準備会に出席。72年現代歌人集会理事に選出される。73年5月京都短歌大会において講演。「好日」編集委員となり、選歌に当たる。74年現代歌人協会会員に推薦される。7月第2歌集『しかれども藍』を短歌新聞社より刊行。「相聞のたゆたいを歌いこめ」て歌境を確立したとされる。『湖底』の延長上に「生き方にかぶさって築き上げられた言語空間が、作品としての評価を要請している」。76年に14年間勤務した観光バス会社の寮母を辞め、再婚。78年1月より「湖国と文化」文藝欄短歌選者となる。81年11月舞鶴市民短歌大会で講演。82年京都歌人協会委員長に推薦される。83年4月より、「京都新聞」文藝欄に随想を執筆。84年11月第3歌集『花折峠』を短歌新聞社より刊行。第2歌集を展開するとともに、寮母をしていた体験に基づくものや、犬飼志げの死をいたむ「現代短歌における挽歌の極上処」と評される歌群もある。92年5月『秘色の天』を短歌新聞社より刊行。これによって93年に第20回日本歌人クラブ賞を受賞。94年ミューズ女流文学賞を受賞。97年7月に『京の暮らし京のこころ』を本阿弥書店から刊行。8月歌集『賀茂街道』を短歌新聞社より刊行。2002年「短歌研究」4月号に「この一首に出会って私は歌へ」のアンケートを寄せた。9月23日第20回蒲生の万葉祭りで「万葉の愛の歌・現代の愛の歌」の講演。2004年5月7日高島町鵜川の白鬚神社に〈吹きはれて藍ふかまれる湖の光となりてかへりくる舟〉の歌碑が建立され、除幕式が行われた。第20回国民文化祭の文藝祭・短歌大会で「口語の歌～前田夕暮をめぐって」の講演（福井県美浜）。「短歌新聞」の読者歌壇の選者を務めている。「短歌四季」の四季吟詠の選者の1人。最新の歌集に『南溟』（2004年11月、短歌新聞社）がある。

＊**湖底** こてい　歌集。〔初版〕『湖底』1964年4月、好日社。◇主として「好日」誌上に掲載された1500首の中から405首を選んだもの。作品を通して、「生活の起伏や変遷」だけでなく「内面的な生活まで明瞭に知ることができる」とされる。「自我の目覚めと、それに伴う不幸」を伴侶にしているとの指摘がなされる。「歌」よりも

「女」が勝っているとも評され、相聞歌が多いことも目に付く。同時に思想的なものにかかわる歌もある。また、琵琶湖を舞台にしたものも少なくない。〈湖の方に雪ふき吹かれゆく街を歩めりおもひひたむきになりて〉〈藍ながす湖に死にゆきし若きらを羨しと思ふ何にゆられて〉〈わがうたふ鎮魂歌など聞こえざれ湖心輝く父のふるさと〉

（出原隆俊）

中野美智子 なかの・みちこ

1927・2・16〜。川柳作家。彦根市二番町生まれ。のち芹川町居住。1974年毎日新聞滋賀文藝に初入選し、75年びわこ番傘川柳会同人、79年番傘川柳本社同人。滋賀文学祭川柳部門選者。「毎日新聞」滋賀文藝川柳選者。2002年滋賀文学会副会長。日常のふとした心の動きや人情の機微を鋭い観察眼でとらえる作風。『川柳 中野美智子』（1983年5月、私家版）がある。〈歳月の流れひとりのドラマもつ〉

（外村彰）

永原楽浪 ながはら・らくろう

1931・7・10〜2007・3・15。小説家、俳人。栗太郡笠縫村大字上笠《かみがさ》（現草津市上笠）の浄土真宗本願寺派末寺の長男。草津市上笠居住。本名隆昭《たかあき》。他の筆名原《はら》高《たかし》。1950年県立大津（現膳所）高等学校卒業。54年京都大学文学部文学科フランス文学専攻卒業。国語科教諭として県立学校に勤務、草津高等学校、県総合教育センター、膳所高等学校（通信制）等をへる。戦後の膳所中学校で同校教諭梅原与惣次（黄鶴子）に俳句の指導をうけ、高校に移行後みずからが誌名を提案した文芸班誌「未明」に俳句、詩、創作を発表した。過度に明敏な感受性を秘めながら、外面的には俠気あふれる剛毅な硬派と目された。きわめて頭脳明晰、高校2年生次から全校一斉実力考査で3年生を抜いてトップとなり、その後もその座をほぼ維持した。京都大学入学後、一時保高《やすたか》徳蔵主宰の「文芸首都」に入会し投稿。63年滋賀県高等学校教職員組合書記次長となる。同年日本民主主義文学同盟に加盟。64年個人誌「鏡」を発刊したりするが、67年「滋賀民主文学」第1集に教育現場にのこる統制思想をあざやかに切り取った「号令」を発表。同誌にほぼ毎号小説を掲載、そのうちの「土曜の午後の子守り」（第3集）、「教育委員」（第4集）が「民主文学」本誌（69年8月号、70年1月号）に転載された。その後次つぎと「民主文学」本誌に載った作品7編を収めた短編集『素行点』（85年12月、青磁社）、8編を集めた『梅津中事件』（87年4月、青磁社）、中編2作をまとめた『問題教師独居房』（89年4月、青磁社）を「永原隆昭教育小説集」と副題をつけて刊行。詩人、評論家の土井大助は、臨教審下の重厚な主題を怒り泣き思わず笑う軽妙さで包んだ快刀乱麻の現代硬骨漢物語と評している。91年から92年にかけては、高校通信制教育の直面する課題を生なましく提起した『みなことごとく』（91年3月、青磁社）、『かならず十人も百人も』（92年2月、青磁社）などを新書版で刊行。また地域の労働住民運動をテーマにした貴重な記録小説『深い草津栗東地区労史—連合の発祥と、みさお—』（92年12月、青磁社）、『深い矢橋《やばせ》帰帆島史—琵琶湖を埋めるな—』（93年7月、青磁社）などを執筆。教員退職後、『御文章は蓮如上人なり』（95年1月、探究社）、『のびのび蓮如さん』（96年2月、探究社）、『教・僧職』（2000年8月、探究社）等を刊行。なかでも『遠旅　蓮如五百回忌』（1999年6月、探究社）は、現代における葬儀の形（行事）と信仰の根本（教義）を尖鋭に追求して、刮目に値する。他に10冊余におよぶ著作を続々と公刊。永原楽浪（隆昭）のどの作品も、削りにけずった簡勁直截な文体で、現実と真実とのはざまに独自の批判の切っ先を突きつけている。65年から70年にかけ、県平和委員会副会長、草津地区労働組合協議会副議長・議長を歴任。（山本洋）

中村鋭一　なかむら・えいいち

1930・1・22～。随筆家、アナウンサー。栗太郡金勝《こんぜ》村（現栗東市）生まれ。大阪府吹田市在住。1947年県立膳所中学校卒業。53年同志社大学商学部卒業。51年同志社大学在学中に朝日放送入社。69年朝日新聞大阪本社に社会部記者として出向く。71年から朝日放送ラジオのパーソナリティーとして活躍。80年参議院議員選挙大阪地方区当選。著書に、ラジオでの軽妙愉快な語りそのままの『鋭ちゃんのバラード』（75年11月、講談社）、『愛釣記』（76年11月、ぬ書房）がある。（山本洋）

中村吉蔵　なかむら・きちぞう

1877・5・15～1941・12・24。劇作家、小説家、演劇研究家。島根県生まれ。号春雨。東京専門学校（現早稲田大学）英文学科卒業。少年時代から小説を書き、1896年大阪に出て文学仲間と同人誌「よしあし草」を創刊する。春雨の号による小説は60余編におよぶ。大学在学中、「大阪毎日新聞」の懸賞小説に「無花果《いちじく》」が1等当選し、新進作家としての地位を確立した。卒業後欧米に留学、イプセンなど近代劇作家の影響を受け、帰国後、本名の吉蔵《きちぞう》にかえって劇作家に転向する。新社会劇「牧師の家」（1910年）、「世間」（11年）、「老後」（12年）。大正期には、松井須磨子が好演して芸術座の代表的演目となった「剃刀《かみそり》」（14年）、「飯」（15年）、「真人間」「爆発」（ともに16年）など社会劇を発表し、劇作家としての地位を築いた。さらに歴史劇に向かい、「淀屋辰五郎」（18年）、「井伊大老の死」（20年）、「大塩平八郎」（21年）等、伝記劇や宗教劇の総数は107編にのぼる。

＊井伊大老の死《いいたいろうのし》　史劇。〔初出〕「早稲田文学」20年4月。〔初版〕『井伊大老の死』20年6月、天佑社。◇5幕10場。幕末、諸外国の開港の要求をうけた江戸幕府の大老井伊掃部頭は、水戸の強硬な反対意見を抑えて開国政策を断行し、将軍家後継問題も独断で事を運ぼうとした。尊王攘夷派の浪士や、水戸、薩摩の浪人たちは果断政治を行う大老に反発した。1860（安政7）年3月3日雪の朝、登城する井伊大老はついに桜田門外で水戸派の浪人たちに討たれる。幕藩体制の崩壊を招くと知りながら、なお自己の所信を断行せざるを得なかった井伊大老の悲劇的人生を古典的手法により劇化し、その後の歴史劇創作への転機ともなった作者の代表的史劇である。作品内容は直接滋賀県とは関係がないが、井伊家の先祖の墓所は彦根の清凉寺にある。（西本匡克）

中村草田男　なかむら・くさたお

1901・7・24～1983・8・5。俳人。中国福建省廈門《アモイ》に生まれる。本名清一郎。旧制の松山中学校、松山高等学校卒業。東京帝国大学独文科入学、のち国文科に転じ、正岡子規を卒論とする。東大俳句会に入り水原秋桜子の指導を受け、「ホトトギス」の新人として台頭、評論にも活躍する。当時の新興俳句運動には批判的態度を通し、モダニズムを徹底的に批判した。伝統俳句と新興俳句の欠点を克服し止揚した第三の立場として、自己の心理、思想や生き方を作品へ反映することを志し、季題の活用による象徴手法を開拓した。人間探求派とよばれ、思想詩としての俳句を完成させた。戦後は、現代俳句の中枢的存在となる。句中に「びわこ」を詠んだものが多くみられる。句集に『長子』（1936年）、『火の島』（39年）、『万緑』（41年）、『来し方行方』（47年）、『銀河依然』（53年）、『母郷行』（56年）、『美田』（67年）、『時機《とき》』（80年）がある。『中村草田男全集』全18巻別巻1（84～91年、みすず書房）。（西本匡克）

中村憲吉　なかむら・けんきち

1889・1・25～1934・5・5。歌人。広島県双三《ふたみ》郡布野《ふの》村（現三次市布野町上布野）に生まれる。地方きっての素封家で醸造業を営む父修一・母アキの次男。旧制三次《みよし》中学校、鹿児島の第七高等学校に学び、新聞「日本」の選で知った伊藤左千夫を頼って1909年上京、翌年9月東京帝国大学経済科に入学した。この頃、左千夫を介して、斎藤茂吉、小泉千樫、石原純、土屋文明、蕨真ら「アララギ」同人と相識り、作歌熱盛んとなる。歌集に島木赤彦との合著『馬鈴薯の花』（13年7月、東雲堂）をはじめ、『林泉集』（16年11月、アララギ発行所）、『しがらみ』（24年7月、岩波書店）、『軽雷集』（31年7月、古今書院）等。他に記紀歌謡や「万葉集」に関する研究、正岡子規についての評論もある。26年6月に帰郷後、家務を執り郷里を離れることはなかったが、病気療養のため32年2月広島市郊外古浜に、その後尾道に移り歿した。歌集『しがらみ』には、21年3月平福百穂に同道して、比叡山に登った折の一連の作品が収録されており、それらは生涯の代表作と目されている。〈朝ゆふは眼《め》もとにひらく琵琶の湖《うみ》山上に在《ま》ししさみしき聖《ひじり》〉〈山嶺《やまね》より湖《うみ》をひろく見て朗らかに大き寂しさに入りたまひけむ〉。開祖最澄が近江滋賀郡の人であったことへの心寄せもあろうか、詳しい分析が山根巴著『中村憲吉歌と人』（98年10月、双文社出版）にある。なお、『中村憲吉全集』全4巻（37年10月～38年10月、再版82年11月、岩波書店）がある。（平田美永）

中村達夫　なかむら・たつお

1942・11・24～。郷土史家。彦根市上新屋敷町生まれ。1961年彦根東高等学校卒業。彦根藩赤備史料参考館主宰。彦根藩史料古武具収集研究。甲兜武具尚武堂主。総合広告代理店、行政書士、社会保険労務士事務所経営。69年1月から83年12月まで近畿放送ラジオ「歴史哀話あれこれ」に出演。74年に「越の老函人」（『北日本新聞』74年1月1日）で井上靖選第8回北日本文学賞受賞。75年に「私の余暇活用記」で日本余暇文化振興会公募論文第1位。『彦根藩公用方秘録』（75年6月、彦根藩史料研究普及会）の意匠装丁でシルバーマスターコンテスト第1位金賞。「宮王守」（『グラフィック　茶道』77年9月）で淡交社茶道小説新人賞受賞。和洋の甲冑武具及び彦根藩史と井伊家の軍制戎装の研究を進める。著書に『彦根藩朱具足と井伊家の軍制』（70年12月、八光社）、『彦根藩歴史散歩』（75年4月、八光社）、『井伊軍志―井伊直政と赤甲軍団―』（94年6月、彦根藩甲冑史料研究所）、甲冑研究や軍制の視点から、藩祖直政以来、直継、直孝の三代に焦点を当てた『井伊家歴代甲冑と創業軍史』（97年8月、彦根藩甲冑史料研究所）、『剣と鎧と歴史と―中村達夫甲刀史論集成―』（99年5月、建仁書屋）がある。また、影印復刻を含む編著として『彦根藩士族譜』（72年7月、八光社）、『彦根藩屋並帳』（75年7月、彦根藩史料研究普及会）、『彦根藩公用方秘録』（76年4月、彦根藩史料研究普及会）、『彦根藩軍制秘録』（76年4月、彦根藩史料研究普及会）がある。

＊近江の史譚あれこれ《おうみのしたんあれこれ》 随筆。〔初版〕『近江の史譚あれこれ』71年5月、三協株式会社。◇69年1月から「歴史哀話あれこれ」と題して近畿放送ラジオで話した原稿をもとに、新しく書き下ろした。「家康にすぎたるものが二つあり 唐の頭に本多平八」の戯れ歌について、彦根では唐の頭を井伊直政のこととしている。直政の兜には唐の頭といわれる白い毛がついていることからであるとする「唐の頭異説」など17話に、「彦根藩家中家並帳」を付している。

＊彦根史譚《ひこねしたん》 歴史小説。〔初版〕『彦根史譚』73年6月、八光社。◇彦根藩の歴史は、井伊直弼の時代とその前後を除いて、手つかずの状態で放置されているので、その大きな空白を補うことが本書の執筆動機とされている。「生来悪筆なり」といわれた直孝の書状の一部を紹介した「井伊直孝のプロフィール」など5話に、「彦根藩の朱具足」を付している。

＊彦根藩侍物語《ひこねはんさむらいものがたり》 随筆。〔初版〕『彦根藩侍物語』75年3月、八光社。◇彦根武士の姿を散逸寸前の古記録中から探して、物語風に書き下ろしたもの。鈴木石見という直政の重臣が、自分の次男を直政の養子にして、新藩主直勝を無視し、実質的な藩主として君臨していた1603（慶長8）年から1605年にかけての彦根藩の二頭政治について紹介した「彦根騒動」など10話を収録。

（北川秋雄）

中村直勝 なかむら・なおかつ

1890・6・7〜1976・2・23。歴史学者。大津市三井寺町生まれ。生家は長等神社宮司家。1909年膳所中学校卒業、第三高等学校を経て、15年京都帝国大学文科大学史学科卒業。20年第三高等学校教授、27年京都帝国大学文学部助教授となる。48年公職追放により退職。以後、著述に専念するが、56年京都女子大学教授。66年大手前女子大学学長となり、現職中に死去。各地の寺社などの古文書の整理、保存に尽力した。とくに膨大な量にのぼる東大寺文書を整理した功績は大きい。日本古文書学会の設立に尽力し、2代目会長をつとめた。『日本文化史―南北朝時代』（22年3月、大鐙閣）の刊行をはじめとして、『荘園の研究』（39年5月、星野書店）、藝能の「背後にある思想を深くたずね、その原由をもとめ、そこに人の『心』の成長ぶり」を明らかにする「想藝」という立場からの藝能史『日本想藝史』（46年10月、宝書房）、『荒説日本史』3巻（75年11月、主婦の友社）、晩年の大著『日本古文書学』3巻（上71年12月、中74年8月、下77年4月、角川書店）などがある。『中村直勝著作集』全12巻（78年10月〜79年1月、淡交社）が刊行されている。滋賀関係では、編著及び翻刻に『多賀神社文書』（40年8月、多賀神社社務所）、監修に『彦根市史』全3巻（60年3月〜64年3月、彦根市役所）がある。

＊国史と本県《こくしとほんけん》 評論。〔初収〕『我が郷土』32年3月、滋賀県教育会。◇『我が郷土』は、滋賀県教育会が、児童をして郷土理解を通じて愛国心を育成する「郷土教育」推進のために、31年8月に実施した郷土研究講習会講義録。筆者は、「国史と本県」について、10、11日と彦根小学校で講演を行った。「日本歴史を知って本県の歴史を知る事が大事」「滋賀県はどの方向より発達したか、我々の祖先が近江人として家庭生活をなしてどう言ふ特色を残しておいたか」について考察することが大事である。「多くの史実を個人の力で調査する事は不可能である故、我々の力の及ぶ郷土の力によりて正確なる発表と正確なる史実の調査に努め

ねばならん」と、実証的な歴史研究の重要性を説いている。

＊カラー近江路の魅力《からーおうみぢのみりょく》 随筆。〔初版〕『カラー近江路の魅力』乾巻73年4月、坤巻同7月、淡交社。◇山本謙三の写真が見開き2頁、それに続いて筆者の文章が見開き2頁、という構成。「近江の国内に遍在する古文化財や、近江国を舞台として展開された国史三千年を、回顧すると、日本六十余州の中でも、第一級に立つべき一国」「日本文化の貯蔵所であり、醗酵場」であるとしている。乾巻は、石山寺、三井寺、延暦寺をはじめとする湖南から湖西の、坤巻は石部、油日、御上神社、安土、永源寺、多賀大社など湖南から湖東にかけての社寺や文化財について。遺址旧跡に立って、「そこに起こった歴史、そうした歴史の起伏した由来に必ず眼を向け、今日の姿が、どうしてかくなったかを、探ろう」とした。「ある文化を考える時に、そこの文化遺産を観賞する時に、そこの文化はそこで生まれた文化か、どこから流伝して来た文化か、を第一に考えて、そこの文化が、どのように変異発展したか、どれほど地方色を帯びたか、どれほどその地方に根をおろしたかを見極めること」が必要と説く。ユニークで滋味溢れるガイドブックとして読むことも出来る。（北川秋雄）

中村憲雄 なかむら・のりお

1936・5・4〜。歌人、小説家。滋賀県東浅井郡上草野村大字草野（現浅井町草野）生まれ。長浜市十里在住。1955年県立虎姫高等学校卒業。60年岐阜大学学芸学部（現教育学部）卒業。県内中学校教諭をへて伊吹山中学校校長、長浜市青少年センター所長。十代末ごろ米田雄郎主宰「好日」入会。大学時代、中井英夫の影響を受ける。65年「滋賀アララギ」、70年「アララギ」入会。75年ごろより斎藤茂吉の伝記を研究。小説にも手をそめ、91年「落首―小室藩改易異聞―」で滋賀県文学祭芸術賞受賞、93年「八草村《はっそう》への帰郷」で特選。現在、滋賀文学会事務局長。（山本洋）

中村泰行 なかむら・やすゆき

1945・1・13〜。評論家。旧満洲（現中国東北部）大連生まれ。大阪市立大学大学院文学研究科仏文学専攻修士課程修了。阪南大学専任講師、立命館大学助教授を経て教授。立命館大学では理工学部のある滋賀県草津市の草津キャンパスで教鞭を執った。1982年から1年間フランスに留学。大阪私立大学文学会、日本文藝家協会、民主主義文学同盟に所属。研究主題はフランス現代レアリスム文学と文藝批評、フランス現代思想と現代日本文学の研究。著書『ポスト・モダニズムの幻影』（89年8月、新日本出版社）が第22回多喜二・百合子賞受賞。他に『大江健三郎―文学の軌跡』（95年6月、新日本出版社）がある。（矢本浩司）

中村柳風 なかむら・りゅうふう

1915・12・25〜1990・4・16。俳人。滋賀県に生まれる。本名孝治。力行高等海外学校ブラジル科卒業。1931年浜中柑児に手ほどきを受け、俳句を始める。36年伊東月草の「草上」に投句。39年吉田冬葉、中村素山、松本翠影に師事し、「獺祭」「虎落笛」「みどり」に入会。41年「虎落笛」同人。78年「虎落笛」同人副会長となる。〈白梅や水より硬き夜の帷〉〈七月や風にゆるがぬ雲の像〉（浦西和彦）

中本紫公 なかもと・しこう

1909・1・6〜1973・11・2。俳人。京都に生まれる。本名研一。滋賀師範学校卒業。滋賀県主事。大津市中庄に居住。俳句は滋賀師範時代に始め、「灯」を発行。のち「獺祭」「草」「桃季」を経て、松瀬青々の「倦鳥」に拠った。1946年に「花藻」創刊主宰。句集に『日本の眉』（56年5月、花藻社）、『穹』（65年5月、花藻社）、著書に『俳句の眼』（70年9月、花藻社）等がある。（浦西和彦）

中本小紅 なかもと・しょうこう

1889・5・6～歿年月日未詳。俳人。富山県生まれ。昭和初頭、京都嵯峨の落柿舎堀晩翠宗匠に師事。蛙子会に所属。1932年「桃李」、33年「倦鳥」同人。46年子息の中本紫公主宰「花藻」の創刊と同時に、同人として参加。作者81歳の折、句集『汐木』（70年）が花藻社より刊行されている。（佐藤良太）

中山義秀 なかやま・ぎしゅう

1900・10・5～1969・8・19。小説家。福島県岩瀬郡大屋村（現白河市）生まれ。本名議秀。早稲田大学予科に入り、1923年文学部英文科卒業。33年まで英語教師。在学中に師友となる横光利一と出会い、横光らと同人誌「塔」発刊。また、帆足図南次と「農民リーフレット」を創刊し、農民文学運動の一翼を担った。病妻を抱えた長い苦節の後、「厚物咲」（「文学界」38年）で第7回芥川賞受賞。「碑《いしぶみ》」（「文藝春秋」39年7月）で作家的地位を獲得した。戦後は歴史小説で活躍し、『中山義秀自選歴史小説集』全8巻（57年、宝文館出版）を発刊。明智光秀に作者自身の人間観を投影した歴史小説『咲庵』（64年8月）で第17回野間文藝賞受賞。他に、戊辰戦争に敗れた郷土史に材を得た「信夫の鷹」（48年）、太平洋戦争下海軍報道班員として南方へ派遣された体験が生んだ「テニヤンの末日」（「新潮」48年9月）、横光利一の伝記であるが、自身の自伝でもある『台上の月』（63年）、未完の「芭蕉庵桃青」（70年）などがある。67年日本藝術院会員。死の前日に洗礼を受けた。『中山義秀全集』全9巻（71～72年、新潮社）がある。

＊咲庵 しょうあん　長編小説。〔初出〕「群像」63年1月～64年2月。〔初版〕『咲庵』64年8月、講談社。◇再三の招請を受けて信長に迎えられた明智光秀は、比叡山の焼き討ち以降、坂本城で6万石1200騎の大将となる。やがて1580（天正8）年、50万石の太守となった光秀は、天下人となった信長を討つべく奇襲をかけ、本能寺で信長を討ち果たす。しかし束の間に、急を聞いた秀吉の軍勢に襲われて、光秀勢は敗北する。逃避行する光秀は土民の竹槍によって深手を負い、ついに自刃して果てる。光秀の族党も滅ぼされた。（矢本浩司）

中山碧城 なかやま・へきじょう

1901・3・1～1960・4・4。俳人。大阪府枚岡市（現東大阪市）生まれ。本名三次。1919年京都移住の翌年から「ホトトギス」に投句。32年大津市松本高木町で紙箱製造業を始める。36年俳誌「志賀」を主宰。翌年休刊したが57年に復刊。41年京都に移り、51年から再び大津に居住。54年「ホトトギス」同人。平明な写生句には近江への愛惜も透徹している。『碧城句集』（65年8月、志賀発行所）がある。〈挿し殖えてゆく魞《えり》比良の暮雪かな〉（外村彰）

長与善郎 ながよ・よしろう

1888・8・6～1961・10・29。小説家、劇作家。東京市生まれ。東京帝国大学英文科中退。11年「白樺」同人となり「盲目の川」（14年）、戯曲「項羽と劉邦」（16～17年）を発表する。その後も「青銅の基督」（「改造」23年1月）、『竹沢先生と云ふ人』（25年10月、岩波書店）等、人道的な立場から様々な人間像を創出。24年「不二」主宰。自伝に『わが心の遍歴』（60年2月、筑摩書房）がある。なお「最澄と空海―シナリオ風脚本―」（「中央公論文藝特集」51年6月）は、比叡山寺（のちの延暦寺）が主な舞台。謹厳で純粋な求道者であった天台座主最澄は、多藝多才で政治的手腕もある空海と共に奈良仏教と異なる新しい仏教を日本に広めようとする。しかし最澄の愛弟子泰範が空海の側近となったことで両者は絶交。最澄は仏書執筆や宗論に尽力するが病で亡くなり、空海の読経で法要が営まれた後、生前最澄が奔走していた叡山戒壇院新設の勅許が知らされる。宗教人最澄の苦闘、また空海との葛藤を描いた力作である。（外村彰）

半井桃水 なからい・とうすい

1860・12・2～1925・11・24。小説家。対馬国（現長崎県対馬市）生まれ。本名冽《きよし》。別号桃水痴史、菊阿弥、千壺《せんご》。共立学舎に学び、朝鮮半島に渡ったのち、「東京朝日新聞」の小説記者として活躍。樋口一葉との交際でも知られる。作品に『胡砂《こさ》吹く風』（1893年1月、今昔堂）等。『伝教大師』（1921年3月、滋賀県坂本比叡山延暦寺伝教大師千百年御遠忌事務局）は仏教渡来から生い立ち、開宗や入唐など艱難と徳行、入寂後までを詳細に記した最澄の伝記。（外村彰）

梨木香歩 なしき・かほ

1959・月日未詳～。小説家、児童文学者。鹿児島県生まれ。同志社大学在学中に英国に留学、児童文学者のベティ・モーガン・ボーエンに師事。1994年から職業作家となる。95年「裏庭」で第1回児童文学ファンタジー大賞を受賞。同年～2004年大津市に居住。小説に第28回日本児童文学者協会新人賞、第13回新美南吉文学賞、第44回小学館文学賞受賞作の『西の魔女が死んだ』（1994年4月、楡出版）、『裏庭』（96年11月、理論社）等がある。詩人的資質の色濃い作者にとって、ファンタジーは現代を生きる人間の根源性を追尋するため、より強いリアリティーを得るべく選んだ創作法といえる。なお長編『からくりからくさ』（99年5月、新潮社）の4人の女性が住む町は近江八幡市、城下町「S市」は彦根市が想定され、随筆集『ぐるりのこと』（2004年12月、新潮社）には大津市の還来《もどろき》神社の参拝も記される。詩「梅雨入りの朝」（『愛蔵版 県別ふるさと童話館25』1999年10月、リブリオ出版）は琵琶湖岸の学校がイメージされている。（外村彰）

那須乙郎 なす・いつろう

1908・5・17～1998・6・16。俳人。高島郡（現高島市）今津町福岡に生まれる。本名政男《まさお》。1925年旧制今津中学校卒業。29年京都薬学専門学校卒業。34年「馬酔木《あしび》」に投句入門。44年同志社女子中学校高等学校に就職。49年「馬酔木」同人となる。58年京都俳句作家協会を創立。59年俳誌「向日葵《ひまわり》」を創刊主宰する。同誌は「清新、清明、誠実」を句作の拠り所とする。74年同志社を定年退職。俳人協会評議員、京都俳句作家協会代表幹事、京都市藝術文化協会常任理事等を歴任。85年に京都市藝術文化協会賞を受賞、86年には京都市文化功労者賞を受賞。句集に『ふるさと湖北』（80年3月、東京美術）、『〈自註現代俳句シリーズ〉那須乙郎集』（82年6月、俳人協会）、『旅の残像』（88年4月、向日葵発行所）、『旦暮』（90年9月、向日葵発行

所）がある。〈新雪をふむさびしさにふりかへり〉（村田好哉）

夏目漱石《なつめ・そうせき》　１８６７・１・５〜１９１６・12・９。小説家、英文学者。江戸牛込（現東京都新宿区）に生まれる。本名金之助。１８６８年塩原家の養子となる。１８８１年実母死去。１８８８年に復籍。漢学塾二松学舎から成立学舎に転じて英語を学び、第一高等中学校に入る。正岡子規を知り、俳句に親しむ。１８９３年東京帝国大学英文科卒業。松山中学校、第五高等学校に勤め、１８９６年に中根鏡子と結婚。１９００年より２年間英国に留学。帰国後第一高等学校、東京帝国大学で英文学を講ずる。05年「吾輩は猫である」を発表。07年朝日新聞社に入社、「虞美人草」（６月23日〜10月28日）を発表。「三四郎」「それから」「門」と書き継ぐが、10年には修善寺で大吐血、一時人事不省に陥る。回復後「彼岸過迄」「行人」「こゝろ」を書き、「明暗」（16年５月26日〜）連載中に胃潰瘍が悪化して死去。「虞美人草」には比叡登山や琵琶湖の情景が描かれる。「三四郎」（08年）、「門」（10年）にも近江にかかわる描写が見られる。（村田好哉）

七尾清彦《ななお・きよひこ》　１９４３・４・10〜。外交官、評論家。大阪府吹田市に生まれる。１９６２年県立膳所高等学校卒業。66年東京大学法学部卒業後、外務省に入省。在外研修生としてケンブリッジ大学に留学。68年ナイジェリア日本大使館書記官として赴任以来、81年欧亜局東欧課長、92年情報調査局審議官、94年在米日本大使館公使等を勤め、95年にはサンフランシスコ日本国総領事となるが、98年に外務省を退官。現在は大津市日吉台在住で評論活動を行う。著書に『ひとりひとりのルネッサンス　日本再生への緊急提言』（98年12月、毎日新聞社）がある。同書は外交官としての体験を生かし諸外国の豊富な例を挙げながら「市民革命の時代」への具体案を示したもの。「均質的同族社会」が日本を硬直化させてしまった現在、各人が自律自尊の「個」を確立することにより多様化した真の市民社会が可能となり、日本は再活性化すると述べる。（村田好哉）

苗村和正《なむら・かずまさ》　１９３３・８・24〜。詩人、歴史研究者。野洲郡生まれ。早稲田大学卒業。学生時代、寺山修司から刺激を受ける。滋賀県立高等学校の教諭、滋賀大学講師を勤める。その間、詩誌「早稲田詩人」「近江詩人学校」「鳥」を経て、現在「ラビン」同人。関西詩人協会会員。詩集に『クリオの顔』（１９６３年）、『ブルーペールの空』（97年）があり、作品掲載のアンソロジーに、小野十三郎編『年鑑関西詩集Ⅱ』（76年）、小海永二選『郷土の名詩・西日本』（86年）の他、『流域詩集』『銀河詩手帖』など。滋賀にかかわる詩編としては「風景」「彦根」などがある。歴史関係の著書には、『庶民からみた湖国の歴史』（77年）、『日本史のなかの湖国』（91年）があり、『江戸時代人づくり風土記25』（96年）や『日本の百姓一揆』（99年）その他にも寄稿している。いずれにも、「民衆こそ歴史の最も根源的な創造主体」という認識に立って、その実像に迫ろうとする姿勢が見られる。（川端俊英）

苗村吉昭《なむら・よしあき》　１９６７・７・29〜。詩人。野洲郡中主町（現野洲市）生まれ。県立大津高等学校在学中、担任教諭であった松井幸雄の影響を受け詩人を志す。１９９０年龍谷大学経済学部卒業。93年近江詩人会入会、大野新に師事。99年森哲弥と「砕氷船」を創刊し、詩や連載評論を発表。2004年日本現代詩人会入会。同会のH氏賞選考委員なども務め、詩壇の最前線で活躍中。栗東市在住。武器を通して人間の実質を追尋する散文詩集『武器』（1998年10月、編集工房ノア）で第13回福田正夫賞を受賞。詩集『バース』（2002年12月、編集工房ノア）で第5回小野十三郎賞受賞。そして詩集『オーブの河』（2005年7月、編集工房ノア）でも第17回富田砕花賞を受賞した。自己や社会の問題から抽出される生の本質への思念を、統一したテーマによる連作詩で展開している。評論『国友一貫斎』（2001年12月、砕氷船出版局）や連作小説「戦後パルティータ」（「朝日新聞」大阪版夕刊、2006年6月8日～29日）などがある。

（外村彰）

奈良本辰也　ならもと・たつや

1913・12・22～2001・3・22。歴史家。山口県生まれ。1938年京都帝国大学文学部史学科卒業、西田直二郎の下、京都市史編纂に従事。戦後、服部之総の門下に入り、マルクス主義の影響を示す。46年林屋辰三郎らと「日本史研究」を発刊した。長く立命館大学の看板教授であったが、69年大学紛争の折に辞職。その後も著述、講演等精力的な活動を続けた。『吉田松陰〈岩波新書〉』（51年1月、岩波書店）ほか、著書多数。『新大津市史上下』（62年1月、3月、大津市役所）を編集。

（田村修一）

成島柳北　なるしま・りゅうほく

1837（天保8）・2・16～1884・11・30。漢詩人、新聞記者、随筆家。江戸浅草生まれ。幼名甲子麿、甲子太郎、のち惟弘。字は保民。別号確堂。父は幕臣成島稼堂。幼時より詩文を好んだ。18歳で家督を継ぎ、幕命により祖父東岳の著書『東照宮実記』を編集。1859（安政6）年、柳橋の花街に出入りした体験をもとに戯著『柳橋新誌』初編（1874年4月、山城屋政吉）を完成。幕臣として1868（慶応4）年外国奉行、ついで会計副総裁に進むが、徳川慶喜の将軍辞職に伴い隅田川畔に閑居した。1872年欧州を旅行、帰国後朝野新聞社社長となって数多くの雑録に健筆を揮い、辛辣な風刺による政府攻撃で文名を上げた。1876年には筆禍で入獄。1877年「花月新誌」を創刊。1881年春の関西旅行の際、柳北は近江経由で津を訪れた。「朝野新聞」連載の「ねみだれ髪」第9（1881年4月20日）によると、4月10日に汽車で京都を出発、大津に行き、草津、石部、水口、土山を経、鈴鹿峠を越えて津に至った。前年開通の逢坂山隧道を抜けたさきに広がる琵琶湖を「清秀太《はなは》ダ愛ス可シ」と賞し、漢詩と和歌を一首ずつ詠んでいる。〈一夢会遊十積過。愧将霜鬢対烟波。湖辺春色依然好。不似吾儂老感多〉〈見渡せば比良の高嶺に雪しろく都はまだき桜咲ころ〉

（大西仁）

成宮紫水　なるみや・しすい

1928・2・7～。俳人。坂田郡近江町（現米原市）飯《い》生まれ。本名直一《なおかず》。県立彦根東高等学校卒業。日本国有鉄道に勤務。1950年から久米幸叢《こうそう》に師事し「ホトトギス」に投句。高浜虚子、年尾、汀子の指導を受ける。77年「藍」に参加、のち題詠選者。85年「ホトトギス」同人、他に「未央」「花鳥」「悠」同人。83年滋賀県文学祭、「毎日新聞」滋賀文藝の俳句選者。県下の多くの句会も担当。花鳥諷詠の写生俳句に徹し、近江の四季を詠んだ句も多い。94年米原の青岸寺に句碑〈秋山に三小祠一禅寺あり〉が建立された。

（外村彰）

なるみやますみ　なるみや・ますみ

1964・月日未詳～1995・1・17。児童文学者。大津市に生まれる。本名成宮真純。金城学院大学文学部国文学科卒業。豊田工業大学事務局に就職。1991年結婚ののち、カルチャースクールで童話創作講座を受講した。童話グループ「花」などに作品を発表。95年1月17日阪神大震災で娘を遺し、夫とともに亡くなった。95年「ミドリノ森のビビとベソ」で第19回毎日童話新人賞（優秀賞）を受賞。歿後、ひくまの出版から『なるみやますみ童話コレクション』全5巻と『なるみやますみの絵本』全5巻が刊行された。（浦西和彦）

南條範夫　なんじょう・のりお

1908・11・14～2004・10・30。小説家、経済学者。東京銀座に生まれる。本名古賀英正。中国山東省の山東中学校、山口高等学校を経て、1930年東京帝国大学法学部および経済学部を卒業。東京帝国大学助手、南満洲鉄道の東京支社、日本出版文化協会（部下に書評紙編集長として、作家の杉浦明平がいた）、中央大学、立正大学などに勤務。51年「週刊朝日」の第1回朝日文藝賞に「出べそ物語」が入選。以後、53年第1回オール読物新人杯に「子守の殿」、55年「サンデー毎日」の100万円懸賞大衆文藝に「あやつり組由来記」など、軒並み懸賞に入選。56年には『燈台鬼』で第35回直木賞を受賞。以降本格的な作家生活に入るが、同時に経済学者として国学院大学教授、中央大学にも講座を持つ。著書は専門分野も加えて200冊を超える。文藝作品に限っても多岐にわたり、現代小説、推理小説、伝記小説、経済・流通を扱った商人シリーズなどがある。中でもその名を高からしめたのは時代小説であろう。59年の『武士道残酷物語』は、今井正監督により映画化され、残酷ブームのきっかけになった。近年、南條の原作『駿河城御前試合』が、山口貴由により漫画化（シグルイ）され、若者に人気がある。滋賀県に関わるものとしては、代表作のひとつ83年の『織田信長』がある。信長の最後の居城は安土にあった。『武家盛衰記上』の「浅井長政」では、長政の居城小谷城など近江が、信長との対決の舞台となっている。（平野榮久）

南原幹雄　なんばら・みきお

1938・3・23～。小説家。東京市世田谷区生まれ。本名安井幹雄。1960年早稲田大学政治経済学部卒業、日活に入社する。「女絵地獄」（「小説現代」73年12月）で第21回小説現代新人賞を受賞。75年日活を退社。以後、時代小説を書く。81年『闇と影の百年戦争』（80年10月、集英社）で、第2回吉川英治文学新人賞を受賞。『暗殺者の神話』（76年8月、集英社）、『北の黙示録上下』（84年8月、講談社）、『抜け荷百万石』（90年5月、新潮社）、『それぞれの関ケ原』（90年12月、祥伝社）、『御三家の反逆上下』（91年12月、新人物往来社）、『おんな用心棒　異人斬り』（2000年1月、徳間書店）などがある。

＊近江国友《おうみくにとも》一族《いちぞく》　短編小説。〔初出〕「小説NON」1990年7月。◇1598（慶長3）年の秀吉の死後、五大老筆頭の家康が天下を取ろうとする。それを阻止しようとする佐和山城主石田三成の支配下にあった近江坂田郡国友村の鉄砲鍛冶の年寄助太夫が、家康方に付き、ひそかに大砲の製造に成功して関ケ原の戦いを有利に導いた。以後、国友一族は徳川幕府の御用鉄砲鍛冶として重用された。その経緯を助太夫の視点から描いている。

＊裏切り《うらぎり》一万石《いちまんごく》　短編小説。〔初

出」「小説NON」90年10月。◇秀吉歿後、天下を狙う徳川軍が上杉景勝討伐のため大坂を発ち、東海道石部に宿泊後、水口城に立ち寄ることになった。水口城主長束正家と昵懇の間柄の石田三成にとっては家康を討つ絶好の機会で、三成の家臣粟津権之介は粟津一族再興と1万石加増を目論んで徳川方に寝返ろうとするが、その機会を逸し、味方から嫌疑をかけられ、あえなく関ケ原で一族全滅するというもの。

＊功名首《こうみょうくび》　短編小説。〔初出〕「小説すばる」89年5月20日臨時増刊号。◇関ケ原の戦いで、敗走する西軍の副将格大谷刑部の首を取ろうとして追跡した藤堂隊侍大将藤堂仁右衛門は、伊吹山中で刑部の首を埋め終わった湯浅五助とその郎党源六を見つけ、戦いの末、旧知の五助を討つ。刑部の菩提を弔ってくれという、今わの際の五助との約束を守って墓も暴かず、そのため功名の機会を逸するが、後日会った源六から、その首が刑部の弟のものであって、刑部は家康討伐に反対したため、三成によって関ケ原の戦い以前に殺害されていたことを知るというもの。　（北川秋雄）

【に】

西川勇　にしかわ・いさむ

1927・3・26〜。写真家。愛知郡秦荘町（現愛荘町）生まれ。秦川青年学校在学中に応召。戦後の1955年過ぎから独学で写真家を志し、近江の仏教文化の美をとらえるフリーのカメラマンとして活動。関西二科会会員。写真集に『近江 湖東三山』（78年10月、湖東三山会）、『近江の禅林 永源寺』（80年11月、近江文化社）、『比叡山千日回峰行 酒井雄哉師の足跡』（81年12月、講談社）、『滋賀の美 庭』（85年1月、京都新聞社）、『滋賀の美 仏 湖南・湖西』（87年3月、京都新聞社）、『伝教大師最澄』（87年5月、講談社）等がある。　（外村彰）

西川うせつ　にしかわ・うせつ

1874・1・6〜1956・6・23。俳人。本名式四郎。高島郡（現高島市）新旭町藁園《わらその》生まれ。京都府立医学校卒業後、1898年高島郡（現高島市）安曇川町南市《みなみいち》で眼科医を開業し「ホトトギス」に投句。「京鹿子」に属して鈴鹿野風呂の指導を受け、1927年から地元の銀杏俳句会を主宰。38、53年には会の選句集も刊行。湖国の自然と生活を澄んだ感覚で捉える句が多い。安曇川町名誉町民。私家版の句集『郁子《むべ》』（53年1月）がある。〈比良颪《おろし》 乗り切り戻る鯎《いさざ》 舟〉　（外村彰）

西川友孝　にしかわ・ともたか

1906・9・29〜1985・10・25。小説家、造園研究家。東京市本所区（現東京都墨田区）に生まれる。1930年、東京高等造園学校卒業。上原造園研究所を経て、東京府庁に勤務。この間、『庭園工藝と室内装飾』（29年8月、資文堂書店）、随想集『庭を思う心』（37年10月、昭玄荘）を刊行する。39年滋賀県庁に勤務。その後、東京高等造園学校講師、東亜旅行社（現JTB）、日本観光施設株式会社などを経て、50年より63年まで再び滋賀県庁に勤務する。様々な造園計画の設計に従事するとともに、滋賀の観光文化の構築に貢献した。小説関係では、友田佳三、原節治の筆名で、52年滋賀県文学祭小説部門1等に入選した「影のない風景」などを執筆。また、滋賀県では初めての文藝同人誌「駱駝」を発行、また滋賀文学会の会長も務めた。77年滋賀県文化賞を受賞。85年大津市民病院にて死去

（享年79歳）。歿後、節子夫人などによって『西川友孝遺稿集』（87年10月、私家版）が刊行された。（西尾宣明）

西川祐子 にしかわ・ゆうこ

1937・9・15～。小説家。東京都に生まれる。京都大学大学院修了。京都市左京区に居住。日本フランス語フランス文学会会員。中部大学教授。著書に『高群逸枝―森の家の巫女』（1990年6月、第三文明社）、『近代国家と家族モデル』（2000年10月、吉川弘文館）ほかがある。『花の妹―岸田俊子伝』（1986年3月、新潮社）では、京都の呉服商小松屋の長女として生まれ、創設期の小学校、中学校教育のなかで頭角をあらわし、宮中女官の文庫御用掛となり、昭憲皇太后に「孟子」を進講したが、一転して自由民権運動の初の女性演説者となった岸田俊子の謎の多い生涯を描く。そのなかに大津の場面が出てくる。（浦西和彦）

西木忠一 にしき・ただかず

1935・8・15～。国文学者、歌人。栗《くり》太《た》郡大字野路《のじ》（現草津市野路町）生まれ、大津市在住。1954年草津高等学校を卒業し、滋賀大学学藝学部入学。58年関西大学大学院に進む。高等学校3年の担任は「潮音《ちょうおん》」（太田青丘《せいきゅう》主宰）同人三品千鶴《みしなちず》。その影響で60年同社社友となり、69年退会。78年4月「創作」（若山牧水創設）に加わる。『源氏物語』を中心とする平安朝文学の研究により85年文学博士。87年より大阪樟蔭《しょういん》女子大学教授。研究書には『源氏物語論考』（84年8月、大学堂書店）、『蜻蛉日記の研究』（90年9月、和泉書院）、『源氏物語花籠』（93年4月、和泉書院）、『王朝文学論考』（2002年9月、和泉書院）等。歌集は『藻刈舟《もかりぶね》』（1997年3月、和泉書院）。〈膳所《ぜぜ》城の石垣移し全寺域かこみて俗界の境となせり〉〈魂を呼び込むごとし宇治川の春浅き日の水の高鳴り〉等滋賀を詠んだ歌も、深い内面凝視から出たもので、静謐な精神世界を湛えているところに歌風の特徴が認められる。（高橋和幸）

西口克巳 にしぐち・かつみ

1913・4・6～1986・3・15。小説家、政治家。京都伏見中書島の娼家の長男に生まれる。これが自伝的小説『廓』の素材となった。京都府立第一中学校、第三高等学校を経て、1936年東京帝国大学西洋哲学科を卒業、日本労働科学研究所に入る。敗戦の45年同研究所を退職し、京都の家に戻る。翌46年日本共産党に入党、地域の民主化に献身（ことに廃娼問題にゆれる地域住民の親身な相談役となる）。その後、住民の支持を得て京都市議会議員（4期）、京都府議会議員（3期）に選出される。作品は『西口克巳小説集』全13巻（新日本出版社）にまとめられていて、歴史小説（『祇園祭』『直訴』『道成寺』『高野長英』など）と、現代の諸課題に取り組んだもの（『びわ湖』『青春』『小説・蜷川虎三』など）に大きく分けられる。滋賀県に関わりのあるものは、何といっても『びわ湖』であろう。琵琶湖の水質悪化、環境保全の問題が、京都市民の健康と安全という視点から捉えられている。滋賀県の友人や知人も登場し、琵琶湖の水質浄化の具体的なプランも出されている。『祇園祭』は応仁の乱で途絶えていた祇園祭を京都の町衆が民衆の祭りとして復活する姿を描いたもので、最初は町衆と対立、抗争していた坂本の馬借が、祭りの防衛に立ち上がるのが印象的である。労働争議を描く『青春』は、琵琶湖畔での会社の慰安旅行から始まる。他の作品でも滋賀県と関わりのあることが点描されており、たんに隣県としてでなく、西口の伏見を流れる淀川の源流のひとつという滋賀県への想いが込められているといえよう。追悼集『西口克巳　廓と革命と文学と』（かもがわ出版）には、エッセイ、講演と略歴、及びいくつかの西口克巳論と多くの人の追悼文収載。（平野榮久）

錦織吐月　にしごり・とげつ

1901・5・6～1987・3・21。俳人。滋賀郡堅田町（現大津市本堅田）生まれ。本名良夫。郵便局長の長男。1914年3月、堅田尋常高等小学校尋常科修了。逓信省逓信講習所修了。その後家業の特定郵便局局長職をつぐ。35年ごろより中井余花朗らとともに俳句をはじめ「ホトトギス」に投句。47年11月の高浜虚子来堅のさいには、率先して虚子一門の歓待に力をつくす。合同句集『堅田集』（52年1月、堅田ホトトギス会）に15句掲載。〈沼舟のどんと野菊の畦につく〉（山本洋）

錦織白羊　にしごり・はくよう

1911・1・15～1998・1・19。詩人。大津市堅田生まれ。本名恒夫。関西学院大学社会学科卒業後、近江兄弟社に入社して近江八幡市板屋町に居住。「湖畔の声」（1948年8月～70年12月）の編集を担当した。50年、近江詩人会に創立時から参加。西条八十主宰「蠟人形」、竹内てるよ主宰「群生」同人。詩集に『みづうみ』（50年7月、私家版）、『湖水の見える駅』（67年3月、近江兄弟社文藝部）等がある。（外村彰）

西沢耕山　にしざわ・こうざん

1920・8・18～。俳人。滋賀県生まれ。彦根市立花町在住。本名幸三。旧制彦根高等商業学校（現滋賀大学経済学部）卒業。県立高等学校教諭。1938年彦根高等商業学校俳句研究会に入会、浅見波泉に師事。81年「馬酔木」に所属、山下喜子、桂樟蹊子らに師事。高等学校教諭退職後も元気で、ますます句作や読書等にいそしむ。随筆集『春風秋雨』（83年6月、私家版）。〈月さすや蒔絵の月も八日ほど〉（山本洋）

西沢十七星　にしざわ・じゅうしちせい

1901・3・17～1984・7・5。俳人。八日市市（現東近江市）生まれ。本名捨蔵。滋賀師範学校を経て、1924年大日本武徳会武道専門学校卒業。教職に就き、東洋レーヨンに勤める。「ホトトギス」に投句、のち鈴鹿野風呂に師事し「京鹿子」同人。大津での生活と自然を題材にした句が多い。59年には瀬田唐橋中之島に句碑〈瀬田蜆藤咲きしかばうまからむ〉を建立した。歿後、妻登世子との合同句集『瀬田蜆』（86年7月）を私家版で刊行。（外村彰）

西沢仙湖　にしざわ・せんこ

1864・4・日未詳～1914・4・9。随筆家。大津生まれ。本名大石米二郎。別号琵琶廼家ほか。青年期「団々珍聞」に投稿。1885年東京移住。一代の通人で1890年「しののめ」創刊、文化史を研究。趣味の会「三勝莚」「大伴会」を起こした。雛人形にも熱中し1912年「人形一品会」を主催。20年に私家版で女婿の日本画家西沢笛畝編『仙湖遺稿集』を刊行。いも蔓社編『仙湖随筆』（27年4月、坂本書店）に「煙草及煙管考」「人形雑考」「双六考」「仙湖漫筆」「平賀源内伝」と略伝を所収。（外村彰）

西繁　にし・しげる

1883・11・1～歿年月日未詳。俳人、医師。長野県に生まれる。1926年ごろまでに大津市追分町に転居。俳名は胡桃太、四華。1899年ごろより日本派。「裂帛」を燕々藤蔭らと、「二月」を鱶州、地橙孫、六段生らと刊行。（浦西和彦）

西田天香 にしだ・てんこう

1872・2・10～1968・2・29。宗教家。坂田郡長浜町大字片（現長浜市）に紙問屋の長男として生まれる。本名市太郎。開智校（現私立長浜小学校）を首席で卒業後、家業の見習いを始め、得意先廻りなどをした。1892年21歳の折、その才能や人望を見込む後援者が現れ、100人の小作人を連れて北海道に渡り石狩平野で開墾事業に携わる。幕末の農村指導者二宮尊徳の、勤勉、節約、分度、推譲の四徳を念頭に農場経営に当たり、小学校の設立、寺社の創建など農村共同体の確立を目指したが、資本主と小作農の利害衝突が禍いして失敗に終わった。1904年同地を去り、大阪、長浜、京都などを点々と放浪。翌年、長浜の愛染堂で三日三晩の断食座禅を体験して、人生の根本は「無心」と悟った。旅宿で読んだトルストイの「我が宗教」もその一因となったといわれる。弱肉強食、自然淘汰の競争原理を排し、懺悔、托鉢、奉仕に徹することを理想として宗教家としての新しい生き方が始まる。13年9月京都市鹿ケ谷に「一灯園」を設立。天香を中心として約20名の人たちが「托鉢行願」の日々を送った。21年4月に刊行した教話集『懺悔の生活』（回光社）はベストセラーとなり、多くの読者を獲得。その教えは中国や北アメリカにも広がり、「すわらじ劇団」を設立した。36年「一灯園」は京都市山科四宮に移転（正式名称は、財団法人懺悔奉仕光泉林）。その間、国木田独歩、魚住折盧、倉田百三らの文学者にも影響を与えた。とくに鹿ケ谷時代の一灯園に入った倉田は、結核を患い栄養と安静を心懸けていた療養生活から一転して、粗食と労働の明け暮れに夢中になって飛び込んだ。やがて倉田は天香との間に距離を置くようになるが、「出家とその弟子」（「生命の川」16年12月～17年3月）に描かれた親鸞は天香をモデルにしたものだったという。第二次世界大戦後の47年、参議院議員となり緑風会に参加した。『西田天香選集』全5巻（68年2月～71年10月、春秋社）がある。（内田満）

西田直二郎 にしだ・なおじろう

1886・12・23～1964・12・26。日本文化史学者。大阪府西成郡清堀村（現大阪市天王寺区）生まれ。府立天王寺中学校、第三高等学校を経て、1910年京都帝国大学文科大学史学科を卒業、つづいて大学院に進んだ。19年京都帝国大学助教授となり、20年から22年にかけて英国とドイツに留学、24年から46年まで同教授。主著は『日本文化史序説』（32年2月、改造社）であるが、西田は社会における人間の全体性にかかわる文化史の構想を意図し、哲学的・内面的色彩が濃い。日本が戦時体制に進んでゆく中で精神史に傾斜し、国民精神文化研究所所員併任（勅任）となり日本精神を説いた。このため第二次大戦敗戦後に教職追放となる。解除後は京都女子大学、滋賀大学の教授をつとめた。晩年の著作としては『京都史蹟の研究』（61年12月、吉川弘文館）、『日本文化論考』（63年12月、吉川弘文館）など。西田の墨蹟、短歌には学者らしい風格がある。それを実証するものとして、比叡山開創1200年記念「現代書家一〇〇人による比叡山百首展」（88年9月～11月、朝日新聞社企画）に出品された短歌〈峯近く鳶のこえゆく雲母坂《きららざか》近江はけやに明けにけらしも〉がある。（平林一）

西出行雄 にしで・ゆきお
1906・5・27～1934・9・1。歌人。蒲生町（現東近江市）上小房の浄土真宗敬念寺に生まれる。1924年水口中学校（旧制）、27年東洋大学専門部卒業。教員を勤めながら詩作を行い、30年前田夕暮の白日社に入社、33年「詩歌」同人。内向する情熱を郷里の風物に投影させた独特の自由律短歌を発表。入水自殺後、親しかった米田雄郎により遺稿集『灯』（36年8月、白日社近江支社）が刊行された。〈彼女への郷愁が赤色の飛行標識灯となって山にまたたく〉 （外村彰）

西堀一三 にしぼり・いちぞう
1902・1・3～1970・1・9。茶道文化史家。愛知郡八木荘村（現愛荘町島川）生まれ。1915年4月平壌中学校に入学。19年第四高等学校文科甲類入学。中野重治や窪川鶴次郎と四高短歌会仲間。23年京都帝国大学経済学部入学、卒業後文学部史学科に再入学、30年に卒業。文学部大学院に進み、日本精神の発展を研究課題とする。32年に国史研究室による自由大学講座において、一般人向けに歌書講読と作歌指導に当たる。京都帝大文化史学会発行と銘打った「藝文抄」を自ら編集して、出詠歌評などを担当する。大学院の時から西川一草亭に親炙し、「瓶史」を編集。日本文化の精神的系譜を花道、茶道の流れに求めた。38年奈良県師範学校教授。40年大学院中退。47年同志社大学非常勤講師。52年から56年まで池坊短期大学専任講師。『花道全集』（48年6月、河原書店。第2、5、7、9巻のみ刊行）の編集に関わり、茶道を日本文化の粋として、初めて体系的に論じた『日本茶道史』（40年9月、創元社）、『千利休』（40年11月、河原書店）、『茶花図譜』（63年2月、河原書店）、『いけ花の初め』（68年10月、創元社）などがある。

＊茶花の話《ちゃばなのはなし》 随筆。〔初版〕『茶花の話』52年8月、淡交社。◇茶会の席に生ける花について、武野紹鷗、千利休、古田織部、小堀遠州などの逸話をもとに簡明に解説したもの。河骨は「さくら河骨」と言われ、骨という字がついている名を忌み茶花には用いられなかったが、利休が園城寺という銘の花入れに、河骨を入れた話がある。園城寺の花入れは、韮山の竹を切ったもので、天台宗寺門派の園城寺が「宗教上、気強い心組みを持っている」ことから命名された。利休の立花によって「幽寂にも見えるその花が、簡素で強い気格を持つものの中におさめられている」形になった。それ以後、河骨は茶の湯の人に好んで生けられるようになったという。また、園城寺の花入れは割れ目があり、露が洩れているさまを見て、「これがいのちである」と言った宗旦の話も紹介されている。 （北川秋雄）

西村栄一 にしむら・えいいち
1925・7・5～。演劇脚本家。彦根町本町（現彦根市）生まれ。1944年滋賀県国民学校準教員。51年旧制二松学舎専門学校国語漢文科卒業。51年から65年まで岩手県、66年から83年まで滋賀県の高等学校教員。滋賀県彦根市演劇協会会長を努める。劇団みずうみ主宰。脚本集『夜明け』（82年10月、劇団みずうみ）、教育評論『銀杏の記』（86年3月、人と文化社）がある。

＊救国に殉ず《きゅうこくにじゅんず》 脚本集。〔初版〕『救国に殉ず』92年7月、同林工房。◇戯曲叢書第24巻として刊行された。「救国に殉ず―大老井伊直弼公」「灯台」「柳絮に舞う」の3脚本を収録。「救国に殉ず―大老井伊直弼公」は、戦時下には国賊とされていた井伊直弼について、藩校の教授中川禄郎の開国論に耳を傾け、自身のみならず、一族郎

党領民にまで被害の及ぶことを覚悟の上で開国の決断を下し、日本を救った人物として描いている。「灯台」は、県立第一中学校（現彦根東高等学校）を中退して渡米し、キリスト教徒として、戦時中の日本で反戦を唱えた灯台社主宰の明石順三と、その弟子村本一生について描いたものである。

（北川秋雄）

西村燕々 にしむら・えんえん

1875・8・31〜1956・10・30。俳人。大津市甚七町（現松本）生まれ。本名繁次郎。1887年大津学校中等科4級を修了。1897年3月、近江新報社に入社。「近江新報」掲載の講談の口述速記録も担当した。1902年岡野知十に師事。同年2月、あふみ吟社を結成し「近江かぶら」を発刊。10年西胡桃太の「裂帛」を編集。12年岡山県に移住、中国民報社に勤務。16年「唐辛子」を編集、のち主宰。戦後は大津市に居住し滋賀日日新聞社に勤めた。地方俳史研究者として知られ、山崎宗鑑出生の1465（寛正6）年から1912（大正元）年までの近江俳壇史「近江俳諧年記」（「近江教育」20年5月〜28年9月）、堅田本福寺の僧で蕉門の俳人千那《せんな》の全集『千那』（24年7月、私家版）、「近江・北陸俳諧史」（『俳句講座第10巻』33年3月、改造社）等をまとめた。『近江俳人列伝』（78年11月、滋賀県地方史研究家連絡会）は26〜40年「太湖」連載の復刻。〈湖の神の化身と涼し虹を見る〉

（外村彰）

西村恭子 にしむら・きょうこ

1931・8・30〜。歌人。近江八幡市西生来町に生まれる。大津市昭和町在住。1954年好日社に入社し、作歌を開始。歌人米田雄郎、米田登に師事。歌人北沢郁子に私淑。当初は、職場生活を通じてかいま見た社会状況、独特の美意識に貫かれた恋愛、内面の世界などを詠む。63年に結婚して、家庭生活における子の成長や母の死亡など身近な題材をもとに、自己のあるがままの生と苦悩を真摯に見つめる姿勢を深めた。一貫して「近江の女」としての自己の哀歓を琵琶湖の豊かな表情を通じて掬いあげる叙情的な歌風に特色がある。「藍」同人。80年より「好日」編集委員。99年より「朝日新聞」滋賀歌壇選者。現代歌人協会会員。滋賀県歌人協会会員。歌集に『湖みゆる街』（79年1月、好日社）、『水明』（88年8月、不識書院）、『水瑠璃』（98年8月、不識書院）がある。〈たえがたき悲しみもちて見おろすに春のみずうみあくまで淡し〉〈ひろびろと青く揺蕩《たゆた》うみずうみのわが辺にありとおもうゆたけさ〉

（橋本正志）

西村京太郎 にしむら・きょうたろう

1930・9・6〜。作家。東京都生まれ。都立電機工業高等学校に進学後、途中陸軍幼年学校に転校するが、終戦による幼年学校消滅で、再度都立電機工業高等学校に戻り卒業。1948年から人事院の前身である臨時人事委員会で、国家公務員として11年間勤務。退職後、61年2月「宝石」増刊号に短編「黒の記憶」掲載。63年「歪んだ朝」が第2回「オール読物」推理小説新人賞を受賞。65年には「天使の傷痕」で第11回江戸川乱歩賞受賞。昭和50年代（75年〜）に入って鉄道を中心とするトラベル・ミステリーが発表され好評を博した。81年「終着駅殺人事件」で第34回日本推理作家協会賞長編部門賞を受賞。滋賀エリアに関連する作品に、「琵琶湖周遊殺人事件」（88年）、著書に『十津川警部湖北の幻想』（2005年、講談社）、その他がある。

（佐藤良太）

西村俊一 にしむら・しゅんいち

1898・6・27〜1988・3・8。歌人、医師。彦根市高宮町生まれ。第三高等学校在学中の1920年に「アララギ」に入会し、中村憲吉に師事、同年卒業。関西アララギ歌会揺籃期に活躍。24年京都帝国大学医学部卒業。京都帝国大学附属病院内科勤務のかたわら同大学院で内分泌学を専攻、研究のため一時作歌活動から離れた。29年同大学院修了。医学博士。42年から再び作歌を開始し、主に歌誌「林泉」に発表。一貫して写生に基づき、近江周辺の風景を技巧にとらわれず率直に詠んだ。丁寧かつ清澄な歌風に特色がある。滋賀アララギ会員。滋賀文学会員。51年から60年まで滋賀県文学祭短歌部門選者。歌集に『ささなみ』（50年4月、関西アララギ会高槻発行所）、『鳰』（63年10月、初音書房）、『むべの実』（70年6月、初音書房）、『伊吹嶺』（82年3月、みぎわ書房）がある。〈しばらくは高みし波のしづまりて鳰啼くこゑのひびく夕暮れ〉　（橋本正志）

西村曙山　にしむら・しょざん

1878・4・4〜1946・月日未詳。小説家、編集者。甲賀郡水口村（現甲賀市水口町）生まれ。本名恵次郎。東京外国語学校（現東京外国語大学）卒業。巌谷小波が主宰する木曜会に所属。黒田湖山、生田葵山とともに小波門下の三俊才といわれた。1900年に処女作「野菊」を「活文壇」に発表。01年7月には徳田秋声、生田葵山、田口掬汀とともに合著『新婚旅行』を新声社から刊行。博文館発行の、島崎藤村なども投稿した「中学世界」、堺利彦が主宰した家庭の近代化を唱える「家庭雑誌」、田山花袋がかかわり、自然主義文学の拠点となった「文章世界」の編集に当たる。その後、06、07年「少女世界」に「ハイカラ三郎のお嫁さん」「忘れえぬ少女」「湖畔の花」などを発表。「日本少年」には「五人兄弟」「蟹の鋏」「いたずら雀」などの作品を発表した。05年には「文藝倶楽部」にホーソーン作の訳「村の大事件」を掲載。06年に竹久夢二から書簡が届いている。08年「お伽花籠」に「犬の名前」、09年「お伽テーブル」に「燕のマント」を掲載。　（出原隆俊）

西本梛枝　にしもと・なぎえ

1945・9・6〜。随筆家。島根県生まれ。本名藤井梛枝。1968年神戸大学卒業。小学校教員を経て文筆業。詩誌「山脈」同人。京阪神の旅行ガイドを著すほか、91年から滋賀銀行のPR誌「湖」に「近江の文学風景」を連載。滋賀県を舞台とする小説の風土を踏査して書かれた紀行随筆で、それらをまとめた『鳰《にお》の浮巣』（96年11月、サンライズ印刷出版部）、『湖《うみ》の風回廊　近江の文学風景』（2003年4月、東方出版）を刊行している。　（外村彰）

西山夘三　にしやま・うぞう

1911・3・1〜1994・4・2。住宅学者。大阪市生まれ。1933年京都帝国大学工学部建築学科卒業。住宅営団研究部技師、京都大学助教授などを経て、61年に教授、74年4月から名誉教授。庶民の住宅を調査研究し、40年頃から「食寝分離論」を提唱する。ダイニングキッチン（DK）の生みの親と言われ、43年庶民住宅の研究により日本建築学会賞を受ける。『日本のすまい1〜3』（75年8月、76年6月、80年10月、勁草書房）など建築関係の著書が多数ある。86年には日本建築学会大賞受賞。滋賀県関係では、『滋賀の民家』（91年6月、かもがわ出版）がある。この書では、滋賀全域の農家、商家、旅館をはじめ「ヴォーリズの洋風住宅」「甲賀の忍者屋敷」なども調査している。また、第三高等学校時代の日記を素材に、戦前の学生の姿を画と文で記した漫画小説『あゝ楼台の花に酔う』（82年10月、筑摩書房）も出版。この作品には、ボート部の「琵琶湖周航」の章で、堅田、竹生島、彦根などの様子が描かれている。（西尾宣明）

新田次郎　にった・じろう

1912・6・6～1980・2・15。小説家。長野県上諏訪町（現諏訪市）生まれ。本名藤原寛人《ひろと》。1932年無線電信講習所本科卒業後、中央気象台に就職。43年旧満洲国中央気象台に転任。46年に引き揚げ、中央気象台に復職。このころ藤原廣の筆名で引き揚げ体験を短編「山羊《やぎ》」に描いた。妻の藤原てい著『流れる星は生きている』（49年5月、日比谷出版社）がベストセラーになったのに刺激を受け、富士山頂観測所での勤務体験をもとに「強力伝」（「サンデー毎日」中秋特別号、51年11月）を発表。56年2月作品集『強力伝』（55年9月、朋文堂）で第34回直木賞を受賞した。近江の浅井長政らを破った織田信長の命運と気象現象との関わりを描いた時代科学小説「梅雨将軍信長」（「小説新潮」64年3月）、山岳小説『八甲田山死の彷徨』（71年9月、新潮社）、時代小説『武田信玄』風、林、火、山の巻（69年8月～73年11月、文藝春秋）など幅広い活躍で知られる。歿後、82年に新田次郎文学賞が創設された。全集に『新田次郎全集』全22巻（74年6月～76年3月、新潮社）、『完結版新田次郎全集』全11巻（82年6月～83年4月、新潮社）がある。（橋本正志）

丹羽文雄　にわ・ふみお

1904・11・22～2005・4・20。小説家。三重県四日市市生まれ。真宗高田派の崇顕寺の住職を父に持つ。4歳のときに母が家出をする。三重県立第二中学校（現四日市高等学校）、早稲田高等学院を経て、早稲田大学国文科卒業。学院時代に尾崎一雄に会い、影響を受ける。同期の田端修一郎、火野葦平らの同人雑誌「街」に参加し、1926年10月に第1作「秋」を発表。その後、尾崎らの雑誌「新正統派」に加わる。そこに発表した作品が「文藝春秋」に取り上げられたことが縁で、32年4月同誌に生母をモデルとした「鮎」を発表する。いったん帰郷したが、再び上京、「小説」「世紀」の同人となる。34年になると、4月「改造」に「象形文字」を、7月には「中央公論」に「贅肉」を、「早稲田文学」に「甲羅類」を発表。「贅肉」は生母ものだが、他の作品は酒場のマダムと男たちの愛欲を描き「マダムもの」と呼ばれた。愛欲作家と見なされ、第二次大戦中に風紀取り締まりの対象とされた。一方、海軍報道班員の体験を「海戦」として、42年11月の「中央公論」に発表している。戦後、世相や風俗を巧みに取り込んで流行作家となり、47年2月に「改造」に発表した「嫌がらせの年齢」が話題となる。その後、亀井勝一郎と接し、53年に父をテーマとした「青麦」を書き下ろして、浄土真宗にかかわる作品の端緒となり、66年に「一路」で読売文学賞を受賞。『親鸞』全5巻（70年完結）もあり、81年には10年にわたる『蓮如』で野間文藝賞を受けた。77年に文化勲章を受章。高齢になってからアルツハイマー病を発症、娘による『父・丹羽文雄 介護の日々』が刊行され、話題となった。

＊親鸞とその妻《しんらんとそのつま》　長編小説。〔初版〕『親鸞とその妻』1巻57年7月、2巻58年7月、3巻59年6月、新潮社。◇1巻は「叡山時代」。綽空《しゃくくう》（後の親鸞）は、杉の間から近江の湖が見える延暦寺で修行をしていたが、周りの僧たちは兵法を勉強していた。

に

また、新しい宗派の動きに対しては押さえつけようとしていた。そして、多くの者は肉食、酒、女性と破戒を競い合うかのようであった。比較的親しい朝正房にもなじみの女性がいたが、彼の場合は真剣なものであった。末法の世にふさわしい新しい教えが生まれるものと信じ、「お山に叛く人間になるかも知れぬ」と思いながら、法然の動きにも強く引かれていた。ところがある時、子供もいる未亡人に誘惑され、肉体関係を持ってしまい、愛欲ということから全く逃れられなくなってしまう。そのことから妻帯の問題を考えることになった。しかし、苦悩を抱えて日々を送るうちに、その女性が急逝するという事態に直面する。その後、100日の六角詣でを行い、法然のところにも通うことになり、そして、叡山を離れる。2巻は「吉水時代」。法然の講話を聞くうち、其処に通ってきている女性と心を通わせるようになり、結婚することとなる。法然が妻帯を否定してはいないと確信を持ちつつ、他の弟子たちの眼を気にし、信念を貫くことが周囲に迷惑をかけるのではないかと苦悩を続ける。法然はそのことに理解を示してくれる。法然の浄土宗の布教を快くおもわない動きから、苦悩が始まる。自分の妻帯が悪影響を及ぼすのではないかとも考える。法然は土佐へ、親鸞は越後へ流罪となり、妻子と別れて親鸞は大津路を通って、越後へ向かう。3巻は「越後時代」。親鸞は此処で、不幸な境遇にあった女性と結ばれる。その愛欲から自由になれない自分を見つめなければならない。さらにその女性が出産時に死去する。そしてさらに、由緒ある家庭の出自である女性と3度目の結婚をすることになる。先の場合と違って、周囲の目も厳しい。親鸞は京都に妻子がいながら、このような道をたどる自己を、愛欲に苦しんだ挙げ句に人間昇華へ向かう者と捉え、血路を開こうとする。赦免がかなった後も越後での妻や京都の妻子たちの問題で困難からは自由になれない。

丹羽文雄は1冊本の「あとがき」に「親鸞への傾倒は私自身の投射の姿勢であった」と記している。

（出原隆俊）

【の】

野口雨情　のぐち・うじょう

1882・5・29～1945・1・27。詩人。茨城県生まれ。本名英吉。別号北洞《ほくどう》。1902年東京専門学校英文科中退。05年3月、本邦初の創作民謡集『枯草』（高木知新堂）を刊行。07年早稲田詩社結成に参画。北海道での記者生活の後、19年から童謡を書き始め、童話雑誌「金の船」（のち「金の星」と改題）に「七つの子」「しゃぼん玉」等の代表作のほか、24年10月には「石山寺の秋の月」を発表。他に「船頭小唄」など。地方新民謡の分野でも活躍し『全国民謡かるた』（29年11月、普久社）に「滋賀県」も載る。「忘れなさるな醒井町は南霊仙北伊吹」で始まる「醒井小唄」（「観光の近江」38年10月）を、観光協会の委嘱により作詞。また38年1月、11月には彦根を訪れ、「彦根音頭」を書いた。野洲町町歌や長浜、瀬田をテーマとする民謡もある。評論集に『童謡と童心藝術』（25年7月、同文館）他。『定本野口雨情』全9巻（85年11月～96年5月、未来社）がある。

（外村彰）

野口謙蔵　のぐち・けんぞう

1901・6・17～1944・7・5。洋画家。蒲生郡桜川村（現東近江市）綺田《かばた》の酒造家の次男に生まれる。伯母は文人画家の野口小蘋《しょうひん》。1919年彦根中学校を卒業して東京美術学校西洋画科に進み、黒田清輝、和田英作に師事。24年卒業。この頃日本画を平福百穂に学ぶ。後は実家に戻って研鑽を積み、郷里の四季を描き続けた。近住の歌人米田雄郎と交友し薫陶を受け「詩歌」同人となる。第12、14、15の各回帝展に「獲物」「閑庭」「霜の朝」で特選。34年東光会会員。その絵は温雅な色彩感覚に満ちた心象的風景画が多い。前田夕暮は「美術」特集号（37年8月、東邦美術学院）で「油絵具で画かれた新しい日本画」と評価した。歿後『遺歌集 凍雪』（48年10月、白日社関西支部）を刊行。〈虹のやうな夕空から雪がふつてゐる。私のふるさと〉〈凍雪に雨ふり烟るしづけさに吾が心のみあかあかと燃ゆ〉。画集に『野口謙蔵作品集』（67年7月、彩壺堂）他がある。

（外村彰）

野口紅雪 のぐち・こうせつ

1929・8・13〜1993・10・29。政治家、俳人。彦根市栄町生まれ。本名幸一。東京逓信講習所高等部電信科卒業。総評滋賀地方評議会議長などを歴任し、1976年から社会党所属で衆議院議員を5期勤める。『水を語る 政治は水を直視しているか』（83年3月、北泉社）を刊行。俳句は深川正一郎に師事し「冬扇」同人。彦根の水音吟社にも属した。『紅雪句集』（78年4月、冬扇社）は故郷の風趣を観照的に摂取。〈夜桜の門を閉して埋木舎〉

（外村彰）

野谷士 のたに・あきら

1932・12・8〜。英文学者、比較文学研究者、小説家。大阪市に生まれる。大阪府高槻市在住。1955年京都大学文学部英文科卒業。66年同大学院英語英米文学専攻修士課程修了。大阪府立高等学校教諭を経て大阪薬科大学助教授となり、その後関西大学文学部、滋賀大学教育学部、ノートルダム女子大学文学部、追手門学院大学文学部で教授を勤め、英文学、比較文化、比較文学を講ずる。日本英文学会、日本シェイクスピア学会、日本比較文学会等に所属。80年には関西英米文学研究会会長に就任。シェイクスピア、比較文学関係の研究書に『漱石のシェイクスピア』（74年3月、朝日出版社）、『ユートピア文学襍記—キャリバンから火の鳥まで—』（89年1月、山口書店）があり、滋賀関連の創作集に『天保湖霊白蛇伝』（79年8月、正林書院）がある。その他に『姦—卑弥呼、クレシダ、そしてお吉—』（83年7月、近代文藝社）等がある。

（村田好哉）

野田秀樹 のだ・ひでき

1955・12・20〜。劇作家、演出家、俳優。長崎県崎戸島生まれ。1981年東京大学法学部中退。東京大学在学中の76年4月に自らが作、演出、主演をこなす劇団「夢の遊眠社」を結成、翌年5月同劇団第1回公演「咲かぬ咲かんの桜吹雪は咲き行くほどに咲き立ちて明け暮れないの物語」（駒場小劇場）を上演。同年10月第2回公演「走れメルス—燃える下着はお好き」（VAN99ホール）で注目を集め、81年3月第14回公演「少年狩り—末はあやめも知れぬ闇」（紀伊国屋ホール）で人気沸騰、若者の圧倒的支持を得る。92年11月「夢の遊眠社」を解散し、文化庁藝術家在外研修員制度の留学生としてロンドンへ渡り、翌93年帰国。企画制作会社「NODA・MAP」を設立し、精力的な演劇活動を継続している。代表的戯曲として第27回岸田戯曲賞受賞作の『野獣降臨《のけものきたりて》』（82年9月、新潮社）、『贋作・桜の森の満開の下』（92年1月、新潮社）、「赤鬼」（『せりふの時代』96年10月）など。「宇宙蒸発《ワルハラ》」（『彗星の

使者《ジークフリート》宇宙《ワルハラ》蒸発』86年5月、新潮社）は琵琶湖を舞台とする戯曲。（田村修一）

野田正彰 のだ・まさあき

1944・3・31〜。精神病理学者、評論家。高知県土佐市に生まれる。北海道大学医学部卒業。京都藝術短期大学、長浜赤十字病院、神戸市立外国語大学、京都女子大学等を経て現在、関西学院大学教授。精神医学、文化人類学（特に文化変容論、比較文明論）に関する著作が多い。精神病医療の現状に疑問を抱き、自ら改革運動に携わる一方、現代社会の持つ様々なひずみにも関心を持ち、不登校、いじめ、少年犯罪、家庭内暴力等について精神医学的観点から論評を重ねてきた。さらに1995年以後は、阪神淡路大震災の被災者が受けた心の傷と外傷性ストレスについて関心を深めている。主要な著書に『狂気の起源をもとめて』（81年7月、中央公論社）、『コンピュータ新人類の研究』（87年3月、文藝春秋、大宅壮一ノンフィクション賞）、『喪の途上にて』（92年1月、岩波書店、講談社ノンフィクション賞）、『気分の社会のなかで』（99年12月、中央公論新社）等があり、他多数。（梅本宣之）

野田理一 のだ・りいち

1907・11・10〜1987・2・22。詩人、美術批評家。蒲生郡岡山村（現近江八幡市）大字南津田生まれ。旧姓井ノ口。幼少時に日野町大字日田の野田家（醸造業「十一屋」の分家）の養子となる。本家は資産家で株の配当で生活可能であったが晩年家業を廃した。日野小学校、膳所中学校を経て、1931年関西学院高等学部（現関西学院大学）英文科卒業。在学中から新劇に熱中し東京の築地小劇場にも出かけた。またT・S・エリオットに傾倒して詩作を始め、寿岳文章に師事してダンテに親しむ。昭和初年代は津市に在住し本家の出店に勤務。東西藝術を広く収集し、当地の画家浅野弥衛を抽象美術の道へと導いた。戦前に結婚したが離別、以後は独居生活を送る。第1詩集『願はくは』（35年7月、向日庵私版本）は寿岳文章が私費で発行したもので、虚無と憧憬の混交した精神風景をエリオット調のモダニズムで表現、すでに高い完成度を示す。戦前に書かれた自筆詩集「POÈMES」（衣斐弘行編「野田理一　未発表詩」「火涼」88年4月）が歿後に公表されたが、自然や少年期を題材とする叙情的な作風で、後年の難解さはうかがえず『願はくは』以前の作とみられる。戦時中は胸部疾患のため兵役につかず詩作を続ける。戦後の52年には鮎川信夫に招じられ「荒地」同人となり『荒地詩集』1952〜1958（52年6月〜58年12月、荒地出版社）に「政治的他殺」「誘発」など前衛的な詩編を発表。荒地同人会編『詩と詩論』全2集（53年7月、54年7月、荒地出版社）にも詩と藝術論を掲載。しかし「荒地」グループで実際に会ったのは中桐雅夫と衣更着《きさらぎ》信《しん》のみであった。ほかに「詩学」「季節」等にも寄稿はしたが同人活動はせず、書肆季節社の政田岑生や詩人の清水信等とは親しく交流したものの中央詩壇や県内の近江詩人会に近づくことはほとんどなかった。なお衣更着信は「夏日茫々」（「現代詩手帖」87年9月）のなかで野田の詩を初めて読んだ時「われわれが抜け出そうと努めていたモダニズムで貫かれているのに一驚」したという。こうした野田の「頑強なモダニスト」の詩風は戦前から戦後を通して堅持され続ける。

戦後の詩集に、現代美術評論も併載した『記録（1962〜1951）』（71年9月、湯川書房）がある。また戦時下に「潜在的な沈黙のなかの市民像の破滅的な生存の幻影」（「序」）を知覚しながら書き続けられた強靭な反戦詩編を収めた『非亡命者・1935—51』（74年、私家版）があり、暗い時代への反骨の詩心を刻印。過去の時間とイメージを形象化する詩や美術評論を収める『アアの共同体　1964〜76』（76年、書肆季節社）、様々な物象が尖鋭な内的風景を構成する『対応』（80年5月、書肆季節社）も出版した。さらには解説で鮎川信夫が「あくまでも論理の必然を貫徹する」野田詩の「純一性」「無謬性」に賛辞を送った『ドラマはいつも日没から』（83年3月、思潮社）が刊行され、最後の詩集『夜が振向く』（85年9月、思潮社）では、時代の虚無を捉えながらも詩人の肉声がより内省的な傾向を強めた。野田の刊本は自装が多く部数は100〜350と少ない。詩は難解ながら時間の永続性を現在から抽象しようとする理知的な作風を示し、その感性には現代に生ある者の実存証明への意思と終末感覚のこもった寂寥感が同存している。

　野田は藝術に対する鑑識眼が鋭く、博覧強記で西洋の現代美術や音楽、演劇全般、骨董、造本などに広く通じた。80年には京都で詩画展を開催し、卓抜な美術論も多い。「浅野弥衛の作品」（「美術ジャーナル」61年11月）のほか、フォートリエ等の現代前衛藝術家をいちはやく取り上げた『論稿』（62年11月、私家版）、64年私家版の美術論集があり、民藝美術論では『日野椀の転生』（72年3月、湯川書房）、「日野椀の転生」など73〜74年「季刊銀花」での連載をまとめた『氏郷《うじさと》追悼　そのほか』（75年秋、私家版）がある。他に『修二会《しゅにえ》（お水取り）・謎のモナ・リザ』（76年、私家版）、『大津絵・大津絵』（78年5月、書肆季節社）、『大津絵覚書』（79年7月、書肆季節社）、最晩年に大阪の画廊プチフォルムが刊行した『古い手帖とその時代』（85年、私家版）など、様々な論及を行った。私家版のパンフレットに『茶席　解説』（71年11月）、『大津絵要目』（81年9月）もある。晩年まで時代に迎合することなく、郷里の風土性にも染まることがなかった野田だが、60年頃から日野の演劇サークルの指導を行うなど、地元の文化活動には助力していた。美術品の売買のため京阪に出かけるほかは日野に隠棲したまま審美的な生活を送った。狷介、潔癖の性で戦後の軽薄な風潮を嫌い、急性肺炎によるその死まで孤高不羈の姿勢を持した。

＊ドラマはいつも日没から《どらまはいつもにちぼつから》　詩集。〔初版〕『ドラマはいつも日没から』83年3月、思潮社。◇81編を収録。鮎川信夫「解説にならない解説」を付載。同詩集では野田のスタイルである独白を主調とする抽象的な概念詩により内省的な傾向が強まる。詩形は短く、その厳しく言葉を削ぎ落とした断片的なイメージには、現代の虚無の毒を浴び生きる者の世界への懐疑と自己の存在証明への孤独な試みが透視される。たとえば詩「生命の仮面」の帰巣する蟻、旅人の孤独、羽毛の言葉は「ことばと意味の関連の失われていく解体の時代」を共有する「一人一人が誰かであり／誰かはまた確かに他の誰かである」という思念を表し、詩に形象化された「夢を失った未来」には、「誰のものでもない歴史」の廃墟と「徒労者」空疎な現実への冷徹な視線がみてとれる。一方「深夜」の時間感覚、「木への祝福と追悼」の年月の流れへの静かな畏敬、「雲に出会うような…」のレトリックにはそれぞれ人間の矮小な価値観を超えた「時」の相貌が刻されている。

＊夜が振向く《よるがふりむく》　詩集。〔初版〕『夜が振向く』85年9月、思潮社。◇66編を収録。存在と非存在、過去と現在を往還しながら

人間の営みの意味に潜む空虚感を主に描く。その想念は現世への終末観を通底させた心象のフラグメントの集積とその溶暗に暗示され、野田の詩風の到達点を表現している。「終末はいつかどこかの向うからくる／折れかかったが折れずにいる枝のように／あるのは回路と時間だけだから」と記された短詩「冷めないでいる匙《さじ》」、頽廃や滅亡の影が印象的な「夜が振向く」「誰かが」等には作者の陰画的な人世観が象徴的にこめられる。それでも、「地上には緑の麦が芽生えている／人間《ひと》の見たもののすべての記憶を自然が記憶していることは古代もいまも変らない／時間よ　急ぐな　と云いながら　水は描く／／鴫《しぎ》の声」と自然の永続をたたえた詩「人間《ひと》の見たもの」には、野田の郷土への眼差しもうかがえ興味深い。（外村彰）

野間清六　のま・せいろく

1902・2・12～1966・12・13。美術史家。八幡町（現近江八幡市）に生まれる。本名青山次郎。野間家の養子となる。1930年東京帝国大学文学部美術史学科を卒業。高等学校時代に読んだ和辻哲郎の『古寺巡礼』や、大学時代に受けた高野辰之の日本演劇史の講義の影響から、仮面史研究へと踏み込む。学会がほとんど無視していた時代に仮面史研究を行い『日本仮面史』（43年9月、藝文書院）を成した意義は大きい。31年東京帝室博物館（戦後、東京国立博物館）に勤務。美術課長、普及課長、57年学藝部長などを勤め、64年に退職。59年には文化財専門審議会委員となった。仕事を通して、彫刻史などの分野で研究を続ける一方、デパートでの美術展企画などにも業績をあげ、普及に務めた。著書は、『にせものほんもの』（51年2月、朝日新聞社）、『日本彫刻の美』（43年1月、不二書房）、『飛鳥・白鳳・天平の美術』（58年2月、至文堂）、など多数ある。（増田周子）

野村吉哉　のむら・きちや

1901・11・15～1940・8・29。（本人記載の生年は03年。また沢子夫人によれば死亡日は30日）。詩人、評論家、児童文学者。京都市上京区の弁護士（もしくは代言人）野村源治郎・ミチの二男。幼名悪太《あくた》、1914年2月吉哉と改名。筆名野村吉司。03年母ミチの実兄で滋賀県在の中嶋吉之介の養子となる(正式の縁組は07年)。吉之介の妻ヨネの実弟は千葉亀雄。一時、養父母とともに満洲（現中国東北部）の奉天（現瀋陽）などに移住するが、08年就学のため養父の出身地滋賀県伊香《いか》郡伊香具《いかぐ》村（現木之本町）大字飯浦《はんのうら》の中嶋家に帰り、祖母ムメの手で愛育され、伊香具尋常小学校に入学。賤ケ岳のふもとを約4km徒歩通学したが、5年生のとき養父に中国へ呼びもどされ、吉林省長春の日本人小学校へ転校した。14年中嶋吉哉の姓名で同小学校尋常科を修了。だが養父吉之介が事業に失敗したため一家は伊香具村飯浦に帰郷し、吉哉はさらに遠い木之本尋常高等小学校高等科にかよった。読書が好きで、土地では有名な学校近くの江北図書館に入りびたった。16年同高等科卒業。そのころより養母ヨネの吉哉にたいする「ヒステリー的虐遇」（吉哉自筆「略伝」）が高じ、それに耐ええず家をとび出し京都の野村家にもどったが、同家も父源治郎の限度のない女道楽のため紛糾をかさねており、約1年後に家出をして琵琶湖畔で自殺をはかった。人に助けられたのち染物屋や麻紐屋に奉公する。18年9月17歳で、おそらく祖母ムメの死没をきっかけとして東京に出る。玩具店、駅売店、株屋、印刷屋等で小僧勤めをし、また各種工場の職工を転々、いつも激しい飢餓感にさらされながら独学で勉強をつづけ、詩を書き交友関係を広げた。

活字化された最初の評論（エッセイ）は、文芸雑誌「新興文学」（22年11月～23年8月、新興文学社）に掲載された。同誌は原稿料の出る（1枚につき平均1円）プロレタリア文学雑誌として有名だった。その23年1月号に2編「プロレタリア作家なるもの―労働者の手帳より―」と「不完全なる天才か？完全なる凡人か？」、23年5月号に「構成派の芸術について―あらゆる新傾向芸術の極致―」、23年6月号に「階級芸術独語―労働者の見たるプロレタリア芸術―」を発表した。吉哉の遺作集を編纂した（83年9月）詩人の岩田宏は、それらの評論にたいしておおむね低い評価を下しているが、必ずしもそうは断じられない。題名と発想、ロジックの斬り口、労働体験の裏うち、なにより躍動する文章などに魅力が感じられる。知ったかぶりや大言壮語も散見されるが、洒落《しゃれ》っ気や正論や毒気もあり、当時のプロレタリア系文学論に通弊の生硬さ、疑似理論癖、くそ真面目《まじめ》さ、退屈さは少ない。22歳の無学歴の青年の評論としては及第点が与えられよう。吉哉の代表的評論「プロレタリア作家とその作品」は「中央公論」23年6月号定期増刊〈知識階級と無産階級〉号に掲載された。その掲載には、義理の叔父にあたる有力な文芸評論家千葉亀雄の後押しのあったろうことは否めない。また吉哉は、その理論好きが高じて『哲学講話』なる本を書き下ろしたり（24年9月、丁未《ていび》出版社）、待望の第1詩集『星の音楽』（24年10月、さめらう書房）を上梓したりして、結核の兆候はあったらしいが、まずは健康的に文筆の仕事をこなしていた。

24年ごろ吉哉は、小石川区白山前町にあった南天堂書店の2階喫茶店に出入りするようになる。自分も交流のあった詩誌「赤と黒」（23年1月～24年5月）のグループ、岡本潤、萩原恭次郎、壺井繁治らの溜まり場であった。その店には、カフェ勤めをしながら詩を書いていた林芙美子も、詩友とともによくやって来ていた。芙美子は新劇俳優の恋人田辺若男と別れたばかりであり、その芙美子に吉哉を紹介したのは、東洋大学の学生であった神戸《かんべ》雄一であった。神戸は裕福な家の息子で、芙美子らの詩誌「二人」の資金援助をしていた。吉哉は、神戸雄一から気鋭のプロレタリア詩人、評論家として芙美子に紹介された。一目惚れをした芙美子は、24年の秋まわりの人たちが啞然とするほどのす早さで吉哉の下宿へ転がりこむ。強引な押し掛け同棲であった。吉哉が友人から又借りしていた下宿は多摩川のほとり、荏原《えばら》郡六郷《りくごう》村にあったが、同棲1年余のあいだに（26年2月か3月まで）、2人は住まいを転々と変えた。渋谷道玄坂、世田谷太子堂、荏原郡玉川瀬田などである。3度の食事も十分でない貧しい生活であり、そのなかで吉哉は詩を作り雑感や評論や小説を書いた。「赤と黒」の後継誌たる「ダムダム」創刊号（24年10月）、「週刊朝日」（25年5月）、「読売新聞」（25年6月）、アナーキズム系の「文芸戦線」（25年7月、11月）などに執筆。注目するべきは「文章倶楽部」（25年8月）に掲載した「貧乏詩人の日記」が、芙美子がのちに発表する「放浪記」の内容やスタイルに先行して酷似していたことである。芙美子がのち有名作家になったこともあり、従来から同棲時代における吉哉の人格にたいしては罵倒に近い批判がなされてきた。世田谷太子堂で隣や近所に住んでいた平林たい子、壺井栄らは、吉哉を「酷薄非情」「暴虐的で陰険きわまる」「下品で、ごうまんで、人間的冷酷さ」にみちた人物などと作品（『砂漠の花』『風』など）のなかで述べている。それにたいし、吉哉の24歳から36歳の夏までの10余年間、妻であった野村沢子は、「野村はいい夫」で「殴りつけられる」ような乱暴な仕打ちはなく「私の心の安らぎであった」（「林芙美子伝の真実のために」「新潮」60年10月）と回想している。

　沢子（旧姓橋本）は東京府南葛飾郡大島小名木《おなぎ》（現江東区大島）の生まれ。婦人画報社に勤めていた。このときも世話好きの神戸雄一が、吉哉の第2詩集『三角形の太陽』（26年6月）を買ってやってくれと頼み、それが2人の交際の始まりとなる。26年7月ごろ結婚、牛込区若松町に部屋を借りて新生活が始まる。吉哉はそれまでと同じような小説や童話や雑文を同人雑誌や「サンデー毎日」（27年2月、7月）に発表。神戸雄一と始めた「先駆文芸」に掲載した「人生紛失」（29年1月）はこの時期を代表する短編である。だが、特記するべきは平凡社刊の『新興文学全集第10巻』に吉哉の詩が65編収録されたことである。これらの詩群には、食うや食わずの貧乏の生活感が、陰気さも焦慮も怒りもなく、からっとしていて、ときにはふざけたユーモアさえ漂わせて歌われている。従前のプロレタリア詩やアナーキズムの詩にはみられない発想の柔軟さ、鋭敏さとリアリティーがあって、野村吉哉という詩人の才能の全貌を示すものである。30年以降、吉哉の結核はしだいに悪くなったようだ。生活費は沢子夫人の給料に頼り、吉哉自身も職工などとして働く。それとともに、吉哉は童話文学の発展普及に力を注ぐようになり、33年9月にみずから主宰する雑誌「童話時代」を創刊。その雑誌にのせられた論文28編は死後の43年12月に出版された『童話文学の問題』（平路社）に収められている。他に童話集『柿の木のある家』（41年4月、文昭社）。40年満38歳で没する。（山本洋）

野村順一 のむら・じゅんいち

1912・6・15〜。小説家。岐阜県に生まれ北海道で育つ。京都に移り、旧制工業学校建築科を卒業。同志社大学営繕課技師として勤務中に応召、復員を経て、同志社大学文学部で美学を専攻する。建築家として建築設計事務所を営むかたわら、64年小谷剛が主宰する文藝誌「作家」の同人となる。一方、京都ペンの会を結成し、会長を務める。大津市に居住して文藝評論家の久保田暁一と同人誌「湖沙」を編集、毎号短編小説を発表した。それらをまとめた作品集に『湖沙第一輯　野村順一短篇小説集』（78年、だるま書房）がある。他に滋賀県を舞台としたものとして、狸の信楽焼を創始した陶匠鋏造翁を描いた伝記小説『月に吠える　狸庵記』（80年）がある。日本ペンクラブ会員。京都市藝術文化協会理事として活躍。87年京都市藝術文化協会賞を受賞。（内田晶）

野村泰三 のむら・たいぞう

1915・2・21〜1997・12・8。歌人。滋賀県に生まれる。横浜ヤクルト社長。1930年に「香蘭」入会。43年に歌誌「綜合詩歌」を継承発行。44年歌誌統合により「春秋」の発行人となる。晩年は土岐善麿の指導を受ける。81年以後、冷水茂太の「短歌周辺」発行に協力。87年に「菁菁」創刊、代表となる。歌集に『遊心抄』（83年9月、四季出版）、『花心抄』（86年11月、四季出版）、『いのち流るる』（92年11月、四季出版）、『いのちとこころ』（95年12月、四季出版）等がある。（浦西和彦）

野村泊月 のむら・はくげつ

1882・6・23〜1961・2・13。俳人。兵庫県氷上郡（現丹波市）生まれ。本名勇。早稲田大学英文科卒業。兄の西山泊

雲と共に「ホトトギス」同人になる。1922年「山茶花」主宰。近江の句にも平易で才知ある句が多い。句集に『比叡』（32年7月、花鳥堂）〈三井寺の彼岸に詣る湖舟かな〉〈鮒鮓や庇の上の彦根城〉、『旅』（37年3月、花鳥堂）、『定本泊月句集』（51年4月、桐の葉発行所）等。句文集に『如月』（61年6月、如月会）がある。（外村彰）

獏五生　ばく・いづみ

1938・2・17〜。詩人。大津市月見坂町（現梅林）生まれ。大津市朝日が丘在住。本名田中光代。1957年県立大津高等学校卒業。同年4月より約8年間社会福祉法人椎之木会落穂寮につとめる。一時期結婚、その後、東洋レーヨン茨木の中之島寮や社会福祉法人同仁会滋賀保護院（68年〜73年）などをへて、74年4月から大津市の印刷出版会社中村太古舎に約20年勤務。66年8月から「関西文学」同人のち会員（82年7月まで）、同人詩誌「海流」の71年2月創刊号から78年4月廃刊まで、また詩誌「人間として」の81年2月創刊号から82年10月廃刊まで同人。現在、滋賀詩人会議発行「滋賀詩人」（80年2月から）に所属、有力会員として作品を発表。日常を透明感ある詩句でとらえ、なつかしさを感じさせる詩風である。詩集『群夢』（77年9月、編集工房ノア）、『漣奏』（81年12月、編集工房ノア）がある。「坂の多い街／ふるさとに似ているとあなた／わたしはもっと昔／ちちははの／ごせんぞの住む街という／／どこかですれちがいながら／肩ならべて行った」（「ある街へ」）（山本洋）

【は】

土師清二　はじ・せいじ

1893・9・14〜1977・2・4。小説家。岡山県生まれ。本名赤松静太。大阪朝日新聞社に勤務し1922年創刊の「旬刊（のち、週刊）朝日」編集。大衆歴史小説を執筆し『砂絵呪縛《しばり》』前後編（28年4月、平凡社）が代表作。36年11月、37年1月に近江文藝協会の講演のため来県。随想「旧東海道の旅」（37年4月）、「モロコ釣」（38年4月）、「湖光る夏木立」（40年9月）を「観光の近江」に発表した。「心中大津絵」（「オール読物」37年7月）は大津絵師富太郎と彼をめぐる女性達の数奇な運命と死を描く情話小説。「信長てつぽう」（「オール読物」41年10月）は国友村の鉄砲鍛冶次郎助が長篠の合戦を見物する話。釣魚随筆『晴釣雨稿』（34年8月、岡倉書房）の「魚品魚味」、『魚つり三十年』（57年4月、青蛙房）の「源五郎鮒」は、堅田の北村祐庵の食通ぶりを紹介。このほか書簡体随筆「琵琶湖回想」（「東京と京都」57年5月）もある。『土師清二代表作選集』全6巻（53年7月〜54年5月、同光社磯部書房）がある。（外村彰）

橋田東声　はしだ・とうせい

1886・12・20〜1930・12・2。歌人。高知県生まれ。本名丑吾《うしご》。1913年東京帝国大学法科卒業。「明星」「アララギ」「詩歌」の歌風を摂取し、「万葉集」や良寛にも傾倒。温和で清明な心情を表白する歌が多い。17年「珊瑚礁」創刊に参画、19年「覇王樹」を創刊主宰。歌集に、18年の作である「近江八景」32首収載の『地懐《ちかい》』（21年1月、東雲堂書店）等があり、『正岡子規全伝』（27年12月、春陽堂）ほかの著書もある。〈近江路は花崗《みかげ》群山《むらやま》幾尾かけて嶺呂《ねろ》けざやかに松の間に見ゆ〉（外村彰）

橋本忍　はしもと・しのぶ

１９１８・４・18～。脚本家。兵庫県神崎郡鶴居村（現市川町）生まれ。鶴居小学校卒業。日本国有鉄道在職中、陸軍に現役兵として召集されるが、結核にかかり兵役免除。療養生活中に脚本家を志す。伊丹万作に師事しつつ、軍関係の中尾工業（姫路市）に戦後まで経理部員として勤務。ヴェネチア国際映画祭金獅子賞受賞作「羅生門」（１９５０年、黒沢明監督）の脚本でデビュー。脚本家を職業とすることを決意し、52年上京。黒沢との共同脚本に「生きる」（52年）、「七人の侍」（54年）等がある。他に「白い巨塔」（66年）、「砂の器」（74年）、「八甲田山」（77年）等の脚本を担当、いずれも話題となり、数多くの賞を受賞した。B級戦犯を主人公にした「私は貝になりたい」は原作・監督も担当、東京放送で放映され（58年10月）、劇場公開版も作られた（59年）。２００８年11月福澤克雄監督で再映画化。橋本自身が脚本を改訂した。壮大なスケールで琵琶湖畔を舞台にした自作『幻の湖』（80年6月、集英社）も、脚本・監督を務めて映画化（82年）。（前田貞昭）

橋本多佳子 はしもと・たかこ

１８９９・１・15～１９６３・５・29。俳人。東京市生まれ。旧姓山谷。本名多満。別号多加女。１９１１年菊坂女子美術学校中退。杉田久女にその歿年まで師事し「ホトトギス」「天の川」「破魔弓」に投句。29年大阪帝塚山に転居、44年奈良市あやめ池に疎開。35年山口誓子に師事し「馬酔木」同人。36年11月「琵琶湖ホテル」５句を「セルパン」に発表。48年「天狼」創刊同人。50年「七曜」主宰。女性としての自己の内奥を確固とした構成のなかで表現し、深い余情を湛えた独自の句境を深めた。56年２月には近江八幡で鴨打ちをし、59年１月長浜、62年４月信楽にも遊んだ。第４句集『海彦』（57年２月、角川書店）は近江八幡での「散華」11句〈猟銃音殺生界に雪ふれり〉、第５句集『命終《みょうじゅう》』（65年３月、角川書店）は「比叡山」８句、「長浜」10句、「湖北尾上」７句〈湖北に寝てなほ北空の鴨のこゑ〉を収める。随筆「カモとサギ」（「七曜」59年３月）は近江八幡での鴨打ちの話。『橋本多佳子全集』全２巻（89年11月、立風書房）がある。（外村彰）

橋本鉄男 はしもと・てつお

１９１７・６・２～１９９６・10・11。民俗学者。高島郡今津村北浜（現高島市今津町）生まれ。１９３６年３月今津中学校（旧制）卒業。９月愛知郡西小椋尋常高等小学校代用教員になるが、中国に渡り、39年３月関東局立旅順師範学校を卒業し、新京西広場尋常小学校訓導となる。肺結核のため帰国。44年青柳村立青柳国民学校訓導。47年青柳中学校教諭となる。この頃、民俗学を知り県内各地に残る「大将軍」という地名の研究を始める。途中、病気が再発して肺の手術を受ける。療養を兼ねて、教職の合間に朽木村の民俗調査を行う。59年６月『朽木谷民俗誌』を自費出版。ライフワークの木地屋研究を始める。68年４月県教育委員会編で『木地師の習俗一』（平凡社）を出版。研究は「正倉院文書」をはじめ、史料に見え隠れする木地屋の記録を加えながら、「漂泊の職人衆」の全容をつかもうとする。73年３月安曇川中学校教頭着任を経て退職。91年、木地屋とろくろ研究所を主宰。93年成安造形大学非常勤講師。主な役職としては、国立歴史民俗博物館国内資料調査委員（80年）、安曇川町史編集委員長（80～84年）、滋賀県文化財保護審議会委員（80～90年）、近畿民俗学会代表理事（84年）、県立琵琶湖博物館建設準備委員（89～95年）など。86年第11回滋賀県文化賞、91年第35回京都新聞社文化賞、92年日本地名研究所第11回風土研究賞、94年地域文化功労者文部大臣表彰を受ける。著書に『木地屋の民俗』（82年8月、岩崎美術出版）、『輪ノ内の昔』（上89年8月、下91年10月、北舟木史稿刊行会）、『藁綱論—近江におけるジャのセレモニー—』（94年11月、初芝文庫）、『私のトルヌス—民俗学からの遥かなる視線—』（96年1月、サンライズ印刷出版部）。『丸子船物語』（97年10月、サンライズ印刷出版部）。編著に『朽木村志』（74年3月、朽木村教育委員会）、『安曇川町史』（84年11月、安曇川町）、監修に『新旭町誌』（85年11月、新旭町役場）、『目で見る湖西の100年』（93年3月、郷土出版社）、『まんが安曇川町の歴史』（97年3月、安曇川町役場）などがある。

＊日本の民俗25・滋賀《にほんのみんぞくにじゅうご・しが》 評論。〔初版〕『日本の民俗25・滋賀』72年7月、第一法規。◇1、総論 2、衣食住 3、生産 4、交通・運輸・通信 5、交易 6、社会生活 7、信仰 8、民俗知識 9、民俗藝能と競技 10、人の一生 11、年中行事 12、口頭伝承。付録として国指定重要民俗資料、県指定有形民俗資料、県指定無形民俗資料、民俗資料の収蔵施設を載せる。「滋賀県の民俗を考える場合、今はもう古代の海人の生活伝承をうかがうすべは全くまれであるが、なによりも、琵琶湖水面の漁撈が関心をひく」としている。さらに近江に顕著な宮座をめぐる祭祀と藝能の習俗に、北方系と南方系の二系統の残映を指摘し、それらとも関連して、小野の巫覡をはじめとする中世の諸道諸職を考える上で、近江という地は重要であるという。近世の木地屋はその一つの典型といえるし、近江商人も歩き筋の上から、これと無縁ではなかったと述べている。

＊ものと人間の文化史31・ろくろ《ものとにんげんのぶんかしさんじゅういち・ろくろ》 評論。〔初版〕『ものと人間の文化史31・ろくろ』79年1月、法政大学出版局。◇序章「ろくろ」文化の残留、第一章「ろくろ」の神さま、第二章「ろくろ」の工人、第三章木地屋の「ろくろ」とその技術、第四章近代の「ろくろ」の変容。とくに、木地屋の祖とされる小椋谷（現東近江市）の惟喬親王伝説成立の経緯について明らかにした。木地屋は「近世の山野に漂移して、さかんにそこの木を伐ると、木工用「ろくろ」を道具とし、丸膳、椀、盆などの円形木器の素地を挽き作った、特殊な旅職集団」である。惟喬親王は、文徳天皇の第一子であったが、皇位継承ラインからはずれた不運の皇子とされている。小椋谷の旧記「親王録記」「御縁記」では、その親王が湖東の愛知川の水上にある奥山に隠棲し、しかも読経中に法華経の経軸から「ろくろ」を発明したという。この偽書を作り、「ろくろ」工人の全国的な座的組織を画策し、小椋谷を木地屋の祖地としたのは大岩助左衛門重綱という人物であることを明らかにした。

＊近江の海人—ひとつの琵琶湖民俗論—《おうみのあま—ひとつのびわこみんぞくろん—》 評論。〔初版〕『近江の海人—ひとつの琵琶湖民俗論—』82年2月、第一法規。◇滋賀民俗学会誌「民俗文化」63年9月、1号〜70年11月、86号まで23回連載した「近江海人考ノート」を改題したもの。湖西高島郡（現高島市）新旭町西方にある大宝寺遺跡出土の蓋付杯の蛤から、筆者は「永い海上からの移住の果てに、この湖国にも侵入したかも知れない海人族」すなわち古代の「近江海人」の流れを想定する。堅田の出来島のチャリンコと呼ばれた釣り漁師、近江八幡市野島伊崎のサオ、マルコの祖型というべき刳舟（丸木舟）に安曇海人の祖神の系譜を見ようとしている。

＊琵琶湖の民俗誌《びわこのみんぞくし》 評論。〔初版〕『琵琶湖の民俗誌』84年6月、文化出版局。

◇『近江の海人』の延長で、近江海人考覚え書き。78年から5ケ年計画で行われた琵琶湖総合開発地域民俗文化財特別調査の、筆者分担の調査報告書をもとに、改稿したもの。びわ町南浜や今津町浜分など琵琶湖の諸浦の漁カセギを民俗史的に見ようとした。漁撈民俗関連用語索引を付す。「かつての自然がどれほど取り戻せるか。大切なのはむしろ人間のほうの富栄養化の抑止であり、心と体の在り方の再認識が必要なのではあるまいか。他人ごとのように条文に書き連ねて客体視するばかりでは、それはついに死に至る病としかいいようがない」と、琵琶湖総合開発に対する筆者の姿勢を明らかにしている。

＊漂泊の山民―木地屋の世界―《ひょうはくのさんみん―きじやのせかい―》　評論。〔初版〕『漂泊の山民―木地屋の世界―』93年3月、白水社。◇55年から始まった国の文化財保護委員会の「記録の措置を講ずべき無形の民俗資料」の対象に、「木地屋の生活習慣と技術伝承」が採択されることになり、日本民俗学会も木地屋研究に着手。文化財保護委員会の滋賀県の記録調査を筆者が担当し、近江木地屋発祥の地という君ケ畑氏子狩史料の発見によって、この旅職集団が全国的な規模で展開した座的統制と漂泊のアウトラインが明確になった経緯を明らかにする。さらに、渡来系の職能集団としての秦氏や時宗の聖たちと小椋谷の木地屋の関連に言及している。

＊柳田国男と近江―滋賀県民俗調査研究のあゆみ―《やなぎたくにおとおうみ―しがけんみんぞくちょうさけんきゅうのあゆみ―》　評論。〔初版〕『柳田国男と近江―滋賀県民俗調査研究のあゆみ―』94年12月、サンライズ印刷出版部。◇第一部柳田国男と近江、第二部滋賀県民俗調査研究史稿、第三部民俗誌と地方史「民俗編」を考える、付録として滋賀県民俗語彙索引を載せる。定本『柳田国男全集』の総索引で、近江に関する言葉を検索してみると、バラエティーに富み数え切れないほどで、柳田が近江の習俗伝承をいかに重視したかが分かる。柳田の「甲賀三郎」に関する論や、35年10月大津で行った講演「近江と昔話」にも触れながら、柳田と県内の先人の研究者との関係、さらに柳田の筆者宛書簡を引いて自身と柳田の関係を跡付ける。また日本の民俗学草創期から、大阪民俗談話会、近畿民俗会、滋賀県の民俗研究の歴史を整理し、あわせて「私の民俗誌体験」として筆者自身の研究史にも言及する。（北川秋雄）

長谷川修　はせがわ・おさむ

1926・3・8〜1979・5・1。小説家、随筆家。山口県下関市生まれ。1948年京都大学工学部卒業。松竹の助監督試験を受けて合格するが、親族らの反対を受け断念。宇部化成に入社したが肺を病み、2年間の療養を余儀なくされる。退院後、高等学校の美術および化学の教師となる。63年「キリストの足」が「東大新聞」第8回五月祭賞佳作となり、「新潮」の同人雑誌賞に応募、掲載される。「新潮」に発表した「真赤な兎」（64年）、「孤島の生活」（65年）、「哲学者の商法」（66年）、「まぼろしの風景画」（70年）で4度芥川賞候補となる。晩年には歴史や古典に関心を持ち、「古事記」を読んだのをきっかけとして「古代史推理近江志賀京」（78年）で天智天皇の近江朝を描いた。胃癌のため53歳で永眠。短編集『ふうてん学生の孤独』（69年、新潮社）、長編『遥かなる旅へ』（74年、新潮社）がある。（内田晶）

長谷川憲司　はせがわ・けんじ

1936・9・29〜。小説家。大阪市生まれ。3歳の時に父の仕事で中国漢口に渡る。1947年に引き揚げ、兵庫県芦屋市に住む。中学時代より小説を書き始め、大阪市立工藝高等学校2年の時肺結核で1年間休学、無頼派作家に傾倒し小説ばかり書いて過ごす。56年卒業。大阪市立天王寺美術館美術研究所に2年間在籍の後、建築模型製作会社勤務。寿司職人として約3年間近畿各地を流れる。61年結婚して大阪府吹田市に定住。機械設計会社勤務。63年結核再発のため1年間入院、夕刊紙のコントなどに多数投稿して採用される。遊園施設設計会社、関西技術学園、内外装設計施工会社経営。コンビニエンスストア、惣菜販売、食堂、スーパーの店頭販売システムを同時経営。不動産販売会社勤務後、83年京都府において不動産建売会社経営。スナック、炉端焼き店経営。86年2月滋賀県大津市美空町に移住。朝日カルチャーセンター京都で八橋一郎に学び、創作活動に専念する。87年10月大阪を舞台に寿司職人の世界を描いた短編「浪華怒り寿司」により第4回織田作之助賞（大阪文学振興会主催）を受賞、同年10月29日より12月10日まで「毎日新聞」朝刊（大阪版）に22回に分けて断続的に掲載の後、88年2月「関西文学」に一括掲載。89年11月大阪の不動産会社営業マンを主人公にした長編『売り屋たち』（関西書院）を最初の単行本として刊行。第2単行本『浪華怒り寿司』（90年7月、関西書院）は、表題作とともに、京都の土地ブローカーが主人公の「地虫の踊り」、大阪の名物うどん屋を経営する老人の恋を描く「ミナミ氷雨川」を収録。第3単行本は小説家志望者の人間模様を描いた長編『京都八橋一郎小説教室』（92年1月、ソフィア）。他に、大阪天六の寿司屋に集まる客たちの人生の一齣を一話完結形式で綴った「なにわ包丁もよう」（「あまから手帖」88年4月～92年5月）、大阪の女性不動産業者が主人公の「風の女」（「大阪人」90年6月～92年5月）等。編著に、国民学校体験者の手記集『われら国民学校生―戦火の下の子どもたち』（2001年12月、長征社）がある。1991年10月よりＮＨＫ文化センター京都、大阪において「随筆・小説の実作」教室の講師を務め、受講者の作品集『たまご翔べ』Ⅰ～Ⅷ（93年11月～2002年11月、たまごの会）を発刊。1997年11月より投稿誌「まあええやんか」を発行する。（宮川康）

長谷川伸　はせがわ・しん

1884・3・15～1963・6・11。小説家、劇作家。横浜市生まれ。本名伸二郎、のち戸籍名も伸に改めた。3歳のとき母と生き別れ、また父も破産、小学校は2年で退学し、幼いころより肉体労働に従事した。20歳以降新聞記者、軍隊入隊などの経験を積み、菊池寛の紹介で「新小説」1924年1月号に「作手伝五左衛門」を発表。次いで同誌同年2月号に「夜もすがら検校」を発表、出世作となった。「紅蝙蝠」（「東京朝日新聞」「大阪朝日新聞」30年5月9日～31年2月28日）で人気沸騰。戯曲では「沓掛時次郎」（「騒人」28年7月～8月）、「瞼の母」（「騒人」30年3月～4月、31年明治座初演）、「一本刀土俵入」（「中央公論」31年6月、31年東京劇場初演）などを発表、股旅ものの元祖と目された。代表作として右記のほか、「荒木又右衛門」（「都新聞」36年10月2日～37年6月20日）、「相楽総三とその同志」（「大衆文藝」40年4月～41年7月、原題「江戸幕末史」）、「日本捕虜志」（「大衆文藝」49年5月～50年5月）など。「瞼の母」は、江州坂田郡番場（現米原市番場）で生き別れた忠太郎とその母おはまの20数年ぶりの再会を描く（米原市の蓮華寺に忠太郎地蔵尊が建てられている）。「相楽総三とその同志」は、江州松ノ尾村（現愛知郡愛荘町）で旗揚げし、下諏訪の地で

偽官軍として処断された相楽総三を隊長とする赤報隊の汚名をそそぐ。（田村修一）

長谷部信彦 はせべ・のぶひこ

1925・8・2〜。俳人。神奈川県生まれ。大津市南郷在住。1946年「浜」入会、大野林火に師事。82年林火死没により退会。84年「蘭」入会、野沢節子、のちきくちつねこに師事。89年「蘭」同人。句集『湖国』（94年1月、私家版）。〈節子忌を過ぎてまさかの名残雪〉（山本洋）

畑喜久夫 はた・きくお

1924・1・4〜。俳人。犬上郡青波村大字芹川（現彦根市外町）生まれ。1940年海外雄飛の希望を抱き、講義録で英語の勉強を始めるが、41年世界情勢が険悪となり、勉強を断念する。その時、講義録の「友の会文藝欄」の俳句を目にしたのが、俳句との出会いとなる。まもなく浜中柑児の毎日俳壇に投句。42年4月彦根水音吟社に入会。以来ホトトギス系の作句を続けてきた。43年に虚子の西下に同行していた深川正一郎を、その帰路彦根に迎えて以後、彦根の俳誌「水音」で指導を仰ぐ。戦後、久米幸叢が米原に引き揚げて来たのを縁に師事する。「ホトトギス」「雨月」「藍」「花鳥」に参加。

＊句集《くしゅう》 城番屋《しろばんや》 句集。〔初版〕『句集 城番屋』85年3月、私家版。◇還暦を機に41年以降の句を、取捨選択し編んだものである。国安仁義の跋文には、「喜久夫さんは、『ホトトギス』によって育ち、大成した作家」で、「私の主宰する『藍』の中心作家」として、「私たちと共に、一貫して花鳥諷詠、客観写生の大道を究めるべく俳句作りに専念してきた」とある。句集名を詠みこんだ句に、〈蚊遣火に隙間だらけの城番屋〉〈城裏のここにも番屋木の実降る〉がある。彦根城に関して、〈満開の花を要の彦根城〉〈城頭に月の宴の一筵〉〈秋天の下のお城も小さかりし〉がある。（北川秋雄）

秦恒平 はた・こうへい

1935・12・21〜。小説家。京都市に生まれる。同志社大学文化学科、同大大学院を経て、作家生活に入る。『神と玩具の間 昭和初年の谷崎潤一郎』（1977年4月25日、六興出版）では谷崎の貴重な未発表書簡を紹介し、評論でも活躍。自らが版元となり、自作の小説、エッセーを「秦恒平・湖《うみ》の本」として復刻する活動を続けている。「清経入水」（「展望」69年8月）で第5回太宰治賞受賞。『みごもりの湖』（74年9月、新潮社、新鋭書下ろし作品）では、五個《ごか》荘町《しょうちょう》七里《しちり》を中心に、石馬寺《いしばじ》、老蘇《おいそ》の森、老《おい》石《そ》神社、永源寺町、藤原岳、賤《しず》ケ岳《たけ》、瀬田、石山、近江八幡など近江の各地を舞台に、永源寺ダムの完成により村が水没しようとする現在（63年以後数年間）と古典『水鏡』の世界とが同時に進行する。「秘色」（「展望」70年3月）でも大津を舞台に、現実と幻を往来する秦独特の小説世界が展開する。（明里千章）

波田三水 はた・さんすい

1885・10・22〜1961・2・3。俳人。広島市生まれ。本名重一《しげかず》。陸軍大学校卒業。1935年歩兵第三旅団長。陸軍中将として中国戦線に従軍、第五軍司令官となる。49年大津市松本に移住。52年から桂樟蹊子《しょうけいし》の「霜林」に参加して句作を始め、翌年水原秋桜子に師事し「馬酔木」同人。滋賀県馬酔木会に所属した。狩猟が趣味で、湖畔生活のなかで鳥を多く詠む。句集『一《いち》葉《よう》』（59年11月、私家版）がある。〈比良颪《おろし》鴨撃舟をもてあそぶ〉（外村彰）

秦正流 はた・しょうりゅう

1915・4・15〜1994・7・9。新聞記者、宗教家。犬上郡芹谷村屏風（現多賀町）に生まれる。滋賀県立八日市中学校（旧制）を経て、大阪外国語学校（現大阪外国語大学）露語部に入学。卒業後、大阪朝日新聞社に準試用社員として入社する。十五年戦争時に召集、召集解除後はビルマのラングーン支局に派遣され、インパール侵攻作戦の報道などに従事した。敗戦後、滋賀にて結婚、大阪本社外報部に移る。1958年モスクワ特派員となり、翌年モスクワ支局長となる。その後、大阪本社編集局長や東京本社外報部長、取締役常務を歴任。大学時代の同窓でもあった司馬遼太郎、陳舜臣との交友を深め、83年には『街道を行く』（近江散歩）の取材にも同行。晩年、僧籍にあった秦は旧盆には滋賀の浄土真宗本派本願寺派至心山円徳寺に帰り、法要に務め檀家衆との交流を重ねた。著書に『モスクワ1500日』『ソ連・社会主義・人間』『兵戈無用』などがある。79歳にて歿。（荒瀬康成）

畑中大三 はたなか・だいぞう

1914・5・3〜歿年月日未詳。川柳作家。甲賀郡（現甲賀市）甲賀町大原市場に生まれる。びわこ番傘川柳会に所属した。句集に『畑中大三の川柳』（84年6月、びわこ番傘川柳会）がある。〈人妻を装う夏の花である〉〈素足の感触で原稿書きあげる〉〈万年二等兵のユーモアがもどらない〉〈逆モーションそうは秋風甘くない〉〈仰天の風は三月までつづく〉（浦西和彦）

畑裕子 はた・ゆうこ

1948・5・13〜。小説家、随筆家。京都府中郡（現京丹後市）大宮町生まれ。蒲生郡竜王町美松台《みまつだい》在住。本名裕子《ひろこ》。旧姓奥田。京都府立峰山高等学校をへて、1972年奈良女子大学文学部国文学科を卒業。同年に結婚し、2人の子を育てながら京都府立中学校国語科教諭を11年間つとめる。83年教職を辞し、子どもと自分の健康上の理由により京都市伏見区から蒲生郡竜王町に転居。滋賀県でも92年まで非常勤講師として高等学校の教壇に立った。転居後から創作を志し、大阪の同人誌「奇蹟」、県内の同人誌「くうかん」に入会（93年まで）。85年3月「くうかん」第15号に初の短編小説を発表し、以来習作をかさねる。滋賀県文学祭などに積極的に応募、88年に「天上の鼓」、89年に「花不動」、92年に「虹の懸橋」と立て続けに小説部門の県芸術祭賞を受賞した。92年には、近江の習俗に材をとり、子のない旧家へあと継ぎを作るため奉公にあがる子産み女を描いた「月童籠り《つきどうごもり》」を書いて、第4回朝日新人文学賞に応募、候補作として最後まで残った。93年京都祇園を舞台に女性面打師と能役者との情念のかよい合いをテーマにした「面《おもて》・変幻」で第5回朝日新人文学賞を射とめた（「月刊Asahi」93年11月）。選考委員の井上ひさし、田辺聖子らから「しっかりした筆致、よく調べ込まれた細部」「地の文も方言で押し通すのはかなり腕力の要るものだが、一応破綻なく押し切っている」等の評価をえた。94年には、ダム建設で立ち退きを強いられた村に独り残って暮らす老女を主人公にした短編小説「姥が宿」で第41回「地上」文学賞を受賞（「地上」94年1月）、作家としての地歩を固めた。94年6月には、「月童籠り」「姥が宿」も収めた創作集『面・変幻』を朝日新聞社から刊行。つづいて、従軍看護婦から慰安婦にさせられ、心身に大きな傷を現在も残している日本人女性というアクチュアルな題材に迫った書き下ろし長編小説『椰子の家』（95年8月、素人社）を執筆。次つぎと幅広いテーマにいどみ新鮮な作品境地を踏みひらいていく畑裕子には、「雪深い丹後地方に生まれた」（『面・変幻』あとがき）作者の夢想する創作力がゆたかに働いているように思われる。それはまた気候の似かよった湖東、湖北地方への作者の強い愛着心としても現われていよう。「万葉集」から「新後拾遺和歌集」までの歌枕を選んだ随筆『近江百人一首を歩く』（94年7月、サンライズ印刷出版部）もある。日本ペンクラブ会員。

＊月童籠り《つきどうごもり》　中編小説。〔初収〕『面・変幻』94年6月、朝日新聞社。◇東京に住む在原健次郎の妻志織は、子どもの産めない質だった。義母富美が死にぎわにその責任が自分にあるようにいった言葉が志織には謎だった。亡くなった富美の骨納めに、健次郎と志織は富美の古里を訪れる。古里は滋賀県湖北の月童村であったが、富美はそこの素封家在原の実子ではなかった。子産み女として雇われた貧農の娘そよの子であった。子を産む道具として他人の娘を使ったことの報いが、志織に不妊をもたらしたのではないか、富美はそう怖れたのだ。作者はそこからそよの子産み女としての生を描いていく。女性の出産能力と不妊、旧家の血筋を守る習俗という重いテーマの物語が、余呉湖近くの架空の村を舞台にくり広げられていく。女性ということ、母性をもつということの本源的でありながら哀切で凄絶なありようを、詩情をもってえぐり出した問題作である。　（山本洋）

花登筺　はなと・こばこ

1928・3・12～1983・10・3。脚本家、小説家。大津市上北国《かみほっこく》町（現長等《ながら》）の商家に父安之助・母アサの次男として生まれる。旧姓川崎、本名善之助。1940年3月大津西尋常小学校卒業。45年3月県立大津商業学校（5年制。現高等学校）卒業。同校では書道部に所属。14歳の時に父が死去。46年4月同志社経済専門学校入学。48年戦後大津初の自立劇団「人間座」に参加したが、同年脱退して市内で「文藝座」を結成。旗揚げ公演は谷崎潤一郎作「お国と五平」（大津公民館）であった。この頃中本紫公主宰「花藻」同人となり句作。当初「棹歌」と号し、のち中本から「筐」の号を送られる。51年3月同志社大学商学部卒業後、大阪船場の田附商店に入社。東京支店に配属され2年後に肺病により退社、喀血して入院。54年から民間放送向けに脚本を投稿し始め、55年には大村崑、芦屋雁之助ほか役者らをスカウトする。57年大阪テレビの脚本「やりくりアパート」を書く。翌年OSミュージックホール等で演出を担当。東宝専属作家となる。59年大阪で松竹系劇団「笑いの王国」創設（～60年）、上方喜劇人の育成に努めた。59～61年毎日放送「番頭はんと丁稚どん」等で人気を得る。63年12月東京明治座に進出。作風は喜劇から次第に商売の世界をシリアスに描く現代人情劇へと変遷する。65年には大津出身の喜劇役者志賀廼家淡海を主人公とした戯曲「上方好み淡海節」2幕10場を明治座、大津市堅田本福寺で公演。同作の「大詰」の舞台は大津の浮御堂。翌年「柚子家の法事」（関西テレビ）で藝術祭文部大臣特別奨励賞、68年「飛騨古系」（東海テレビ）で明治百年藝術祭文部大臣賞、同年大阪藝術賞を受賞。戯曲「鯖の頭」（72年3月）、「帯」（72年11月）も佳作。69年脚本家の榎本滋民、小幡欣治と「中の会」結成。

　時代の寵児であった花登の生活は繁忙を極めた。原稿用紙等を収めたアタッシュケースを常時携行し、時間を惜しんで新幹線の車中でも執筆するなど1日70～100枚の原稿執筆量をこなした。舞台劇または連続テレビドラマを書いて観客や視聴者の反応を計り、練り直して原作を連載小説化、刊行するといった方法で次々と話題作を発表。一方で麻雀や野球、ゴルフを愛好し「仲間会」を主催して様々な分野の職業をもつ人々とも交友、スポーツ評論も書いた。読売、関西、東海テレビなどで「船場」「堂島」「道頓堀」「あまくちからくち」「じゅんさいはん」「じょっぱり」「おからの華」「もってのほか」「花ぼうろ」「ぬかるみの女」「やらいでか」「氷山のごとく」「おあねえさん」他が多数放映され高視聴率を得た。70年には脚本3000本を記念し、第1回監督映画「喜劇 おめでたい奴」を発表。同年から歿年まで「小説宝石」「問題小説」に通俗的な短編小説も執筆。また71年1月劇団「喜劇」を主宰。厳しい演出指導で「鬼の花登」と呼ばれた。同年2月名古屋中日劇場初演の「湖のひと」2幕9場は、5年前に湖に身投げした女性の秘密をめぐる現代劇で、高島町の白鬚神社前にある釣宿「浜の家」を舞台としている。同年大阪文化祭賞を受賞。73年東宝藝能取締役。75年女優の星由里子と結婚、東京都港区白金台に転居。80年には脚本が5000本に達し、4月から記念のテレビドラマ「お初天神」(読売テレビ)が放映された。82年7月滋賀県の第1回ブルーレーク賞受賞。この年胃潰瘍で手術。83年8月京都南座での劇団「喜劇」公演「あかんたれ総集編」が最後の演出となる。83年北海道札幌市で静養、のち東京の昭和大学病院に入院し、肺癌で死去、享年55歳。法名「文筺院泰徳日善居士」。京都岩倉の妙満寺に葬られる。歿後、演劇、藝能界の裏面史でもある回顧録『私の裏切り裏切られ史』(83年12月、朝日新聞社)、「ふとんの西川」で知られる西川産業の近江八幡での創業以降の歴史を考察した「西川甚五郎」を収める『日本の商人③ 近江・伊勢の商人魂』(83年12月、TBSブリタニカ)も刊行。83年花登筺記念会設立、同会編集発行の『花登筺 永遠のダイアローグ』(85年9月)が出版された。84年、東京三越劇場、南座、中日劇場で「ぼてじゃこ物語」「番頭はんと丁稚どん」の追悼公演。同年9月30日、人生訓「泣くは人生/笑うは修業/勝つは根性」を刻んだ記念碑が大津市浜大津の湖岸緑地公園に建立。85年ふるさと大津名誉文化賞、95年上方藝能人顕彰(大阪市)受賞。大津市立図書館に花登筺記念文庫がある。

　代表作には58年に初演され、のちテレビドラマ「あかんたれ」となった『土性っ骨』(66年1月、徳間書店)、70年から読売テレビで放映された「細うで繁盛記」の原作『銭の花(1)~(4)』(70年12月~71年3月、講談社)、昭和を駆け抜けた主人公山下猛造の人生を描く大河ドラマ『どてらい男《ヤツ》』立志編~決算編、全11冊(72年7月~77年4月、徳間書店)などが挙げられる。また当初ワコール社長の塚本幸一の生涯をヒントに「女の味方は俺一人」として「静岡新聞」に連載され、関西テレビでも放映された『さわやかな男《ヤツ》』太陽篇~開化篇、全6冊(77年7月~79年11月、文藝春秋社)は、近江八幡生まれの城 勝《じょうまさる》が復員後に商人として立志を果たして行くという内容。月産2000枚といわれるほど驚異的な創作ペースであった花登が生涯に書いた脚本、小説は約6000本といわれる。その作品の多くは商魂、根性ものと称され、ひたむきに生き困難に立ち向かう心意気を持った人間像や、泣き笑いをおりまぜた篤い人情の機微により、大衆から幅広い支持を得た。『花登筺長編選集』全10巻(72年9月~73年6月、講談社)があり、2001年10月から『花登筺コレクション』(北溟社)も刊行中。

＊ぼてじゃこ物語《ぼてじゃこものがたり》　長編小説。〔初出〕「潮」1970年9月～71年12月。〔初版〕『ぼてじゃこ物語（1）（2）』71年4月、9月、講談社。◇初出題「ぼてじゃこ」。初演は演出花登、主演ミヤコ蝶々「ぼてじゃこ」2幕（70年11月、大阪中座）。71年4月8日～12月30日、三田佳子主演により読売テレビ系列でも放映された。「ぼてじゃこ」は琵琶湖で採れる貪欲な雑魚（タナゴ）で、針のあることを知らず名声や地位や金銭といった餌に食い付く世の人間達の比喩。大津市石山生まれで草津の雑貨屋に住むヒロイン大花雪子は亡母八重の遺した「どんなときでも、ぼてじゃこになったらいかんえ」との教えを胸に、自己の人生を歩もうとする。55年のこと、継母のけい子の謀略により別の女と連れ子のいる旧家の倅、牧田輝男と結婚することになった雪子は、輝男と1度過失があった。「釣りあげられとうない」と意を決した雪子は翌年3月、披露宴の際中に夢中で逃げ出し、草津駅から大阪行きの列車に乗る。そこで出会った堤川千代という老婆は、大阪駅で雪子の危機を救って土佐堀の自宅に逗留させ、菊石売りや紙くず拾い、土地売買などを通して人間への洞察眼と商売の才覚、倹約と「辛棒」の大切さを悟らせる。土建業の堤川組の隠居である千代は、智恵浅く妻の敬子に頭の上がらない長男の宗之助より、もう1人の息子宗六に目をかけており、雪子も素朴な宗六に惹かれる。千代は2人を結婚させようとし、雪子はその報告のため3ケ月ぶりに石山駅前で零落した父の順吉と会う。征服欲の強い敬子は雪子の過去を暴こうと雪子の警戒心を解かせ、結婚を引き延ばそうとするが、千代はそれを見抜き、宗之助に敬子の悪計の実態を説く。結婚式前日、宗之助は敬子の車を追って轢かれ、輝男の子を妊娠したと知った雪子は宗六に告白し離別する。のち宗之助は死に、堤川組も敬子の手に渡る。雪子は石山出身の錦織を頼って東京上野に向かい、菓子問屋の三松堂との縁で錦織と出会え、かやく飯のおにぎりを日本橋で売って暮らす。東京に来た千代がその弁舌で雪子に懸想する三松堂の修に話をつけ帰阪した後も、雪子は錦織の妻みよ達と販売の工夫を凝らす。東京で敬子に遇い、堤川建設再生を心に誓った雪子は弁当会社を創設、工場建設を千代に依頼。郷里で出産をした雪子は、出生届を手にした宗六と千代に再会できた。

＊ぼてじゃこの灯《ぼてじゃこのひ》　戯曲。〔初演〕72年10月、東京宝塚劇場。◇全7場。琵琶湖畔の石山寺門前で土産物を商う石山屋の家計を切り盛りする吉田しず子の夫源一が結婚後10日めに失踪して6年になる。隣の晴嵐旅館が当地でヘルスセンター建設を目論み、石山屋とスナック紫式部以外の土地を買収するが、しず子は夫に相談せず売却はできないと、旅館の説得に承諾を与えない。実は晴嵐旅館と手を組んでいるスナックのマダム江里子は、しず子が憧れていた元高校の先輩の三宅進をしず子に会わせる。しず子は三宅に、自分は母も死んで孤独だった時に愛情という針が刺さった食えない「ぼてじゃこ」だと自嘲し、結婚後に源一に好きな女がいると分かったことが夫の家出の原因だと話す。三宅は江里子の元ヒモで、借金を帳消しにするために源一が土地を売って離婚してくれと伝えたと嘘をつく。夫の父源太郎と結婚のため金が欲しい娘の愛子は、しず子の三宅への想いを理由に家を出ろと命ずる。しかし、しず子は源一と元恋人に守という息子がおり、この子を助けるため家を守っていたと告白。源太郎と愛子は心打たれ、土地売却は取りやめになる。三宅の嘘も見抜いたしず子は、最後に好きな人が来るかもと思いこの6年間を待って

いたと彼に告げるのであった。

＊鮎のうた《あゆのうた》　長編小説。〔初演〕79年10月1日〜80年4月5日、大阪NHK。〔初版〕『鮎のうた』79年10月（上巻）、80年1月（下巻）、日本放送出版協会。◇当初NHK朝の連続テレビ小説で放映（主演山咲千里）され、80年2月東京三越劇場で舞台化された。全13章。長浜に生まれ大阪で働く娘あゆの運命の曲折を描く。29年女学生の浜中あゆは退学届を出して、かつて母が働いた丸一蚊帳工場の女工となる。心の支えであった実母すずは芯の強い人だったが、無責任で仕事にも無気力な夫保太郎に苦労させられ、あゆが9歳の時に死ぬ。保太郎はちりめん工場長の娘今井節子と再婚した。あゆの理解者は父親代わりの田崎や美術教師の木島だった。「あゆよ、大きいなれ」との母の遺志を身に体し、決められた縁談を破り大阪へ出奔したあゆは、恋心を寄せていた幼なじみの市川秀一を頼りとするが、結局旧知の船田、煙草屋のちえを介して船場の糸原商店の奉公人（女子衆《おなごし》）となる。古いしきたりや店での確執にぶつかりながらも、ご寮さんの信頼も得たあゆは商人の世界になじんでゆく。このころ秀一の働く八田商事の久美子が糸原3代目の原田三之助に嫁いだが、久美子や八田商事側の、糸原の勢力を殺ごうとする巧妙な圧力によって、店の主導権は奪われる。抵抗を試みた三之助は先物取り引きに失敗し、久美子と離婚。糸原商店は窮地に立つが、死を前にしたご寮さんに勧められ、あゆは三之助と結婚する。2人は船場の店を休業し蚊帳の行商を始め、その後多くの同業者と移動市場をつくって、再び店を出す資金を貯める。約10年ぶりに故郷も訪ねたが、三之助は無理がたたって大津で死ぬ。亡夫の志を継いで、戦後船場で商店を始め、糸原商事のビルが建ったことで商売から身を引いたあゆは、出征から帰還した秀一と長浜で所帯を持ちたいと願った。「琵琶湖の鮎は小さいまま」だが「川をさかのぼったら大きいなる」ことから命名されたあゆが、「自分の力で自分の人生をきり拓いてゆく」姿を描く教養小説となっている。

（外村彰）

馬場あき子　ばば・あきこ

1928・1・28〜。歌人、評論家。東京府豊多摩郡生まれ。本名岩田暁子。昭和女子大学国文科卒業。高等学校時代の1947年に「まひる野」に入会、窪田章一郎に師事。78年歌誌「かりん」創刊。古典、特に能への造詣の深さを軸としつつ、前衛短歌とも関わり、独自性を構築する。歌集に『早笛』（55年5月、新星書房）、『飛花抄』（72年10月、新星書房）等。評論集では『式子内親王』（69年3月、紀伊国屋書店）、『鬼の研究』（71年6月、三一書房）等がある。2002年『世紀』（梧葉出版）で、第25回現代短歌大賞を受賞。1997年から2001年まで、滋賀県八日市市（現東近江市）の「蒲生野短歌会」の選者となる。この歌会は、額田王と大海人王子との相聞歌が交わされた地にちなんで、毎年開催されている「蒲生野万葉まつり」の一環として行われている。最後の選評には「くらしの周辺を、さらにはもっと身近かな日常の一齣を、丁寧に見、そして思いを深める。それが歌人のよろこびでもあり、歌の質の高さを手に入れることにもなるのだろう」という歌人の姿勢が記されている。

（鳥居真知子）

馬場孤蝶　ばば・こちょう

1869・11・8〜1940・6・22。小説家、随筆家、英文学者。高知市中島町生まれ。本名勝弥。土佐藩士の子。兄に自由民権運動家の辰猪がいる。1878年に父

は

母と上京。85年に神田の共立学校（現開成中学校、高等学校）に入学し、英語を学ぶ。89年に同校を退学し、明治学院普通部2年に入学。同級生に島崎藤村、戸川秋骨がいて、交際を続けた。91年6月に卒業、12月には高知の共立中学校に英語教師として赴任。93年8月に職を辞し、上京。9月に日本中学校の教師となる。その後、牧師の書記になる。「文学界」の同人となり、新体詩、小説、評論、随筆などを発表。94年3月に初めて樋口一葉を訪ねる。95年に杉浦重剛の推薦で旧制彦根中学校に英語教師として赴任。96年11月に病床の一葉を見舞う。97年1月に彦根中学校を退職し、埼玉県第一尋常中学校に赴任。11月に日本銀行に入り、9年間勤務する。99年に源子と結婚。1901年以降、短歌、詩、小説などを「明星」に発表。05年に文集『連翹』を久友社より刊行。06年1月に、上田敏主宰で、森田草平、生田長江などと「藝苑」（第2次）を発刊。3月には詩集『春駒』を左久良書房より刊行。9月に日本銀行を辞し、慶応義塾大学文学部教授となり、ヨーロッパの大陸文学を講じる。以降、翻訳を多く手がける。11年～12年に『一葉全集』の校訂を行う。24年に『孤蝶随筆』を新作社から刊行。36年に『明治文壇回顧録』を協和書院から刊行。40年腹膜炎で死去。42年11月に生前の著作を再編成した『明治文壇の人々』が三田文学出版部より刊行された。

＊連翹《れんぎょう》　随筆、短編小説集。〔初版〕『連翹』05年5月、久友社。◇「行く春」「浴泉日記」など紀行文風の随筆や小説を15編収録。国木田独歩の作風を思わせるものがある。「絵すがた」は、「わが壁の上に掲げたる若き少女の肖像」を見て花子という少女が「歌舞の巷に迷」う様子を想像するもの。「海津長浜の町々、さてはわが彦根の空は…」と話題が展開する。満月の夜に琵琶湖に船を浮かべた経験を持つ男が、東京に戻るに当たって、友人の絵のモデルとして出会った、薄幸で母が東京にいるという少女との別れの記憶を記したもの。「思出ぐさ」は、「（明治）廿八年の十月十五日」に京都で友人と会うために「彦根の茅舎を走せ」て京都見物をした話題。「楓山寒流」は「湖畔に漂零ふことこゝ三月、」「わが校の子弟百五十余名、教鞭を執るの士十数人これを率ゐて、わが夢寐のわづらひとなれる永源寺に向かふ日」のことを記したもの。他には箱根や湘南などを訪れたときの様子が描かれたものが多い。（出原隆俊）

羽生道英《はぶ・みちひで》　1935・11・28～。小説家。大阪府中河内郡三宅村（現松原市三宅町）生まれ。京都在住の後、友人の紹介で永源寺町（現東近江市）に居住する。近畿大学法学部卒業。国家公務員を経て行政書士の後、著述業に移る。2002年4月から滋賀文学会会長。著書に、近江の伴伝兵衛、西川伝右衛門、中井源右衛門などを含む、90人の安土桃山時代から昭和初期までに活躍した全国の商人を取り上げた『商人道おもしろ史話　ミューブックス』（1992年3月、毎日新聞社）、商売のためには人を騙し、どんな残忍なことでもする人物として紀伊国屋を描いた代表作『紀伊国屋文左衛門』（94年4月、青樹社）をはじめ、『徳川慶喜』（97年9月、PHP研究所）、『小説大石内蔵助』（98年8月、PHP研究所）、『徳川家光』（99年11月、PHP研究所）、『東郷平八郎』（2000年5月、PHP研究所）、『直江兼続』（2001年3月、幻冬舎）、『秋山真之』（2002年8月、学研M文庫）などがある。連載ものとして、「維新の人々」全26回（財団法人日本武道館発行「武道」1994年7月～96年8月）、「歴史まんげきょう」全48回（「日本工業新聞」99年1

月4日〜18日、3月19日〜31日、8月19日〜27日、8月30日〜9月8日、2000年2月24日〜3月17日)、「近代国家創設の立役者・幕末英雄伝」(大阪消防振興会発行「大阪消防」1992年2月〜)等。共著に『日本史ものしりハンドブック』(94年6月、PHP研究所)、『戦国武将運命の選択』(94年10月、PHP研究所)、『日本史年表ハンドブック』(95年5月、PHP研究所)、『日本史宿命のライバル』(96年7月、PHP研究所)等がある。滋賀に関するものとしては、「織田信長家臣団裸のデータファイル」(「歴史読本」特別増刊スペシャル42、93年5月)で高山右近、磯部員昌ら6人について、「織田信長合戦データファイル」(「歴史読本」特別増刊スペシャル43、93年8月)で「伊勢平定戦」「対六角戦」「伊賀平定戦」について、「天下取り戦国武将データファイル」(「歴史読本」96年7月臨時増刊号)の「近畿の武将」で明智光秀、浅井長政を、「古街道を探検する」(「歴史と旅」97年5月増刊号)で「近江路朝鮮人街道」について、「戦国古城武将激闘の要害」(「別冊歴史読本」99年2月)で観音寺城、小谷城について、「戦国風雲忍びの里」(「別冊歴史読本」99年11月)で甲賀忍者について、解説を書いている。

＊幕末英傑風雲録《ばくまつえいけつふううんろく》 長編小説。〔初出〕財団法人日本武道館発行「武道」94年7月〜96年8月、「維新の人々」として連載。〔初版〕『幕末英傑風雲録』98年5月、中央公論社。◇初出に加筆修正、再編集したもの。「第一章 黒船来航と安政の大獄」では島津斉彬、松平春嶽、徳川斉昭、井伊直弼、吉田松陰、橋本左内、「第二章 運命の将軍と幕臣たち」では、徳川慶喜、小栗上野介、山岡鉄舟、勝海舟、榎本武揚、近藤勇、「第三章 倒幕に命を賭ける志士群像」では、高杉晋作、桂小五郎、坂本龍馬、西郷隆盛、大久保利通、岩倉具視、「第四章 維新回天の光と陰」では、福沢諭吉、岩崎弥太郎、大隈重信、山県有朋、伊藤博文を取り上げている。井伊直弼について(初出は「武道」95年6月)、「難題に正面から立ち向かった完全主義者」という副題で、幼少期から桜田門外の変で殺害されるまでを概観している。直弼は違勅調印が本意ではなく、外交担当者の井上清直や老中松平忠固をはじめとする多数が即時調印を熱望した時も、大老辞任をほのめかして反対したという。井伊家には安政の大獄関係の資料が数多く残っているが、数多くのクーデターが計画されていて、直弼の苛政だけを非難するのは酷である。直弼には物事を「禅定(瞑想)」の力で感得する癖があって、兵法、茶道、居合などは名人の域に達していたが、それが嵩じて完全主義者となった。直弼がいま少し融通性に富んでいたらと悔やまれるが、直弼は深い学識のもと、熟慮を重ねて国難を救ったと結論づける。(北川秋雄)

浜中柑児 はまなか・かんじ

1885・5・13〜1964・8・28。俳人。和歌山県すさみ町生まれ。本名貫始。10年間の小学校勤務の後、二松学舎と国語伝習所を卒業。台北第一中学校などの国語漢文教諭を経て滋賀県嘱託、京都中央仏教学院講師を歴任。1915年頃から句作を始め、高浜虚子に師事。花鳥諷詠、写生による物心一如境を追求した。「ホトトギス」「ゆうかり」同人、「かやの」主宰。51年滋賀文学会に参画、文学祭俳句部門選者となる。大正末(26年)から大津市に住み、堅田ホトトギス会を主宰したが、晩年は東京に移住。句集に『芦の角』(54年2月、三余舎出版部)、『芦の花』(60年2月、三余舎)。『湖国を行く』(48年7月、宝書房)は県内の名勝、史蹟、美術、生物を古今の俳句とあわせて紹介した風土案内書。他に『虚子五百句鑑賞 明治之部』（41年5月、改造社）、『俳句を作るには』（51年2月、三余舎出版部）、『虚子と芭蕉』（63年1月、新樹社）等。57年10月、大津市の唐崎神社に句碑〈唐崎に群れて秋燕波を打ち〉を建立。（外村彰）

早崎慶三《はやさき・けいぞう》

1907～1972（生歿ともに、月日未詳）。小説家。大阪市東区生まれ。老舗の和紙問屋の次男。早くに父をなくし、関東大震災の後、早稲田大学商学部を中退して帰阪、家業を継ぐ。問屋の後継者として叔父から厳しく仕込まれる。1926年、第1回「サンデー毎日」大衆文藝の懸賞小説に応募。19歳で佳作に入選する。その後は30年間にわたって家業に専念する。第二次世界大戦の戦災にあって店をたたみ、大津市大谷町に移り、兄とともに鮮魚の仲介業を営む。その後プラスティック商品の会社を設立、大阪まで通う。55年、問屋経営の経験に基づいた「商魂」が第47回「サンデー毎日」大衆文藝賞に入選。10月に鮮魚の仲介業の経験を生かした「鯖」で「サンデー毎日」大衆文藝30周年百万円懸賞に入選。57年10月に「サンデー毎日」の第52回の賞に「堺筋」で入選。「骨肉」が第10回講談倶楽部賞佳作となる。この頃に「一切の実務より退身」する。58年8月「裏道」を「サンデー毎日特別号」に発表。60年6月に「干拓田」で第1回「サンデー毎日」小説賞に当選。8月に「葦の中の口笛」を「サンデー毎日特別号」に発表。61年に創作同人グループ「滋賀作家クラブ」を創立する。山本洋は「戦後における大津の、ひいては滋賀県から関西一円の同人雑誌のトップに立ち、そのいい意味での指導性を発揮した」とし、「温厚で、さばけた、人あたりの良い人柄が、多くの小説家志願者の心をひきつけた」という。63年6月「紐付きの恩賞」で「オール讀物」第22回新人賞に当選。その後、長編小説「濁流」「白い河」を「紙業タイムス」に、「女の敵」を「滋賀日日新聞」に連載。これと平行して、1891（明治24）年に巡査の津田三蔵がロシアの皇太子を襲撃した事件を徹底的に調査したノンフィクション「大津事件の真相」を、同新聞に1963年1月7日から12月30日まで連載した。また、1967年1月から「滋賀日日新聞」に「金色の湖」を連載。湖国の様々な地域に取材し、その土地の光景や人びとの生活を作中に有効に利用したり、時代背景を作品の中に取り込んで、単なるローカルの物語にとどまることを拒んでいる。また、「鯖」に見られるような、人間の性的な側面の描写は、その濃淡に違いは有っても、多くの作品を貫く作者にとって重要なモチーフの1つということができよう。また、新聞連載作品の場合には、いわゆる大衆小説としての展開という側面も考察の対象となろう。滋賀県史編纂委員、滋賀文学会会員などを歴任。

＊鯖《さば》 短編小説。〔初出〕「サンデー毎日特別号」55年10月。◇44（昭和19）年に大阪の空襲に遭った杉吉は妻子を琵琶湖畔の大津市粟津に疎開させていたが、軍務中に妻が「琵琶湖周辺の風土病である瘧にかかって」病死する。杉吉は縁故者が借りてくれた湖畔の小高い台地の家へ敗戦服に地下足袋姿でもどってくる。その後、2人の女の子を抱え、軍規という枠がはずされて、「魂の拠り所のない、暗夜を彷徨うような、暮し」をしていた。「昭和二十一年の十二月の半ば過、湖面を渡って吹く風も、そろそろ痛く感じられる朝」に、軍隊で同僚であった新家伊之市から、思いがけない手紙が来て、彼が今住んでいる敦賀に招かれる。

伊之市は大学を中途までいった杉吉を兄のように尊敬していた。彼は杉吉の妻が重態であるとの知らせが来たときには、強引に臨時休暇の許可証を取ってくれたりしていた。伊之市は小さい漁労部落の生え抜きの漁師の一人息子であり、女学校出の「色の白い、別嬪の」たま枝という「良い嫁」をもらっていた。杉吉は漁場で荒くれ男たちが立ち働く姿を見て、「萎縮した自分の心に、新しい力や勇気」が得られるかもしれないと誘いに応じる。伊之市の家の風呂でシミーズ姿で背中を流してくれるたま枝を意識し始める。そこでの鰤漁のやり方などを見聞する。その中で、伊之市の部落が、資金難のために「春の大敷」の権利を放棄しようとしていることを知る。そして、自分ひとりが犠牲となっても部落を動かそうとする伊之市の「漁師の血」に心を打たれ、手助けをすることになる。いったん大津に戻った時、魚屋で若狭湾の鯖を見つけて、その姿にたま枝の肢体を重ねた。部落の人びとは事業をあきらめていたのだが、杉吉と伊之市の熱意によって、再開することになった。大津と敦賀を行き来するが、そのうち野生の雛罌粟《ひなげし》のようなたま枝に心を魅かれていく。幸運も手伝い様々な困難が克服されていく中で、女としてのたま枝の真の価値が伊之市にはわからないのだと杉吉は考え、彼の留守に、たま枝の寝る居間に入ろうとするが、海鳴りの音に躊躇するという経験もした。若狭湾一帯に鯖の群れが押し寄せて、全員総出で挑戦している時、見物に来ていたたま枝が網の中に落ち、助けられない、見棄てるしかないと人々が言い合って絶望の状態になった時、伊之市が命を賭して飛び込む。「恐ろしい沈黙が、全員を包んだ」「長い長い時間」の後、伊之市がたま枝を抱いて浮上する。「深い感銘が、彼を打ちのめす」。2人の姿を見て、杉吉は大津にもどる。そこの闇市に出ていた鯖を買って子どもの待つ家に向かう。「伊之やん、たま枝は返したよ」と心の中でつぶやきながら。

＊干拓田《かんたくだ》　短編小説。〔初出〕「サンデー毎日特別号」60年6月。◇近江八幡、安土、能登川の三市町にまたがる大中の円のような内湖が、57年から67年にかけて干拓された。自らの漁場を失った鹿松が、密漁で警察に捕まる。彼は干拓事業の説明会で、「あ、あ、安土水郷の、美しさはどうなる、ええッ、みんな、こん年まで見馴れてきた中の湖はどうなる、水は、葦は、鳥は、魚は……ええッ、みんな」と訴えていた。現実に「名も知れぬ巨大な機械が土を押し進め、陸を拡げて行く」事態となった。鹿松は野球選手を夢見る息子滝夫や、化織工場に勤める男に思われる娘糸子を、男手ひとつで育ててきた。「結果的には自分の首を締めること」と知りながら密漁を行う漁夫の1人となったのである。釈放後も、大津署や彦根署の警備艇の警戒を掻い潜っていた。それには、「中の湖はな、わしらの親みたいなもんや、年とった母親みたいなもんや、…その親が、今、死にかけとる。臨終や」という思いがあった。滝夫を伴って密漁に出たとき、摘発されそうになる。しかし、近くの別の密漁者が対象であった。その人物は逃亡するために水の中に入り込み、そのまま浮かび上がってこなかった。鹿松は水底の、無数の亀が「一坪程の巨大な水棲動物が呼吸している」ような形を成している下に人体の一部があることを発見する。その後、干拓地の土を見ながら、「中の湖にゃ、わしらの汗が溶け込んどる。血も溶け込んどる。こん土も汗で黒う染まりゃ馴染みになろうて、なぁ、滝」とつぶやいて、「土の上」で生きて行こうと決意するようになる。湖に廃液を流す工場に反発したり、

自らの生きる場所を奪われて苦悩する漁夫を軸にしながら、最初嫌悪感をもって接していた男が、予想外の振る舞いをすることから心を許すことになる娘の恋愛物語や、父の密漁に出る思いを理解することになった父娘の心の交流、プロ野球選手を目指しながらも生き方に迷って、父の密漁に自らの意志で加わろうとする息子との対話などが絡み合って作品世界が展開する。

＊葦の中の口笛《あしのなかのくちぶえ》 短編小説。〔初出〕「サンデー毎日特別号」60年8月。◇58年7月、東海道線瀬田川鉄橋付近に藻が付着。そこから身元がはっきりしない遺体が出てきた。矢橋の新浜の禁漁区で密漁者を追い込んだまま行方不明になった巡査ではないかとも言われたが、確認できなかった。その1ケ月前に、「私」は知人と源五郎鮒を釣りに出かけた。老漁夫の舟で良い漁場に向かうと、10歳位の少年が岸の石畳を占拠し、老漁夫の頼みも拒否して、自分たちをその場に近寄せなかった。その場所では河骨《こう》《ぼね》という「水面から抜き出る一輪花の鮮黄色が」「水や葦ばかりの単調さ」と「見事な調和を見せ」ていた。その上眼で「睨み据え」るような様子を「私」は「異様に感じ」、その謂れを老漁夫から聞くことになる。少年の父親は「己れの生簀へ漬かって」自殺していたという。その木下多市は禁漁区で密漁をしていた。ある日、妻の目に多市の様子が異様に映った。子供の美候も振る舞いが不自然であった。妻の話を聞いた老漁夫は行方不明になった巡査の話を聞いていたので、それとの関連を疑う。石畳付近に多市の浮き生簀があったが、そこに大量の石を投げ込み、自らも石を縛り付けて多市が沈んでいた。それ以降、美候は岸の石畳に誰も近づけないのだという。その話を聞いた夜、「私」と知人はひそかに舟を出す。知人は「辺地へ行けば行く程」「父なら父、母なら母といった相手の体の中にしか、自分は生きられないように思い込んでる」「子供に出会う」と語る。「私」と知人は岸の石畳のところに放置されたままになっていた生簀が河骨の強靭な根茎によって20mほど遠くへ移動させられているのを発見する。その中に巡査の死骸があることが推測されたが、それ以上詮索しないことにした。そして、夜が明けて石畳のところにやってきた美候が「張り詰めた相」で自分たちを押しのけようとするが、知人がわざと生簀のあとには証拠物が残っていないことを少年に示唆する。それを確認した少年に、うれしそうな表情が浮かぶ。「私」は少年も自分も救われたように思う。そして、葦の間から美候の下手な口笛が聞こえてくる。「干拓田」に続き、琵琶湖での密漁を扱いながら、サスペンス仕立てで、物語風な父子の心のつながりが、河骨の花を駆使しながら描かれている。

＊女の敵《おんなのてき》 長編小説。〔初出〕「滋賀日日新聞」63年2月19日～66年12月31日。◇黒郷里鏡太郎は1887（明治20）年の秋に滋賀県坂田郡柏原村に生まれた。母は彼がよちよち歩きを始める頃になくなり、「女は魔物」という信念を持つ父佐治狼が、大成することを信じて男手一つで育てた。その父も池で水死し、寺に引き取られる。鏡太郎ははじめは女の子を毛嫌いしていたが、近所に引っ越してきた元校長の貴船隆造の娘牧緒に「自分の身体の内部から、ふいに突きあげてくるもの」を覚える。その後、自分の学校に赴任してきた、離婚経験を持つ美しい女教師国友優子と互いに意識しあうようになる。鏡太郎は母校の代用教師となるが、やがて彼をめぐって牧緒と優子が敵対するようになる。ある時、鏡太郎は優子の裸身を目の当たりにするが、男女の交わりに嫌悪を覚える。その後、隆造と

優子が肉体関係に落ち、鏡太郎は牧緒との性交に失敗するような経験もしながら、結局は結婚し子供に恵まれる。だが、彼は教え子の女生徒2人と関係を持つようになる。優子は自分を連れ出しに来た前夫の捨て鉢な肉欲に抗することができず、隆造との関係を絶つ。隆造は鏡太郎に女を愛しても良いが信じてはいけないという遺書を残して自殺する。牧緒と女生徒が焼死するという事件が起こる。その後、20年近くたった大正末期、今は貴船章太郎と名を変えた鏡太郎が、息子の純吉を連れて昔の土地を訪れる。鏡太郎は蓄えた資産を操り、思いのままに人を動かすこともできた。純吉には自分の女性遍歴を語り女は魔物だと諭すが、やがて純吉は性に目覚め、様々な女性と関係を持つことになる。鏡太郎も大津や京都で女性遍歴を重ねる。純吉の結婚問題をめぐって、親子関係に罅が入る。やがて、純吉たちが悲惨な死に方をした後、鏡太郎は孫の星児に望みを託そうとする。だが、結局、彼は孫やその愛人を射殺するに到る。逮捕されたとき、自決しなかったのは、自分という「女を憎み切った男が、実在していた立派な文献」を示すためだと語る。「環境」と「天性」が鏡太郎のような人物を作り上げたと、作品の冒頭に記され、湖国の様々な光景なども取り込まれているが、「環境」と「天性」が突き詰められるよりも、作者自身が言うような「スペクタクルな大団円」を目指したために、終盤は荒唐無稽な印象も免れないような展開となっている。

＊金色の湖《こんじきのうみ》　長編小説。〔初出〕「滋賀日日新聞」67年1月1日〜67年12月31日。発表時の筆名は武志与一。◇「元旦の湖は、金色に輝き、静かなうねりを見せていた」。琵琶湖最北端の塩津湾を見下ろす展望台で1人の青年が湖を見ていた。40歳くらいの男がスクーターでやって来て、その青年に話しかける。青年は牛飼正八といい、堅田の実家を家出して、湖西を転々と流れ歩いていた。四十男は、賤ケ岳で料理屋愁湖亭を経営する源斎であった。生きることの意味は何かと青年は模索しているのであった。正八は愁湖亭に連れて行ってもらい、食べさせてもらって生き返った思いをする。そのまま、そこで見習い修業をする。そこで働く女性から加賀まり子という若い女性を紹介され、親しくなり童貞をめぐる議論をしたりするが、不意に現れた男に彼女を奪われる。その後、旅館を兼ねる愁湖亭にやって来た、加治洋介と妻ではない葉子という2人連れの不可思議な関係を知ることになり、男女のあり方の問題を考えることになる。加治はK市の種鶏場の場長であったが、源斎は正八が片田舎に埋没するべきではないと思い、加治の下に預けることにする。ちょうどその頃、鶏にとっては深刻なニューカッスル病が流行していた。正八は神津という係長の下で働くことになるが、一生の仕事にする気があるかと問われる。鶏を襲い、ニューカッスル病も伝染させる恐れのある野犬を退治することが要請されていた。正八は野犬を解剖する過程で、それまでの注射では効果の上がらない、のちに牛飼病といわれる病気を発見する。一方で寄宿先の中万伍の娘初枝と心を通わせることになる。人工授精に熱中する正八はそのことであらぬ噂を立てられたりするが、愛情ということを真剣に考えるようになる。万伍は娘と正八をやがては結婚させたいと思っていたが、2人がすでに結ばれたことを知って激怒するものの、正八と必死の思いで野犬を退治した際に2人を許すことにする。一青年の成長物語ということができる。また、2人の愛撫の過程で雄鶏の性感帯を発見するというようなエピソードも盛り込まれている。

（出原隆俊）

林唯夫 はやし・ただお

1934・2・日未詳〜。俳人。香川県生まれ。1945年、滋賀県(本籍地)で太平洋戦争の終戦を迎える。54年療養所で俳句会雑笛句会を始める。俳誌「花藻」に入会(その後、同人)。60年上田きみ枝と俳句結婚式を挙げる。61年花藻作家賞を受賞。「花藻」退会。62年「海程」に入会、金子兜太に師事。72年「海程」同人。78年社業に専念するために作句を中断。95年「海程」同人に復帰。2000年海程賞受賞。2001年栗東市でびわこ句会を始める。現代俳句協会会員。滋賀県俳句連盟幹事。現在は休俳中。

＊**飢餓童子**《きがどうじ》 句集。〔初版〕『飢餓童子』1998年1月。「花藻抄」「海程抄Ⅰ」「海程抄Ⅱ」からなる。「坦々と拡がる近江平野の沃土、とうとうと水の溢れる湖国、そこに居座ってじっくりと書く林の詩的情念」を指摘するとともに、「林俳句のどの句にも独特の〝はにかみ〟が内包されている」とする見解がある(奥山甲子男)。近江に材を取った句の主なものは次の通り。〈夕淡海肉体遠くなるまで漕ぐ〉〈荒れそめし乳房を踏めば蒼近江〉〈寒鮒跳ねて球形近江水びたし〉〈水漬く国飲食と虹ひそかなり〉〈沖に湧く鯉の蛮声比良泊り〉〈耳鳴りや余呉の湖底に巨魚の国〉 (出原隆俊)

林田二咲子 はやしだ・ふさこ

1920・7・24〜1988・11・8。俳人。滋賀県に生まれる。本名泰友。陶の町信楽で料亭を経営。1937年水原秋桜子の「馬酔木」に投句。80年「寒雷」に入会。加藤楸邨に師事する。82年信楽俳句会を始める。87年「炎」を創刊。句集『炎』(85年)がある。〈観音の臍はおぼろにくぼみをり〉 (浦西和彦)

林房雄 はやし・ふさお

1903・5・30〜1975・10・9。小説家、評論家。大分市生まれ。本名、後藤寿夫。東京帝国大学政治学科中退。1926年以降プロレタリア作家として「文藝戦線」「戦旗」等で活躍したが、「文学界」参加後の36年に転向を宣言、右派の論客となった。代表作に小説『息子の青春』(50年12月、六興出版社)や、評論『大東亜戦争肯定論』(64年8月、番町書房)他がある。長編『娘の縁談』(55年6月、新潮社)の後半部には、石山寺と門前の料理旅館「新柳家」や瀬田唐橋が描かれている。『林房雄著作集』全3巻(68年11月〜69年5月、翼書院)。 (外村彰)

林芙美子 はやし・ふみこ

1903・12・31〜1951・6・28。小説家。福岡県門司市(現北九州市門司区)生まれ。本名フミコ。1922年尾道市立高等女学校卒業。上京後は様々な職業を経ながら「文藝戦線」等に詩を発表。『放浪記』(30年7月、改造社)の成功により小説家に転身、のちリアリズムを基調とした作風を深める。代表作に「晩菊」(「別冊文藝春秋」48年11月)、『浮雲』(51年4月、六興出版社)など。京阪が舞台の作品も多い。『女の日記』(37年1月、第一書房)の主人公は11月から膳所(大津市)の友人宅「丸一旅館」に約1ケ月間滞在。『波濤』(39年7月、朝日新聞社)の植村郷子も出身地の膳所を出奔し、のち帰郷する。歴史小説「羽柴秀吉」(「文藝春秋」49年1月)には長浜城、『新淀君』(50年12月、読売新聞社)には木之本や三井寺の場面がある。随筆「膳所」(『心境と風格』39年11月、創元社)には義仲寺など膳所の散策が叙され、「牡蠣」(「中央公論」35年9月)の夫婦の旅では琵琶湖(浜大津)も描かれる。『林芙美子全集』全16巻（77年4月、文泉堂出版）がある。

（外村彰）

早船ちよ はやふね・ちよ

1914・7・25～。小説家、児童文学者。岐阜県吉城《よしき》郡古川町（現飛騨市）で父住田乙之助・母はるの長女として生まれる。1921年4月高山女子尋常小学校に入学し、27年3月卒業。同年4月高山女子高等小学校に入学し、29年3月卒業。29年頃から童話や小説を書き始めた。小学校準教員資格検定合格後、飛騨毎日新聞社員、看護婦見習いや東洋レーヨン滋賀工場、片倉製糸紡績下諏訪製糸所の繊維工などとして勤務。33年上京し、34年技術史家、教育運動家の井野川潔（本名早船斌男）と結婚。学習塾経営のかたわら、41年には文学同人誌「山脈」を創刊し、科学童話集『七ヒキノコガニ』（41年12月、新民書房）を出版した。44年埼玉県南戸塚村に疎開し、戦後は浦和市に居住。62年井野川潔と児童文化の会を設立して「新児童文化」（70年7号から「子ども世界」と改題）を創刊主宰し、多くの作家や詩人を誕生させた。81年7月から85年3月まで美作女子大学教授、86年3月まで客員教授を務め、児童学科で指導に当たる。代表作に、映画、演劇、テレビドラマ化され、第2回日本児童文学者協会賞、第3回児童福祉文化賞を受けた『キューポラのある街』（61年4月、彌生書房）、第9回サンケイ児童出版文化賞を受けた『ポンのヒッチハイク』（62年2月、理論社）、自伝的小説の『峠』（66年4月、理論社）、『湖』（66年8月、理論社）、『街』（66年11月、理論社）3部作、その後13年の間を置いて『冷たい夏』（79年9月、理論社）、『炎群の秋』（79年10月、理論社）、『熱い冬』（79年11月、理論社）と書き継いだ日本女性史的構想の連作『ちさ・女の歴史』6部作などがある。『湖』の舞台となっている「琵琶湖畔のTYレーヨン」は、滋賀県滋賀郡の膳所町と石山村とにまたがる地域（現大津市）にあった、東洋レーヨン滋賀工場をモデルとしている。

（山内祥史）

葉山修平 はやま・しゅうへい

1930・3・16～。小説家、文藝評論家。千葉県市原市生まれ。本名安藤幸輔。千葉県立市原中学校、千葉師範学校を卒業、東京大学大学院人文科学研究科国文学専攻修士課程を修了。中学校教員を経て、1957年4月発表の短編「バスケットの仔猫」（「文藝日本」）が室生犀星に評価されて小説家デビュー。その後は大学で教鞭をとるかたわら作品の発表、雑誌の創刊などを意欲的に行う。駒沢短期大学名誉教授。59年に比叡山麓の被差別部落をモデルにした『異形の群』（東西五月社）を発表し、その続編、短編「日本いそっぷ噺」（「花」4号、60年5月）は第43回直木賞候補作になる。その後も『終わらざる時の証に』（65年7月、冬樹社）、『時よ乳母車を押せ』（84年4月、菁柿堂）など、実際の事件や経験を題材とし、それを文学に昇華させた作品を発表している。他に『小説室生犀星』（80年5月、冬樹社）、評論『小説の方法』（94年4月、冬樹社）など。

＊異形の群《いぎょうのむれ》 長編小説。〔初出〕「花」2号、59年6月、初出題は「天皇の村」。〔初版〕『異形の群』59年、東西五月社。◇「天皇の村」に270頁を書き加えた形で出版される。比叡山麓の未解放部落をモデルに、敗戦後の部落の様子、そこでの人々の生活を描く。信太の住む坂田部落に復員者王取杏介がやってくる。ある時比叡山で山火事が起き、焚き木を得るため山に向かった部落の人々は杏介の扇動により延暦寺側の横暴な山番に歯向かってしまう。その後

杏介と部落から「共産主義者」として敬遠されている青年万吉は、部落の青年たちと協力して部落解放のために行動を始める。一方比叡山の山林を手に入れたいインチキ教祖円山は信太の父猪次郎らの協力を得、入会権の回復を求めて訴訟を起こそうとしていた。信太の姉咲江をめぐる騒動や学校で起きた差別事件など、様々な部落を取り巻く問題が織り込まれているが、続編を予定していた作品であるため、再び山火事が発生し部落の人々が山に向かって駆け出す場面で中途半端に終わっている。発表後、タイトルや部落名や人物名が実在の部落や人物と紛らわしいこと、内容が誤解を生みやすいことなどに部落関係者から強い批判の声が上がり、雑誌「部落」誌上で「異形の群」論争が起こった。詳しくは『近代文学論争事典』（62年、至文堂）、あるいは「葉山修平の作品『天皇の村』（『異形の群』と『日本いそっぷ噺』について」（渡辺巳三郎「部落問題と文藝」9号、部落問題文藝作品研究会）、「あるお母さんのいかり—葉山修平作『異形の群』をめぐって」（谷口修太郎「部落」11巻11号）、「谷口修太郎氏への公開状—『異形の群』の作者の立場から—」（葉山修平「部落」12巻1号）、「おたがいに斗いましょう—『異形の群』の作者葉山修平さんに答える—」（谷口修太郎「部落」12巻2号）、「葉山修平さん、あなたは私たちを書きつくしたというのか」（小林初枝「部落」12巻3号）を参照されたい。また、エッセイ集『太郎冠者』の『「天皇の村」と『異形の群』」に、刊行の都合で省略された後半部分を続編として発表したい、と書かれているが、現在のところその中の1挿話と思われる『日本いそっぷ噺』が発表されているだけである。

＊日本いそっぷ噺《にほんいそっぷばなし》 短編小説。〔初出〕「花」4号、60年5月。〔初収〕『日本いそっぷ噺』60年12月、大和出版。◇遊郭「菊乃屋」で働く若い妓女初江を主人公として、延暦寺の講堂放火事件を通し大寺院の腐敗を描く。『異形の群』の続編として用意されていたという350頁の作品の1挿話を改めて短編に書き直し、1つの作品として発表したものと考えられる。この作品は第43回直木賞の候補作となり、文章力や作品の構成を高く評価されながらも、未解放部落を題材にしていること、娼婦が主人公であるため描写が猥褻とみなされたことなどを理由に受賞を逃している。また、「異形の群」論争の谷口修太郎は「生活要求から文学へ—われわれの文学を創造しよう—」（「部落」61年3月）でこの作品に言及し、部落に対する表現の仕方を批判している。

（山崎正純）

はら・まこと はら・まこと

1931・1・8〜。詩人、郷土史家。東京都杉並区荻窪生まれ。大津市南志賀在住。本名石川正知《まさとも》。疎開により新潟県の中学校を卒業。1950年中央大学第二法学部中途退学、52年3月文部省図書館職員養成所卒業。同年4月から滋賀県立図書館に勤務（88年まで）。89年から龍谷大学文学部大宮図書館に勤務（93年まで）。52年居を大津に定め、文化活動の根幹をなす業務に精励する一方、大津詩話会（詩誌「ポエジー」のち改題「ぽて」、52〜54年）、文芸サークル「はとぶえ」（54〜56年）、「地面」（58〜59年）に参加。72年若い書き手中心の滋賀詩人会議（詩誌「滋賀詩人」）に加わり、83年以降事務局長として後輩の育成に力をつくす。詩人会議運営委員。3冊の詩集『俺は生きる』（98年12月、詩人会議出版）、『春の落葉《らくよう》』（99年7月、詩人会議出版）、『子どもら 絆』（99年11月、滋賀詩人会議）などで、平和運動や政治を題材にしながらも、自己や家族の日常を虚心に写しとった。郷土史にも造詣が深く、甲賀・伊賀忍者の生活と歴史とを解明した好著『忍の里の記録』（82年10月、翠楊社）がある。また『角川地名大辞典滋賀県』（79年4月）の編集委員として活躍。他に百科事典、地名事（辞）典の共編著多数。「静かな心でコップの中の水を見てごらん／水がとても美しく見える／コップの中の水を飲んでごらん／すがすがしい気持になる／そして水が好きになる」（「俺は生きる」）　（山本洋）

馬場章夫　ばんば・ふみお
1939・7・1～。エッセイスト、ラジオパーソナリティー。高島郡高島町（現高島市）勝野生まれ。郵便局長の二男。京都府立鴨沂高等学校をへて、1966年京都市立美術大学（現京都市立芸術大学）日本画専攻卒業。在学中に探検部を創設し国内外を旅行。台湾探検記が「毎日新聞」に連載されたのを機に、マスコミ、ラジオ放送にたずさわる。72年より毎日放送ラジオで番組「ごめんやす馬場《ばんば》章夫です」を担当し、浜村淳、川村竜一とともに三本柱を形成。快活な人柄と話術で人気をえる。取材のため気軽にアジア各地、オセアニア諸島、アフリカ等へ行く。著書に『ごめんやす馬場章夫です』（86年9月、大阪書籍）、『地球道中膝栗毛』（91年9月、南船北馬舎）、『南の島へ…僕のたましい放浪記』（97年11月、同朋舎）がある。　（山本洋）

【ひ】

疋田城　ひきだ・じょう
1917・10・13～。俳人。滋賀県生まれ。彦根市日夏町在住。本名史朗。1972年より俳句を始め、74年「ホトトギス」初入選。「ホトトギス」所属。86年10月『城句集』（藍発行所）。96年「ホトトギス」同人となる。〈花の上のその花の上の天守閣〉　（山本洋）

ビゲロー　びげろー　Bigelow William Sturgis
1850・4・4～1926・10・6。日本文化研究者。米国マサチューセッツ州ボストンに生まれる。1871年にハーバード大学卒業。外科医。ハーバード大学医学校で教える。1881年に来日。岡倉天心らのパトロンとなり、日本美術研究に尽力する。美術品の収集家であり、そのコレクションはボストン美術館に寄附された。また、大津の法明院住職桜井阿闍梨に帰依し、仏教研究に専念する。法明院に五重塔の墓碑がある。　（浦西和彦）

日夏緑影　ひなつ・りょくえい
1919・11・7～。俳人。彦根市日夏町在住。本名喜八。1965年「ホトトギス」初入選。「ホトトギス」所属。96年「ホトトギス」同人。〈大夕立比良より比叡昏みたる〉　（山本洋）

日野草城　ひの・そうじょう
1901・7・18～1956・1・29。俳人。東京市生まれ。本名克修《よしのぶ》。第三高等学校在学中の1920年11月、鈴鹿野風呂らと句誌「京鹿子《かのこ》」を創刊し編集に携わる。24年京都帝国大学法学部を卒業後、大阪海上火災保険株式会社に就職、大阪に住む。29年「ホトトギス」同人。のち新興俳句を提唱。35年「旗艦」、49年「青玄」主宰。自由な精神を反映した句風は才知にすぐれ、詩性を重視した。句集に〈鮓の香のほのかに寒し昼の閑〉など鮓を詠む「鮓」10句が載る『花氷』（27年6月、京鹿子発行所）、『昨日の花』（35年12月、龍星閣）、『人生の午後』（53年7月、青玄俳句会）、『銀《しろがね》』（56年10月、琅玕洞）等。なお戦災により第5句集の草稿は焼失したが、この時期には「安土の春」5句（「文藝文化」40年5月）、「あふみ」7句（「琥珀」41年7月）〈みづうみにうつる蛍をゆめにみき〉も発表。『日野草城全句集』（96年10月、沖積舎）がある。（外村彰）

姫野カオルコ　ひめの・かおるこ

1958・8・27〜。小説家。滋賀県生まれ。青山学院大学文学部卒。89年講談社に原稿を持ち込み、これがデビュー作になる。公衆道徳を厳守することに執着し、それを守らない他人に鉄槌を下す女子学生ミツコを劇画風に描いた『ひと呼んでミツコ』（90年3月、講談社）である。随筆集『ガラスの仮面の告白』（90年5月、主婦の友社）以降、鋭角的な新しい文体と戦前風ともいえる独特の倫理主義で人気を得る。『受難』（97年4月、文藝春秋）で第117回、『ツ、イ、ラ、ク』（2003年10月、角川書店）で第130回、『ハルカ・エイティ』（2005年10月、文藝春秋）で第134回の直木賞候補となる。他の作品として『変奏曲』（92年11月、マガジンハウス）、『ラブレター』（96年4月、光文社。2004年2月、角川文庫版で『終業式』と改題）、美容整形をした2人の女性の人生観と幸福観の差異を描いた『整形美女』（99年1月、新潮社）、キリスト教の影響のもとに、ジェンダーに疑問を抱く主人公の葛藤を描いた私小説三部作『空に住む飛行機』（92年6月、主婦の友社。97年7月、角川文庫版で『ドールハウス』と改題・改稿）、『喪失記』（94年5月、福武書店）、『レンタル（不倫）』（96年7月、角川書店）、短編集『Hアッシュ』（94年10月、徳間書店）、『蕎麦屋の恋』（2000年2月、イースト・プレス、のち角川文庫）、『サイケ』（2000年6月、集英社）、『特急こだま東海道線を走る』（2001年10月、文藝春秋。2004年10月、文春文庫版で『ちがうもん』と改題）などがある。随筆集に『恋愛できない食物群』（91年11月、毎日新聞社。93年10月、角川文庫再録の折に『禁欲のススメ』と改題）、『愛は勝つ、もんか』（94年10月、大和出版、のち角川文庫収録）、『ブスのくせに!』（95年10月、毎日出版社。2007年1月、集英社文庫版で『最終決定版　ブスのくせに!』と改題・改稿）、『初体験物語』（97年11月、朝日新聞社。のち角川文庫収録）などがある。

＊ガラスの仮面の告白　がらすのかめんのこくはく　随筆集。〔初版〕『ガラスの仮面の告白』90年5月、主婦の友社。〔改訂版〕2007年2月、角川e文庫。◇題名は、美内すずえのコミック「ガラスの仮面」と三島由紀夫「仮面の告白」を合わせたもの。全22章から成るが各章題は少女漫画のタイトルに拠っている。少女期から作家としてデビューする89年までの出来事が綴られている。繰り返し「八つ墓村」と表されるような故郷の閉鎖性への嫌悪とそこからの脱出願望によって文学へ駆り立てられたこと、またそうした自分のコンプレックスとその裏返しとしての都会生活への憧れが、コミカルな語りのうちに強調される。

＊喪失記　そうしつき　長編小説。〔初版〕『喪失記』94年5月、福武書店。◇幼少期に厳格なカトリック神父に教育を受け、男性に対する欲望、そして自らが他人の性的欲望の対象になることを厳しく律して生きてきた白川理津子は、イラストレーターという華やかな仕事に就きながらも、33歳の現在まで男性と肉体関係をもったことがない。だが偶然知り合った男、大西大介と食事を重ね、彼に幼少期から現在までの男女関係

を語ってゆくうちに、理津子は次第に自己の欲望と向き合ってゆく。しかし処女であることの屈曲から逃れるべくドライバーを使って破瓜しても、理津子はやはり性的なものに対する拒絶感が拭えない。そんな「鉄人間、砂人間」のような身体と、男の身体を求める欲望を抱えながら、理津子は今夜も「男への飢えに乾いて苦しむ業火の一夜」を過ごすのである。ちなみに姫野は「幼少の一時期をキリスト教宣教師宅で過ごした」とされているが、それを参照するならば、理津子の幼少期の描写には姫野が育った滋賀の風景が投影されていると思われる。たとえば理津子がかくれんぼをした「関西では指折りの料亭」「吉幸楼」は、八日市の老舗料亭・招福楼が連想され、「コートネイさん」の教会や「聖母の岸保育園」は、甲賀市水口の教会ならびに保育園がそのイメージの源泉にあるようにも感じられる。

＊高柳さん《たかやなぎさん》　短編小説。〔初出〕「小説新潮」98年9月。〔初収〕『特急こだま東海道線を走る』２００１年10月、文藝春秋。◇京都発東京行きの「のぞみ」が発車して間もなく窓外に見出せる土地で育ち、今は東京に暮らしている浅井佐紀という主人公の「私」語り。「私」は、母からは「結婚すると不幸になる」と、父からは「自分ひとりで生活できる職業につくように」と聞かされて育った。彼らにとっての「立派」は、「互いの身体が接触しないように心がけ」ることで、着飾ること、人前で微笑むこと、他人の瞳を見つめることは「よくないこと」「いやらしいこと」だった。父は2年前に死んだ。両親が共稼ぎだったから、「私」は生まれてすぐ、学齢に達するまで、様々な人の家に預けられていた。何軒目かに預けられた「高柳電気店」は、「私」が初めて知った「きらく」な場所だった。しかし、そこは2週間で終わった。短期間であったことの理由を30年後の昨夜、母から初めて聞く。昼間留守中の「私」の家を、高柳のおばさんが、男との密会に使っていることが判明したからであると。「高柳さんのところでは、この子をちっともかわいがってくれはらへん」と、当時父が他人にこぼしていた理由を、「私」は初めて理解する。「あんな不潔な人、見たことあらへん」と繰り返す母に対し、「でもね、色気の正体は不潔感なんだよ、おかあさん」と口に出しかけた言葉を、「私」は飲み込んだ。そして、それを言わずにいること、「働けば汗の出る男と女」であった高柳夫妻の家の「私の家にはない、だらしない温暖とさ」に「ほほえむこと」、「両親の結婚の不運を、それもまた彼らの生き方だったと思うこと」ができるようになった今の「私」の「加齢の恵沢」を惟る。自己の倫理観や価値観で他人や両親を責める狭さから出て、現実の人間を認める立場に立った「私」が示される。

＊永遠の処女《えいえんのしょじょ》　短編小説。〔初出〕「オール讀物」99年5月。〔初収〕『特急こだま東海道線を走る』２００１年10月、文藝春秋。◇設計事務所に勤める視点人物「私」は昭和三十年代生まれで、関西「紫野辺」出身の女性だ。そこは京都でも大阪でもなく、京都駅からJR在来線で東に向かい某駅で私鉄に乗り換えた場所だというから、琵琶湖線と近江鉄道を乗り継いだ滋賀県内の某地である。この地名から想起される「紫野ゆき標野ゆき」の一節を含む額田王の歌の舞台は蒲生野なので、滋賀県湖東と考えることもできようか。さて小説は、昭和五十年代半ばに名画座のオールナイトで「森雅之の『挽歌』」を観た学生時代の自分を、「オールナイトなんて（略）疲れて無理」であろう現在の彼女が回想し、後輩に語る場面で起筆される。原田康子『挽歌』は複数回映画化されたが、森雅之が出演したの

は五所平之助監督の１９５７年版だ。二十数年前に封切られた映画を観た二十年程前の思い出を、約二十歳年下の事務所のスタッフ「田代くん」に語ることにより「私」は、やや複雑な形でズレを再発見するのである。東京と地方、過去と現在、三十代と五十代、99年現在にお茶請けとして出された89年の「コアラのマーチ」等々、接続し、かつ断絶するものを巡って描出される、シンプルには把捉できないズレが、ある種小説の基調を成している。帰省した「私」は、紫野辺駅の変貌ぶりに驚くが、「一階が西部劇で二階が日本の時代劇みたいな」つくりの「じみさん」と呼ばれるレストラン「Ｊｉｍｍｙ」は、「かわっていなかった」。亡父が「永遠の処女になってしまった」と述べた「原節子みたいな」給仕の「おねえさん」は相変わらずそこにいて、しかも「十五年前に見たとおり」の姿で「私」の前に立った。「きめのあらい動物の皮膚のにほひに悩まされて歩かう」。国語教科書に出ていた詩の一節を思い出しながら「私」は、「おねえさん」が、この詩を決して「嘯きはしないだろう。田舎にはみどりとやさしさがあると、田舎の外から賞賛する人々にふてぶてしさを感じたりしないだろう」ことを思う。萩原朔太郎の詩「田舎を恐る」において、「きめのあらい動物の皮膚のにほひに悩まされる」「わたし」は、歩こうとはしていない。郷愁を偽善と言い放つ「私」が、田舎の通りを歩き、生家に向かうために、朔太郎の詩を言い換えつつ自らを鼓舞し、また、決して「田舎を恐」れたりしない「おねえさん」を前に羞恥心をかきたてられるシーンが、とりわけ印象的である。

＊特急こだま東海道線を走る《とっきゅうこだまとうかいどうせんをはしる》 短編小説。〔初出〕「オール読物」２０００年６月。〔初収〕『特急こだま東海道線を走る』◇「私」まり子は、川で洗濯をし、「オレンジジュースの自動販売機」が設置された「木造モルタル二階建て」の大阪チェーン・ストアに、人々が「きらびやかな響き」を感じていた「昭和三十年代」、山のふもとの一軒家で、年取った両親の間に生まれた。彼女は、こだまを買って欲しいと泣き叫び、父母のどちらかに連れられ夜の町にこだま号のおもちゃを買いに行った経験を持つ。「父が四十四のときの子だった。職業軍人だった彼は遅く親となった」。「職業婦人」の母は、「一生未婚（略）のほうが向いているような女」だったが、時代の教育に従い、「ひどく遅い見合い結婚」をした。「シベリアの厳寒が影落とす父の心は、影よりも不幸なことに引き揚げてからも帝国陸軍将校」であった。ある日、客人にカレーを出すことになるが、母がその仕度をしている間に、客人は帰ってしまう。父が上げた「炸裂の怒声」と「あまりに非論理的な主張」。母の沈黙。その空気に耐えられず、必死で考えた末に「私」は、「母と父の中間」で、「こだまが欲しい」と駄々を捏ねる。昭和三十年代、母が「来客のたび」に作るのはカレーだった。それを食べずに客が帰った後、張り詰めて動かない空気に支配された家族のなかで、「臍の上の部分に激痛をおぼえた」幼い「私」と、「家庭、所帯、結婚。そうしたものを感じ」させず「空気が常に流動」していてやすらげるスターバックスで、「サンドイッチとコーヒーの夕食」をとる今の「私」。自動販売機に瞠目していた過去と、全自動洗濯機のある現代の暮らし。かつて父が自尊心を満たすために購入した「新時代の電化製品」洗濯機は、水量不足で使用できず、職業婦人である母は、日曜に川で洗濯をしていた。しかし今は全自動洗濯機が、土曜の朝「ベッドを抜け出たときから休日」を保証してくれる。「私」を中心とした過去と現在との対比は、時に母と私の対

比をもすくいあげながら、幾度も重ねられていく。大きく隔たった二つの時代が反覆展開するなかで、そうした背景と激しいコントラストを成しつつ、夜中にこだま号をねだった幼い「私」の、誰にも理解されず、「昭和三十年代」から「西暦二〇〇〇年」まで一貫して置き去りにされたままの思いが、テクストの最前面に現出する。「夜中にこだま号を買いに行ったことに関しては、こだわったのでも我を通そうとしたのでも」なかった。ひとりっ子のわがままに両親の意識が向かうことで「彼の理不尽な怒罵と彼女の不当な悲酸が消える」ことを願ったのだ。だが幼い「私」は、「事実は隠されるだけであって消えるわけではないこと」を知らず、また自己を説明する語彙も持たなかった。周囲の大人はそろって、「私」を利発だと褒め、そしてひとりっ子であるがゆえに彼らが勝手に貼ったレッテルに基づいて、わがままを言ってはいけないと「私」に注意した。しかし自転車でお米を運んでくる赤川さんだけは、いつもなにも言わず「赤い頬をもりあがらせて」「私」に笑いかけてくれた。「私」は「赤川さんが来ること、赤川さんを見ることが好き」だった。幼い「私」は、赤川さんだけに告げる。「こだまが欲しかったわけやないねん」と。だが、「その先をどうつづけていいのか、夜中にこだまを買いに行ったときから二年ほど経ていてもなお、語彙がなかった」。新幹線のぞみ時代に東京で暮らす現在の語り手「私」が、クリーム色と赤のツートーンだった特急こだま号時代の「私」、幼すぎて説明し得なかった過去の自分の代弁者の役割を果たしている。

＊ハルカ・エイティ《はるか・えいてぃ》 長編小説。〔初出〕「オール讀物」2004年5月～2005年8月。〔初収〕『ハルカ・エイティ』2005年10月、文芸春秋。◇持丸ハルカは、大正九年生まれの八一歳。高等女学校から女子師範を卒業し、教師として歩み出すもすぐに小野大介と結婚。夫婦それぞれが仕事に生き、外に恋人を作る結婚生活ではあったが、互いをかけがえのない伴侶として認め合っていた。その大介との死別から十年、ハルカは今、一流ホテルのティールームで一人コーヒーを味わい、時には年下の男性とのデートを楽しむ毎日を送っている。そんな「元祖・モダンガール」としての伸びやかな生き方と、決して平坦ではなかったが「ラッキーな結婚にアタった」と思える夫・大介との生活が、戦争・敗戦・高度成長といった時代を背景に軽やかに描きだされてゆく。なおハルカの父祖の地は、「薬草の繁る野原」であった「比芽野《ひめの》」とされるが、それは万葉歌に「標野《しめの》」と歌われた蒲生野一帯がイメージされているだろう。また彼女が青春を過ごした鶫市とそこにあるとされる県立第一高等女学校は、それぞれ大津市・県立大津高等女学校（現・大津高校）が、大介が一時勤務した鳰海鉄道は、近江鉄道がモデルであると思われ、さらに作中で「ピストル筒井」とあだ名される政治家・筒井康二郎は、西武グループの創始者・堤康次郎を想起させるなど、滋賀県の地誌・産業・人物が巧みに織り込まれた作品ともなっている。

（北川秋雄）

平井清隆 ひらい・きよたか

1905・4・10～2000・4・3。劇作家、同和教育・部落史研究者。神崎郡建部村大字上日吉（現東近江市建部日吉町）生まれ。1923年八幡商業学校卒業。蒲生郡安土尋常高等小学校に代用教員として就職。29年彦根東尋常高等小学校に転任。その頃に部落問題に関心を持つ。47年八幡中学校へ転任、八幡町青年学級に関わる。64年退職、同年、滋賀県社会福祉協議会同和部に嘱託として勤務。県内のすべての被差別部落を回る。68年滋賀県部落史研究会を設立。『滋賀の部落』第1輯から15輯を刊行、その原稿の大半を執筆。76年財団法人滋賀県同和問題研究所設立。初代理事長に就任。82年近江八幡市新町に転居。84年滋賀県文化賞受賞。86年文部省文化賞受賞。著書に『滋賀の部落』第1〜3巻（74年8月〜12月、滋賀県部落史研究会編）、『近江大衆の伝説民話』（77年9月、サンブライト出版）、『近江部落風土記』（78年12月、文理閣）、『湖国部落夜話』（91年4月、滋賀県同和問題研究所）、『小説念仏王国』（91年6月、法蔵館）、『部落の生業』（93年7月、滋賀県同和問題研究所）、『蓮如上人の母とその身内』（96年3月、永田文昌堂）、編著に『同和教育のあけぼの』（87年3月、同和教育実践選書刊行会）などがある。

＊小説坂本永代記録帳《しょうせつさかもとえいたいきろくちょう》 短編小説集。〔初版〕『小説坂本永代記録帳』74年9月、部落解放同盟大津市協議会教宣部。◇「坂本村永代記録帳」「六体地蔵堂由来記」「替え玉庄屋」「いばらの医者」の4編を収録。「坂本村永代記録帳」は、身分解放令に際して、本郷坂本村と枝郷の被差別部落の間で起きた事件を、「坂本村永代記録帳」の記事をもとに、小説化したもの。身分解放令の布達を坂本村の町役人は握りつぶそうとした。さらに被差別部落が至明学校という村独自の学校を創建したため、坂本村庄屋達はそれを焼き払おうと謀議し、逮捕される。被差別部落に住みつき、のち警察官となった旧山形藩士広瀬延保と専称寺住職義遵の2人を中心に描いている。「六体地蔵堂由来記」は、膳所城取り壊しの際、お椀倉取り壊しの仕事の許可をもらったのが、大林の地に住む被差別部落の頭目大治郎である。大治郎はある時、公然と自ら被差別民だという幸治郎という男に出会い、「チンタ」という牛肉の味を教えられ、それが商売になることも教えられる。大治郎は友人の事故死などを契機に、家を出て、牛を屠殺する仕事に就いて、湖南、湖東の被差別部落を渡り歩くというもの。「替え玉庄屋」は、1842（天保13）年の岩根村一揆の折、中風で床に就いていた庄屋の八右衛門に成り替わって、谷ケ間の百姓茂兵衛が一揆に参加し、その結果、検挙され獄死したという逸事を語る。「いばらの医者」は、蒲生郡桑実寺の被差別村に生まれた山田亀月という医者が主人公で、亀月は本郷からの独立をすべての村で実施するという「近江の国部落分村独立運動」を1873年から展開し、5年後に独立を勝ち取ったが、翌年32歳で死ぬというもの。

＊同和教育の夜明け《どうわきょういくのよあけ》 小説。〔初版〕『同和教育の夜明け』1975年9月、部落解放同盟近江八幡市協議会。◇「南野学校を解放し、南野部落を解放するためには、まず、ぼく自身が解放されなければならぬと、気づくようになった」という教師、小玉咲夫の「ぼく」の体験談として語られる。50年に起きた南野小学校事件（同和教育研究発表大会に配布された南野小学校編「同和教育第一輯」の差別記事をめぐるもの）を中心に、南野小学校、武佐中学校、八幡中学校における教育活動、さらに県教育会のボス峰山教育長と、その配下の師範学校専攻科出身のエリート教師大西との対立が描かれている。

＊蓮如とその母―《れんにょとそのはは―》**法城を築く人々**《ほうじょうをきずくひとびと》 小説。〔初版〕『蓮如とその母―法城を築く人々』77年9月、光書房。◇本願寺中興の祖、第8代法主蓮如の母が、滋賀の三井寺付近の被差別部落出身であるという説に基づいて、蓮如とその母の関わりを小説化したもの。母は卑しい身分であることが、息子の将来に悪影響を及ぼすこと

を懸念し、蓮如6歳の時に身を隠した。後にそのことを知った蓮如は、万民が差別なく生きて行ける世の中を作るため、真宗活動に邁進するというもの。蓮如が延暦寺衆徒らに東山坊舎を破壊され、近江の国に逃れて来て、堅田衆の帰依、金ケ森の土一揆などを経て、布教のため福井県の吉崎に赴くまでの6年間が主な舞台になっている。この小説は、81年にアニメーション化〔監督川本喜八郎、シナリオ新藤兼人〕されて、同和対策特別措置法下の、解放運動や同和教育の一貫として、かつ真宗布教活動と連動して、県内のみならず、東京、大阪、京都で上映運動が展開された。

＊源兵衛の生首—蓮如とその身内—《げんべえのなまくび—れんにょとそのみうち—》 小説。〔初版〕『源兵衛の生首—蓮如とその身内—』85年5月、探究社。◇大津の小関越えの等正寺と堅田の光徳寺にある源兵衛の頭骨の由来について、源兵衛が堅田の漁師であるという通説に対して、蓮如の身内で、被差別部落出身の者であることを主張した小説。蓮如が山科本願寺建立に際して、三井寺に預けられていた祖師像返還を求めた際、三井寺側は本願寺門徒の生首2つと交換するなら、という条件を提示。それに応えたのが、蓮如の母の弟で、山科勧修寺の長吏頭源右衛門と息子の源兵衛であるとする。源兵衛の身分違いの悲恋と自殺を絡ませて描く。作者は「作中に登場する人物は、みな実在者です。描かれている背景、事件などは、すべて年表と合致するものであります」と述べている。

＊やき山村ご一新物語《やきやまむらごいっしんものがたり》 小説。〔初出〕「部落」99年4月～2001年3月、部落問題研究所。〔初版〕『やき山村ご一新物語』2002年3月、坂本歴史学習会。◇1872（明治5）年坂本の本郷と枝郷との間で起きた差別事件を記録する「永代記録帳」を元に小説化したもの。作者には『小説坂本永代記録帳』が既にあるが、再度この題材に挑み、遺稿となった。前作とストーリーは変わらないが、専称寺住職の名が義道となっている他に、村人の動静に多く筆が割かれている。（北川秋雄）

平岩弓枝 ひらいわ・ゆみえ

1932・3・15～。小説家、脚本家。東京都代々木八幡神社の一人娘として生まれる。1955年日本女子大学文学部国文科卒業。戸川幸夫、長谷川伸に師事し、長谷川伸主宰の新鷹会会員となる。57年に小説「つんぼ」でデビュー。58年に狂言「雪まろげ」で大阪藝術祭賞受賞、ラジオドラマやTVドラマの脚本も多く、68年「肝っ玉かあさん」、70年「ありがとう」などが代表作。小説では、59年の「鏨師《たがねし》」で第41回直木賞受賞。江戸を舞台とした「御宿かわせみ」（73年～）、「はやぶさ新八御用帳」（89年～）などの連作時代小説や現代ものの小説など作品多数。現代ものには旅をプロットに組み込んだ作品が多く、国内各地はもとより、ヨーロッパ、アメリカ、アジア等海外各地を移動するなかで男女の愛憎を描く。滋賀が舞台としてあらわれる作品に『彩の女』（73年3月、文藝春秋）『女の旅』（76年11月、文藝春秋）『女の河』（77年7月、文藝春秋）、『結婚のとき』（76年2月、講談社）などがある。

＊彩の女《あやのおんな》 長編小説。〔初出〕「京都新聞」（他18紙）71年4月15日～72年2月10日。〔初版〕『彩の女』73年3月、文藝春秋。◇福原嘉良の娘香子の婚約者である末次元は、桂離宮を訪れたときに出会った栈敷佳奈に一目惚れし、2人は恋におちる。福原には丹後でちりめんを織って暮らす栈敷せい子という愛人があった。戦中に恋人だったのが、出征を機に別れ、戦後再び愛人関係になったのだった。一方で、せい子は毎

晩近隣の若い男たちが寝所に訪れるのを許していた。佳奈は実はせい子と福原の子であり、佳奈と香子は異母姉妹だった。末次元は香子との婚約を破棄し、仕事で京都まで行った佳奈を追いかけ、琵琶湖畔の宿に泊まり、2人は結婚を言い交わす。しかし、2人の仲は福原と別居中の妻政子の策動で、香子に狂言自殺をはからせるなどして阻まれる。せい子は毎夜の営みが福原や佳奈、末次に知れたことから、身辺を整理して自分の身を消滅させるように余呉の海のそばで自殺する。その後余呉の海を末次と訪れた佳奈は末次と結婚しようときめる。

＊女の旅《おんなのたび》　長編小説。〔初出〕「旅行読売」75年5月～76年10月。〔初版〕『女の旅』76年11月、文藝春秋。◇画家の父をもち、旅行会社のコンダクターである宮原美里は、平泉への一人旅でたまたま会った犬丸大介に見そめられる。大介は美里に結婚を申し込む。美里は同じ旅でアメリカの富豪の未亡人である深沢亜稀子とも知り合っていた。仕事で行ったニューヨークで、美里は再び亜稀子に会い、父が描いたという亜稀子の全裸像を見せられる。亜稀子は15年前に美里の父に恋をした女であり、また大介のかつての恋人だった。亜稀子は、大介を長浜の宿に呼び出し睡眠薬で眠らせ同衾しているところに、美里がやってくるよう仕組む。大介は、美里に過去のことを話そうとするが果たせないまま婚約を解消するにいたる。美里は、幼なじみで美里を愛する六郎から結婚を申し込まれ婚約するが、六郎は脳腫瘍に倒れてしまう。六郎は美里に大介と結婚するよう遺言して死ぬ。

（山﨑義光）

平賀紅寿　ひらが・こうじゅ

1896・12・20～1991・8・22。川柳作家、象牙彫刻師。東京都中央区生まれ。本名胤次《たねつぐ》。1919年「報知新聞」、「都新聞」の柳壇に初投句。22年同志とともに初《はつ》音吟社《ねぎんしゃ》を創立し、研究回覧誌を発行。24年京都に移住、設立まもない葵《あおい》川柳社同人に迎えられた。30年に葵川柳社と番傘川柳社が合併して、京都番傘川柳会と称した。紅寿は34歳で初代会長となり、85年まで51年の長きにわたって会長職をつとめた。本格川柳を主唱する岸本水府《すいふ》（1892～1965）の薫陶をうけ、「番傘」一筋の道をあゆむ。35年東京にもどり、ふたたび京都へ移住する46年までのあいだ、築地本願寺で句会をもち、現在の東京番傘川柳会の礎となる東京番傘藤柳会を創設。戦時下においても陸軍省報道部監修の「産業戦線」柳壇選者などを担当、旺盛な作句活動をつづけた。56年7月には還暦を記念して京都地方簡易保険局「紅《くれない》川柳会」の尽力で、句碑〈碁盤目に世界の京として灯里《ともり》〉が京都市中京区の天性寺《てんしょうじ》に建立される。京都初の川柳句碑で、文化的偉業としても川柳界内外から注目をあつめ、同年11月京都市長より文化功労者として表彰された。67年紅寿句集刊行委員会によって川柳生活50年におよぶ膨大な数のうちから選句された句集『碁盤目』（京都番傘川柳会）刊行。いずれも同人門弟ら有志の発起によるもので、紅寿は双華の栄誉をえた希有の存在であり、京都川柳界における「番傘」の隆盛をみちびいて一時代を築いたといえる。「川柳は愛情の百科事典」を信条に、親子や夫婦の愛情をうたった作品が多く、おだやかな句風で京都の情趣を詠んだものも多い。68年から7年間「番傘」同人近詠選者、75年から6年間NHK放送川柳「老後を楽しく」選者を担当。晩年は日本川柳協会、番傘川柳本社、京都番傘川柳会の顧問をつとめ、77年より甲賀郡甲西町（現湖南市）下田に転居、びわこ番傘川柳会の顧問となった。

他方、紅寿は象牙彫刻師として（彫名＝明吟、明玉斎）、置物や根付の佳品を数多く残し、そのほとんどは海外コレクターのもとにある。〈家中の裸へ母の白じゅばん〉〈初恋はみな美しい人でよし〉〈雪五寸大原女の紺染まりそう〉（山本洋）

平賀胤寿　ひらが・たねとし

1947・7・17〜。川柳作家、根付《ねつけ》彫刻師。京都市左京区生まれ。甲賀郡甲西町（現湖南市）下田在住。川柳作家平賀紅寿《こうじゅ》の長男。国際根付彫刻会会員。NHK学園高等学校卒業。少年時代から句作に手をそめる。その後、父の門弟で詩性派川柳に傾注していた田中一窓の薫陶をうけ、1965年ごろより本格的に川柳作句を始める。69年に京都番傘川柳会同人となり、73年に「京番」研究部を引き継ぎ、若手作家を中心に葵《あおい》グループを結成。72年「番傘」川柳本社同人となり、77年滋賀県への転居にともないびわこ番傘川柳会同人となり、現在監事同人。90年1月より創設された「朝日新聞」滋賀版「滋賀柳壇」の選者となり、現在に至る。95年5月、代表句を書名にした句文集『生きるとは　にくやの骨のうずたかし』（こうち書房。作家木下正実が文を執筆）を刊行。自在な視点で人間の生の根源をえぐる川柳、句とエッセイとの不即不離の興趣ふかい付け合いは、他ジャンルから高い評価をえた。それ以前の91年4月には、新人作家の育成と現代川柳の可能性をより追求しようと、他ジャンルとの交流もすすめる句房「弦」を創設し代表をつとめる。2000年12月、合同句集「弦」の発刊をもって一応の役割を果たしたものとし解散。近年は川柳と俳句とのはざかいを句遊するとして、俳人との交流を重視している。「川柳人間座」「現代川柳点鐘」「零の会」に参加。〈なにもかも許すおおきな紙おむつ〉〈山火事を跨ぎ長兄やってくる〉〈来る年はご容赦願う桜かな〉（山本洋）

平田守衛　ひらた・もりえ

1918・2・18〜1998・10・24。随筆家、郷土史家。大阪市北区生まれ。のち大津市上平蔵町《かみへいぞう》（現中央）に転居。1935年県立膳所中学校卒業。39年旧制姫路高等学校文科甲類卒業。41年12月京都帝国大学文学部史学科国史学専攻卒業。42年2月陸軍少尉として中国中部戦線に出征、のち広島県呉市の部隊に転属。46年8月県立草津高等女学校教諭、以後、膳所高等学校教論、高島高等学校校長、大津高等学校校長を歴任。78年退職。その後県立図書館館長、守山市立図書館館長、大津市立図書館館長、京都文化短期大学教授（88年まで）。著書に『滋賀の図書館』（80年7月、私家版）、『馬・船・読書　私の戦陣日記』（82年7月、私家版）、『黒田麴廬の業績と漂荒紀事』（87年11月、私家版）、大冊『黒田麴廬と漂荒紀事』（90年11月、京都大学学術出版会）、随筆『寸行漫筆』3冊（89年9月、90年6月、11月、私家版）。『角川日本地名大辞典　滋賀県』（79年4月）編集委員。（山本洋）

平野宗浄　ひらの・そうじょう

1928・7・2〜2002・7・6。僧侶。仏教学、とりわけ一休を中心とした禅学の研究者。大阪府堺市生まれ。1945年京都市大徳寺真珠庵にて出家、得度。この頃に肋膜炎を患い、大学在学中に肋骨カリエスで入院、手術を経験した。55年花園大学仏教学科を卒業後、神戸市祥福寺僧堂にて修行、のち宮城県松島の瑞巌寺に移る。64年花園大学に戻り、講師を勤めるかたわら、禅文化研究所所員となる（のち所長）。76年花園大学文学部教授に就任。この頃大津市本堅田の祥瑞寺住職も務めた。なお、祥瑞寺の開山は一休の師華叟であり、一休もこの寺で修行した。88年大学を退任し瑞巌寺に戻る。瑞巌寺住職、師家。2002年白血病のため死去。室号は素雲軒。著書に、『頓悟要門』（70年3月、筑摩書房）、『狂雲集全釈』（76年3月、春秋社）、『一休と禅』（98年11月、春秋社）他。（山崎正純）

平野竹雨 ひらの・ちくう

1916・3・6〜。俳人。徳島県生まれ。大津市大平在住。本名由夫《よしお》。1965年「馬酔木」入会。75年「霜林」入会、桂樟蹊子に師事。92年「霜林」同人。94年「苑」入会、同人、泉田秋硯の指導を受ける。句集『葦刈』（94年7月、私家版）刊。〈点滴の音なき音や梅雨に入る〉（山本洋）

平松葱籠 ひらまつ・そうろう

生年月日未詳〜1967・7・15。俳人。滋賀県に生まれる。1920年3月神戸高等商業学校（現神戸大学）卒業。宇治川電気KKに入社。42年4月統合により関西配電KKとなり、46年1月関西配電KKを退社。近畿電気工事滋賀支店長に就任。その後、取締役、京都支店長、常務取締役を経て、61年11月近電商事KK社長に就任。67年5月同社を退社。40年頃から句作を始める。「水音」「ホトトギス」等に投句。53年頃、中村葦水らと雪の下句会を開く。『平松葱籠遺句集』（宮田思洋編、発行年月日記載なし、68年か、平松文枝）。〈降る雪や彦根のことがなつかしく〉〈山梔子《くちなし》は余りに白くて淋し〉（浦西和彦）

平山芦江 ひらやま・ろこう

1882・11・15〜1953・4・18。小説家。神戸市生まれ。本名壮太郎。1902年東京府立第四中学校中退。07年都新聞社入社。25年「大衆文藝」創刊に参画。代表作に『西南戦争』（26年8月、至玄社）、『唐人船《とうじんせん》』（天の巻、26年10月、至玄社。地の巻、29年10月、平凡社）など。都都逸の発展にも尽力。02年、東海道を徒歩で旅した際、所持金を名古屋で盗まれ、雨夜となって水口警察署に駆け込んだ平山は、巡査園川真道にうどん2杯と「持合せのハガキ」の代金として40銭を恵まれた。しかし記憶違いで宛名を「園田賢一様」と書いた礼状に返事もないまま「三十余年」が過ぎた。恩人にお礼ができない悔いを随筆「江州水口の巡査」（「キング」35年12月）に記した縁で、36年11月に園川と再会。他に「偉《おほい》なる哉近江」（「観光の近江」37年4月）、近江の歴史人物評「近江を覘《うかが》ふ」（「観光の近江」40年2月）、琵琶湖ドライブで中江藤樹居宅に好印象を抱く「四つの邸趾」（「観光近江」51年6月）等の随想もある。（外村彰）

広瀬恒子 ひろせ・つねこ

1868・9・20〜1927・2・1。教育者。京都生まれ。父歿後、蒲生郡市ノ辺村（現東近江市市辺町）の父の実家で養育される。1889年6月同志社女学校卒業、9月明治女学校高等科に進学、星野天知の教えを受け、92年7月卒業。93年9月神戸の頌栄保母伝習所に入学。95年7月卒業後、12月清心幼稚園（前橋市）の主任となり、98年2月杉山重義（のち、早稲田第二高等学院院長）と結婚。93年3月、2月から関西漂泊中の島崎藤村を天知から紹介されて世話をする。藤村の小説『春』に、岸本捨吉（藤村）、岡見兄（天知）をめぐる微妙な関係が〝西京の峰子〟として描かれている。天知の日記（93年4月20日）に「灯下無声（藤村）の激語を聞く。空谷谺《こだま》を聴くの感あり。秋蘿（恒子）に期待を持たしめたる吾《わが》不用意に愕《おどろ》く」とあり、2日後には、

「山中の温泉に浸り突然帰心を促す。無声先づ下山、狂的也」と、2人の異常な確執と別れが記される。（鈴木昭二）

広瀬凡石　ひろせ・ぼんせき

1928・1・3～。俳人。滋賀県生まれ。坂田郡山東町（現米原市）在住。本名浄。中学校英語教諭、小学校校長を歴任。真宗大谷派浄休寺住職。1969年より久米幸叢に師事。「ホトトギス」「藍」「未央」同人。〈伊吹嶺の空晴れてをり大根干す〉（山本洋）

【ふ】

フェノロサ　ふぇのろさ　Ernest Francisco Fenollosa

1853・2・18～1908・9・21。美術研究者。マサチューセッツ州セイラム市に生まれる。1874年ハーバード大学卒業。同大学院に進み、1876年に修了。1877年ボストン美術館附属の絵画学校で油絵を学ぶ。1878年来日、東京大学講師となり、政治学、理財学、哲学を講じた。やがて日本美術の研究をするようになる。1884年岡倉天心らと鑑画会を組織し、新日本画創造運動を推進した。1886年から1887年にかけて美術取調委員として、岡倉天心と欧米を視察。1889年東京美術学校創設に努力、同校の教授となる。1890年帰国し、ボストン美術部主管に就任、1896年まで務めた。その後数度来日し、東京高等師範学校非常勤講師となるかたわら、能楽の研究に力を注いだ。1908年ロンドンで客死。翌年大津市園城寺町の三井寺法明院に葬られた。（浦西和彦）

深井しんぢ　ふかい・しんじ

1924・6・12～1996・8・27。歌人。大阪市生まれ。本名伸治。戦前は岡本圭岳の「火星」会員。呉服雑貨商を営み、戦後近江八幡市北津田町に居住。1945年「ホトトギス」、のち浜中柑児主宰「かやの」に参加。翌年「アララギ」入会、土屋文明に師事。「放水路」会員。81年「水海」同人。大らかな声調に生活者の視点を織り込む作風。歌集に『あしかび』（80年6月、竹内書店）がある。〈ゆく春のおもき曇に葉桜の蔭より水茎《すいけい》の岡迫り見ゆ〉（外村彰）

深尾須磨子　ふかお・すまこ

1888・11・18～1974・3・31。詩人。兵庫県生まれ。京都菊花高等女学校卒業。1921年から詩作を始め、与謝野晶子に師事。2度の渡欧後、生物学の研究にも熱中。人道的な詩風で、詩集に『真紅の溜息』（22年12月、三徳社）、『呪詛』（25年3月、朝日書房）など。近江には幾度も足を運んでおり、随想「琵琶湖の憶い出」（「観光の近江」38年4月）には、娘時代に訪れた琵琶湖の景色や近江の味を記す。『深尾須磨子選集』全3巻（70年1月～7月、新樹社）がある。（外村彰）

深尾道典　ふかお・どうてん

1936・6・26～。シナリオ作家、映画監督。神崎郡旭村（現東近江市五個荘）木《き》流《ながせ》生まれ。本名道典《みちのり》。幼時に北五個荘村五位田《ごいで》に転居。北五個荘国民学校、神崎（現五個荘）中学校卒業。1953年県立八日市高等学校の3塁手として夏の甲子園野球大会に出場。55年3月同校卒業。早稲田大学第一文学部美術科時代には仏像や現代美術に関心を抱き、60年安保闘争を体験。61年4月、東映入社。京都撮影所の助監督となり、助監督部発行の同人誌にシナリオを発表。63年に大島渚監督から依頼を受け、小松川事件の李少年を描く「いつでもないいつか どこでもないどこかで」を執筆。64年、平家生き残りの女官の生を描きながら60年安保を総括した幻想的な作品「曠野の歌」を脱稿。67年の交通事故を境に、映像化困難な幻想的、詩的なシナリオを創作。翌68年9月「曠野の歌」が「シナリオ」に掲載される。同年「いつでもないいつかどこでもないどこかで」を第1稿として製作された、独立プロ・創造社製作「絞死刑」（監督大島渚）がA・T・G系で公開、その執筆陣に加わり田村孟、佐々木守、大島渚と共に68年度キネマ旬報脚本賞受賞。70年12月、第1創作集『曠野の歌』（大光社）が出版され脚光を浴びる。73年監督第1作「女医の愛欲日記」を発表。同年、京都から八日市市（現東近江市）に転住した。

70年代には、人間が蛇に変身した「蛇の海」から人間の姿をした生きものが誕生し、家族を構成して生きていく成り行きを描いた、不思議な魅力を湛える神話めいた連作「蛇海」を、『蛇海』（76年1月、学藝書林）、『夢化粧』（78年4月、大阪写真専門学校）、『山手線目赤駅』（79年8月、仮面社）、『湖事記』（85年4月、ユニテ）にまとめた。それらには直面した死を克服して生きようとする創作動機が伏在している。あわせてNHKFMシアターにラジオドラマ「鳥獣保護区」「ホップ・ステップ・ダウン」「山手線目赤駅」、俳優座を脱退した菅貫太郎、市原悦子、原田芳雄らの旗上げ公演のため戯曲「新家族」を執筆。自伝的要素の濃い『緑年時代』（81年6月、幻想社）や『私の動物図鑑』（82年2月、駒込書房）のほか、阿部定をモデルにした『ある女の生涯』（82年10月、ユニテ）も発表した。この間、東映で後進を指導しながら詩歌を耽読する。「蛇海」連作を一段落させた深尾は現実社会を題材としたシナリオも発表する。86年にはフジテレビ系列の連続テレビドラマ「もめん家族」65話を執筆。現在の家庭が見失っている懐かしい家庭の姿を浮かび上がらせたもので、『もめん家族』（88年3月、雀社）として刊行。85年4月8日、テレビ朝日系列で放映された「金属バット殺人事件」は80年11月に実際に起こった事件の解明を目指し、家庭や家族が直面する問題を探った作品。また87年9月、佐久総合病院に入院した時、脳裏に甦ってきた近江の山河、愛知川や澄んだ湧水の池に泳ぐハリヨの姿をもとに「幻の魚・ハリンサバの告別」を書き、88年8月20日にNHKFMシアターで放送。両作は『金属バット殺人事件・幻の魚』（89年11月、雀社）に収録。ほかに五個荘の伝承を背景とする「信長ぶと」（93年7月31日、NHKFMシアター）、蒲生町出身の画家野口謙蔵が描いた絵のモデルの秘密を追い、その画から古琵琶湖との関連を想到する「絵の中の少女」（96年8月10日、NHKFMシアター）等もある。なお随想集に、近江に多く言及する「私の歳時記」「水のほとりにて」「近江名作紀行」を収めた『水のほとりにて』（88年4月、京都書院）があり、近江関連の随筆は数多い。溝口健二や小津安二郎についての評論も、95〜96年「MEDIA SHOCHIKU」に連載している。

深尾は大阪シナリオ学校、のち東映俳優養成所の講師を務め、92年から「東映掌劇場」を主宰。脚本を書き演出に当たる。第3回目の公演は故郷の意味を問う「望郷・近藤重蔵伝」（「鷽《うそ》」98年8月）で、高島町において初演され、五個荘や大阪でも上演。五個荘町歴史博物館顧問を兼務後は、同館のホールを拠点に大阪や京都でも劇を上演。2001年3月、第10回目の公演で「日を愛《かな》しむ―外村繁の生涯―」を初演。近江商人の家系に育った外村繁の生涯を描いた3時間に及ぶ大作で、最初の夫人の死後、結婚して家庭の窮地を救った金子てい（子）との愛、そして夫婦ともに癌に冒されながら強く生き抜く姿を描く。同作は映画化の準備が粘り強く進められている。深尾は近江を舞台とするシナリオ創作を通じて、水と自己の心、ひいては魂の結び付きに思いをはせ、近江という風土の特質に考えをめぐらせる作風が顕著である。その仕事は『緑年時代』巻末のエッセイの表題「幻想・原想・現想」に象徴されているが、抒情に溺れず、俳句的な余韻をひそませ、行間から読み手に想像力を求める表現を特徴とする。つまり深尾は、本質的に自己の内的世界を洞見し再構成しようとする詩人であり、郷里の風土の諸特質から作品世界を構築する傾向が強い。

＊私の動物図鑑《わたしのどうぶつずかん》　脚本連作集。〔初出〕「現在」1979年6月～80年4月（第4、第5章は書き下ろし）。〔初版〕『私の動物図鑑』82年2月、駒込書房。◇太平洋戦争末期、北五個荘の国民学校に通う北野三千夫を主人公に、故郷の村の自然を背景とした日々の流れを、動物たちの象徴的な描出とあわせて叙した自伝的なシナリオ。作者の少年期の、とくに感受性を仮託された三千夫が、友人、家族とともに時代に翻弄されながら変遷する季節を生きる。おもに愛別離苦の哀感を、近江の方言を駆使しながら非感傷的に表現している。各章の内容は以下の通り。つぶされた鶏の美しさと冬の火事を対比させて死の影を感受させる「鶏の章」、虫下しを試みる少年の体内から「さくら色の蛔虫」が顕われる「蛔虫の章」、先生だった父の出征と三千夫の乗る馬の暴走した事件に、学校で父に飼われていた猿の死が交錯する「猿の章」、終戦の年における夏の空襲と少年達の水泳や女性の自殺が印象的な「墨蜻蛉《すみとんぼ》の章」、戦後、繭を作る蚕とともに弟のはかない死と葬送を三千夫が見守る「秋蚕《あきご》の章」である。

＊幻の魚・ハリンサバの告別《まぼろしのさかな・はりんさばのこくべつ》　脚本。〔初出〕88年8月20、NHK FMシアター。〔初収〕『金属バット殺人事件・幻の魚』89年11月、雀社。◇東京の美術館に勤める浅井隆は、交通事故に遭った後、故郷の魚ハリヨのことが脳裏から離れなくなった。彼が少年期までを過ごした故郷の五個荘町には、鈴鹿山系周辺の湧水地にしか棲息しないトゲウオの一種ハリヨ（地元ではハリンサバと呼ぶ）がかつては沢山いたが、上流でのダム建設によって激減した。浅井は町を訪ね、ハリヨを眼にすることで魂の蘇りを求める。ここで出会った老婆内村いとは、自分の屋敷の池に棲むハリヨのことを浅井に秘していたが、警戒を解き浅井にハリヨを見ることを許す。その美しい姿に浅井は心満ち、その後の療養の日々を過ごすことができた。やがて、いとは老衰し、屋敷の池もいったん干上がる。しかし再び池に水が戻る。そこに子を護る婚姻色のハリヨを見いだした浅井達は歓喜するのであった。失われた魂の居場所を求め、やすらおうとする人々の無意識がハリヨの生命美に投影されている。（外村彰）

深田久弥　ふかだ・きゅうや

1903・3・11～1971・3・21。小説家、山岳紀行家。石川県江沼郡大聖寺町（現加賀市大聖寺）に生まれる。第一高等学校から東京帝国大学哲学科へ進学。第9次「新思潮」同人として活躍するかたわら、大学2年秋より改造社編集部に勤務する。川端康成にも認められた「オロッコの娘」（「文藝春秋」1930年10月）の発表を機に大学を中退、改造社も退社して作家生活に入る。一方、各地の山に登る。33年小林秀雄らと「文学界」を創刊。小説のみならず、文藝評論や山の紀行文など多方面で活躍する。44年に応召し、中国各地を転戦して46年復員。戦後は最初の妻である作家北畠八穂による代作問題もあり低迷するも、ヒマラヤ・ブームの高まりを受けて、53年頃より山岳随筆やヒマラヤ研究に専念することで作家としての危機を脱する。58年にはヒマラヤ踏査隊隊長として遠征。65年2月登山ブームを起こした『日本百名山』（新潮社、64年7月）で第16回読売文学賞（評論・伝記賞）を受賞、同書には伊吹山が取り上げられている。68年日本山岳会副会長に就任。71年茅ケ岳頂上近くで、脳卒中で急逝する。『深田久弥・山の文学全集』全12巻（74年～、朝日新聞社）がある。（山本欣司）

深田泥穂 ふかだ・でいすい

1914・10・23～。俳人。滋賀県生まれ。大津市仰木居住。本名亮三。1949年ごろより小林華萃明につき作句を学ぶ。畦草会所属。〈逆比良を映して湖北水澄める〉（山本洋）

福井和 ふくい・かず

1931・月日未詳～。児童文学者。京都市生まれ。草津市在住。京都教育大学卒業。元日本児童文学者協会会員。「B面」で第9回「日本児童文学」創作コンクールに入選し、同人誌「すねいる」「亜空間」などを通して多くの児童文学作品を発表、書き続けている。現在「どんかく」同人。著書に『トマトを食べに帰っておいで』（88年3月、PHP研究所）、『おっかあが死ぬ』（童話憲章愛の会）などがある。（渡邊浩史）

福井達雨 ふくい・たつう

1932・3・25～。教育者。近江八幡市生まれ。1956年同志社大学神学部卒業。在学中から知能に重い障害をもつ子ども達の教育に入り、58年大阪基督教学院で教育心理学を専攻。62年8月能登川町（現東近江市）に共同体制の知的障害児たちの家「止揚学園」を創設。学園長となって子ども達と共に生活し、生命への信仰に支えられながら児童たちの可能性を追求。67年には社会福祉法人汀《みぎわ》会を設立。国内外で講演などにより、差別に対する抵抗運動や教育権運動にも尽力。福祉教育関係賞の受賞多数。染物、絵画、布による貼り絵などの創作活動も評価が高い。著作は『僕アホやない人間だ』（69年5月、柏樹社）、『ボスがきた』（80年4月、偕成社）、『ゆっくり歩こうなあ』（95年6月、海竜社）等50冊。学園児童の絵を併収した「ぬくもりエッセイ」シリーズを、いのちのことば社から刊行。現代に見失われがちな、心の教育を通した人間の幸福のありようを温かな筆致で説いている。（外村彰）

福島良枝 ふくしま・よしえ

1942・12・10～。俳人。滋賀県生まれ。大津市北大路在住。「ホトトギス」所属。〈冬蝶にどこか濡れゐる湖の空〉（山本洋）

福住恵一 ふくすみ・えいち

1922・12・8～。歌人。三重県名賀郡比奈知村（現名張市）生まれ。1933年滋賀県大津市に転居。37年大津市膳所尋常高等小学校高等科卒業。43年12月太平洋戦争に衛生兵として従軍、上海第一陸軍病院に配属。46年8月復員。株式会社笹川組に就職、83年同社を定年退職。73年大津市一里山に転居。79年大津短歌連盟に入会。82年香川進主宰の「地中海」同人となる。91年滋賀県歌人協会幹事。2001～2002年同協会代表幹事をつとめる。2002

年4月より「京都新聞」近江文芸欄の選者。1991年7月第1歌集『かいつぶり』（短歌新聞社、530首所収）、97年4月第2歌集『湖畔の賦』（短歌新聞社、581首所収）、2001年5月第3歌集『金婚』（東京四季出版、371首所収）を刊行。〈関山の小野の小町の歌碑さびて世になき美貌さぐるすべなし〉〈絵解きもて安養院にまつわれる「乳野《ちの》物語」苔踏みてきく〉（山本洋）

福中都生子 ふくなか・ともこ

1928・1・5～2008・1・13。詩人。東京生まれ。旧姓山崎。津幡高等女学校卒業。戦後「日本海」「雑草原」に参加、1958年小野十三郎に師事。60年「ポエム」、77年「大阪」創刊。詩集に『灰色の壁に』（58年9月、六月社）、『ちいさな旅人』（74年3月、地球社）など。高島郡（現高島市）マキノ町新保《しんぼ》浜に別宅があり、第8詩集『淡海幻想』（76年6月、ポエトリー・センター）は柔和な琵琶湖周辺の幻想的情景を描く。『福中都生子全詩集』（77年4月、土曜美術社）がある。（外村彰）

福永英男 ふくなが・ひでお

1936・3・1～。民俗学者。坂田郡伊吹町（現米原市）春照生まれ。東京大学法学部卒業後、警察庁に入り群馬や東京、岡山など各地に転属。日本民俗学会に所属して習俗の由来を探索。『現代に生きる古代』（69年6月、群馬警察上毛警友編集部。72年7月『習俗のナゾ―現代に生きる古代―』として啓正社から再刊、85年7月増補版）のほか、『小説―骨肉の家』（83年10月、立花書房）、『「御定書百箇条」を読む』（2002年12月、東京法令）等を著している。（外村彰）

藤居教恵 ふじい・きょうえ

1895・4・13～1976・11・3。歌人。犬上郡日夏村（現彦根市日夏町）生まれ。筆名日夏八郎。1905年に母が死ぬと同時に、父は出奔。沼波村の父の実家で、母の妹を養母として暮らす。14年県立彦根中学校（旧制）を1年残して中退し、京都の中学校に転校。15年百貨店松坂屋京都店に勤務。21年大阪店、23年名古屋店に移り、以後名古屋に住む。18年「国民文学」に入社、窪田空穂に師事。歌誌「水松樹」「葉蘭」「径」を発行したが、48年名古屋から総合雑誌「短歌雑誌」を創刊、作家研究などの特集を行い、後に結社雑誌「松の花」（59年7月～83年7月）と改題した。歌集に『松の花』（26年11月、紅玉堂書店）、『椎の木』（48年11月、短歌雑誌社）、『海と丘と霧』（66年2月、新星書房）があり、他に『歌集　冬日集』（日夏八郎名、28年4月、国民文学名古屋支部）、『戦後一万歌集』（51年10月、短歌雑誌社）、『現代歌壇新選一千人集』（52年8月、短歌雑誌社）の編著がある。

＊松の花 まつのはな　歌集。〔初版〕『松の花』26年11月、紅玉堂書店。◇国民文学叢書第11篇。窪田空穂の「序」には「藤居君は身を実業界に置いてゐる人である」「歌集「松の花」はさうした生活をしつつ得たものである。多分、多忙であつた一日のつかれをいやしつつ詠んだものであらう」とある。作者の「巻末手記」には「一昨年生活の道を曲げて第二の故郷名古屋に帰つてからの私は以前とはすつかりかはつた方面に心がうごくやうになつた。この際過去の生活の記録であるふるい歌を纏めておいて、新しく自身に選んだ道をしつかり踏みしめて一歩一歩進んでゆかう」と記している。「国民文学」に発表しはじめた18年夏以降の歌の中から、359首選んで年代順に収録。日

ふ

常目にする自然、仕事や家族を歌ったものと、若き日の恋を回想的に詠んだ相聞歌が多い。歌集名所縁の句には〈ほろほろと松の花散る曇日のさ庭の面に蝿むれ舞ひつ〉がある。故郷日夏村周辺を詠んだものに〈繁合ひつづく麻の葉のひとところゆらぐは人の刈りゐるらしも〉〈湖のべにしげる芒のみじか穂は夜くだつ風になびきやまずも〉〈穂にいでし芒をあらみ湖の面の月にてりつつたゆたへる見ゆ〉がある。なお、歌集『松の花』と刊行後の他人の批評を収録して再刊したものに、『歌集松の花と其批評』（日夏八郎名、29年2月、有信社出版）があり、この本には、渡辺周一「小説日夏村」も収録されている。『松の花』中の相聞歌の題材になった藤居の青春期の恋愛を描いたものである。（北川秋雄）

藤井五郎 ふじい・ごろう

1926・5・18〜。万葉研究家。高島郡高島町（現高島市）勝野生まれ。立命館大学大学院修士課程修了。県内公立高等学校教諭を経て、1988年滋賀文教短期大学講師。2001年退職。万葉学会会員。淡海万葉の会会長として尽力。著書に『近江の万葉』（1982年5月、第一法規）、『滋賀県の地名』（共著、91年2月、平凡社）、『淡海万葉の世界』（2000年4月、サンライズ出版）等がある。（久保田暁一）

藤井つる子 ふじい・つるこ

1922・9・28〜。俳人。大津市蛭子《えびす》町（現中央）生まれ。旧姓弓削《ゆげ》。祖父は幕末、京都にあって勤皇の志士として活動した弓削正継で、1874年滋賀郡堅田町（現大津市本堅田）に移住。作詞家奥野椰子夫の実妹。父病没のため、1932年兵庫県相生市の長兄宅に母とともに同居。44年播磨造船所に文書係として勤務。46年婚約者戦死の公報がくる。53年より俳誌「天狼」に入会、山口誓子の教えをうけ、三鬼、青塔、多佳子、狩行らの同人と身近に接す。65年大津市中央の藤井陶器店に嫁す。71年夫病没。75年より兄椰子夫のすすめで田辺正人主宰「旅と俳句」誌に寄稿し始める。92年福岡県筑紫野市の娘夫婦と同居。句文集『母の湖』（91年11月、私家版）がある。〈梅雨大橋色ふり分けて湖霽《は》るる〉（山本洋）

藤井みほ子 ふじい・みほこ

1933・10・9〜。俳人。京都府生まれ。大津市逢坂在住。「ホトトギス」「田鶴」所属。〈京よりも近江は淋し十三夜〉（山本洋）

藤井靖子 ふじい・やすこ

1962・4・13〜。歌人。島根県松江市に生まれ、大津市に育つ。県立膳所高等学校を経て滋賀医科大学医学部を卒業、1994年同大学院を修了して小児科医となる。90年から作歌を始め「月刊カドカワ」に投稿、岡井隆に師事。92年未来短歌会入会。のち「レ・パピエ・シアン」誌に参加。文語調を基底に自意識を凝視する歌風で、臨床の場面を多く詠む歌集『曇り日のランナー』（97年12月、砂子屋書房）がある。〈わたくしの聖域《サンクチュアリ》を守るため言葉をひとつ湖《うみ》に沈める〉（外村彰）

藤枝静男 ふじえだ・しずお

1907・12・20（戸籍上は、1908・1・1）〜1993・4・16。小説家。静岡県志太郡藤枝町（現藤枝市）に生まれる。本名勝見次郎。1926年4月、第八高等学校理科乙類に入学。同級に北川静男（30年2月に死去）がいた。また、文科に平野謙、本多秋五がおり生涯の友となる。28年8月2日奈良市幸町に志賀直哉を訪ねる。この頃マルクス主義運動に精神的動揺を受けた。32年3月千葉医科大学に入学、36年7月に卒業し眼科医となる。敗戦後、本多と平野にすすめられ処女作「路」(「近代文学」47年9月)を発表。筆名を、故郷の藤枝と亡友の北川静男の名から、藤枝静男とする。50年4月に浜松市東田町に眼科医院を開院。70年に長女夫妻に医院を譲るまで、医師として働きながら小説を執筆した。その作品は、志賀や滝井孝作の系譜に連なる私小説的性格をもつ。著書に、68年4月に藝術選奨文部大臣賞を受けた『空気頭』(67年10月、講談社)、『欣求浄土』(70年8月、講談社)他がある。

＊凶徒津田三蔵《きょうとつださんぞう》　中編小説〔初出〕「群像」61年2月。〔初収〕『創作集　凶徒津田三蔵』61年5月、講談社。◇1891(明治24)年5月1日に、来遊中のロシア皇太子ニコライを、滋賀県大津京町筋で沿道警備をしていた巡査津田三蔵が切りつけて負傷させる。この大津事件の顛末を内容とする作品である。藤堂家の藩医の子として生まれた主人公は明治初期の没落士族の典型ともいえ、作品の主眼は、事件に至るまでのその生い立ちと鬱屈した心情を描くことにある。手傷を負った三蔵は「西郷、見たか」と呟くが、そこには体制から疎外された人間の複雑な内面が描出されており、作者自身の内面と呼応している。なお、この作品の姉妹編ともいうべき作品に「愛国者たち」(「群像」1972年8月)があり、大津事件の収拾にあたった人物達の姿を小説化している。
(西尾宣明)

藤川すけを　ふじかわ・すけお

1891・7・13〜1968・2・21。俳人。甲良町尼子生まれ。本名助三。1915年広島高等師範学校国漢部卒業。22年陸軍士官学校教官、のち愛知川高等女学校校長。水野六山人主宰「ぬかご」同人。32年「水音」創刊主宰。生活真情を基調とする伝統俳句を詠んだ。「俳江州ところどころ」(「滋賀新聞」43年6月23日〜8月6日)を執筆。囲碁、謡曲、漢詩にも長じた。歿後、藤川清編『藤川助三自叙伝』(2000年2月、私家版)が発行された。〈近江野や早稲に晩稲に日和順〉
(外村彰)

伏木貞三　ふしき・ていぞう

1926・7・6〜2005・11・2。随筆家、教育者。東浅井郡浅井町(現長浜市)東主計《ひがしかずえ》生まれ。滋賀師範学校卒業後、地元の小学校教員となる。1954年法政大学文学部卒業。61年12月の滋賀作家クラブ発足時からのメンバー。近江山の会代表。「滋賀日日新聞」のコラム欄「魚眼」を執筆。のち湖北新聞社代表。登山、歴史、旅行を愛し、その教養をもとに地誌随筆ともいうべき『近江の山々』(70年1月、白川書院)、『近江の峠』(72年4月、白川書院)を発刊している。

(外村彰)

藤沢石山　ふじさわ・せきざん

1892・2・19〜1975・1・15。俳人。大津市石山寺辺町生まれ。本名繁三。13歳で「近江新聞」俳句欄に投句し、1910年に膳所中学校、14年には陸軍士官学校を卒業。25年陸軍大学校卒業。その後は千葉陸軍歩兵学校教官、旭川歩兵第26連隊大隊長などを歴任し、日中戦争に出征、ノモンハン事件にも参加。また航空通信司令官として新京、フィリピンを転戦し中将となる。敗戦後、捕虜生活を経て47年に帰国した。48年からは郷里で月の里酒造取締役などを勤めながら木の実句会に入会して句作に励み、52年には大津俳句結社連盟を創立した。翌年「馬酔木」に投句を始め、水原秋桜子に師事する。56年に滋賀県馬酔木会を設立し、62年「馬酔木」同人。翌年滋

ふ

賀文学会会長、俳句部選者となった。近江の自然風物を多く詠み、句集には妻うたとの共著『夫唱婦随』（61年8月、私家版）、『続夫唱婦随』（70年5月、私家版）がある。〈稲舟の魞《えり》に沿ひ漕ぐ夕茜〉（外村彰）

藤沢量正　ふじさわ・りょうしょう

1923・10・29～。僧侶。神崎郡永源寺町（現東近江市）大字甲津畑《こうづはた》生まれ。別号耿二《こうじ》。龍谷大学文学部卒業。浄光寺前住職、本願寺派布教使、中央仏教学院講師。1947年俳誌「アカシヤ」同人。52年から中学、高等学校生向け詩文藝誌「らんぷ」（全10冊）を主宰。多数の仏教書の他、随想集『人生を考える』（85年3月、探究社）、『人生の詩』（97年10月、本願寺出版社）、『人間として』（2001年2月、本願寺津村別院）を刊行している。（外村彰）

藤田敏雄　ふじた・としお

1928・月日未詳～。劇作家、作詞家。滋賀県に生まれる。京都府立第一中学校を卒業。宝塚歌劇団文藝部に入る。のち、放送作家、ミュージカルの脚本、作詞、演出などを手掛ける。「死神」「洪水の前」「リリー・マルレーン」「歌暦」などの作品がある。歌謡曲「若者たち」「希望」の作詞者でもある。（浦西和彦）

藤田ミヨコ　ふじた・みよこ

生歿年月日未詳。小説家。大津市丸の内居住。大津市内で美容院を経営。1979年大津市膳所公民館主催で津吉平治を講師として開かれた小説の創作講座に参加。82年滋賀県文学祭に応募して入選。翌83年には「裸足《はだし》の旅立ち」でいちやく小説部門の最高賞たる芸術祭賞を受賞。つづいて84年「涙痕《るいこん》」、87年「あかね坂」でも芸術祭賞受賞。85年、86年にも特選。91年には、NHK生きがいドラマ銀の雫文芸賞に応募した「雨上がり」が優秀作となり、92年1月23日午後10時より菅井きん、野川由美子、相原勇《ゆう》らのキャストで放映された。（山本洋）

藤野鶴山　ふじの・かくざん

1940・7・20～。俳人。大津市京町生まれ。本名太郎。1964年3月に同志社大学経済学部を卒業。芭蕉翁遺跡顕彰会理事長。俳人協会会員。80年4月芭蕉道統の俳句結社「正風」に入会、83年3月同俳壇同人となり、93年2月同立机開庵許可（蕉光庵鶴山）となる。翌年、結社の俳誌「正風」の主宰に就任、芭蕉道統第21世を継承、無名庵主就座。（島村健司）

藤野一雄　ふじの・かずお

1922・8・28～。詩人。犬上郡彦根町（現彦根市）生まれ。1937年彦根東（現城東）小学校高等科卒業。大阪や東京で転々と職を替え戦後、家業の小間物商（彦根市本町）を継ぐ。戦後から詩作を始め、51年2月から近江詩人会会員。52年中川郁雄主宰の熔岩詩人集団（彦根）に参加。72年滋賀文学祭詩部門選者。74年彦根の詩誌「ふ～が」同人。近江詩人会では多くの師友に恵まれ、とくに田中克己、杉本長夫に師事し薫陶を受ける。事務関係も担当。律儀な人柄を買われ、85年から2001年まで同会代表を務めた。『近江詩人会40年』（1990年7月、近江詩人会）、『近江詩人会50年』（2000年12月、近江詩人会）の編集にも参画。自らの仕事を詩集にまとめるのに慎重であったが、「詩人学校」や第5次「四季」（田中克己主宰）等に掲載された詩から自選した『立春《りっしゅん》 小吉《しょうきち》』（1988年1月、文童社）を刊行。同詩集には36編の詩が季節の流れを意識して配列されている。雪におおわれる旧城下町の「余白にみちた景色」が、詩人の現在を「覚えのない記憶のなか」へと遡行させる「雪のなかの記憶」が巻頭に置かれ、以下「近江の二月」「春昼」など彦根や琵琶湖の風景を題材とした詩が続く。穏やかな湖に相対しながら倦怠の揺曳した時間を感覚的にとらえる「梅雨の湖」や、「人びとの独り言」を集めて流れる「川原の瀬音」に心を通わせる「夜の川」など、水の動的イメージに詩人の心象を投影した詩も多い。また「鯖街道のはなし」は日本海の鯖を京都へと運んだ湖西の道の風致に歴史の興趣をとり混ぜた詩で、自然とかかわりながら営まれた人間生活への讃歌のひとつといえる。巻末の「かいつぶり」は湖に暮らすかいつぶりを叙景的に描きながら、「（かれらは　冬のホクロである）」等と詩人の感興が実景の中で浮かび上がる個性的な詩。総じて自然や人事をこまやかな観察眼や幻視によって描出し、そこに市井の生活者である自己の来し方から現在の心境を、格調のある抒情詩にうたい込めている。（外村彰）

藤本映湖　ふじもと・えいこ

1921・4・4〜2000・11・10。俳人。大津市上栄町生まれ。大津市錦織居住。本名一蔵《いちぞう》。他の筆名一象《いちぞう》、逸象。京都工学校電気科卒業。三菱電機神戸製作所に就職。1941年京都第十六師団大津第9連隊に入営、八日市の飛行第3大隊に配属。陸軍航空隊整備員として満洲（現中国東北部）におもむく。45年10月南朝鮮（現韓国）より復員。滋賀県復員援護局に出頭するが、そこで援護局に勤務していた逢坂小学校時代の恩師中本研一（俳号紫公）に再会。そのつてで46年1月より同復員援護局（のち地方世話部）につとめる。47年大津市晴嵐の日本電気株式会社（NEC）大津製作所真空管製作課に転じ、のち新日本電気株式会社大津工場、さらに同社大阪本社宣伝部に勤務。46年10月、中本紫公を主宰とする俳誌「花藻」の創刊にさいしては一番弟子として参画する。当時県内には「ホトトギス」（浜中柑児、久米幸叢）、「宿雲」（草野鳴嵒）、「正風」（寺崎方堂）の3俳誌があったが、それらに伍すのに中本は「音色の大きい大鐘よりも、美しい小鈴の音を（略）愛す」（中本の創刊の辞）という方向を表明した。以後藤本は同人として編集長として「花藻」にたずさわり、精力的に句作活動を行なう。また少年時代から画家になりたかったほど絵が好きだったので、創刊の46年から95年までその表紙画、誌中のカットを書きつづけ、俳画にも情熱をそそいだ。ちなみに藤本は、戦後最初のアンデパンダン展（京都市立美術館主催）で日本美術賞を受賞した実績をもつ。その間49年から新日本電気労働組合執行委員になるとともに、同労組文化部文芸班の文化サークルで職場俳人を育てたり、同労組機関誌「叫び」の誌上にカットや俳句をのせた。52年には日本電気労働組合連合会の専従中央執行委員になったりもし、会社の仕事を少しもゆるがせにせず二足ないし三足のわらじをはきつづけた。55年ごろより10年間、滋賀刑務所の受刑者に俳句を指導し、60年には法務大臣より表彰をうけた。62年より滋賀文学会理事（県文学祭俳句部門選者）、71年より俳人協会会員。73年11月、中本紫公の死没により後継者として「花藻」を主宰することになる。また「毎日新聞」「中日新聞」の滋賀俳壇の選者となり、しだいに「花藻」は隆盛をみた。会員も最大時には500名を数え、支部も21か所に設立された。79年5月「花藻」400号を記念して当時の大津市民文化会館の前庭植込み（現大津市歴史博物館山側）に、句碑〈肘つけば肘より冷ゆる山の秋〉が建立された。

映湖のモットーは「作句修道」(『象』の「序詩」)であった。俳句を「自分の人生の記録」「生きる糧」(「NECねんきんだより」)として、生涯に3千数百句を詠んだ。それらは、ガリ版刷りながら心のこもった第1句集『蠶豆《そらまめ》の花』(50年5月、花藻社、2000句所収)、長女の第3回誕生日を記念する、表紙絵長女、ガリ切り妻の第2句集『吾子《あこ》』(52年4月、花藻社、275句所収)、映湖の句集を代表する第3句集『象』(77年5月、花藻社、614句所収)、新日電労組連合会、関西日電労組の全面協力によって発行された第4句集『貧楽《ひんらく》』(88年6月、私家版、100句所収)に結実した。これら4冊には、映湖の笑みを絶やさぬ柔和な外貌のうちに蔵された瞠目に値する多面性がある。家族愛、風詠、ユーモア、喜怒哀楽、日常生活、ロマン、労働などのテーマ、あるいは口語句、あるいは豪快で壮麗かと思えば、天衣無縫さや繊細な観察力の示されたものもある。それらは意想外でもあり、また正統的だともいえる。他に著述として、山口青邨、山口誓子、井本農一監修『俳句の旅6近畿』(88年1月、ぎょうせい)の「滋賀吟行」を担当執筆、芭蕉から子規、青畝、久米幸叢、梅原黄鶴子の句などを紹介している。NHK放送大学俳句選者、県老人大学校講師、県および県内市町村の俳句講座、俳句教室の指導にあたる。90年滋賀県文化賞(芸術文化部門文芸)を受賞。95年「花藻」の主宰を中川いさをに託す。関西俳誌連盟常任委員、大津俳句連盟理事、財団法人俳人協会評議員を歴任。

＊**象**《ぞう》 句集。〔初版〕『象』77年5月、花藻社。◇藤本映湖の第3句集。題字、装丁、造本、写真、跋文にも留意されている。句集には珍しい9行にわたる「序詩」がある。「象」という題名は、本名一蔵の「蔵」と同音であるところから、戯名として「一象」「逸象」を随筆などに用いたことによる。内容は、既刊の第1句集から50句、第2句集から50句、52年から55年までの作から50句、56年から65年までの作から200句、66年から75年までの作から264句、計614句である。「跋」に代えて、中本紫公、花登《はなと》筺《こばこ》、山本夕村の文章が再掲してある。紫公は、映湖の人柄と句風とについてまことに的確に評している。「全く粉飾がなく、(略)純真であり、ほゝえみであって、自然を瀆《みつ》める純粋な人間愛が、どの句にも浸透している」、『俳句らしからぬ俳句』を映湖君が継承、口語俳句の胚胎と共に注目すべき」(「花藻」174号より)という。52年ごろ「花藻」同人であった劇作家、小説家の花登筺は、「自主」的であって「柔順」、とにかく「どんな人でもにっこり笑って氏を好きにならざるを得ない」「円満」さ(「花藻」52年5月号)と述べている。各テーマごとに句を示すと、家族愛、〈節子お父ちゃんの脈も一緒だ〉(節子は長女の名前)、〈妻あれば泥のごとくに昼寝する〉〈春着ほめる男の言葉一つきり〉。ユーモア、〈石彫《ほ》の虎に柵する四月馬鹿〉〈寝冷せし腹なお布袋《てい》のごと豊か〉。叙景、〈駅長の指す春暁へ汽車発《はな》つ〉〈走り井に霰《あられ》がこぼる珠《たま》となり〉(月心寺)、〈満月の曼陀羅《まんだら》となる石の寺〉(石山寺)。ロマンとロマンス、〈火星近し夜の女貴婦人めく〉〈てふてふのひら仮名に酔い恋す〉〈緑蔭の石が息つめ恋人たち〉〈切《きり》干《ぼし》のごとき女体《にょたい》にミロの蛇〉(MIRO展)。生活、〈綿菓子《わたがし》が童《わらべ》の顔をはみ出せり〉〈薄給の雪つまさきにしかつかぬ〉。労働、〈炭労のピケ張る赫《あか》き月あげて〉〈パンチャーの指膝の上で眠し〉。戦争、〈戦争の一人の記憶蝗《いなご》焼く〉〈寒声の回顧一兵卒の号令〉。前衛的衝撃的なもの、〈熱帯魚ビル閉館の扉引く〉〈矢飛白《やがすり》の浴衣の殺意夜雨滂沱《ぼうだ》〉。人生、

〈落日へ秋思のターンいくたびも〉〈文弱の掌《て》の哀しさが蚊を叩く〉〈秋天の秤《はかり》 生まるゝことと死ぬること〉。（山本洋）

藤本恵子　ふじもと・けいこ

1951・3・26〜。小説家。滋賀郡雄琴《おごと》村大字苗鹿《のうか》（現大津市苗鹿）生まれ。東京都杉並区在住。本名山田恵子。旧姓藤本。農家の二女。父は早くに死没。1969年県立大津高等学校卒業。大津市内で保母の職につく。大津中央公民館主催の創作講座に出席して小説の勉強を始め、70年受講生仲間と同人グループ「くうかん」を結成。71年2月の創刊号に最初の短編小説を発表。保母をやめ京都、大阪に移り、立命館大学の学生を主にした同人誌「燃焼」に作品を書く。73年京都で結婚。74年春23歳のとき意を決して上京、アルバイトをしながら旺盛な創作意欲で小説を書き、そういう自分だけのために個人誌「逆行」を発行、多くの習作を載せる。75年その個人誌が名古屋で「作家」を主宰する小谷剛の注目するところとなり、さそわれて「作家」に入会。同誌発表の2作目「ウエイトレス」（76年7月）が例会で他の同人たちからも強く支持され、第13回「作家」賞を受け、同人誌推薦作として「文学界」76年9月号に転載された。「作家」にはつづいて「裸々《らら》のなかで」（77年3月）、「アーチ」（78年3月）を発表。78年筑摩書房「文芸展望」公募の第14回太宰治賞に応募、保母体験をもとにした「森かなし」が最終選考にのこり、また同誌編集長の知遇をえたが、その1か月後筑摩書房は倒産。80年から82年にかけてもっぱら「早稲田文学」に「浮世風呂・春風編」（81年3月）、「風かおる」（81年6月）、「漂う日」（81年7月）、「パトロール戦線の果て」（82年5月）など5作を発表したが、その後しばらく足踏み状態がつづいた。「作家」賞受賞後10年の86年、急進的な学生運動の時代を背景に激しく変貌するふるさとの農家生活を対象とし、そのなかに自分の青春をも投影した「比叡を仰ぐ」（6月）で第62回文学界新人賞を獲得。選考委員の中上健次は、中野重治「村の家」、柴田翔「されどわれらが日々──」、立松和平「遠雷」が想起されるとして、「そのいずれに対してもこの作品は批評的」であり、「フェミニズムへの傾斜では津島佑子と通底するが、私の見るところでは藤本恵子はもっと熟している」と述べている。同作品は86年度上半期の芥川賞候補となり、選考委員の水上勉、安岡章太郎の強い推挙によって山田詠美とともに最終2作にはいったが、結局「該当作品なし」となった。そのあと「ジプシー宣言」（「三田文学」86年8月）、「河原町通り一九七三年冬」（「文学界」86年9月）、「町からの招待状」（「三田文学」86年11月）を発表。東京下町のすし屋にパートではたらく若い女性の目をとおして庶民群像を描いた「ジプシー宣言」は、「朝日新聞」の「文芸批評」欄（86年7月25日付）でとり上げられ、種村季弘は「観念との相克」をテーマとした「比叡を仰ぐ」に比べ、「観念のヴェールを剝いだところの、のびやかさが手柄」と評した。

藤本は、90年3月、400枚弱の書き下ろし長編『クレソン』（講談社）で、郷里においてはかつて家畜に食わせていた異人芹《ぜり》（クレソン）がいまや高級野菜に変じたように、高度経済成長政策のもと水や土地や風習や人間がいちじるしく変化した農村状況をあざやかに描きだして話題作となった。「もう二度と郷里を舞台に小説など書くまいと思った」（『クレソン』あとがき）作者がふたたび郷土を題材にしたのは、時代と生活とに激しく翻弄されてきた湖西の風土というもののいわば〝喜怒哀楽〟に改めてつき動かされたからではないかと推測される。国文学雑誌も注目、「解釈と鑑賞」の別冊「女性作家の新流」（91年5月、至文堂）がとり上げ、関東学院大学講師の平山三男が執筆したが、J・P・サルトルの「参加の文学」という世界的に強力な水準器を用いて、藤本の「比叡を仰ぐ」や以降の連作と「クレソン」を論じ、「爆発し続けるネズミ花火」などと評した。91年、大阪南港《なんこう》の合板工場ではたらく4人の若者の生活をはつらつとスピーディに描いた「南港」（「文学界」8月）で、再度91年度下半期の芥川賞候補にのぼったが受賞を逸した。選評で、大江健三郎は「人物の…語り口の愉快なテンポにおいて手練れの作というにたりる」と評し、黒井千次は「明るく突き抜けてユーモアもあり、スピード感の溢れる文章に好感を持った」と述べた。92年、東京に出てきた関西人の女性とその母親、あとで上京同居した祖母という3人組のキャラクターを創出した書き下ろし痛快長編『女三銃士まかり通る』（92年1月、講談社）を刊行。〝女三銃士〟は、田舎の山野や大阪のたくましい街で鍛えられ身につけた生活の知恵とバイタリティーと立板に水の関西弁とで大都会東京と東京人とに真っ向から立ちむかっていく。その行動がおのずから笑いを、あるいは涙をさそう快調なテンポのエンタテインメント小説になっている。94年12月から「京都新聞」に「百合鷗《ゆりかもめ》」を連載しはじめ、95年9月に完結、96年7月朝日新聞社から単行本として刊行した。「沈みっぱなしの五年間」（後出書あとがき）をへて、2001年TBSブリタニカの募集した懸賞に「小説丸山定夫　築地にひびく銅鑼《どら》」を投稿。新劇界で天才と謳われながら広島で被爆死した丸山定夫の起伏にとんだ生涯を、エノケン（榎本健一）、徳川夢声らとの交流をとおして端正な筆致で描き、第10回開高健賞を受賞した。2001年7月TBSブリタニカより単行本化されたが、これ以後、活動の場を拡大し、評伝小説という新分野にも挑戦しようとしている。

＊比叡を仰ぐ《ひえいをあおぐ》　短編小説。〔初出〕「文学界」1986年6月。◇私小説ではないが作者自身の青春時代を投影し、70年代に生きる青年像を描いている。主人公の「私」は、戦後の農地改革で小作から自作農になった農家に生まれ、市役所につとめている21歳の女性。父は亡くなり、祖父、母、姉、中学生の弟の一家5人で比叡山のふもとで暮らしている。71年その琵琶湖畔の農地に「トルコ」という一大歓楽街が建設され、姉はそのトルコ街のレストランでウエイトレスとして働き始める。娘のために嫁入り道具をそろえることを願いとしてきた母は、姉を見限り「私」に夢を託す。だが「私」は、古いタイプの女性の生き方に疑問をいだき、故郷や家族からの脱出願望をつのらせていく。時代のなりゆきに流されず自己の可能性を切りひらいていこうとする真摯な若い女性像を描いた秀作。

＊クレソン《くれそん》　長編小説。〔初版〕『クレソン』90年3月、講談社。◇書き下ろし。大津市雄琴《おごと》を舞台に、69年の江若《こうじゃく》鉄道（地方軽便電車線）の廃止からJRの発足へと移りかわるおよそ20年間を時代背景とする。農家のひとり息子浅見冬夫は、近くの繊維会社に就職するが、先祖の墓や田畑を守るという跡継ぎの宿命に反発し、いったんは東京へ脱出。だがUターンして近くのガソリンスタンドに職をえた。その冬夫を訪ねて、農村の食文化に関心をもつ東京のOLるり子がやってくる。冬夫とるり子とは結婚。ふたりで農業を営んでいくうち、足枷《あしかせ》とも思っていた農業と農村とにしだいに新しい価値を見いだしていく。家業の漁業を

ついだものの琵琶湖総合開発で廃業に追いこまれタクシーの運転手になった青年や、トルコ歓楽街ではたらく若い女性も配されて、作品に深味をあたえている。「京都新聞」の書評（匿名）は「幾分荒削りながら、時代を正面から見据えるエネルギッシュな姿勢には圧倒される。国際化時代への新しい感触をここに感じる」（90年4月23日付）、「朝日新聞」の書評は翻訳家、小説家の常盤新平が「作者は三人の経験を通して農村の都市化や環境汚染、生活の変化をきわめて具体的に描いてゆく。一章一章に時間の流れ、生活の重みが凝縮されている」（90年5月6日付）と述べている。

＊百合鷗《ゆりかもめ》　長編小説。〔初出〕「京都新聞」94年12月1日～95年9月14日。〔初版〕96年7月、朝日新聞社。◇前項目作に登場する冬夫の両親、浅見ユキと吉夫を主人公にした物語。敗戦直後の京都と滋賀を舞台に、ひとりの女性が夫や家族らとともに動乱期をしたたかに生きぬく姿を描く。湖西の村に生まれ12歳のときから京都へ女中奉公に出ていたユキは、実家に近い村からやはり京都へ湖魚を売りに来ていた吉夫と知りあい結婚する。浅見家は農地改革で4反《たん》の田畑をもつ自作農になったが、それだけでは食べていけない。吉夫は闇市で古着や飴などを売り、ユキは水田で鯉の養殖をはじめる。浅見の家には、吉夫の商売仲間で韓国人とおぼしき男や、金閣寺の徒弟僧や、わが子のように育てた奉公先の娘ゆい子ら、多くの人たちが訪れる。だが、朝鮮戦争のため韓国の男も去り、ゆい子も駆け落ちして家を出、金閣寺では徒弟僧による放火炎上事件がおこる。ユキは「家へ来て泊まった人は皆、うちらをおいて離れていく」と思う。まるで夏場になると琵琶湖からシベリアに渡っていく百合鷗のように。題名に象徴されるのは一期一会の縁《えにし》。個性ある人物やユキの生活史が巧みな物語展開とともに活写された意欲作である。（山本洋）

藤本勉　ふじもと・つとむ

1913・11・28～1987・8・5。小説家、教育者。山口県美弥郡（現美弥市）生まれ。1924年一家で大阪に移住。32年大阪府立今宮中学校卒業後、代用教員をしながら池田師範学校を卒業。戦後も教職を勤め、定年退職後の77年から大津市富士見台に居住。以後熱意を込め創作に専念。79年同人誌「くうかん」に発表の「友情の軌跡」が滋賀県文学祭に入選、12月滋賀作家クラブに入会。80年3月同人誌「滋賀作家」（22～43号）編集委員。教職の経験等を基に、誠実に実人生と向き合う人々の葛藤を、人間愛を込め写実的に描く。歿後、追悼集として妻の随筆も併収した小説、随筆集『風の吹く町』（88年7月、藤本愛子）を刊行。表題作のほか「割れた夕映え」「焦土」「引き潮」「みえないナイフ」等を収載。同書の随筆「石垣の顔」には大津の坂本が、また「石―装われるものの素顔―」では石山寺が印象的に描かれる。（外村彰）

藤本徳明　ふじもと・とくめい

1936・4・26～。国文学者。愛知郡秦荘町（現愛荘町）生まれ。本名明。1959年京都大学文学部国文学科卒業後、八日市高等学校教諭から金沢美術工藝大学助教授、同志社女子大学教授を歴任。歴史人物列伝『ハイティーン悪人列伝』（65年9月、三一書房）、恋愛文学を論じた共著『日本の恋人たち』（65年1月、三一書房）や『北陸の風土と文学』（76年8月、笠間書院）、『日本海のロマン 伝承・文学にたどる北陸史』（76年7月、中日新聞本社）を刊行。他に、中世説話文学、文学風土学関係の研究、編書等がある。（外村彰）

藤本直規　ふじもと・なおき

1952・12・9～。詩人、医師。岡山県倉敷市生まれ。1974年より文藝同人誌「文苑」で詩作を始める。入会したのは、同人の推薦が必要でなかったからという。「詩は現代詩はおろか中原中也や萩原朔太郎すら読んだことはなかった」という。最初の恋愛詩を清水哲男に評価され、多作を続ける。78年12月第1詩集『解体へ』を私家版で刊行。「アフォリズムみたいなものやら恋愛詩やら物語詩やら、ほとばしりでるものを自分でも抑制できなかった。そんな混沌の集大成」であるという。80年5月恋愛詩集『マレーヌ』を編集工房ノアより刊行。「成就するかどうか解らなかった恋愛中、献詩として書かれたものを、結婚式にあわせて詩集にしたもの」という。92年『ゆふづつのうた』（太安堂）に収録される。82年詩誌「言葉」同人。斎藤雅晃と「攀」を創刊。86年滋賀県立成人病センターに勤務。88年10月『別れの準備』を花神社より刊行、これによって89年3月第39回H氏賞を受賞。「「死」を宣告することによって生き残った人たちの日常を中断しながら」「「死」の現場から全く中断されることなく自分の日常に帰って行ける」辛さを、藤原新也の「印度放浪」を通して「詩のうえで「死」を何とか冷静に表現できるようになった」時の「自分の救済のために書いた詩」が中心になっているという。饗庭孝男は「彼の詩には生理的、あるいは解剖学的な言葉がある。それと形而上的な言葉の距離のあいだをちぢめてゆきながら、そこから彼独自の思想というべきもの」をあらわそうとしていると評した。その後成人病センターの老人神経内科部長を経て、99年より守山市で医療法人藤本クリニックの理事長。物忘れ外来専門医、認知症の予防と治療の権威として活躍。87年に博士号を取得。2004年認知症への取り組みで石崎賞を受賞。講演や啓蒙活動、専門領域の執筆に精力的に活動を続けている。妻は『イリスの神話』や『眠り舞』などの詩集を持つ、藤本真理子。

（出原隆俊）

藤本真理子　ふじもと・まりこ

1947・7・15～。詩人。秋田市生まれ。旧姓力石。1971年金城学院大学大学院修士課程文学研究科英文学専攻修了。夫は医師で詩人の藤本直規。75～86年個人詩誌「りゅら」発行。82年から大津市蛍谷、のち守山市阿村町在住。83年「言葉」同人。94年「GANYMEDE」同人。静謐なロマンの通底する典雅な詩風で、詩集に『イリスの神話』（73年6月、私家版）、第34回滋賀文学祭文藝出版賞を受賞した『眠り舞』（84年7月、文童社）、『スプレィ・マム』（94年10月、銅林社）、『石山』（96年3月、銅林社）、『櫻雨』（2000年4月、銅林社）、『雪、フェルマータ』（2003年4月、銅林社）がある。『石山』は大津市の自宅や瀬田川、石山寺、琵琶湖と琵琶湖文化公園を背景にした子息芳明の映像を併録し、うつろう「少年」の内面への詩的オマージュを捧げた異色作。武田肇編集の詞華集にも多数の詩を掲載。映画批評集『愛の破片 映像と生贄 film20』（2002年11月、銅林社）もある。日本現代詩人会会員。

（外村彰）

藤森成吉　ふじもり・せいきち

1892・8・28～1977・5・26。小説家、劇作家。長野県諏訪郡上諏訪町（現諏訪市）生まれ。東京帝国大学在学中の1914年6月に発表した『波』（自費出版、のち『若き日の悩み』と改題、20年7月、新潮社）で認められる。その後、社会主義に傾倒し、28年の第1回普通選挙では労働

ふ

党候補として長野県より出馬（落選）、同年、全日本無産者藝術連盟（ナップ）の初代委員長に就任する。30年1月「改造」に、甲賀郡（現甲賀市）や野洲郡（現野洲市）を中心に1842（天保13）年に起きた天保近江一揆（甲賀騒動）に取材した戯曲「蜂起」を発表。1942年より「都新聞」とその後身の「東京新聞」、さらに「日本農業新聞」に連載した『太陽の子』（前編、44年3月、新潮社、のち前後編、48年2月、小峰書店）は、栗太郡下笠村（現草津市）出身の江戸後期の文人画家、横井金谷の自伝『金谷道人御一代記』をもとにした長編小説である。この自伝は、後に藤森によって『金谷上人行状記　ある奇僧の半生』（65年2月、平凡社）として現代語訳された。草津市宗栄寺の境内には横井金谷を記念して建立された、藤森の揮毫による「太陽の子」碑がある。　（日高佳紀）

藤原審爾　ふじわら・しんじ

1921・3・7（戸籍上では30日）～1984・12・20。小説家。東京市で父協一の長男として生まれる。1925年母と生別、翌年父と死別し、岡山県和気郡片上町の父の生家で祖母に育てられる。閑谷《しずたに》中学校4年生時に祖母死去。その後、青山学院高等商業部に在学中、肺結核で倒れ中退。45年に同人雑誌「文学祭」を発行、これを契機とし外村繁の推挙にあずかる。「永夜」（「新潮」46年6月）、「秋津温泉」（「人間」別冊号、47年12月）、「愛撫」（「新潮」48年5月）、「魔子を待つ間」（「群像」48年7月）などを発表。48年に肺結核が再発し、阿佐ヶ谷の河北病院に入院。その病室で「藤の実の落ちる季節」（「別冊文藝春秋」49年12月）などを執筆。肋骨切除の手術などを受けて51年の夏退院。翌年「罪な女」（「オール讀物」5月）を発表し、第27回直木賞受賞。戦後の世相や男女の関係を抒情的に描き流行作家となった。その後、推理小説、時代小説などにも創作の幅を広げた。『藤原審爾作品集』全7巻（56年11月～58年9月、森脇文庫）がある。

＊天の花と実　てんのはなとみ　長編小説。〔初版〕『天の花と実』77年8月、新潮社。◇みよは高校1年のとき両親と死別し、信楽の窯元陶仙園で住み込み働きをすることになる。そのとき小学6年の弟茂夫は大津の伯父に引き取られた。みよは持ち前の心根の清らかさで陶仙園の人々に可愛がられて育つ。そこで職人見習いの悟郎と出会い惹かれあう。陶仙園の大奥さん藤江が倒れ、若主人の要とその妻の典子へ徐々に実権が移り、営利的な生産に切り替わっていく頃、要の異母弟で職人気質の宗人は伝統工藝展で特選をとり、彼の作がよく売れるようになる。快く思わない典子は目障りな者を辞めさせていく。宗人と懇意であったみよも不要宣告された。先輩女中を頼って京都で和菓子屋や旅館の仕事を転々とする。その間、伯父が借金のため姿をくらませたり、茂夫が警察沙汰の事件や愚連隊に引っ掛かって問題を起こすが、悟郎やよしみのある客に救われる。それらのことで、みよは豪奢に傾いていた自身を反省する。そんなとき台風に襲われ高潮が押し寄せた和歌山の悟郎の実家は壊滅状態となる。急遽実家に戻った悟郎は懸命に働き、さらにベトナム戦時下、そこへ医薬品を届ける高給の仕事を受ける。みよは悟郎が帰ってくるまで待つと告げる。ベトナムの悟郎から最初のうち届いていた手紙もこなくなり、言い合わせていた時期になっても帰って来ない。みよの誠実さにうたれた客が結婚を申し込んだが、みよは承諾しない。茂夫は大学を卒業し、東京の出版社に就職し手が掛からなくなった。宗人が肺がんで亡くなって3回忌になる頃、

その墓に参ったみよは悟郎と再会。驚いたみよは階段から転落し、命に別状はなかったものの、性的不能の状態に陥り、いつ全快するか分からないとのこと。それをみよ本人には告げずに、悟郎はみよと結婚、京都嵐山に住まい、世間も羨む夫婦となる。ある日、みよは念願の買い物の轆轤を悟郎に送る。そして、自分も全快したことを告げる。みよ自身も知っていたのである。その夜、みよと悟郎は結ばれる。発表された77年に、同名でテレビドラマ化（竹下景子、渡瀬恒彦ほか出演）もされており、伝統工藝と高度経済成長時の営利主義的な興業との軋轢や、ベトナム戦争を背景とした挿話など、発表時の時代状況を問題化する内容でもあるが、どのような時代であっても一途な心根の美しさが、みよと悟郎の人物造型に仮託されている。（島村健司）

布施雅男 ふせ・まさお

1927・12・17〜。小説家。五個荘町（現東近江市）平阪生まれ。号雅遼《がりょう》。1945年県立八日市中学校卒業後、旧制高知高等学校文科甲類、大阪大学国文科卒業。川西市在住。「骨壺」編集同人（65〜85年）の他、「群星」「彩光」「中央文学」「滋賀作家」同人。戦乱の近江の地を主舞台に、滅びる者の峻厳な生と命の燃焼を描く。短編集に『花骨壺・落城霊秘』（82年4月、檸檬社）、『歴史小説への招待 七話』（83年12月、鳥影社）、『蘭花物語 頼山陽と妻梨影』（86年10月、鳥影社）、『土佐の女』（89年1月、日本図書刊行会）がある。

＊**花骨壺**《はなこつぼ》 短編小説。〔初出〕「骨壺」66年7月。〔初収〕『花骨壺・落城霊秘』82年4月、檸檬社。◇初出を大幅に改稿。戦国時代、甲賀の里の「忍び者」は、織田方と対峙するかつての主家、佐々木六角との絶縁を評定で決めた。頭領の玄介は、「生来愚鈍」だが心優しい息子五作を六角への使者とするが、袂に入れた花のおかげで五作は斬られず帰参した。玄介配下の佐助の娘さわと結婚した五作は、六角側で策動し殺された兄の二作の首をひそかに手製の骨壺に入れて埋葬した。一方佐助は玄介の命に従えず「反忍」者として殺される。甲賀者も加勢した信長が近江を手中とした頃、村のため洞窟の水脈を掘り続けていた五作は、のち蝮にかまれて石楠花の花を手にしたまま亡くなってしまう。五作の遺骨を玄介夫妻に奪われた身重のさわは、手製の骨壺に石楠花の花を入れ、夫の遺志を継ごうとするが、夫の兄の三作に村を捨てて父の遺体が埋められた地に移住するよう諭され、出立を決意。しかし「村の掟」により射られた矢がさわを襲い、かばった三作が斃れる。（外村彰）

渕田隆雄 ふちた・たかお

1937・4・4〜。小説家。高島郡安曇村大字上小川（現高島市安曇川《あどがわ》町上小川《かみおがわ》）生まれ、在住。1956年3月、県立高島高等学校卒業。すぐに陸上自衛隊今津駐屯地（途中6年間は大津駐屯地）に事務官として勤務。63年ごろから早崎《はやさき》慶三を中心として隆盛にむかいつつあった滋賀作家クラブに入会し、力量のあった渕田は、早崎や伏見丘太郎らの助言をうけて、当時新人発掘に意欲的だった講談社「小説現代」の新人賞に2、3度応募。成果は早く「アイヌ遊俠伝」なる作品で、66年の第7回「小説現代」新人賞を射とめた。その後、良きリーダーとして信頼していた早崎の急逝もあって、渕田は滋賀作家クラブを離れるが、当時から大きなテーマと考えていた中江藤樹に打ちこむ意思を30数年持続させ、2001年6月、定年後の2年をかけた長編小説『天命の人―小説中江藤樹―』を完成、自

費出版した。（山本洋）

船木朴堂 ふなき・ぼくどう

1900・12・25〜1978・11・22。俳人。福島県生まれ。本名栄。1926年京都帝国大学医学部卒業。27年から「京鹿子」「ホトトギス」に投句。45年長浜市に疎開、同年長浜句会創設に参画。49年から橋本鶏二に師事。68年「氷魚」創刊。柔和な自然諷詠の写生句を詠んだ。句集に『湖礁』（70年12月、私家版）、『喜寿苑』（76年9月、私家版）がある。83年3月、長浜城域に句碑〈魞《えり》の戸に月のさざなみあるばかり〉建立。（外村彰）

船木満洲夫 ふなき・ますお

1930・11・29〜。詩人。満洲（現中国東北部）の旅順に生まれる。神戸大学文学部英米文学科を経て、1957年に東京都立大学大学院人文科学研究科修士課程を中退。78年に仏教大学教授に就任し、文学部長、総合研究所所長などを歴任。大津市坂本本町に居住。日本現代詩人会加入。詩集に『船木満洲夫詩集』（76年、宝文館出版）があり、著書に『T・S・エリオットの文学―暗示と解釈―』（78年3月、北星堂書店）、『英米文学概論』（95年4月、仏教大学通信教育部）、『一休の詩と生きざま』（95年6月、近代文藝社）、『恋愛とは何か―文学作品を中心に―』（88年1月、近代文藝社）、『形而上詩人とT・S・エリオット』（99年4月、宝文館出版）等がある。（浦西和彦）

舟橋聖一 ふなはし・せいいち

1904・12・25〜1976・1・13。小説家、劇作家。東京市生まれ。1925年東京帝国大学在学中に新劇団心座を結成する。26年心座第4回公演の「白い腕」が今東光の推薦を受け、10月「新潮」に掲載されて文壇に登場した。34年9月「新潮」に「自由主義文学の提唱」を、10月「行動」に「ダイヴィング」を発表し、能動精神、行動主義論争を巻き起こした。官能的な女性を描いた作品や歴史を扱った作品に優れ、井伊直弼の生涯を描いた『花の生涯』（53年6月、新潮社）、『花の生涯続』（53年11月、新潮社）の功績により、64年6月彦根市名誉市民称号が贈られた。『ある女の遠景』（63年10月、講談社）で第5回毎日藝術賞、「好きな女の胸飾り」（「群像」67年11月）第20回で野間文藝賞を受賞。75年文化功労者。76年蔵書と遺稿が彦根市に寄贈され、市立図書館内に「舟橋聖一文庫」が設立された。86年舟橋聖一顕彰文学奨励賞、89年舟橋聖一顕彰青年文学賞が創設される。

＊花の生涯 はなのしょうがい　長編小説。〔初出〕「毎日新聞」夕刊、52年7月10日〜53年8月23日。〔初版〕『花の生涯』53年6月、新潮社、『花の生涯続』53年11月、新潮社。◇彦根35万石の藩主井伊直中の第14子である直弼は300苞の捨扶持を与えられ、自らを擬した埋木舎で歌、茶道を嗜む日々を送っていた。ある日、国学者長野主膳を招き、「政治嫌い」という話から意気投合した直弼と主膳は3日2晩語り合い、師弟関係を結んだ。主膳は多賀神社の般若院から城下町の揚屋金亀楼へ出稽古に来ている三味線の師匠、村山たかを直弼に引き会わせた。間もなく直弼はたかと深い関係となるが主膳の情婦と知り、近江の湖畔に主膳を呼び出し、苦悩の末主膳との交友を取ってたかと決別するが、生涯忘れられない存在となる。世子の死、兄である藩主の死により、直弼は彦根藩を継ぐこととなり、江戸へ向かった。折しもペリーの黒船が浦賀に現れ、国論が開国、攘夷に揺れ動いていた。そのような混乱期に直弼は大老に就任し、国内の

情勢を把握するために主膳を京都に送り、たかも隠密として直弼を助けた。その後来日したハリスとの条約交渉は難航し、決断しきれない幕府に代わり直弼は勅許を待たずに日米修好通商条約を結んだ。将軍世継問題も加わり、さらに直弼批判が強まっていく。直弼は国論の統一を図るために、また主膳やたかの身を案じて安政の大獄を断行した。直弼への非難は頂点に達し、1860（安政7）年3月3日、「一期一会」の人生観を旨とする直弼は大雪のなか登城し、桜田門外で水戸浪士に襲われ落命した。主膳は捕らえられて処刑され、たかは三条河原で3日3晩の生き晒しの刑に遭いながらも一命を取りとめた。この作品では史実を精密に調べた上で舟橋聖一の解釈が加えられ、特に直弼の死についてはピストル射殺説を採用した。井伊直弼の生涯について舟橋は中学生の頃から着目していたのである。また1952年取材に彦根を訪れ、たかの存在を強く意識した。随筆「たか女覚書」（「文藝春秋」53年10月）では、たかの生き晒しの図から「高徳の尼僧」のような「天女の花顔」を感じ取り、作品の最後を練り上げたと記している。『花の生涯』では「運命」に巻き込まれていく直弼の姿と「男という男を惑わすに足りる美しさ」を持ったたかの存在が際立っている。劇化も多く、53年に映画化され、その後63年にはＮＨＫ大河ドラマの第1作となり彦根は一躍脚光を浴びた。舟橋は同年10月彦根で講演、翌年10月には彦根城内の「花の生涯」記念碑除幕式に出席後、講演を行った。

＊お市御寮人《おいちごりょうにん》　小説。〔初出〕「主婦の友」60年4月～61年11月。〔初版〕『お市御寮人』61年11月、新潮社。◇信長に「幼い時から強い信頼と支持を寄せていた」妹のお市御寮人は家臣柴田勝家と羽柴秀吉から想いを寄せられていた。だが信長はお市の政略結婚を考え、小谷城の浅井長政を選んだ。長政は結婚に反対する父久政を竹生島に隠居させ、同盟関係にある朝倉家を討たないという条件でお市を正室に迎えた。だが情勢は変化し信長は朝倉を討って出た。いずれにつくか苦悩する長政をよそに久政が裏で朝倉援護を指示したため、長政は信長の怒りを買ってしまう。結局姉川の戦いで敗れた長政は小谷城が落城する前にお市と子供たちを逃れさせた。再び勝家、秀吉がお市を妻にしようと画策するなか、本能寺の変が起こる。信長亡き後お市は北の庄城の勝家に嫁いだが、信長の跡目をめぐる両者の対立は激しさを増し、賤ケ岳の戦いで勝家は敗北した。そこでお市は勝家と共に死を選んだのである。舟橋は戦争について「いつでも、思いもよらぬ人物によって製造される」が、その責任者が「製造者であった例しは少ない」という歴史観を持ち、信長の妹として戦国時代を生きたお市の生涯を勝家、秀吉との三角関係と絡ませて描いている。また舟橋は60年暮れ、小谷、琵琶湖周辺、北の庄城址を訪れている。

（元木直子）

冬木好《ふゆき・こう》

1931・12・8～1997・5・18。詩人、作家。守山市木浜町生まれ。本名中野好蔵。旧姓石田。京都学藝大学卒業。栗東中学校、葉山中学校教頭を経て大宝西小学校の校長となる。大学時代から創作活動を始め、1954年「山椒魚」が県文学祭で入選し、「日本読書新聞」に取りあげられ、処女詩集として出版された。その頃、大野新らと「鬼」に入会、石原吉郎らの「ロシナンテ」に属していた。「ゼロの運命」（80年12月）で第12回東海現代詩人賞を受賞し、83年には「球体」が京都新聞社賞を受ける。翌84年3月に、嫁ぎゆく娘クミへの心情を描いた3冊目の詩集『父の視線』が発行された。東海現代詩人会会員。小説には「ガラスの恋」（54年）、「傾斜」（56年）等がある。晩年はひたすら英国の詩人シドニイ・キイズ（22〜43年）に心酔した。（青木京子）

古井由吉 ふるい・よしきち

1937・11・19〜。小説家。東京都生まれ。1962年に東京大学大学院修士課程（ドイツ文学）を修了し、4月に金沢大学助手。64年に岡崎睿子と結婚。65年立教大学に転任。68年1月処女作「木曜日に」を「白描」8号に発表、11月に同誌9号に都会の群集の中に潜む狂気を描いた「先導獣の話」を発表。69年8月「海」創刊号に集団の中の女性を微妙な思いで見守る男を描く「円陣を組む女たち」を発表。70年立教大学を退職し、作家活動に専念。8月「文藝」に1人の学生が、谷底に座っていた心を病む女性と出会い、逢瀬を繰り返すが、病の亢進の中で愛の成就に行き着かない状況を描く「杳子」を発表、この作品で第64回芥川賞を受賞。黒井千次、小川国夫らとともに「内向の世代」の代表的な存在と目された。その後、『聖』『栖』『東京物語考』『白髪の唄』などを刊行。評論集『招魂の表現』もある。滋賀県との関係では、78年12月に「美濃・近江・若狭などをめぐる。さまざまな観音像に出会った」（自筆年譜による、以下も）。80年2月「比叡山に登り雪に降られる」。5月「近江の石塔寺、信楽、伊賀上野、室生寺、聖林寺まで旅行」。81年6月「福井から敦賀、色の浜、近江、大垣まで『奥の細道』の最後の道のりをたどる。また、雨の比叡山に時鳥の声を聞きに行き、ついで朽木から小浜まで足をのばし、また峠越えに叡山までもどる」。（出原隆俊）

古川光栄 ふるかわ・みつえ

1924・2・26〜。俳人。滋賀県生まれ。草津市草津在住。1947年「花藻」入会、中本紫公、藤本映湖、中川いさをに師事。67年「花藻」同人。〈春耕や陽の曼陀羅を欲しいまま〉（山本洋）

古谷綱武 ふるや・つなたけ

1908・5・5〜1984・2・12。評論家。ベルギー生まれ。成城高等学校在学中から新感覚派、新興藝術派の文学者達と交友し、評論活動を活発に展開した。『批評文学』（36年7月、三笠書房）、『作家の世界』（39年5月、赤塚書房）、『評伝 川端康成』（60年12月、実業之日本社）等のほか、人生論や随想といった幅広い執筆領域を持つ。40年に近江を訪ね、唐崎、竹生島、醒井《さめがい》の旅の記「水のある風景」（「観光の近江」40年9月）を発表。（外村彰）

【ほ】

保木春翠 ほうき・しゅんすい

1902・1・5〜1991・4・7。俳人。高島郡（現高島市）新旭町藁園生まれ。本名信二。1914年3月新儀小学校卒業。繊維機械の販売業に従事した。50年皆吉爽雨に師事。同門の山上荷亭と親交。「宿雲」「芦の花」「京鹿子」「雪解」同人。向日性のある写生句を特徴とし、湖西での生活や風景詠が多い。74年2月私家版で発行した句集『みづうみ』は、滋賀県藝術祭俳句部会藝術賞を受賞。79年藁園神社に句碑〈鈴の緒を吹きゆく風の爽やかに〉建立。（外村彰）

保木とみ ほうき・とみ

1918・9・12〜。歌人。高島郡（現高

島市）新旭町生まれ。旧姓足立。滋賀女子師範学校卒業。1976年安曇川短歌会入会、のち「林泉」「滋賀アララギ」「水海」に参加。日々の感慨を叙す生活詠の中に花を題材にした歌が多いのは、園芸を趣味とし植物と心を通わせる作者の心の反映。歌集に『ナンバンギセル』（87年7月、私家版）と『月下美人』（95年9月、私家版）〈田植期に安曇川の水も渇きゆくか餌を探して鳶の群れとぶ〉がある。（外村彰）

北条秀司 ほうじょう・ひでじ

1902・11・7～1996・5・19。劇作家。大阪市西区に生まれる。本名飯野秀二。天王寺甲種商業学校在学中、室町銀之助の筆名で宝塚少女歌劇団第5回脚本募集に応募した「コロンブスの遠征」が1920年7月に上演された。関西大学専門部文学科卒業。箱根登山鉄道に勤務しながら戯曲を書く。33年岡本綺堂に師事し、「舞台」同人となる。41年戯曲集『閣下』（40年12月、双雅房）で新潮社文藝賞を受賞。「王将」「文楽」「霧の音」「太夫《こったい》さん」「明治の雪」「佃の渡し」「狐狸狐狸ばなし」「浮舟」など多くの戯曲を書いた。52年、56年の2度にわたる毎日演劇賞、55年にNHK放送文化賞、65年に『北条秀司戯曲選集』（青蛙房）で藝術選奨文部大臣賞、66年に読売文学賞、73年に第21回菊池寛賞、76年に大谷竹次郎賞、90年に日本演劇協会特別功労賞を受賞。87年には文化功労者に選ばれた。93年に「日本商業演劇史」の研究により、関西大学より博士（文学）が授与された。

＊司法権《しほうけん》 戯曲。〔初演〕54年10月、明治座。◇3幕4場。来遊中のロシア皇太子を大津署の巡査津田三蔵が斬りつけ負傷させたという大津事件に取材。被告津田三蔵の判決をめぐり、ロシアからの外交上の圧迫をおそれて津田を死刑にしようと策動する政府と真っ向から対立した大審院長児島惟謙が、司法権擁護のためにつくす姿を描く。

＊井伊大老《いいたいろう》 戯曲。〔初演〕56年3月、明治座。◇2幕4場。開国策と攘夷論で物情騒然たる中に大老職を務める直弼の苦衷と、直弼がまだ若い時からのお静の方との深い愛情を、雪の降り出した桃の節句の下屋敷を背景に描いている。

＊比叡颪し《ひえいおろし》 戯曲。〔初演〕60年9月、東京宝塚劇場。◇3幕18場。琵琶湖に面した大津の料理旅館魚吉楼を背景に、高速道路が通るので、莫大な金が入ることになった魚吉楼の乗っ取りに暗躍したり、愛欲のからみ合いがあったり、それぞれ個性的な人物たちが描かれる。

＊堅田心中《かたたしんじゅう》 戯曲。〔初演〕61年12月、明治座。◇2幕3場。江戸時代、近江の国の堅田の村へ、牢から出てきたやくざ女おすがが亡母の墓参りに来た。そこへ船問屋の若旦那友之助も墓参りにやって来る。2人が京の町で同棲していた時、おすがが友之助の罪をかぶって入牢したのである。すべてをあきらめたはずのおすがだが、友之助の妻に子供が出来たと知って、嫉妬のあまり妻を殺害し、男と共に琵琶湖で心中する悲恋物語である。（浦西和彦）

星川清躬 ほしかわ・きよみ

1896・8・4～1940・1・15。詩人。山形県鶴岡市生まれ。京都府立医学専門学校卒業後、帰郷して医業のかたわら詩誌「魚鱗」「詩編時代」等に詩を発表。地元の藝術、農民活動も主導した。詩集『彦根屏風』（1943年8月、言霊書房）の表題詩は「彦根屏風」から想を得た代表作で、頽廃的な感覚美を表現。他に、詩集『石の門』（25年12月、魚鱗社）、訳詩集『古典詩抄』（42年11月、言霊書房）、『星川

清躬全詩集』（78年5月、さとう工房）がある。（外村彰）

星野立子　ほしの・たつこ

1903・11・15〜1984・3・3。俳人。東京市麹町区（現千代田区）生まれ。高浜虚子の次女。1910年鎌倉移住。24年東京女子大学高等部卒業。翌25年に星野吉人と結婚。26年から俳句を始め、「ホトトギス」誌で研鑽を積む。晩年の虚子に随行して比叡山をたびたび訪れている。30年6月「玉藻」を発刊主宰。34年「ホトトギス」同人となる。平淡な表現の中に繊細な感覚を流露させた写生句に特色がある。生前、句集を7冊刊行。『立子句集』（37年11月、玉藻社）〈青麦に琵琶湖見渡すはね釣瓶〉。同句集には比叡山での作句も多く収める。以下、中村汀女との合著『鎌倉』（40年3月、三省堂）や『続立子句集第一』（47年3月、菁柿堂）、『続立子句集第二』（47年4月、菁柿堂）、『笹目』（50年4月、七洋社）、『実生』（57年11月、玉藻社）、『春雷』（69年4月、東京美術）〈叡山の杉木の間より夏の湖〉。評論、随筆集も多い。『星野立子全集』全6巻（98年10月〜、梅里書房）がある。（外村彰）

星野みゑ　ほしの・みえ

1930・11・16〜。俳人。滋賀県生まれ。大津市別保在住。本名松山美恵。1971年「かつらぎ」入会、阿波野青畝、森田峠に師事。80年「かつらぎ」同人。句集『飛天の笛』（刊年月等未詳）。〈わがゆく手なる遠野火よ消えずあれ〉（山本洋）

細川雄太郎　ほそかわ・ゆうたろう

1914・11・27〜1999・2・21。童謡作詞家。蒲生郡日野町に生まれる。筆名は細川裕太郎、青山純など。高等小学校卒業。1939年「童謡と唱歌」に投稿した「泣く子はたあれ」を海沼実が作曲し、翌40年の秋、キングレコードに持ち込んだ。キングレコードのディレクターであった柳井尭夫がタイトルを「あの子はたあれ」に改め、歌詞も大幅に改訂。「あの子はたあれ／たれでしょね／なんなんなつめの／花の下／お人形さんと／あそんでる／可愛い美代ちゃんじゃないでしょか」というこの曲を、酒井ゆきえが歌ってヒットした。同39年「ちんから峠」にも海沼実が曲をつけ、42年にテイチクから戸板茂子の歌で発売された。この曲のタイトルは最初「ちりから峠」であったが、作曲をした海沼実が言葉にリズムを持たせようと「ちんから」と改題し、4番まであった歌詞を、長すぎるとして3番までにした。その結果、「ちんからほい／ちんからほい／ちんから峠の／お馬はほい」という有名なフレーズが出来上がった。戦後48年に、川田正子が歌った「ちんから峠」がコロムビヤレコードから発売され、これが大流行。この時、作曲者の海沼実がコロムビヤレコードと専属契約をしたため、長い間コロムビヤが録音権を独占し、他社は発売することが出来なかった。88年にやっと解放され、「ちんから峠」を他社で録音することが可能になった。これら童謡の他にも、「そよ風かおる城山の／みどりの息吹すこやかに」で始まる県立水口東高等学校の校歌など、校歌の作詞も手がける。64年12月11日制定の南比都佐小学校の校歌は、瀬川美代の作詞を細川雄太郎が補作している。晩年は故郷の蒲生郡日野町で年金生活を送るかたわら、詩謡誌「葉もれ陽」を主宰し、後輩の育成にも努めた。99年急性循環器不全で死去。享年89歳。「あの子はたあれ」の歌碑が、蒲生郡日野町木津国道307号グリーンバイパス沿いと、群馬県藪塚温泉のなつめ公園にある。（荒井真理亜）

堀江爽青　ほりえ・そうせい

1924・9・25〜。俳人。滋賀県生まれ。長浜市泉町在住。本名一男。1948年「年輪」同人。「菜殻火」同人。「晨」同人。86年「年輪」賞受賞。94年長浜句会代表。93年8月、爽青全句集『過去帖昭和編』（私家版）。97年9月『続過去帖平成編』（私家版）。〈島の灯が波に戻りて花火果つ〉　（山本洋）

堀口大學　ほりぐち・だいがく

1892・1・8〜1981・3・15。詩人、翻訳家。東京市（現東京都文京区）本郷生まれ。号十三日月《とみかづき》ほか。1911年慶応義塾大学仏文科中退。中学時代に与謝野鉄幹に師事し歌作。25年まで外交官であった父の転勤に伴い欧州等で生活。翻訳詩集『月下の一群』（25年9月、第一書房）などにより詩壇の動向に多大な影響を与え、高踏的な詩誌「パンテオン」「オルフェオン」を編集して後進を育成。フランス小説の翻訳でも高い評価を得た。57年日本藝術院会員、79年文化勲章受章。県下在住の井上多喜三郎と武田豊は堀口門下。62年には長浜の武田の出版記念会、安土の井上の詩碑除幕式に出席。井上への挽歌5首（「青芝」66年5月）〈君に見る近江聖人《ひじり》がおん心近江が生みし詩《うた》聖人これ〉があり、『月かげの虹』（71年8月、筑摩書房）収載の「慶雲館即事」は「僕も　僕の詩も／長浜の盆梅でありたい／年古《ふ》りて　幹枯れ朽ちて／花凛《りん》と　色に　香《か》に冴え」との晩年の心境を述べた佳詩。『堀口大學全集』全13巻（81年10月〜88年3月、小沢書店）がある。　（外村彰）

堀辰雄　ほり・たつお

1904・12・28〜1953・5・28。小説家。東京市麹町区（現東京都千代田区）に生まれる。東京帝国大学国文科卒業。第一高等学校時代から文学に志し、芥川龍之介、室生犀星に師事した。1926年中野重治らと「驢馬」を創刊。30年作品集『不器用な天使』（改造社）を刊行し、「聖家族」を「改造」（11月）に発表、文壇に認められた。肺結核に苦しみながら、「風立ちぬ」、37年「かげろふの日記」、41年「菜穂子」等を執筆。リルケらの影響を受けるとともに、日本の古美術や王朝文学にも関心を示した。

＊**曠野**　あらの　短編小説。〔初出〕「改造」41年12月。〔全集〕『堀辰雄全集第2巻』77年8月、筑摩書房。◇王朝物の第4作である。『今昔物語』の「中務大輔娘近江郡司婢語」を原典として執筆された。中務大輔なにがしの娘は、兵衛佐と愛し合ったが、両親が死ぬと家は窮乏し、男と別れて荒れ果てた家に一人住んでいた。ある日、近江の国から郡司の息子が宿直《とのい》のため京へやってきた。息子は女に同情して、近江の国へ連れて帰った。郡司には妻があったので、女は婢として仕えた。新しく赴任してきた国守が女を見て心を動かされた。男は、昔、女のもとに通っていた兵衛佐であった。女は兵衛佐に抱かれたままだんだんと死顔に変わりだした。　（浦西和彦）

堀千枝　ほり・ちえ

1899・月日未詳〜。俳人。栗太郡葉山村（現栗東市）に生まれる。女学校卒業後、医家に嫁し、以後大津市に在住。1947、8年頃大津市で発行されていた「花藻」に初投句、掲載される。その後、54年6月発行の『花藻　第一句集』に「明治めく」と題して18句入集、58年7月発行の『花藻　第二句集』には「柚子匂ふ」と題して20句が入集。また、朝日俳壇（選者加藤楸邨）や婦人雑誌（選者中村汀女）にも投句、掲載される。

55年頃、梅原黄鶴子、藤沢石山の推薦で「馬酔木」に入会。殊に、梅原より馬酔木俳句を教授される。80年6月、句集『をだまき』（洛樹出版社）を刊行。（荒瀬康成）

本庄漁火 ほんじょう・いさりび

1898・7・9～1963・1・25。川柳作家。高島郡高島町（現高島市）勝野生まれ。本名慶吉。俳句より転じ、当初は、さん馬と号した。1952年のびわこ番傘川柳会創立に加わり、のち「番傘」川柳社同人となる。〈法悦の朝金色の雨が降る〉〈屋根の雪どうして下ろすかへ仰ぎ〉（山本洋）

【ま】

舞原余史 まいはら・よし

1911・10・2～。俳人。岡山県生まれ。守山市川田町在住。本名好忠《よしただ》。1937年藤原款冬に師事。39年「鶴」に入会、石田波郷、石塚友二、星野麦丘人に師事。55年「鶴」同人。句集『山魚川』（刊年月等未詳）、『晩年』（刊年月等未詳）。〈除夜詣で掌にあたたむる茶碗酒〉（山本洋）

前川佐美雄 まえかわ・さみお

1903・2・5～1990・7・15。歌人。奈良県生まれ。1925年東洋大学東洋文学科卒業。佐佐木信綱に師事した後、プロレタリア短歌、さらに幻想的な浪漫主義短歌に転じる。34年「日本歌人」を創刊主宰。新藝術運動を展開し、日本浪漫派にも親しんで古典的な歌風を深めた。歌集に『植物祭』（30年7月、素人社書屋）、『大和』（40年8月、甲鳥書林）、『春の日』（43年1月、臼井書房）、『積日』（47年11月、札幌青磁社）など。戦後の代表歌集『捜神』（64年8月、昭森社）には、醒井《さめがい》養鱒場を詠じた「紅葉図」14首を収載。また『白木黒木』（71年12月、角川書店）には〈比良山は雪まだありや夕がすみ茜《あかね》さしつつ雲にまぎれぬ〉等の「近江春」7首のほか、「多賀」2首、「近江石塔寺」3首、湖北から湖東の旅で作られた「天の川」5首も収める。県内の近江神宮、比叡山にも来訪。『前川佐美雄全集』全3巻（2002年9月～、砂子屋書房、2巻まで刊行）がある。〈近江の国姉川の水にしづきをりし青き丸き石夜目《よめ》に渦巻く〉（外村彰）

前川恒雄 まえかわ・つねお

1930・10・9～。図書館学者。石川県に生まれる。兵庫県西宮市在住。1953年文部省図書館員養成所卒業、同年石川県小松市立図書館、56年同七尾市立図書館、60年日本図書館協会を経て、65年東京都日野市立図書館長となる。移動図書館「ひまわり号」を発案し、市民のための図書館づくりの先駆的活動を行った。80年から90年にかけて滋賀県立図書館館長を勤める。退任後の91年から98年は甲南大学教授として後進の指導に当たった。図書館学に関する多数の著作があるが、その視点は一貫して市民のための図書館利用に向けられている。著書に『貸出しと閲覧』（66年8月、日本図書館協会）、『図書館の発見　市民の新しい権利』（共著、73年10月、NHKブックス）、『移動図書館ひまわり号』（88年4月、筑摩書房）など、他に『前川恒雄著作集』全4巻（98年2月～99年5月、出版ニュース社）が刊行されている。（木田隆文）

前川文夫 まえがわ・ふみお

1937・10・14～。エッセイスト。高島郡（現高島市）今津町弘川生まれ。1960年滋賀大学学藝学部数学科を卒業、県内公立高等学校に勤務。エッセイ執筆に情熱を注ぎ、「コスモス文学の会」同人。2000年滋賀県文学祭随筆部門特選、2002年コスモス文学新人賞受賞。著書に、『河上肇ノート』（1996年10月、白地社）、『澤地久枝への誘い』（2000年6月、白地社）、『人生の四季』（2002年7月、新風舎）ほか多数。（久保田暁一）

前田曙山　まえだ・しょざん

1871・11・21～1941・2・8。小説家。東京日本橋生まれ。本名次郎。日本英学館卒業。1891年から硯友社系の作家活動を始め「蝗うり」（「文藝倶楽部」1895年4月）などを発表。のち園藝家となるも1906年文壇に復帰、『落花の舞』前後編（26年5月、8月、東京朝日新聞社）等で大衆作家として名声を得る。「情炎秘史 孔雀の光」（「大阪毎日新聞」夕刊、25年12月10日～26年8月10日）は日野が社地である勤皇の神官藤島求馬《もとめ》と、京都の松原左中将家の侍女である忠烈の美女お節（近江萩村出身）が登場する幕末時代長編で、26年5月、10月に前後編が大阪毎日新聞社から刊行。元代官で山賊の首領多田源左衛門が攘夷の内勅（御宸筆）を隠した孔雀絵の唐櫃を松原家から盗み、お節も日野の綿向山の「山塞」に拉致されるが、求馬や中岡慎太郎らの活躍により奪還。再び宸筆を奪った多田は粟津の隠れ家で恋慕するお節に迫り失敗。ほかに求馬の日野の屋敷や瀬田の新関、鏡山の山荘、萩村が舞台となっている。（外村彰）

前田夕暮　まえだ・ゆうぐれ

1883・7・27～1951・4・20。歌人。神奈川県大住郡（現秦野市）生まれ。本名洋造（洋三）。中郡共立中学校（現神奈川県立秦野高等学校）退学。1911年4月雑誌「詩歌」を創刊。口語自由律短歌を発表する。21年6月前田夕暮選『若山牧水選集』、若山牧水選『前田夕暮選集』が出版され、「夕暮、牧水の時代」といわれるほどの人気を呼ぶ。また、高弟の米田雄郎によって蒲生町石塔の極楽寺に夕暮の歌碑が建立される。〈五月の　あをかしのわか葉が　ひときは　このむらを　あかくする　朝風〉の歌が刻まれ、碑の裏面には「昭和六年十月」と日付がある。この年、歌碑除幕式が行われ出席する。この頃、夕暮は滋賀県の歌人の育成に力を注ぐ。晩年糖尿病で体調を崩し、結核性脳膜炎にて69歳で死去。処女歌集『収穫』（10年、易風社）、『深林』（16年、白日社）、『原生林』（25年、改造社）などが有名。（渡邊浩史）

牧さかゑ　まき・さかえ

1912・6・25～。歌人。名古屋市生まれ。市立第一高等女学校卒業。戦後東京から大津市に転居し、佐々木綾子主宰「湖千鳥」（のち「歌樹」）同人。柳田暹暎《せんえい》等と同誌の編集を担当した。感情の揺曳を具象に昇華させる生活詠を中心とする歌風で、印象的な視覚的効果に優れた歌が多い。歌集に『みぞそばの径』（1980年5月、歌樹社）がある。〈三井の山かげ／雨雲の亀裂よりのぞく藍空に浮きてざくろの熟れ近き艶〉（外村彰）

牧村泉　まきむら・いずみ

1935・月日未詳～。小説家。滋賀県に生まれる。関西大学社会学部卒業。広告制作会社勤務後、フリーのコピーライターとなる。2002年「邪光」がホラーサスペンス大賞特別賞を受賞した。著書に『邪光』（2003年2月、幻冬舎）、『幼痛』（2004年1月、新潮社）、『ストーミーマンデイ』（2005年7月、幻冬舎）がある。（浦西和彦）

正岡子規 まさおか・しき

1867・9・17～1902・9・19。俳人、歌人、随筆家。伊予国(現愛媛県)松山生まれ。本名常規《つねのり》。幼名処之助《ところのすけ》、升《のぼる》。別号獺祭書屋《だっさいしょおく》主人、竹の里人ほか。紀行「しやくられの記」によると1890年第一高等中学校卒業後、24歳の子規は帰省旅行中の8月27日に大津に到着、石山周辺を観光し、三井寺門前の井筒屋に10日間滞在し俳跡を訪ねて、湖上での観月を楽しんだ。随筆集『筆まかせ』第3編にも三井寺の奉納踊り「ろくさい」の記述がある。1892年「日本」紙に「獺祭書屋俳話」を連載、発句の独立を説く。翌年東京帝国大学文科大学を中退し日本新聞社に入社。その後も与謝蕪村の再評価や俳句、短歌の革新運動を行う。1897年「ホトトギス」創刊に協力し、写生俳句を提唱して高浜虚子らを指導。句集に『獺祭書屋俳句帖抄 上巻』（1902年4月、俳書堂）〈兼平の塚をとりまく菜種かな〉、歌集に『竹乃里歌』（04年11月、俳書堂）〈近江のやいぶきおろしにさらしたる米の粉たびし君し恋しも〉、他に俳論『俳諧大要』、随筆『病牀六尺』など著書多数。94年石部町（現湖南市）石部西の児童公園、95年大津市逢坂の蟬丸神社に句碑建立。『子規全集』全22巻別巻3（75年12月～78年10月、講談社）がある。

（外村彰）

真崎建三 まさき・けんぞう

1954・5・5～。小説家。滋賀県に生まれる。本名横山康隆。カリフォルニア大学バークレー校卒業。シカゴ大学大学院修了。アメリカでさまざまな仕事に就く。レミントン・シティのタフガイ、ダン警部とポップ刑事が活躍する『ジャンキー・エンジェル―狂熱破壊都市』（91年7月、徳間書店）で作家デビュー。凄惨な殺戮を繰返したマックス・ソルターが刑務所から脱走し、その熾烈な殺人ゲームを描いた『獣神（ロンリー・ストレンジャー）のバラード』（91年12月、徳間書店）や、書き下ろしエンタテインメント『さよなら、チャイナブルー1』（92年5月、光文社）、『さよなら、チャイナブルー2』（92年6月、光文社）、日米刑事の破天荒な追跡を描く『暴走刑事《デカ》』（93年2月、徳間書店）、セックスとドラッグとロックの中を漂うリタ、エミル、マモルの複雑な人間関係を描いた『内面装飾―INTERIOR』（93年7月、早川書房）、秘密捜査官矢神俊二とワル刑事鬼城との非情な捜査を描く『殺戮捜査線』（94年5月、徳間書店）、暗黒組織に凄絶な戦いを挑んで行く原田裕司を主人公にした『ブラッド・パンク』（94年12月、講談社）等を書いた。他に、『ウルトラピンク32°F』（95年4月、角川書店）、『死刑執行警察』（96年1月、徳間書店）、『パラノイド・ワルツ』（2001年3月、講談社）がある。

（浦西和彦）

正宗白鳥 まさむね・はくちょう

1879・3・3～1962・10・28。小説家、評論家、劇作家。岡山県和気郡（現備前市）生まれ。本名忠夫。東京専門学校文学科卒業。在学中、内村鑑三の著作に傾倒するも、卒業頃その熱はさめる。1904年後藤宙外のすすめで、「新小説」に処女作「寂寞」を発表。『紅塵』（07年9月、彩雲閣）、『何処《どこ》へ』（08年10月、易風社）を刊行、厭世と倦怠を前面に押しだした作風で、自然主義文学の第一線に立つ。大正後期、戯曲復興の機運の中で「人生の幸福」「安土の春」「光秀と紹巴」などシンプルな構造の劇作を発表。昭和に入ると、円本ブームの中で作家論を多作し、『文壇人物評論』（32年7月、中央公論社）、『作家論

（一）、（二）』（41年8月、42年1月、創元社）に結実。『自然主義盛衰史』（48年11月、六興出版社）、『文壇五十年』（54年11月、河出書房）などの貴重な証言も残す。四弟の死を扱った「リー兄さん」が最後の小説となる。

＊安土の春《あづちのはる》　戯曲。〔初出〕「中央公論」26年2月。〔初収〕『安土の春』26年3月、改造社。◇時を、徳川家康が武田勝頼を攻め、その落城もまぢかい1581（天正9）年3月に、場所を、安土城の内外に設定した3幕もの。キリスト教に帰依している若い侍村瀬新八と、朋輩たちと桑実寺に参詣し途中からぬけだしてきた侍女若菜が、安土城外で話しあっていたところ、織田信長に出くわし、信長は新八と若菜を斬殺、寺参りしている他の侍女たちの捕縛を小姓に命ずる。帰城した信長は侍女たちを殺すように命じ、また彼女らの命乞いをした桑実寺の老僧をも殺すように命ずる。その後やってきた柴田勝家に、信長は国内統一のあとは海外進出を考えていることを伝える。「若い奴等は直ぐに珍しい者にかぶれるが」「おれは、そのジユースといふ異国の神と角力を取つて見たくなつた」という信長の言は、その死の1年前であるだけに、生の虚しさを感じさせることになる。

（中尾務）

馬杉七郎　ますぎ・しちろう

1906・10・18～1988・12・2。漢詩人、教育者。大津市生まれ。県立膳所中学校を経て、1928年東京高等師範学校（現筑波大学）理科卒業。物理教師として福井県の鯖江女子師範学校、37年台湾の台南州立台南第一中学校で勤務。戦後は滋賀師範学校、49年から膳所高等学校教諭となる。自由奔放な名物教師で独学により機知に富む漢詩を作った。著作に『思い出の記飄々』（81年10月、私家版）『飄々パロディ小倉百人一首』（88年5月、私家版）がある。

（外村彰）

増田篤夫　ますだ・あつお

1891・4・9～1936・2・26。小説家、評論家。鉄道局に勤務した父の任地犬上郡彦根町（現彦根市）に生まれたが、父の郷里神戸で育つ。1914年早稲田大学英文科を中退。生来の病弱に苦しみ、将来に不安をかかえる青年期を過ごした。戯曲「恋人譲渡の件」（13年2月）や短編「風」（16年8月）には、そのような時期に彼の元を去った女性の恋愛心理が描かれている。その頃からフランス文学に関心を抱くようになり、フランス語の習得に努めた。また、評論に力を注ぎ、「解放」に、「有島生馬論」（17年8月）、「有島武郎論」（同年10月）、「福士幸次郎論」（20年9月）などの作家論を相次いで発表した。「有島武郎論」では「宣言」について「氏は生命を捉へんと焦慮して生理を摑んだ」と評し、「カインの末裔」については「読者は努力と緊張とを読むことができるだけで、小説を読むことができない」と論じた。こうした批判に対して有島は強い関心を示し、「増田篤夫といふ人は「解放」誌上で私の芸術に対し非難の声を挙げ始めました」（浅井三井あて書簡）と受け止めることになった。増田は「藝術に於いて、よろこび、悲しみ、苦しみ、嘆きといふやうな一切の人間的感情と光景とが人を打つのは、その表現がハアモニアスだからである」と論じている。彼の藝術観、文学観には、自らなる調和（ハアモニイ）こそが神髄だとする美意識があった。22年肺疾患が悪化して喀血、一時重体に陥ったがどうにか持ち直した。その前後を通して、かつて親交のあった三富朽葉の全集編纂に力を尽くす。朽葉はフランスの近代詩人ランボーやマラルメに親炙しつつ口語自由詩や散文詩を作り続けたが、17年夏、犬吠埼で水泳中激しい波にさらわれて溺死している。増田はその作品と論文をすべて収めた大冊『三富朽葉詩集』（26年10月、第一書房）を編纂し、伝記「三富朽葉の生ひたち」（33年3月）を執筆した。（内田満）

松崎鉄之介 まつざき・てつのすけ

１９１８・12・10～。俳人。横浜市生まれ。本名敏雄。１９３７年から「馬酔木」に投句し、39年大野林火に師事。翌年市立横浜商業専門学校卒業。シベリア抑留を経て47年「濱」同人、82年同誌を主宰。俳人協会会長も務めた。句集『鉄線』（75年10月、濱発行所）〈芽吹きそむ湖北入江の碧深め〉、湖北での連作13句を収めた『玄奘の道』（88年12月、角川書店）、「北近江を歩く」８句等を含む『長江』（２００２年２月、角川書店）に、しばしば吟行した近江での佳作が多い。（外村彰）

松下亀太郎 まつした・かめたろう

１９２０・１・１～２００６・10・９。郷土史家。高島郡（現高島市）安曇川町長尾生まれ。１９４６年から高島郡高島町（現高島市）勝野在住。旧姓横井。46年松下家にはいる。39年滋賀師範学校卒業。郡内各地の小学校をへて安曇川町立青柳《あおやぎ》小学校校長、安曇小学校校長、新旭町立湖西中学校校長を歴任。共著『中江藤樹と杉浦重剛』（73年３月、私家版）、『物語中江藤樹』（81年６月、日本藤樹学会）がある。78年５月、新人物往来社第３回郷土史研究賞受賞（「中江藤樹の郷土史研究―その人物と思想―」）。（山本洋）

松平千秋 まつだいら・ちあき

１９１５・９・13～２００６・６・21。西洋古典学者。岐阜県に生まれる。１９７０年代から２００４年まで、30年近く大津市比叡平に居住。１９３８年３月京都帝国大学文学部言語学科卒業。41年４月京都帝国大学講師に就任。47年４月京都大学助教授、58年４月京都大学教授になる。その後京都産業大学教授となり、86年３月に退職。85年『アナバシス』の翻訳で読売文学賞を受賞。88年勲二等瑞宝章を受章。田中美知太郎との共著に『ギリシア語文法』（50年４月、創元社）、『ギリシア語入門』（51年９月、岩波書店、改訂版は62年５月）があり、著書に『ホメロスとヘロドトス―ギリシア文学論考―』（85年９月、筑摩書房）がある。翻訳にエウリーピデース著『ヒッポリュトス―パイドラーの恋―』（59年６月、岩波文庫）、『〈世界の名著５〉ヘロドトス「歴史」』（70年８月、中央公論社）、ヘロドトス著『歴史上中下』（71年12月～72年２月、岩波文庫）、『〈世界文学全集Ⅰ〉ホメロス「オデュッセイア」』（82年６月、講談社）、クセノポン著『アナバシス―キュロス王子の反乱・ギリシア兵一万の遠征―』（85年３月、筑摩書房）、ヘーシオドス著『仕事と日』（86年５月、岩波文庫）、ロンゴス著『ダフニスとクロエー』（87年３月、岩波文庫）、アイリアノス著『ギリシア奇談集』（89年１月、岩波文庫）、『〈ギリシア悲劇全集５〉アルケースティス』（90年５月、岩波書店）、『古典文学集〈集英社ギャラリー〔世界の文学〕１〉エウリーピデース「バッコスの信女」』（90年８月、集英社）、『〈ギリシア悲劇全集７〉イオーン』（91年３月、岩波書店）、ホメロス著『イリアス上下』（92年９月、岩波文庫）、ホメロス著『オデュッセイア上下』（94年９月、岩波文庫）等がある。（浦西和彦）

松根東洋城　まつね・とうようじょう

1878・2・25〜1964・10・28。俳人。東京生まれ。生家は伊予国宇和島藩の家老職。本名豊次郎。別号秋谷立石山人ほか。松山中学校時代に夏目漱石を知り句作を始め「ホトトギス」に入る。1905年京都帝国大学法科大学卒業後、宮内省に勤務。08〜16年「国民新聞」俳句欄の「国民俳壇」選者となって定型句を擁護し、「ホトトギス」系の後進を育成。15年「渋柿」創刊主宰。近江の句は04年から60年までの旅中詠に数多い。『東洋城全句集』全3巻（66年8月〜67年1月、海南書房）がある。〈闇中に近江の湖や年惜む〉　（外村彰）

松村蒼石　まつむら・そうせき

1887・10・2〜1982・1・8。俳人。蒲生郡老蘇《おいそ》村（現東近江市五個荘）大字清水鼻《しみずがはな》生まれ。本名増次郎。生後40日で父は亡くなり、母親の手で育てられた。老蘇村立尋常小学校4年を修め、1898年4月から絹織物卸業を営む商家に丁稚奉公。1年後京都の店舗で小僧として働き、早稲田中学科外講義等に学ぶ。1904年手代となり、5年ぶりに帰郷。以後も販売部員として精勤。05年秋から約1年間「京都日出新聞」俳句欄（中川四明選）他に句稿を送る。翌年10月奉職先の東京支店新設に伴い上京。こうした経緯は「—自叙伝—露のむかし」（「雲母」59年8月〜10月）に詳しい。その後平穏な市民生活を送るが、23年関東大震災に遭い家財全焼。翌年埼玉県大宮の仮寓で長女と妻が病歿。この後17年ぶりに作句を再開し、「ホトトギス」「鹿火屋《かびや》」「枯野」への投句期を経て飯田蛇笏に傾倒、25年入門。以来「雲母」に50年以上欠かさず投稿を続ける。36年に再婚の妻死去。戦時中、次男病死に続き長男戦死。のち東広に勤務しながら足立区に居住し、60年には30年ぶりに帰郷する。一方41年雲母巻頭10回記念祝賀会が催されるなど、蛇笏門下でも重きをなし、戦前「雲母」の有力作家と「彩雲」を、47年4月長谷川朝風と「玉虫」誌を共宰した（〜53年7月）。66、73年「雲母」の山廬賞、73年『雪』他で第7回蛇笏賞を受賞。生母や師を篤く慕う温和謹直な人柄で、人生の辛酸を経た境涯は虚心の写生を通した平明な句にも映じる。それらにはしばしば遠い故郷への郷愁が潜む。第1句集『寒鷺抄〈雲母作家選集〉』（50年7月、玉虫発行所）の〈ふるさとは緋蕪漬けて霰どき〉や『露〈雲母叢書第十一篇〉』（60年1月、雲母社）所収の〈ふるさとの山なだらかや春の闇〉はその代表例。また『春霰』（67年7月、竹頭社）には「三十余年相見ざりし滋賀の郷里」を訪れた折の「ふるさと　二十七句」を収める。句集は他に『雪』（72年8月、竹頭社）〈望郷や枯いろしのぐ蘆の丈〉、『雁』（75年11月、永田書房）。石原八束は『露』の「解説」で郷愁の詩心の純粋さを論じ「自然との対話によって細く高く柔軟に、しかもかなしくひびきわたる」蒼石作品の「主題旋律は、一途に緊張した調べを崩さない」と評した。その句境は後年も堅持され、悠然とした象徴味を増した。自選句集に『松村蒼石集〈自註現代俳句シリーズ・Ⅱ期37〉』（78年10月、俳人協会）がある。〈わが古里は／雪晴の伊吹正面七里なり〉　（外村彰）

松本清張　まつもと・せいちょう

1909・12・21〜1992・8・4。小説家。福岡県小倉市（現北九州市小倉区）生まれ。本名清張《きよはる》。1924年清水《きよみず》尋常高等小学校高等科卒業。種々の職につき、41年朝日新聞社に正式に入社。53年「或る『小倉日記』伝」で第28回芥川賞受賞。56年朝日新聞社を辞し作家専業。『点と線』

（58年2月、光文社）、『砂の器』上下（70年10月、読売新聞社）等により社会派推理小説を開拓、晩年まで旺盛な執筆活動を展開。短編「顔」（「小説新潮」56年8月）に比叡山、「陰謀将軍」（「別冊文藝春秋」56年12月）では湖東地区を描出。「花衣」（「別冊文藝春秋」66年6月、のち「月光」と改題）には、橋本多佳子がモデルの「羽島悠紀女」が大津の三井寺付近に住して戦後「滋賀俳句会」を始めたと記述される。他に「私説・日本合戦譚（二）姉川の戦《たたかい》」（「オール読物」65年2月）、「壬申戦記」（『清張通史5 壬申の乱』79年5月、講談社）、『両像・森鷗外』（94年11月、文藝春秋）でも姉川合戦、近江朝廷の滅亡、土山の常明寺が描かれる。『松本清張全集』全66巻（71年4月～96年3月、文藝春秋）がある。（外村彰）

松山忠二郎 まつやま・ちゅうじろう

1869・12・12～1939・8・14。新聞人。甲賀郡土山村（現甲賀市土山町）の農家に生まれた。東京専門学校（現早稲田大学）政治科卒業。田口卯吉の世話で東京経済雑誌社に入社。1897年大阪朝日新聞社経済部長となり、アメリカに特派され、コロンビア大学に学ぶ。帰国後、東京朝日新聞編集局長となる。1918年7月末に退社、翌年9月から24年2月まで読売新聞社社主。その後、31年2月から34年2月まで満洲日報社社長として在任。また郷里の土山町に財団法人松山育英会を設立し、後進の育成に貢献した。（島村健司）

真鍋京子 まなべ・きょうこ

1927・11・26～。小説家、幼児教育者。京都市右京区生まれ。大津市中庄《なかのしょう》居住。1947年から市内の幼稚園、公民館、教育委員会に勤務。71年から同人誌「くうかん」に参加し、のち総務を経て同誌を主宰。76年滋賀県文学祭に「影を曳く」が入選。以後数回の入選の他、77年「秋海棠」、78年「薄明り」、85年「古自転車」が特選。82年の退職後も大津市文化連盟など多くの団体運営に協力。小説集『薄明り』（88年8月、真鍋京子）、『鳰舞う空の下に』（98年11月、真鍋京子）も出版した。幅広い題材を駆使して様々な職種、地域から社会や家族の問題を取り上げ、運命のもたらす苦難と対峙する人物像を描く。『薄明り』には表題作の他、具体的地名はないが滋賀が舞台とみられる短編も収められ、『鳰舞う空の下に』所収の「一本のレール」では信楽高原鉄道の事故の場面も描かれる。

＊薄明り《うすあかり》　短編小説。〔初収〕『薄明り』88年8月、真鍋京子。◇書き下ろし。長浜に住む佐智子夫妻の一人息子哲治は、幼稚園に入った時から急に「足が曲がってこける」ことがあって歩行が困難になる症状を示し始めた。担任の先生も専門医の診断を進言する。夫の哲蔵は息子を厳しく育てようとしながら養育責任を妻に負わせるが、病状を解してからは哲治に優しく接する。医師の紹介で哲治は京都の国立療養所に機能訓練のため通院することになるが、佐智子たちには哲治の「進行性筋ジストロフィー症」が特効薬のない難病なのが知らされないままだった。小学校入学を前に、通院していた病棟に哲治を住まわせ「廊下続き」の養護学校に通わせることとなった夫婦は、哲治の病気が治る見込みがなく短命だと知る。しかし夫婦は息子の今後のためにも希望を捨てぬようにしようと励ましあう。（外村彰）

【み】

三浦綾子　みうら・あやこ
1922・4・25〜1999・10・12。小説家。北海道旭川市生まれ。1939年旭川市立高等女学校卒業。教職検定試験に合格し、同年4月歌志内市立神威小学校に勤務。46年3月戦時中の軍国主義教育の過ちに気づき、深い虚無感と自責の念から旭川市立啓明小学校を退職、7年間の教職生活を閉じる。以来、肺結核や脊髄カリエスを患い、13年間に及ぶ療養生活を送る。この間キリスト教に入信し、52年病床受洗。59年同信の三浦光世と結婚。主婦として雑貨店を開いたが、64年朝日新聞社の懸賞小説に応募し、「氷点」が入選。同年12月9日より翌年11月14日まで、「朝日新聞」朝刊に同作品が連載されてベストセラーになる。以後、信仰に深く根ざした小説やエッセイを病苦に耐えながら執筆。作品は『塩狩峠』（68年9月、新潮社）、『泥流地帯』（77年3月、新潮社）、『銃口上下』（94年3月、小学館）ほか多数。また、『三浦綾子作品集』全18巻（83年5月〜84年10月、朝日新聞社）、『三浦綾子全集』全20巻（91年7月〜93年4月、主婦の友社）等がある。

＊**『細川ガラシャ夫人』**《ほそかわがらしゃふじん》　長編小説。〔初出〕「主婦の友」73年1月〜75年5月。〔初版〕『細川ガラシャ夫人』75年8月、主婦の友社。◇著者が初めて手がけた歴史小説。細川ガラシャ（洗礼名。実名は玉子）は明智光秀の娘であり、細川忠興に嫁した。「本能寺の変」後、光秀の敗死により玉子は苦悩の人生を歩むが、切支丹に入信し、信仰を貫いて「関ケ原の合戦」の前夜に38年の生涯を終える。小説のはじめの方には、父光秀が築いた近江の坂本城で、光秀夫妻の慈愛のもとに育てられる様子が生き生きと描かれている。玉子が湖上に出て舟遊びをする場面や、光秀が玉子をつれて坂本の西教寺を訪れた時の状況なども描かれる。西教寺には、光秀夫妻の墓があり、光秀が西教寺を訪れた時の一文が標示板にも記されている。信長が築いた安土城のことも書かれていて、近江と関係が深い小説である。　（久保田暁一）

三浦道明　みうら・どうみょう
1934・11・9〜。第56世三井寺円満院門跡大僧正。大津市園城寺町生まれ。大阪商業大学卒業。芦屋大学大学院教育学部修士課程修了。日本青年会議所副会頭、日本仏教同友会初代会長、文部省社会教育審議会委員などを歴任。華道保粋遠州流家元。日本に中国気功を紹介し、日中気功学会会長でもあり、中国の復旦、青島両大学の客員教授をつとめる。1995年大津市日中友好協会を設立、初代会長となる。著者に、『会議術会話術』（80年9月、紀尾井書房）、『心を鍛える』（80年11月、紀尾井書房）、『女大学』（84年1月、自由書館）、『気力100番』（97年11月、日新報道）など。　（島村健司）

美鍵虹樹　みかぎ・にじき
1947・11・1〜。俳人。滋賀県生まれ。日野町大窪在住。本名横山昇。理容業。1966年「雪解」入会、皆吉爽雨、井沢正江に師事。83年「雪解」同人。〈沢蟹の出迎へありし登山口〉　（山本洋）

三木露風　みき・ろふう
1889・6・23〜1964・12・29。詩人、歌人。兵庫県揖西郡《いっさい》（現たつの市）生まれ。本名操。別号羅風。7歳の春、実母が家を去る。県立龍野中学校に首席で入学したが、文学に熱中のあまり成績低下、2

年にて岡山県の閑谷黌へ転校。翌1905年7月処女詩歌集『夏姫《なつひめ》』（血汐会）を「閑谷を去る紀念の集」として自費出版し、上京する。有本芳水、北原白秋、前田夕暮、若山牧水らを知り、短歌結社車前草社に参加。07年春、生田長江の推挙で「藝苑《げいえん》」に詩を発表、詩への専念を決意。3月、早稲田詩社を相馬御風、人見東明、野口雨情らと結成。同年早稲田大学入学、10年慶応義塾大学に転学後、退学。08年5月「早稲田文学」に口語詩「暗い扉《と》」を発表、詩壇の問題作となる。09年9月第2詩集『廃園』（光華書房）を刊行、白秋の詩集『邪宗門』と並称され好評を博す。13年春、「旅を愛する」露風は、近江義仲寺にて芭蕉の墓へ参るなど芭蕉への敬慕の念を示し、詩「芭蕉翁を懐ふ」（『露風集』）、「琵琶湖をのぞみて」（『蘆間の幻影』）を記す。同年9月日本象徴詩の一到達点を示す第4詩集『白き手の猟人《かりゅうど》』（東雲堂）を刊行。同年11月西条八十、山田耕筰らと未来社を結成。21年童謡「赤蜻蛉」を発表。20年から24年まで北海道のトラピスト修道院に赴任、受洗して宗教と自然に親しむ。数多くの詩集のほか、童謡集、随想集などもある。

（二木晴美）

三品千鶴　みしな・ちず

1910・11・28〜2004・3・25。歌人。京都府舞鶴市生まれ。旧姓原。父は佐賀県人、母は舞鶴藩士の娘で共に教育者。幼少期は母方の祖父母の家で暮らし、漢学者でもあった祖父の影響もあり、この頃から文学への関心を持つ。園部小学校、新舞鶴第一尋常高等小学校を経て、1923年の父の転任で一家は京都市へ転居し、京都府立京都第二高等女学校（現朱雀高等学校）へ入学。28年旧制京都女子高等専門学校（現京都女子大学）国文科入学。在学中に吉沢義則、大井広主催の若葉会に入り、その指導を受けて作歌を始める。吉沢主宰の歌誌「帚木」の活動に参加。また、この頃から河井酔茗主宰の「女性時代」に泉醴子等の名で投稿。31年潮音に入社、太田水穂、四賀光子夫妻に師事。32年国文科卒業。33年春、恩師潁原退蔵、能勢朝次の紹介により能楽研究者三品頼直と結婚。34年長男頼久誕生。35年草津渋川に転居。37年1月次男頼亮が誕生するが10月死去。この頃「潮音」同人との交流や歌会、歌誌への出詠盛ん。40年長女禎子誕生、夫頼直が腎臓を患って倒れ入院。秋、渋川を引き上げ夫の生家守山の蓮生寺へ転居、看病に専念するも、41年治療費及び一家の生活費捻出のため、夫を生家に預けて働くことを決意。県立草津高等女学校（現草津高等学校）に仕事を得て、2人の子供と共に草津市本町に転居。夫の発病から戦後の47年までは歌を中断、この間、深まる戦況とその中で悪化する夫の病状とに苦悩する。10年の闘病の後、49年夫頼直死去。以後、2人の子を育てながら31年間教壇生活を続け、作歌に精励する。滋賀潮音の活動として自ら歌誌「玻璃」を主宰、「女人短歌」にも積極的に参加。66年第1歌集『水煙』（10月、短歌研究社）刊行。この後大津市本丸町へ転居、71年11月に歌文集『叡山』、77年10月に歌書『近江の歌枕紀行』を、共に白川書院より刊行。高等学校退職後は勅撰集と比叡山の関係に関心を持ち研究を重ねた。第2歌集『梅の花笠』（85年6月、藝風書院）、第3歌集『寒玉集』（93年11月、短歌新聞社）、著書『近江百人一首』（田中順三との共著、93年12月、滋賀県教育委員会）がある。家族への思いや湖国の情景等を素材とした歌が多いが、特に後期の作には繊細な抒情と奔放な発想とが同居している。〈妙音天女放ちたまへば竹生島あしたの鷺は群れわたりゆく〉〈うす気味わるき歌作りたしただ一首

魔女ともならで世を了る前〉　（三品理絵）

三島佑一 みしま・ゆういち
1928・4・11〜。小説家、詩人、歌人、近代文学研究者。大阪市道修《どしょう》町の生薬《しょうやく》問屋の長男。大阪市西区在住。筆名友川泰彦《ともかわやすひこ》。大阪府立北野中学校、旧制浪速《なにわ》高等学校理科、大阪大学薬学専門部をへて、1955年京都大学文学部文学科国語学国文学専攻卒業。大阪府立大手前高等学校教諭、89年より四天王寺国際仏教大学文学部教授（99年まで）。長編小説『美酒のめざめ』（58年2月、筑摩書房）、『死灰《しかい》また燃ゆ』（78年4月、文学地帯社）、『谷崎・春琴なぞ語り』（95年12月、東方出版）、詩集『裏の自画像』（94年5月、編集工房ノア）、他に堀辰雄、谷崎潤一郎等の研究書もあるが、戦禍による被災疎開のようすを若々しい眼《め》で克明に綴った歌文集『山河共に涙す』（85年8月、創元社）、『昭和の戦争と少年少女の日記』（95年8月、東方出版）が貴重。45年6月空襲のため自宅焼失、家人は一足先に滋賀県蒲生《がもう》郡八幡町（現近江八幡市）慈恩寺の親類宅に疎開。7月初め中学4年生の三島は妹とふたり、大阪から近江八幡まで徒歩3日がかり荷物を自転車とリヤカーで運んだ。滋賀県立八日市中学校に転入学、授業はなく能登川《のとがわ》町の干拓作業に従事した（97年干拓学徒碑建立、三島も出席）。灰燼の地からきた三島に湖国の美しさは鮮烈だった。10月下旬、北野中学校に復学。短歌は結社「塔」に所属、主宰の京都大学ドイツ文学教授高安国世に師事。日本ペンクラブ会員。〈比叡比良琵琶湖の水よ今日よりはわが街焼かれしわれを育め〉〈むらぎもの心しみじみこの湖に久遠《くおん》の君を呼びて泣きぬる〉　（山本洋）

三島由紀夫 みしま・ゆきお
1925・1・14〜1970・11・25。小説家、劇作家。東京都四谷区生まれ。本名平岡公威《きみたけ》。1931年学習院初等科に入学、中等科を経て44年同高等科を首席で卒業し、東京大学法学部に進学する。47年に卒業後、大蔵省に入省するが9ケ月で退職し、書き下ろし長編小説『仮面の告白』（49年7月、河出書房）を発表、作家としての地位を確立した。その後『潮騒』（54年6月、新潮社、第1回新潮社文学賞受賞）など、ベストセラー作品を次々と生み、『金閣寺』（「新潮」56年1月〜10月、第8回読売文学賞受賞）では、金閣寺放火にいたる青年僧の心理を美の側面から昇華し、絶賛を浴びる。61年には三島自身が自らの「すべてを凝縮したエキスのやうな小説」とする「憂国」（「小説中央公論」冬季号、61年1月）で、二・二六事件外伝を描いた。また『近代能楽集』（56年4月、新潮社）、「鹿鳴館」（「文学界」56年12月）、『サド侯爵夫人』（「文藝」65年11月、藝術祭賞受賞）など、すぐれた劇作品も多く残している。65年から『豊饒の海』の執筆を開始、70年11月25日、『豊饒の海』第四巻「天人五衰」（「新潮」70年7月〜71年1月）の最終章を新潮社に残し、〈楯の会〉隊員とともに自衛隊市ケ谷駐屯地に突入、割腹自刃した。滋賀を舞台にした作品には「絹と明察」（「群像」64年1月〜10月、10月単行本として刊行し、第6回毎日藝術賞を受賞）、「志賀寺上人の恋」（「文藝春秋」54年10月）がある。『決定版三島由紀夫全集』全42巻、補巻1巻、別巻1巻（2000年11月〜2006年4月、新潮社）。

＊絹と明察《きぬとめいさつ》　長編小説。〔初出〕「群像」1964年1月〜10月〔初版〕『絹と明察』（64年10月、講談社）◇駒沢紡績社長駒沢善次郎は自らを〈父〉とし、従業員を〈子〉とする家族主義的経営で、近代的経営の

他社を圧倒するまでに会社を成長させていた。これを快く思わない桜紡績社長村川は政財界の黒幕岡野を使って、駒沢紡績に労働争議を起こさせる。要求が人権的内容に終始していたことから、ジャーナリズムや世論も組合側に好意的で、三ケ月の争議の結果、会社側が敗北する。駒沢は争議後間もなく脳血栓で倒れ、すべての敵を許して亡くなる。岡野は若い頃からハイデッガーに傾倒し、ヘルダーリンの詩を愛好する人物であった。彼は生前の駒沢を「笑うべき遠い人格」と軽蔑していたが、その死後、駒沢の存在が彼自身や風景にまでしみ込んでいくのを感じるのであった。本作は54年6月に起きた、近江絹糸の労働争議をモデルにしている。三島はこの争議や夏川嘉久次社長に関する多くの資料を作品に投影し、「日本及び日本人というものと、父親の問題」を書きたかったと述べている。また「ぼくにとって、最近五、六年の総決算をなす作品」（「朝日新聞」64年11月23日）としているが、同時代から高く評価され、同年の毎日藝術賞を受賞した。評価の対象は専ら駒沢の人物造型にあると言え、悪名高い実在の人物を〈偉大〉な存在として書くことに成功している。三島は、執筆のために63年8月30日から9月6日まで琵琶湖ホテルに滞在、取材旅行をし、10月26日に起稿、翌64年8月13日に脱稿した。63年9月2日付けの中村光夫宛書簡には、「近江絹糸の取材で彦根に用事があるので、大津に泊つて毎日彦根へ通つてゐます」と記している。また、ドナルド・キーン宛書簡（64年5月27日）に、同じくモデル小説である自身の『宴のあと』（「中央公論」60年1月〜10月）と比較し、「『宴のあと』の男性版とでもいふ小説でせうが、従つて『宴のあと』より暗い感じの小説ですが、中に出てくる彦根と琵琶湖の風景はそれだけ、明るく描かうと思つてゐます」とあるように、彦根城からの眺望や八景亭など彦根市内の風景、船めぐりによる近江八景の描写では、綿密な取材に裏打ちされた美しい滋賀の風景を楽しむことができる。作品中で駒沢一行は、「堅田の落雁」として近江八景の一つに数えられる大津市堅田を散策しているが、一行の船が寄港したとされる堅田港には、90年3月に『絹と明察』の文学碑が建立された。

（木谷真紀子）

水上勉 みずかみ・つとむ

1919・3・8〜2004・9・8。小説家。福井県大飯郡本郷村に、宮大工の父覚治・母かんの次男として生まれる。昭和初期の不況の中で一家の生活は苦しく、風雪の吹き込む寒い家で育てられたという。口減らしのため9歳で相国寺の塔頭瑞春院に出され、のち等持院でも修行する。その間住職の乱行に幻滅し、先輩たちのしごきに苦しめられた。やがて還俗して、1938年大陸（当時の満洲）に渡るが喀血して帰郷。こうした経験は、弱者に対する共感と、権威をかさに着て虚偽の中に安住する者たちへの激しい怒りを育てることになった。「霧と影」（59年8月）、「海の牙」（60年4月）、「耳」（60年4月）などによって社会派作家と評され、少年期の体験を詩的に虚構した「雁の寺」（61年4月）によって水上文学の作風を確立、第45回直木賞を受賞した。「五番町夕霧楼」（62年10月）、「越前竹人形」（63年1〜5月）などに続いて近江の名門京極家をたどる歴史小説「湖笛」（63年11月〜64年12月）や、余呉湖と周辺の集落を舞台にした悲恋小説「湖の琴」（65年7月〜66年6月）など、出身地の若狭とそれに隣接する近江を描いた作品がある。

＊湖の琴《うみのこと》 長編小説。〔初出〕「読売

新聞」夕刊、65年7月23日〜66年6月8日。〔初版〕『湖の琴』66年6月、講談社。◇25（大正14）年春、16歳の栂尾さくは若狭から余呉湖に近い西山の養蚕家に奉公に出た。同じ家に、やはり若狭から来た20歳の宇吉が加わって互いにほのかな恋心を抱くようになる。翌年、宇吉は徴兵検査を受け、3カ月の入営を余儀なくされる。その秋、長唄の名匠桐屋紋左衛門が西山を訪ねて、さくを見初める。無理に京都に伴われたさくは、奉公人の1人として働かされ、紋左衛門に軀を奪われる。西山に帰ったさくを宇吉は狂喜して迎えたが、紋左衛門の子を身ごもっていたさくは、首を吊って果てた。遺体を見付けた宇吉は、仏たちの眠る余呉の湖に葬ることに決め、糸箱に納めて夜道を急いだ。竜神の岸にたどり着いた宇吉は、さくのいない生活には耐えられないと覚悟し、みずからも同じ箱に入り湖底に沈んで行った。余呉湖の印象から始まるこの作品には、弱者であるさくと宇吉を襲った悲運に対する作者の怒りと、若い2人の運命を悲しむ共感が、叙情的な作品の基調音として切々と流れている。（内田満）

水清久美 みずきよ・くみ

1908・6・29〜1973・8・5。歌人。蒲生郡桜川村（現東近江市）石塔生まれ。本名木村みさと。別号久美子。1926年県立愛知高等女学校卒業。米田雄郎に師事し34年大阪に移住、白日社入社。52年「好日」創刊同人、のち編集委員。日々の感慨や自己の生命を凝視した歌が多い。歌集に『すずかけ』（53年11月、好日発行所）、『華と水』（74年7月、好日社）がある。〈石塔寺／枯れおちば頭に膝にのせ幾世代をここに坐します地蔵菩薩や〉（外村彰）

水谷星之介 みずたに・ほしのすけ

1922・1・25〜2001・7・6。小説家、詩人。大津市島の関（旧湖南町）生まれ。大津市湖城が丘居住。本名和夫。1939年県立膳所中学校卒業。旧制小樽高等商業学校卒業。県立図書館、県立琵琶湖文化館等に勤務。文芸同人誌「三太郎」「氷河」の編集に参加。短編小説「近況」（「氷河」）、「時間の顔」（「花藻」）（いずれも刊年等未詳）、詩「力弥」（「三太郎」）などがある。（山本洋）

水沼靖夫 みずぬま・やすお

1941・12・6〜1985・8・15。詩人。栃木県芳賀郡真《も》岡《おか》町（現真岡市）生まれ。学生時代から詩作を始め、登山を愛した。1965年東京工業大学化学工学科卒業後、東洋レーヨンに入社し大津市の商品研究所に配属。70年結婚、この頃詩集『朝ひろがる薄明に』を作成し知友に配り、私家版で『水檻《すいかん》』（70年12月）刊行。同書には、生の不安が伏在する。『四季の子守唄』（71年12月、私家版）100部も発行。74年には守山市浮気《ふけ》町に転居。翌年近江詩人会に入会。近くに住む大野新と親しく交友した。散文詩が半数を占める『漁夫』（75年8月、関西書院）200部、さらに『近江抄』（76年8月、私家版）100部も発行。78年東京本社に転勤、世田谷区に居住。医療器具(人工臓器)部門の開発に携わる。『工人』（78年11月、私家版）以降は、心の動きを直接の題材とせず、自然の現象や人間の住空間の特質をディテールに即し解析した散文詩へと創作姿勢を転換。硬質の叙情を湛える『惑星』（81年7月、詩学社）の「肉体論I」にある「肉体は、遠くから来て遠くへ行くものの、現われた形である。遠くから来たものを遠くへ伝える、容器である。」は彼の詩風を象徴的に物語る。同書で清水哲男は、その「天体的なる世界と身辺雑事的なる世界との間を交通させようとした心の動き」「現世を忘れぬ永遠を捉えようとした試み」の独創性を評価した。81年詩誌「言葉」に参加。82年日本現代詩人会に入会。「見えないもの」を主題とする『遠心』（83年10月、詩学社）は日本現代詩人会の会員投票数1位のH氏賞候補となる。85年1月から個人誌「水夫」を3号まで刊行。しかし同年6月入院、肺癌のため2ケ月後に43歳で急逝した。遺稿詩集『水夫』（85年11月、花神社）は少年期の回顧を主調とする。自己から自然の内奥につながる純粋なヴィジョンの言語的獲得を一貫して志向した水沼の詩には、透徹した静的な叙情世界へのひたすらな憧れが横溢している。

＊近江抄《おうみしょう》　詩集。〔初版〕『近江抄』76年8月、私家版。◇全22編を収録。Ⅰ・Ⅱ部に分かれ、近江の風土、風物に感応した空無の境とも称すべき内的情景の諸相を描く。それらには水にあふれた自然と、それに包まれ暮らす人々の業に仮託された自己の根元の模索が、幻想味豊かに述べられる。たとえば詩「琵琶湖」の水面からみえる水府の、耳の形をした「未生児」や「耳形の門」、詩「霊仙《りょうぜん》山」の雨を迎えるまでの「千の」手と眼、詩「氷魚」の「失った精霊」のかたどる「魚の形」、詩「近江路」の自己の分身である少年の「内なる象の／陰画を映している」日輪の「暈《かさ》」はそうした形象の成功例であろう。また散文詩「外輪」には「水の国」である近江に古代の人々のイメージが求められる一方「この国に失なった分身を探しに来る者は絶えない」との叙述もみられ、魂の故郷を重ねみる作者の近江への特別な思いがうかがわれる。

＊工人《こうじん》　詩集。〔初版〕『工人』78年11月、私家版。◇「詩人学校」等に発表した全20編の散文詩を収録。限定300部。それまでの詩集にみられた内的幻影の探求など主情的なもの、ひいては心内への拘泥を意識的に後景化させ、あたかもトルソに注視するように、人間の身体をとりまく事物や諸事象を非情緒的かつ正確に観察し、その集積から新鮮な人間認識の感性をあらためて喚起させる詩法を打ちたてた作品集。「河底」「回帰」「彗星」「水について」「みえないものたち」「植物論」「体温」「時間について」「鉱物」等、光と闇や分子、粒子と視覚、現実と夢や無機物と有機物をめぐる客観的叙述の中に独自の幻想的な思惟を折り込む。とりわけ五感を拠点にして水をはじめとする自然の物象を媒体としながら、不可視の生命のありかを感得させるところに優れた手腕がうかがえる。その端正な詩群には、化学者でもあった水沼の感受した世界観が色濃く投影されている。

（外村彰）

水野晴嵐　みずの・せいらん

１９３３・8・10〜。俳人。滋賀県生まれ。大津市松本在住。本名謹吾。１９８５年「狩」入会、鷹羽狩行に師事。94年「狩」同人。〈夕顔の花のまはりの暗さかな〉

（山本洋）

水原秋桜子　みずはら・しゅうおうし

１８９２・10・9〜１９８１・7・17。俳人、医師。東京市神田区（現東京都千代田区）に生まれる。本名豊。東京帝国大学医学部卒業。医院開業のかたわら句作に励む。１９２１年「ホトトギス」例会に出席、その後10余年にわたり高浜虚子に師事。「ホトトギス」誌上もっとも活躍した1人として、阿波野青畝、山口誓子、高野素十とともに四Sと称された。31年主宰誌「馬酔木」に「自然上の真と文藝上の真」を掲げて、「ホトトギス」から独立した。〈高嶺星蚕飼

み

の村は寝しづまり〉〈啄木鳥や落ち葉をいそぐ牧の木々〉（『葛飾』30年）。若々しい短歌的叙情を盛り込み、天文や野鳥など新しい題材を取り入れて新しい分野を開拓した。医院を辞めてからは各地を吟行し、〈滝落ちて群青世界とゞろけり〉（『帰心』54年）などの句を残しているほか、紀行文も多い。53年11月滋賀県馬酔木会の招きで来県、〈芦《あし》刈れば野口謙蔵の魞《えり》が見ゆ〉など「近江路十句」を残した。大津市立市民会館の庭に、〈浦曲まで月夜くまなし鴨《かも》わたる〉の句碑がある。（内田満）

溝口理水 みぞぐち・りすい

1913・5・14～歿年月日未詳。俳人。和歌山県に生まれる。本名逸夫《はやお》。滋賀郡志賀町北浜に居住。理容業に従事。1948年今村泗水の指導で俳句を始める。51年「雪解」に入門。70年「雪解」同人となる。〈大湖へほむら敷きのべ冬日出づ〉〈かなかなの鳴きゆるむなく比良に雷〉（浦西和彦）

道浦母都子 みちうら・もとこ

1947・9・9～。歌人。和歌山市生まれ。1972年早稲田大学文学部卒業。大阪の北野高等学校時代に「朝日新聞」歌壇に投稿、短歌を作り始める。大学在学中の71年、近藤芳美を訪ね歌誌「未来」に入会、以来近藤に師事。80年12月、自費出版により第1歌集『無援の抒情』を雁書館より刊行、自身も闘いに身を投じた学生紛争の時代をうたに昇華した同歌集により、翌年第25回現代歌人協会賞を受賞する。以後、エッセイ、評論など幅広い分野で活躍。歌集に『水憂』（86年12月、雁書館）、『風の婚』（91年4月、河出書房新社）、『青みぞれ』（99年9月、短歌研究社）、『道浦母都子全歌集』（2005年、河出書房新社）他。評論、エッセイ集に『男流歌人列伝』（1993年12月、岩波書店）、『乳房のうたの系譜』（95年11月、筑摩書房）、『吐魯番の絹』（98年3月、学藝書林）他。

＊花の雨 はなのあめ　エッセイ。〔初出〕「論座」97年5月。〔初収〕『季節の森の物語』2000年5月、朝日新聞社。◇「季節の森の物語」（「RONZA」後に「論座」97年4月～2000年3、4月）は、それぞれのテーマに沿って選ばれた現代短歌と共に綴られた連載エッセイ。連載第2回目「花の雨」は、道浦が蟬丸の歌〈これやこの行くも帰るも別れてはしるもしらぬもあふ坂の関〉に導かれ、「蟬丸神社」と「逢坂の関」を訪れた時の回想記である。「花の雨」とは2度目に訪れた時に見た、散っていく桜の花びらのこと。「逢坂山で見た桜は、私の胸に迫った。出会いと別れの交差路である逢坂の地で見た桜。だからこそ、桜の美しさが際立って見えたのだろうか。／そのとき私は、一人ではなかった。」今回訪れたのは、「あのときの私をもう一度思い返してみたかったからだ。」また『本のオアシス』（1996年9月、岩波書店）にも「あふ坂の関」と題する文章がある。

＊ガリラヤ がりらや　エッセイ。〔初出〕「論座」99年9月。〔初収〕『季節の森の物語』2000年5月、朝日新聞社。◇連載「季節の森の物語」第29回目にあたる文章。染色家志村ふくみの作品展に近江八幡市を訪れた道浦は、「ガリラヤ」と銘打たれた1枚の着物に「いのちの落日」を感じ、学生時代の近江八幡出身の友人を思い出す。そこで引用されるのが自作の歌3首。〈喪の服はあまり寂しくオレンジの君のかたみにスカーフ結ぶ〉〈聡明に生まれ結婚差別に苦しみし君なり故郷の湖に逝きたり〉〈近江八幡琵琶湖君の故郷を君見るごとく見つめ帰りぬ〉。何れも『無援の抒情』所収の連作「昌子」からの歌であることは、若くして自死

した美しい友人の故郷が、歌人道浦の原風景の1つであることを物語っていよう。「若くして逝った友の最期を思わせる一枚。ガリラヤは今、私の手元にある。」（中村研示）

三橋時雄　みつはし・ときお

1911・6・3〜1996・2・29。農業学者、随筆家。大津市坂本生まれ。筆名小牧。画家三橋節子は娘。1936年京都帝国大学農学部農林経済学科卒業後、大学院に入学。52年京都大学農学部教授（75年退職し名誉教授）、大阪学院大学商学部教授を歴任。京都市左京区に居住。研究書に『日本農業経営史の研究』（79年2月、ミネルヴァ書房）等。随筆では『おろかおい』（75年3月、洛味社）所収の「坂本港」（「洛味」60年10月）が秀編。坂本という土地への意識が、釣や遊泳をする場所から通学の、そして物思いをする所へと変化したことや、港町として栄えた故郷の歴史への誇りが叙されている。そのほか編著『吾木《われも》香《こう》―三橋（鈴木）節子を偲ぶ―』（76年2月、私家版）は、夭折した娘の追悼文集。没後10年となった娘の生涯と画業を回想した随想集『岸辺に―娘三橋節子』（86年8月、サンブライト出版）も刊行。（外村彰）

三俣俊一　みつまた・しゅんじ

1932・4・21〜。キリスト教史家、随筆家。横浜市神奈川区生まれ。南山大学卒業。72年聖母女学院短期大学教授。滋賀のキリスト教の歴史に関する研究論文などに「オルガンチノ神父」（「湖国と文化」81年4月、7月）、「近江永原教会の発展と迫害の歴史をめぐって」（「キリシタン文化研究会会報」87年9月）、「キリシタン時代の近江から大津教会の設立まで」（大津カトリック教会発行「湖畔の聖母」90年9月）、「草津のサンタマリア」（「聖母女学院短期大学紀要」95年3月）、「良覚寺文書の研究」（「聖母女学院短期大学紀要」96年3月）がある。

＊安土セミナリヨ《あづちせみなりよ》　随筆。〔初版〕『安土セミナリヨ』80年5月、カトリック滋賀県連合会。◇60頁の新書判冊子。1580（天正8）年イエズス会によって安土に開かれたセミナリヨ（神学校）は日本における最初のキリスト教の学校であった。イエズス会の報告書「耶蘇会士日本通信」「イエズス会士日本通信」、同じくイエズス会員ルイス・フロイスの「日本史」、イエズス会巡察史ヴァリニャーノ神父の「日本巡察記」などをもとに再現、考察したもの。京都地区布教の責任者オルガンチノ神父が、安土の土地を信長から受領したのは1580年5月22日のことである。建物は純日本風、三階建て、安土城と同じ青色の瓦葺。神父、修道士を含めて34、5名、生徒数は28、9名。教育理念は「神との愛のかかわり合いのうちにおいて見出される人間としての自分、キリストとの交わりのうちに実践される真の自己の確立」が目指されたという。1582（天正10）年6月21日の本能寺の変で、神父や学生達は琵琶湖の沖島に避難し、23日の安土城下焼失とともに坂本から京都に逃れた。判明した生徒の氏名とその後の人生も記されている。

＊信長とバテレン《のぶながとばてれん》　随筆。〔初版〕『信長とバテレン』1981年5月、安土町文化協会。◇80頁の新書判小冊子。信長は京都、岐阜のみならず安土でもオルガンチノ神父を歓待した。さらに信長は、キリスト教の正しさ、神父の生活の清らかさを誉め、一方で日本の僧侶が欺瞞、偽善の徒であること、人々を欺いていることを非難する。1579（天正7）年にオルガンチノ神父とロレンソが安土の信長を訪れ、天国及び地獄の存在証明について議論し、信長は論破されてセミナリオ建築を約束したこ

と、1581（天正9）年8月の安土城天守閣でのヴァリニャーノ神父見送りの儀式や壮大な火祭りの様子などが紹介されている。ルイス・フロイスの「日本史」を中心に、当時の宣教師達の書簡も対照しながら、西洋側の資料をもとにして、「東洋的なものが、突如として西欧的なものと出会」うという特徴的な時代における織田信長と、西欧思想輸入の代表者としての当時の宣教師達の史実をまとめている。「信長といえば、当時新来の西洋文化、思想に、もっとも深い関心を示した人物」と結論づけている。

＊信長と安土セミナリヨ《のぶながとあづちせみなりよ》　随筆。〔初版〕『信長と安土セミナリヨ』1999年8月、東呉竹堂。◇前掲2著に多少の加筆の上、合本として出版。第1章信長と宣教師たち、第2章安土セミナリヨ、として新たに、89年8月筆者を団長として、天正少年使節にならって安土在住の4人の少年がローマ法王を訪問した記録文「平成少年使節」を付加し、新たな写真も収録した。（北川秋雄）

皆吉爽雨　みなよし・そうう

1902・2・7〜1983・6・29。俳人。福井市生まれ。1919年福井中学校（旧制）卒業後、大阪の住友電気工業に入社。高島郡（現高島市）新旭町岡の法泉寺に嫁いでいた4歳年上の姉山下くらが翌20年9月に早世し、その直前に同寺を訪れた。姉の死のことは60〜63年「雪解《ゆきげ》」連載の「句のある自伝」（『句のある自伝』70年6月、サンケイ新聞社出版局）に記されている。22年「山茶花」を創刊し編集にあたる。45年東京に移住し、翌年「雪解」を創刊主宰。67年『三露』他で第1回蛇笏賞受賞。「ホトトギス」同人、「サンケイ新聞」俳壇選者。句集に『雪解』（38年9月、「雪解」刊行会）、『遅日』（52年7月、雪解発行所）、『三露』（66年9月、牧羊社）など。「姉の五十回忌」（「雪解」69年11月）は亡姉の法要のため法泉寺に参り往時を回想した随想。83年3月「雪解」同人山上荷亭の尽力で日野町の正法《しょうぼう》寺に、句碑〈青きふむ近江も湖のとほき野に〉を建立。『皆吉爽雨著作集』全5巻（79年8月〜12月、サンケイ新聞社）がある。（外村彰）

峰専治　みね・せんじ

1899・3・16〜1955・9・13。僧侶、小説家。坂田郡長浜町（現長浜市）竹生島生まれ。父覚専・母せつの次男として生まれる。父は竹生島で一乗院の住職を務めるかたわら、太湖汽船（現琵琶湖汽船）に勤務し、また、土産物屋亀丸堂を営んでいた。1915年長浜農学校中退後、父の店を手伝う。最初は画家志望であったが、次第に文学へと関心を移していく。同人雑誌「真生」を刊行し、また、「新文壇」や「文章倶楽部」などに投稿した。19年ごろ竹生島詣でに来た志賀直哉の案内をしたことがきっかけで、親交が始まる。志賀は21年、22年にも竹生島を訪れた。「南土」（23年7月）を経て、「峰専治創作雑誌」第1冊（23年11月）を刊行、習作短編「左様なら」を収める。妻の不倫から離婚した男が傷心の中、故郷へ戻る経過を扱う。兄の夫婦関係に題材を求めたもので、夫婦の葛藤とその子供の純真さとは、以後の峰の創作においても1つの核となる。24年からは「峰専治パンフレット」を刊行、「第一歩　清和院」（24年6月10日）は、琵琶湖を望む山麓にある寺を舞台に、老住職の葬儀の模様を綴った表題作のほか、掌編4編を収めている。「第二歩　理想人夫婦」（24年8月5日）は、新婚間もない夫婦の初々しい日常会話を捉えた表題作と、「言へなくなつてしまふ」という総題のアフォリズム、詩編とで構成されている。25年同人仲間の早崎信一の妹きぬと結婚するが、周囲には反対された。専治は、文学で身を立てることを決意し、同年3月17日当時山科在住の志賀直哉を尋ね、50円を借りて上京に踏み切る。「峰専治個人雑誌　峰」第1冊（26年8月）に掲載された「夫婦の記」は、東京での不如意な生活をスケッチしたもので志賀直哉夫妻に捧げられている。東京時代、専治は「生活派」（「文藝市場」25年11月）や「ハトポッポ」（「サンデー毎日」27年1月）などの作品を発表。27年2月に「不同調」に掲載された「赤靴鳥になれ」は、兄の離婚や末弟の放蕩に悩まされる家族の様子を描いた専治の代表作の1つで、末弟の赤靴を主人公が湖へ投げ捨てるラストが印象的。パンフレット「第三歩　赤靴鳥になれ」（27年7月1日）には、3編が収められている。27年11月長女礼子誕生。28年10月第1作品集『芽』を第一藝術社より刊行。13の短編と2つの詩、1つの感想が収録されている。「おお芽が！／芽／こんなところにも芽が」（「芽」）が端的に表しているように、専治の作品は、平易な語句を用い、それをぎりぎりまで切り詰めた表現に特徴がある。語り手の感性が捉えた自然の様相を物語内に鮮烈な断章として織り込むところには、志賀直哉の影響が感じられる。また、手紙や日記など、生の素材をそのまま利用する点にも個性がある。専治の東京での生活は実を結ばず、2年で故郷に戻ることを余儀なくされる。志賀直哉の推薦を受けて33年10月「文藝」創刊号に掲載された「母の手紙」は、上京時代を対象とした書簡体小説。ただし、これ以降中央の文壇で活躍することはなかった。

「志賀さんの手紙」（「文藝」36年7月）は、直哉の専治宛書簡を紹介して短い説明を加えたもので、それによれば、専治は34年にも借金を申し込み、断られている。寡作であること、及び収入の安定した仕事に就かなかったことから、専治は常に経済的には苦境に置かれていた。長浜の町での生活を経て、35年東浅井郡びわ町（現長浜市）津ノ里の真言宗来迎院に移り住む。36年5月得度式を行い、法号を覚応と称する。37年4月創刊の「観光の近江」に、専治は「竹生島」「島の盛夏」「鳰の秋色」「竹生島二題」などのエッセイを寄せている。戦後、同人雑誌「駱駝」を発行、刊行ごとに県下で合評会を行った。また、滋賀文学会を創設し、51年第1回の文学祭りを行うなど、郷土文学の興隆に尽力した。55年脳腫瘍のため、名古屋鉄道病院にて死去。酒を愛し「月酒庵」の号を持っていた。潤色や説明を加えずに実生活を描く私小説的な創作姿勢は生涯変わらなかった。短い詩作品の制作も持続的に行い、童心を感じさせる独特の魅力がある。

（山口直孝）

峰隆一郎　みね・りゅういちろう

1931・6・17～2000・5・9。小説家。長崎県佐世保市生まれ。本名峰松隆。日本大学理工学部から藝術学部に転部、中退。出版社に勤務の後、フリーライターに。学生時代から作家になる夢を持っていたが具体化せず、45歳のとき小説を書き始める。1979年短編時代小説「流れ灌頂」（「問題小説」6月）で第5回問題小説新人賞を受賞。これが事実上のデビュー作となり、以後本格的に作家活動に入る。〈人斬り弥介シリーズ〉（全10巻。89年5月～94年5月、徳間文庫）を代表とする時代小説、および現代ミステリーを中心に、数多くの作品を文庫書き下ろしで発表して人気を得た。現代ミステリー小説には『殺人新幹線「あさひ2号」』〈集英社文庫〉（94年1月、集英社）などがある。本領は〈チャンバラ小説〉と自称する時代小説であり、浪人の生きざまを好んで描き、迫力ある剣戟描写を得意とした。

＊琵琶湖周航殺人事件《びわこしゅうこうさつじんじけん》　長編小説。〔初版〕『琵琶湖周航殺人事件』91年3月、広済堂出版。書き下ろし。◇東京に着いた新幹線の中で、彦根の暴力団余吾組の準幹部、兵頭肇が殺害されていた。元刑事の薬丸峻は、余吾組から兵頭が持っていたはずの3000万円の行方を調査するよう依頼されて彦根へ赴く。観光気分で天寧寺を訪れた薬丸は、門多由季子という若い女性と知り合う。一方、同じ彦根で志方武史という男が殺され、その首と身体は切り離されて別々に発見された。薬丸は兵頭と志方の2つの殺人事件を同一犯とにらみ調査をすすめるが、さらに新宿の公園で殺された佐伯圭一が、彦根出身で兵頭の昔の悪友であったことがわかる。志方のかつての悪友、音田健宏も、3ケ月前から行方不明になっていた。この4人をつなぐのは、彼等が10年前に起こしたレイプ事件であった。4人に指示を下した黒幕の存在、そして薬丸と知り合った門多由季子と一連の事件との意外なかかわりが次第に明らかになっていく。女性の不感症を題材とした一風変わったミステリー。本領である時代小説では剣戟描写にこだわりを見せる著者だけに、本作においても、自衛隊で特殊訓練を受けたという設定の主人公薬丸と暴力団員との格闘場面に力を注いでいる。また彦根城、天寧寺、玄宮園や、彦根港からの竹生島めぐり、多景島めぐりなど、数々の観光名所が描き込まれているのも見どころである。
（奥野久美子）

箕浦祥子　みのうら・よしこ

1940・10・4～。俳人。滋賀県生まれ。米原市堂谷《どうだに》在住。1964年「花藻」入会、中本紫公に師事。70年「花藻」同人。〈田を刈りて土との生活また新た〉
（山本洋）

美濃豊月　みの・ほうげつ

1901・1・1～1994・4・23。俳人。福井県武生市（現越前市）生まれ。本名孫左衛門。建設業のかたわら「松明」、1952年「暁」を編集発行。64年大津市秋葉台の芭蕉会館に移住し、寺崎方堂創刊の俳誌「正風」に「暁」を合併させて主宰継承。蕉風の伝統に立つ俳句を唱道し、近江の自然と感応する佳作を多く発表した。句集に『湖』（78年9月、私家版）。大津市の幻住庵跡と芭蕉会館内に句碑がある。〈恙《つつが》なく年立つ湖の明るさに〉
（外村彰）

宮尾登美子　みやお・とみこ

1926・4・13～。小説家。高知市生まれ。1943年高坂高等女学校卒業。戦時中満洲に渡る。帰国後の62年「連」で女流新人賞、のち自伝的長編『櫂《かい》』第1部（72年8月、私家版）で第9回太宰治賞受賞。その後は「陽暉楼《ようきろう》」（「展望」75年1月～76年6月）や『一絃の琴』（78年10月、講談社）、『蔵』上下（93年9月、毎日新聞社）など、高知を主舞台として激しい情念を抱えつつも凛然と自己の道を歩む女性像を旺盛な筆力で表現し続け、多くが舞台化、映像化される。京都の女性日本画家、上村松園の生涯をモデルにした長編『序の舞』上下（82年11月、朝日新聞社）には、滋賀県が描かれる。主人公島村津也は未婚の母として大津市坂本で初産し、愛と藝術の相克に悩みながら長浜の昌徳寺に師匠を訪ね、里子に出した初産の子が死んだ後、母達と大津の立木観音に参詣している。『宮尾登美子全集』全15巻（92年11月～94年1月、朝日新聞社）がある。

（外村彰）

宮崎信義　みやざき・のぶよし

1912・2・24～。歌人。本籍は京都市下京区。母の実家の坂田郡息長村箕浦（現米原市）で生まれる。1914年警察官の父が殉職したため、幼児期から中学校卒業まで滋賀で過ごす。31年彦根中学校（旧制）卒業。34年横浜専門学校（現神奈川大学）高等商業科を卒業し、日本国有鉄道に勤める。彦根中学校の教師であった平井乙麿の勧めで、31年「詩歌」に入り、前田夕暮に師事し口語自由律短歌を学ぶ。34年石原純の「立像」を経て、逗子八郎の「短歌と方法」に参加。戦時下の弾圧で、夕暮をはじめとして自由律を試みた多くの歌人が文語定型に改めるが、自由律を堅持する。43年8月臨時召集、妻子を置いて補充兵として華中を転戦。46年6月復員。49年2月「新短歌」を創刊。67年神戸駅長を最後に国鉄を退職。歌集に『流域』（55年2月、新短歌社）、『夏雲』（55年11月、新短歌社）、『交差路』（57年9月、新短歌社）、『急行列車』（69年10月、初音書房）、『梅花忌』（76年9月、新短歌社）、『和風土』（77年12月、白玉書房）、『二月の火』（83年2月、短歌研究社）、『太陽はいま』（88年3月、短歌研究社）、『地に長く』（96年4月、短歌新聞社）、『千年』（2002年8月、短歌研究社）がある。1988年8月、既刊の歌集中の3700余首を年代順に収録した『宮崎信義短歌作品集』（短歌研究社）を刊行。94年第31回の短歌研究賞を受賞。93年5月には彦根市金亀公園に〈ゆすぶってやれ／ゆすぶってやれ／木だって／人間だって／青い風が好きだ〉（『急行列車』）の歌碑が建立された。生死半ばする中国戦線の兵士体験、家族を養った国鉄マンとしての生活、妻との死別を詠んだもののほか、〈ピカソの眼が三角になりその奥に顎と腰の張った女がいる〉〈耳輪をふってケニヤ草原を駆けるキリンと私とどちらが早い〉（『二月の火』）などシュールな歌や、〈近づくと不幸になる　近づかぬと不幸になるあじさいが咲く乾いた街だ〉（『交差路』）〈ひとりは心細いといいどこかへ連れてってという声が舗道に残る〉（『急行列車』）という相聞歌もある。〈法名は釈一道　生涯を一口語自由律の歌人でな　と〉〈原点へもどれ口語へ戻れ生物発生三十億年〉（『地に長く』）のように「現代の人は現代の言葉で短歌を詠むべきで、それが当然だから」という口語自由律短歌を貫いてきた確信と自負の歌もある。滋賀については、〈湖のほとりに300年が経ち我々がこの湖に満たされてきた〉〈この澄んだ眼は湖の色だ湖に生きる歓びを継いできた人の眼だ〉（『太陽はいま』）と母方の実家とその末裔を詠んでいる。

（北川秋雄）

宮崎学　みやざき・まなぶ

1945・10・25～。ノンフィクション作家。京都市伏見区深草に、解体業を営むヤクザの組長の次男として生まれる。少年時代の家庭教師の影響でマルクス主義に興味をもつ。1965年4月、早稲田大学法学部に進学、日本共産党のゲバルト活動を行う。その活動の過激さから党活動を離れ、大学も中退する。「週刊現代」記者などを経て、家業を手伝いつつ恐喝事件や地上げなどに関わり、指名手配も受ける。グリコ・森永事件（84年3月～85年8月）の犯人「キツネ目の男」と疑われる。長年、社会的アウトサイダーとして生きてきた体験を素材にノンフィクション作品や小説を執筆。代表作に、自伝『突破者』（96年10月、南風社）、〝愚連隊の神様〟万年東一と〝在日の星〟金天海を描いた『不逞者』（98年2月、角川春樹事務所）、『突破者の条件』（98年3月、幻冬舎）、『血族』（99年7月、幻冬舎)、『万年東一上下』(2005年6月、角川書店)などがある。滋賀県大津市瀬田の「土建屋」社長が『突破者』で再三言及されており、宮崎はその生き方に深く敬意を表している。また『突破者列伝』(98年3月、筑摩書房)では「第三章　土方魂」にその人生が詳述されている。

(西尾宣明)

宮沢賢治　みやざわ・けんじ

1896・8・27～1933・9・21。詩人、児童文学者。岩手県花巻市生まれ。1920年盛岡高等農林学校研究生修了。21年1月に父との宗教上の衝突のため東京へ出奔、国柱会の奉仕活動を始める。4月父に誘われ、伝教大師一千百年忌大法要の行われていた比叡山に参詣し短歌12首を作詠。帰郷後、稗貫郡立稗貫(のち花巻)農学校教諭となる。25年「銅鑼」同人。翌年農学校を依願退職し羅須地人協会を創立、肥料設計や稲作指導に尽力。31年には東北砕石工場嘱託技師となるが急性肺炎で逝去。詩集『心象スケッチ 春と修羅』(24年4月、関根書店)、童話集『注文の多い料理店』(24年12月、東京光原社)のほか、歿後発表の童話「よだかの星」「銀河鉄道の夜」など、作者独自のコスモスを創造。57年9月、延暦寺根本中堂前に歌碑〈ねがはくは妙法如来正偏知 大師のみ旨成らしめたまへ〉建立。『〈新〉校本 宮沢賢治全集』全17巻(95年5月～、筑摩書房)がある。

(外村彰)

宮嶋資夫　みやじま・すけお

1886・8・1～1951・2・19。小説家。東京市四谷区(現東京都新宿区)生まれ。本名信泰《のぶやす》。四谷尋常小学校高等科中退。1898年商店の小僧となり、三越呉服店などを転々とする。1901年文学の道への志から幸田露伴に弟子入りを志願、断られる。以後、心中未遂や相場の失敗といった辛酸をなめる。14年露店で手にした「近代思想」に触発されて大杉栄らに接近。底辺の労働者としての体験をもとに書いた小説『坑夫』(16年1月、近代思想社)により労働者文学の先駆となるが、大杉らとの関係悪化などから創作に行き詰まる。20年1月辻潤が身を寄せていた比叡山に赴く。10日ほどの滞在で家族ぐるみでの来山を決意。20年2月から9月まで正覚院(大津市坂本本町)で過ごす。この間「山上より」(「東京日日新聞」20年3月1～5日)、「雪の夜」(「新時代」6月)を発表。比叡山の清澄な自然に心身が癒されたことは、自伝『遍歴』(53年8月、慶友社)や、随筆などにも語られている。

(野田直恵)

宮田思洋　みやた・しよう

1901・9・14～1984・10・23。俳人、能楽師、郷土史家。栃木県那須郡馬頭町生まれ。本名常蔵。1925年能楽を修業。高浜虚子に師事し、京都観世句会を育てた。66年彦根欅句会結成。俳誌「欅」同人。71年4月『思洋句文集』(彦根欅句会)で、第21回文藝出版賞受賞。72年10月合著句集『みずうみ1』(彦根欅句会)刊行。77年6月『奥の細道・芭蕉の足跡』で、第27回文藝出版賞受賞。他に64年10月、65年4月『彦根史話上下』等、彦根に関する著書多数。

(池川敬司)

宮田正平　みやた・しょうへい

1913・4・18～1986・月日未詳。詩人。北海道夕張市生まれ。故郷は秋田の角館。本名正年。戦時下、同志社大学予科在学中の1937年、学友に石川達三の「生きてゐる兵隊」をすすめたという嫌疑で、京都中立売署に拘束され、半年後に釈放されるという経験がある。38年4月同志社大学予科から法学部経済学科入学、11月14日中退。堀辰雄、三好達治らの「四季」の会員となる。戦後は金子光晴、小野十三郎らの「コスモス」同人。47年奥村徹行らと「滋賀詩人」（滋賀詩人会議）の同人。69年1月、田井中弘と一緒に富山の「北国帯」同人。その後それまで住んでいた東京都下東村山市から、京都に移り住み、71年に大津市石山に移り、77年まで居住。同時に詩作活動のみならず、積極果敢に反戦運動を展開し、その組織として「市民の戦争体験を綴る会」を結成。その活動を奥村、安達信夫、柚木美智代らが支援した。その後宮田は甲西町に移るが、会そのものは奥村、石川正知らによって、「もはや、石すらも黙しえぬ」という決意で継続される。73年に詩誌「亡羊」を主宰する。同人は大津の奥村や田井中の他、富山の「北国帯」を中心とする、堀口定義、松尾静明、松沢徹、塔和子、杉谷昭人、紫山優、田中光子らが参加した。80年8月、「亡羊」創刊6周年記念号（51号）刊行。死後の87年「亡羊」追悼号（77号）が刊行される。詩集として、73年4月『蕗の塔』（私家版）、82年8月『玫瑰《はまなす》の丘』（コスモス社）、85年8月『冬の歌』（東京黄土社）がある。「学生であったとき／いわれなく不当に検挙され／人殺しの練習に明け暮れて／母を覚えず兄を失い父と死別して／天涯孤独／金儲けをようせず／出世に縁がなく／不器用に生きて七〇年」（「笹舟」）と慨嘆する、まことの反骨精神の只中に生きた詩人であった。

（池川敬司）

宮部誠一郎　みやべ・せいいちろう

１９１１・２・17～１９９４・５・４。随筆家、琵琶湖研究家。大津市白玉町（現浜町）生まれ。本名義男。随筆のペンネーム近江太郎。琵琶湖研究会理事長、コトタマフキュウカイ幹事などを歴任。１９２９年大津商業高等学校卒業。49年6月琵琶湖研究会を発足、機関誌「琵琶湖研究誌」を発行し、琵琶湖や超古代史などに関する随筆を発表。著書に『日本海と大阪湾を結ぶ水運の連絡』（田辺朔郎監修、谷口嘉六と共著、35年4月、宝文館）、『地球のオアシス琵琶湖論（創成編）』（村田親弘と共著、78年8月、琵琶湖研究会）などがある。

（島村健司）

宮本鈴　みやもと・すず

１９１６・11・２～１９８７・８・30。俳人。滋賀県に生まれる。県立彦根高等女学校卒業。１９６８年阪急俳句教室にて山口誓子に師事。「天狼」会友。81年第16回関西俳句大会賞を受賞。〈輪飾を掛けて休ます車椅子〉〈噴水は水の踊子楽に乗る〉

（浦西和彦）

宮本常一　みやもと・つねいち

１９０７・８・１～１９８１・１・30。民俗学者。山口県大島郡東和町（現周防大島町）生まれ。１９２９年大阪の天王寺師範学校専攻科（地理学）卒業。小学校教員となり、民俗学に傾倒。35年渋沢敬三に師事、アチック・ミューゼアム研究員となって離島や僻村など全国を踏査。海外を含めた庶民文化の調査と記録に専心した。65年武蔵野美術大学教授。代表的著作に『忘れられた日本人』（60年7月、未来社）、『民俗学の旅』（78年12月、文藝春秋）など。「子に生きる」（『村里を行く』43年12月、三国書房）は38年3月末に伊香郡丹生《にう》村（現余呉町）の高時川地域を訪ね、田戸の区長に村の天災地異の歴史、その妻から子育ての苦労話を聴き執筆。41年8月に湖北、56年11月に大津の三井寺・日吉大社・比叡山、61

年1月に鈴鹿峠、69年4月に長浜・浅井町（現長浜市）鍛冶屋、71年12月に信楽から大津の寺社、74年8月に大津の寺社、77年8月に朽木の生杉《おいすぎ》・古屋から大津の途中、78年7月に米原、浅井町（現長浜市）鍛冶屋・長浜を調査。『宮本常一著作集』第1期全25巻（67年3月～77年8月、未来社。同第2期続刊中）がある。（外村彰）

三好達治 みよし・たつじ

1900・8・23～1964・4・5。詩人。大阪市生まれ。1922～25年、京都の第三高等学校時代（1922～25年）に比叡山など大津を訪れる。28年東京帝国大学仏文科卒業。在学中「青空」「椎の木」「亜」に参加。戦前は「詩と詩論」「四季」「文学界」でも活躍。前衛的な詩法も試みたが古典美を近代に活かした抒情詩により国民的な支持を得た。63年日本藝術院会員。代表詩集に『測量船』（30年12月、第一書房）、『艸《くさ》千里』（39年7月、四季社）、『駱駝の瘤にまたがって』（52年3月、創元社）等。随筆の名手でもあった。第9詩集『花《はな》筐《がたみ》』（44年6月、青磁社）所収の「こころざし」（のち「わがわざは」）は「こころざしむなしく朽ちて／わがわざは成らざりつれど／近江路に菜の花さきて／かいつぶり浮き沈むかな」と、近江の風物の情感を織り込んだ四行詩。また詩「角《つの》ぐむ芦を」（「婦人之友」60年3月）の「鳰《にお》のとり／えり」といった叙述は琵琶湖を想起させる。『三好達治全集』全12巻（64年10月～66年11月、筑摩書房）がある。（外村彰）

三和愛子 みわ・あいこ

1923・9・16～。歌人。長浜市生まれ。1940年長浜高等女学校卒業後、二十二《にそじ》鉄玄の紹介で「水甕」に入会。85年愛知県に移住。病気や肉親の死など、実体験に即した心内の揺曳を繊細な美意識の世界に表現。長浜の詩誌「真珠」同人としても活躍。歌集に『織月』（72年3月、私家版）、『柞《ははそ》の木』（86年3月、水甕社）〈遊行《ゆぎょう》にと発《た》す刹那や観音のみ足一指のかすかなる反り〉、『マドリガル』（99年4月、砂子屋書房）がある。（外村彰）

【む】

棟方志功 むなかた・しこう

1903・9・5～1975・9・13。版画家。青森市生まれ。上京後の1928年から版画創作を始め、柳宗悦らの影響により作風を深化。文学書の装幀も多い。56年ベネチア・ビエンナーレでの国際版画大賞受賞など、世界的に高い評価を得た。随想「大比叡の御牟山」（「京都」51年8月）では延暦寺を、「琵琶の湖」（「京都」52年6月）では琵琶湖風景への「位のついた想ひ」を回想。70年文化勲章受章。『棟方志功全集』全12巻（77年11月～79年11月、講談社）がある。（外村彰）

村井弦斎 むらい・げんさい

1863（文久3）・12・18～1927・7・30。小説家。三河国（現愛知県）豊橋生まれ。東京外国語学校、東京専門学校中退。1890年報知新聞社に入社し、理想主義的な小説類を発表。1892年から少年小説を書く。代表作に「小猫」（「郵便報知」1891年10月7日～1892年8月3日）、「桜の御所」（「都新聞」1894年1月2日～5月10日）、『日の出島』全14巻（1897年5月～1902年9月、春陽堂）など。また「釣」「酒」「女」「味」の「百道楽」シリーズを「報知新聞」に連載（01年5月14日～03年12月27日）。『近江聖人〈少年文庫第14編〉（1892年10月、博文館）は、講談調の中江藤樹伝。近江安曇川の郷を離れ大洲で学んでいた少年時代の藤樹が、皸《あかぎれ》のできた郷里の母親に会いに行くが、志半ばで戻るなと母に叱咤されて帰る話や、藤樹に教えを受けている村人が、大金を置き忘れた他国の武士（熊沢蕃山）に次の宿までその金を返しに行く話が紹介されている。（外村彰）

村尾雅子 むらお・まさこ

1900・12・1〜1991・7・10。歌人。京都府紀伊郡深草村（現京都市伏見区深草）の黄檗宗の寺院に生まれる。大津市湖城が丘居住。旧姓生駒。1918年京都府立第一高等女学校（現鴨沂高等学校）卒業。19年結婚。19年8月橋田東声創刊・主宰の「覇王樹《はおうじゅ》」に参加。29年同誌同人。30年佐佐木信綱主宰「心の花」同人。推薦者は石榑千亦《いしくれちまた》。35年大阪市港区より大津市膳所丸の内に転居。37年夫が日中戦争にて戦死。同年ごろから近江歌人連盟（26年2月結成）に「覇王樹」の代表者として参加、「自然」（佐後淳一郎）、「白日社」（米田雄郎）、「創作」（辻井朱径）、「アララギ」（西村俊一）などとともに活動した。41年結成の大日本歌人会滋賀県支部、43年発足の日本文学報国会短歌部会滋賀支部等にも参加。戦後も滋賀県歌人会で活動。47年に復刊した「覇王樹」においても終生指導的立場にあり、日本歌人クラブ「年間歌集」にも長年（64年〜84年）出詠した。81年12月、345首を収めた歌集『湖城が丘』（覇王樹社）を出版。歌風は平明温柔である。〈五時に起きて来しとふ遠き友もあり膳所焼のかま珍しみみる〉〈山茶花の赤き花びら地にこぼれまひるひそけし雨の俳人墓地〉（山本洋）

村上元三 むらかみ・げんぞう

1910・3・14〜2006・4・3。小説家。朝鮮元山府で逓信官吏の三男に生まれる。1928年青山学院中等部卒業。同年官吏を辞めた父が静岡県清水市で製材業を始め、同地へ移るが事業は失敗。父は単身大陸へ渡り、母妹と上京。投稿した「利根の川霧」（34年11月）と、津軽藩士笠原近江の野望と破滅を描いた「近江くづれ」（35年5月）が「サンデー毎日」大衆文藝賞選外佳作入選となり作家生活に入る。38年長谷川伸に師事。40年『上総風土記』（42年5月、新小説社）で第12回直木賞受賞。ラジオ、テレビ等の戯曲でも活躍。戦後の剣豪小説ブームで流行作家となる。「佐々木小次郎」（「朝日新聞」49年12月1日〜50年12月31日）や「次郎長三国志」（「オール読物」52年6月〜54年4月）を連載。65年NHK放送文化賞受賞。晩年には「長七郎江戸日記」がある。滋賀県関連の作品は「本陣宿の夜」「近江の慈門尼」「団子供養」「文殊の知恵」（『村上元三短篇館1、2、4』95年7月〜96年1月、毎日新聞社）など。『村上元三文庫』全9冊（54年、講談社）、『村上元三選集』全6冊（66年、徳間書店）他がある。（岩見幸恵）

村川増治郎 むらかわ・ますじろう

1915・4・5〜2002・3・13。歌人。愛知郡八木荘村（現愛荘町）生まれ。海軍砲術学校高等科卒業。敗戦時、海軍兵曹長。舞鶴から故郷に復員、その後大津市大江に住む。のち栗太郡栗東町（現栗東市）に転居し、その後また大津市大江に居住。建築業をいとなむ。1977年今中武夫主宰の短歌結社「あぢさゐ」に入会。その後山村金三郎に師事し「地中海」に参加、同人となる。滋賀県歌人協会代表幹事をつとめる。日本歌人クラブ会員。歌集に『二度なき青春』（95年、短歌新聞社）、『湖・山・野』（96年、短歌新聞社）、『ひこばえ』（99年、短歌新聞社）、『日月抄』（2001年、短歌新聞社）、他6冊がある。〈瀬田駅は家より速歩十七分吾に適度の片道二千歩〉〈比良・比叡・伊吹・鈴鹿の山々のめぐるおおうみ涸れつきしなき〉　（山本洋）

村木佐紀夫　むらき・さきお

1920・月日未詳～。俳人。大津市に生まれる。1938年、山口草堂（「南風」主宰）に俳句の指導を受ける。43年召集を受け舞鶴海兵隊へ入団。45年7月ウエーキ島より帰国、湯川原温泉にて敗戦を迎える。草野鳴嵒主宰「宿雲」の同人となる。50年「航跡」を創刊。51年大津市俳句連盟創立に参加。52年中本紫公主宰の「花藻」同人に加わる。63年関西俳誌連盟常任委員となる。74年「俳句評論」同人。77年「曠野」を創刊。「橋」「投影」同人となる。78年「花藻」を退会し、「渦」同人。80年「白燕」「琴座」「夜盗派」同人。89年連句誌「曠野」創刊。90年「爐」同人。91年「紫」同人（93年退会）、「佐々奈美」を創刊。句集に『野守』（88年1月、曠野俳句会）、『近松寺内』（95年11月、曠野俳句会）がある。

（浦西和彦）

村島典子　むらしま・みちこ

1944・9・13～。歌人。大阪府北河内郡交野町（現交野市）生まれ。1980年より大津市一里山在住。旧姓鶴谷。64年京都女子大学短期大学部英語専攻卒業。66年から作歌を始め、67年前登志夫主宰「ヤママユ」に入会。71年結婚。歌集『夕暮のみづ』（82年12月、雁書館、297首所収）、『時間の果実』（94年11月、雁書館、342首所収）、『タブラ・ラサ』（2000年5月、柊書房、356首所収）。1998年から「ヤママユ」編集同人。〈夏雲を頭にのせて三上山《みかみやま》つゆの晴れまの湖上に坐る〉〈在るもののなべては音楽ささなみの志賀つ少女《をとめ》の絶対音感〉　（山本洋）

村瀬仁市　むらせ・じんいち

1902・5～歿年月日未詳。教育者、歴史家。岐阜県に生まれる。号左尋史《ひだりじんし》楼《ろう》。1923年滋賀県師範学校卒業。以後滋賀県内各地の小学校で訓導および校長を歴任。滋賀県小学校校長会会長、全国連合小学校校長会副会長を務めた。多数の国史教育に関する著作の他、歴史書『左手の書―明治の神話　古代の神話』（私家版）、『京の水―琵琶湖疏水に青春を賭けた田辺朔朗の生涯』（87年4月、人と文化社）などを刊行。　（木田隆文）

村田辰夫　むらた・たつお

1928・1・25～。詩人、英文学者。大津市鍵屋町（現長等）生まれ。大津市高砂町在住。1945年3月陸軍少年通信兵学校卒業後、中国山西《さんせい》省太原《たいげん》に配属。復員後、県立大津工業学校（現大津商業高等学校）をへて、52年同志社大学文学部英文学科卒業、（65年同大学大学院文学研究科修了）。52年県立大津東（現膳所）高等学校英語科教諭。66年梅花女子大学文学部専任講師、のち教授、98年名誉教授。70年前後から京都の天野隆一らの詩誌「RAVINE《ラビーン》」同人。78年より近江詩人会会員。詩集『おもいの国土』（74年2月、ラビーン社）、『わたしは鵜です』（91年5月、ラビーン社）、訳詩集『フィリップ・ラーキン詩集』（88年12月、国文社）、『シェイマス・ヒーニー全詩集』（95年11月、国文社。翻訳出版賞受賞）、『T・S・エリオット「三月兎《さんがつうさぎ》の調べ」』（2002年8月、国文社）、他に訳書、研究書がある。日本詩人クラブ会員、関西詩

人協会会員。　（山本洋）

邨田柳崖《むらた・りゅうがい》　1812（文化9）・10・18〜1889・11・9。商人、漢詩人。山城国（現京都市）下鳥羽生まれ。称塩屋七兵衛。号素行、湖上漁人。幼年時に大津橋本町（現中央）の塩商邨田家を継ぐ。青年時代には姫路の儒者的場天籟に師事し詩文や書を学ぶ。のち彦根、津、姫路、宮津藩の蔵屋敷の用達となり財を築く。多くの文人墨客と文雅の交流があり、幕末の志士とも国事を論じた。文久年間（1861〜1864）から薩摩藩の藩士と親交、1868年には藩に千両を調達したこともある。1878年家督を弟に譲り隠居。悠々自適の日々を送ったが77歳で病歿。1890年12月『柳崖遺稿』（邨田六之助）刊行、各地の名所旧跡や近江の風光を叙した漢詩を収める。下巻には「湖上雑詩」や1883年、石山「椎陰窟」の作など七言絶句の連作がある。さらに原田襄編集の和本『柳崖遺稿』乾、坤巻（1907年6月、原田四郎左衛門）には自己の境涯を古人や自然に託した漢詩が多く収載された。　（外村彰）

村地竹治郎《むらち・たけじろう》　1924・3・8〜。俳人。蒲生郡鏡山村（現竜王町）大字西川生まれ。俳号は卉木、のち宏木。1938年鏡山尋常高等小学校卒業。農業のかたわら、日本電気硝子（62〜72年）、その他の工場や公的機関の現業職に従事する。京都のホトトギス同人に参加。「ホトトギス」「芹」の出句を中心に句作を続ける。句集に『土』（82年8月、山田印刷）がある。

＊土《つち》　句集。〔初版〕『土』82年8月、山田印刷。◇「序に変へて」には「昭和三十一年十一月十八日付毎日新聞全国版に、出句して最初に入選したのが　胡麻たゝくさんさんさんと桶の中　の句であった。しかも特選であった」「爾来、年尾、素十と言う現代俳句の主流の中で、詠みつゞけ、入選した句」を句集にしたとある。「ホトトギス」の高浜年尾、高野素十に私淑したということであろう。60年3月から79年7月までの「ホトトギス」年尾選の114句、55年4月から76年10月までの「芹」素十選の117句、56年9月から75年10月までの毎日俳壇素十選の165句を収録している。「あとがき」に「私はよき師に恵まれ、土を耕す喜びと、生涯土の俳句を捨てる事なく、生産の尊さをこの体全体で詠じつゞけてきた。と言っても、それはもう過ぎ去った時代の古い形の農民の姿なのである。私の体から絞り出した汗と油でつゞったこの記録は現在の私にとっては、もう何を持ってきても変える事の出来ない大切な財産なのである」とあるように、筵織、牛飼い、養蚕、苗木作りなど農作業の苦楽を詠んだものが多い。〈比良右に鈴鹿左に麦を踏む〉はスケールの大きな句である。また〈世におくれ過ぎゆく日々や根深汁〉〈世におくれ人におくれて田草とる〉〈志すてしにあらず筵織る〉など、世に遅れをとっている自身の不遇をかこつ、焦燥の句もある。

＊句画集《くがしゅう》　句画集。〔初版〕『句画集』85年8月、澤井印刷。◇「毎日新聞」滋賀版の久米幸叢選の滋賀俳句欄に投句した数百句のうち100句と、自筆の俳画50点を収録したもの。見開き右頁に俳画、左頁に俳句2句が配置されているが、両者に内容上の関連はない。67年11月坂本の日吉大社で開催された毎日俳句大会で、幸叢の推薦句となった〈腹にまだめしおさまらず稲を刈る〉をはじめ、苦しい農作業を詠んだ句が大半を占める。　（北川秋雄）

村松雲外 むらまつ・うんがい

1870・4・22〜1938・8・17。日本画家、俳人。愛知郡豊椋村(現東近江市)小《こ》田《た》苅《かり》に石島佐治右衛門の次男として生まれる。本名由松。別号平安、貞。1883年に神崎郡五個荘町(現東近江市五個荘)川並の塚本定右衛門家で丁稚奉公を始めたが、画に熱心でその才能を認められ、20歳で森寛斎に師事。翌1891年京都の村松家の養子となり、画号を雲外、平安とする。画風は円山派の流れを汲み、写実的な山水画を得意とした。とりわけ富士山の絵を得意とし、「富士百画会」を組織して指導にあたった。国内外の博覧会、展覧会に出品して多数の賞を受賞。書を遠山芦山に学び、俳句や篆刻などでも一家をなした。1935年大津市石山寺辺町に転住、絵画に専念するかたわら石山居《せきさんきょ》俳壇を創始して奥村紫城など多くの門下を育てた。信義に厚く磊落洒脱な性格であった。石山寺無憂園に句碑〈啄木鳥や伽藍にひびく嘴《はし》の音〉がある。（外村彰）

室生朝子 むろう・あさこ

1923・8・27〜2002・6・19。随筆家。東京都生まれ。聖心女子学院文科中退。『晩年の父犀星』(1962年10月、講談社)、『父犀星の秘密』(80年8月、毎日新聞社)等、父犀星をめぐる著作多数。滋賀関連では随筆集『石仏の里にて』(78年7月、鎌倉書房)の「近江路」の章に石塔寺、番場の蓮華寺、鵜川の四十八体仏、『父　犀星の贈りもの』(87年10月、光文社)に八日市、彦根で取材した「布引焼」「琵琶湖の零戦」の記載がみられる。（外村彰）

室生犀星 むろう・さいせい

1889・8・1〜1962・3・26。詩人、小説家。石川県金沢市生まれ。本名照道。別号魚眠洞。寺にもらわれ、住職の内妻の私生児として養育される。1902年市立長町高等小学校中退後、自活しながら俳句や詩を発表。16年詩誌「感情」を萩原朔太郎と刊行。詩集『抒情小曲集』(18年9月、感情詩社)等で認められ「幼年時代」(「中央公論」19年8月)以降は小説家としても成功したが、のち「あにいもうと」(「文藝春秋」34年7月)などで野性味ある作風に転換。戦後は『蜜のあはれ』(59年10月、新潮社)等、生命の哀歓を描く傑作を量産した。随筆集も多数。〝王朝もの〟と呼ばれる歴史小説群には近江も舞台として登場。「藺野」「狩衣」「かげろふの日記遺文」の一部には琵琶湖や比叡山が描かれる。『犀星発句集』(43年8月、桜井書店)に〈短夜／近江らしく水光りゐて明け易き〉。『室生犀星全集』全14巻(64年3月〜68年1月、新潮社)がある。

***巴** ともえ 短編小説。〔初出〕「婦人公論」42年9月。〔初収〕『萩の帖』43年3月、全国書房。◇源義経との戦に敗れて木曾義仲は粟津で亡くなった。その妻でもあった女武者巴御前は、義仲から生きのびて木曾に住む母の世話をするようにと頼まれる。雪降る曇天のもと、落人となり琵琶湖近くで傷の手当てをしていた巴は甲冑を湖に処分した。そこに現れた村の娘しのぶの家に巴は名を隠して泊まり、その夜は薙刀を手に「血なまぐさい暴れ方」をした戦の記憶を蘇らせるのだった。多くの人をあやめ殺気立っていた巴だが、当初から彼女を巴と見抜いて感激していた娘の心遣いにより、ようやく人心地を取り戻す。そうして木曾路を指して旅の仕度を整えた巴は、側に仕えたいと望む娘に実名を明かし、のちに訪ねてくるよう告げて暖かな日差しの中を出立する。戦で心すさんだ巴をあがめる娘の純朴さが、この武人にあらたな生の意欲を奮起

させるという内容には、戦時中の軍人像に銃後の女性が抱いた共感も含意されている。

＊**近江路**《おうみじ》　短編小説。〔初出〕「光」46年12月。〔初収〕『世界』47年10月、東京出版。◇遠井秀成は、恋人静か野と離れて「狩の使」として都から秋の近江に下向し、国司の館に3泊逗留する。静か野は彼に「お別れ申さねばならぬ折がございましたら、身を引いてあなた様を軽くしてさしあげまする」と伝えていた。秀成は深く静か野を愛しているが、国司の姫綾の君の容姿や心づくしにも惹かれて、宿泊予定を1日延ばす。しかし「湖近くの狩場を巡視」した後、秀成は湖岸を馬で疾駆しながら「二人の姫をいつはることは、身にはできない」と当地の弓の名手守人に打ち明ける。「近江ノ国の優しさは湖のさざなみに尽きるやうな気がします」と言い残し、過ちをおかすことなく綾の君と別れた秀成は、従者となった守人を伴い近江を去り、迎えにきていた静か野と再会した。実は秀成の母は国司に息子と姫のことを内密に頼んでいたが、計略は不首尾に終わった。しばしの別離にあって、別の女性に心揺れながらもつつましい恋人への誠実と自制をみせた若い主人公の心の綾が、穏やかな近江の人々や風土と交響する佳作で、犀星の王朝物語の中でも品格の高さが特筆される。　（外村彰）

室積徂春　むろづみ・そしゅん

1886・12・17〜1956・12・4。俳人、新聞記者。大津市松本に生まれる。旧姓増永。本名尚《たかし》。別号平明居主人、碌々子《ろくろくし》、碌二道人、平明人、湖南論客。日本派俳人の増永煙霞郎《えんかろう》は兄であり、妻の室積波那女《はなじょ》（本名室積ハナ、1888・5・20〜1968・7・22）も俳人。1898年、13歳で岡野知十《ちじゅう》の「雀会」に入って俳句を始め、知十が「半面」を主宰創刊（1901年8月）するや、兄煙霞郎とともに同人として参加。その後は佐藤紅緑《こうろく》に師事し、05年に紅緑が中心となり大日本俳句研究会が創立されると、徂春は編集を担当し、あわせて当時としては画期的とも言える俳句の通信教育を創始する。06年6月に紅緑が秋声会系の俳誌「とくさ」（創刊03年2月）の主宰に迎えられると、徂春は編集を担当。同年には早稲田大学を中退する。なお一時演劇を志し、10年には新派の名優喜多村緑郎《きたむらろくろう》のもとにて大木緑二の藝名で俳優修業を始めるが、まもなく演劇への道は断念する。その後は「南予時事新聞」記者や「万朝報」記者となる。高浜虚子が俳壇に復帰した13年頃より「ホトトギス」に投句し、虚子の指導を仰いだ。14年からは虚子のもとで「ホトトギス」の編集にかかわり、次第にホトトギス派の有力俳人として認められるようになる。虚子は「進むべき俳句の道」（「ホトトギス」15年10月）のなかで徂春の〈鴛鴦の沓魔の穿き渡る古江哉〉を取り上げて「単に客観の事実は、鴛鴦が水を渡ったというのに過ぎないものを」「実は魔が渡って行ったのだと」「斯く主観的に、理想的にいったところに此句の生命はある」として主観句の代表的作品と位置付けて評価を与えている。17年には愛媛県宇和島出身の室積波那女と結婚し、それまでの増永から室積姓へと改姓する。20年4月に大阪の青木月斗《げっと》や管裸馬《すがらば》、川瀬一貫らと俳誌「同人《どうにん》」を創刊するが、月斗との意見の相違によりまもなく「同人」からは離れることになる。

　27年10月に月刊の俳誌「ゆく春」を創刊主宰する。誌名は徂春の俳号による。発行所は徂春の自宅、すなわち東京市麴町区（現東京都千代田区）麴町に置いていた。創刊号には「ゆく春は腐敗し切った現在の俳句界に慊らない人々の為めに、機関ともなり、一方には、実力ある新人を需めて、俳壇の第一線に推薦すべき使命を帯びて生れた、俳壇唯一の厳正批判を念とする俳句雑誌であ」ると記して「ゆく春」創刊の目的が俳壇革正、厳正批判、新人登用の3点にあることを述べる。また「ゆく春の人々とその主張」(『俳句講座第8巻現代結社篇』32年12月、改造社)において徂春は「異なった境涯、感想等々によって詠嘆せらる可き俳句を、主宰者の小我や小主張によって一種の型を造って、総てをこの型に嵌め込んで詠嘆せよと強いる」風潮を「現俳壇の大いなる欠陥」であると厳しく批判する一方で、「ゆく春」が各自の自由な志向によって個性を伸ばしていこうとする「個性尊奉」をあえて唱えることの意義を強調している。妻の室積波那女は「ゆく春」の編集を援け、徂春の亡き後は主宰を引き継ぐ。子息室積昭二も同誌の発行、編集にかかわる。その後主宰は平川巴竹、山県輝夫が継承。第二次大戦前からハワイ北米に会員が多く、英語俳句の普及など俳句の国際化にも取り組んでいる。創刊45周年を記念して徂春賞が制定される。同誌は2004年9月で通巻900号を迎えた。また徂春は中央にあって文人、詩人、画人などと広く交流があり、早く1923年に十六会《いざよい》を始めるが、同会をもとに27年には渥美清太郎、福田正夫、佐藤惣之助、太田三郎、邦枝完二らと百雀会《ひゃくじゃくかい》を主催し、会の記事を「ゆく春」誌に掲載した。33年には百雀会は東風会と改められた。その後も徂春は43年に長谷川伸が率いる小説道場「山の会」の中に、土師清二《はじせいじ》を中心とした俳句道場「山の会」を創設し、村上元三、大林清、山手樹一郎、山岡荘八、梶野悳三らを同人に加えて、作句を「ゆく春」誌上に載せていた。なお「ゆく春」編集の一方で「読売新聞」「旅」「婦人倶楽部」「婦人世界」等の各俳句欄、「俳句月刊」等の俳句雑誌の選者も多くつとめている。

編著に『ゆく春第一句集』(29年3月、ゆく春発行所)、『ゆく春第二句集』(30年9月、ゆく春発行所)、『北斗　ゆく春俳句集』(37年8月、ゆく春発行所)等がある。徂春歿後の68年7月に俳句研究社から平川巴竹編集になる『定本室積徂春句集』が刊行された。同書は「ゆく春」誌上に27年から44年にかけて発表された徂春の戦前の自選句を掲載。約1300句を春、夏、秋、冬、新年の5大部に分け、さらに各句を編年形式で編集したものである。徂春は花鳥諷詠の立場をとったが、個性尊奉の主張に特色があった。さらに同句集からは徂春の文壇での多彩な交流ぶりを窺うことができる。また実作の他に俳論にもすぐれ、多くの鋭利な俳壇批評を展開している。「ゆく春」誌上等に発表された多くの俳論、俳史、句評が残されている。なかでも「明治以後俳人系譜」(『続俳句講座第一巻俳人評伝篇』34年3月、改造社)や「明治以後俳諧語彙」(『同第七巻俳諧語彙篇』34年7月、改造社)には徂春の該博ぶりが発揮されており労作である。〈初日のぼる海の金泥朱をそそぎ〉〈葉柳や町の隅より点灯夫〉　(村田好哉)

【も】

元持栄美　もともち・えいび

1924・3・7〜2001・9・6。放送作家、脚本家。大津市生まれ。本名栄《さかえ》。1947年立命館大学専門部理学科地質鉱物科卒業。滋賀県庁、大津公民館勤務を経て松竹京都撮影所演出部に属し、51年脚本部に移る。62年から松竹大船撮影所脚本部所属。72年からフリー。映画脚本に「渚を駈ける女」(64年9月、松竹大船)、「としごろ」（73年4月、松竹大船）。共同脚本では「舞妓はん」（63年7月、松竹京都）、「海抜0米」（64年8月、松竹大船）、「若いしぶき」（65年8月、同）、特撮もの「宇宙大怪獣ギララ」（67年3月、同）等。おもなテレビ脚本（分担）に「特別機動捜査隊」（61年10月～77年3月、NET）、「空手三四郎」（65年9月～66年2月、日本教育テレビ、現テレビ朝日）や、歴史劇「風」（67年10月～68年9月、TBS）、青春ドラマ「おれは男だ！」（71年2月～72年2月、日本テレビ）他。日本シナリオ作家協会、日本放送作家協会所属。AB企画社長も勤めた。93年に第17回シナリオ功労賞を受賞。

（外村彰）

森敦 もり・あつし

1912・1・22～1989・7・29。小説家。長崎市生まれ。5歳の頃から京城（現ソウル）で暮らす。京城中学校を卒業。1931年旧制第一高等学校に入学し、佐藤春夫、菊池寛、横光利一らを訪問。32年3月中退。横光の推挙で「酩酊船」を「東京日日新聞」「大阪毎日新聞」（34年3月21日～4月27日）に連載。同年12月太宰治、檀一雄らと同人誌「青い鳥」創刊に参加。「麺麭」他に執筆。長野県松本市、奈良、戦後は東京から山形県酒田市、三重県尾鷲市、山形県鶴岡市などを転々とする。「立像」「ポリタイア」に参加。73年7月「月山」（「季刊藝術」）を発表、翌74年第70回芥川賞を受賞する。同年10月から翌年2月まで「意味の変容」（「群像」）を連載。82年5月、取材のため若狭から滋賀県坂田郡近江町（現米原市）の福田寺《ふくでんじ》へ、京城鍾路小学校時代の同級生大谷寿子を見舞う。一期一会の思い出は『月山抄』の「遊行」（「文藝」82年7月）、そして「浄土」（「群像」88年10月）へと結実する。

＊浄土 じょうど　短編小説。〔初出〕「群像」88年10月。〔初収〕『浄土』89年6月、講談社。◇「浄土」はいくつもの場所と時間が交錯しながら語られていく。敦が少年時代を過ごした京城、74年に訪れたソウル、取材で訪れた福井県若狭、そして滋賀県近江町長沢の福田寺へ。敦が若狭を訪れたのは82年の5月のこと。馬頭観音像を訪ねるNHKの番組の取材で小浜市の万得寺、高浜市の馬居寺、中山寺、舞鶴市の松尾寺などを巡った。その帰途、米原へ足を延ばし、福田寺を訪れたのである。別名を長沢御坊という蓮如ゆかりの法城であるこの寺には、京城鍾路小学校時代の同級生大谷寿子が住まう。人工透析に失敗して入院していたという彼女は、京城での鍾路小学校時代の同級生の「大谷という女の子」なのか。誘われて忘憂里まで蕨取りに行った思い出がよみがえる。「見て。みんなで泣いてもらったんで、お墓の人が喜んでひらひらと踊ってるわ」「唄も聞こえるじゃないの。まるでお浄土のようね」。急を聞いて集まった親族が、そのまま退院の祝宴を開いている。歴史が止まってしまったような僧坊での宴。別れ際の「一期一会ですね」という言葉が敦の心に留まるのだった。

（黒田大河）

森鷗外 もり・おうがい

1862（文久2）・1・19～1922・7・9。文学者、軍医官僚。石見国（現島根県）津和野生まれ。本名は林太郎。1881年7月東京大学医学部卒業。1889年10月「しがらみ草紙」を創刊（石橋忍月との〈『舞姫』論争〉、坪内逍遙との〈没理想論争〉などで知られる）。1890年1月ドイツ留学体験を素材とした浪漫主義的色彩の濃い「舞姫」を、続いて8月「うたかたの記」、翌年1月「文づかひ」（初期三部作）を発表。日露戦役からの帰還後（明治40年代）は、「平日」をはじめ「青年」や「雁」などの現代小説、1910年代（大正期）に入ると「阿部一族」、「山椒大夫」、「高瀬舟」などの歴史小説、「渋江抽斎」、「伊沢蘭軒」、「北条霞亭」などの史伝ものを執筆。小説のほかにも評論、随筆、日記、詩歌、翻訳など多彩な文学活動を展開。とくに格調高き文体、象徴性や暗示性に富んだ文章（表現）、〈虚〉と〈実〉を意識した物語構想、芸術的視座から捉える文学観など後の文学者たち（木下杢太郎、永井荷風、石川淳、三島由紀夫、松本清張など）に与えた影響は大きい。それは良質で豊かな水を湛え続ける〈鷗外水脈〉と形容することができる。滋賀との関わりでは、1900年3月2日近江土山に赴き、常明寺において祖父白仙の墓を訪ねている。この時鷗外は九州小倉に第十二師団軍医部長として赴任しており、小倉〈左遷〉、文壇からの〈黙殺〉状況のもと、阪田警軒、原田直次郎、宮崎（旧赤松）登志子ら相次ぐ知己の訃報遭遇と、津和野藩主亀井公の御典医だった祖父の参勤交代途次の客死とを重ねて綴った「小倉日記」には、異郷の地にて病死した亡き祖父への優しい眼差しがみられる。（瀧本和成）

森正蔵 もり・しょうぞう

1900・7・1～1953・1・11。新聞人。滋賀郡小松村（現大津市）生まれ。1924年東京外国語学校露語部卒業。26年毎日新聞社大阪本社に入社。ハルビン、奉天、ソビエト連邦特派員となり、のち大阪本社外信部ロシヤ課長、国内有数のソ連通として知られた。戦後は東京本社社会部長、出版局長を経て50年取締役、論説委員長に就任。『旋風二十年―解禁昭和裏面史―』（上45年12月、下46年2月、鱒書房）は、敗戦までの約20年間の日本の「激動期のさ中にあって報道の仕事に活動した新聞人が、その間に蒐め得た貴重な材料と、新聞人の感能と技法とをもってものした史的報告」（序）書で、大きな世論の反響を呼んだ。ほかに戦前の社会運動史『風雪の碑』（46年6月、鱒書房）、満洲事変から原爆投下までの世界大戦の歴史を叙す『転落の歴史』（48年3月、鱒書房）、戦後6年間の日本の生活記録を記す『戦後風雲録』（51年10月、鱒書房）、日記『あるジャーナリストの敗戦日記1945～1946』（2005年8月、ゆまに書房）がある。（外村彰）

森澄雄 もり・すみお

1919・2・28～。俳人。兵庫県揖保郡に生まれる。本名澄夫。父親の感化などで10歳頃から俳句に関心をもつ。1940年九州帝国大学に進み、法文俳句会を結成。この時期加藤楸邨に師事する。繰り上げ卒業後、入隊、出征。復員後、47年教職につき以後30年間勤務する。50年「寒椿」同人。54年第1句集『雪櫟《ゆきくぬぎ》』刊行。70年10月「杉」を創刊。72年楸邨らとシルクロードに旅立つ。異郷で吟行を試みず、親炙する芭蕉の「行く春を近江の人と惜しみける」の句を想起する。この流れに立ち帰国後、琵琶湖の景観に誘われ、中でも著名な句は〈秋の淡海かすみ誰にもたよりせず〉。90年芭蕉ゆかりの堅田祥瑞寺にこの句碑が建つ。句集また俳論など、著作多数。主な受賞は、69年寒雷暖響賞、78年『鯉素』で読売文学賞、87年『四遠』で蛇笏賞、同年紫綬褒章受章。97年には俳人としての功績で日本藝術院賞。また2005年文化功労者に選ばれる。（齋藤勝）

森哲弥 もり・てつや

1943・1・21～。詩人。京都市南区生まれ。七宝焼きの見習いを経て京都美術工藝学校で1年間彫刻を学んだ後、市立洛陽高等学校に入学。1967年3月立命館大学文学部哲学科心理学専攻卒業。同年野洲町（現野洲市）の第二びわこ学園に就職し、重症心身障害児教育に尽力。この間、野洲町南桜から甲西町（現湖南市）菩提寺に転居。『びわこ雑記帳』（76年1月、私家版）、『障害児の遊びと手仕事 遊具・教具のつくりかた』（79年2月、黎明書房）を著す。60〜64年「詩・部分」同人。大学在学中、第3回末川文学賞に応募した小説「伝説」（「立命館学園新聞」65年3月11日）は、選外ながら選者の高橋和巳に高く評価された。他に74年12月奈良の同人誌「まほろば」に、かつて「放課後の英雄たち」の首領だった「アンニョイ」の死から彼と共有した少年時代を回想する小説「オキュパイド・ジャパンの鳳雛《ほうすう》」も発表。94年から近江詩人会に入会し精力的に活動。99年から苗村吉昭との二人誌「砕氷船」に参画した。第1詩集『初猟』（68年9月、文童社）には、「比叡」「フィリピン」「風媒花」「虚無僧」といった散文詩の清冽な幻視のイメージに、少年時代から持続する未知なる精気への畏怖と憧憬が潜在している。第2詩集『仕事場』（80年11月、文童社）には「微光」の花や人にみた「暖かな光」、「瞳」の海面に浮かぶ灯籠の姿から得た「透明の心やどりしたまゆらの時」のような想念が表出され、詩境の深化がうかがえる。こうした少年期や日常を透視することによって、そこに内在する高貴さへの指向は、第3詩集『少年』（86年10月、文童社）にも表されるが、同詩集の「少年」「むささび」の思念の飛躍、「椅子」「赤とんぼ」の軽妙な比喩などは、その詩法の幅広さも示している。それまでの詩集には半数前後であった散文詩が、第4詩集『少年玩弄品博物館』（96年6月、ユニプラン）に至ると全てを占めるようになる。同書には27の「展示室」それぞれに配された万華鏡や日光写真機、紫水晶や機関車といった「もの」をめぐる少年の執心を振り返っての明晰な分析がみられる。そして第51回H氏賞を受賞した第5詩集『幻想思考理科室』（2000年11月、編集工房ノア）では少年期の回顧は後景化し、日常接する物象への理科的な方向からの凝視による詩世界を展開させた。様々な対象への追想と観察を徹底させた日々の静思から生まれる独特の詩的発想は、硬質の幻想風景を読者の脳裏に現前させる。2001年11月に平成13年度滋賀県文化奨励賞を受賞。2006年11月、第6詩集『物・もの・思惟』（編集工房ノア）を刊行した。

＊幻想思考理科室《げんそうしこうりかしつ》 詩集。〔初出〕「詩人学校」1996年11月〜2000年2月。〔初版〕『幻想思考理科室』2000年11月、編集工房ノア。◇散文詩30編を収録。同書の解説「砕氷船の甲板から」で苗村吉昭が「理科の常識あるいは定説」を「幻想思考の世界」に「跳躍」させる幅により同書の「詩」が成立すると述べているように、科学的知識によって意味付けされた数々の事象がモティーフとなり、それらを客観的に観察する筆致が夢想へと飛躍する知的想像力の妙が魅力。ヒトへと進化した前肢の記憶する大地の感触を叙す「手のひらの記憶」の夢想への転換点は明瞭だが、脳内の利他的衝動に思いをめぐらす「二〇世紀人の過怠」などには客観的叙述への夢想の遍在が顕著。他に「独楽の回転」等にみられる軽妙な語りも秀逸。また「二十世紀末の選良」には掌編小説の趣があり、「酸素消滅実験」の幻想思考は読者の日常的知覚を遥かな詩的思惟へと跳躍させる。

（外村彰）

森寺保《もりてら・やすし》

1924・2・9〜。医師。大津市中央生

まれ。大阪医科大学卒業。京都大学眼科助手、大津市民病院眼科医長などを経て、森寺眼科医院開業。滋賀県眼科医会会長、日本眼科医会理事、大津市医師会会長、大津市心身障害児就学指導委員会委員長、大津市社会教育委員会委員長などを歴任。「大津市医師会報」や「医協ニュース」に多数の随筆を発表。著書に『鬼の念仏―眼科医の眼に映る現代の世相―』（1991年4月、近代文藝社）がある。（島村健司）

護雅夫 もり・まさお

1920・3・30～1996・12・23。東洋史学者。長浜市出身。1943年9月東京帝国大学文学部東洋史学科卒業後、江田島海軍兵学校海軍予備学生となる。44年1月から訓練を受けるかたわら教官として国史の講義を担当。5月少尉任官、45年3月中尉昇進、江田島で敗戦を迎える。復員後、大学院特別研究生、北海道大学助教授を経て、56年5月から東京大学助教授。イスタンブール大学、レニングラード大学などを経て、68年東京大学教授（81年定年退職）、後日本大学教授（91年定年退職）。91年11月勲二等瑞宝章受賞、92年12月から日本学士院会員、死後正四位に叙せられる。トルコ民族史、内陸アジア史、トルコ学専攻。著書に『古代トルコ民族史研究Ⅰ～Ⅲ』（67年3月、92年1月、97年4月、山川出版社）、『遊牧騎馬民族国家』（67年6月、講談社）、『李陵』（74年1月、中央公論社）、『古代遊牧帝国』（76年7月、中央公論社）、『中央アジア史』（81年8月、旺文社）などがある。（諸岡知徳）

森三樹雄 もり・みきお

1902・2・1～1947・12・21。歌人。滋賀県大津市生まれ。1937年京都市東山区山科町（現山科区）御陵に転居。三菱銀行勤務。16年前田夕暮主宰「白日社」入社。19年尾山篤二郎主宰「自然詩社」創刊、参加。以後、尾山に師事し、機関誌「自然」に作品を発表。28年日本歌人協会会員となる。29年尾山篤二郎主宰の歌誌「青海原」編集担当。33年尾山主宰「自然」の編集も担当。40年尾山の新雑誌「芸林」同人。歌集『潮流』『雁行集』。遺歌集『太湖集』（78年11月、初音書房）が三女の森不二子によって出版。〈竹生島は奇《くす》しき島か思ふだに水深三百尺といふ湖のただ中に〉（山本洋）

森竜吉 もり・りゅうきち

1916・2・3～1980・3・22。評論家、真宗学者。旧姓山本。三重県四日市市羽津《はづ》町生まれ。三重県立富田中学校（現四日市高等学校）、龍谷大学専門部をへて、1940年龍谷大学文学部哲学科社会学専攻卒業。同年旧制京都専門学校（現種智院大学）講師、のち教授。46年5月より夕刊京都新聞社論説委員・文化部長として一面のコラムを担当、特に真宗教団の戦争責任問題などをとり上げたが、時代の急速な右旋回のため、50年7月レッドパージにより新聞社を退職。それ以前の44年、京都市下京区から大津市本堅田天神山（当時滋賀郡堅田町）に転居し、56年まで丸12年間堅田から京都へ通勤した。堅田町では町史編纂主任（51～52年）、町教育長（53年度）をつとめ、また歴史学者服部之総のすすめもあって蓮如ゆかりの本福寺蔵の中世文書の調査解読を始め、これが森の真宗史研究の礎石となった。森は、おだやかながら才智ゆたかで社交的な行動の人で、各界の文化人や学者らと交友が広かった。54年成安女子短期大学講師、のち教授、66年龍谷大学経済学部教授、70年11月より経済学部長。新聞への寄稿は「中外日報」、「本願寺新聞」、

「朝日新聞」、「京都新聞」、「産経新聞」、「読売新聞」、その他に５００本以上。64年からNHKテレビ「宗教の時間」を担当。一般書（新書版）に『本願寺』（59年9月、三一書房）、『親鸞その思想史』（61年4月、三一書房）、『蓮如』（79年8月、講談社）。専門研究書・論文多数。　（山本洋）

もろさわようこ　もろさわ・ようこ

１９２５・2・13～。地方紙記者、女性史研究者。長野県北佐久郡（現佐久市）望月町生まれ。本名両沢葉子。紡績工場内学院教師を経て女性史研究に取り組む。１９６９年毎日出版文化賞受賞の「信濃のおんな」（『信濃毎日』66年～68年）、『おんなの歴史上下』（70年、未来社）、『おんなの戦後史』（71年、未来社）等の著作を以て女性史研究家の肩書きを冠せられるようになる。その女性史研究の根底は、現在の女たちの状況を明らかにするには女たちの現在に至る歩みをおさえねばならぬとの思いであり、現在の女たちの問題への意識が、やがて婦人運動家としての活動につながることとなる。すなわち地方に根ざす婦人運動をめざし、82年には故郷長野県望月町に「歴史をひらくはじめの家」を開設してその世話人代表となる。さらに94年そのいとなみの延長線上に平和と沖縄の生活文化を学ぶ場として「歴史を拓くはじめの家うちなあ」が、ついで98年に高知において「歴史を拓くよみがえりの家」が家びらきされ活動を開始することとなった。２００２年9月29日には望月町で家びらき20周年合同集会を開催、活発な活動が続けられている（機関紙「あけもとろ」20号）。滋賀にかかわる作品としては、『もろさわようこの今昔物語集〈わたしの古典シリーズ11〉』（86年8月、集英社）中の1編「中務大輔の娘」（原典、巻30中務大輔娘成近江郡司婢語第4）がある。「人間は自由なものとして生れているとする人権の思想を以て見なおす」として選んだ説話群中の1編である。中務大輔の娘は親の存命中には兵衛佐なにがしを婿として通わせていたが、親の死後は夫の宮仕えの面倒を見るだけの余裕がない故に妻であることを自ら辞する。やがて苦しい生活の様子を見た老尼の世話で近江の郡司の息子を通わせることとなる。この男に誘われて近江の国に赴くがそこには妻がいて、都とは異なり、妻が衣食の生産を指図する体制の郡司の家では、婢として働かされる。その年、春の除目で国の守が替わり、新たに赴任してきたのはかつての夫兵衛佐であった。婢として働いているのがもとの妻とは気づかず、その風情に動かされて女を寵愛するが、やがて互いにその身の上が顕れるや、女は舌を嚙み切って果てるという結末である。原典に「物不云ズシテ只水《ヒエ》ニ水《ヒエ》ニ痓《スクミ》ケレバ守此ハ何《イカ》ニト云テ騒ゲル程ニ女失《ウ》セニケリ糸哀レナル事也」とあるのを、本編では「女の体からさまよい出る魂を迎える物の怪たちの祝祭めいたどよめきで、湖では波が荒立っていた」としているところに語勢の隔りがあり、原典が「いとあはれなることなり」とあるのみなのに対して、これはその悲惨さ、深い恨みを示す表現としたところに作者の想念が認められる　（古田嘉雄）

【や】

矢島喜源次　やじま・きげんじ

１８６８・12～歿年月日未詳。俳人、教育者。信濃国（現長野県）に生まれる。大津市別所に居住。俳名無月。臼田亜浪に師事する。〈春浅き木立中ゆく人もゆく〉〈暁の木の芽雀が声すます〉〈行く春の日は雲に

落つ夕千鳥〉（浦西和彦）

安井小弥太 やすい・こやた
1905・6・23〜1985・7・30。童画家、随筆家。滋賀県に生まれる。1927年自耀社絵画研究所を卒業。「コドモノクニ」「少年倶楽部」などの児童雑誌に、乗り物画を描く。著書に『蒸気機関車』（47年、二葉書房）、『山の画報』（54年、講談社）などがある。古陶磁の研究家でもあった。（浦西和彦）

保田与重郎 やすだ・よじゅうろう
1910・4・15〜1981・10・4。評論家。奈良県磯城《しき》郡桜井町（現桜井市）生まれ。畝傍《うねび》中学校、大阪高等学校を経て、1931年東京帝国大学文学部美学美術史科入学。32年3月「コギト」創刊に加わり、34年卒業。35年伊東静雄らと「日本浪曼派」を創刊、その中心となりロマン主義と民族的伝統の立場から夥しい評論を発表、時代の代表的存在となる。36年11月初めての評論集『日本《にっぽん》の橋』（芝書店）、同月『英雄と詩人』（人文書院）を刊行、注目を浴びる。『戴冠詩人の御一人者』（38年9月、東京堂）、『後鳥羽院』（39年10月、思潮社）などでは文明開化以降の伝統文化喪失の自覚から反近代、アジア主義を鮮明にする。彼の心情主義は、高貴な精神の純化は政治主義とは背反し現実世界では敗北するという思想で、青年層に強い影響力を持った。『近代の終焉』（41年12月、小学館）では日本文化の独創性と古典への回帰を説く。49年「祖国」を創刊。戦後公職追放になり沈黙を守ったが、69年8月から10月まで「新潮」に「日《にっ》本《ぽん》の文学史」を連載、精神史としての日本文学史を確立した。

＊近畿御巡幸記 きんきごじゅんこうき　評論集。〔初出〕「祖国」52年1月〜4月。〔初収〕『保田与重郎全集26巻』87年12月、講談社。◇51年11月11日〜25日の昭和天皇の近畿巡幸についての当該地の新聞記事を資料として、これを編纂、「近畿御巡幸記謹撰の趣旨と感想」（「祖国」52年9月）でこれらを文学として論じている。滋賀巡幸記は第2巻。「御巡幸記の新聞記事をよんでうれしいことは、心から楽しいことである。うそいつはりや謀略や陰謀ばかりを伝へる新聞の中で、こゝにだけありのまゝの美しいことば、かなしい思ひ、清いこゝろ、そして誠のあるふるまひが、沢山にあらはれて」と新聞記事の文章に敗戦後の日本人の心を読みとり、天皇を迎える民草の姿に「日本」が心情として息づいていることを確認する。それは「我々が築くと共に、我々の民族の代々の先祖が、己の念願をこめて、生命をさゝげて、きづいてきた聖なるもの」で近代的繁栄を空しいものとする高貴なのだと言う。天皇は人格、地位として尊いのでなく「国のなり立ちと歴史と祖先の願望と献身をひきくるめて、わが己のうちにしづまります「天皇」をうつゝに意識する時」「彼我一如の永遠の感銘」が尊いとする。天皇に奉る国民感情を伝える性格上、「巡幸記」は空前の「文学」だと述べている。（高橋和幸）

八十島四郎 やそしま・しろう
1920・3・3〜。詩人。兵庫県武庫郡住吉村（現神戸市東灘区）生まれ。本名昌《まさ》夫《お》。1942年早稲田大学文学部卒業。35年ごろより詩歌の創作を始め、陸軍除隊後、44年東京の中学校教員となる。46年1月焦土の東京で、詩「敗戦」を発表（「近代詩苑」）。終戦という言葉をあえて用いず、敗戦という言葉をいち早く用いて現実を直視した。福井を経て55年より滋賀県大津市尾花川に住み（のち同市石山寺に転居）、県立野洲高等学校などに勤務。75年7月『敗戦詩抄』（プラザー写真製版工業）で、戦前から戦後にかけての詩作を横書きにして発表。80年北川冬彦主宰の「時間」同人となる。95年9月私家版『悟《ご》雪洞大機《せつどうたいき》　その生涯と作品』を妻の和子とともに本名で刊行。大機（別号山本永暉《えいき》）は岳父にあたるが、歴史に埋もれかけた日本画家を発掘した労作として話題を呼ぶ。昨今は、その詩作に千秋《せんしゅう》次郎が曲をつけた女声合唱組曲『過ぎゆく時のま』（98年9月、音楽之友社）などが公演されている。また、2003年8月には山科恭一著『日本の〈敗戦〉を最初に歌った詩人　八十島四郎の足跡』（文芸社）が出版された。（野田直恵）

矢田挿雲　やだ・そううん
1882・2・9～1961・12・13。史家、小説家、俳人。石川県金沢市に生まれる。豊臣秀吉の時代から加賀藩士の家系で、祖父の代まで藩医。1889年東京市牛込区愛日小学校から仙台の師範学校付属小学校へ転校。1894年仙台市宮城県立第一中学校に入学。1900年早稲田専門学校入学。在学中から正岡子規の下で俳句を学ぶ。08年九州日報社に入社。13年より藝備日日新聞社に在籍。20年6月16日より「報知新聞」に「江戸から東京へ」を連載開始。同紙連載「太閤記」（25年10月15日～12月30日）には、織田信長の近江浅井攻めに際して、石山、堅田から瀬田、守山、敦賀などが舞台となり、長浜城時代の秀吉が描かれる。42年夏、「読売新聞」と「報知新聞」の合併を期に報知新聞社を退社。京都嵐山に疎開し文壇より遠ざかるが、以来子規派俳句を作り続けた。著書に『地から出る月』（24年7月、東光閣書店）、『世界放心遊記』（26年12月、東光閣書店）など。（杉田智美）

柳田国男　やなぎた・くにお
1875・7・31～1962・8・8。民俗学者。兵庫県生まれ。旧姓松岡。1900年東京帝国大学法科卒業。上京後、森鷗外と出会い、松浦萩坪に師事し、「文学界」に新体詩を発表した。が、文学への傾倒を絶ち、農政学を志す。00年農商務省に入り、19年貴族院書記官長を最後に退官。『後狩詞記』（09年、私家版）、『遠野物語』（10年、聚精堂）等を出版して民俗学研究に尽力。47年日本藝術院、日本学士院会員に推挙され、51年文化勲章を受ける。61年「海上の道」で生涯の研究テーマを結び、62年米寿を祝った後、死去。甲賀伝説の「甲賀三郎の物語」（『物語と語り物』46年）や琵琶法師の「落人伝説」（『史料としての伝説』57年、村山書店）を執筆。雑誌「郷土研究」（13年）の発刊は、近江の学究、浅見安之、福田文月等に影響を及ぼした。（青木京子）

柳田聖山　やなぎだ・せいざん
1922・12・19～2006・11・8。禅仏教研究者。愛知郡稲枝《いなえ》村（現彦根市）稲里の延寿《えんじゅ》寺に生まれる。1942年9月臨済学院専門学校（現花園大学）卒業後、約1年間永源寺僧堂で修行。48年大谷大学文学部真宗学科を卒業後、京都大学文学部聴講生。中国禅や比較仏教学、日本の中世禅家などの研究分野に深く通ずる。60年花園大学、76年京都大学人文科学研究所、86年中部大学教授を歴任、88年花園大学国際禅学研究所所長。90年良寛の詩碑を中国の峨眉山に建立。91年紫綬褒章受章、93年仏教伝道文化賞受賞。著書に『破るもの』（70年3月、春秋社）、『禅の遺偈』（73年11月、潮文社）、読売文学賞受賞の『一休「狂雲集」の世界』（80年8月、人文書院）、講演記録集『沙門良寛 自筆本「草堂詩集」を読む』（89年1月、人文書院）、『禅語余滴』

（89年3月、禅文化研究所）、『未来からの禅』（90年1月、人文書院）等。『柳田聖山集』全6巻（91年11月～、法蔵館）がある。（外村彰）

柳田暹瑛　やなぎだ・せんえい

1917・7・9～2000・11・10。歌人、僧侶。東京都台東区の正宝院に生まれる。旧姓近藤。1928年園城（三井）寺で得度受戒。41年龍谷大学文学部卒業。翌年三井寺教学部長、のち園城寺学問所所長、法泉院住職大僧正。46年立命館高等学校教論、54～72年立命館大学に勤務。京都文化短期大学教授等も務めた。59年全米視察。71年から大津の歌誌「歌樹」の主宰を菊地尚から継ぎ、後進を厚く指導。77年11月、82年7月、88年10月に歌樹社から『合同歌集』刊行。その歌々に投影された品位は学藝、教養の深さ、法爾自然の境涯を反映している。滋賀県歌人協会代表幹事、滋賀文学会理事。書画にも長じた。87年4月、三井寺に歌碑〈限りなく刻経し如くたまゆらのことのごとしもいま定を出づ〉建立。歌集に『円融』（87年4月、歌樹社）、研究書に『序説 日本の文学〈古代～近世〉』（77年3月、京都書房）がある。〈老杉の注連《しめ》縄濡らす朝靄を截《き》りて鳥らの声のみ残る〉（外村彰）

柳宗悦　やなぎ・むねよし

1889・3・21～1961・5・3。民藝研究家。東京市麻布区（現東京都港区）生まれ。学習院高等科在学中に武者小路実篤、志賀直哉らと知り合い、同人誌「白樺」に参加。1913年東京帝国大学哲学科卒業。西洋の神秘思想から、朝鮮美術へと関心を移し、25年には「民藝」の語を提唱するに至る。日本民藝美術館の設立に尽力したのを始めとして、展覧会や調査旅行、資料の蒐集を精力的に行い、民藝の美を一般に浸透させた功績は大きい。57年文化功労者。

＊初期大津絵《しょきおおつえ》　長編評論。〔初版〕『初期大津絵』日本民藝叢書第2編、29年4月、工政会出版部。31年3月再版。◇大津領追分、大谷宿場で土産物として売られていた民画について総合的に考証したもの。俗説を退け、その起源を寛文年間（1661～73）に求めている。画風によって3つの時期に分けるが、仏教画と俗画とが混在し、風刺性を持った初期を最も高く評価する。銘のない、素朴で作為のない大津絵は、民画の最高峰であり、近代藝術を超えた美を持つことが説かれている。資料的にも充実した内容を誇る。（山口直孝）

藪田藤太郎　やぶた・ふじたろう

1913・8・24～1984・4・24。小説家、郷土史家。東浅井郡速水村大字賀（現湖北町）生まれ。1928年速水尋常小学校高等科卒業。31年文部省実業学校卒業程度検定試験商業科合格。虎姫町で古書籍・調味料販売、貸本業を開業。35年滋賀県普通文官試験合格。37年行政代書業も兼業。39年11月旧満洲に渡り、満洲国奉天省奉天市向公署雇員となる。官房参事官室事務官で終戦を迎える。46年5月帰国後、醤油・新聞・古書籍販売や貸本業を営む。60年米原町商工会に経営指導員として就職、75年退職。滋賀県文化財保護指導員、滋賀県地方史研究家連絡会世話人、近江の高僧顕彰会会員。日本歴史学会、滋賀県民俗学会、滋賀文学会、滋賀作家クラブに所属。『虎姫のむかし話』（79年3月、虎姫町公民館）、『虎姫のむかし話　第2集』（80年3月、虎姫町教育委員会）、『長浜の伝承』（80年3月、長浜市）の編集に関わる。連載に「湖北名所案内」（「湖北新聞」80年1

月1日〜7月31日)、「相応和尚一代記」(「湖北新聞」80年9月23日〜81年2月28日)などがある。

＊元三大師《がんざんだいし》　中編小説。〔初版〕『元三大師』80年10月、サンブライト出版。◇「あとがき」に「地元新聞に連載したもの」に加筆訂正したとあるが、掲載紙は未詳。ただし、「相応和尚」「霊仙三蔵」が「湖北新聞」に連載され、「霊仙三蔵」が「湖北高僧シリーズ3」となっていることは確認出来たので、「元三大師」も78年10月から79年にかけて「湖北新聞」に連載された可能性がある。966(康保3)年に灰燼に帰した延暦寺を再建した、18代座主良源(元三大師。諡号は慈恵)の生涯を描いたもの。良源を浅井郡三川の豪族木津氏の出自で、912(延喜12)年に生まれたとする。最澄が建立してから170年余が経過した延暦寺は、良源が18代座主に就いて3ケ月にして灰燼に帰す。6年目に伽藍を再建した良源は、水戸藩の「大日本史」などには一般に僧兵の制度を始めた張本人とされているが、火災による災害の復興とともに、山法師と言われる僧侶の素行の粛正のため26ケ条の制式を制定しており、横川の教権も確立した。法性寺の座主をめぐる円仁派と円珍派の争いの中で、一時背信者、売名僧との非難を受けたこともあったが、「叡山の各塔と各谷には、どこでも大師の木造か画像が祀られて、それをお参りして歩くのが山内の大師めぐり」であって、「大師を祀るお堂を大師堂として全国各地に建立されている」。この場合の大師とは元三大師を指し、宗祖伝教大師より重く見られた時期があったとしている。第31回滋賀県文学祭出版賞受賞作品。

＊霊仙三蔵《りょうせんさんぞう》　中編小説。〔初出〕「湖北新聞」1981年4月22日〜(10月22日の74回まで確認)。〔初版〕『雲仙三蔵』82年11月、サンブライト出版。霊仙は749(天平感宝元)年生まれ、古代湖北の豪族息長氏の出自で、坂田郡に生まれたとしている。得度し興福寺時代を経て、803(延暦22)年、最澄、空海とともに遣唐使として唐に渡り、長安の醴泉寺で梵語、法相唯識を研究の後、釈迦が文殊菩薩に説いたとされる「大乗本生心地観経」を漢訳した。三蔵の号を得るとともに内供奉十禅師となる。憲宗の死後、儒教・道教を重視する政策転換のため弾圧を受け、長安を脱出し、五台山の金閣寺、何台の七仏寺で穴居修行をして真言密教を学ぶが、弟子に毒殺される。23年間在唐し、68歳にして異国の地で死んだ霊仙について、作者は「世界に仏教徒の数は多いが五台山の土になった人は限られている。その少数の幸運者の一人に選ばれたことは決して望んでできることではない。これほど仏教徒としての喜びが他にあろうか」と結んでいる。あわせて「尊意僧正」「宮部継潤」の2編も収録。それぞれ丹生谷出身の高僧と武将である。尊意は、京都の息長丹生真人家に生まれ、926(延長4)年に延暦寺の13代座主になった人。宮部継潤は織田信長が浅井長政の小谷城を攻めた折、姉川の北岸の宮部にいた浅井方の僧兵大名。木下藤吉郎の説得で織田方に寝返ったことについて、作者は「継潤の降服が利欲に走ったものではなく、湖北農民の苦しみの根元を絶つ純粋な心、そして義理の叔父今井氏の仇を報ずるためという大義名分」によるものであると述べる。

(北川秋雄)

矢部寛一《やべ・かんいち》

1892・1・日未詳〜1988・7・8。郷土史家。彦根市生まれ。号天心。戦前は滋賀銀行京都支店長、戦後は食堂関係の会社を経営。井伊直弼の再評価を訴えた『青年首相井伊大老の政治と日米外交』（1951年8月、大光社）をGHQに提出。彦根関連書のほか『世界をめぐりて—外から見た日本—』（62年2月、彦根史談会）も刊行。歿後、半生を回顧した随筆『ある明治人間の手記』（88年7月、矢部産業）が発行された。（外村彰）

矢部侃 やべ・ただす

1937・11・28〜2004・2・7。俳人。滋賀県に生まれる。「馬酔木」「霜林」「海程」などを経て、同人誌「翔」を編集した。馬酔木新樹賞、俳句研究新人賞、海程新人賞などを受賞。〈棒が欲しいか赤いべべ着て踊らんかい〉（浦西和彦）

山尾郁代 やまお・いくよ

1948・11・29〜。俳人。島根県生まれ。大津市比叡平在住。1985年「鹿火屋」入会、原裕に師事。90年「鹿火屋」新人賞受賞。92年「鹿火屋」同人。「鹿火屋」大津句会発足。句集『初比叡』（96年2月、ふらんす堂）。〈僧兵の跫音《あしおと》きこゆ初比叡〉（山本洋）

山岡暁風 やまおか・ぎょうふう

1909・2・16〜1992・11・6。俳人。高月町西阿閉《にしあつじ》生まれ。本名三郎。少年期に父から俳句の指導を受ける。1927年3月、滋賀県師範学校卒業。同年歩兵第9連隊に入隊後、8月から犬上郡、八日市市、神崎郡を教職員として歴任。43年寺崎方堂に師事し、「正風」同人となる。45年応召、同年復員後71年まで伊香郡、東浅井郡の小学校、中学校教諭を勤めた。三世深《み》雪《ゆき》園湖村に師事し連歌俳諧を研鑽、のち四世を継承。56年芭蕉遺跡顕彰会副会長、のち常任理事。滋賀文学祭俳句部門選者、芭蕉遺跡顕彰会常任理事、俳句結社旭影社長。ホトトギス系の温かみのある写生句を詠むと同時に連句の固有藝術としての重要性を提唱。歌仙などその俳諧師としての力量は全国的であり、俳画にも優れた。句集に『東雲』（83年5月、私家版）、連句集に『深雪』（88年8月、私家版）がある。〈伊吹嶺を そびらに冬を 構へたり〉（外村彰）

山岡荘八 やまおか・そうはち

1907・1・11〜1978・9・30。歴史・時代小説家。新潟県北魚沼郡（現魚沼市）生まれ。本名藤野庄蔵。高等小学校中退。上京後、逓信官吏養成所で学ぶ。その後、印刷製本業を始めるも倒産。「大衆倶楽部」の編集の仕事をしつつ、作品の執筆、発表に取り組む。長谷川伸に師事し、「約束」（1938年）が「サンデー毎日」大衆文藝に当選したのをきっかけにデビューした。戦時中は海軍報道員として従軍し、『海底戦記』（42年、第一公論社、第2回野間文藝奨励賞）を執筆。のちに代表作ともいうべき「徳川家康」（50〜67年）が大流行し、本格的に時代小説へと進出する。特徴的なのは作品の受容の在り方として、経営者のバイブル的役割をはたしたという点である。また、大戦で若くしてその命を失った英霊たちへの敬意と、平和への強い願いや思いが作品を通して描かれている。他の主要な作品に、「織田信長」（54〜60年）、「新太平記」（56〜62年）、「異本 太閤記」（60〜69年）など。受賞歴に長谷川伸賞、吉川英治文学賞がある。

＊徳川家康《とくがわいえやす》 長編時代小説。〔初出〕「北海道新聞」「中部日本新聞」「神戸新聞」50年3月29日〜67年4月15日。〔初版〕『徳川家康』全26冊、53年〜67年、講談社。◇徳川家康を合理主義の持ち主で平和を希求する、建設の英雄として描いている。また、徳川家康という1人の人間を掘り下げてゆ

くことよりも、彼と彼をとりまく周囲の流れの中の、いったい何が応仁の乱以来の戦乱に終止符をうたせたのかを大衆文学の立場から考え、ともに探ることを執筆を通しての目的とした。作中を通して家康は天下を手中におさめるべく野心に燃える戦乱の徒ではなく、天下泰平、平和な世の中を実現するために腐心する者として描かれる。そして、家康と並ぶ戦国武将の信長、秀吉もまた、桶狭間で信長に破れ、破滅の道をたどった今川氏と同じように運命づけられていたことを作品を通して描くことを試みた。滋賀県との関わりをいえば、家康は関ケ原の戦いで功績のあった井伊直政を佐和山城主に据えた。また、井伊氏はのちに彦根に城下町を建設した。この時期には東海道、中山道の整備も進められ、多くの宿場町が栄え、さらに琵琶湖水運の港町も隆盛を示した。とくに注目すべき点は、近江八幡や日野、五個荘（現東近江市）などの商人が全国的に活躍し、近江商人として多くの利益をあげたことである。（小出一成）

山県五十雄 やまがた・いそお

１８６９・３・16～１９５９・３・15。ジャーナリスト。甲賀郡水口村（現甲賀市水口町）生まれ。雅号蠡湖。水口藩藩士山県順の五男。第一高等中学校を経て、東京帝国大学文科大学英文学科に学ぶが、退学。兄悌三郎が発行する雑誌「少年園」「少年文庫」（後に「文庫」と改題）の編集に携わり、１８９５年創刊の「青年文」では、友人田岡嶺雲とともに編集を行うなど、明治20年代の文壇に寄与した。その後「万朝報」に入社し、同紙の英文欄の執筆を担当。１９０１年の社会改良団体理想団の設立には、発起人の１人として名を連ねた。09年から22年まで、朝鮮総督府の機関英字新聞「Seoul Press」の主筆。帰国後の23年「Herald of Asia」の主筆となるなど、後半生は英文を専門とするジャーナリストの代表的存在であった。第二次世界大戦終結まで、外務省の嘱託として公文書の英訳に携わった。著書に『英文学研究』全６冊（01年９月～03年５月、内外出版協会）等がある。（森﨑光子）

山県悌三郎 やまがた・ていさぶろう

１８５８（安政５）・12・17～１９４０・１・18。社会教育家、出版人。甲賀郡水口村（現甲賀市水口町）生まれ。水口藩藩士山県順の三男。末弟は五十雄。１８７２年上京、１８７９年東京師範学校卒業。教師生活を経て、１８８４年文部省に入り、博物学教育とその教授法を研究した。１８８６年文部省を辞職した後は、多くの教科書や科学啓蒙書を執筆。１８８８年雑誌「少年園」を創刊。近代児童雑誌の源流と評価されている。さらに、１８８９年雑誌「少年文庫」（１８９５年「文庫」と改題）、１８９５年「青年文」を創刊。「文庫」は青少年の文藝投書雑誌であり、同誌から河井酔茗、横瀬夜雨、伊良子清白ら多くの文学者が育ち、同誌育ちの詩人は文庫派と称された。「青年文」は、弟五十雄とその友人田岡嶺雲が編集する文藝評論雑誌であり、日清戦争後の文壇を論評し異彩を放った。これらの雑誌発行で明治20～30年代の文壇に貢献した悌三郎だが、やがて仕事の比重を社会的活動に移していく。１８９８年内村鑑三の「東京独立雑誌」発刊を支援し、五十雄とともに社会改良団体理想団に参加、韓国人留学生やフィリピン独立運動を支援、動物虐待防止協会に加盟するなどした。こうした活動の変化は彼の出版物にも及び、１８９５年内外出版協会の事業を拡張した後には、家庭改良、言文一致、社会主義に関する出版が目立つようになる。堺利彦

『家庭の新風味』（1901〜02年）、山田美妙『言文一致文例』（01〜02年）、西川光二郎編訳『社会党』（01年）等。しかし、日露戦争前後から進歩的社会改良家の面影は弱まり、個人の道徳的修養を目指した出版物が増加する。自らスマイルズの『自助論』（12年3月）を翻訳、また『偉人研究言行録』80巻を刊行した。この頃、家族の相次ぐ死と会社の経営不振に悩まされていたが、14年遂に内外出版協会は倒産した。植村正久より洗礼を受ける。韓国の京城で「Seoul Press」の主筆を勤めていた五十雄の勧めで、16年韓国に渡り延礼専門学校、梨花女子専門学校等で教鞭をとる。29年70歳を期に職を辞し、帰国。34年自伝を執筆、後年『児孫の為めに余の生涯を語る』（87年7月、弘隆社）と題して刊行された。（森﨑光子）

山上伊太郎《やまがみ・いたろう》

1903・8・26〜1945・6・18。脚本家。京都市に生まれ、大津市で育つ（家系をはじめ、少年時代の山上に関しては不明な点が多い）。現大津中央小学校を卒業後、新聞記者だった兄の紹介で滋賀県庁に給仕として勤務。時代小説家を目指した。1924年東亜キネマ甲陽撮影所の懸賞に入選し、脚本部に入社。26年「帰ってきた英雄」（現代劇）が映画化されると、これが作家の直木三十五の目に止まり、プロデューサー玉木潤一郎の仲介でマキノ映画に引き抜かれる。同年「闇の森」（時代劇。以下、ことわりのないものは時代劇）がマキノ省三監督の元で映画化される。翌27年二川文太郎監督により「悪魔の星の下に」が映画化。この作はある侍が剣術の師を斬り、無理にその娘を妻として娶るが、辻斬りや茶屋通いに明け暮れ、ついには妻の兄弟から父の仇として斬られるという陰惨なストーリー。これが批評家の注目を集め、「キネマ旬報」のベストテン8位となる。28年には「浪人街第一話」（監督マキノ正博）がベストテン1位、「崇禅寺馬場」（同）が4位、「蹴合鶏」（同）が7位となる。29年には「首の座」（同）がベストテン1位、「浪人街第三話」（同）が3位となる。いずれも生きることに希望を見出せないニヒルな人間たちが描かれ、山上は悪魔派の異名をとる。同年7月にマキノ省三が心臓麻痺で歿すると、知世子未亡人からは疎まれ、またマキノプロダクションの労働争議（ただし子息の正博は従業員側に立つ）もあって脚本が映画化されることはなく、32年にようやく「白夜の饗宴」（監督マキノ正博）が映画化されると、ベストテン6位を獲得する。が、京都宮川町の娼妓と出奔し、ヤクザに追われることもあるような生活を続け、自身の監督作品である34年の「兵学往来髷大名」、翌年の「魔風一騎」はいずれも失敗。43年には自ら陸軍報道班員を志願。45年フィリピンのルソン島で敗走中に消息を絶ち、6月16日に歿したとされる（戸籍上は6月18日歿になっているが、竹中労が戦友から聞いたところによると、実際は16日だったという）。執筆した脚本数は竹中によれば84本、うち映画化されたものは58本。

＊傀儡師《くぐつし》 中編小説。〔初出〕「大衆文藝」27年1月、3月〜6月。〔初収〕『山上伊太郎のシナリオ』76年8月、白川書院。◇山上が時代小説家を目指していた頃に書いた小説で、29年には二川文太郎監督により、第1部から第3部まで映画化される話が進み、製作発表もされたが、マキノプロダクションの知世子夫人の反対で実現しなかった。宣伝パンフレットには「性的反逆史——墓穴はまだ掘れぬか?」というサブタイトルが付けられ、「見よ燃え上がり旋回

する愛欲の渦巻」「虐げと屈辱の生をうけたる主人公がその過去の一切を韜晦して、因襲と束縛多き時代相に送る怪奇反逆篇！」とあったという。久我庄左衛門は、自分の命の恩人であるハンサムでニヒルな浪人氷上兵右衛門を江戸から彦根まで連れてくる。久我は氷上を取り立ててやろうとしているのだが、息子の大次郎は氷上がどうにも胡散臭い人物に思えてならない。一方、久我の娘綾はすっかり氷上に熱を上げている。大次郎は氷上の身辺に探りを入れるが、氷上はそれに気付くと、綾を連れて久我の屋敷から出奔する。しかし、氷上の念頭には出世のことしかなかった。小説は未完。
（信時哲郎）

山上荷亭 やまかみ・かてい

１９１２・４・27〜１９７５・11・８。俳人、僧侶。日野町鎌掛《かいがけ》生まれ。本名證宣《しょうせん》。１９３０年旧制平安中学校卒業後、誓敬《せいきょう》寺（浄土真宗）住職となり、地元の小学校で教職に就く。37年皆吉爽雨《みなよしそうう》に師事し、42年「山茶花」、46年「雪解《ゆきげ》」同人。55年「芦の花」を主宰して後進の育成に努めた。写生に徹しながら日々の恬淡とした境涯を透徹させた僧形《そうぎょう》俳句を実践。72年、日野町の正法《しょうぼう》寺に句碑〈さまざまの別れに遇ひぬ露の秋〉建立。句集に『染香《ぜんこう》』（73年8月、芦の花社）がある。〈仏供米《ぶくまい》に添へて日野菜を間引きしと〉
（外村彰）

山上静野 やまかみ・しずの

１９１６・１・１〜。俳人。滋賀県生まれ。蒲生郡日野町鎌掛《かいがけ》在住。１９３８年「山茶花」入会。71年「雪解」入会、皆吉爽雨に師事。73年「雪解」同人。75年井沢正江に師事。〈堂屋根に来てゐる猿も盆の客〉
（山本洋）

山川能舞 やまかわ・のぶ

１９０８・３・19〜。俳人。大津市逢坂生まれ。本名信治郎。１９２７年３月山口銀行（33年の合併で三和銀行となる。現三菱東京ＵＦＪ銀行）に勤務。34年社内俳誌「三和」が創刊され応募。創刊時は日野草城選、35年からは阿波野青畝選。36年中山碧城が「志賀」創刊、翌年の休刊まで手伝う。37年10月「ホトトギス」に初めて出句し、１句入選する。43年９月「ホトトギス」に３句入選するが、戦局の悪化に伴い翌年春に句作を断念。51年３月出句を再開する。57年「志賀」を復刊し、71年まで発行所を引き受ける。以来、月心寺で毎月句会を開く。63年銀行を定年退職し、西陣織物問屋西本商店に入社。73年１月「ホトトギス」同人に推挙される。74年10月「志賀」休刊、重陽会を設立。78年に西本商店を退社。高浜虚子、高浜年尾、稲畑汀子と、三代にわたり師事した。俳誌「志賀」の発行所として後輩の指導などに尽力し、「志賀」廃刊後も「ホトトギス」同人として句作を続けた。

＊逆髪 さかがみ 句集。〔初版〕『逆髪』82年２月、私家版。◇金婚を迎えるに当たり「ホトトギス」の入選句を句集にまとめたもの。作者「あとがき」には、「結婚以来五十年崇敬して来た」氏神、藝能の祖神である関蝉丸神社に捧げる気持ちで、「歳時記に俳句一つない逆髪忌を氏子として少々作りましたのが起因」と述べる。「逆髪」14句、「新年」から「春」「夏」「秋」「冬」の４４７句、「思ひ出草」29句、の計５２０句に、末尾に「絹子抄」として妻の「ホトトギス」入選作31句を収録している。冒頭句は〈祭事とてなく宮さびぬ逆髪忌〉。逆髪忌は逢坂の蝉丸神社の、陰暦９月24日に行われる祭礼で、坂神である関の明神を祭るところからの名。「逆髪」は、俗に、蝉丸が逢坂山に

捨てられ、乱心したその姉が髪を逆立ててさまよったといわれる、謡曲「蟬丸」の題材にちなんでいる。〈波の上に春陽の近江富士〉〈一刻の夕鯛の月心寺〉〈北窓を塞ぎて比良と別かな〉など近江の実景を詠んだものが多い。また、勤め人としての疲れを詠んだ〈夏痩や勤めの役のまた変り〉〈熱燗や勤めの疲れ持ち帰り〉などがある。「思ひ出草」には子供の結婚、生母、養母、実兄の死、初孫誕生の句がある。（北川秋雄）

山口小三郎 やまぐち・おさぶろう

1906・11・19～歿年月日未詳。俳人。伊香郡木之本町木之本に生まれる。菓子卸商。俳名胡峯、薫風。大橋桜坡子に師事する。〈青麦や遍路いこへる道床几〉〈大根売片荷に添へし掻き菜哉〉（浦西和彦）

山口誓子 やまぐち・せいし

1901・11・3～1994・3・26。俳人。京都市生まれ。本名新比古《ちかひこ》。1912年から5年間樺太に居住。19年第三高等学校入学、翌年京大三高俳句会に加盟。21年「京鹿子」同人。25年「ホトトギス」に参加。26年東京大学法学部卒業後、大阪の住友合資会社に勤務。28～31年「青壺」主宰。35年「ホトトギス」を離れ「馬酔木」に参加。48年から「天狼」を主宰。俳文集『四季吟行』（75年5月、創元社）には、66年1月の多賀大社参拝記「多賀の鳥居」や、69年の伊吹山登山と孤蓬庵拝観、尾上宿泊を記す「湖北」「伊吹山」収載。『句碑をたずねて』（65年11月、朝日新聞社）の「彦根」「幻住庵」は65年6月の取材。句集は36年作の「彦根城」連作を含む『炎昼』（38年9月、三省堂）や『雪嶽』（84年9月、明治書院）、『紅日』（91年5月、明治書院）〈天と湖夕焼け近江美《うま》し国〉等17冊。90年9月、余呉湖畔に句碑〈秋晴に湖の自噴を想ひみる〉建立。『山口誓子全集』全10巻（77年1月～10月、明治書院）がある。（外村彰）

山口青邨 やまぐち・せいそん

1892・5・10～1988・12・15。俳人。岩手県盛岡市生まれ。本名吉郎。別号泥邨。1916年東京帝国大学工科大学卒業。古河鉱業に就職、20年「玄土」創刊同人。21年東京帝国大学工学部助教授（のち教授）。翌年高浜虚子門下となり、東大俳句会を設立した。23年「藝術運動」発刊。29年「ホトトギス」同人、翌年盛岡で「夏草」を創刊。昭和初頭、秋桜子・誓子・素十・青畝に四Sの名称を与えた。34年から東大ホトトギス会で後進を指導。句集に『雑草園』（34年6月、龍星閣）〈灯がついて踊の音は大津かな〉、『雪国』（42年2月、龍星閣）、『庭にて』（55年9月、龍星閣）、『粗餐』（73年5月、夏草発行所）等。随筆集多数。78年5月湖南から湖北方面の名勝地を旅行し、「旅中吟」56句を発表（「夏草」78年12月～79年2月）。それらは第13句集『日は永し』（92年12月、青邨生誕百年事業事務局）に収録された。『山口青邨季題別全句集』（99年12月、夏草会）がある。〈湖の風はらみ堅田の鯉幟〉（外村彰）

山口正之 やまぐち・まさゆき

1901・2・26～1964・10・22。史学家、教育者。福岡県城島町（現久留米市）生まれ。1929年京城帝国大学法文学部史学科（朝鮮史学専攻）の第1回卒業生。戦後、大津市に転居。県内の高等学校校長、教育長を歴任。随想集『通勤列車』（57年5月、葵書房）は、大津市教育長時代の随想と忍術解説で構成。忍術文化史書『忍者の生活』（63年2月、雄山閣。81年8月増補再版）は文学にも言及する。他に朝鮮史

書として『朝鮮西教史　朝鮮キリスト教の文化史的研究』（67年10月、雄山閣）がある。（外村彰）

山崎隆朗　やまざき・たかろう

1935・10・16〜。小説家。大津市生まれ。草津市在住。本名隆一。1958年10月京都工藝繊維大学中退。機械エンジニアになる。現代俳句協会会員。近江文学者の会会員。「湖都の文学」（大津市発行）の編集委員、随筆誌「洛味」執筆者エッセイの会を主宰、俳誌「花藻」同人。主な作品に、著書『赤犬』（63年11月、西文社）、「淡海巡港」（「湖国と文化」94〜96年）、他に「静寂」「奇妙な同居人」など。（渡邊浩史）

山崎富栄　やまさき・とみえ

1919・9・24〜1948・6・14。日記筆者。東京市本郷区（現東京都文京区）で生まれる。父晴弘・母信子の次女。父は本郷お茶の水の東京婦人美髪美容学校（通称、お茶の水美容学校）創設者。母は滋賀県愛知郡西押立村大字横溝（現東近江市横溝町）黒川勇助（紅勇）の長女。1926年4月東京市元町尋常小学校入学。32年4月京華高等女学校に進学。34年4月錦秋高等実業女学校夜間部に転じ、37年3月同校を卒業。その後日本大学附属第一外国語学院やYWCAに通って英語やロシア語を学んだ。その頃からお茶の水美容学校校長の父の助手を務め、38年5月から銀座のオリンピア美容院に勤務。40年11月お茶の水美容学校の鉄筋校舎が企画院に接収され、41年傍らに木造新校舎が建設されてお茶の水洋裁整容女学校が開設されると、同校で洋裁の指導に当たった。44年12月9日三井物産社員奥名修一と結婚。奥名は、同月21日マニラ支店に単身赴任するが、米軍が上陸したため現地召集され、翌年1月バギオ南方で戦闘中に行方不明となる。45年3月と4月の東京空襲で学校も住居も罹災。4月中旬父母が疎開していた滋賀県神崎郡八日市町（現東近江市）の黒川嘉一郎（母信子の弟）方に身を寄せた。46年1月父晴弘が公職追放となる。4月鎌倉に転じ長谷のマ・ソアール美容院に勤務。11月ミタカ美容院に転じ、三鷹町下連雀の野川あやの方に下宿した。12月進駐軍将校専用キャバレー、ニューキャッスル内に特設された美容室に見習いの今野貞子と共に出向。47年3月小料理屋千草が野川方斜め向かいで店を始め、店の夫婦と旧知の間柄であった太宰治が頻繁に店を訪れるようになった。3月27日三鷹駅前の屋台で、今野貞子に太宰を紹介され、交際を開始。7月7日奥名修一戦死の公報が届いた。7月14日最初の遺書を認め、8月頃死の決意を固める。48年6月5日から太宰は仕事部屋にしていた千草には姿を見せず、富栄の下宿で仕事をしていたという。6月13日23時30分から14日4時までの間に、太宰と共に家出し玉川上水に入水して果てた。19日死体発見。歿後ノート6冊分の日記が『愛は死と共に―山崎富栄の手記―』（48年9月、石狩書房）として刊行された。手記には、出会いの日から家出の日までの太宰との交情や太宰の日々の動静が記されていて、太宰治の作品執筆状況を知る上でも貴重である。（山内祥史）

山崎方代　やまざき・ほうだい

1914・11・1〜1985・8・19。歌人。山梨県生まれ。右左口《うばぐち》尋常高等小学校卒業。1941年召集、戦傷で右眼失明。放浪のうちに歌作を続け、吉野秀雄に師事。飄々とした自己客観に深い余韻を残す歌風。歌集に『方代』（55年10月、山上社）、『迦《か》葉《しょう》』（85年11月、不識書院）等。「土瓶」1

03首（「短歌」78年8月）には余呉湖や三井寺を詠んだ歌群も掲載。『山崎方代全歌集』（95年9月、不識書院）がある。〈あかねさす余呉の湖底にしずもれる大吊鐘に神もふるるな〉 （外村彰）

山田建水 やまだ・けんすい

1911・12・21～歿年月日未詳。俳人。滋賀県に生まれる。本名作松。彦根市京町に居住。1931年ごろから俳句を始める。「ホトトギス」「山茶花」に投句。皆吉爽雨に師事し、「雪解」同人となる。〈多景島の寝釈迦へ渡る比丘尼かな〉〈寺もする過疎の荷造り時鳥〉 （浦西和彦）

山田松寿 やまだ・しょうじゅ

1930・8・5～。俳人。滋賀県生まれ。東浅井郡浅井町（現長浜市）北池在住。本名英夫。1972年「雲母」入会、飯田竜太に師事。93年「白露」入会、広瀬直人に師事。〈薬草を干して新涼の伊吹口〉 （山本洋）

山田哲二郎 やまだ・てつじろう

1920・7・25～1992・4・2。小説家、劇作家。大津市生まれ。1935年坂本町立坂本尋常高等（現市立坂本）小学校高等科卒業。39年、南満洲鉄道に入社。41年から陸軍に応召、中国から南方を転戦。48年から農業に従事したが、近代までの農民の抑圧の歴史に興味を抱き、55年「田植えの頃」「破綻者」を脱稿。その後も大津市市議会議員・同議長、県の同和対策審議会委員、市の同和教育推進協議会会長等を務め、人権擁護教育に挺身しながら執筆を続ける。78年11月、戦争の残酷さ、非人道性を指弾する戯曲「還って来た遺骨」、同和問題を主題とした小説「慟哭」と戯曲「背負われた如来」を収める『還って来た遺骨』（光書房）を刊行。「慟哭」は同和啓発演劇として県内各地で上演された。韓国旅行を機縁に書かれた長編『不思議な男』（91年12月、大津生活文化研究所）では主人公江田五郎の民族差別への怒り、人間解放への祈りが自伝的要素を込めて描かれている。 （外村彰）

山田美妙 やまだ・びみょう

1868（慶応4）・7・8～1910・10・24。小説家、詩人、辞典編纂家。江戸神田柳町生まれ。本名武太郎《たけたろう》。東京大学予備門在学中の1885年に尾崎紅葉、石橋思案、丸岡九華らと硯友社を結成し、雑誌「我楽多文庫」を出す。1886年『新体詞選』（8月、香雪書屋）を編集し、新体詩人として名を馳せる。また1889年に発表した「胡蝶」（「国民之友」）では、です調という独自のスタイルを確立し、言文一致体小説の先駆者となる。1893年には、日本で初めてのアクセント付き国語辞典『日本大辞書』を刊行した。歴史小説家としても活躍。特に近江の豪族佐々木秀義とその息子たちに非常に愛着を抱き、この悲運の兄弟たちをテーマとして、「太郎定綱」（「文藝倶楽部」1911年）、「二郎経隆」（「文藝倶楽部」08年）、「三郎盛綱」（「信濃毎日新聞」09年）、「四郎高綱」（「文藝倶楽部」06年）と、それぞれに独立した短編を書いている。 （小谷口綾）

山田風太郎 やまだ・ふうたろう

1922・1・4～2001・7・28。小説家。兵庫県養父郡関宮町（現養父市関宮）生まれ。本名誠也。両親共に医者の家系。東京医科大学卒業。在学中疎開先の信州飯田で終戦を迎える。戦時中の日記は後に『滅失への青春　戦中派虫けら日記』（1973年8月、大和書房）『戦中派不戦日記』

（71年2月、番町書房）として刊行される。47年探偵小説専門誌「宝石」の懸賞募集に「達磨峠の事件」が入選、翌年探偵小説家としてデビュー。49年「眼中の悪魔」「虚像淫楽」で日本探偵作家クラブ賞を受賞。50年高木彬光らと新人探偵作家の会「鬼クラブ」を結成、58年12月から翌年11月まで「面白倶楽部」に「甲賀忍法帖」を連載、63～64年には忍法シリーズを新書版でまとめた『山田風太郎忍法全集』（講談社）が爆発的にヒットする。70年代からは忍法ものと並行して幕末、明治ものの執筆で新境地を拓き、忍法ものと並ぶ独自の伝奇的世界を形成した。91年「毎日新聞」に「柳生十兵衛死す」を連載、これが最後の小説作品となる。

＊明治かげろう俥《めいじかげろうぐるま》　中編小説〔初出〕「読切小説集」57年7月～9月。〔初収〕『運命の車』59年7月、桃源社。◇初出題「俥」。初収時に「運命の車」と改題。85年、旺文社文庫収録の際に「明治かげろう俥」と改題。1891年5月11日、滋賀県巡査津田三蔵が訪日中のロシア皇太子ニコライに斬りかかって傷を負わせたいわゆる大津事件を発端とし、犯人の捕縛に貢献し褒賞を与えられた2人の車夫向畑治三郎と北賀市太郎、および獄死した兇徒津田三蔵の残された家族の後日談の体裁をとる。巨額の下賜金は2人の人生を大きく変え、治三郎は女に溺れて身を持ち崩し、市太郎は日清戦争で遼東半島の軍属車夫に志願する。清兵に襲われた市太郎は奇遇にも津田の弟千代吉に窮地を救われるが、代わりに千代吉は姪のお葉（三蔵の娘）の今後を頼みこときれる。市太郎やお葉、治三郎とその愛人お蓮、稲妻小僧坂本慶二郎らの交錯する状況が描かれ、最後に市太郎とお葉は共に渡米、治三郎は紙屑拾いにまで零落する。思いがけない契機が人生を変貌させてゆくさまを、様々な人物の錯綜の中に描き出した作品であり「人はすべて、じぶんの足であるくのではない。人は車にのっている」として、自らの意思ではどうにもならない運命に翻弄されるのが人間の避け難い宿命であることを強調する。

＊甲賀忍法帖《こうがにんぽうちょう》　長編小説〔初出〕「面白倶楽部」58年12月～59年11月。〔初版〕『甲賀忍法帖』59年11月、光文社。◇徳川三代将軍の座をめぐる内紛に苦悩する将軍家康は、天海僧正の提案を受け、跡目を争う国千代派、竹千代派双方に400余年の宿敵同士である甲賀、伊賀それぞれ10人の忍者をあてがい、彼らの闘いの勝敗に両派の命運を委ねることを決意する。これによって服部半蔵との約定であった両門争闘の禁制は解かれ、双方の忍者は死を賭すことを厭わず、それぞれ己が得意とする妖術を駆使して壮絶な闘いを繰り広げる。甲賀弦之介と伊賀の朧という仇同士の一族に生まれた男女の悲恋も作品の一方の柱となっている。作中には甲賀信楽の里、油日（現甲賀市）などが登場する。甲賀伊賀の闘いを1対1ではなく、複数対複数の勝ち抜き式の対決に設定した点や、現代的な表現をも自由に取り入れるなど、従来の時代小説の枠にはまらない斬新で独創的な作風は、以後の忍法シリーズにも共通する。従来の「忍術」に比べ清新な響きがあるとして、「忍法」という言葉を巷間に定着させたのも作者の功績である。（杲由美）

山田平一郎　やまだ・へいいちろう

1912・12・4～。歌人。神崎郡御園村（のち八日市市、現東近江市御園町）中小路生まれ。1930年八日市市中学校（旧制）を卒業し、京城帝国大学予科に入学。在学中に発病、退学して帰国。32年彦根高等商業学校に入学、35年卒業。京都市千本今出川の嘉楽小学校教員として2年間勤務したが、再び発病。41年水口中学校（旧制）、48年八日市高等学校を経て、72年日野高等学校校長として退職。その後、淡海女子専門学校校長として7年間勤務する。中学2年の頃、従兄に作句を勧められ、博文館の月刊誌「中学時代」の選者巌谷小波の俳句欄に投稿。さらに従兄に作歌も勧められ、中学4年の頃から歌を作る。佐佐木信綱選の朝日歌壇に投稿、やがて斎藤茂吉選も新設され、投稿した。京城帝国大学予科の頃、アララギ系の「久木」という歌誌に参加。病のため帰国し、中村憲吉選になっていた朝日歌壇へ投稿。アララギ会にも入会する。その後、第二藝術論や国語問題に気をとられ、作歌に懐疑的になった時期があったが、56年八日市高等学校の同僚、佐々木紀らと「滋賀アララギ」創刊。58年より会長として現在に至る。その間、八日市文学会長、滋賀文学会理事や顧問、滋賀県歌人協会副代表幹事を歴任。歌集に『歳月』（77年1月、椎の木書房）、編著に『万葉の近江』（71年1月、白川書院）がある。

＊歳月 さいげつ　歌集。〔初版〕『歳月』77年1月、椎の木書房。◇46年から67年までの22年間の549首を編年形式で抄録。「あとがき」に、斎藤茂吉「山水人間虫魚」の歌の韻律に心をひかれ、「自然と人間と国語のひびきとが深然として哀韻をかもしている この一連は私としては忘れがたいものです。こういう日本語のひびきを伝えるところに文語表現の魅力があり、万葉集の用語語法を今に伝えて短歌形式の存在することを貴重なことに思います」と述べている。しかし、作者は透明で閑静な世界にあこがれても、現実のなまなましい生活を歌うことが多い。たとえば、教師の生活と思想について詠んだ〈再軍備に反対の意見もつのみに何時か職員室の少数派となる〉〈原爆展に主張曲げざりし生徒らも平凡に商店に勤めに行きぬ〉〈安逸に生きむ願ひも高教組執行委員長に就任して空しくなりぬ〉などがある。〈安き給料に生くるを互《かた》みにかこつとも教ふる業を苦しとは言はず〉のように教師という職業への自恃と、逆に自足する己を厭う〈刺身食ひ畳の上に碁を囲みすでに足らへるおのれさびしむ〉という歌もある。さらに、八日市を詠んだ歌に〈沢島忠が年ごとに来て導きし八日市高校演劇部もつひにつぶれたり〉〈ニュートーキョーにカキフライ食ひつつ一人思ふ八日市のＡＢＣ食堂に及ばず〉がある。

（北川秋雄）

山村金三郎 やまむら・きんざぶろう

1925・6・3～2003・5・2。歌人。大津市生まれ。1938年国学院大学予科入学。以来、釈迢空（折口信夫）に師事。43年鳥船社入社。48年国学院大学卒業。以後、37年間京都府の高等学校に勤務。釈迢空歿後は57年に短歌結社「地中海」に入会、香川進に師事。近江神宮献詠歌会の選者、「地中海」常任委員、滋賀県歌人協会代表副幹事を経て、87年に滋賀県歌人協会代表幹事となる。「読売新聞」滋賀歌壇の選歌を担当。その会報には〈ふるさとは今に貧しく若きらの残らぬ村に花咲く蘇芳〉の短歌が掲載されている。また、代々木ゼミナール講師（古文）を勤め、酒小売店経営者でもあった。歌集に『漣』『東寺炎上』『淡海縣ノ物語』等があり、その詠風は、単純かつ精密な表現をめざすといわれている。著書に『近江路の万葉』（80年、角川書店）、近江神宮の社報「滋賀」に連載した「近江諷詠　芭蕉」と、「湖国と文化」に掲載の「近江諷詠」をまとめた『近江路の芭蕉』（90年、東京四季出版）がある。また、短歌雑誌「短歌四季」には四季吟詠として「万葉からみた大津」（82年11月）、「平安時代の文学に見える近江国Ⅱ湖東・

湖南」（85年5月）を執筆。滋賀県歌人協会の会報には「近江の歌人」等がある。96年2月4日に、近江神宮御鎮座50年記念事業奉賛として近江神宮境内に山村金三郎の歌碑が建立され、〈湖に音なき音を韻かせて比良ゆ流るる夕茜雲〉の歌が刻まれている。歌碑は陶板製で御影石に嵌め込まれ、右に香川進歌碑、左に山村金三郎歌碑があり、一対になっている。これらの歌碑を取り囲んで同門の人達の48基の歌碑（角柱）が歌玉垣の形に建つ。（青木京子）

山村美紗 やまむら・みさ

１９３４・8・25～１９９６・9・5。小説家。京都市生まれ。１９５７年京都府立大学文学部国文科卒業。64年まで教師として京都府立伏見中学校に勤務。結婚後の67年頃より創作活動を始め、テレビドラマ「特別機動捜査隊」の脚本を担当。70年「京城の死」で江戸川乱歩賞候補、71年「死体はクーラーが好き」の小説サンデー毎日新人賞候補を経て、74年『マラッカの海に消えた』（講談社）を刊行。以後推理作家として活躍。83年『消えた相続人』（光文社）で第3回日本文藝大賞受賞。京都を舞台とした作品も多く、92年第10回京都府文化賞功労賞、京都府あけぼの賞受賞。滋賀を舞台とした作品には『琵琶湖別荘殺人事件』（88年、光文社、「小説宝石」に87年11月から3回連載した「湖畔の別荘殺人事件」を改題、加筆）がある。96年心不全にて急逝。『山村美紗長編推理選集』全10巻（90年、講談社）がある。（澤田由紀子）

山本一清 やまもと・いっせい

１８８９・5・27～１９５９・1・16。天文学者。栗太郡瀬田町に生まれる。京都帝国大学物理学科卒業。京都大学物理学部教授。花山天文台台長、国際天文学会黄道光委員長、日本暦学会会長、人工衛星観測本部長などを歴任。１９４０年郷里の瀬田町に帰り山本天文台を創設した。ホウキ星の軌道、小惑星、太陽物理学の研究者である。著書に『海王星―発見と其の後の知識』（47年、恒星社厚生閣）、『星座の親しみ』（51年、恒星社厚生閣）、『四十八人の天文家』（59年、恒星社厚生閣）、『星座とその伝説』（68年、恒星社厚生閣）等がある。（浦西和彦）

山本英子 やまもと・えいこ

１９４６・10・30～。詩人。奈良県御所《ごせ》市生まれ。１９６９年奈良女子大学文学部教育学科卒業。75年近江八幡市加茂町に転住。84年「現代詩手帖」新人賞受賞。86年個人詩誌「楚」発刊、同年近江詩人会に入会。詩誌「あかぺら」「ゆひ」「吐魔吐」同人。詩集に『青銅の蛇』（93年7月、砂子屋書房）がある。その知的な修辞に貫かれた詩法の根底からは、内なる神の現前を日々の情景に希求しようとする確乎とした精神像が透視される。（外村彰）

山本京子 やまもと・きょうこ

１９３２・2・29～。俳人。京都府生まれ。大津市三井寺町在住。本姓小西。１９５３年「花藻」入会、中本紫公に師事。60年「花藻」同人。64年女性俳句懇話会入会。85年「花藻」作家賞受賞。〈寒梅の曝されていてもなほ白し〉（山本洋）

山本甲士 やまもと・こうし

１９６４・月日未詳～。推理作家。大津市に生まれる。北九州大学卒業。１９８８年北九州市役所に勤務。90年ごろから推理小説を書き始め、江戸川乱歩賞の第3次選考まで残った。95年北九州市役所を退職し、義父の仕事を手伝いながら、執筆に専念。

96年「ノーペイン、ノーゲイン」が第16回横溝正史賞優秀作となった。著書に『ノーペイン、ノーゲイン』（96年5月、角川書店）、『バッドブラッド』（97年5月、角川書店）、『どろ』（2001年10月、中央公論新社）、『かび』（2003年6月、小学館）等がある。（浦西和彦）

山元湖村 やまもと・こそん

1922・10・12〜。俳人。栗太郡笠縫村（現草津市）に生まれる。本名登太郎。1940年県立膳所中学校を卒業後、大阪鉄道局に就職した。42年より「山茶花」「うまや」に入会し、皆吉爽雨、亀井糸游に師事した。「雪解」「うまや」「いてふ」の同人として活躍。句集『穀雨』（91年8月、発行所記載なし）がある。〈火祭もすでに朝星仰ぐころ〉（荒井真理亜）

山本古瓢 やまもと・こひょう

1900・3・20〜1990・1・14。俳人。甲賀郡に生まれる。本名皓章。独学で俳句を学び、師事した俳人はいない。1952年「蘇鉄」を創刊し、主宰した。句集に『町川』（61年7月、蘇鉄社）、『風林抄』（67年6月、蘇鉄社）、『鳥雲抄』（72年8月、蘇鉄社）、『小春賦』（76年12月、蘇鉄社）、『杖吟抄』（80年3月、蘇鉄社）、『雪嶺抄』（84年10月、蘇鉄社）、『山本古瓢集』（86年11月、俳人協会）、『山本古瓢選集』（91年1月、牧羊社）がある。〈鳥雲に享くるのみなる手を浄む〉〈鰯雲大地に昏れつつ未来あり〉（浦西和彦）

山本周五郎 やまもと・しゅうごろう

1903・6・22〜1967・2・14。小説家。山梨県大月市生まれ。本名三十六《さとむ》。1916年横浜の西前小学校卒業後、東京の山本周五郎商店に徒弟として住み込み、創作を始める。正則英語学校中退。26年4月「文藝春秋」発表の「須磨寺附近」から大衆小説作家として活躍を始める。文学賞辞退など読者本位の姿勢を生涯持し、おもに無名の庶民や武士の哀歓を活写する時代小説を多作した。近江を背景とする短編も多い。「面師出世絵形」（「冨士」37年9月、のち「羅刹《らせつ》」。）は小坂（栗東）、「憎いあん畜生」（「講談雑誌」39年10月）は膳所、「与茂七の帰藩」（「講談倶楽部」40年5月）と「蜆谷」（「新読物」47年3月）は彦根、「あらくれ武道」（「講談雑誌」41年8月）は小谷城、「尾花川（日本婦道記）」（「婦人倶楽部」44年4月）は大津を描く。「城中の霜」（「現代」40年4月）の主人公は井伊直弼。代表的長編『虚空遍歴』下巻（63年3月、新潮社）は長浜など北国街道も舞台となる。『山本周五郎全集』全30巻（81年9月〜84年2月、新潮社）がある。

＊**青竹** あおだけ　短編小説。〔初出〕「ますらを」42年9月。〔初収〕『夏草戦記』45年3月、八雲書店。◇佐和山城主の井伊直政に仕えていた余吾《よご》源七郎は、関ケ原合戦で島津軍の阿多豊後を討ったことを上申せずにいたが、1601（慶長6）年に来遊した本多忠勝により事実が明らかになった。槍では敵の胴から引き抜くのに難渋するため竹槍を用いて戦った源七郎は、味方のために戦うばかりで侍大将を討ったのも功名とは考えないと述べ、直政の加増の意向も老臣竹岡兵庫の進言により沙汰止みになる。直政は無口で控えめな源七郎にかねて目をかけ、庶子の直孝の守役としていたが、将来大将となる彼が柔弱に育たぬよう、直孝に1人で賊を斬らせようとした源七郎の真意も知る。源七郎は上役である兵庫の娘との縁談を辞した後、大坂夏の陣では井伊軍の右翼で不退転の闘いをなしたが、退却の軍令に叛いたかどで彦根に逼塞させられる。

直孝は追放処分にしようとしたが、総攻めの端緒を作った源七郎の手柄は恩賞に値するとの兵庫の諫めにより加増と決まる。兵庫は再び縁談を勧めるが、すでに亡くなった兵庫の娘を生涯の妻と定めた源七郎は、涙ながらにその意思はないと伝えた。

＊鉢の木《はちのき》　短編小説。〔初出〕「講談雑誌」1944年6月。〔初収〕『日本士道記』44年12月、晴南社創立事務所。◇初出題「鎧櫃」。主君の鳥居元忠の不興をかって勘当され、今津の酒波の里に隠棲して帰参の機会を待ちながら窮乏生活を送っていた壱式《いっしき》四郎兵衛は、彼に助力していた郷士の佐伯又左衛門が妹の萩尾に結婚を申し込んだのを2度にわたり断わる。それは又左衛門を豪家で甘やかされて育った柔弱者とみなしたためであった。萩尾に渡された恋文をみつけた四郎兵衛は、日々の鬱屈もあって又左衛門に怒りをぶつけるが、又左衛門の態度は毅然としていた。2人は翌日決闘することになる。しかし元忠の守る伏見城が石田三成らの圧倒的軍勢に包囲されたと知った又左衛門は、果たし合い当日に出陣用の甲冑と軍馬を持参して四郎兵衛を訪ねる。そこで両人の間のわだかまりは氷解し、厚い信頼が生まれる。討ち死に覚悟の籠城のため、あえて勘当赦免を伝えないでいた主君の意を察した四郎兵衛は、萩尾と又左衛門に婚礼の盃をかわさせ、祝儀に謡「鉢の木」を朗吟して、生きて戻ることのない戦場へと1人勇ましく疾駆して行った。武士の本懐と男の友情を描いた佳編である。（外村彰）

山元春挙　やまもと・しゅんきょ

1871・1・15～1933・7・12。日本画家。滋賀郡膳所村（現大津市中庄《なかのしょう》）生まれ。幼名寛之助《ひろのすけ》、本名金右衛門《きんえもん》。打出浜学校（現中央小学校）普通科修了。1883年野村文挙に、1885年より森寛斉に師事。1899年京都市美術工芸学校教諭、1907年文部省美術展覧会審査委員、09年京都市立絵画専門学校教授（24年まで）。17年帝室技芸員、19年帝国美術院会員となる。竹内栖鳳《せいほう》とともに京都画壇を二分。代表作は「法塵一掃」（01年）、「山岳図」（16年）、「雪中老杉図」（昭和期）など。教え子に小野竹喬、徳岡神泉、福田平八郎らがいる。11年より京都市高倉丸太町に居住。17年大津市膳所瓦ケ浜に別邸芦花浅水荘を建てる。きわめて多趣味だったが狂歌、川柳、俳句もたいへん好んだ。それらを収録した『芦花浅水』（35年、早苗会）がある。〈あら玉の年の始めのとそ酒にくだを巻いたりとぐろ巻いたり〉〈花の色はうつりにけりな京小町ふところ寒く君はなり平〉〈魚釣やほめもそしりも浮き一つ〉（山本洋）

山本翠公　やまもと・すいこう

1917・8・18～。川柳作家。大津市に生まれる。本名菊次郎。松井運輸倉庫常務。1954年俳誌「ひさご」を大阪で創刊主宰した。74年川柳に転じ「番傘」同人となり、86年に編集長兼事務局長となる。92年全日本川柳協会事務局長に就任。句集に『未踏』（99年4月、葉文館出版）。〈胸襟を開くくすりを酒という〉〈凡人の凡たるゆえん飲めば酔う〉（浦西和彦）

山本捨三　やまもと・すてぞう

1910・2・5～。詩人、歌人、近現代詩研究者。犬上郡彦根町旗手町（現彦根市芹橋）生まれ。大阪府吹田市在住。1927年県立彦根中学校（現彦根東高等学校）卒業。32年旧制第四高等学校文科乙類卒業。35年京都帝国大学文学部文学科国語学国文学専攻卒業。群馬県立中学校に勤務、40年より県立長浜高等女学校、大津高等女学校

教諭。43年中国北京市の輔仁《ほじん》大学に赴任、46年帰国。神戸女学院大学、関西学院大学等をへて、58年より75年まで熊本女子大学教授。のち大谷女子大学教授。研究書『近・現代詩苑逍遙』（96年5月、おうふう）その他。作歌は第四高等学校入学前より始め四高文芸部誌「北辰会雑誌」に、詩は同人詩誌「日本海詩人」に発表、熊本在住時代は「九州詩山脈」「詩と真実」に断続的に発表。短歌も76年ごろから彦根の河村純一らの「みづき」に10年以上も毎号寄稿。詩歌集『海・山・人間』（84年11月、熊本日日新聞社）には60年間書きためた詩25編、短歌1005首を収める。他に『丘南漢詩集』（2004年12月、サンライズ出版株式会社、「丘南」は雅号）がある。〈三井寺《みいでら》をくだりて辿る疏水べり若き日のわれ往来《ゆきき》せし道〉

（山本洋）

山本治男　やまもと・はるお

1919・8・1〜1985・5・22。歌人。甲賀郡（現甲賀市）甲南町深川生まれ。1939年大阪天王寺師範学校卒業後、立命館大学二部で国語漢文を学ぶ。県内で高等学校教諭を勤めながら55年「好日」入社。68年甲南歌会会誌「段丘」を発刊し甲賀地域の後進の育成にあたる。地学的な学識に長じ、色彩豊かな歌の世界を生涯真摯に追求。82年「雷」同人。歌集に『不透水層』（86年4月、好日社）がある。〈湖国に棲みし古代の祇《かみ》のなす段丘なべて湖《うみ》に向える〉

（外村彰）

山本洋　やまもと・ひろし

1932・2・11〜。小説家、詩人、評論家、近代文学研究者。筆名安藤章介、あさひ・てると、朝九郎。高島郡高島村大字高島（現高島市高島）生まれ。1940年滋賀郡堅田町（現大津市本堅田）に転居。大津市本堅田在住。県立膳所中学校、県立大津（現膳所）高等学校をへて、50年京都大学文学部入学。54年同文学科国語学国文学専攻卒業。県立彦根西高等学校、大津高等学校の教諭をへて、74年より高野山大学文学部講師、76年より松蔭女子学院大学文学部助教授のち教授、85年より京都女子大学文学部教授、88年より龍谷大学文学部教授を歴任、98年同大学退職。80年4月より83年3月まで京都大学文学部ならびに大学院文学研究科講師。京都大学在学中に保高徳蔵主宰「文芸首都」に3編ほど小説を投稿、好意ある評を受ける。大学卒業後も同人誌「精神」「詩人学校」、サークル誌「熔岩」「地面」などに安藤章介名などで評論や詩を発表。55年若者むけ総合雑誌「知性」において作家の野間宏と「サークル活動の在り方」というテーマで対談（55年8月号、河出書房）。また百合出版の「現代詩」（56年1月）、講談社の「群像」（56年5月）に短い評論を掲載。県内高等学校教諭らによる編著『高校生手帳Ⅳ　学校生活』（61年1月、三一書房）で2つの章を執筆。62年11月、早川書房主催第2回SF小説コンテストに朝九郎名で応募、小松左京、筒井康隆、半村良らとともに当選作なしの佳作に入選。63年、『女子高校生〈三一新書〉』（63年4月、三一書房）を初版1万8000部で刊行、以後10刷をかさねる。同年12月末、本書は「成熟する季節」の題名で日活が正月映画として上映。ついで、十代の恋愛を描いた小説9編をとりあげた評論『日本の恋人たち』（65年1月、三一書房、共著）、長編スポーツ小説『高校チャンピオン』（65年4月、三一書房）を刊行。その前63年7月より学習研究社発行「高1コース」「高2コース」に長編・短編小説、エッセイなどを約10回掲載。講談社の週刊誌「ヤングレディ」（65年1月）にもエッセイを掲載。73年度より滋賀県文学祭小説部門選者（滋賀文学会理事）として、応募作の下読みから選評までを担当（94年度まで）。91年には大津市教育委員会文化課の依頼により、『大津の文化活動40年のあゆみ（文学編）』（92年4月）の編集と執筆に従事。また「京都新聞」に「ふるさとの文人たち」（のち『滋賀の文人〈近代〉』）を連載、「私の大学論」（91年1月）、「新聞小説の活力―京都新聞四万号記念に―」（93年3月）などを寄稿。「滋賀民報」に「遠く近く文学の旅人」という文学者探訪紀行を連載（91年1月～3月、12回、萩原朔太郎と前橋、石川啄木と東京、芥川龍之介と横須賀、木下尚江と松本、北川冬彦と大津、竹下夢二と岡山その他）、「小林多喜二没後60周年に」（93年1月）、「読書案内」（2000年1月～12月、月一回）などを掲載。また「芭蕉没後三百年記念誌」として企画された『芭蕉　行く春近江』（94年10月、滋賀県教育委員会）に、「西近江路堅田」と題して、大津市本堅田に建っている芭蕉句碑四基や生家跡が保存されている榎本其角らをとり上げ、紹介し解説した。代表的著作は滋賀県にかかわる各種作家、芸術家、文化人を紹介した『滋賀の文人〈近代〉』（89年3月、京都新聞社）。近代文学研究者としては樋口一葉、萩原朔太郎が専門。共編著書、論文、講演等多数。博士（文学）。

＊滋賀の文人〈近代〉《しがのぶんじん〈きんだい〉》　評論。〔初出〕「京都新聞」滋賀版、86年1月8日～12月17日、87年10月14日～88年3月30日、計60回連載。〔初版〕『滋賀の文人〈近代〉』89年3月、京都新聞社。◇滋賀県出身の、もしくは一時在住した作家、画家、詩人、俳優、歌人、俳人、評論家、文化人など、物故者のみ計66名をとりあげ、その人がら、青年期の苦労、仕事と業績、興味ぶかいエピソード、生涯における劇的な出来事などを紹介し、また、あたたかく鋭い指摘や適切な評価をおこなった評論。単行本化にさいし、新聞連載時より6名の項目が追加されている。意外な人物としては、月岡芳年、尾崎紅葉、小杉放庵、中沢不二雄、薩摩治郎八、芥川比呂志ら。県出身者としては巌谷小波、甲賀三郎、外村繁、伊藤忠兵衛、奥野椰子夫、吉村正一郎、木俣修、花登筐ら。血縁者やお弟子さん、友人知人、研究者らに取材し、現地をおとずれ、その探索に多くの精力をついやし、埋もれていた人物と新事実とを掘り起こしている。一見ジャーナリスティックな筆致だが、切れ味のよい明快堅実な文章の魅力が一貫し、しみじみとした味わいもある。人物ごとのサブタイトルも各人の特色を端的にしめし、項目末に付された略歴も有益な参考となる。あらためて文化的な滋賀の風土を再発見させ、親しみをおぼえさせる貴重な労作であろう。

（山本洋）

山本広治　やまもと・ひろじ

1911・5・1～1992・4・16。歌人。滋賀県に生まれる。1935年3月中央大学を卒業。日本銀行を経て、45年に西武自動車に入社。53年衆議院議員秘書を務め、57年に近江鉄道代表、62年に西武自動車販売代表、71年に西武バス、西武タクシー社長に就任。42年「創作」に入会し、若山喜志子、大悟法利雄に師事、後「創作」選者となる。著書に『大東亜地域の交通』（44年、日光書院）、『バス屋のつぶやき』（91年1月、西武バス）、歌集に『モスクワの虹』（76年12月、短歌新聞社）、『遠き潮騒』（78年2月、短歌新聞社）、『蛇崩川』（87年3月、ながらみ書房）がある。

（浦西和彦）

山本みち子　やまもと・みちこ

1940・8・21〜。詩人。熊本県葦北郡生まれ。本名紀《みち》子。1961年熊本学園短期大学社会保育科卒業。72年から80年まで彦根市に居住。77年近江詩人会会員、のち「ふ〜が」同人。78年5月に第1詩集『彦根』（野火の会）を刊行。この後、東京都武蔵村山市に転住。他に「湖」所収の『雛の影』（84年8月、詩学社）や『きらら旅館』（93年9月、本多企画）、『海はおづき』（2002年11月、土曜美術社出版販売）など、温雅な抒情をたたえた詩集を計6冊刊行。

＊彦根《ひこね》 詩集。〔初版〕『彦根』1978年5月、野火の会、野火叢書55。◇序文（「はじめに」）は高田敏子。32編の詩を収載。彦根での生活や、湖北から安土地方の風物から得た題材をもとに、四季の自然や歴史、また日常の時間と交感する市井の人々の素朴な心情の様相を、精妙で童謡のようなリズムのある抒情詩へと形象化している。たとえば「初冬」の前半部「ひだまり」にみられる「すすきの枯れる 音がする／風のぬくもる 音がする／砂の流れる 音がする／枯田のひ割れる 音がする／いたちの子を呼ぶ 声がする」のような静謐感は、この書の精華のひとつであろう。また「余呉の湖」にみられる「繭をたく老婆の つむぎ唄に／庭先から湖へ向かって／赤とんぼが 舞上がり／彼岸花の細い茎に静止した時間《とき》……」といった静かで懐かしい情景も、作者のリリカルな資質を物語る。一方で「雪の音」の、夫婦の寡黙な晩酌を領する空気の温かさも秀逸である。（外村彰）

山本夕村 やまもと・ゆうそん

1904・3・16〜1969・1・20。俳人。草津市生まれ。本名義雄。県立八幡商業高等学校卒業後、神戸で海運業に従事。戦後は大阪三品取引仲介日野商店監査役となる。渡辺水巴に師事して1925年から句作、「曲水」同人として活躍した。句歴は45年にわたり、清新な詩情をこめた佳句を詠んだ。故郷近江の風物に寄せた句も多い。遺稿句集『夕村句集』（69年10月、義仲寺史蹟保存会）がある。〈冬の鵙《もず》湖へ貫く魞《えり》の棒〉（外村彰）

山本栗斎 やまもと・りっさい

1843（天保14）・11・17〜1909・11・1。漢詩人、歌人。栗太郡桐生村（現大津市）生まれ。本名直寛。字子温。通称清之進。儒学を学び、早世した父を継ぎ医師となる。1876年3月、栗太郡第2区長兼学区取締並医務取締を務め、以降も県会議員や上田上村村長等の公職を歴任。1898年から医業に戻り、あわせて漢詩人として知られる。『赤穂義士伝』『陸海軍勅諭衍《えん》義』『茶説考古』『湖山詩史』『鶴里佳話』などを著したほか、『栗太郡誌』甲乙編（1905年3月、滋賀県栗太郡役所）を編纂。「近江新報」等に詩歌も発表。その文業をまとめた『栗斎遺稿』全2冊（12年10月、私家版）には「田上十六景」「勢多川舟游」など郷里の風物に清雅な感興を寄せた漢詩文が多く収録されている。同書収載の七言絶句「望湖東諸山有感」は「嵐影遠連湖上山。千秋不改旧孱顔。織顛豊起当年跡。猶在断雲残日間。」と、湖東の歴史を回顧する。11年12月には自邸内に来歴を刻した顕彰碑が建立された。（外村彰）

山脇信徳 やまわき・しんとく

1886・2・19〜1952・1・21。洋画家。高知市に生まれる。東京美術学校（現東京藝術大学）西洋画科中退。在学中、第3回文展に出品した後期印象派風の「停《てい》車場《しゃば》の朝」が3等に入選、洋画家として出発する機縁となった。1911年美術学校中退後、図画教師として滋賀県立膳所中学校に赴任、約6年にわたって教鞭を執る。教え子の1人に稲垣達郎がいる。「白樺」同人となり志賀直哉らと交際。旅の途中の武者小路実篤、直哉が、任地大津を訪れたこともあった。11年4月東京神田の琅玕洞で約30点の作品による「山脇信徳作品展覧会」が開かれた。木下杢太郎はそれらの作品に「変化」はあっても「進歩」は認められぬと評し、近作「お茶の水」「入り日」などについて、感激は認めるとしても技巧に乏しい、よく理解された「絵画の約束」の下に発表されたらさらによい事であろうと書いた（「山脇信徳作品展覧会」「中央公論」11年6月）。山脇は「たとへ人間の約束（絵画の約束）には違反しても自然の約束には背かない積りである」（「断片」「白樺」11年9月）と反論、「白樺」誌上最大の論争と言われる「絵画の約束」論争が始まることになった。さらに武者小路実篤も「自己の為の藝術」（「白樺」11年11月）を書いて論争に加わった。「自己を生かす」ことを理念とした武者小路にとっては、「市民」「公衆」の理解を上位に置く「約束」論への反発とともに、後期印象派に対する木下の受容に対する不満があり、その主張は山脇の立場を強く支援するものであった。その後も3者は自説を譲らず、「白樺」誌上のやりとりは翌年まで続いた。本多秋五はこの論争を、「自然主義の疲れた客観主義に切開のメスを加へたものとして、大正文学の開扉を告げる論争でもあった」（「「白樺派」の文学」54年7月）と評した。画壇で活躍した山脇は山陰海岸風景を描いた「午后の海」で文展褒状、また琵琶湖を題材とした「湖岸の冬」によって樗牛賞を受賞した。他にも「叡山の雪」「湖畔の朝」など優れた作品を描き残している。24年春陽会会員となり、翌年渡欧、帰国後は中央画壇を離れ郷里高知で晩年を過ごした。

（内田満）

矢守一彦 やもり・かずひこ

1927・10・16～1992・8・3。歴史地理学者。彦根市生まれ。1940年4月大邱公立中学校（朝鮮）入学。44年4月京城帝国大学予科理科乙類入学。46年5月第四高等学校理科乙類に編入学。47年9月「往還」創刊号に和歌を10首発表（1周年記念号で廃刊となるまで和歌を発表）。48年6月彦根市立南中学校教諭（50年3月末まで）。50年4月京都大学文学部史学科地理学専攻入学。彦根市幸町に住んでいた時、51年滋賀文学会が主催した「文藝コンクール」の「創作」の部に「朝鮮海峡」で1等入選。52年10月文藝雑誌「駱駝」に「朝鮮海峡」を掲載。53年京都大学文学部史学科地理学専攻卒業。58年3月京都大学大学院修了、4月名古屋大学文学部助手。62年4月大阪大学文学部講師、66年4月同助教授、75年4月同教授。87年4月大阪大学附属図書館館長。90年3月大阪大学退職、4月同名誉教授、関西大学教授。92年に肺がんで死去。『城下町のかたち』（88年、千曲書房）など、専門の著書は多数に及ぶ。

＊朝鮮海峡《ちょうせんかいきょう》　小説。〔収録〕『第一回滋賀文藝コンクール』52年1月、滋賀文学会。◇50年10月に1人の娘（相良真佐子）が彦根市立病院で死去した場面から書き起こされる。彼女が朝鮮から日本に引き揚げるときに趙炳騏と約した再会が、永遠に果たせなくなったということが、以下にどのような展開となるのかという興味をもたらす。滋賀県東浅井郡出身で、朝鮮に渡航し近江屋商会を起こした父の子として、慶尚北道大邱に「私」は生まれる。家業と「お坊っちゃん」であることに屈折した思いを抱えていた「私」が、日本人の学校にただ

1人入学した趙炳騏という朝鮮の少年との対抗意識や親近感、日本人の転校生、従兄妹（真佐子）などと微妙な心の交流を続ける様子が描かれていく。軍国教育から自由でなかったことや、朝鮮人に対する皇民政策がもたらす問題、家庭の貧富の差や体面といったものが底流にある。異性意識も捉えられている。また、日本に渡って朝鮮海峡へと「帰郷」すること、敗戦後の現地の社会状況などが取り込まれる。皇民化に従ったことに対する炳騏の自嘲や真佐子との淡い恋なども織り込まれている。ところどころに「私」や炳騏の後日談が挿入されるという方法も効果的であるように思われる。武田泰淳などの中国を舞台にした小説などとも相通じるような趣も読み取れる。日本の朝鮮への進出が、侵略でしかなかったことの認識が示されていることや、戦後の早い時代にすでに、歴史への反省を欠いた動きが見られることに言及があることも注目される。また、プロローグに「人文地理学原理」からの引用があるなど、地理学徒ならではの記述もある。外村繁はコンクールの選評で、この作品を得られたことが、コンクールの成功だとしている。「創作」（＝小説）の部門には2等はなく、3等と佳作しかないことが、この作品が如何に傑出していたかを物語っている。選者は「今後の精進」を期待していた。（出原隆俊）

矢守県　やもり・けん

1899・3・1～歿年月日未詳。俳人、新聞人、従軍記者。大津市生まれ。雅号一《いっ》指《し》。関西学院大学中退。京都日日新聞社の大津支局長、同支社長、本社政経部長などを歴任。また、滋賀文学会常任理事、滋賀県文化財保護評議員、滋賀県史家連絡協議会代表世話人でもあった。義仲寺の執事でもあり、会報「義仲寺」の編集にも携わり、俳句などを発表した。（島村健司）

八幡和郎　やわた・かずお

1951・9・24～。評論家。大津市生まれ。滋賀大学附属幼稚園、附属小学校、附属中学校、滋賀県立膳所高等学校を経て、1975年東京大学法学部卒業。同年通商産業省に入り、住宅、国際投資、新産業都市等の問題を担当する。80年から2年間人事院長期在外研究員としてENA（フランス国立行政学院）に留学、南仏ジェルス県庁でも研修。このときの留学体験をまとめたものに『フランス式エリート育成法〈中公新書〉』（84年4月、中央公論社）がある。国土庁長官官房参事官、通産省大臣官房情報管理課長等を経て、97年退官。通産省在任中より『「東京集中」が日本を滅ぼす』（87年9月、講談社）、『東京をどうする地方をどうする』（共著、88年4月、講談社）、『遷都　夢から政策課題へ〈中公新書〉』（88年8月、中央公論社）などを著し、東京への一極集中の現状を分析、批判し、関西復権のメリット、首都や地方都市のありよう、また遷都の必要性などを説いた。退官後も『東京の寿命』（2000年6月、同朋舎、角川書店発売）などを著し、独自の首都機能移転論を展開している。教育問題にも関心を示し、『逃げるな、父親　小学生の子を持つ父のための17条〈中公新書ラクレ〉』（2001年5月、中央公論新社）を刊行。日本経済停滞の根本原因に教育問題があることを見据え、高い知的水準を持つ分厚い中流階級維持の必要性を認識し、文部科学省の推進する「ゆとり教育」を批判、また教育の責任は第一に親にあることを確認し、特に父親が子供の教育に積極的に参画していくことの必要性を説く。他に『日本の国と憲法　第三の選択』（2001年1月、同朋舎、角川書店発売）、『47都道府県地名うんちく大全〈平凡社新書〉』（2006年11月、平凡社）など近年の多作ぶりには目覚ましいものがある。世界と日本、国家と個人、中央と地方の問題などに独自のバランス感覚を持ち、イデオロギーにとらわれることなく日本の行く末をみつめる新しいタイプの評論家の1人と言えよう。2000年5月、2004年1月の大津市長選に立候補するも落選。2004年より徳島文理大学教授。（田村修一）

【ゆ】

湯川裕光　ゆかわ・ひろみつ

1950・月日未詳〜。作家、劇作家。東京都生まれ。東京大学法学部卒業、ハーバード大学大学院修了。民間シンクタンク勤務を経て独立。主に国際、政治、経済分野の著述や評論を手がけた後、『瑤泉院―三百年目の忠臣蔵』（1998年10月、新潮社）で作家デビュー。2001年に劇団四季の創作ミュージカル「異国の丘」の台本を浅利慶太と共同執筆。また、2002年12月に東京で上演された「マンマ・ミーア！」の日本版台本を担当。

＊安土幻想《あづちげんそう》　歴史小説。〔初版〕『安土幻想』2002年3月、広済堂出版。◇1575（天正3）年11月、右大将任官の折、信長は正親町《おおぎまち》天皇の使者として遣わされた勾当内侍《こうとうのないし》、高倉量子《かずこ》と対面する。「思案した仕掛け」に見事に応じた内侍の聡明さに驚いた信長は、公式、非公式の席を通じて次第にその美しく輝く微笑に魅せられていく。1579（天正7）年5月11日、安土城が完成。「信長の定法破りの発想」を形にしたこの城は、「新しい時代の到来を強く宣言する」信長のメッセージであったが、同時にその発想にはイエズス会宣教師がもたらした南蛮文化の影響が強く現れていた。特にイタリア人宣教師らとの交流を深めた信長は、彼等の話を合理性を備えた知性で理解し、それを日本社会に取り入れる変革の実現に腐心していた。しかし信長はその「近代性」故に夢を砕かれることになる。元々イエズス会内部には日本への理解や布教方法の相違で進歩派と保守派との対立があった。保守派のポルトガル人リベイロ、バンデイラらの立場は国運と共に傾きつつあったが、祖国の利益を第一に考える彼らにとって、「貿易」を構想する信長の天下統一は望ましくなかった。関白太政大臣兼征夷大将軍を信長が受けるとの噂に焦る彼らは、内紛による自壊を目論み明智光秀に目を付ける。その頃土御門家の家業である暦の調整が問題となり、三島暦など他流派が出る一方、信長はヨーロッパと同じ改暦の採用を望んだ。結局朝廷は土御門久脩《ひさなが》の降格を決定、困った久脩に相談された親類の光秀は微妙な問題を抱えていたのである。1582（天正10）年6月1日、南蛮寺3階貴賓の間で内侍と夜を共にした信長は、直観で目覚め事態を把握、「さらば、わが妻よ」という言葉を残し、「隧道」を使い本能寺へ戻って行った。（中村研示）

湯木静子　ゆぎ・しずこ

1900・3・6〜1997・7・31。歌人。広島県比婆郡（現庄原市）生まれ。三次《みよし》女学校卒業。1923年結婚して大津市に移住後「アララギ」に入会。中村憲吉、のち土屋文明に師事。滋賀アララギ大津会に属す。歌集に『魞《えり》の影』（66年8月、山口書店）〈魞の影流るる波の静かにて水尾ひき浮ぶかいつぶりひとつ〉、『葛の花』（89年6月、私家版）がある。写実に徹した日常詠の多い歌々には、作者の人生の記憶がこまやかな観察眼で織り込まれている。（外村彰）

柚木踏草 ゆのき・とうそう

1927・3・20～1996・12・15。郷土史家、川柳作家。大阪市生まれ。本名月男。旧制愛知県工業学校中退。大正期から甲賀郡（現甲賀市）甲賀町で誠秀堂書店を継ぐ。1983年「甲賀の里忍術村」開村経営。「番傘」川柳本社同人、びわこ番傘川柳会幹事。「毎日新聞」滋賀文藝川柳欄選者。忍術秘伝書『万川集海《ばんせんしゅうかい》』の復刻（73年2月、誠秀堂）、甲賀地域の民俗文化史『甲賀の歳月 忍術甲賀流の背景』（87年3月、誠秀堂）を刊行。〈とどのつまり忍者は無名のまま消える〉（外村彰）

【よ】

横光利一 よこみつ・りいち

1898・3・17～1947・12・30。小説家。福島県北会津郡で生まれる。本名利《とし》一《かず》。父親が土木技師だったので、幼少時は各地を転々とする。1903年滋賀県大津市に移住し、04年大津市大津尋常小学校入学、5月大津市鹿関町第六十六番屋敷に転居、西尋常小学校に転校。翌月三重県阿山郡柘植（母の郷里）に戻り、東柘植尋常小学校に転校。09年大津市鹿関町第六十八番屋敷に転居、西尋常小学校に戻る。10年3月西尋常小学校卒業、大津市大津尋常高等学校に入学。11年大津尋常高等学校1年修了後、三重県立第三中学校に入学。16年早稲田大学高等予科英文科に入学するが、神経衰弱のため休学。18年復学し、象徴主義的な手法と私小説的な表現を混在させた習作を執筆。21年菊池寛の知遇を得る。4月早稲田大学専門部政治経済科に入学するも、12月除籍。「蝿」（「文藝春秋」23年5月）と「日輪」（「新小説」23年5月）によって文壇に認められる。24年10月、川端康成、片岡鉄兵、中河与一らと「文藝時代」を創刊（～27年5月）、ここに新感覚派文学運動が起こり、その中心人物として活躍。「春は馬車に乗って」（「女性」26年8月）、「花園の思想」（「改造」27年2月）などにその結実を見ることができる。初めての長編「上海」（「改造」28年11月～31年11月）を断続的に書き継ぎつつ、プロレタリア文学陣営との形式主義文学論争の中心となる。新心理主義の作風を持つ「機械」（「改造」30年9月）は、文壇に衝撃をもたらした。以後、「紋章」（「改造」34年1～9月）、「家族会議」（「東京日日新聞」「大阪毎日新聞」35年8月9日～12月31日）などの長編小説を発表、時代を主導する作家として文壇の地位を確かなものとする。同時に「純粋小説論」（「改造」35年4月）によって、文藝評論においても問題を提起した。戦前、戦中、戦後と断続的に書き継がれた畢生の大作「旅愁」（「東京日日新聞」「大阪毎日新聞」37年4月13日～8月5日、「文藝春秋」39年5月～40年4月、「文藝春秋」42年1月～43年8月、「文学界」43年9月～44年2月、「文藝春秋」44年6月～45年1月、「人間」46年4月）は、西洋と東洋との対比において日本精神の優位を確認しようとしたが、敗戦後痛烈な批判を受けた。45年疎開していた山形県で敗戦を迎えるが、心身ともに疲弊した横光は、47年12月胃潰瘍に腹膜炎を併発して永眠する。戦後は生前に比較して横光の人物と作品はあまりにも貶められていたが、近年にいたって再評価の気運が高まりつつある。

＊**姉弟** してい　短編小説。〔初出〕「改造文藝」49年10月。〔全集〕『定本横光利一全集第1巻』81年6月、河出書房。◇川端康成の手を介して遺稿として発表された。筆名は横光百歩。原稿の末尾に「一九一七、三月三一日（完）」と記述されている。横光は、

16年早稲田大学高等予科英文科に入学するが、神経衰弱のため両親のいる京都山科に帰った。このころ大津に住む姉しずこ夫婦の家に遊びに行っているが、そのことを題材にした私小説的色彩の強い作品。神経衰弱の原因の1つに、三重県上野にいた頃惹かれていた少女宮田おかつの急死があり、冒頭「春が近寄つて来ると、湖は水面から日毎に藍色を抜いて白色に静やかに疲れて行く。死んで逝くやうである」とあるように、琵琶湖の情景と内面の心象とが重ね合わせられている。東京の学校を休学して帰郷している「私」は、姉夫婦の家に遊びに来て、「一番好きな着物を着せて美しく化粧させて」、姉を琵琶湖畔に連れ出した。姉は身重であるにもかかわらず、子供っぽい仕草で丘の躑躅を引き抜こうとするので、「私」は姉のお腹の子どもの安否が不安になる。膿み爛れた足を放り出している乞食を嫌悪する姉に「私」は自分の哲学を教え諭そうとするが、当初「知らん」と子どもっぽい返事を繰り返していた姉に、「女云ふものは子供が出来るやうになれば、それや餓鬼みたいにお金が欲しいなつてね」と、母親の論理で反論される。散歩から帰って姉が普段着に着替えると、「矢張り私より年上らしい」と私は考える。夕食後、学校へ行くように義兄に勧められ、「ええ、行かうと思つてゐます」と「心底から」答える。姉は、生水を飲んだふりをして義兄をからかうが、そのおどけた様子に私は大笑いをしながら涙を流し、「しかし、腹の子はつぶれてゐまいかしら?」と不安になるのであった。人妻となった姉との心の交流を美しく描きつつ、一方で姉との間にできた距離への違和感を描いた小品で、後の「御身」へと昇華する習作。

＊悲しめる顔《かなしめるかお》　短編小説。〔初出〕同人誌「街」21年6月。原題「顔を斬る男」。〔初収〕『幸福の散布』24年8月、新潮社。◇初出時と初収時ではタイトルの変更だけでなく、改稿が為されている。なお、別稿の「杓子顔」（日本近代文学館所蔵）が『定本横光利一全集第1巻』に参考作品として収録されている。また、『同全集補巻』には、題のない別稿が収録されており、そこでは「水面には蘆が新芽をふかせてゐる。白鷺が漣の上を平安な羽音を立てて飛んで行く」といった琵琶湖の描写が見られる。金六が遊びに来ている姉夫婦の家には、三重子という幼女がいる。金六は、庭のぎぼしの芽を見ながら「身体の奥底で何か融けてずる〳〵と崩れだすやうな感覚」を感じていた。義兄は、琵琶湖の特産である酢モロコを金六に食べさせようと釣りに出かける準備をしている。金六と姉と三重子で活動（写真）を観に行くと、そこには眼の大きな美しい町娘がいて、金六はその娘を妻にしたいと考える。姉が活動に夢中になり三重子を一人で放っておいて危ないと金六は思うが、姉の方を向いている自分の顔が杓子に似ていることを思い、正面に向き直らなければならなかった。大きな音がしたので金六が行くと、三重子の眼がガラスで潰れた、と姉がいう。責任を感じた金六は家に走りながら、三重子を妻にしようと決心する。家に着くと、モロコを並べている兄に何も言えず、彼は自分の顔を包丁で傷つけたくなるが、三重子が失明していなかったことを考え、無理に傷つけることが怖くなる。自分の心に愛想がつきた金六は、包丁で斬る真似をするが、結局声を上げて泣くことしかできなかった。「鏡を見る」ことを媒介として自分で捏造した他者の視線に呪縛された自意識が、やがて愛するものが傷つけられるという強迫観念に囚われていく心理が描かれており、初期横光の問題意識の所在が窺われる。

＊御身《おんみ》　短編小説。〔初収〕『御身』24年5月、金星堂。◇「姉弟」同様、当時大津に住んでいた姉の家族との交渉を題材とした作品。「真下に湖が見えた。錆色の帆が一点水平線上にじつとしてゐた」といった琵琶湖の描写が見られる。6年前に嫁入りした姉おりかの妊娠を知った末雄は「微笑がはみ出るやうに」喜びを感じた。帰省した末雄は、赤ん坊の幸子を見て「これこそ俺の味方だ、嘘ではないぞ」と思う一方、幸子の臍が大きいことや近所の赤ん坊が添い寝していた母親の乳房で窒息して死んでしまった事故の話等を聞いて、幸子が死ぬのではないかという不安を感じるのだった。東京に戻った末雄は、姉からの「幸子は種痘から丹毒になりましたが、漸く片腕一本で生命が助かりました」という手紙を受け取り、自分を始終脅かしていた物の正体を見たように感じ、「俺の妻にしてやらう」と考えたが、幸子が腕を切断したというのは末雄の勘違いであった。以来、夏が来る度に、おりかの家に遊びに行く末雄だったが、幸子はなぜか末雄になつこうとしなかった。末雄は「愛と云ふ曲者にとりつかれたが最後、実にみじめだ」と友人に書き送るほど幸子を好きになったのであるが、幸子を抱くことさえできなかったのである。幸子の守りを頼まれた末雄は、彼女に触りたいという欲望に耐えて、幸子を笑わそうと自分の自尊心を傷つけねばならなかった。文壇に華々しくデビューした横光の最初の単行本の表題作で、志賀直哉の影響を受けた私小説的な一連の習作群の総決算的な作品。自尊心と他者への愛との間で揺れる青年期の心理を主題としつつ、自照する視点により観念的な表現を持つ。

＊舟《ふね》　短編小説。〔初出〕「東京日日新聞」24年8月16日～24日（5回）、原題「クライマックス」。〔初収〕『無礼な街』25年6月、文藝日本社。◇舞台は琵琶湖畔の野菜を栽培する小さな村であるらしい。「彼れ」はキャベツ畑の中でとよが屠殺場に向かうのを見ていた。肺結核のため、毎朝屠殺場の牛の血を飲まねばならなかったとよの姿は、「湖の水平線を辿つて細々と傾いて行く巡礼女のやう」であった。長い間胸に秘めていた自分の愛情をとよの死ぬ前に伝えたかった「彼れ」は、それができないままに屠殺場の門までついていった。やがて口を押さえて出てきたとよに、「わしはあんたが死ぬとこまつてしまふ」「わしは毎日あんたを思ふとつた」と日ごろの思いを伝えることができた「彼れ」は浜で会う約束をする。その日は仕事が手に付かなかった「彼れ」は、遠くからとよを見ては「あれや死ぬぞ！」と不安になり、とよの回復を神に祈るのであった。日が暮れて、浜にやって来たとよを「彼れ」は湖に浮かべた舟に乗せたが、夜露が身体に悪いと思い引き返そうとする。しかしとよは「彼れ」の手を持って無理に自分のそばへ坐らせて「私、いづれ駄目なの」と告げた。「彼れ」は泣きながらとよを抱き上げて「わしの嫁さんになつてくれよ」と求婚するのだった。横光の最初の妻キミは、肺結核のために26年に亡くなっているが、横光とキミは24年5月から7月まで横光が幼少期を過ごした大津市鹿関町に住んでいたことがある。琵琶湖を背景に、はかない愛のあり方を描いたこの小説は、結核の兆候が見え始めていたと思われるキミに捧げた作品でもあった。

＊比叡《ひえい》　短編小説。〔初出〕「文藝春秋」35年1月。〔初収〕『覚書』35年6月、沙羅書店。◇京都に住む義兄から父の13回忌の連絡が入り、定雄は妻千枝子と長男次男の一家を引き連れて、結婚8年目にして初めて家族で関西に旅行する。姉の家を宿とした一行は、翌日、大谷の納骨堂へ参り

初めての墓参を果たし、法要を執り行う。翌日、定雄は子供を姉に預けて、千枝子と2人で大阪と奈良へ行き、それをすますと、見残した京都の名所を廻った。そして最後に比叡山越しに大津に出てみようということになった。大津は彼が最初に小学校へ行った土地であり、卒業時に植えた桜の木の成長を見届けたいと思ったのである。当日、定雄は千枝子と長男清を連れて、ケーブルで比叡山に登った。終点で降りてから頂上へと、道を間違えたりロープ・ウェーに乗ったりして、雪の残る道を進んだ。途中、駕籠かきにしつこく勧められて定雄は乗ろうかと考えたが、千枝子が頑強に拒んだので暗い杉の密林の中に続く道を歩いた。伝教大師が都に近いこの地に本拠を定めたのは、千年の末を見据えて高野山を選んだ弘法大師に劣ると定雄は歩きながら考えた。駕籠かきはいなくなったが、清の足つきを見ていた婆さんが子供を負わせてくれという。定雄も勧めるので千枝子も根負けしたが、清は「歩く」と主張し、結局婆さんは道連れになって暢気に千枝子と並んで歩き出した。老婆の姿にいらだちを感じた定雄は京都と琵琶湖の景勝を見下ろす伝教大師の満足を考え、それに対してすぐに不安になり放心の境を得るという満足さえ見つけられない自分を感じた。やがて琵琶湖を見下ろす広場に出たが、感嘆する千枝子をよそに定雄は容易に放心を得られなかった。3人はさらに、途中で鶯の声を真似る竹笛を買い、京側の道より雪も消えて明るい道を歩いた。間もなくケーブルの駅に着いたが、まだ下るまで時間があったので展望場のベンチで休んだ。定雄は仰向きに長くなって、自分が今死ねば大往生が出来そうな気がしてきて、もう望みは何もないと思った。定雄は天上の澄み渡った中心を見ながら「神々よ照覧あれ、われここに子を持てり」と考えたのだった。横光には珍しい身辺を素材とした私小説的な作品であるが、そこでは伝教大師と弘法大師、大乗と小乗などの対比による仏教への関心が重ねられている。

＊琵琶湖《びわこ》　随筆。〔初出〕「ホームライフ」35年8月。〔初収〕『覚書』40年6月、金星堂。随筆集。◇思い出というものは夏に多いが、「私」にとってそれは、小学校時代と20歳前後の時に帰った大津や琵琶湖の夏の風景である。また、夏の美しさは昼よりも夜であるから、夏は都会にいたほうがよい。夏は過ぎ去った過去が幻のように浮き上がってくる。船に灯籠をかかげ、琵琶湖の上を対岸の唐崎まで渡っていく祭の夜の景色は、悩みがある時に何か楽しいことはないかと思い浮かべる際の「私」の重要な記憶である。暗い水面に幽かな光を映しだすその風情は、「暗夜行路ともいふべき人の世の運命を、漠然と感じる象徴の楽しさ」なのであろう。大津の疎水あたりには、明治初年の空気がまだ残っているし、坂本の日枝神社や三井寺には、かつて繁栄した土地の独特のなごやかな色が漂っている。横光の故郷といえるのは、三重県伊賀と大津であるが、ここでは大津を関西の中でも最も美しく風情のある街として取り上げて、琵琶湖に対する思いを印象的な筆致で鮮やかに描いている。

＊洋灯《らんぷ》　小説。〔初出〕「新潮」48年2月。〔初収〕『横光利一集』55年2月、河出書房。◇敗戦後の厳しい生活の下、執筆中に眩暈に襲われ、絶筆となった作品。停電する夜の暗さをかこっていた「私」に知人がランプを持ってきてくれた。小さな置きランプを眺めていると、「冷え凍っている胸の底から、ほとほとと音を立てて燃えてくるもの」があり、「夕ごころに似た優しい情感」の中、「私」は自分の幼かった頃のこ

とを回想する。それは、母方の里である伊賀の柘植に帰った6歳の頃の記憶に始まり、小学校に入学した大津での疎水の流れる情景や、母の姉妹である4人の伯（叔）母の思い出であった。特に大津に関して、「私はこの街が好きであった」と述べられている。敗戦後、心身の衰弱から執筆量が少なくなっていたが、この時期に書かれたいくつかの作品には、横光自身の原点への回帰あるいは再生をうかがわせるものがあり、その早すぎた死が惜しまれる。（杣谷英紀）

横山幸一郎 よこやま・こういちろう
1929・5・27～1985・5・12。郷土史家。滋賀郡堅田町（現大津市本堅田）生まれ。大津市大江居住。1947年近江実修工業学校（現近江高等学校）機械科卒業。49年滋賀師範学校特設研究科修了。47年4月堅田町立堅田小学校助教諭、51年より教諭、58年より郡・市内の小学校勤務をへて、73年大津市立堅田小学校にもどり同校創立百周年記念同窓会名簿（73年12月）の作成に従事。編著書に『近江郷土史事典』（編、63年3月、学習研究社）、『湖族の町―堅田湖族―』（64年11月、滋賀地方史研究会）、『近江物語』（68年5月、大阪書籍）、『堅田むかしばなし―民話と伝説』（編、75年10月、堅田歴史散歩の会）がある。なお、劇作家北条秀司が勾当内侍《こうとうないし》を祀った野神神社（大津市今堅田）の〝隠れ祭り〟を見るため来堅したとき、その案内説明役をつとめた（「毎日新聞」87年11月1日、「演劇太平記その163」）。（山本洋）

与謝野晶子 よさの・あきこ
1879・12・7～1942・5・29。歌人、詩人。堺に生まれる。本名しょう。旧姓鳳。別号小舟など。宗七・つねの三女。実家は菓子商の老舗、駿河屋。堺女学校卒業。少女時代から店番をしながら「源氏物語」など古典文学を独学で学んだ。旧派の堺敷島会に入り、機関誌「堺敷島会歌集」に和歌を投稿。1899年浪華青年文学会（後、関西青年文学会）に参加、会誌「よしあし草」（後「関西文学」）にはじめて発表した詩歌「春月」が「明星」を主幹していた与謝野鉄幹に注目され、同誌2号（1900年5月）に短歌を発表した。以後毎号「明星」に投稿。00年8月講演で来阪した鉄幹にはじめて会い心ひかれる。00年11月鉄幹、山川登美子と3人で京都永観堂へ紅葉見物、その後鉄幹と激しい恋に落ち、01年1月京都粟田山で鉄幹と再会。同年6月苦悩の末故郷を捨てて東京の鉄幹のもとへ走り、処女歌集『みだれ髪』（01年8月、東京新詩社、伊藤文友館）を刊行。恋愛を主題として自由奔放に官能の世界を歌い上げ、当時の社会に大きな反響を呼び、一躍晶子の名を世間にとどろかせて歌人としての地位を確固たるものとした。01年10月先妻滝野と離婚した鉄幹と結婚し、『小扇』（04年1月、金尾文淵堂）、『恋衣』（共著、05年1月、本郷書院）、『火の鳥』（09年8月、金尾文淵堂）など24冊の歌集、その他評論、感想集なども刊行。特に「君死にたまふこと勿れ」（「明星」05年9月）は国家観念を軽視した危険思想と大町桂月から激しく非難された。

＊**舞姫** まいひめ　歌集。〔初版〕『舞姫』06年9月、如山堂書店（東京）。◇〈大夏《おほなつ》の近江《あふみ》の国《くに》や三井寺《みゐでら》を湖《うみ》へはこぶと八月雲《はちぐわつくも》す〉と、真夏の壮大な琵琶湖の様子を巧みにとらえている。〈比叡《ひえ》の嶺《ね》にうす雪《ゆき》すると粥《かゆ》くれぬ錦織《にしきお》るなるうつくしき人《ひと》〉は、美しい自然とやさしい人との心根が融合した一幅の絵のような世界である。ともに季節感に富んだすばらしい情景を詠んだ歌である。（佐藤和夫）

与謝野寛　よさの・ひろし
1873・2・26〜1935・3・26。歌人、詩人。京都府に生まれる。号は鉄幹、1905年これを廃した。初期の号は、澄軒、霊美《くしみ》玉廼舎《たまのや》主人、桜嗽山人、鉄雪道人など。礼厳・初枝の四男。父礼厳は京都市外岡崎の願成寺住職。7歳の折、父が事業に失敗、寺は転売され一家は鹿児島へ移る。その後京都、大阪、岡山と流浪し、1889年から3年間次兄がいる徳山市の徳応寺で社務をしながら徳山女学校の国語漢文教師となったが、教え子浅田信子との恋愛が問題となり再度京都に戻る。1891年秋上京、落合直文の門に入り浅香社を創設し活動を開始した。「二六新報」に歌論「亡国の音」（1891年5月10〜18日）を連載、旧派和歌を否定し和歌革新を主張した。以後4回渡鮮。『東西南北』（1896年7月、明治書院）、『天地玄黄』（1897年1月、明治書院）をそれぞれ刊行、新派歌人として注目された。1899年浅田信子と離婚、10月林滝野と共に上京し同棲、翌11月東京新詩社設立、1900年4月「明星」創刊、明治浪漫主義文学を展開した。00年1月鳳晶子と恋に落ち、京都粟田口で結ばれる。6月晶子上京、後滝野と離婚し、01年10月に晶子と結婚。06年紀三井寺を訪れる。08年11月「明星」100号をもって廃刊。11年渡欧。19年以後一時期慶応義塾大学、文化学院で教鞭もとった。21年「明星」を復刊したが48冊で廃刊。25年から「冬柏」発行。歌集に『相聞』（10年3月、明治書院）、『霧島の歌』（歌文集、晶子と共著、29年2月、改造社）、『満蒙遊記』（晶子と共著、30年5月、大阪屋号書店）

＊毒草《どくぐさ》　詩歌散文集〔初版〕『毒草』04年5月、本郷書院。◇晶子と共著。〈聴《ちやう》法《ほふ》や龍女《りうによ》もまじりおはす夜か横川《よかは》は鐘にしら梅のちる〉と早春の夜、神秘に包まれた比叡山横川には鐘の音がこだまし、あたかもその美しい音色に魅せられたかのように闇に散りゆく白梅を見ながらここに龍女もいらっしゃるのだろうかと夢幻の世界を詠んでいる。　（佐藤和夫）

吉井勇　よしい・いさむ
1886・10・8〜1960・11・19。歌人、劇作家、小説家。東京高輪生まれ。早稲田大学政治経済科中退。1905年新詩社入社。「明星」「スバル」で活躍。第1歌集『酒ほがひ』（10年9月、昴発行所）で頽唐歌風を樹立。白秋、杢太郎らとパンの会を起こし、耽美派の拠点を形成。大正期は戯曲に新生面を開く。昭和期以降の歌は、生活を題材とした日記的性格が強い。38年京都北白川に移住。51年に移った石橋町が終の棲家となった。歌集『遠天』（41年5月、甲鳥書林）には「比叡諸相」の項があり、延暦寺阿弥陀堂ほとりに〈雷すでに起らすなりぬ秋ふかく大比叡の山しつまりたまへ〉の歌碑が建つ。琵琶湖文化館（61年3月20日開館）前の湖中に建つ歌碑には、初代館長草野文雄から文化館建設構想を聞き、59年に描かれた完成予想図を見て詠んだ〈うつしよの夢をうつゝに見せしめぬ琵琶湖のうへにうかふ美の城〉が刻まれている。　（吉岡由紀彦）

吉居和弘　よしい・かずひろ
1958・月日未詳〜。小説家。滋賀県に生まれる。1980年大阪文学学校に入学。81年日本文学学校に入学。様々な職業につく。著書に『愛してもいいですか』（87年3月、せきた書房）、『テレビの中のテレビ』（98年10月、文藝社）がある。　（浦西和彦）

吉川英治　よしかわ・えいじ
1892・8・11〜1962・9・7。小

説家。神奈川県久良岐郡（現横浜市）に生まれる。本名英次。1910年上京し、蒔絵師の徒弟となる。井上剣花坊門下の一員となり、川柳をはじめる。21年東京毎夕新聞社に入社。関東大震災後、文学に専念する。26～27年「大阪毎日新聞」に連載した「鳴門秘帖」により作家的地位を得る。以後、「江戸三国志」「高山右近」（48年）「平将門」「私本太平記」（58年～61年）等を発表。「宮本武蔵」（35年～39年）に比叡山、瀬田の唐橋が出てくる。53年、復活第1回菊池寛賞を受賞。60年文化勲章受章。

＊新・平家物語《しん・へいけものがたり》　長編小説。〔初出〕「週刊朝日」50年4月2日～57年3月17日。◇清盛から始まり、頼朝、義仲、後白河、義経へと物語が展開する。堅田湖族が義経をもり立てていく脇役として描かれる。義経は1179（治承3）年初夏、堅田に向かう。刀祢弾正介、堅田帯刀、居初権五郎の堅田三家が義経に仕えるのである。

（浦西和彦）

吉田栄子　よしだ・えいこ

1922・9・27～。俳人。滋賀県生まれ。長浜市朝日町在住。1965年長浜句会に入会、船木朴堂の指導を受ける。以後「年輪」入会、橋本鶏二に師事。その没後、早崎明に師事。「年輪」同人。〈木樵る音賤ケ岳より芋洗ふ〉

（山本洋）

吉田悦蔵　よした・えつぞう

1890・3・9～1942・11・21。実業家、伝道者。神戸市生まれ。旧姓井上。1903年4月滋賀県立商業学校（現八幡商業高等学校）に編入。05年新任教師のM・ヴォーリズと出会い受洗、近江八幡市魚屋町で同居。07年3月同校を卒業。翌年三井物産兵庫支店に勤めたが退社し、県内の基督教青年会の運営や伝道に尽力。10年にヴォーリズらと建築設計の合名会社、11年に近江基督教伝道団（近江ミッション。現近江兄弟社）を創立。12年7月「湖畔の声」創刊。以後も近江八幡市池田町に住みメンソレータムの販売、近江療養院（現ヴォーリズ記念病院）・近江兄弟社小学校・近江兄弟社（現近江八幡市立）図書館を設立、生涯にわたり県内外での伝道事業に挺身した。著作に『近江の兄弟ヴォーリズ等』（23年4月、警醒社書店）、『湖畔聖話』（26年7月、春秋社）、『ナザレのイエス』（28年11月、春秋社）、『湖畔日月』（35年7月、近江兄弟社）、沖野岩三郎編『吉田悦蔵文集』（44年9月、近江兄弟社）等がある。

（外村彰）

吉田健一　よしだ・けんいち

1912・3・27～1977・8・3。批評家、小説家。東京市渋谷区生まれ。父の茂の赴任に従って外国生活が続く。帰国後、1927年に暁星中学校2年に編入、30年卒業。のち英国に赴いてケンブリッジ大学に入り、英文学を専攻。しかし翌年退学して帰国。河上徹太郎、中村光夫と知り合い、英・仏文学の翻訳を中心に書評、紹介文を書き始める。39年伊藤信吉、山本健吉らとともに同人誌「批評」を創刊。63年から69年まで中央大学教授。ポーやヴァレリーなど多数の翻訳の他に、評論では第4回新潮社文学賞を受けた『日本に就いて』（57年8月、講談社）や、『英国の文学』（49年7月、雄鶏社）、『シェイクスピア』（52年6月、池田書店）、『ヨオロッパの世紀』（70年10月、新潮社）などがある。また短編小説集の『酒宴』（57年11月、創元社）、『残光』（63年7月、中央公論社）、長編小説では第22回読売文学賞を受けた『瓦礫の中』（70年11月、中央公論社）などを刊行。一方で各地の酒と料理や身辺の出来事について、洒脱な随筆も書き続け、『私の食物誌』（72年11月、中央公論社）などがある。『吉田健一著作集』全20巻（60年10月～未完、垂水書房）、『吉田健一全集』全10巻（68年2月～12月、原書房）、『吉田健一全短篇集』（71年8月、読売新聞社）、『吉田健一著作集』全30巻補巻2（78年10月～81年7月、集英社）、『吉田健一集成』全8巻別巻1（93年6月～94年6月、新潮社）が刊行されている。

＊長浜の鴨《ながはまのかも》　随筆。〔初出〕「読売新聞」朝刊、71年2月4日。〔初収〕『私の食物誌』72年11月、中央公論社◇「長浜の辺で取れる琵琶湖の鴨は旨い」「勿論冬食べるので、それがどうも厳密に二月一杯のことのようで前に一度それ程とも思わずに三月一日に食べに行ったら味が違っていた」「昨年の長浜は雪が降っていて飲みながら鴨を突っついているうちに酒の方が留守にならざるを得なかった。もう一度あんな思いで食べてみたい」「日本も元亀天正の時代になれば盛んに肉食が行われるようになっていたから秀吉は長浜の城主で鴨も一番いい所を食べていたに違いない」と記している。

＊近江の鮒鮨《おうみのふなずし》　随筆。〔初出〕「読売新聞」朝刊、71年2月13日。〔初収〕『私の食物誌』72年11月、中央公論社◇「こういうものになるとその味をどう説明したものか考え込む仕儀になる。先ず言えることはこれは尾を除いて頭からそこまで食べられて、その頭が殊に結構である」「これ程の味のものなのだから勿論酒の肴にもなって実際の所これといい酒だけでも時間が過せる」「鮒鮨ばかり肴にして飲んでいれば酒の方が切りがなくなり、この今日の時代に夜明しで飲むだけの暇があるというような幸運に恵まれることは滅多にないと考えられるから鮒鮨はやはり少しずつ食事の時に食べるものだ」と記している。短い文章のなかに、「こういうものになると」「これ程の味のものなのだから」と同一の表現を重ねているところに、筆者が鮒鮨から受けた感動の大きさが想像出来る。　（北川秋雄）

吉田絃二郎　よしだ・げんじろう

1886・11・24～1956・4・21。小説家、戯曲家、随筆家。佐賀県神埼郡神埼町生まれ。本名源次郎。鍋島藩士だったが、佐賀の乱で賊となり、その後酒屋を営み失敗した父栄作の次男。小学校時代に教会に出入りし、宗教家を志し、1899年春長崎市のミッションスクール東山学院に編入するも、翌年父に連れもどされて中退。1900年4月佐賀の工業学校に入学。03年卒業。その夏から04年末まで佐世保の海軍工廠に勤務、その後上京。国民英学会に入り、05年4月早稲田大学第三高等予科に入学。関口教会に通うも1年余りで止め、郊外散歩に勤しむ。翌06年9月早稲田大学英文科に入学。同年12月、志願兵として対馬要塞砲兵大隊に入隊。09年1月兵役を終え上京。早大英文科本科に復学。10年坪内逍遙の文藝協会に入り、畏敬していた逍遙に「絃二郎」のペンネームをもらう。11年卒業、逓信局嘱託となる。11年夏頃、三田ユニテリアン協会に入り、キリスト教主義の総合雑誌「六合《りくごう》雑誌」の編集に従事。14年、兄と慕い指導を仰いでいた島村抱月の推薦により、文壇処女作「磯ごよみ」を「早稲田文学」に発表、以後「ホトトギス」「早稲田文学」に作品を発表するも、16年1月「早稲田文学」に発表した「副牧師」は発禁となる。翌17年10月「早稲田文学」に掲載された「島の秋」が出世作となる。同年9月から早稲田大学講師（英文学）となり、「六合雑誌」の編集を辞す。31年早稲田大学講師を辞し、56年病歿。故郷と東京との行き来の際に琵琶湖の辺を通る故にか、その作品や随筆には度々琵琶湖周辺の景観が描かれている。

＊白路《はくろ》　長編小説。〔初出〕「国民新聞」21年12月〜22年4月。〔初版〕『白路』22年、新潮社。◇中学の教員、庄司幸吉の一族とその家族関係の中での確執、それゆえの幸吉の悩みが描かれているこの作品には、幸吉が自分の不幸と比べ、自分よりさらに苛酷な人生を生きていると思う、琵琶湖のほとりで生まれた先輩教員の紺野さんが登場する。彼は琵琶湖のほとりで田舎の神童と騒がれたが、無資格の中学教員となったがゆえに、その後資格を取るため10年間苦しみながら学ぶ。その不幸のために、今は破れた洋服を着た白髪の、無能な中学教員でしかない。その娘は産後の肥立ちが悪く発狂し、息子は中学の途中から肺病で療養生活。そのような紺野さんの人生を視るにつけ、生きる意味を問い直す幸吉。この作品は、幸吉の自由結婚をきっかけに、人生における「希望」や「夢」の意味、日常的な不幸や悲しみの意味を問いつつ、明治以降進んだ、東京を中心とする都市と地方の二分化ゆえに、地方の青年の都市へのあこがれと出世意識、そこであらわにされる日本人の幸福観の問題が問い直されている。（槌賀七代）

吉田純造　よしだ・じゅんぞう

１９２８・２・10〜。川柳作家。大津市長等在住。陸軍兵器学校に学ぶ。１９５０年頃芝田子寛の誘いでびわこ番傘川柳会に入会。会長畑中大三の薫陶を受け、51年川柳作句を始める。「毎日新聞」滋賀文藝選者、大津市発行「湖都の文学」編集委員長、滋賀文学会理事、滋賀文学祭川柳部門選者などを歴任。作風は番傘川柳の特色を色濃く反映し、人名、特に文学者を詠んだ句が多い。〈青春を探す太宰の書の中で〉〈啄木を愛し貧しさには負けぬ〉。また陸軍伍長としての体験がもたらした厳しい内省の句にも特徴を見いだすことができる。〈自分史を綴ると銃の音がする〉〈昭和史を兵のひとりとして学ぶ〉。句集に『びわこ句帳吉田純造集』（82年5月）『日本現代川柳叢書第90集吉田純造句集』（91年3月、藝風書院）などがある。（木田隆文）

吉田孝夫　よしだ・たかお

１９３８・８・14〜。英文学者。福岡県生まれ。１９６２年広島大学教育学部高等学校教育外国語科卒業。66年広島大学文学部大学院修士課程修了、京都産業大学講師。70年滋賀大学助教授、89年教授。現在、九州産業大学国際文化学部教授。『ディケンズのことば』（81年、あぽろん社）、『ディケンズを読んで』（91年、あぽろん社）、『英語の語法』（98年、晃陽書房）、『文化とことば』（２００１年、あぽろん社）などの著作がある。

＊ふるさと《ふるさと》　随筆集。〔初版〕『ふるさと』１９９３年、晃学出版。◇生い立ちから、幼少期の記憶、大学受験、大学教員になる経過、恩師など人との出会いが記される。「陽気な滋賀大チーム」「滋大宿舎」「春のびわ湖」などを収録。（出原隆俊）

吉田虎之助　よしだ・とらのすけ

１８６８・月日未詳〜１９４５・９・９。政治家、歌人。栗太郡常盤村（現草津市）生まれ。号松廼舎《まつのや》克継《よしつぐ》ほか。衆議院議員を務めるなど行政に挺身した後、淡水真珠の養殖に尽力。和歌を山本直道に学び、詩作や絵画にも長じた。編著『鳰のうみ』（28年12月、私家版）は５５４名の県内歌人を収録した労作。歌集に『菊の馨り』（56年11月、吉田ナミ）がある。〈あふみの海みかさいかにと瀬田川のみをつくしてやわれ

はつとめむ〉　（外村彰）

吉永二一郎　よしなが・にいちろう
1929・2・14〜1984・8・18。小説家。蒲生郡日野町大字大窪生まれ。草津市南笠町に居住。県立栗太農学校、三重県立農林専門学校卒業。1951年京都府立農林専門学校（現京都府立大学）林科卒業。中学校等に勤務後、60年より県立甲南高等学校、草津高等学校、石山高等学校の理科教諭。現職のまま没。多種多彩な趣味の持ち主だったが、68年ごろより創作に関心をもち滋賀作家クラブに入会。会員の中野隆夫の刺激をうけ滋賀県文学祭に応募、74年から77年まで連続入選、76年には小説部門の芸術祭賞を受賞。没後、遺族がそれら5作を収めた短編集『そよ風の丘』（85年6月、サンブライト出版）を公刊した。　（山本洋）

吉村昭　よしむら・あきら
1927・5・1〜2006・7・31。小説家。東京市（現東京都）荒川区生まれ。1940年開成中学校に入学するが、兄の戦死、母の病死など近親者の不幸が続き、自身も肺疾患等で病気欠席が多かった。47年に学習院高等科（旧制）に入学するが、翌年肺疾患のため休学。50年復学（新制）し、この頃から文学活動を始める。53年学習院大学中退。「赤絵」同人の津村節子と結婚。58年7月「文学者」に発表した「鉄橋」が第44回芥川賞候補になり、続いて「貝殻」（「早稲田文学」59年3月）、「透明標本」（「文学者」61年9月）も候補作品となった。65年次兄の経営する製綿会社専務を退任し、文学に専念する。66年「星への旅」（「展望」66年8月）で第2回太宰治賞を受賞。同年9月『戦艦武蔵』（新潮社）を刊行して、ドキュメンタリーの分野に新機軸を開いた。73年に『水の葬列』（67年3月、筑摩書房）、『神々の沈黙』（69年12月、朝日新聞社）など、一連のドキュメンタリー作品の業績で第21回菊池寛賞を受賞。79年に『ふぉん・しいほるとの娘上下』（78年3月、毎日新聞社）で第13回吉川英治文学賞受賞。84年に『破獄』（83年11月、岩波書店）で読売文学賞、藝術選奨文部大臣賞。85年に『冷い夏、熱い夏』（84年10月、新潮社）で日本藝術院賞、94年に『天狗争乱』（「朝日新聞」夕刊、92年10月1日〜93年10月9日。加筆改稿して94年5月、朝日新聞社から単行本）で第21回大仏次郎賞受賞。96年日本文藝家協会副理事長。97年から日本藝術院会員。「闇にひらめく」（「小説新潮」78年7月）が今村昌平監督により映画化され、「うなぎ」としてカンヌ国際映画祭最優秀作品賞を受賞。『吉村昭自選作品集』全15巻別巻1（90年10月〜92年1月、新潮社）がある。

＊ニコライ遭難《にこらいそうなん》　長編小説。〔初出〕「世界」92年7月〜93年8月。〔初収〕『ニコライ遭難』93年9月、岩波書店。◇「あとがき」で大津事件について、「日露戦争前の日本とロシアとの関係、日本人のロシアに対する感情がこの事件に凝縮しているのを感じ」たのが執筆動機であると述べている。「獄内での三蔵の死は物悲しく、ロシア革命後、家族とともに殺害されたニコライの運命も哀れ」という視点から事件に迫る。1891（明治24）年4月27日長崎港、ニコライの乗る船を待つ、巡洋艦高雄船上の光景から書き始められ、5月11日の事件当日、5月27日の大審院判決、9月25日津田三蔵の釧路集治監における獄死、事件当日に津田を取り押さえ、報奨金と年金を与えられた車夫と、ニコライのその後の人生を描いて結ばれる。津田の裁判では大審院児島惟謙の功績がつとに有名であるが、ロシアの

思惑を恐れ、刑法第16条を適用する極刑を望んだ政府に対して、法曹界、報道機関がこぞって死刑反対を唱えていたことを明らかにしている。

＊桜田門外の変《さくらだもんがいのへん》　長編小説。〔初出〕「秋田魁新報」1988年10月11日～89年8月15日。〔初収〕『桜田門外の変』90年8月、新潮社。◇初出に加筆改稿。水戸藩北郡務方（郡奉行補佐役）で、事件当日襲撃現場の指揮を執った関鉄之介（諱名は遠）を主人公として、水戸藩の側から桜田門外の変を描いたもの。「野史台維新史料叢書」に収録された鉄之介の日記を主な資料にしている。1857（安政4）年1月2日、水戸斉昭の藩政改革をめぐる改革派と門閥派の抗争、その門閥派の中心人物の逮捕と藩内移送の場面から始まり、1860（安政7）年3月3日の事件当日、そして1年の逃走の果てに鉄之介が水戸藩の手によって逮捕され、江戸の小伝馬町の牢屋敷に送られ、1862（文久2）年5月11日死罪に処せられるまでを描く。尊王攘夷の斉昭と溜間譜代大名筆頭の井伊直弼の対立、違勅による日米修好通商条約締結後の水戸藩弾圧、勅令書返納問題による水戸藩断絶の危機、薩摩藩との関係など、事件を生じさせるにいたった必然性を水戸藩の側から明らかにする。「あとがき」には「江戸末期の幕府崩壊までの史実に接しているうちに、私は、『大東亜戦争』の敗戦にいたる経過と似ているのを感じるようになった」「とりわけ幕末に起こった桜田門外の変と称される井伊大老暗殺事件が、二・二六事件ときわめて類似した出来事に思える。この二つの暗殺事件は、共に内外情勢を一変させる性格をもち、前者は明治維新に、後者は戦争から敗戦に突き進んだ原動力にもなった」と述べている。鉄之介が縛についたのは、湯沢温泉であったこと、事件当日に浪士が所持していた鉄砲の数は5挺であること、その出所など、新たな発見も示されている。（北川秋雄）

吉村公三郎　よしむら・こうざぶろう

1911・9・9～2000・11・7。映画監督。坂田郡山東町（現米原市）大字柏原に生まれる。生家は代々庄屋と脇本陣を兼ねる名家。父平造は朝日新聞社記者、大阪市助役、広島市長などを歴任。父の仕事の関係で各地を転々とする。中学は岐阜の旧制大垣中学校に入学したが、4年生のとき集団サボタージュ事件に関わり停学となり、東京の私立日本中学校（現日本学園高等学校）に転校。大垣中学校時代から校則を破って映画に熱中、転校後は神田淡路町のシネマパレスに通いつめ、外国映画のとりことなる。当時好きだった監督はムルナウ、ガンス、チャプリン、スタンバーグ、エイゼンシュテイン、プドフキンだという。1929年日本中学校卒業。高等学校の入試に失敗し、映画監督を志望する。同年5月遠縁にあたる堤友二郎（松竹蒲田撮影所所長代理）の世話で、助手見習いとして同撮影所に入社。堤の指示で島津保次郎に師事し、29年の「多情仏心」から37年の「浅草の灯」まで島津の全作品で指導をうける。一方、撮影所の金須《きす》孝の感化で社会主義思想に関心をもち、築地小劇場の手伝いをしたり、プロレタリア作家たちと交流したりした。34年自身の原作、脚本によるナンセンス短編喜劇「ぬき足さし足」で監督デビュー。35年島津監督の「彼は嫌ひといいました」の脚本を担当。36年撮影所が蒲田から大船に移転。同年、父母を相次いで失う。39年島津が東宝に移籍し、島津が松竹の次回作に予定していた岸田国士原作の「暖流」を吉村が引き継いで監督。佐分利信、高峰三枝子主演の「暖流」は大ヒット、キネマ旬報ベストテン7位となり、一躍注目を浴びる。同年10月映画法の施行により、ソフトな大船調にも戦時色が強まる。40年上原謙主演の「西住戦車長伝」がベストテン2位となり、監督としての地歩が固まる。43年応召、機関銃小隊長として南方戦線に派遣され、のちバンコクの方面軍司令部情報部に配属される。終戦後、同地で捕虜生活ののち、46年7月に帰還。大船撮影所に復帰し、翌47年「象を食った連中」を撮る。同年、新藤兼人脚本、原節子、滝沢修主演の「安城家の舞踏会」を演出。安城家という没落貴族の最後の舞踏会を通して、そこに展開する家人や使用人のエゴイズムを大胆に描き出したこの作品は、ベストテン1位に輝き、のちの脚本新藤、演出吉村というコンビの起点となった。ベストテン1位に自信を得た吉村は、コミカル、シリアスな作品を作り分け、48年の「わが生涯の輝ける日」で女や風俗を描くことで社会批判をするハリウッド的演出法をみせ、49年の「森の石松」ではコミカルな新解釈を示した。

　50年松竹を退社、新藤兼人と2人で独立プロ近代映画協会を設立する。松竹で吉村が企画した「偽れる盛装」が却下されたため、この作品に執着する吉村が反発し、独立製作を意図したという。近代映画協会の第1作として吉村は「偽れる盛装」の製作を開始したが、提携していた東宝のストライキで製作不能となり、代わりに大映と結んで50年「戦火の果て」を撮った。念願の「偽れる盛装」は、翌51年大映京都で完成。義理人情を無視して打算だけで生きようとする祇園芸者の現代気質を扱ったこの作品は、ベストテン3位になり、吉村は毎日映画コンクール監督賞を受賞する。次いで同年、大映10周年記念映画「源氏物語」を製作。また同年撮った獅子文六原作の「自由学校」は、ライバル渋谷実の松竹版との競作になり話題をよんだ。52年「西陣の姉妹」、55年「美女と怪竜」、56年初のカラー「夜の河」などの秀作を撮り、ベストテン入りを果たした。また一方で、本格的文芸映画を積極的に手がけ、53年「千羽鶴」「夜明け前」、54年「足摺岬」、57年「地上」、63年「越前竹人形」、68年「眠れる美女」など、エネルギッシュにこなした。62年12月脳卒中で倒れる。再起不能とされたが、66年福島県本宮町PTAが製作費を工面した「こころの山脈」で復帰を果たし、ベストテン8位となる。72年10月胃潰瘍で入院するが、それも克服し、73年「混血児リカ」で再度カムバック。74年足尾銅山鉱毒事件で闘った田中正造を扱った「襤褸《らんる》の旗」を、三里塚空港闘争農民の協力を得て自主製作、したたかな生命力と根性をみせた。「襤褸の旗」は、公害問題を鋭く描き出した力作として高く評価され、ベストテン8位となる。吉村は、高峰三枝子、原節子、山本富士子らを格調あるスターに育てあげ、女優づくりの名人といわれたが、彼の本領は社会構造を的確にとらえるリアリズムの手法であり、しかも作品を単なる批評としてではなく、人間味あふれるものとして作りあげた点にある。晩年も身体は少し不自由となったが、杖をつきながら講演をこなし、皮肉のきいた毒舌とダンディズムは少しも変わることがなかった。著書に『映画のいのち』(76年12月、玉川大学出版部)、『わが映画黄金時代』(93年11月、ノーベル書房)などがある。紫綬褒章(76年)、滋賀県文化賞(80年)、勲四等旭日小綬章(82年)を受ける。

(中谷克己)

吉村正一郎 よしむら・しょういちろう

1904・2・17〜1977・12・9。新聞人、翻訳家、評論家。甲賀郡(現甲賀市)

水口町に吉村平造・友の長男として生まれる。号雨眠堂主人、雨眠散人。父の平造も新聞人で、政教社「日本人」の記者を勤めた後、大阪朝日新聞社に移り、主筆西村天囚によって新設されたコラム欄「天声人語」の執筆を担当した。また、退職後は大阪市助役、広島市長などの要職を歴任。正一郎の実弟に映画監督で著名な公三郎がいる。

1921年京都府立第二中学校4年生修了後、第三高等学校文科丙類に入学。三好達治、丸山薫、桑原武夫、貝塚茂樹、中村吉治らと同じ教室で学ぶ。丸山薫の回想によれば、「はじめに親しくなったのはこの吉村君だった。当時の吉村君は人を魅きつける容姿の持主であり、人柄才智もまた鷹揚典雅であった。好い匂いのする花園にいるような気分で、僕はもっぱら吉村君とつき合っていた」(「その頃の三好君」『近代文学鑑賞講座第20巻』59年2月、角川書店)という。25年、京都帝国大学文学部仏文科に入学。太宰施門、落合太郎に学び、同窓の桑原武夫、生島遼一との親交を深める。とくに生島とは2年間、京都吉田の同じ下宿で生活し、後には生島の妹悦子と結婚、義兄弟の間柄になった。28年京都帝国大学卒業。大阪外語(のち大阪外国語大学、現大阪大学外国語学部、2007年10月大阪大学と統合)のフランス語講師に推され校長面接を受けるも就職成立せず、大阪朝日新聞社に入社する。「週刊朝日」の編集を手はじめに、社会部、学藝部などの第一線記者として活躍。戦後は、京都支局長、パリ特派員を勤めた後、本社にもどって論説委員となり、かつて父平造が担当した「天声人語」に健筆をふるう。また、親友生島が桑原とともにスタンダールの『赤と黒』の翻訳にとりかかっていたことに刺激をうけ、自身もデュマ・フィスの『椿姫』の翻訳にとりかかり、34年8月、岩波書店より出版する。『椿姫』の翻訳は森田草平、久米正雄、西条八十ら20数名によってなされているが、岩波文庫版の正一郎訳は名訳との評価が高く、2005年4月現在、88刷が刊行されている。

1959年朝日新聞社を定年退職、高山京都市長に請われて助役に就任。市長の片腕として主に文化、観光行政に手腕を発揮し、4年間の任期をまっとうし、63年8月退任。引き続き奈良県教育委員に推され、68年には教育委員長を勤めたほか、古都風致審議委員会委員、奈良市都市問題審議会委員、国立京都近代美術館評議員、朝日放送番組審議委員など、多数の団体の委員を勤めた。また、東大寺信徒総代として奈良の諸古寺の長老たちと積極的に文化交流をはかるとともに、東大寺大仏殿の昭和大修理では74年から財団法人大仏奉賛会副理事長として尽力した。76年帝塚山学園学園長に就任。幼稚園から大学までの総合学園の長として、「人間性の自由な開発」を教育目標にかかげ、豊富な知識と経験に基づく教育実践にとりかかったが、就任4ケ月にして病に倒れる。1年数ケ月に及ぶ闘病生活の間、病苦をおして書き継がれた日記には、「この痛み――/近づく死の跫音か/死よ　来るのはいいが/足音を立てずに/静かに来てくれ//せめて跫音を忍ばせて/そっと近づいてくれ/戸口のブザーが鳴ったら/扉はいつでも開けるのだから」という、静かに死を迎えようとする心境が記されている。77年癌性腹膜炎のため死去。死後、発表する意志のなかった日記は、遺稿集『待秋日記』(78年11月、朝日新聞社)として出版された。また、季刊「文学館」(83年5月、潮流社)は、正一郎を偲び、友人たちの回想記を中心に特集「吉村正一郎の思い出」を組んだ。藤沢桓夫は「走馬看花の旅人」と題し、「私がしみじみと懐かしく思うのは、彼が近代の教養に洗われた最高の知識人であったこと、彼が男の友情を知る人であり、それを実行しつづけた心の優しさである。寂しがり屋の一面もあったのだろう。親しい友達と会って、好きな酒を適度に嗜みながら、心を割ってソフトなトーンで喋りつづける彼のいかにも愉しそうな様子には、まるで少年のような明るさと温かさがあった。機智とユーモアの好きな都会人でもあり、相当な皮肉屋でもあったが、彼の毒舌には針はあっても人を傷つける毒はなかった」と記している。著書に『日常の論理』（42年4月、筑摩書房）、『文学と良識』（49年3月、高桐書院）、『晴歩雨眠』（72年6月、朝日新聞社）など。翻訳書には『支那のユーモア〈岩波新書〉』（40年1月、岩波書店）、『カンディード〈岩波文庫〉』（56年7月、岩波書店）、『エッフェル塔の潜水夫 世界ユーモア文学全集第10巻』（61年9月、筑摩書房）など。また編集の仕事に、『丸山薫全集』全5巻（76年10月～77年3月、角川書店）がある。

（中谷克己）

吉屋行夫 よしや・いくお

1935・8・18～。小説家、詩人。大阪市東淀川区生まれ。1944年から彦根市池州町在住。本名中野芳一《よしかず》。旧姓北村。他の筆名平山順造、外海睦美《とのかいむつみ》。太平洋戦争の空襲が激しくなったため、44年2月母の実家のある彦根市に帰る。54年県立彦根東高等学校卒業。58年滋賀大学経済学部経営学科卒業。在学中、松尾博教授の経済学史の授業に少なからぬ影響をうける。会社勤務をへて、59年より県立堅田高等学校、彦根工業高等学校（定時制）、八幡工業高等学校、鳥居本養護学校、彦根西高等学校に勤務、おもに商業、社会科目を教える。滋賀大学在学中の56年から彦根のサークル「熔岩詩人集団」に入会（65年5月まで）、リーダーの大西作平やなかの・ふみこらから詩作の手ほどきをうけた。また同集団の勉強会に講師として来彦した小野十三郎、壺井繁治に師事する。詩誌「熔岩」に計26編の詩を発表。78年「滋賀民報」第1回文学作品募集（審査委員長山本洋）に短編「一銭洋食」を投稿、第1席となる。86年にも同紙の公募に応じ、ふたたび第1席に入選。96年1月滋賀県支部長三宅友三郎の推薦で日本民主主義文学同盟に加盟、準同盟員となる。その間93年9月から95年4月まで滋賀県解放県民センター発行の月刊誌「地域同和」に連載した長編（外海睦美《とのかいむつみ》名義）を、96年2月『ふるさとへ帰る道』（私家版）として上梓、作者自身の人生と教育とにかかわる原点を追求し見きわめようとした。97年5月「民主文学」第2回新人賞に応募した「回転橋」が佳作に入選。それをきっかけに作家の沢田章子の面識をえ、具体的な創作上の助言をうける。98年6月、それまでに「滋賀民報」、滋賀県文学祭、彦根市民文芸作品集等に投稿掲載された8編を収める短編集『回転橋』（本の泉社）を出版。99年10月「民主文学」に「白い欅」を掲載。数年前から吉屋は、旧制彦根中学校に英語教諭として赴任してきた（1895～1897）馬場孤蝶（本名勝弥）に強い関心をもち、その膨大な数の参考文献、資料を収集し始めていたが、2001年5月、それら全部を巧みに集約した1500枚の大作『澪標《みをつくし》の旅人《りょじん》　馬場孤蝶の記録』（本の泉社）を完成した。他に教育論集『学校をふるさとに―高校社会科の学習と実践―』（2002年7月、本の泉社）がある。吉屋の作品の特徴は、現代民主主義がないがしろにされやすい現実生活の諸矛盾のなかに、やさしいけれど尖鋭な時には軽妙な眼光を射こんで、人間が生きることの真実を浮かび上がらせるところにある。

＊回転橋《かいてんばし》　短編小説集。〔初版〕『回転橋』1998年6月、本の泉社。◇「一銭洋食」（78年1月）、「エッちゃんのこと」（86年1月）、「星の風紋」（95年11月）、「章の始め」（96年11月）等8編を収録。「回転橋」はその表題作。母ひとり子ひとりの高校生信一は、無口で引っこみ思案、授業にも大学進学にも意欲がもてず、将棋だけが好きであった。回転橋（松原橋）の近くに将棋道場があった。その道場の持ち主の郵便局長から世間や人生のこともいろいろ教わる。筋向かいに近江紡績の正門があり、女子労働者の外出するのがよく見える。ある日信一は街中で、記憶にある女子労働者が一軒の町家にはいるのを見かける。信一はおそるおそるその町家を訪ね、「火山」という詩サークルのリーダーの人間的魅力にひかれて、「火山」に参加するようになる。折から近江紡績の人権闘争が始まり、信一も詩人集団のひとりとしてその支援ピケに参加する。回転橋は観光船が通るときその航路のために回転する橋のことだが、本作では主人公の人生の「転回」を象徴している。作者にとって大切な〝成長小説〟である。

＊澪標の旅人《みおつくしのりょじん》　馬場孤蝶の記録《ばばこちょうのきろく》　長編伝記小説。〔初版〕『澪標の旅人　馬場孤蝶の記録』2001年5月、本の泉社。◇孤蝶（本名勝弥）は樋口一葉の親友でもあり、島崎藤村らとともに活動した英文学者（のち慶応義塾大学教授）。孤蝶は1895年9月、滋賀県尋常中学校に赴任したが、1896年末同僚2名と連署で県議会に同中学の校舎・寄宿舎増築の陳情書を提出。それが県議会で大問題となり、孤蝶と同僚、校長も辞職に追いこまれた。本書は新資料として、その時の議事録、その他の資料も逐一転載している。本書の9割は右のような孤蝶にかかわる事実をすべてといってよいほど網羅したものだが、他の1割の部分には、作者の分身とその母タキが登場する仕組みである。そのタキが若いころ東京で新聞記者（地方配信紙）をしていて、晩年の孤蝶宅を取材訪問し、座談の名手であった孤蝶から種々さまざまな話を聞くという体裁をとっている。一葉関係のこと、「文学界」グループのこと、トルストイ『戦争と平和』の初訳の苦労、その他の翻訳や西欧文学紹介の仕事、さらに女性解放運動や社会主義運動とのかかわり、孤蝶の趣味につらなって外国や日本の探偵小説やその作家のこと、また慶応義塾関係の人びと、純文学系の人びととのつながりなど無慮数百にのぼる逸話、エピソード、裏話などがとり上げられ、本作に活気や面白さや多彩さを与えている。この一書は、闊達な文章でまとめられた日本近代文学表裏面史といった趣をも呈している。（山本洋）

吉屋信子　よしや・のぶこ

1896・1・12～1973・7・11。小説家。新潟市生まれ。栃木高等女学校在学中から少女雑誌に投稿し、1910年『鳴らずの太鼓』が「少女界」に1等当選。卒業後上京し、創作に専念する。16年から「少女画報」に「花物語」の連載開始（～24年）。19年「大阪朝日新聞」の懸賞に応募した「地の果まで」が1等当選。21年7月から12月まで「海の極みまで」を東京、大阪の両「朝日新聞」に連載し、文壇的地位を確立する。23年の関東大震災以後、門馬千代子と同居。27年4月から28年4月まで「空の彼方へ」を「主婦之友」に連載。28年9月千代子と共に渡欧。アメリカを経由して翌年9月に帰国。その後36年10月から37年4月まで、代表作「良人の貞操」を「東京日日新聞」「大阪毎日新聞」に連載する。戦中は毎日新聞社社友となり中国へ慰問。戦後の小説には『鬼火』（初出は「婦人公論」51年2月。52年5月、中央公論社）、「安宅家の人々」（「毎日新聞」51年8月～52年3月）、「徳川の夫人たち」（「朝日新聞」66年1月～11月）等がある。72年に癌の宣告を受け、翌年死去。『私の見た美人たち』（69年11月、読売新聞社）所収の「女流俳人・はぎ女事件」には、滋賀県出身の俳人である室積徂春が登場する。08年の「国民新聞」の俳句欄で異彩を放っていた沢田はぎ女が、俳壇から葬り去られた事件において、徂春が深く関わっていたことが記されている。（鳥居真知子）

依田義賢　よだ・よしかた

1909・4・14～1991・11・14。シナリオ作家。京都市生まれ。1927年京都市立第二商業学校卒業。住友銀行退社後、30年日活京都撮影所の脚本部に入る。36年溝口健二監督のシナリオを担当し「浪華悲歌」「祇園の姉妹」「残菊物語」、戦後は「西鶴一代女」「新・平家物語」「近松物語」等を執筆。他に「大阪物語」「異母兄弟」「千利休」「悪名」などがある。詩集に『ろーま』（56年9月、骨発行所）。大阪藝術大学名誉教授。『溝口健二の人と藝術』（64年10月、映画藝術社）には、53年上映の「雨月物語」（大映）のロケ地である琵琶湖周辺を溝口らと旅した記述もある。またラジオドラマ「沖ノ島」（65年8月6日、朝日放送）は、沖島《おきの》生まれの娘「月ちゃん」を描く。安土を旅し沖島に興味を抱いた「私」が、近江八幡市の旅館で働く島の娘を知り、自分が事故に遭わせた娘を愛した青年からの求愛を、その娘がしりぞける出来事が叙される。5年後「私」は島を訪問する。『依田義賢シナリオ集』全2巻（78年11月、84年10月、映人社）がある。（外村彰）

米田登　よねだ・のぼる

1919・6・29～1993・3・20。歌人。蒲生町（現東近江市）石塔生まれ。米田雄郎の二男。桜川尋常高等小学校に学び、1934年八日市中学校在学中に白日社に参加。「詩歌」に自由律短歌を発表。41年東京帝国大学法学部を卒業後、翌42年陸軍入隊、同年定型短歌を創作。戦時中は中国を転戦。戦後は東京大学大学院に学び、のち日瑞貿易に入社。53年香川進主宰「地中海」同人。翌年関西歌人会に参加。59年には父の死去により「好日」を主宰する。多作で社会詠が本領だが、故郷は叙情的に表現した。歌集に『思惟還流』（65年11月、好日社）、『現象透過率』（87年1月、短歌新聞社）のほか、〈近江路はすでに雪積み真白しと聞きつつ恋ほし少年の日の雪〉や「花折峠」連作等を収める『時空界面』（89年1月、短歌新聞社）、「野口謙蔵特別展」「箱館山」「海津の桜」連作等を含む遺歌集『回帰曲線』（94年2月、短歌新聞社）がある。2001年11月に歌碑〈故里を出でていくとせなるわれぞ花霞のなかの産土の宮〉が母校の東近江市立蒲生東小学校に建った。（外村彰）

米田雄郎　よねだ・ゆうろう

1891・11・1～1959・3・5。歌人。奈良県磯城《しき》郡川西村（現川西町）大字下永に、農業を営む父米田菊蔵・母ミヨの長男として生まれる。本名菊次。1902年3月に結崎尋常小学校を卒業し、僧侶であった伯父の住む磯城郡香具山村（現橿原市）の法然寺（浄土宗）に寄寓。07年3月飛鳥高等小学校卒業。翌年から短歌を作り始め「文章世界」「創作」等に投稿。11年4月前田夕暮が白日社から「詩歌」を創刊、同社に入り3号から登菊次などの名でほぼ毎号寄稿を続け、夕暮にその歿年まで篤く師事。同門の矢代東村や荻原井泉水、国文学者の斎藤清衛らとも親交した。12年10月法然寺で得度、雄還と名乗る。13年3月に上宮中学校を卒業し、4月から早稲田大学英文科に入学。雄郎の筆名を用い始める。14年4月徴兵検査を受け合格、奈良歩兵第53連隊に入営し翌年末に伍長となる。16年9月、奈良県高市郡高市《たけち》村（現明日香村）の常竜寺の住職となり、翌月に作家中村古峡の妹中村キミヱ（歌人の生駒あざ美）と結婚。

17年9月、13～17年の作を集めて第1歌集『日没』（白日社）を刊行。同集は静かでもの寂しい境涯を毅然とした万葉調に託した作風で、高い完成度を示した。18年2月、滋賀県蒲生郡桜川村（現東近江市）大字石塔の極楽寺住職に任命され移住、終の棲家とする。9月桜川尋常高等小学校の代用教員となり、24年3月の退職まで作文、図画、野球を熱心に指導。18年10月「詩歌」休刊。19年「耕人」同人。22年から隣村生まれの画家野口謙蔵との親密な交友が始まる。23年から44年まで、年2回郷土通信誌「塔」を作成し配布。同23年3月「日光」創刊同人（～27年12月）。26年2月滋賀県歌人連盟創設に参画。28年3月復刊の「詩歌」に同人参加。翌年白日社近江支社（のち白日社関西支部）を結成指導、多くの県内在住者を入会させて「詩歌」出詠者の約半数が米田門下となるなど、同誌の発展に寄与した。29年11月から「詩歌」の自由律短歌運動に同調して作詠。同年日本歌人協会会員。30年5月には前田夕暮が初めて来訪。同30年9月、第2歌集『朝の挨拶』（白日社）を刊行。この年から「詩歌」新人叢書を編集出版（～39年）。31年前田夕暮の歌碑を極楽寺境内に建設。33年1月「近江の若人」短歌欄選者。35年7月、第3歌集『青天人』（白日社）刊行。39年4月種田山頭火来泊〈あをじ朝なく庫裡、からりと開け放して、山頭火と坐る〉。他にも多くの文学者が来訪している。

41年11月大日本歌人会滋賀県支部が結成され支部長となる。42年から滋賀県歌人会の年刊歌集を編集（～12輯）。43年1月「詩歌」定型短歌に復帰、これに従う。10月文学報国会短歌部会滋賀県支部長。44年5月滋賀県「翼賛歌集」を編集出版。戦後46年9月に滋賀県歌人会を再結成。48年3月「短歌文学」に参加。9月日本歌人クラブ関西1区幹事と滋賀県委員を務める。同年10月には野口謙蔵の遺歌集『凍雪』を出版。50年12月滋賀県出身の辻亮一の芥川賞受賞を機に滋賀文学会が結成され、会長となり文藝コンクール（のち滋賀文学祭）短歌部門の選者となる。51年4月前田夕暮死去、門人総代として弔辞を読む。52年1月自然主義に拠った生活詠重視の「好日」を創刊主宰（～88号）。伊藤雪雄や水清久美、中野照子ら多くの後進を育てた。県内の公民館での歌会も精力的に指導。56年4月第4歌集『忘却』（長谷川書房）を刊行。57年4月、大阪で近畿歌人クラブ結成、代表幹事となる。58年1月から中風を病み、59年3月、同年2度目の脳溢血発作により極楽寺で永眠。京都知恩院に納骨。享年67歳。同年8月「好日」の追悼号には追悼歌のほか追悼録に101人が寄稿。遺歌集『終焉の地』（62年3月、初音書房）も刊行された。

滋賀県で僧侶として暮らした約41年間に米田は、蒲生野にある極楽寺周辺の牧歌的な風光や折々の人事から感興を起こして作った健康的な日常詠を多作した。そこには天衣無縫なまでの作者の心の大らかさ、現世への鋭くも寛いだ視線があり、とりわけ『朝の挨拶』から『忘却』前期に至る自由律時代にはその観が顕著に表れている。前田夕暮の高弟として謙虚かつ一徹に実作にいそしんだが、全体に前田のような才気や色彩感は希薄であった。その自然な感情を流露させた歌風にはみずみずしい詩魂があふれ、朴訥、淡白の風趣がある。戦前戦後を通じ近江歌壇を生み育てて地域文化の隆盛にも努め、さらに「好日」を全国有数の歌誌にした功績は大きい。人を集めてまとめて行く才覚に優れ「和尚《おっ》さん」の呼称でも親しまれた。歌碑は4基。58年11月に延暦寺西塔にない堂〈しづやかに輪廻生死の世なりけりはるくるそらのかすみしてけり〉、60年5月に近江八幡市長命寺〈ゆくところ真実なればみどりなす山あり川ありなつかしきかな〉、65年3月に奈良県結崎小学校（長命寺と同歌）、80年11月極楽寺に〈いくばくのいのちぞとおもふときにしも春のよろこびもちてくらさな〉を建立。歿後37年を経て出版された『米田雄郎全歌集』（同刊行委員会編、93年3月、短歌新聞社）がある。

＊朝の挨拶《あさのあいさつ》　歌集。〔初版〕『朝の挨拶』30年9月、白日社、詩歌叢書第4編。◇17～30年に「詩歌」発表の528首を年代順に収載。序文は前田夕暮。装幀は野口謙蔵。18年近江移住後の生活詠には、次第に当地の明るい風光を投射してそれまでの静かな歌風が向日性を示すにいたる。それらには飄逸味、童心の発露がみられ、妻子へのいたわりや村人との温かな交流を表した歌に佳作が多い。「詩歌」の形式変遷に呼応するように、はじめの文語定型が口語定型へと移行し、さらに30年からは自由律に転じている。なお30年11月「詩歌」の「朝の挨拶」批評号には7名が寄稿。矢嶋歓一は「作者独自の性格と肉親に対する深き情愛と磊落を極めた面目とのトリオ」が「間然する所なき内容を組成」していると評した。〈おはぐろをつけし口をばうちあきて笑ひてはをり近江のをみな〉〈観念の遊びにすぎぬ自分を日向の草にころりと投げる〉

＊青天人《せいてんじん》　歌集。〔初版〕『青天人』35年7月、白日社、詩歌叢書第22編。◇30～35年に「詩歌」発表の自由律短歌401首を年代順に収載。序文は前田夕暮。装幀は野口謙蔵。自己の生活を観照し、そこから生じた生活感情の世界を健康的で簡素なリズムによって披瀝。田園の情景との交感をベースにした対象への真摯かつ無邪気な詠嘆を主調とする。34年の前田夕暮らの来訪、野口謙蔵のアトリエ訪問、野口達との永源寺への遊山を題材にした連作もある。なお35年10月「詩歌」の特集「青天人批判」には種田山頭火など10名が寄稿。斎藤清衛は「澄みきつた、濁りのない明るさ」で「日常的の美」を「真率にしかも美はしく詠みとほした」同集を高く評価した。〈飛びこえた野川におたまじやくしが泳いでゐて、おかしくてたまらぬ〉〈はやくすつぽりことねむつてしまはう。戸に雪おこしの風があたるよ×つて――（×方言）〉

＊忘却《ぼうきゃく》　歌集。〔初版〕『忘却』56年4月、長谷川書房、現代短歌叢書第12編。◇35～55年に「詩歌」「好日」等に発表の1244首収載。戦前から戦中の「古典の構図」「かなしき銃後」と、戦後の「河童と鼬」「真清水の歌」とに分かれる。前半は自由律短歌だが戦時中の子息出陣の作から定型に回帰。虚飾を排した自己客観により日常生活の哀歓を詠み込み、現実への厳しい眼から生まれた清澄闊達の調べには、米田の愛した近江の温かな風土も息づいている。香川進は解説で米田の歌の「美は、埴輪が持つている美」で近代を「超えたところから出発」しているとしながら、この歌集から戦後短歌の喪失した「本来のもの」への郷愁を読み取る。なお56年10月「好日」の

「忘却批評特輯」には22名が寄稿。片山貞美は歌集の透明感に言及し「平静な、甘みも辛みも去った淡然とした精神」に庶民の精神像をみる。〈思ひつめて求めるもの、淡々としてたのしい生きること死ぬこと〉〈伊吹嶺に雪ふるらしき空くもり今年の冬をつぶやきにつつ〉

＊終焉の地《しゅうえんのち》 歌集。〔初版〕『終焉の地』62年3月、初音書房、好日叢書第14編。◇56～59年に「好日」等に発表の604首を年代順に配した遺歌集。「愚に生きて」「夢と愛情」「病む日々を」「はてしなきもの」に分かれる。大半は口述筆記で、59年8月「好日」追悼号で木村緑生が「その歌は平明単調だが終始一貫何のこだわりもなく、伸びやかに豊かに詠みとおされた」「無邪気、素朴、健康な放恣、それでいて純情、あくまでも雄郎の人間味を失わなかった」と書いたように、近江の自然や人々との触れ合い、病気静養中の自己の命を見つめた歌々には、人間米田の晩年の境涯と生活が刻印されている。後記は子息の米田登。〈安土山のあたりに幅もつ夕陽さして枯れ葉はそよぐかすかなる音〉〈はてしなきものと思へばいとしみていくばくもなきいのちいとほし〉

（外村彰）

【り】

龍胆寺雄《りゅうたんじ・ゆう》

1901・4・27～1992・6・3。小説家。千葉県生まれ。慶応義塾大学医学部中退。新興藝術派作家として登場し、多彩な作風を示した。サボテンの研究家でもある。代表作に『放浪時代』（1930年7月、改造社）、『M・子への遺書』（78年1月、日月書店）等。琵琶湖上での午睡の夢に古い三重塔を幻視する随想「塔を見つけた話―湖畔幻想―」（「観光の近江」38年10月）がある。『龍胆寺雄全集』全12巻（84年1月～86年6月、龍胆寺雄全集刊行会）。

（外村彰）

【れ】

連城三紀彦《れんじょう・みきひこ》

1948・1・11～。小説家。愛知県名古屋市生まれ。本名加藤甚吾《じんご》。早稲田大学政経学部卒業。在学中シナリオ研究のためパリに留学。1978年「変調二人羽織」（「幻影城」78年）で第3回幻影城新人賞に入選して作家デビュー。81年「戻り川心中」（「小説現代」80年4月）で第34回日本推理作家協会短編賞を、84年『宵待草夜情』（83年8月、新潮社）で第5回吉川英治文学新人賞を、同年『恋文』（84年5月、新潮社）で第91回直木賞を、96年には『隠れ菊』（96年2月、新潮社）で第9回柴田錬三郎賞をそれぞれ受賞。男女の心理の機微を独特な味わいのある筆致で描いたミステリアスな恋愛小説の第一人者。多才なトリックを作品の構成そのものに仕掛けた作風でも知られる。『飾《かざ》り火《び》』（89年4月、毎日新聞社）には、藤家に女との偶然の出会いをもたらした米原駅や、その女と妻が旅する琵琶湖周辺が描かれる。他に『私という名の変奏曲』（84年8月、双葉社）、『暗色コメディ』（85年6月、新潮社）、『美の神たちの叛乱』（92年5月、朝日新聞社）など、著書多数。

＊飾り火《かざりび》 長編小説。〔初版〕『飾り火上下』89年4月、毎日新聞社。◇〔上〕二月、新幹線の窓に突然舞った雪が、藤家芳行を偶然停車した米原駅で北陸本線に乗り替えさせ、その女に引き合わせた。車中で知り合った女佳沢妙子は、夫に逃げられたまま新婚旅行中の花嫁だった。平凡な家

庭と多忙な仕事に縛られていた藤家は、誘惑に負けて女と一夜をともにする。四月に組み紐教室で知り合い、親しくつき合う藤家の妻美冴と妙子。一方、美冴は夫の挙動に不審を抱くと共に、息子や娘の変貌にうろたえる。静かに破壊されてゆく家庭の幸福。美冴は見えざる敵に怯え、その正体を必死に探るのだが。東京、金沢、そして妙子の男友達と三人で出かけた琵琶湖を舞台にストーリーは展開する。［下］あの女しかいない、敵の正体を摑んだ美冴。幸い、自分が気づいたことは向こうには悟られていない。それを利用するのだ。自分が奪われた家庭のすべてをあの女の手から奪い返そうと決意する。妻でも母でもなく、ひとりの女としての強さに目覚めた美冴は、頼るべき何者も持たぬまま たったひとりで知略を尽くした壮絶な復讐に立ち上がる。舞台やテレビドラマにもなった愛憎の絡み合う長編。（二木晴美）

【わ】

若城希伊子 わかしろ・きいこ
1927・4・4〜1998・12・22。作家、脚本家。東京都渋谷区に生まれる。日本大学、慶応義塾大学卒業。慶応義塾大学文学部では国文科を専攻し、折口信夫に師事する。ラジオドラマの脚本を手掛け、1971年「青磁の色は空の色」で、藝術祭優秀賞を受賞した。その後、NHKラジオ「日曜名作座」で、樋口一葉の「大つごもり」（72年12月放送）、「にごりえ」（73年3月放送）等の脚本を執筆。小説『ガラシャにつづく人々』（78年5月、女子パウロ会）が、第79回（78年上半期）直木賞候補となり、小説家としての認知を得る。自らのカトリック信仰の体験にもとづいて執筆した小説『小さな島の明治維新―ドミンゴ松次郎の旅』（新潮社）で、82年第2回新田次郎賞を受ける。この作品は、長崎五島列島における幕末から明治初期にかけての、幕府および明治政府のカトリック信者への弾圧を素材としている。キリシタンものとして他に『政宗の娘』（87年6月、新潮社）がある。また『源氏物語』に関して、『光源氏の舞台』（92年4月、朝日新聞社）等、著書多数。若城自身は東京生まれであるが、両親が滋賀県の出身。両親の故郷の滋賀県に全国に先駆けて誕生した、知的障害をもつ子どもたちと障害をもたない子どもたちとを共に教育する近江学園（大津市）を取材した『ともに生きる』（78年5月、日本基督教団出版局）は、若城の生きる姿勢や考え方を最もよく著した感動的な書物である。（西尾宣明）

若林乙吉 わかばやし・おときち
1872・5・6〜歿年月日未詳。俳人。犬上郡河瀬村（現彦根市）犬方に生まれる。若林産業社長。俳句は中塚一碧楼に師事。「新俳句」「自由律」同人。句集に『みづうみ』がある。〈稲を刈り稲の穂の軽し畦に立ちて妻と〉〈冬の街に我影を踏む頭髪短く刈り〉〈若き僧のこともなげに玄関に立ちて秋彼岸〉（浦西和彦）

若林建秋 わかばやし・けんしゅう
1925・1・8〜。俳人。滋賀県生まれ。蒲生郡日野町音羽在住。本名憲秀《けんしゅう》。1948年「雪解」入会、皆吉爽雨、井沢正江に師事。54年「雪解」同人。句集『麦笛吹きて故郷に』（95年10月、私家版）。〈打つ板に生死の二文字年惜しむ〉（山本洋）

若山牧水 わかやま・ぼくすい
1885・8・24〜1928・9・17。歌

人。宮崎県東臼杵郡（現日向市）生まれ。本名繁。１９０８年早稲田大学英文学科卒業。10年創刊の「創作」を編集発行。20年静岡県沼津に転住。浪漫的心情と自然への親和を流麗に歌う『別離』（10年4月、東雲堂書店）で認められ、のち歌風は自然主義的傾向をみせた。「中央新聞」記者時代の09年8月、地震の取材で米原、虎姫付近の様子を「震後の江山（二）」（09年8月20日）に記す。18年5月中旬、坂本から比叡山頂に登り、西塔の本覚院に約7日滞在。紀行文集『比叡と熊野』（19年9月、春陽堂）収載の「比叡山」「山寺」にはその折の自然描写や「寺男の爺さん」との交流を記述。旅中身辺詠を集めた第13歌集『くろ土』（21年3月、新潮社）には〈をちこちに啼《な》き移りゆく筒鳥《つつどり》のさびしき声は谷にまよへり〉等、比叡山での作が27首収録。２０００年比叡山西塔に歌碑〈比叡《ひえ》山《やま》の古《ふ》りぬる寺の木がくれの庭の筧を聞きつつ眠る〉建立。『若山牧水全集』全14巻（１９９２年10月～93年12月、増進会出版社）がある。　（外村彰）

和久峻三　わく・しゅんぞう

１９３０・７・10～。小説家、弁護士。大阪市生まれ。本名滝井峻三。別名和久一、夏目大介。京都大学法学部卒業。「中日新聞」の記者を経て、１９６７年に司法試験に合格、京都で弁護士事務所を開業する。一方、60年に本名で別冊「宝石」に「紅い月」を発表、72年『仮面法廷』（講談社）で第18回江戸川乱歩賞を受賞した。89年には前年に発表した『雨月荘殺人事件』（中央公論社）で第42回日本推理作家協会賞を受賞。弁護士という職業を生かした法廷推理小説の第一人者である。代表作に赤かぶ検事シリーズや京都殺人案内があり、テレビドラマ化されている作品も多い。作品の主人公となる検事や弁護士、刑事に人間的な魅力を与えていることに特徴がある。ＳＦ小説のいくつかは、当初夏目大介名義で発表している。他に「法廷考現学」等、法律エッセイも多数ある。また、ノンフィクション作品として73年に発覚した事件を書いた「裁かれた銀行―滋賀銀行九億円横領事件」がある。　（野口裕子）

鷲谷七菜子　わしたに・ななこ

１９２３・１・７～。俳人。大阪市生まれ。本名ナナ子。府立夕陽丘高等女学校卒業。１９４２年「馬酔木」参加。また山口草堂に師事し、46年「南風」入会、84年同誌を主宰。句風は抒情性から写実、さらに幽玄美の表出へと変遷。60年代頃から湖北に惹かれ始め、第2句集の『銃身』（69年7月、牧羊社）には「湖北荒星」16句、「湖北尾上」14句、「余呉」14句、「湖北断唱」連作を収録〈余呉／みだれ立つ湖のくらさへ雪疾し〉。「比叡山」11句所収の『花寂び』（77年6月、牧羊社）や『游影』（83年9月、牧羊社）、『天鼓《てんく》』（91年9月、角川書店）、『一盞《いっさん》』（98年4月、花神社）にも近江での佳句を収録。随筆集『咲く花散る花―京洛・近江へのいざない―』（76年3月、牧羊社）には近江関連の5章があり「尾上の残照」では琵琶湖を自らの「魂の故郷」としている。その改訂版『古都残照』（87年10月、牧羊社）、随想集『遥映』（２００２年3月、牧羊新社）にも近江をめぐる章が併収されている。１９９４年比叡山延暦寺霊園に句碑〈天空も水もまぼろし残り鴨〉を建立。　（外村彰）

渡辺朝次　わたなべ・あさじ

１９０９・12・2～１９９０・６・28。歌人。山梨県西八代郡岩間村（現市川三郷町）生まれ。本名の読みは「ともつぐ」。少年時代から新聞、少年雑誌などに短歌、冠句、作文、童謡、俳句、川柳、小説などを投稿。「赤い鳥」に北原白秋の選で童謡が入賞したこともある。1932年ごろ大阪府大阪市淀川区に移住。45年より滋賀県野洲郡河西村（現守山市）播磨田に転居。戦前から69年定年まで大阪市内の各小学校教員。37年短歌結社「覇王樹」に参加、白倉三郎に師事し、また5代目主宰松井如流を支えた。戦後、滋賀県歌人協会発足の発起人のひとりとなり、のち幹事。「関西覇王樹」発行人、日本歌人クラブ近畿ブロック委員、滋賀文学会理事（短歌部門選者）等をつとめた。歌集に『地下茎』（57年3月、覇王樹社、660首所収）、『雪比良』（64年、初音書房、516首所収）、『忍冬《にんどう》』（70年10月、初音書房、574首所収）、『無患樹《むくろじ》』（78年2月、初音書房、558首所収）、『樹下石上《じゅげせきじょう》』（83年6月、関西覇王樹社、563首所収）、『北斗北窓』（86年12月、関西覇王樹社、396首所収）、『自啄《じたく》』（88年11月、短歌新聞社、447首所収）がある。滋賀県のみならず近畿短歌界の重鎮であった。〈柿食えば正岡子規かと笑いつつ柿をばいただく渡岸寺へのみち〉〈正信偈《しょうしんげ》意訳書読みて仰ぎ見る近江の冬の淡き夕映え〉（山本洋）

渡辺一雄 わたなべ・かずお

1928・7・3〜。小説家。京都市生まれ。本名小川一雄。1952年大阪商科大学（現大阪市立大学）卒業後、大丸百貨店に入社。74年「小説宝石」に「おへこ」を発表。76年にはデパートの内幕を描いた「野望の椅子」により日本作家クラブ賞受賞。2年後「出社に及ばず」発表後、降格人事を体験し81年退社。その後も実体験に基づいた企業小説や時代、推理小説を精力的に執筆。滋賀を舞台とする小説には、叔父豊臣秀吉の養子になり、近江八幡の開祖ともなったが、石田三成の奸智から謀反の嫌疑をかけられて死んだ、悲劇の関白豊臣秀次の生を叙した『封印された名君　豊臣秀次』（99年6月、広済堂出版）、メンソレータムで知られた近江兄弟社（本社、近江八幡市）の倒産、その後の岩原侑社長達の会社整理と自主再建を描く『再建社長』（99年11月、広済堂出版）等がある。（外村彰）

渡辺霞亭 わたなべ・かてい

1864（元治1）・11・20〜1926・4・7。小説家。尾張国名古屋主税町（現名古屋市東区）生まれ。本名勝。別号碧瑠璃園、緑園、黒法師、春帆楼、哉乎翁、朝霞翁など。父源吾は尾州藩士族。名古屋の好生館在学中から新聞投書の常連となり、1882年岐阜日日新聞社に入り、文藝欄の主任として筆を揮う。「金城新報」編集長を経て、1887年上京。「めさまし新聞」雑報記者となり、右田寅彦と親交を深めたことが後の作家活動に大きな影響をもたらした。1890年、社長の村山龍平に認められて大阪朝日新聞社に入社。歿年まで関西文壇の重鎮として、歴史もの、現代もの共に多くの作品を発表。名家のお家騒動を軸とした家庭小説「渦巻」は、題名にちなむ渦巻模様が大流行するほど人気を博した。大作「井伊大老」を「大阪朝日新聞」に連載中、心臓発作のため急逝。長く近世文学、演劇関係の書籍蒐集につとめ、蔵書家としても有名で、蔵書の大半は現在東京大学総合図書館に「霞亭文庫」として一括収蔵されている。

＊渦巻 うずまき　長編小説。〔初出〕「大阪朝日新聞」1913年7月26日〜14年2月15日。〔初版〕『渦巻』上巻13年10月、中巻11月、下巻12月、続巻14年2月、隆文館。◇京都の東大路昌重は公卿華族東大路家の分

家で、一代に百万の富を作ったが、子供は数江だけであった。数江は滋賀県大津の旧家桜間家の三男高昌を婿に迎えるが、その1年後に昌重夫妻は相次いで死去。高昌はすぐさま放蕩を始め、祇園の藝妓政子を落籍して別宅に囲った。まもなく数江は喜美子を産むが、高昌は同じ頃政子が産んだ弘を自分の嫡男とし、数江を東大路家から追い出す。東大路家に入り込んだ政子は妹早苗子とその夫金杉哲夫と共謀して東大路家のっとりを謀る。高昌や金杉の横暴から数江と喜美子は生き別れとなり何年もの間運命の辛苦を舐めるが、数江の従兄東大路真造の尽力によって、弘が実は早苗子の子供で、政子が産んだ光子との交換児であった事実をつきとめ、高昌をも改心させてこれまでの紛糾は解決する。女主人公が様々な困難を乗り越え、その高潔さが人々の心情を動かすという家庭小説の基本的な構想に加え、東大路家の家督相続に関するトラブルが現代版のお家騒動として念入りに描かれる。

＊井伊大老《いいたいろう》　長編小説。〔初出〕「大阪朝日新聞」「井伊大老」24年11月17日～25年1月6日、「井伊大老後編」26年2月2日～4月19日。未完。◇井伊家が極めて勤王の志深い血統であることを述べた「血統」の章に始まり、大老職に就き開国と攘夷の間で苦悩する境涯までが描かれる。霞亭は、彦根城内槻御殿で生まれた大老が本居派の学問を修め、仏道の信仰にも篤い心優しい人物であり、「もし彼の大局に出遭はないで、太平無事の世に一生を終ることができたら、大老は情の人として、また温雅な政治家として、別の方面にさま〳〵な功績を残したらう」と記す。こうした大老の人柄は作中一貫したものであり、開国をめぐっての違勅調印の問題に際しての対処についても大老を肯定的に評価し、彼がすぐれた政治家であったことを主張する。長野主膳、仙英禅師、中川録郎、宇津木六之丞ら大老の周囲の傑出した人物にも言及し、感受性に富み民心の掌握にも長けていた大老の人格的な魅力を、史料に基づく正確な叙述を基調として、時には伝記を逸脱した史論風の叙述も差し挟みながら、1編の小説に仕上げようとした意欲作である。（杲由美）

渡辺茂子　わたなべ・しげこ

1935・1・1～。歌人。徳島県板野郡大山村（現上板町《かみいたちょう》）生まれ。旧姓川田、本名賀子《しげこ》。1959年大阪学芸大学（現大阪教育大学）卒業。大阪市内の小学校に勤務、64年「覇王樹」に参加、71年同人となる。70年「関西覇王樹」創立、同人。72年渡辺千歳と結婚、義父は歌人渡辺朝次。95年小学校教員を定年退職。現在、「関西覇王樹」編集発行人、日本歌人クラブ会員、現代歌人集会会員、滋賀文学会理事（短歌部門選者）、滋賀県歌人協会代表幹事、全国誌「覇王樹」批評欄担当、覇王樹賞選者。98年日本歌人クラブ近畿ブロック優良歌集賞受賞。歌集に『未完の譜』（97年11月、短歌新聞社、502首所収）がある。〈山深く昼なほともす金勝寺《こんぜじ》の猛きみ仏瞳を去らず〉〈ハーブティーの香り甘かり雪舞へる愛東町の小さき茶房〉（山本洋）

渡辺淳一　わたなべ・じゅんいち

1933・10・24～。小説家、医学博士。北海道上砂川町生まれ。札幌医科大学卒業後、同大学の整形外科講師となり、医療のかたわら小説を執筆。1970年の「光と影」（「別冊文藝春秋」70年3月）による第63回直木賞受賞をはじめ、受賞歴多数。作品は、初期の医療を扱ったものから、歴史、伝記的小説、不倫や心中といったテーマを描いた恋愛小説と多岐にわたるが、医学的な人間認識がその底流にある。97年に発表された『失楽園』（講談社）は、映画、及びテレビドラマ化され、また、流行語にもなった。『渡辺淳一全集』全24巻（95年、角川書店）がある。2003年、紫綬褒章受章。紀行文集『みずうみ紀行』（1985年10月、光文社、のち『湖畔幻想』と改題、96年8月、角川書店）には「湖北（琵琶湖）」という1章があり、学生時代に初めて訪れて以来の琵琶湖の印象が「古え人」の旅情に重ね合わせられている。とりわけ、それは湖北の「風情」へと向かっており、「湖北を見ていると、人々の営みのいかに小さく、時の流れのいかに無限かを改めて知らされる」と結ばれている。（日高佳紀）

渡辺大地　わたなべ・だいち
1928・8・23〜。俳人。東京都生まれ。彦根市尾末町在住。本名太一。「ホトトギス」「田鶴」所属。〈冬帝の統《す》べし大琵琶波立つ日〉（山本洋）

渡辺千歳　わたなべ・ちとせ
1937・3・27〜。歌人。大阪市淀川区生まれ。1945年滋賀県野洲郡守山町（現守山市）に転居。57年より草津市野村在住。歌人渡辺朝次の長男。55年県立大津東（現膳所）高等学校卒業。60年滋賀大学経済短期大学部卒業、建設会社勤務。52年短歌結社「覇王樹」に参加、68年より同人。90年「関西覇王樹」に参加、編集委員となる。現在、滋賀県歌人協会事務局長、大阪歌人クラブ理事、日本歌人クラブ会員。歌集『三角錐』（2002年3月、短歌新聞社、629首所収）。〈古地名の鯖街道あり塩の名も残る街道若楢しげる〉〈鈴鹿嶺に高さを競う送電塔化石採取の川原に仰ぐ〉〈西大津　堅田　今津と我が敷きしバラスも錆びて舗道に馴染む〉（山本洋）

渡辺守順　わたなべ・もりみち
1925・12・5〜。僧侶、仏教文学者、郷土史家。彦根市生まれ。本名守順《しゅじゅん》。1947年大正大学文学部国文学科卒業後、県立東大津高等学校教諭のほか、叡山学院教授（現名誉教授）、四天王寺国際仏教大学教授を歴任。八日市市（現東近江市八日市）清水の薬師寺（天台宗）住職。八日市、能登川、多賀、永源寺の町史編纂や仏教、文学、歴史、教育の分野で幅広く精力的に執筆活動を展開。47年から窪田章一郎主宰の歌誌「まひる野」に約20年間同人参加。54〜56年、今井誉次郎、壺井栄ほか編『かんしんな子　えらい人』『えらい人のこどものころ』『こどもの力』（鶴書房）に、滋賀県での実話をもとにした小学生向けの生活童話を執筆。62年高等学校作文教育により実践国語賞受賞。郷土と文学に関わる著述では、比叡山を舞台とする古今の作品を解説した『文学散歩　比叡山』（63年5月、白川書院）や、64年から81年にかけて「ふるさと近江」に連載した「近江文学地理」（のち「近江文藝風土記」）、近江の歴史と地域の特性を史跡と文学で裏付ける『近江路・琵琶湖』（77年7月、白川書院）などがあり、69年9月「週刊読書人」連載の「文壇県別帖　滋賀県の巻」のほか、文学散歩的記事も多数。島崎藤村と滋賀の縁故も解明するなど、この領域の調査研究のパイオニア的役割を果たしてきた。

　著作は他に『カラー近江路若狭路』（70年4月、山と渓谷社）、『西国三十三所巡礼』（76年5月、白川書院）、『伝教大師最澄のこころと生涯』（77年11月、雄山閣出版）、『万葉集の時代』（78年12月、教育社）、『近江商人』（80年8月、教育社）、『京極道誉—バサラ大名の生涯』（89年5月、新人物往来社）、『説話文学の叡山仏教』（96年7

月、和泉書院）、『比叡山延暦寺 世界文化遺産』（98年12月、吉川弘文館）等。共著に『滋賀県の歴史』（72年6月、山川出版社）や、代文学にも詳しい『近江の文学碑を歩く』（85年3月、国書刊行会）、「比叡山」を執筆した『岩波講座 日本文学と仏教第7巻』（95年1月、岩波書店）、編著に『近江の伝説』（74年9月、第一法規）、主要文学者に言及する『郷土歴史人物事典滋賀』（79年7月、第一法規）などがある。86年には第3回ブルーレイク賞を受賞。長年にわたりさまざまな面で郷土滋賀の文化振興に尽くした功績は計りしれない。

（外村彰）

渡忠秋《わたり・ただあき》

1811（文化8）・2・10〜1881・6・5。歌人。高島郡本庄村（現高島市安曇川町）大字南舟木生まれ。本姓は鳥居、通称新太郎。渡は亙とも書く。号は楊園、桂蔭。はじめ青柳生まれの国学者中江千別に学び、のち和歌の道を志し、京都に出て香川景樹（桂園）の門に入る。家督を弟に譲って京都に住み、右大臣三条実万に仕える。景樹歿後、京都歌壇で同門の八田知紀、熊谷直好らと共に景樹の高弟と称され桂園派を守った。1868年紀貫之の遺跡を調査し、比叡山裳立山に碑を建てて紀貫之の墓とした。1874年に宮内省歌道御用掛となったが、1876年病気のために辞職して、東京から京都に戻り岡崎に住む。その後、祇王寺の近くに移り71歳で歿。1912年4月高島郡教育会と忠秋を追慕する桂蔭会の共同で、郷里の南舟木の西光寺に歌碑が建てられた。歌は、嵯峨祇王寺の新田義貞塚の近くに忠秋が生前に建てた歌碑と同じく〈後の世もまたゆめならば花に飛ぶ嵯峨野の蝶と我はなりなん〉、先祖の忠景が仕えた新田義貞を追慕した歌である。歌集『桂蔭』（1864年）、『読史有感集』（1873年、若林喜助）の他に、『古今集』の集注である『先入抄』（1881年、細辻昌雄）などの著作がある。

＊桂蔭《かつらのかげ》 歌集。〔初版〕上巻は『加都良能可計』、下巻は『かつらのかげ』。1864（元治1）年、忠秋の歌を門人の須川信行、尾崎宍夫、遠藤千詠らが編集し、楊園社友に頒布した。◇木版和綴じ草紙本。上巻は春夏秋冬の部立《ぶたて》で270首、下巻は恋、雑歌の146首を収録。上巻の表紙裏には「渡忠秋先生集楊園社蔵」とある。下巻の巻末には「元治元年甲子三年三月 松浦道輔羽人述」という署名の「楊園記」が付いている。「桂蔭」とは、師の香川桂園の蔭の意。景樹は賀茂真淵の『万葉集』尊重と古代精神復活の主張を批判し、『古今集』を尊重しながらも、あるがままの純粋感情の現れを重んじて、古語よりも平易な近代語で詠むのが自然であると主張した。忠秋の故郷及び湖西を詠んだ次のような歌も、このような桂園派を踏襲したものである。〈いくたびか生ひ変りけむ近江なるわがふるさとの安曇河柳〉〈をとめらの手まりつく〳〵数ふればふるさと人は老いにけるかな〉〈思ひ出づることのみ多きふるさとに帰りてもすむ月のかげかな〉〈たらちねのちとせをいのるふる里のまがきに咲ける白菊のはな〉〈比良の山しぐれは秋のものにして雪こそ冬のはじめなりけれ〉〈雪ふれば都のものとなりにけりわがふるさとの比良の遠山〉〈ささなみの比良の山風吹きかはり寒しと思へば雁は来にけり〉〈比枝の山音羽の滝をきてみれば月の影こそ雲母なりけり〉

（北川秋雄）

わ

滋賀近代文学事典

和泉事典シリーズ 23

二〇〇八年一一月二〇日 初版第一刷発行
二〇一四年 四月二〇日 初版第二刷発行

編 者 日本近代文学会関西支部
滋賀近代文学事典編集委員会

発行者 廣 橋 研 三

発行所 和 泉 書 院

〒543-0037 大阪市天王寺区上之宮町七―六
電話 〇六-六七七一-一四六七
振替 〇〇九七〇-八-一五〇四三

印刷 亜細亜印刷／製本 渋谷文泉閣

装訂 倉本 修／定価はカバーに表示

ISBN978-4-7576-0492-6 C1590

枝項目（作品名）索引

あ行

か行

さ行

た行

な行

は行

ま行

や行

ら行

わ行

滋賀県出身文学者名簿

あ

饗庭孝男〔文芸評論家、フランス文学者〕1930～……3
青木鶴之丞〔俳人〕1929～……5
明石順三〔宗教家〕1889～1965……7,263
浅野晃〔評論家、詩人〕1901～1988……9
芦原英了〔舞踊評論家、音楽評論家〕1907～1981……10
飛鳥井明実〔郷土史家〕1932～……10
我孫子元治〔詩人〕1916～1994……12
安部良典〔小説家〕1942～……13

い

飯住泉花〔歌人〕1908～1997……17
飯田棹水〔歌人〕1907～……18
飯村天祐〔歌人〕1911～1945……20
井口秀二〔俳人〕1926～……21
池内昭一〔小説家〕1921～……21
池田浩士〔ドイツ文学者〕1940～……21
伊香蒼水〔俳人〕1921～……24
石内秀典〔詩人〕1940～……25
石川多歌司〔俳人〕1937～……27
石川治子〔俳人〕1941～……27
一円黒石〔俳人〕1926～1985……30
伊藤疇坪〔俳人〕1886～1973……32
伊藤雪雄〔歌人〕1915～1999……33,50,70,396
乾憲雄〔僧侶、芭蕉研究家〕1924～……36
犬飼志げの〔歌人〕1926～1977……37
猪野健治〔詩人、評論家〕1933～……47,74
井上謹三〔川柳作家〕1924～……39
井上敬之助〔政治家、新聞人〕1865～1927……39
井上多喜三郎〔詩人〕1902～1966……11,15,39,75,81,136,174,199,324
井上立士〔小説家〕1912～1943……45
伊吹知佐子〔小説家、随筆家、歌人〕1934～2006……48
今井聴雨〔歌人〕1895～歿年月日未詳……48
今村雅峰〔俳人〕1924～……50
今森光彦〔写真家〕1954～……51
岩佐栄次郎〔歌人〕1930～……51
岩崎武〔歌人〕1917～1988……51

う

植西忠信〔随筆家、医師、労働衛生コンサルタント〕1911～1996……59
上野兎来〔俳人〕1897～1966……60
宇田良子〔詩人〕1928～……60
宇野健一〔作家〕1930～1993……62
宇野茂樹〔宗教彫刻研究者〕1921～……62
宇野犂子〔俳人、随筆家、政治家〕1922～1998……62
梅原黄鶴子〔俳人、版画家〕1901～1977……33,64,312,325
梅原玄二郎〔俳人〕1915～1947……65
梅原与惣次（黄鶴子）……248
梅本浩志〔ジャーナリスト〕1936～……65

え

江馬天江〔医師、漢詩人〕1825～1901……66

お

小江慶雄〔考古学者〕1911～1988……68
大久保湖州〔史伝、史論家〕1865～1900……69,126
太田活太郎〔詩人、歌人〕1913～1987……70
太田静子〔日記の筆者〕1913～1982……71,73

大谷仁兵衛〔出版人〕1865～1956…………**71**
大西作平〔詩人、文化活動家〕1927～1969……………**74**
大西幸〔歌人〕1936～……………**74**
大西礼子〔自分史作家〕1930～……………**74**
大野せいあ〔俳人〕1930～……………**77**
大橋桜坡子〔俳人〕1895～1971……**78**,79,80
大橋宵火〔俳人〕1908～2002……………**79**
大堀鶴侶〔俳人〕1918～……………**80**
陸木静〔詩人〕1915～2004……………**81**
岡星明〔俳人〕1912～2000……………**81**
岡橙里（稲里）〔歌人〕1879～1916…………**82**
岡崎進一朗〔俳人〕1923～……………**81**
岡田魯人〔俳人〕1840～1905……………**82**
岡本黄石〔漢詩人〕1811～1898………54,**86**
奥津彦重〔ドイツ文学者〕1895～1988……**88**
奥野元也〔俳人〕1915～1984……………**88**
奥野椰子夫〔作詞家、俳人〕1902～1981…**88**
奥村粂三〔郷土史家、俳人〕1910～1995…**89**
小倉遊亀〔日本画家〕1895～2000…………**90**
尾崎与里子〔詩人〕1946～……………**91**
小野湖山〔漢詩人〕1819～1910………**95**,238
小野秀雄〔新聞学者〕1885～1976…………**95**
小原弘稔〔演出家〕1934～1994……………**96**

か

開田華羽〔俳人、医師〕1898～1976………**97**
柿本多映〔俳人〕1928～……………**99**
景山春樹〔美術史研究家〕1916～1985……**99**
片岡慶有〔俳人、医師〕1898～1985……**100**,236
片岡甚太郎〔英文学者〕1898～1992………**100**
片岡融悟〔教育者〕1931～……………**100**
片山久太郎〔歌人〕1895～1971………49,**100**
桂田金造〔教育者〕1884～1924……………**101**
桂田石鹿〔俳人〕1913～……………**101**
神代創〔ＳＦ作家〕1965～……………**103**
川瀬美子〔小説家〕1911～1987……………**106**
川那辺貞太郎〔新聞記者〕1867～1907……**106**
川淵依子〔小説家、随筆家〕1923～………**107**
河村純一〔歌人〕1911～1987…………28,**108**
川村光蔵〔俳人〕1901～歿年月日未詳……**109**
神崎崇〔詩人〕1940……………**109**

き

岸竹堂〔日本画家〕1826～1897……………**112**
北垣吾楽〔俳人〕1904～1988……………**112**
北川絢一朗〔川柳作家〕1916～1999………**113**
北川舜治〔地誌学者〕1841～1902…………**113**
北川冬彦〔詩人、映画評論家、翻訳家〕1900～1990……………9,17,**114**,136,375
北岸佑一〔演劇評論家〕1903～1976………**115**
北田関汀〔俳人〕1908～歿年月日未詳……**116**
北村想〔劇作家、演出家、小説家〕1952～…**116**
木下碧露〔俳人〕1894～1987……………**118**
木下正実〔小説家〕1950～……………**118**,301
木俣修〔歌人、国文学者〕1906～1983……**120**
木村橘邨〔俳人〕1897～歿年月日未詳……**123**
木村茂子〔歌人〕1917～……………**123**
木村長月〔俳人〕1918～歿年月日未詳……**123**
木村至宏〔歴史研究者〕1935～……………**123**
木村緑生〔新聞記者、文筆業〕1896～1964……………**124**

く

草野鳴嵒〔俳人〕1906～1973………**125**,311,348
国松俊英〔児童文学者〕1940～……………**126**
久保田暁一〔小説家、評論家〕1929～……**128**
久保宗雄〔ＳＦ作家〕1954～……………**129**
久米幸叢〔俳人〕1898～歿年月日未詳……………**129**,150,256,278,311,312
黒川赳夫〔俳人〕1917～1982……………**131**
黒田麴廬〔語学者、翻訳家〕1827～1892……………**131**,208
黒田湖山〔小説家〕1878～1926………**131**,264
黒田重太郎〔画家、随筆家〕1887～1970…**132**

こ

甲賀三郎〔小説家〕1893〜1945 ………33,133
幸田真音〔小説家〕1951〜……………………138
古我菊治〔編集者、随筆家〕1905〜1993 … 138
小梶忠雄〔川柳作家〕1944〜…………………138
小西久二郎〔歌人〕1929〜…………34,52,140
小林英三郎〔俳人、社会運動家〕1910〜1996 ……………………………………………140
小林英俊〔詩人〕1906〜1959………40,140,174
小林橘川〔新聞人、僧侶、政治家〕1882〜1961 ……………………………………………141
小林拳章〔俳人〕1925〜1992…………………142
小林七歩〔俳人〕1896〜1978 ………… 142,150
小林博〔地理学者、郷土史家〕1920〜2006 … ……………………………………………142
駒井正一〔近江商人研究家〕1950〜………143
駒井でる太〔俳人〕1928〜……………………143

さ

彩月庵千津〔俳人〕1916〜……………………144
西条皎〔詩人、俳人〕1904〜1972 ………… 144
堺井浮堂〔俳人〕1920〜……………147,234,235
坂上禎孝〔歌人〕1937〜………………………149
佐後淳一郎〔歌人、俳人、僧侶〕1906〜1948… ……………………………………………151
沢薫〔俳人〕1933〜……………………………156
沢島忠〔映画監督、脚本家、演出家〕1926〜… ……………………………………………156
沢田正二郎〔俳優〕1892〜1929………………157
沢村胡夷〔詩人、美術史家〕1884〜1930 … 158

し

志賀廼家淡海〔喜劇俳優〕1883〜1956……… ……………………………………… 159,280
篠原ゆう〔詩人〕1957〜………………………160
渋谷牀山〔漢学者、洋学者〕1847〜1908 … 162
島津清〔映画プロデューサー〕1922〜……165
清水安三〔教育者〕1891〜1988………………166
志村ふくみ〔染織家、随筆家〕1924〜 …… 166
下郷山兵〔小説家、伝記作者〕1920〜1998 … ……………………………………………167
志連政三〔歌人〕1914〜………………………171

す

末松修〔歴史学者〕1911〜1988………………172
須川信行〔医師、国学者、歌人〕1839〜1919… ……………………………………………172
杉浦重剛〔教育者〕1855〜1924……………… ……………………………55〜56,106,173
杉江秋典〔放送作家〕1947〜…………………173
杉本哲郎〔宗教画家〕1899〜1985……………176
椙本延夫〔小説家、脚本家〕1930〜1983 … 176
鈴木十良三(寅蔵)……………………………81
鈴木寅蔵〔詩人〕1912〜2000………31,178,184
鈴木靖将〔日本画家〕1944〜…………………179
住谷美代子〔俳人〕1946〜……………………179
住谷友志〔俳人〕1941〜………………………179

せ

瀬川欣一〔俳人、小説家、郷土史家〕1928〜 2004…………………………………………179
瀬川芹子〔俳人〕1928〜………………………181
関戸靖子〔俳人〕1931〜………………………181
関谷喜与嗣〔詩人〕1921〜……………………181
ぜんとう・ひろよ〔シナリオライター〕 1959〜…………………………………………182

そ

園頼三〔詩人、美術批評家、随想家〕1891〜 1973…………………………………………183

た

田井中弘〔詩人、林業家〕1925〜2003……… ……………………………… 31,179,183,345
高田市太郎〔新聞記者、評論家〕1898〜1988

……………………………………………186
高田義一郎〔評論家、法医学者〕1886～歿年月日未詳……………………………………186
高橋勉〔評論家〕1932～……………………190
高橋正孝〔歌人〕1910～1979………………190
竹内将人〔俳人、郷土史家〕1906～1997…………………………………………34,192,236
竹内満寿枝〔俳人〕1923～…………………193
武田豊〔詩人〕1909～1988………………………………… 15,40,47,74,75,174,194,324
武邑尚邦〔宗教家、仏教学者〕1914～ …… 195
田中湖水〔俳人〕生歿年月日未詳…………198
田中芹坡〔漢詩文家〕1815～1882…………199
田中智応〔俳人〕1908～歿年月日未詳……199
田中政三〔郷土史家〕1910～歿年月日未詳……………………………………………199
谷井直方〔陶藝家、歌人〕1805～1891 …… 200
谷川文子〔詩人〕1920～……………………201
谷田芳朗〔俳人〕1900～1971………………202
種村直樹〔レールウェイライター、小説家〕1936～……………………………………202
田畑三千女〔俳人〕1895～1958……………203
田原総一朗〔ジャーナリスト、ノンフィクション作家〕1934～ ……………………… 203
団鬼六〔小説家〕1931～……………………206
丹後浪月〔俳人〕1941～……………………206

ち

近角常観〔宗教家〕1870～1941……………207
近松文三郎〔商人、郷土史家〕1868～1942 ……………………………………………208
千早耿一郎〔詩人〕1922～…………………208
沈流軒嗽石〔俳人〕1819～1884……………208

つ

塚本邦雄〔歌人、小説家〕1922～2005 …… 209
辻美智子〔詩人〕1962～……………………213
辻亮一〔小説家〕1914～ ……… 33,167,213,396
津島喜一〔歌人、郷土史家〕1916～1990 … 213
土守蜻蛉〔川柳作家〕1893～1973…………214
津吉平治〔小説家、俳人〕1918～2007………………………………………74,216,310

て

出目昌伸〔映画監督〕1932～………………216
寺沢夢宵〔俳人〕1911～……………………217
寺田みのる〔画家〕1946～…………………218
寺田良之助〔川柳作家〕1895～1973………219

と

外村吉之介〔民藝家〕1898～1993…………225
外村繁〔小説家〕1902～1961…………………………… 35,36,115,213,226,243,305,317
外村茂(繁)……………………………………35
外村文象〔詩人〕1934～……………………231
富永貢〔歌人〕1903～1995…………………232

な

中井幹太郎(俳号余花朗)……………………233
中井善作〔俳人〕1929～……………………233
中井冨佐女〔俳人〕1915～1989 ……… 148,233
中井余花朗〔俳人〕1906～1987……………………………………147,148,150,207,234
中神天弓〔郷土史家〕1884～1969…………236
中神良太〔医師、郷土史家〕1917～1993 … 236
中川いさを〔俳人〕1929～2006 ……… 237,321
中川いつじ〔詩人〕1924～…………………238
中川泉三〔郷土史家、漢詩人〕1869～1939 ……………………………………………238
中沢不二雄〔野球選手、同解説者〕1892～1965…………………………………………239
中沢凡骨〔小説家〕1898～歿年月日未詳…239
中島黒洲〔俳人〕1877～1975………………240
中島麦堂〔俳人〕1915～1988………………242
中嶋百合子〔川柳作家〕1935～……………242
永田和宏〔歌人〕1947～……………106,242,243

永田紅〔歌人〕1970～……243
長門加余子〔歌人〕1915～2001……244
中西源吾〔小説家〕1918～2000……244
中西冬紅〔俳人〕1922～1988……245
中西恭子〔歌人〕1919～……246
中野照子〔歌人〕1927～……247,396
中野美智子〔川柳作家〕1927～……248
永原楽浪〔小説家、俳人〕1931～2007……248
中村鋭一〔随筆家、アナウンサー〕1930～……249
中村達夫〔郷土史家〕1942～……250
中村直勝〔歴史学者〕1890～1976……251
中村憲雄〔歌人、小説家〕1936～……252
中村柳風〔俳人〕1915～1990……252
那須乙郎〔俳人〕1908～1998……254
苗村和正〔詩人、歴史研究者〕1933～……255
苗村吉昭〔詩人〕1967～……255
成宮紫水〔俳人〕1928～……256
なるみやますみ〔児童文学者〕1964～1995……257

に

西川勇〔写真家〕1927～……258
西川うせつ〔俳人〕1874～1956……258
西木忠一〔国文学者、歌人〕1935～……259
錦織吐月〔俳人〕1901～1987……234,260
錦織白羊〔詩人〕1911～1998……260
西沢耕山〔俳人〕1920～……260
西沢十七星〔俳人〕1901～1984……260
西沢仙湖〔随筆家〕1864～1914……260
西田天香〔宗教家〕1872～1968……261
西出行雄〔歌人〕1906～1934……262
西堀一三〔茶道文化史家〕1902～1970……262
西村栄一〔演劇脚本家〕1925～……262
西村燕々〔俳人〕1875～1956……263
西村恭子〔歌人〕1931～……263
西村俊一〔歌人、医師〕1898～1988……263
西村曙山〔小説家、編集者〕1878～1946……264

の

野口謙蔵〔洋画家〕1901～1944……213,266,396,397
野口紅雪〔政治家、俳人〕1929～1993……267
野田理一〔詩人、美術批評家〕1907～1987……268
野間清六〔美術史家〕1902～1966……270
野村泰三〔歌人〕1915～1997……272

は

獏五生〔詩人〕1938～……273
橋本鉄男〔民俗学者〕1917～1996……274
畑喜久夫〔俳人〕1924～……278
秦正流〔新聞記者、宗教家〕1915～1994……279
畑中大三〔川柳作家〕1914～歿年月日未詳……39,279
花登筐〔脚本家、小説家〕1928～1983……280
林田二咲子〔俳人〕1920～1988……290
馬場章夫〔エッセイスト、ラジオパーソナリティー〕1939～……293

ひ

疋田城〔俳人〕1917～……293
姫野カオルコ〔小説家〕1958～……294
平井清隆〔劇作家、同和教育・部落史研究者〕1905～2000……297
平松葱籠〔俳人〕生年月日未詳～1967……302
広瀬凡石〔俳人〕1928～……303

ふ

深尾道典〔シナリオ作家、映画監督〕1936～……303
深田泥穂〔俳人〕1914～……306
福井達雨〔教育者〕1932～……306
福島良枝〔俳人〕1942～……306
福永英男〔民俗学者〕1936～……307
藤居教恵〔歌人〕1895～1976……307

藤井五郎〔万葉研究家〕1926〜……………308
藤井つる子〔俳人〕1922〜…………………308
藤川すけを〔俳人〕1891〜1968……………309
伏木貞三〔随筆家、教育者〕1926〜2005 … 309
藤沢石山〔俳人〕1892〜1975………………309
藤沢量正〔僧侶〕1923〜……………………310
藤田敏雄〔劇作家、作詞家〕1928 ………… 310
藤野鶴山〔俳人〕1940〜……………………310
藤野一雄〔詩人〕1922〜……………………310
藤本映湖〔俳人〕1921〜2000………233,311,321
藤本恵子〔小説家〕1951〜…………………313
藤本徳明〔国文学者〕1936〜………………315
布施雅男〔小説家〕1927〜…………………318
渕田隆雄〔小説家〕1937〜…………………318
冬木好〔詩人、作家〕1931〜1997 ………… 320
古川光栄〔俳人〕1924〜……………………321

ほ

保木春翠〔俳人〕1902〜1991………………321
保木とみ〔歌人〕1918〜……………………321
星野みゑ〔俳人〕1930〜……………………323
細川雄太郎〔童謡作詞家〕1914〜1999……323
堀千枝〔俳人〕1899〜………………………324
堀江爽青〔俳人〕1924〜……………………324
本庄漁火〔川柳作家〕1898〜1963…………235

ま

前川文夫〔エッセイスト〕1937〜…………325
牧村泉〔小説家〕1935〜……………………326
真崎建三〔小説家〕1954〜…………………327
馬杉七郎〔漢詩人、教育者〕1906〜1988 … 328
増田篤夫〔小説家、評論家〕1891〜1936 … 328
松下亀太郎〔郷土史家〕1920〜2006………329
松村蒼石〔俳人〕1887〜1982………………330
松山忠二郎〔新聞人〕1869〜1939…………331

み

三浦道明〔大僧正〕1934〜…………………332
美鍵虹樹〔俳人〕1947〜……………………332
水清久美〔歌人〕1908〜1973 ………… 336,396
水谷星之介〔小説家、詩人〕1922〜2001 … 336
水野晴嵐〔俳人〕1933〜……………………337
三橋時雄〔農業学者、随筆家〕1911〜1996 …
……………………………………………339
峰専治〔僧侶、小説家〕1899〜1955…………
…………………………………80,167,194,340
箕浦祥子〔俳人〕1940〜……………………342
宮崎信義〔歌人〕1912〜……………………343
宮部誠一郎〔随筆家、琵琶湖研究家〕1911〜
1994………………………………………345
宮本鈴〔俳人〕1916〜1987…………………345
三和愛子〔歌人〕1923〜……………………346

む

村川増治郎〔歌人〕1915〜2002……………347
村木佐紀夫〔俳人〕1920〜…………………348
村田辰夫〔詩人、英文学者〕1928〜 ……… 348
村地竹治郎〔俳人〕1924〜…………………349
村松雲外〔日本画家、俳人〕1870〜1938 … 350
室積徂春〔俳人、新聞記者〕1886〜1956……
………………………………………351,395

も

元持栄美〔放送作家、脚本家〕1924〜2001 …
……………………………………………352
森正蔵〔新聞人〕1900〜1953 ………… 35,354
護雅夫〔東洋史学者〕1920〜1996…………356
森三樹雄〔歌人〕1902〜1947………………356
森寺保〔医師〕1924〜………………………355

や

安井小弥太〔童画家、随筆家〕1905〜1985 …
……………………………………………358
柳田聖山〔禅仏教研究者〕1922〜2006……359
藪田藤太郎〔小説家、郷土史家〕1913〜1984
……………………………………………360

矢部寛一〔郷土史家〕1892～1988…………361
矢部侃〔俳人〕1937～2004…………………362
山岡暁風〔俳人〕1909～1992………………362
山県五十雄〔ジャーナリスト〕1869～1959……………………………………………………363
山県悌三郎〔社会教育家、出版人〕1858～1940…………………………………………363
山上荷亭〔俳人、僧侶〕1912～1975……………………………………………88,321,340,365
山上静野〔俳人〕1916～……………………365
山川能舞〔俳人〕1908～……………………365
山口小三郎〔俳人〕1906～歿年月日未詳…366
山崎隆朗〔小説家〕1935～…………………367
山田建水〔俳人〕1911～歿年月日未詳……368
山田松寿〔俳人〕1930～……………………368
山田哲二郎〔小説家・劇作家〕1920～1992 ……………………………………………………368
山田平一郎〔歌人〕1912～…………33,34,369
山村金三郎〔歌人〕1925～2003……………………………………………33,34,347,370
山本一清〔天文学者〕1889～1959…………371
山本甲士〔推理作家〕1964～………………371
山元湖村〔俳人〕1922～……………………372
山本古瓢〔俳人〕1900～1990………………372
山元春挙〔日本画家〕1871～1933…………373
山本翠公〔川柳作家〕1917～………………373
山本捨三〔詩人、歌人、近現代詩研究者〕1910～……………………………………373
山本治男〔歌人〕1919～1985………………374
山本洋〔小説家、詩人、評論家、近代文学研究者〕1932～……………………………374,393
山本広治〔歌人〕1911～1992………………375
山本夕村〔俳人〕1904～1969………………376
山本栗斎〔漢詩人、歌人〕1843～1909 …… 376
矢守一彦〔歴史地理学者〕1927～1992……377
矢守県〔俳人、新聞人、従軍記者〕1899～歿年月日未詳…………………………………378
八幡和郎〔評論家〕1951～…………………378

よ

横山幸一郎〔郷土史家〕1929～1985………384
吉居和弘〔小説家〕1958～…………………385
吉田栄子〔俳人〕1922～……………………386
吉田虎之助〔政治家、歌人〕1868～1945 … 388
吉永二一郎〔小説家〕1929～1984…………389
吉村公三郎〔映画監督〕1911～2000………390
吉村正一郎〔新聞人、翻訳家、評論家〕1904～1977……………………………………391
米田登〔歌人〕1919～1993 …… 33,140,263,395

わ

若林乙吉〔俳人〕1872～歿年月日未詳……399
若林建秋〔俳人〕1925～……………………399
渡辺守順〔僧侶、仏教文学者、郷土史家〕1925～……………………………………403
渡忠秋〔歌人〕1811～1881…………………404

滋賀県市町村合併等一覧

（2001年～2006年）

栗東市	01年10月１日、栗太郡栗東町から市に改組。
野洲市	04年10月１日、野洲郡野洲・中主町が合併。
湖南市	04年10月１日、甲賀郡甲西・石部町が合併。
甲賀市	04年10月１日、甲賀郡水口・甲賀・甲南・信楽・土山町が合併。
高島市	05年１月１日、高島郡高島・今津・安曇川・新旭・マキノ町・朽木村が合併。
東近江市	05年２月11日、八日市市、愛知郡湖東・愛東町、神崎郡永源寺・五個荘町が合併。06年１月１日に神崎郡能登川町、蒲生郡蒲生町が編入合併。
米原市	05年２月14日、坂田郡米原・山東・伊吹町が合併。同年10月１日に坂田郡近江町が編入合併。
長浜市	06年２月13日、長浜市、東浅井郡浅井・びわ町が合併。
愛荘町	06年２月13日、愛知郡愛知川・秦荘町が合併。
大津市	06年３月20日、大津市・滋賀郡志賀町が合併。

滋賀県市町村図

…合併市町村

滋賀県内文学館・記念館一覧

井上靖記念室	伊香郡高月町渡岸寺115　高月町立図書館内。
舟橋聖一記念文庫	彦根市尾末町８-１　彦根市立図書館内。
外村繁文学館	東近江市五個荘金堂645　近江商人屋敷内。
琵琶湖周航の歌資料館	高島市今津町中沼１-５-７　今津町観光協会内。
巌谷一六・小波記念室	甲賀市水口町水口5638　甲賀市水口歴史民俗資料館内。
花登筐記念文庫	大津市浜大津２-１-３　大津市立図書館内。
延暦寺叡山文庫	大津市坂本４-９-45　閲覧は１週間前に要予約。

滋賀県内主要文学碑一覧

（作者名〈碑文〉建立年月〔未詳を除く〕、場所の順で記述。判読上の便宜のため、ルビや濁点を施し、短歌や俳句は改行せず現行のかな文字・漢字で統一した）

〔湖北〕

山口誓子　〈秋晴に湖の自噴を想ひみる〉90年９月、伊香郡余呉町川並　余呉湖畔

井上靖　〈慈眼　秋風　湖北の寺〉82年10月、伊香郡高月町渡岸寺　向源寺観音堂前

小口太郎　「琵琶湖周航の歌」４番〈瑠璃の花園 珊瑚の宮／古い伝への 竹生島／仏の御手に いだかれて／ねむれ乙女子 やすらけく〉87年６月、長浜市早崎町　竹生島港

大谷句仏　〈札かすむ教如上人御建立〉24年、東浅井郡虎姫町五村　五村別院

吉川英治　〈治部どのも今日瞑すらむ蟬しぐれ〉84年11月、長浜市石田町　石田三成出生地

五十嵐播水　〈猫柳湖畔の春はとゝのはず〉82年3月、長浜市港町　豊公園

中西悟堂　〈自然に学ぶ〉76年、米原市池下　大東中学校

長谷川伸　「忠太郎地蔵尊」〈南無帰命礼親をたずねる子には親を子をたずねる親には子をめぐりあわせ給え〉58年、米原市番場　蓮華寺

斎藤茂吉　〈松風のおと聴く時はいにしへの聖《ひじり》のごとく我は寂しむ〉71年９月、米原市番場　蓮華寺

〔湖東〕

小口太郎　「琵琶湖周航の歌」５番〈矢の根は深く 埋もれて／夏草しげき 堀のあと／古城にひとり 佇めば／比良も伊吹も 夢のごと〉2005年10月、彦根市松原町　彦根港

木俣修　〈城の町かすかに鳰《にほ》のこゑはしてゆきのひと夜の朝明けんとす〉82年11月、

彦根市尾末町　彦根市立図書館前庭

舟橋聖一　〈花の生涯〉彦根市金亀《こんき》町　彦根城御馬屋傍

井伊文子　〈阿羅漢果得て哄笑しまたは思惟ふかくそれぞれの面持に目をこらす〉83年秋、彦根市里根町　天寧寺

小林英俊　「春の山」〈山は美しい肌着にかへて／童女のやうにほほゑんでゐる／誰も呼んでゐないのに／いつも門口に佇むのは／たつきに荒んだ私の心が／温まるからだ／春の山はやさしい夢を／孕《はら》んでゐる〉70年5月、彦根市東沼波町　旭森《あさひのもり》小学校

井伊文子　〈望郷のおもひ鎮めてとことはにふく堂の地にやすらひたまへよ〉84年4月、東近江市福堂

徳富蘇峰　〈残石重重委棘榛／尚看層塔擁嶙峋／扶桑第一譲休説／唯是斯公第一人〉37年春、蒲生郡安土町下豊浦《しもといら》　安土城跡

佐藤佐太郎　〈やゝ遠き光となりて見ゆる湖六十年の心を照らせ〉74年5月、蒲生郡安土町石寺　観音正寺

井上多喜三郎　「私は話したい」〈目白やきつつきと／熊やリスと／きき耳ずきんなんかかむらないでも／君たちの言葉が解りたい／私のおもいをかよわせたい／もろこやなまずに／亀の子や蝶々に／降りそそぐ日光の中で／やさしい風にふかれながら／つばなやたんぽぽと／ゆすらうめやあんづと〉62年5月、蒲生郡安土町東老蘇《おいそ》　老蘇小学校

米田雄郎　〈ゆくところ真実なればみどりなす山あり川ありなつかしきかな〉60年5月、近江八幡市長命寺町　長命寺

小口太郎　「琵琶湖周航の歌」6番より〈黄金の波に いざこがん／語れ吾が友 熱き心〉98年4月、近江八幡市長命寺町　長命寺湖岸

前田夕暮　〈五月のあをかしのわか葉がひときはこのむらをあかるくする朝風〉31年10月、東近江市石塔　極楽寺

米田雄郎　〈いくばくのいのちぞとおもふときにしも春のよろこびもちてくらさな〉80年11月、東近江市石塔　極楽寺

米田登　〈故里を出でていくとせなるわれぞ花霞のなかの産土の宮〉2001年11月、東近江市桜川東　蒲生東小学校

細川雄太郎　「あの子はたあれ」〈あの子はたあれ たれでしょね／なんなんなつめの 花の下／お人形さんと あそんでる／かわいいみよちゃんじゃないでしょか／／あの子はたあれたれでしょね／こんこん小やぶの細道を／竹馬ごっこで あそんでる／となりのけんちゃんじゃないでしょか〉83年8月、蒲生郡日野町木津　日野水口グリーンバイパス日野川傍

皆吉爽雨　〈青きふむ近江も湖のとほき野に〉83年3月、蒲生郡日野町鎌掛　正法寺

〔湖西〕

中本紫公　〈水中の巌も夕焼け晩夏なる〉高島市マキノ町海津　大崎寺

那須乙郎　〈新雪をふむさびしさにふりかへり〉79年３月、高島市今津町　高島高等学校

小口太郎　「琵琶湖周航の歌」（全歌詞）94年４月、高島市今津町　今津港

鈴鹿野風呂　〈湖中や鵜によごれたる一つ巌〉高島市安曇川町　沖の白石

鈴鹿野風呂　〈万葉の安曇川にして梁を守る〉54年１月、高島市安曇川町北舟木　清水楼

渡忠秋　〈後の世もまたゆめならば花に飛ぶ嵯峨野の蝶と我はなりなん〉12年４月、高島市安曇川町南舟木　西光寺

与謝野晶子　〈しらひげの神のみまへにわくいづみこれをむすべば人の清まる〉18年12月、高島市鵜川　白鬚神社

〔湖南〕

渡辺朝次　〈雪比良の茜に染まる朝をはや魞打つ夜のこだまは澄めり〉守山市今浜町

楠本憲吉　〈町眠り三日月湖と照らし合う〉85年12月、守山市木浜《このはま》町

飯田棹水　〈蓮上人真筆伝はる旧跡の手原道場の昔しのばゆ〉89年11月、栗東市手原　円徳寺

正岡子規　〈合羽つつく雪の夕の石部駅〉94年11月、湖南市石部西　児童公園傍

巌谷小波　「校歌」〈しろ山たかく　あらずとも／今のわか木の　おいたたば／やがてくもをも　しのぐべき／しげ山となる　日こそこめ（後略）〉71年、甲賀市水口町　水口小学校

巌谷一六　「従三位巌谷君之碑」〈（前略）風月江山結夙縁／不希戊仏不希仙／昭朝思沢一何厚／遊戯人間七十年〉11年７月、甲賀市水口町京町　大岡《だいこう》寺

山口誓子　〈切通し多羅尾寒風押し通る〉甲賀市信楽町多羅尾

〔大津〕

巌谷小波　〈すずしさや一あしづつに瀧の音〉大津市北小松駅前　楊梅滝道

小口太郎　「琵琶湖周航の歌」２番〈松は緑に　砂白き／雄松が里の　乙女子は／赤い椿の　森陰に／はかない恋に　泣くとかや〉89年３月、大津市小松　ホテル琵琶レイクオーツカ前

鈴鹿野風呂　〈寒垢離に比良山おろし荒ぶ日々〉大津市和邇　神道御嶽教

志賀廼家淡海　「淡海節」〈淡海よし／舟とひきあげ／漁師はかえる／あとに残るのは／櫓と櫂／浪の音ヨイショコショ／浜の松風〉78年10月、大津市本堅田　ＪＲ堅田駅前

志賀廼家淡海　〈阿々《ああ》お可笑《かし》／唯わらわしの五十年／淡海節が残りやせめても〉66年10月、大津市本堅田　本福寺

大谷句仏　〈山茶花の落花に魂や埋れなん〉24年春、大津市本堅田　本福寺

岡本一平　「琵琶湖めぐり」〈そもそも蓮如上人の御世に堅田の浦に源右衛門という漁師があった。上人に帰依致し無二の信者だ。（後略）〉90年、大津市本堅田

光徳寺

志賀廼家淡海　「淡海節」〈淡海よし舟とひきあげ漁師はかえる／あとに残るのは櫓と櫂／浪の音ヨイショコショ／浜の松風〉大津市本堅田　堅田港前（生誕乃地）

奥野椰子夫　「琵琶湖哀歌」〈遠くかすむは彦根城／波に暮れ行く竹生島／三井の晩鐘音絶えて／なにすすり泣く浜千鳥〉90年、大津市本堅田　堅田港前

三島由紀夫　「絹と明察」〈桟橋につく。左方の繁みから、浮御堂の瓦屋根が、その微妙な反りによって、四方へ白銀の反射を放っている。（後略）〉90年、大津市本堅田　堅田港前

高浜虚子　〈湖もこの辺にして鳥渡る〉大津市本堅田　中井余花朗邸

城山三郎　「一歩の距離」〈浜松に艦載機の来襲があってから、大津航空隊でも、（中略）芦の茂みの先には、浮御堂の反った屋根が、夏の日に光っていた。〉90年、大津市本堅田　浮御堂傍

高浜虚子　〈湖もこの辺にして鳥渡る〉52年7月、大津市本堅田　浮御堂湖中

阿波野青畝　〈五月雨の雨だればかり浮御堂〉65年3月、大津市本堅田　浮御堂

中井余花朗　〈春風や人陸にあり舟にあり〉71年3月、大津市本堅田　浮御堂

高浜虚子　〈このあたり真野の入江や藻苅舟〉54年7月、大津市真野町　真野浜

鷲谷七菜子　〈天空も水もまぼろし残り鴨〉94年、大津市伊香立上竜華町　比叡山延暦寺大霊園

高浜虚子　〈清浄な月を見にけり峰の寺〉79年10月、大津市坂本本町　延暦寺横川虚子塔前

星野立子　〈御僧に別れ惜しやな百千鳥〉93年6月、大津市坂本本町　延暦寺横川元三大師堂

稲畑汀子　〈堂内の明暗霧の去来かな〉91年9月、大津市坂本本町　延暦寺横川

中西悟堂　〈樹の雫しきりに落つる暁闇《ぎょうあん》の比叡をこめて啼くほとゝぎす〉78年11月、大津市坂本本町　延暦寺西塔恵亮《えりょう》堂

九条武子　〈中堂の丹塗の廊を背に立てば真向ふ杉のゆゆしくたかき〉大津市坂本本町　延暦寺横川

三品千鶴　〈山ろくのみ母したひて夜ごと灯をかかげましたるひじりかなしも〉大津市坂本本町　延暦寺横川大師堂

吉井勇　〈いにしへの王城の地を見おろしてわがおもふことはるかなるかな〉大津市坂本本町　比叡山ドライブウェイ登仙台

吉井勇　〈山もよしみづうみもよしうつゝなく夢見の丘にたゝずむ我は〉大津市坂本本町　　比叡山ドライブウェイ夢見ケ丘

草野天平　「弁慶の飛び六法／勧進帳を観て」から〈一つの傷も胸の騒ぎもなく／真に為し／さうして終つた／独り凝つと動かず／晴れ渡る安宅の空に／知らず知らず涙が滲じむ／沁み徹る人生の味／成就の味〉86年8月、大津市坂本本町　延暦寺西塔

米田雄郎　〈しづやかに輪廻生死の世なりけりはるくるそらのかすみしてけり〉58年

11月、大津市坂本本町　延暦寺西塔にない堂

九条武子　〈山の院檽子の端にせきれいの巣あり雛三つ母まちて鳴く〉54年6月、大津市坂本本町　延暦寺西塔釈迦堂前

若山牧水　〈比叡山《ひえやま》の古《ふ》りぬる寺の木がくれの庭の筧を聞きつつ眠る〉2000年、大津市坂本本町　延暦寺西塔

宮沢賢治　〈ねがはくは妙法如来正徧知大師のみ旨成らしめたまへ〉57年9月、大津市坂本本町　延暦寺東塔根本中堂前

中本紫公　〈落し文あらむか月の比叡泊り〉65年5月、大津市坂本本町　延暦寺東塔文殊堂前

吉井勇　〈雷すでに起らずなりぬ秋ふかく大比叡の山しづまりたまへ〉61年11月、大津市坂本本町　比叡山東塔阿弥陀堂

浜中柑児　〈唐崎に群れて秋燕波を打ち〉57年10月、大津市唐崎　唐崎神社

鈴鹿野風呂　〈湖を東枕に明易き〉大津市茶ヶ崎　旅亭紅葉

高浜年尾　〈かもめとび早春湖畔ホテルあり〉大津市茶ヶ崎　旅亭紅葉

小口太郎　「琵琶湖周航の歌」〈われは海の子〉73年5月、大津市観音寺町　三保ケ関疏水

香川進・山村金三郎〈湖ほとに息づきひそめと波はいひはるけくかなしと波はまたいふ〉〈湖に音なき音を韻かせて比良ゆ流るる夕茜雲〉95年6月、大津市神宮町　近江神宮

保田与重郎　〈さゝなみのしがの山路の春にまよひひとり眺めし花ざかりかな〉84年4月、大津市神宮町　近江神宮

水原秋桜子　〈浦曲《うらわ》まで月夜くまなし鴨わたる〉60年11月、大津市御陵町　大津市民文化会館・大津市歴史博物館前

鈴鹿野風呂　〈大琵琶の八十《やそ》の浦なる浮寝鳥〉61年2月、大津市御陵町　大津市民文化会館・大津市歴史博物館前

藤本映湖　〈肘つけば肘より冷ゆる山の秋〉79年2月、大津市御陵町　大津市民文化会館・大津市歴史博物館前

加藤知多雄　〈形なき水をたたえてみづうみと呼ぶしづけさよ時雨のおくに〉84年10月、大津市園城寺町　三井寺法明院

柳田暹瑛　〈限りなく刻経し如くたまゆらのことのごとしもいま定を出づ〉87年4月、大津市園城寺町　三井寺

吉井勇　〈うつしよの夢をうつゝに見せしめぬ琵琶湖のうへにうかぶ美の城〉61年3月、大津市におの浜　琵琶湖文化館

花登筐　〈泣くは人生　笑うは修業　勝つは根性〉84年9月、大津市島の関　なぎさ公園

寺崎方堂　〈むべ三顆翁を祀るけふにして〉大津市馬場　義仲寺

保田与重郎　〈龍ケ岡俳人墓地〉72年、大津市馬場　龍ケ岡俳人墓地

小杉放菴　〈百人の精薄の子らと遊びつゝ弔花おきなはこゝに終れり〉〈青空のひとつ

	雲見て子どもらはわがぢいさまのくも行くといふ〉59年、大津市相模町岡山霊園斎藤弔花墓碑
寺崎方堂	〈洋々と年の朝しおたゝえたり〉67年秋、大津市秋葉台　芭蕉会館
竹内将人	〈波たた神鳴りはためきて地天泰〉大津市秋葉台　芭蕉会館
伊藤雪雄	〈少年の日の還りくる石鹿の渚辺ぬくし鮎も寄りくる〉83年11月、大津市本丸町　膳所城跡公園
飯田棹水	〈琵琶の水みづうみながらながれをり膳所の浜辺をゆるく洗ひつ〉75年3月、大津市本丸町　膳所城跡公園
山元春挙	〈魚つりやほめもそしりもうきひとつ〉18年5月、大津市中庄　記恩寺
杉浦重剛	〈鉄骨氷心長養真／一枝斜処更無塵／寒香僅々両三点／先占東風万里春〉40年11月、大津市杉浦町　杉浦重剛誕生地
佐佐木信綱	〈明治の御代大正の御代に残しまし大き足跡は消えせじ〉70年2月、大津市杉浦町　杉浦重剛誕生地
正岡子規	〈木の間もる月あをし杉十五丈〉95年10月、大津市逢坂　関清水蟬丸神社
高浜虚子	〈真清水の走井餅を二つ食べ〉57年、大津市大谷町　月心寺
寺崎方堂	〈湖の碧桜紅葉の梢こし〉60年3月、大津市国分　近津尾神社
島崎藤村	「石山寺にハムレットを納むるの辞」〈湖にうかぶ詩神よ心あらば／落ちゆく鐘のこなたに聴けや／千年の冬の夜ごとに石山の／寺よりひゞく読経のこえ〉72年10月、大津市石山寺　石山寺門前
村松雲外	〈啄木鳥や伽藍にひびく嘴《はし》の音〉大津市石山寺　石山寺無憂園

滋賀県ゆかりの主な文学者の墓所一覧
（一族との合葬、分骨葬〔県内の墓所のみ〕を含む。未詳のものは割愛）

井伊文子	彦根市古沢町　清涼寺
伊藤雪雄	大津市膳所　唯伝寺
犬飼志げの	京都市伏見区西大寺町　阿弥陀寺
井上多喜三郎	蒲生郡安土町西老蘇　西老蘇墓地（井上多平）
井上立士	東京都小金井市　多摩霊園（20区1種18側）
巌谷一六	京都市東山区　正法寺
巌谷小波	東京都府中市　多摩霊園（12区1種2側）
梅原黄鶴子	東近江市建部日吉町　金賞寺
太田静子	愛知郡愛荘町中宿　中宿墓地
大橋桜坡子	大阪府箕面市今宮　箕面墓地公園高雄
北川冬彦	東京都府中市　多摩霊園（23区2種8側　田畔家墓地）
木俣修	東京都世田谷区豪徳寺　豪徳寺
草野天平	大津市坂本　西教寺墓地

黒田麹蘆	大津市相模町　岡山霊園
甲賀三郎	東京都世田谷区瀬田　慈眼寺（春田氏奥津城）
高祖保	東京都府中市　多摩霊園（13区１種12側　宮部家墓地）
小林英俊	彦根市正法寺町　円満寺墓地
斎藤弔花	大津市相模町　岡山霊園教会墓地
沢田正二郎	東京都台東区谷中　谷中霊園（甲３号１側）
沢村胡夷	京都市東山区東山二条　仏光寺別院墓地
志賀廼家淡海	大津市堅田　天神山共同墓地
杉浦重剛	大津市富士見台　別保山墓地
杉本長夫	京都市東山区五条坂　西本願寺大谷本廟
鈴木寅蔵	湖南市菩提寺　菩提寺区共同墓地
田井中弘	大津市伊香立　下在地町墓地
高橋輝雄	大津市大石曽束　下出墓地（帰命寺歴世之塔）
高浜虚子	大津市坂本本町　延暦寺横川（虚子之塔）
武田豊	長浜市安養寺　西墓地（中村家墓地）
徳永真一郎	香川県丸亀市飯山《はんざん》町　真時《さんとき》墓地
外村繁	東近江市五個荘石馬寺《いしばじ》町　石馬寺（外村累代墓）
中川泉三	米原市大野木　小根海戸《こねがいど》墓地
中島千恵子	京都市左京区黒谷町　龍光院
中谷孝雄	大津市馬場　龍ヶ岡俳人墓地
中本紫公	大津市平津　光林寺石山霊園
西田天香	京都市山科区四宮　一燈園王雲宮《おううんきゅう》
野田理一	蒲生郡日野町日田　本誓寺
花登筺	京都市左京区岩倉　妙満寺
フェノロサ	大津市園城寺町　法明院
藤本映湖	大津市逢坂　念佛寺
細川雄太郎	蒲生郡日野町大窪　大窪霊園
松村蒼石	千葉県松戸市田中新田　八柱《やばしら》霊園
三品千鶴	大津市伊香立上竜華町　比叡山延暦寺大霊園
水沼靖夫	守山市勝部町　火屋共同墓地
峰専治	長浜市西黒田　松の岩墓地公苑
室積徂春	東京都品川区南品川　天妙国寺
保田与重郎	大津市馬場　義仲寺
山崎富栄	東京都文京区関口　永泉寺
吉村公三郎	東京都品川区高輪　高輪教会
米田雄郎	大阪府茨木市　茨木グレイブガーデン
渡辺朝次	草津市野路町　常徳寺

主要参考文献
（全国的な文学事典類と新聞・雑誌掲載類を除く）

滋賀県教育会編 『近江の先覚』同会、1951・3・25
福田清人 『日本近代文学紀行　西部篇』新潮社、1954・7・5
野田宇太郎　『定本文学散歩全集第八巻　関西文学散歩　京都・近江』雪華社、1961・2・10
渡辺守順　『文学散歩　比叡山』白川書院、1963・5・1
吉田精一編　『日本詩歌風土記（下)』社会思想社、1965・2・15
木村至宏ほか『近江人物伝』弘文堂書店、1976・12・6
徳永真一郎・藤井真斎編 『わがふるさと近江Ⅰ』教育出版センター、1977・6・30
山本洋・藤井真斎編 『わがふるさと近江Ⅱ』教育出版センター、1977・6・30
朝日新聞大津支局編 『滋賀の文学地図』サンブライト出版、1978・11・1
滋賀県編　『〈近江の顔シリーズ12〉近江の文学』滋賀県、1979・3・日付けなし
角川日本地名大辞典編纂委員会編 『角川日本地名大辞典25 滋賀県』角川書店、1979・4・20
渡辺守順　『郷土歴史人物事典　滋賀』第一法規、1979・7・30
卯田正信編　『滋賀県人名鑑』サンブライト出版、1982・4・1
滋賀県百科事典刊行会編 『滋賀県百科事典』大和書房、1984・7・10
草薙書房編集部編 『文芸人国記〈近畿篇〉』草薙書房、1984・10・5
渡辺守順　『近江の文学碑を歩く』国書刊行会、1985・3・30
滋賀県史編さん委員会編 『滋賀県史昭和編第六巻　教育文化編』滋賀県、1985・5・30
第二アートセンター編 『俳句の旅6　近畿』ぎょうせい、1987・1・20
出版局プロジェクト室編 『新撰 俳枕4　東海 近畿Ⅰ』朝日新聞社、1989・2・25
山本洋　『滋賀の文人〈近代〉』京都新聞社、1989・3・30
日本アート・センター編 『新撰 歌枕4　近畿』第一法規、1990・7・20
琵琶湖夢事典編集委員会監修 『琵琶湖夢事典』滋賀県商工労働部観光物産課、1992・3・日付なし
大津の文化40年史発刊委員会編 『大津の市民文化活動40年のあゆみ―文学・音楽・舞踊・演劇編―』同会 大津市・大津市教育委員会、1992・3・日付けなし
大津市歴史博物館編 『ふるさと大津歴史文庫10　大津の文学』大津市、1993・10・1
滋賀県高等学校国語教育研究会編 『近江の文学』京都カルチャー出版、1994・2・1
河野仁昭編　『ふるさと文学館二九巻』ぎょうせい、1995・4・15
毎日新聞社大津支局編 『物語に息づく湖国の女たち』サンライズ印刷出版部、1995・6・20
瀬戸内寂聴監修 『大津ふるさと紀行』大津市役所、1995・8・31
西本梛枝　『鳰の浮巣』サンライズ印刷出版部、1996・11・1

松村隆雄　　　『湖国　文学の風景　その光と影』大阪教育図書、1997・7・10
伊藤雪雄　　　『昭和の湖国歌壇』私家版、1997・9・10
日外アソシエーツ編 『新訂現代日本人名録98』1～4　日外アソシエーツ、1998・1・26
宮澤康造・本城靖編 『全国文学碑総覧』日外アソシエーツ、1998・5・25
近江詩人会　　『近江詩人会50年』同会、2000・12・25
滋賀の20世紀編集委員会編 『滋賀の20世紀　ひと・もの・こと』サンライズ出版、2001・3・29
西本梛枝　　　『湖の風回廊　近江の文学風景』東方出版、2003・4・10
大河内昭爾　　『明治 大正 昭和　文壇人国記　西日本』おうふう、2005・3・7
（外村彰編）